Von der gleichen Autorin erschienen
außerdem als Heyne-Taschenbücher

Der Engel · Band 844
Die Ehe der Maggie Howart · Band 966
In einem großen Hans · Band 5043

TAYLOR CALDWELL

DER HERR DER ERDE

Roman

WILHELM HEYNE VERLAG

MÜNCHEN

HEYNE-BUCH Nr. 5087
im Wilhelm Heyne Verlag, München

Titel der amerikanischen Originalausgabe
THE EARTH IS THE LORD'S
Deutsche Übersetzung von Gretel Friedmann

Die amerikanische Ausgabe wurde Lois Dwight Cole gewidmet.
Der Autor stellt entschieden in Abrede,
daß lebende Personen die Vorbilder für die Figuren des Romans waren.

Ungekürzte Taschenbuchausgabe
mit Genehmigung des Paul Neff Verlages, Wien
Copyright © by Janet M. Reback
Printed·in Belgium, 1974
Umschlagfoto: Columbia-Film
Umschlaggestaltung: Atelier Heinrichs, München
Gesamtherstellung: Marabout s.a., Verviers

ISBN 3-453-00441-8

ERSTES BUCH

I

Houlun schickte die alte Dienerin Jasai in die Jurte ihres Stief-
bruders, des verwachsenen Kurelen. Die Alte schlurfte durch das
lodernde Licht des Sonnenunterganges und wischte sich die blut-
verschmierten Hände an ihrem schmutzigen Gewand ab. Der
Staub, den ihre eiligen Schritte aufwirbelten, folgte ihr wie eine
goldene Wolke. Sie traf Kurelen wie üblich beim Essen an. Er
leckte sich die Lippen bei einem Trunk Kumyß, den er aus einem
Silberbecher schlürfte. Nach jedem Schluck hob er den Becher
hoch, der von einem chinesischen Wanderhändler erbeutet worden
war, und betrachtete ihn bewundernd aus zusammengekniffenen
Augen. Er ließ seinen verkrümmten, schmutzigen Finger über die
zarte Ziselierung gleiten und sein finsteres, abgezehrtes Gesicht
erhellte sich in nahezu sinnlichem Entzücken.

Jasai ging am Karren vorbei zu Kurelens Jurte. Die Ochsen
waren ausgespannt, und sie glotzten die Alte aus klaren, braunen
Augen an, in denen sich der gleißende Sonnenuntergang spiegelte.
Das Weib blieb vor dem zurückgeschlagenen Zelteingang der Jurte
stehen und spähte zu Kurelen hinein. Kurelen wurde von allen
verachtet, weil er so vieles erheiternd fand, aber er wurde auch
gefürchtet, weil er die Menschen haßte. Er lachte und verabscheute
gleichzeitig alles und jeden. Selbst seine Gier und sein unersättlicher Appetit hatten etwas Verächtliches an sich, als wären es
nicht seine, sondern die unangenehmen Eigenschaften eines anderen, über die er ständig spöttelte.

Jasai maß Kurelen mit finsterem Blick. Sie war nur eine
Karuitsklavin, aber selbst sie brachte dem Bruder der Häuptlingsfrau keinen Respekt entgegen. Sie kannte seine Geschichte. Selbst
den Viehtreibern und Schafhirten, die so beschränkt waren wie
die Tiere, die sie auf die Weide trieben, war sie bekannt. Houlun

war ihrem Gemahl, der einem anderen Stamm angehörte, am Hochzeitstag von Jesukai, dem Jakka-Mongolen, geraubt worden. Einige Tage später war ihr verwachsener Bruder in Jesukais Zeltlager gekommen, um die Rückgabe seiner Schwester zu erbitten. Der Stamm der Merkiten, dem Kurelen und seine Schwester Houlun angehörten, war schlau. Er lebte in Wäldern und betrieb schwunghaften Handel. Mit Kurelen hatten sie Jesukai einen durchtriebenen und geschwätzigen Boten gesandt, der eine schöne und einschmeichelnde Stimme besaß. Wenn jemand etwas erreichen konnte, dann war es Kurelen. Sollte er getötet werden, so war sein Stamm bereit, das mit philosophischem Gleichmut hinzunehmen. Er war ein Unruhestifter und Lacher und bei seinen eigenen Leuten wenig beliebt. Vielleicht würden die Merkiten Houlun nicht zurückbekommen, aber dafür bestand die Wahrscheinlichkeit, Kurelen loszuwerden. Wäre er ein kräftiger und handfester Mann gewesen, hätte sein eigener Stamm ihn vielleicht getötet, weil die Leute ihn weder mochten noch verstanden. Als Krüppel und Häuptlingssohn jedoch durften sie ihn nicht beseitigen. Außerdem war er ein ungemein gewiegter Händler, ein geschickter Handwerker und konnte Chinesisch lesen, was bei Geschäften mit den spitzfindigen Händlern Kathais von großem Vorteil war. Sein Vater hatte bemerkt, daß die Leute seines Stammes ihn auch dann nicht getötet hätten, wenn er gerade Glieder gehabt hätte, denn er wäre nie Manns genug geworden, um eines gewaltsamen Todes würdig zu sein. Bei diesem weisen Ausspruch lachte der Stamm herzlich, aber Kurelen hatte bloß in seiner wortlosen, spöttischen Art, die auf schlichte Gemüter besonders aufreizend wirkte, den Mund verzogen.

Houlun wurde weder dem Zeltdorf ihres Vaters noch ihrem Gatten zurückgegeben, denn sie war auffallend schön und Jesukai hatte sie in seinem Bett höchst ergötzlich gefunden. Aber auch Kurelen kehrte nicht wieder. Es war eine sehr einfache Geschichte. Man hatte ihn zu Jesukais Zelt geführt und der junge, hochmütige Jakka-Mongole hatte ihn stirnrunzelnd gemustert. Das hatte Kurelen nicht eingeschüchtert. Mit sanfter und interessierter Stimme hatte er gebeten, sich das Zeltlager des jungen Khans ansehen zu dürfen. Jesukai, der Bitten und Drohungen erwartet hatte, war völlig verdutzt und überrascht gewesen. Kurelen hatte weder nach seiner Schwester gefragt noch den Wunsch geäußert, sie zu sehen, obwohl er aus dem Augenwinkel bemerkt hatte, daß sie hinter der Klappe des Zeltes ihres neuen Gemahls zu ihm herüberblickte. Auch die feindseligen Blicke der jungen Krieger hatten Kurelen nicht gestört.

Jesukai, dem jede Durchtriebenheit mangelte und dessen Verstand sehr schwerfällig arbeitete, wenn er überhaupt dachte, ertappte sich zu seinem größten Erstaunen dabei, wie er den Bruder seiner Gemahlin durch das Zeltlager führte. Die Frauen und Kinder standen auf den Karren oder in den offenen Zelteingängen ihrer Jurten und glotzten. Tiefe Stille senkte sich über die Siedlung. Selbst die Pferde und das heimkehrende Vieh lärmten weniger als gewöhnlich. Jesukai ging voran und Kurelen folgte ihm hinkend und mit unergründlichem Lächeln. Hinter ihnen marschierten finsteren Blicks die jungen Krieger und feuchteten sich die Lippen an. Die Hunde vergaßen zu bellen. Es war eine lange und lächerliche Wanderung. Allmählich kam Jesukai sich wie ein Narr vor und blickte ab und zu stirnrunzelnd über seine Schulter auf den humpelnden Krüppel zurück. Aber Kurelens Miene war offen, erfreut und harmlos wie die eines Kindes. Immer wieder nickte er, gleichsam angenehm überrascht, und murmelte unverständliches Zeug vor sich hin. „Zwanzigtausend Jurten!" sagte er einmal mit lauter, melodischer Stimme. Er strahlte Jesukai bewundernd an.

Sie kehrten zu Jesukais Jurte zurück. Am Eingang machte Jesukai halt und wartete. Jetzt würde Kurelen die Rückgabe seiner Schwester oder zumindest eine reiche Entschädigung fordern. Aber Kurelen hatte es offenbar nicht eilig. Er wirkte nachdenklich. Der tapfere Jesukai begann unsicher von einem Fuß auf den anderen zu treten. Er zog ein finsteres Gesicht. Er betastete den Chinesendolch an seinem Gürtel. Seine schwarzen Augen loderten drohend. Die Krieger waren es müde, ständig ingrimmig zu blicken und sahen einander ratlos an. Irgendwo vor einer Jurte lachte unverhohlen eine Frau.

Kurelen hob eine dunkle, verkrümmte Hand an seinen Mund und kaute grübelnd an den Nägeln. Ohne seine Verwachsung wäre er ein großer, hagerer Mann gewesen. Seine Schultern waren breit, wenn auch krumm. Sein gesundes Bein war lang, obwohl das andere knorrig wie ein Baum der Wüste war. Sein Körper war hager und abgezehrt und die Knochen schief. Er hatte ein langes, mageres, dunkles und boshaftes Gesicht mit schmalen, blitzenden Zähnen, die weiß wie Milch waren. Seine Backenknochen stachen wie kantige Felsen unter glitzernden Schlitzaugen vor, in denen die Spottlust funkelte. Sein Haar war schwarz und lang. Er hatte ein belustigtes und gleichzeitig tückisches Lächeln.

Endlich richtete er mit größtem Respekt, durch den der Spott wie ein silberner Faden leuchtete, das Wort an Jesukai. „Du hast einen mächtigen Stamm, tapferer Khan", sagte er, und seine Stimme klang sanft und schmeichelnd. „Laß mich mit meiner Schwester Houlun sprechen."

Jesukai zögerte. Er hatte bereits beschlossen, daß Houlun ihren Bruder nicht sehen sollte. Jetzt aber war er geneigt, die Bitte des anderen zu erfüllen, obwohl er nicht wußte, weshalb. Er winkte den Dienerinnen kurz zu, die auf dem Karren neben seiner Jurte standen. Sie führten Houlun heraus und nahmen sie in ihre Mitte. Da stand sie, groß, schön und stolz und erbittert. Ihre grauen Augen waren vom Weinen gerötet und verschwollen. Als sie ihren Bruder erblickte, lächelte sie und trat mit impulsiver Geste auf ihn zu. Es war jedoch eher seine Miene, als die zugreifenden Hände der Dienerinnen, die sie jäh zum Stehen brachten. Er betrachtete sie mit sanfter Teilnahmslosigkeit und Zurückhaltung. Sie sah ihn aus großen Augen an und erbleichte. Sie liebte ihn sehr, denn er und sie waren die intelligentesten und vernünftigsten Kinder ihres Vaters, und zwischen ihnen bedurfte es nur weniger Worte.

Freundlich und doch mit leiser, eiskalter Verachtung sagte er zu ihr: „Ich sah das Zeltlager deines Gemahls Jesukai, meine Schwester. Ich bin durch das Dorf gegangen. Bleibe hier und sei Jesukai ein treu ergebenes Weib. Sein Volk stinkt weniger als unseres."

Die Mongolen, die trotz ihres entbehrungsreichen Lebens gerne lustig waren, rissen bei dieser erstaunlichen Rede zuerst die Augen groß auf, aber dann brachen sie in dröhnendes Gelächter aus. Jesukai lachte, bis ihm die Tränen über die Wangen in den Schnurrbart liefen. Die Krieger fielen einander in die Arme. Die Kinder kreischten, die Frauen quietschten. Die Rinder brüllten, die Pferde wieherten und die Hunde bellten wie verrückt. Viehtreiber und Schafhirten stampften, bis dicke Staubwolken die klare, strahlende Wüstenluft erfüllten, daß sie husten mußten.

Houlun aber lachte nicht. Sie stand vor der Jurte und sah auf ihren Bruder hinab. Ihr Gesicht war so weiß wie der Gebirgsschnee. Ihre bleichen Lippen bebten und verzerrten sich. Ihre Augen begannen verächtlich zu funkeln. Und Kurelen stand unter ihr und lächelte schlitzäugig zu ihr empor. Schließlich drehte sie sich wortlos um und ging stolz erhobenen Hauptes in die Jurte zurück.

Nachdem das Gelächter sich so weit beruhigt hatte, daß er sich Gehör verschaffen konnte, sagte Kurelen zu Jesukai, der sich ganz offen die Augen trockenwischte: „Alle Männer stinken, aber deine am wenigsten von allen, die ich gesehen habe. Laß mich in deinem Lager leben und deinem Stamm angehören. Ich spreche die Sprache Kathais. Ich verstehe besser zu stehlen als ein Türke aus Bagdad und listiger zu feilschen als ein Naimane. Ich kann Schilde und Rüstungen anfertigen und Metall in viele nützliche Formen hämmern. Ich kann in der Sprache Kathais und der Uiguren schreiben und bin in vielem bewandert. Wenn auch mein Körper schief ist, kann ich dir unzählige Dienste erweisen."

Jesukai und seine Horde sahen ihn erstaunt an. Hier stand kein fordernder und drohender Feind. Den Schamanen erfaßte zornige Enttäuschung und er trat neben Jesukai, der unschlüssig an seinen Lippen kaute. Er flüsterte ihm zu: „Das Vieh stirbt an einer geheimnisvollen Seuche. Die Geister des blauen Himmels verlangen ein Opfer. Hier hast du eines vor dir, o Herr. Den Sohn eines Häuptlings, den Bruder deiner Gemahlin. Die Geister dürsten nach einem hochgeborenen Opfer."

Der abergläubische Mongole war unglücklich. Er brauchte Handwerker und hatte sehr wohl den Funken der Zuneigung und Freude im Auge seiner schönen und spröden Gemahlin Houlun beim Anblick ihres Bruders bemerkt. Er hatte überlegt, daß sie gefügiger sein könnte, wenn er ihren Bruder hochherzig und gütig behandelte, und daß sie sich inmitten der Fremden wohler fühlen würde, wenn sie einen Blutsverwandten um sich hatte. Aber der oberste Schamane, der Priester, flüsterte ihm ins Ohr und er hörte auf seine Worte.

Kurelen, der Priester haßte, wußte, was hier vorging. Er sah das unentschlossene Auge des Khans funkeln und sich verdunkeln, als sein Blick auf ihm ruhte. Er sah das bösartige Profil des Schamanen, die feige und grausam herabhängende Lippe. Er bemerkte die verschlagenen und feindseligen Blicke, die gierig auf Folter und Blut warteten, sah die plötzlich geblähten Nüstern der Krieger, die nicht länger lächelten, sondern ihn von allen Seiten umzingelten. Er wußte, daß er keine Furcht zeigen durfte.

Belustigt sagte er: „Großer Schamane, ich weiß nicht, was du flüsterst, aber ich weiß, daß es Unsinn ist. Die Priester machen die Männer zu Weibern. Sie haben die Seelen von Schakalen und müssen zu törichter Magie flüchten, weil sie das Schwert fürchten. Sie füllen sich die Bäuche mit dem Fleisch der Tiere, die sie nicht erlegt haben. Sie trinken Milch von Stuten, die sie nicht gemolken haben. Sie schlafen mit Frauen, die sie weder gekauft noch entführt noch im Kampf erbeutet haben. Da sie die Herzen von Kamelen haben, müßten sie ohne ihre Schlauheit sterben. Sie machen die Männer mit ihrem Geschwätz zu Sklaven, damit sie ihnen weiterhin dienen."

Die Krieger mochten den obersten Schamanen nicht, den sie im Verdacht hatten, ihre Frauen mit lüsternen Augen zu betrachten, und grinsten. Der Schamane musterte Kurelen haßerfüllt und sein verschlagenes Gesicht lief blutrot an. Trotz seiner Unentschlossenheit begann Jesukai zu lächeln. Kurelen wandte sich an ihn.

„Antworte mir aufrichtig, o edler Kahn: Kannst du leichter auf einen Krieger verzichten als auf diesen törichten Priester?"

Der naive Jesukai antwortete ohne zu überlegen: „Ein Krieger ist besser als ein Schamane. Ein Handwerker ist nicht so gut wie ein Krieger, aber immer noch besser als ein Priester. Kurelen, wenn du einer meiner Leute sein willst, heiße ich dich willkommen."

So wurde Kurelen, der sich in seinem gefährdeten Leben stets auf seinen scharfen Verstand verlassen hatte, zu einem von Jesukais Horde. Da die Krieger jeden Besiegten verachteten, hörten sie nicht länger auf den Schamanen. Einzig die Frauen und Kinder waren ihm ergeben.

Lange Zeit wollte Houlun nichts von ihrem Bruder wissen, der sie verraten und verhöhnt hatte. Sie empfing ein Kind von

Jesukai. Sie besorgte seine Jurte und lag in seinem Bett und schien sich abgefunden zu haben, denn sie war eine kluge Frau, die wenig Zeit an Kummer und Selbstbedauern verschwendete. Wie alle weisen Menschen machte sie das Beste aus den gegebenen Umständen, um ihr eigenes Wohlergehen zu fördern. Aber ihren Bruder vermied sie. Erst in der Stunde ihrer Niederkunft schickte sie nach ihm. Sie litt starke Schmerzen, fürchtete sich und wollte das einzige Lebewesen, das sie ehrlich liebte, neben sich haben, selbst wenn er sie verspottet hatte. Ihr Gemahl befand sich auf Jagd- und Raubzug und sie brachte ihm auch keine Liebe entgegen.

Sie wußte, daß die Horde ihres Mannes Kurelen verabscheute und fürchtete. Aber bei seinen eigenen Leuten war es ihm nicht besser ergangen und sie kannte den Grund. Auch sie haßte und verachtete die Menschen. Da sie aber kalt, hochmütig und zurückhaltend war, erzwang sie sich Hochachtung. Bei Kurelen war das etwas anderes, denn er war geschwätzig, freundete sich vorurteilslos mit jedem an und konnte sehr gewinnend sein. Die Folge war, daß man ihn für minderwertig hielt, und selbst die Schafhirten sprachen verächtlich von ihm und lachten über seine Feigheit. Hatte er sich nicht mit dem Raub seiner Schwester abgefunden?

Die alte Dienerin Jasai, die an den offenen Eingang von Kurelens Zelt gekommen war, stand und glotzte ihn an. Er blickte auf, sah sie, dann schlürfte er den letzten Rest Kumyß und bewunderte noch einmal die prächtige Ziselierung des silbernen Bechers. Behutsam stellte er ihn auf den mit Fellen belegten Boden der Jurte, wischte sich den breiten, dünnlippigen, gekrümmten Mund am schmierigen Ärmel ab und lächelte. „Ja, Jasai?" fragte er liebenswürdig.

Sie sah ihn feindselig an. Er war der Sohn eines Häuptlings und sprach mit ihr wie mit einer Gleichgestellten. Ihre verwelkten Lippen verzogen sich unbehaglich, schürzten sich zum Ausspucken und sie grunzte in ihrer alten Kehle. Kurelen betrachtete sie unverändert freundlich und wartete. Er faltete die Hände in seinen weiten Ärmeln und saß gelassen auf dem Boden. Einzig seine bösen, hämischen Augen funkelten in der stickigen, düsteren Jurte. Seine Liebenswürdigkeit und Leutseligkeit konnten weder die Alte noch sonst jemand täuschen. Niemand glaubte ihm, daß er die Angehörigen von Jesukais Stamm als seinesgleichen betrachtete. Hätte er sich stolz und überlegen und trotzdem von hoheitsvoller Freundlichkeit gezeigt, sie wären geschmeichelt gewesen und hätten ihn bewundert. Daß er aber gar keinen Stolz an den Tag legte und sie als Ebenbürtige behandelte, war, wie sie genau wußten, nur seine spöttische Art, ihre Minderwertigkeit zu verlachen und seine grenzenlose Verachtung für sie zu bemänteln.

Sie sagte knapp: „Deine Schwester, die Gemahlin des Khans, möchte, daß du in ihre Jurte kommst."

Er zog die Augenbrauen hoch, die wie zwei schwarze Schrägstriche verliefen. „Meine Schwester", sagte er nachdenklich. Er grinste und stand mit erstaunlicher Behendigkeit auf. Jasai betrachtete ihn angeekelt. Die unverbildeten Mongolen fühlten sich von körperlicher Verunstaltung abgestoßen. „Was will sie von mir?" fragte er nach kurzem Schweigen.

„Sie liegt in den Wehen", antwortete die Alte und entfernte sich. Er stand allein in der Mitte seiner kleinen Jurte. Die Brauen zuckten über seinen Augen auf und ab und seine Lippen verzogen sich zur Andeutung eines Lächelns. Er hielt den Kopf gesenkt und schien merkwürdigen Gedanken nachzuhängen. Trotz seines verkrüppelten Wuchses, seiner unruhigen Augen und seines Lächelns war er sonderbar rührend. Er trat in das flammende Licht des Sonnenunterganges hinaus.

II

Die Schafhirten und Viehtreiber brachten ihre Ziegen- und Rinderherden ins Lager. Über ihnen zerstoben graugoldene Staubwolken und die flimmernde, gleißende Luft der Wüste hallte von ihrem heiseren Brüllen und schrillen Geschrei wider. Die Rinder klagten mit tiefen, traurigen Stimmen, als sie über die gewundenen Wege zwischen den schwarzen, kuppelförmigen Jurten galoppierten. Das Zeltlager war in der Nähe des Flusses Onon aufgeschlagen, und zu diesem gelbgrauen Wasser trieben die Hirten ihre Tiere. Nackte, braune Kinder spielten neben den Jurten im

Staub, aber als die Herden donnernd näher kamen, kletterten sie auf die Karren und jubelten den Hirten zu, die inmitten der dröhnenden Hufe und des heißen Staubs liefen. Die Herden jagten wie Wahngebilde vorbei; da und dort zeichnete sich ein zurückgeworfener Kopf, ein Gewirr von Hörnern, ein Meer von Schwänzen, eine Masse von Tierleibern, ein Wald behaarter Beine ab, die in diesem aufwirbelnden, alles einhüllenden Staub vorbeijagten, der in dem unbarmherzig grellen Sonnenlicht glitzerte.

Ängstlich um ihre Kinder besorgte Frauen kamen an die Öffnungen der Jurten. Manche hatten ihre Säuglinge gestillt und ihre braunen Brüste hingen voll, schwellend und nackt herab. Sie mengten ihre schrillen Schreie und Drohungen in das Geschrei der Viehtreiber und das Brüllen der Herde. Andere tauchten mit Kupferkesseln und Holzeimern aus den Jurten auf, denn die Tiere mußten nach ihrer Rückkehr vom Fluß gemolken werden. Jetzt näherte sich eine weitere Hirtenschar mit wild ausschlagenden Hengsten und Stuten mit Fohlen, und die herumstreichenden Dorfbewohner retteten sich flink auf die Karren bei den Jurten. Man konnte den Angriff von Ziegen riskieren, aber nie den von Hengsten. Ihre wilden Augen glühten im Staub, ihre struppigen Leiber waren mit einer grauen Schicht überzogen. Die berittenen Hirten fluchten und brüllten und hieben mit langen Knüppeln auf die Tiere ein. Sie waren ungezügelter und wilder als die Hengste. Ihre Augen blitzten leidenschaftlich. Von ihren dunklen Gesichtern troff der Schweiß und ihre schwarzen Lippen waren vom Staub aufgesprungen. Das Getöse war ohrenbetäubend und der Gestank, stellte Kurelen naserümpfend fest, unerträglich.

Auf ihren kleinen, temperamentvollen arabischen Pferden folgten die Jäger, die ihre Beute vor sich auf die Pferde geworfen hatten: Hasen und Antilopen, Igel und Vögel und Füchse, Marder und anderes kleines Pelzgetier. Die Jäger jauchzten triumphierend, ließen ihre Pferde sich bäumen und herumschnellen, und wenn sie mit anderen zusammenprallten, lachten sie wie die Irren. Sie winkten mit ihren kurzen Schwertern und ihren Bogen, drückten ihren Pferden die harten Fersen in die Flanken und galoppierten im Kreis. Die Frauen hießen ihr kindisches Treiben nicht gut, und als die Jäger ihre Jurten betraten, wurden scheltende Frauen-

15

stimmen laut. Große purpurne Lagerfeuer begannen zwischen den Jurtenreihen aufzuglühen und flackernde Fackeln bewegten sich zwischen diesen Reihen, denn das weite Firmament über der Wüste tauchte jetzt rasch in abendliches Violett.

Die Herden waren vorbeigestürmt und Kurelen wagte sich aus einem kleinen Durchgang zwischen zwei Jurten hervor und begab sich zur größten Jurte, in der seine Schwester wohnte. Der grellgelbe Staub hing noch immer dick in der Luft und die schwarzen Zelte ließen sich nur unklar wie große Bienenschwärme, die unzusammenhängend im Nebel schwammen, ausnehmen. Die Lagerfeuer flammten hoch und lebhaft wie Fahnen und da und dort zuckten Fackeln in der Dämmerung auf. Die Stimmen klangen gedämpft, als kämen sie aus weiter Ferne. Kies und pulverisierte Erde unter Kurelens Füßen waren noch heiß von der Sonne und fühlten sich wie Samt an. Er blickte zum verblassenden Himmel auf. Im Westen, wo der Fluß zwischen graugrünen Grasbüscheln lief, bot sich ein einmaliges Bild. Der Himmel loderte in gebieterischer Unnahbarkeit. Wohl beleuchtete er den Westen, ließ jedoch die Erde im Dunkel. Der Horizont erstrahlte in blendendem, zuckendem Hellrot, und die meilenlange Kette der kleinen, schroffen, schwarzen Berge biß wie Zähne in die Luft. Über diesem gigantischen Pochen, das wie das Zucken eines ungeheuren Herzens aussah, schwangen Hunderte von Meilen breite blasse Flammenbänder, die sich in stummen, mächtigen Stürmen blähten, wie die Erde sie noch nie zu fühlen bekommen hatte. Darüber hoben sich ausgezackte Schleier von Grün und Gold und Rot und Grellblau zum Zenit, der die Farbe von Hyazinthen hatte. Und die Erde darunter lag dunkel und unfertig und wüst, verlassen und leer da, und die winzigen roten Feuerpunkte blinzelten in kläglicher Ohnmacht.

Kurelen blickte nach Osten. Hier schimmerte der endlose Himmel in verschwommenem, geisterhaftem Rosa. Darunter ließ sich violett der gigantische Schatten und Bogen der Erde erkennen, die sich wie ein Zelt der Nacht gegen das Firmament reckte, das ihr Spiegelbild zurückwarf. Und jetzt fielen die Winde über die Erde her. Sie stießen wie eine riesige, unsichtbare Herde aus dem Himmel und erfüllten sie mit dem Brüllen ihrer mächtigen Stimmen. Aber die tiefe Stille der Nacht über der Wüste Gobi wurde dadurch nur tiefer, nur unheimlicher. Jetzt war die Erde selbst zur Beute von Nacht und Winden geworden und verlor sich darin, und es gab nichts als den Westen mit seiner grauenhaften Pracht und seiner ewigen Einsamkeit.

Kurelen vergaß seine Schwester. Er verließ das Zeltlager und schritt durch die zunehmende Finsternis. Es war plötzlich bitterkalt geworden und ihn fröstelte unter seinem Ziegenfellumhang. Seine Augen funkelten in der Düsternis, als führten sie ein mißgünstiges Eigenleben oder spiegelten das sinkende Licht des westlichen Himmels. Er war allein. Tief zog er die sturmerfüllte Luft der dunklen Nacht ein. Jetzt war der Zenit mit dem hellen Flimmern leidenschaftlicher, eiskalter, drohender Sterne übersät. Allein stand er in Wind und Stille und dachte bei sich: Bis hierher ist die Habsucht des Menschen noch nicht vorgedrungen. Hier klingt kein verdammter Menschenschritt auf, kein Atem besudelt die Nacht. Hier gibt es Sterne und die Erde und dazwischen nur den Wind und mich!

Im weitab liegenden Lager hatte in einer der Jurten ein Flötenspieler sein Instrument angesetzt. Urplötzlich zerschnitten ergreifende, süße Töne die grenzenlose Nacht über der Wüste Gobi. Ungestüm, wütend und einsam entfachte die Melodie ein schmerzliches Feuer in der Brust. Kurelen fühlte, wie ihm das Herz abwechselnd eng und weit wurde, bis sein ganzes Sein in unerträglichem Schmerz und bitterer Sehnsucht pochte. Und doch brachte dieser Schmerz ein Gefühl von Erhabenheit und Frieden, das gleichzeitig Qual und Lust bedeutete. Tränen rollten über seine hageren Wangen. Er spürte ihren salzigen Geschmack auf den Lippen. Hier mußte er sich nicht mit Spott gegen die Ungeheuerlichkeit des Lebens wappnen. Er hatte dem Dorf den Rücken zugewandt und sah die kleinen zuckenden Flaggen der Lagerfeuer nicht. Er sah nichts als den Osten und den dunklen, gleitenden Schatten der Erde.

Ich hätte nie nach Kathai wandern dürfen, dachte er, niemals sehen sollen, welche Fähigkeiten der Mensch entwickeln kann, wenn er sich nur bemüht. Hat man erst vom brennenden Becher der Erkenntnis getrunken, dann gibt es keinen Frieden mehr, sondern nur mehr Einsamkeit und Sehnsucht, Haß und Betrübnis. Gleich einem aussätzigen Hund muß ein Sehendgewordener sich zwischen seinen Mitmenschen bewegen. Gehaßt und hassend zugleich und doch von Mitleid und Wut erfüllt, weiß er viel und verzweifelt wenig und kann nur begreifen, daß er niemals etwas wissen kann. Er erkennt, daß er zu einem Nichts zusammenschrumpft und doch quält ihn das Bewußtsein der Unendlichkeit.

Leise klagte die Flöte, aber die Klage schwang sich auf und wurde zum Triumph. Ihre dünne Flammenzunge griff nach dem Himmel, durchtrennte ihn, ohne ihn zu versengen, und erzwang sich ihren Einlaß in die unergründliche Ewigkeit. Dort brannte sie abseits, schön, traurig und trotzig, ohne ihre Finsternis erhellen zu können. Es war die Seele des Menschen, bedrängt und fremd, verirrt, klein und leuchtend, die von allen Winden des Himmels und der Hölle bestürmt wurde, die das Zerbrechliche, Lebendige suchten. Ihre zitternde Stimme sprach von Liebe zu Gott, von Unzulänglichkeit und Schmerz, und selbst noch in der Verzweiflung von unerschütterlicher Hoffnung.

Als das Flötenspiel endete, überwältigte Kurelen der Kummer. Er begab sich zur Jurte seiner Schwester. Sobald er den Kopf gesenkt hatte, um die Jurte zu betreten, lächelte er aber bereits wieder ironisch und seine schrägen Augen waren voll Schabernack.

Die kuppelförmige Jurte bestand aus dickem schwarzem Filz, der über ein Gerüst von geflochtenen Ruten gezogen war. Oben war ein Loch, durch das der Rauch abziehen konnte. Darunter stand ein Kohlenbecken, dessen Flammen die einzige Lichtquelle bildeten. Die geschwungenen Wände der Jurte waren mit weißem Kalk angeworfen, und ein talentierter chinesischer Freund Jesukais hatte darauf in Pastellfarben kunstvolle, dekadente Gestalten gepinselt. Diese lasziven Stellungen, die schwer deutbaren Gesichter, die zarten Farben bildeten einen starken Kontrast zu den barbarischen Mongolen, die aus der Gegenüberstellung mit diesen Figuren an Kraft, Männlichkeit und Macht zu gewinnen schienen. Seidenteppiche aus Kabul und Bokhara verliehen dem Holzboden der Jurte Farbe und der warme Ton der Teppiche schimmerte durchs Halbdunkel. Auf diesen Teppichen standen drei Teakholztruhen, die einer chinesischen Karawane geraubt worden waren. Ihre kunstreichen, unheimlichen Schnitzereien zeigten Bambuswälder, Grotten, durchbrochene, geschwungene Brücken, Fischreiher und Kröten, buddhistische Mönche mit langen Ärmeln und spitzen Hüten, Liebende und Blumen, und wirkten in dieser Jurte eines Barbaren fremd und aufreizend. In einer der offenen Truhen lagen seidene, gestickte Frauengewänder, die ebenfalls von Karawanen erbeutet oder schlauen arabischen Händlern abgehandelt worden waren, und kleine Schmuckschatullen, Dolche und Becher aus eingelegtem Silber. An einer Seite der Filzwand, die der chinesische Künstler nicht verziert hatte, hingen zwei oder drei runde, vergoldete, geharzte bunte Schilde, Köcher aus Bambus und Elfenbein, Krummsäbel, die wie der Blitzstrahl funkelten, Pfeile und kurze, chinesische Schwerter und zwei breite türkisbesetzte Silbergürtel, deren komplizierte, spitzenähnliche Arbeit die Geschicklichkeit bester chinesischer Künstler verrieten.

Houlun lag inmitten von bestickten Chinaseiden und weichen Pelzen auf einem breiten Bett. Rund um das Bett hockten mehrere Frauen auf den Teppichen, schaukelten mit fest geschlossenen Augen hin und her und murmelten Gebete zu den Geistern. Sie hatten die Hände in den weiten Ärmeln gefaltet. Ihre langen Baumwollgewänder fielen in starren Falten über Hüften, Arme und Schultern. Als Kurelen eintrat, starrten sie ihn aus feindseligen Augen an, ohne sich zu erheben, obwohl er der Bruder der Häuptlingsfrau und der Sohn eines Häuptlings war. Houlun reckte bei seinem Kommen leicht den Kopf und blickte ihm stumm und ohne Lächeln entgegen.

Man sah ihr an, daß sie litt. Das rote, zuckende Licht des Kohlenbeckens zeigte ihr blasses, angespanntes Gesicht, ihre grauen, gequälten Augen. Selbst ihre Lippen waren bleifarben. Das lange schwarze Haar fiel ihr wie schimmernde Seide über die Arme und hing übers Bett zu Boden. Ihre vollen Brüste hoben sich wie Hügel unter ihrem dünnen Gewand aus schimmernder weißer Seide, auf die purpurrote, grüne und gelbe chinesische Figuren gestickt waren. Ihr Leib war unförmig angeschwollen und sie hatte die langen, wohlgeformten Beine im Schmerz hochgezogen.

Sie musterte ihren Bruder mit hoheitsvollem, eiskaltem Blick.

19

Sie hatten seit dem Tag, an dem er sie verraten hatte, nicht mehr miteinander gesprochen, obwohl er sie aus der Ferne gesehen hatte und sie ein oder zweimal stolz und unnahbar an ihm vorbeigekommen und ihr schönes Gesicht starr vor Ablehnung gewesen war. Als er jetzt mit spöttischem Grinsen neben ihrem Bett stand und sie mit unergründlichem Blick anfunkelte, schossen ihr die Zornestränen in die Augen und sie wandte das Gesicht ab.

Kurelen lächelte. „Du hast mich rufen lassen, Houlun?" fragte er sanft.

Sie hielt ihr Gesicht starr abgewandt. Die Tränen drängten sich an ihre Wimpern, aber trotz ihrer Schmerzen war ihre Miene stolzer und kälter denn je. Sie zog die Beine höher und spannte die Muskel an. Kurelen biß sich nachdenklich auf die Oberlippe, wie es seine sonderbare Gewohnheit war. Er blickte auf die feindseligen Frauen, die an Houluns Bett hockten, und sie wandten verächtlich die Augen von ihm. Er rieb sich das Kinn mit dem Daumen und wandte seine Aufmerksamkeit wieder seiner Schwester zu. Er sah, daß ihr der Schmerz die Schweißperlen auf die Stirn trieb und sah die blutunterlaufenen Spuren an ihren zerbissenen Lippen.

„Hast du nach dem Schamanen geschickt?" fragte er und lächelte wieder teuflisch.

Sie drehte den Kopf in den Kissen und finstere Wut erfüllte ihre Augen. „Du verhöhnst mich, selbst wenn ich leide!" rief sie.

Die Frauen murmelten. Sie rückten unschlüssig von ihm ab. Eine zischte Kurelen zwischen zusammengepreßten Lippen zu: „Sie will den Schamanen nicht empfangen, obwohl er den ganzen Tag am Eingang der Jurte stand."

„Oh", sagte Kurelen sinnend. Houlun begann zu weinen, und das ärgerte und beschämte sie. Sie wandte ihr Gesicht von ihm und dem Licht des Kohlenbeckens weg und war zu stolz, um sich die Tränen abzuwischen. Er hob den Zipfel eines dünnen Seidentuches und betupfte damit zart ihre Wangen und die Augen. Sie wies ihn nicht zurück, sondern fing unvermittelt laut zu schluchzen an, als hätte seine Berührung ihre Selbstbeherrschung vernichtet.

„Laß mich allein", stammelte sie. Aber er wußte, daß sie es nicht ernst meinte. Er kehrte sich den Frauen zu. „Ihr habt eure Herrin vernommen", sagte er. Sie standen vollends verblüfft und ratlos auf und glotzten Houlun an. Aber die weinte und beachtete sie nicht. Langsam verließen sie unter Gemurmel hintereinander die Jurte und schlossen die Eingangsklappe. Die Geschwister waren allein.

Die Holzkohle im chinesischen Becken knisterte. Das trübe rote Licht flammte auf und verglühte. Die verzierten Wände der Jurte wölbten sich unter dem schrecklichen Wind, der um die Zelte fegte. Die bunten Gestalten an den Wänden bebten, bauschten sich ins Innere der Jurte, wurden nach außen gesaugt. Manche der laster- haften, feinen Gesichter schienen hämisch und bösartig zu lächeln. Die große Frau auf dem Bett krümmte sich und weinte vor Schmerz und Verlassenheit. Die Krummsäbel glitzerten an den schwankenden Wänden.

Kurelen nahm auf einer Truhe neben seiner Schwester Platz und wartete. Schließlich wischte sie sich mit kindlicher Gebärde die Tränen mit dem Handrücken ab und kehrte ihm das Gesicht zu. Noch immer war es stolz und kalt, aber ihre grauen Augen blickten weich und gequält.

„Warum hast du mich verlassen?" fragte sie.

Zärtlich erwiderte er: „Du weißt, Houlun, daß ich dich niemals verlassen habe."

Da erfaßte sie wieder heiße Erregung. Sie stützte sich auf die Ellbogen. An ihren runden Armen hingen breite chinesische, juwelenbesetzte Armreifen aus Silber. Ihre Brust hob und senkte sich mühsam, ihre Augen blitzten. „Du hast mich verraten und mich in den Händen meines Feindes gelassen!" rief sie. Um ihren Hals schlang sich eine breite, silberne, chinesische Kette, die mit flachen rosa Steinen besetzt war, die unter ihrem stoßweisen Atem wie Feuer aufglühten. Ihre seidenen Gewänder glitten ihr von Brust und Schenkeln, und Kurelen dachte bei sich, wie schön sie doch ist.

Er antwortete ihr mit zunehmender Sanftheit: „Ich habe dich immer für sehr weise gehalten, Houlun. Nicht kindisch und auch nicht weibisch. Ich dachte, daß du genau wie ich glaubst, daß sich der Mensch dadurch vom Tier unterscheidet, daß er sich nicht wehrt, sondern anpaßt und immer seinen Vorteil zu finden weiß. Nie dachte ich, du könntest dummem Stolz und Mangel an Einsicht zum Opfer fallen. Was hast du dir vom Leben gewünscht? Einen Gemahl? Den hattest du, und er ist fortgerannt, hat dich verlassen, und ein Stärkerer hat dich zu sich genommen. Sind in der Nacht nicht alle Männer gleich? Und ist es nicht besser, einen zu haben, der stark, ehrgeizig und ein großer Jäger ist?"

Er griff nach ihr und ließ die glatte Seide ihres Gewandes durch seine Finger gleiten.

Sie beobachtete ihn. Ihr Atem ging heftig und die Juwelen an ihrem Hals funkelten genauso leidenschaftlich wie ihre Augen. Achselzuckend ließ er die Seide los.

„Früher warst du in derbe Wolle gekleidet. Jetzt trägst du Seidengewänder. Du hast einen kräftigen Gemahl. Du hast weiche Kleider, Nahrung und Truhen voll Silber. Dir gehört die Leidenschaft eines stürmischen Mannes und er behandelt dich gut. Er ist Herr über dreißigtausend Jurten und sein Gefolge vermehrt sich täglich. Er hat dich beschützt. Niemand kann dich ihm entreißen. Was wünschst du dir mehr?"

Sie antwortete nicht. Sie keuchte noch immer erregt und ihr Gesicht war wutentbrannt. Aber sie hatte ihm nichts zu erwidern.

Kurelen lächelte unverändert und seufzte. Er sah sich in der Jurte um. Auf einem geschnitzten und intarsierten chinesischen Hocker aus Teakholz stand eine Silberschüssel voll türkischer Leckereien und Datteln. Er griff zu, kaute das klebrige Zeug und lutschte an den Dattelkernen. Er spuckte sie aus und leckte sich anerkennend die Lippen. Und die ganze Zeit über sah seine Schwester ihm zornerfüllt, aber mit wachsender Beschämung zu.

Er betrachtete sie belustigt und wischte sich die Lippen an seinen Ärmeln. „Sei keine Närrin, Houlun", sagte er.

Laut und stammelnd brach es aus ihr hervor: „Kurelen, du bist ein Feigling!"

Er sah sie erstaunt an. Das Lächeln verschwand aus seinem schlauen Gesicht. Er schien ehrlich beleidigt und verwundert zu sein.

„Warum? Weil ich, ein auf sich selbst gestellter Krüppel, mich nicht auf einen Kampf mit deinem Mann eingelassen habe? Weil ich mich nicht in grenzenloser Dummheit absichtlich in seinen Säbel oder seinen Dolch gestürzt habe?"

In wütender Verachtung starrte sie ihn an. „Hast du noch nie etwas von Ehre gehört, Kurelen?"

Seine Augen weiteten sich, sein Blick wurde noch verblüffter, noch ungläubiger. „Ehre?" Er brach in Gelächter aus. Er schaukelte auf der Truhe hin und her. Unbeherrschte Heiterkeit schüttelte ihn. Houlun betrachtete ihn unter zuckenden Wimpern und errötete. Sie lauschte seinem unmäßigen Gelächter. Ihre Wut vertiefte sich, weil sie sich noch nie dümmer vorgekommen war als eben jetzt.

Schließlich wurde er ruhiger, aber er mußte sich die Augen trocknen und hörte nicht auf, den Kopf zu schütteln.

„Die Toten", bemerkte er, „brauchen weder Ehre noch Schande. Ich aber, Kurelen, brauche mein Leben. Wäre ich gestorben, hätte Jesukai dich unverändert bei sich behalten. Allerdings hättest du meinen ‚ehrenvollen' Tod wie eine Narrentresse an deiner Brust getragen. Ich habe dich verkannt, Houlun. Du bist beschränkt."

Er erhob sich, schüttelte sein wollenes Gewand zurecht und schob die Hände in seine Ärmel. Groß, verwachsen und krumm stand er mit hintergründigem Lächeln und spöttischen Augen neben ihr. Seine weißen Zähne blitzten im Licht der Kohlenpfanne. Er verneigte sich hämisch und trat auf den Zelteingang zu, als wollte er gehen.

Sie sah ihm nach, bis er die Zeltklappe erreicht hatte und zurückschlagen wollte. Dann rief sie ihm mit unglücklicher Stimme nach: „Kurelen, mein Bruder, verlaß mich nicht!"

Er blieb stehen, aber wandte sich nicht um. Mühsam schwang sie die Beine über die Bettkante. Sie stöhnte und taumelte ihm entgegen. Er drehte sich um und sie stolperte in seine Arme. Das schwarze Haar fiel ihr über Hände und Brust, als sie sich zitternd und schluchzend von ihm festhalten ließ. Er spürte ihre atmende Brust gegen seine, fühlte den Druck ihrer Glieder. Er drückte ihr den Mund auf den Scheitel und zog sie fester an sich. Sein Lächeln war von wunderlicher Leidenschaft und Zärtlichkeit, wie sie noch keiner auf seinen Lippen gesehen hatte.

„Ich habe dich nie verlassen, Houlun", wiederholte er unendlich sanft. „Ich habe dich immer und überall geliebt!"

„Und ich liebe nur dich", schluchzte sie.

Trotz seiner Verunstaltung war er ein kräftiger Mann, und er hob sie hoch und trug sie aufs Bett zurück. Er strich die seidenen Decken und die Felle zurecht, glättete ihr langes Haar und schob es aus ihrem tränennassen Gesicht. Er legte ihr einen Rotfuchspelz über die Füße. Sie gestattete ihm diese Liebesdienste und sah ihn aus überquellenden, demütigen und anbetenden Augen an. Und dann saß er neuerlich neben ihr und ergriff ihre Hand. Er lächelte ihr zu, aber sein Lächeln war seltsam trocken und bitter.

„Es war ein böser Tag, an dem die Götter uns den gleichen Vater zugedacht haben", sagte er.

Sie antwortete nicht, sondern schmiegte ihre blasse Wange gegen seinen Handrücken. Er seufzte und legte ihr die freie Hand aufs Haupt, und so verharrten sie reglos und sahen einander nur tief in die Augen und wagten nicht auszusprechen, was sie dachten.

Der Nachtwind erhob sich zum Rollen des Donners. Der Zeltboden erbebte, die Wände zitterten und bauschten und höhlten sich im Luftzug. Selbst die Teppiche auf dem Boden schimmerten so farbenprächtig, als lebten sie. Die geflochtenen Ruten des Zeltes ächzten und quietschten. Das verängstigte Vieh brüllte auf und seine tiefen Stimmen mischten sich mit dem Wind. In der Ferne wieherte ein Pferd und andere Hengste antworteten ihm verschreckt und beunruhigt. Kurelen und Houlun aber waren in einer kummerbeladenen und leidenschaftlichen Welt gefangen und sahen einander nur tief in die Augen.

Dann befreite Kurelen unendlich sanft seine Hand, die unter Houluns Wange lag. Bei dieser Bewegung zuckte sie krampfhaft zusammen, weil die Schmerzen neuerlich eingesetzt hatten. Mit geweiteten Nasenflügeln, die schmale, hohe Stirn gerunzelt, beobachtete er sie.

„Das dauert zu lange", sagte er laut, als spräche er zu sich selbst.

Houlun preßte die Hände über ihren schmerzenden Leib. Sie biß sich auf die Lippen, konnte aber ihr Stöhnen nicht unterdrücken. Ungestüm streckte sie die Beine aus. Die Zeltklappe wurde hochgehoben und eine Dienerin blinzelte ins Innere.

„Herrin, der Schamane ist wieder hier", meldete sie.

Kurelen machte eine einladende Geste, und im nächsten Augenblick trat sein Feind, der Schamane, trotzig ein. Sein Gewand aus grauer Wolle wallte ihm um die hageren Beine, sein dunkles, böses Gesicht drückte seine grimmige Feindschaft gegen Kurelen aus. Seine Nase erinnerte an einen Geierschnabel und er hatte brennende, glitzernde Augen. Kurelen lächelte ihm naiv zu.

„O Schamane, heute nacht bedürfen wir deiner Gebete."

Der Schamane betrachtete ihn mit unverhülltem Haß und verzog die schmalen Lippen. Er war trotz seiner Hagerkeit ein gut aussehender Mann. Die Grausamkeit der Wüste lag in seinen Augen und die Wildheit der Steppe in seinem Antlitz. Sein Mund jedoch war der eines hinterhältigen Feiglings.

Er schenkte Kurelen keine Beachtung, sondern stellte sich neben Houlun und betrachtete ihre aufgelöste Schönheit. Seine Augenhöhlen flammten. Er senkte die Lider, faltete die Hände in den weiten Ärmeln, neigte den Kopf und bewegte die Lippen in stummem Gebet. Kurelen hockte auf seiner Truhe und beobachtete ihn. Allmählich vertiefte sich sein Lächeln immer mehr. Er fing Houluns Blick ab und blinzelte ihr zu. Sie versuchte, die Empörte zu spielen, mußte aber doch unwillkürlich zurücklächeln.

Der Priester betete jetzt laut. Er hob die Augen zur Öffnung der Jurte, durch die sich der Rauch des Kohlenbeckens wie eine graue, nebelhafte Schlange ringelte.

„O ihr Geister des heiligen blauen Himmels, entbindet den Leib dieser Frau rasch seiner Frucht und beendet ihre Pein! Denn sie ist die Gemahlin unseres Khans, des edlen Jesukai, und dies ist ihr erstgeborener Sohn, der dereinst über uns herrschen wird! Senkt die gesegnete Finsternis der Befreiung über ihre Lider, laßt ihren Leib seine Last ausspeien und gewährt ihr Frieden."

Seine Stimme klang beleidigt, denn er hatte Houluns verstecktes Lächeln bemerkt. Immer wieder ballte er im Schutz seiner weiten Ärmel die Fäuste. Sein Gesicht war verzerrt vom Haß.

Er neigte sich über sie und legte ihr seine zitternden, hageren Hände mit den hervorquellenden Adern aufs Haupt und über die Augen. Langsam und verweilend zog er seine Hände über ihre Brüste und ließ sie auf ihrem Bauch liegen. Sanft knetete er ihr den Unterleib und sie wälzte sich in ihren Schmerzen hin und her, ohne ihn dabei aus den Augen zu lassen. Kurelen runzelte die

Stirn. Seine Lippen schoben sich dicht unter die Nase. Er beugte sich vor, daß ihm die Schultern bis an die Ohren reichten.

Plötzlich warf der über Houlun geneigte Schamane ihrem Halbbruder einen giftigen Blick zu.

„Es ist nicht gut, daß ein Ungläubiger in dieser Jurte ist, während ich bete", sagte er. „Die Geister werden mich nicht hören."

Die beiden Männer maßen einander mit funkelnden Augen. Houlun wartete gespannt ab.

Dann erhob Kurelen sich. Er nahm den Schamanen beim Arm und raunte ihm lächelnd zu: „Hinaus!"

Wieder starrten sich die beiden mit ihren leidenschaftlichen Augen an. Der Schamane machte die Lippen schmal, aber er wich nicht vom Fleck. Seine Nasenflügel blähten sich.

Kurelen steckte sich die Hände ins Gewand und zog einen kurzen, breiten, blitzenden chinesischen Dolch hervor, dessen Griff mit Türkisen besetzt war. Er drückte sich die Spitze leicht gegen den Finger. Ein Tropfen roten Blutes sprang hervor. Sein glitzernder Blick wich nicht vom Gesicht des Priesters. Seine Miene war von unbeschreiblicher Milde.

Der Schamane stand aufrecht da. Erst sah er Houlun an, dann ihren Bruder. Etwas in Kurelens Antlitz und Lächeln ließ sein Blut kalt werden. Er biß sich auf die Lippen. Die Wut verzerrte seine hageren Züge. Er rang nach Würde, aber sein rauher, hastiger Atem war deutlich vernehmbar.

„Wenn diese Frau stirbt, werde ich Jesukai berichten, daß du und deine Lästerung daran schuld sind, weil du mir nicht gestattet hast, bei ihr zu sein", sagte er und seine Stimme überschlug sich zornig.

Langsam und lächelnd hob Kurelen den Dolch und legte dessen Spitze auf die Brust des Priesters. Der Schamane versuchte, nicht zurückzuzucken, als er die scharfe Spitze fühlte. Wie der Widerschein eines Feuers, so züngelte die nackte Angst in seinen Augen auf. Er wich zurück, aber da seine Augen nicht von Kurelen ließen, ging er rücklings auf die Zeltklappe zu. Dabei stolperte er, fiel durch die Öffnung und fing sich nur dadurch ab, daß er sich links und rechts vom Schlitz festklammerte. Mit zitternden Beinen kletterte er ins Freie. Draußen standen die Dienerinnen, glotzten ihn an und machten scheu Platz. Als er majestätisch davonstelzte, vernahm er Kurelens und Houluns Gelächter und er fluchte in der Dunkelheit leise vor sich hin.

Im Zelt sagte Kurelen zu seiner Schwester: „Diese gemeinen Priester! Was ist das bloß für ein Gesindel! Aber ich nehme an, wir müssen sie gewähren lassen. Ohne sie gäbe es keine Könige und keine Unterdrücker, die das Volk zur Unterwürfigkeit zwingen."

Aber Houlun wurde wieder von den Wehen überfallen. Kurelen ergriff ihre Hand und sagte völlig ernst: „In den zwei Jahren, die ich in Kathai verbrachte, habe ich in ihren Hochschulen gesessen. Ich habe den gelehrten Abhandlungen ihrer Ärzte gelauscht. Willst du dich mir anvertrauen, Houlun, daß ich dich entbinde?"

Houlun sah ihn aus dem tiefen Tal ihres Schmerzes und ihrer Erschöpfung lange und forschend an. Dann antwortete sie schlicht: „Ja, ich gebe mich in deine Hände."

Er neigte sich über sie und küßte ihre Stirn. Dann ging er zur Tür und rief die Dienerinnen, die murmelnd und mißtrauisch eintraten. Er befahl ihnen, ihrer Herrin einen großen Becher Wein zu reichen. Eine der Frauen füllte einen chinesischen Silberpokal mit Jesukais aufgespartem türkischem Wein, und Houlun trank folgsam. Über den getriebenen Rand des Bechers hinweg sah sie ihren Bruder unverwandt an. Wieder befahl er, den Becher zu füllen, obwohl die alte Dienerin Jasai ihm zu widersprechen versuchte. Und wieder trank Houlun. Und das wiederholte sich ein drittes und viertes Mal.

Verschwommene, goldene Nebel umfingen Houluns gepeinigte Sinne. Sie sank aufs Bett zurück und fand ihre Schmerzen nicht nur erträglich, sondern sie schienen ihr wie ein Traum, als litte eine andere und nicht sie selbst. Die kalkbeworfenen Wände der Jurte dehnten sich, wurden zu einer riesigen Halle, in der sich Menschen mit bunten Gesichtern und farbenfrohen Gewändern drängten, und wo Musik, Lächeln und Lachen herrschten. Sie entspannte sich, lachte, sagte ihrem Bruder zärtlichen Unsinn und witzelte über die gemalten chinesischen Figuren, denen ihre Trunkenheit ein fiebriges, faszinierendes Leben verliehen hatte. Die drei Dienerinnen hatten sich am Fußende des Bettes aneinandergedrängt, tuschelten miteinander und sahen Kurelen drohend an. Sie lauschten Houluns Lachen und starrten auf ihre glänzenden Augen und den leicht geöffneten, lächelnden Mund.

Dann ergriff Kurelen eine Öllampe, die auf einem Hocker gebrannt hatte, und hielt sie mit beiden Händen fest. Er setzte sich aufs Bett seiner Schwester und hob die Lampe, daß ihr Schein ihm hell in die Augen fiel. Beschwichtigend begann er, mit leiser, monotoner Stimme zu sprechen.

„Sieh nicht fort von meinen Augen, Houlun. Du kannst nicht fortblicken. Eben. Du hast keine Schmerzen. Du bist glücklich und zufrieden. Hörst du mich?"

Sie blickte in seine leuchtenden Augen. Alles andere fiel zu unklarem, wirbelndem Treiben ab, aber seine Augen wurden immer lebendiger, immer flammenerfüllter. Außer ihnen gab es nichts auf der Welt. Seine Gestalt, sein Gesicht verloren sich im Schatten, existierten nicht mehr. Aber sein Blick zwang sie unter seinen hypnotischen Willen. Von irgendwoher vernahm sie das leidenschaftliche Pochen einer Trommel und wußte nicht, daß es ihr eigenes Herz war. Das rote Licht des Kohlenbeckens, das mit getrocknetem Mist frisch angefacht worden war, loderte auf und verglomm, loderte auf und erfüllte die gesamte Jurte mit seinem blutigen Widerschein. Die Dienerinnen waren stumm vor Angst und wie gelähmt. Sie konnten sich nicht bewegen, konnten einzig auf den verwachsenen Mann mit dem dunklen Gesicht sehen, der mit der strahlenden Lampe in den Händen auf dem Bett saß, und auf die schöne Frau mit dem hypnotisierten Gesicht, deren hohe Gestalt von der bestickten dünnen Seide ihres Gewandes zugedeckt war. Und als wären die heftigen Stürme im Freien geheimnisvoll verzaubert, schwiegen auch sie still.

Mit klarer, aber leiser Stimme sagte Houlun, ohne von den Augen ihres Bruders fortzublicken: „Ja, Kurelen, ich höre dich."

Wieder sprach er leise und monoton: „Du wirst bald einschlafen und erst erwachen, wenn ich dich wecke. Du wirst von unserer Heimat und von unserem Vater träumen. Du wirst wieder mit mir auf unseren turkmenischen Ponies über die schneebedeckten Steppen reiten, und wir werden das Nordlicht am schwarzen Himmel aufblitzen sehen. Und wenn du erwachst, wirst du erfrischt und glücklich sein, deine Schmerzen vergessen haben und nichts als Freude über deinen Sohn empfinden."

Seine hell erleuchteten Augen weiteten sich vor ihrem träumerischen, starren Blick, bis sie das ganze Weltall erfüllten. Ihre Seele schien wie Rauchwolken aus ihrem Leib zu strömen und in leidenschaftlicher Liebe und von dem Wunsch beseelt, in ihm aufzugehen, zu ihm zu eilen. Seine Augen waren für sie wie Sonnen in grenzenloser, ungeformter Finsternis.

Ihre Arme entspannten sich und sanken neben ihr aufs Bett. Eine Hand fiel über die Bettkante und die langen Finger streiften den Teppich. Ihr Haar und die roten Lippen beseelten sich im Halbdunkel mit ungemein intensivem Leben.

Sehr langsam und unter ständigem Murmeln stellte Kurelen die Lampe beiseite. Er beugte sich über seine Schwester, nahm ihr Gesicht zwischen seine Hände und blickte forschend in ihre halbgeschlossenen Augen.

„Schlafe, Houlun", flüsterte er, „schlafe."

Ihre Lider senkten sich. Sie lagen wie befranste Krummsäbel auf ihren Wangen. Er legte ihren Kopf aufs Bett zurück. Sie atmete regelmäßig wie in tiefem Schlafe. Kurelen saß neben ihr und beobachtete sie. Er brauchte die Dienerinnen so wenig, als wären sie die Fresken an den Wänden. Sie bewegten sich auch genau so wenig wie die gemalten Figuren, denn das Entsetzen angesichts dieser befremdenden Szene lähmte sie.

Dann führte Kurelen seine schmalen, dunklen Hände in den Leib seiner Schwester ein und faßte nach dem Kopf ihres Kindes, der sich im Becken verklemmt hatte. Verschreckt und ängstlich hielten die Dienerinnen den Atem an. Unendlich behutsam drehte er das kleine Köpfchen, und die Knochen und Muskel, die es umspannt hielten, wurden schlaff. Blut und Wasser spritzten hervor. Dann holte Kurelen mit sensiblen, ungemein vorsichtigen Griffen das Kind allmählich heraus. Es war noch nicht halb von der mütterlichen Umklammerung befreit, ehe es schon laut und herzhaft zu schreien begann und die kräftigen Arme regte. Houlun schlief. Ihre Zähne glitzerten im Licht von Lampe und Feuer zwischen ihren im Traum leicht geöffneten lächelnden Lippen, und ihr Gewand war voll Blut. Ungläubig blinzelten die Weiber und lehnten sich vor.

„Es ist ein Sohn", verkündete Kurelen.

Das Kind lag jetzt schreiend und brüllend auf dem Bett. Es war noch immer durch die Nabelschnur mit der Mutter verbunden. Kurelen setzte sich, bewunderte das Kind und drehte spielerisch den Kopf von einer Seite zur anderen. „Es ist ein hübscher Bursche", bemerkte er. Eine Faust des Kindes umklammerte einen Klumpen geronnenen Blutes.

Er rief nach Jasai, ohne sie anzusehen. „Wasch das Kind und hülle es ein. Und zuerst trenne die Nabelschnur durch."

Jasai riß das Neugeborne an sich und sah Kurelen wütend an, als hätte er es bedroht. Eine zweite Frau entfernte die Nabelschnur und kümmerte sich um Houlun. Aber Houlun schlief noch immer. Ihre Füße waren mit Teppichen zugedeckt. Ihre Wange preßte sich aufs Bett und sie lächelte unverändert, als gäbe sie sich den süßesten Träumen hin. Das Kind weinte und schrie. Und jetzt kam wieder, wilder und heftiger als zuvor, der Wind auf.

Kurelen erhob sich. Urplötzlich wirkte er ausgepumpt und gebrochen. Alle Lebenskraft schien ihn verlassen zu haben. Während die Frauen sich mit dem Kind zu schaffen machten, bewundernde Schreie und leise Koselaute ausstießen und den Mann nicht beachteten, stand er neben seiner Schwester und sah sie lange Zeit an. Schließlich zerrte eines der Weiber ungeduldig am Ärmel seines langen, wollenen Gewandes.

„Willst du sie jetzt nicht wecken, damit sie ihren Sohn sehen kann?"

Kurelen blieb so lange die Antwort schuldig, daß die Frau schon meinte, er hätte sie nicht gehört. Sein Antlitz war undurchdringlich und finster. Wehmütige Versonnenheit vermengte sich darin mit einem abschreckenden Zug. Er hielt die Hände in seinen Ärmeln verschränkt.

„Nein", entschied er endlich. „Ich wecke sie noch nicht. Laß sie träumen. Träume sind das Beste, was uns das Leben zu schenken vermag."

III

Inmitten seiner ausschwärmenden wilden Reiter, seiner Gefangenen und seiner Beute kam Jesukai knapp nach Einbruch der rotvioletten Dämmerung angeritten.

Kurelen stand im Eingang des Zeltes seiner Schwester und sah seinem näher kommenden Schwager entgegen. Er empfand für Jesukai weder besondere Abneigung noch Zuneigung. Auch brachte er ihm keine Geringschätzung entgegen, denn er fand Menschen von Jesukais Schlag ausnehmend nützlich. Er neigte zu der lässigen, belustigten Duldsamkeit des Überlegenen für den simplen, ochsenähnlichen Menschen, der für jenen Unterhalt sorgte, der dem intelligenten Menschen ein Leben ohne überflüssige Arbeit ermöglichte. Beinahe konnte man von einer gewissen trägen Dankbarkeit Kurelens gegenüber Jesukai sprechen. Er tat, als nähme er den Gemahl seiner Schwester ernst, wodurch er sich ständig kleine Annehmlichkeiten und ein ruhiges Gewissen verschaffte. Manchmal reizte er ihn ein wenig, aber nur mit äußerstem Takt, denn, wie er zu sagen pflegte, es streitet nur ein dummes Pferd mit seinem Hafersack. Ein kluger Mann richtet es ein, mit dem niedrigsten Einsatz an Mühe und Leid durchs Leben zu kommen. Die Existenz war eine schmerzhafte Angelegenheit. Einzig ein Narr erschwerte sie sich mit Zwist und Hader, um der lächerlichen kleinen Genugtuung willen, seine Gedanken frei auszusprechen oder gar darum zu kämpfen. Wenn Kurelen öffentlich überhaupt sagte, was er dachte, geschah es mit derart schmeichlerischen Worten, daß nur seine Schwester und vielleicht der Schamane ihn verstanden. Jesukai war zu ursprünglich, zu arglos, um ihn auch nur annähernd zu begreifen. Davon hatte Kurelen sich gleich zu Beginn überzeugt.

Wieder einmal stellte Kurelen, der die Schönheit und den Rhythmus in seiner Makellosigkeit liebte, bei sich fest, daß der Erscheinung und den Bewegungen dieses kleinen Edelmannes der endlosen Steppe Schwung und Poesie anhafteten. Da ritt er auf seinem feurigen Hengst in sein Lager. Sein geschmeidiger, junger Körper war in einen langen, wollenen Mantel gehüllt, auf dem stolz erhobenen Haupt saß ein spitzer Hut und in seinem blauen Ledergürtel steckte ein Krummsäbel. Ganz offenbar hielt er sich in seinem schlichten Gemüte für einen mächtigen Khan und diese Horde verschiedener Stämme für ein angsteinflößendes Nomadenreich. Kurelen, der die verbindliche, ästhetische, erwachsene und dekadente Zivilisation Kathais kannte, lächelte über den Stolz dieses kindlichen Abenteurers der Hochebenen und der Wüste. Die Theater Kathais brachten oft glattzüngige, obszöne Komödien, in denen der lächerliche Possenreißer, in eine verschwenderische Anzahl von Jakschwänzen gehüllt, einen dieser ungestümen, komischen Barbaren spielte. Und doch gestand Kurelen sich ein, daß all die kunstvolle Schönheit der chinesischen Malerei, so lasziv und farbenfroh und vergoldet sie auch sein mochte, nicht halb so großartig war wie diese Barbaren. Unter Jesukais hohem, spitzem Filzhut sah ein jugendliches, hübsches Gesicht hervor, das genauso ungezähmt aber auch so leicht durchschaubar wie das eines unschuldigen Tieres war. Die rastlosen Augen waren wild und unzivilisiert, aber aus ihnen strahlte die Klarheit der Wüste. Die Haut war dunkel und gebräunt, aber sie zeigte die Farbe der Gebirgsketten der Wüste, wenn die Sonne dahinter versank. Seine Nase war wie der Schnabel eines Raubvogels, aber sie verlieh seinem Ausdruck eine primitive Wildheit, die etwas Majestätisches hatte. Sein Rücken war gerade, die Taille schlank. Kurelen bewunderte die hinreißende Elegance seiner ungekünstelten, angeboren stolzen Haltung, mit der er auf dem tänzelnden Pferd saß.

Jesukai war ein zurückhaltender Mann, aber heute früh sah man ihm die Erregung an, so sehr er sich auch mühte, gleichgültig zu erscheinen. Seine Krieger und Jäger jauchzten und schrien und schwangen ihre Peitschen, Lassos und Waffen. Ihre Mäntel flatterten im Winde, sie winkten mit ihren Hüten, und ihre dunklen, bärtigen Lippen lachten vor Begeisterung. Sie hatten ausgezeichnete Beute gemacht. Sie waren einer Tatarenkarawane begegnet, bei der sich herausstellte, daß sie den Geleitschutz für Händler aus Korait und Naiman bilden sollten, die von Kathai zu einer koraitischen Stadt unterwegs waren. Die Karawane bestand aus Pferden und Kamelen, die mit Tee, Gewürzen, Silber, Seide, Teppichen, Handschriften und Musikinstumenten, bestickten Gewändern, Schmuck, Türkisen und juwelenbesetzten Waffen und vielen anderen kostspieligen Dingen beladen waren, die eine Zivilisation hervorbrachte. Unter den Händlern befanden sich ein buddhistischer Mönch und ein nestorianischer Priester. Ersterer war ein Missionar und Lehrer, der zweite der einzige Überlebende einer Reihe von Missionaren, die auf dem Weg von Indien nach Hsi-Hsia erschlagen worden waren. Er hatte in Kathai darum gebeten, mit einer Karawane in seine Heimat in der Nähe des Aralsees zurückkehren zu dürfen, und da er sich bereit erklärte, sich selbst mit den nötigen Lebensmittelvorräten auszustatten, hatte man ihm die Bitte gewährt.

Die Mongolen hatten die Tataren und die Kaufleute bei einem unbarmherzigen Gemetzel niedergemacht. Die Tataren und Koraiten waren tapfere Krieger, aber sie waren den Mongolen zahlenmäßig unterlegen gewesen. Die Priester hatte Jesukai verschont, denn er war noch abergläubischer als die meisten seiner Stammesbrüder, und außerdem beteuerte der Buddhist bei einer Befragung, ein geschickter Weber zu sein, und der Nestorianer behauptete, sich ausgezeichnet auf das Gerben von Häuten zu verstehen. Viele Kaufleute hatten ihre Frauen bei sich gehabt, und Jesukai suchte mit Bedacht die schönsten und jüngsten aus und enthauptete den Rest zusammen mit den Männern. Seine Wahl war auf ein außergewöhnlich schönes koraitisches Mädchen gefallen, das er zu seiner zweiten Frau ernannte. Er hatte sie zusammen mit der übrigen Beute auf dem Rücken eines Kamels in sein Lager heimgebracht. Das Mädchen weinte ohne Unterlaß, und ihr Schluchzen wurde am lautesten, wenn Jesukai sie ansah, was häufig geschah. Aber er ließ sich von ihren Tränen nicht vortäuschen, daß sie untröstlich sei.

Alle Mongolen, die die Herden nicht zur Weide getrieben hatten, schwärmten herbei, um den heimkehrenden Herrn und seine Krieger zu begrüßen und die Beute zu bewundern. Die Mongolenfrauen betasteten die Seiden und hängten sich die silbernen Ketten um und stritten und kämpften eifersüchtig untereinander um die Schätze. Die alten Männer kicherten beim Anblick der Frauen lüstern auf, denn sie wußten, daß diese Frauen für die Krieger und nicht für sie bestimmt waren. Eine der Frauen war eine Turkmenin. Sie saß stolz und stumm auf ihrem Kamel und ihr Gesicht war von einem dichten Schleier verhüllt. Die Krieger hatten sich Rücken und Schultern beladen und begannen, ihren Anteil in ihre Jurten zu tragen, in denen bald die entzückten Rufe ihrer Frauen erschollen. Die Kinder stürzten sich über die Musikinstrumente, und schon widerhallte das Dorf vom Wirbel der unmelodischen Töne, die sich mit dem Schreien der Kamele, dem Wiehern der Pferde, den heiseren, jubelnden Stimmen der Männer und dem aufgeregten Gebell der Hunde vermengten. Schon schimmerte die unerträgliche Hitze über dem Zeltdorf und den roten, zackigen Bergen in der Ferne. Graugelb und träge glitzerte der Fluß, und Wildvögel flogen über das Wasser und die schmalen fruchtbaren Uferstreifen. Lagerfeuer brannten, und der Geruch von gekochtem Schaffleisch erfüllte die trockene Luft.

Jesukai vergaß für kurze Zeit das Mädchen aus Korait und kam direkt auf die Jurte seiner Frau zu. Kurelen begrüßte ihn auf dem Vorplatz. Der Verwachsene lächelte zum Antlitz des staubverkrusteten Barbaren empor. „Du hast einen Sohn", verkündete er ihm. „Es ist ein denkwürdiger Tag im Jahre des Schweines im Kalender der zwölf Sternzeichen, auf den die Geburt des Sohnes eines großen Khans fällt." Wieder lächelte er ehrerbietig, denn Kurelen betrachtete Schmeichelei als die billigste und gleichzeitig wirksamste Münze, mit der man sich ein angenehmes Leben ohne Arbeit erkaufen konnte. Hatte er nicht gesagt: „Der Narr schafft die Vorräte und der Weise ißt?"

Jesukais breiter, strenger Mund öffnete sich zu einem kindlich dankbaren Lächeln. Er stürzte an Kurelen vorbei, der ihm Platz machen mußte, und betrat die Jurte. Houlun hatte die Wange in die Hand geschmiegt und schlummerte noch immer. Auch sie lächelte sonderbar und glücklich. Eine Dienerin hockte auf dem Boden und hielt das in Windeln gewickelte schreiende Kind in den Armen. Mit Jesukai waren Kraft und Ungestüm in die Jurte gedrungen. Seine Augen funkelten hitzig durch das Halbdunkel. Er sah nur auf seinen Sohn. Mit lautem Schrei hob er ihn hoch und betrachtete ihn mit wildem Lächeln. Nochmals schrie er auf und hob das Kind dem Zeltdach entgegen, wie einer, der einem Gott einen Schatz darbringt, über den sich dieser Gott ebenso freut wie wundert, dachte Kurelen, der im Eingang stand.

Überschäumend rief Jesukai die Götter zu Zeugen der Kraft und Schönheit seines Erstgeborenen an, des Nachkommen der Bourchikounen, der Grauäugigen, und weiterer Nachfahre des blauen Wolfes, dem Urvater der Jakka-Mongolen. Dies war der Abkömmling des Kabul Khan, der dem Kaiser von Kathai ins Gesicht gelacht und ihn frech beim Bart gezogen hatte. Dieses Kind würde der größte von allen werden, denn war nicht seines Vaters angelobter Bruder der mächtige Khan der Koraiten, Toli, der Schrecklichste der Wüstenhorden, der bei den Christen als Priester Johannes bekannt war? Die ganze Wüste Gobi würde unter seinem Schritt erzittern; die roten und weißen Berge vor ihm dahinschmelzen; die Flüsse würden sich erheben und neue Weiden für seine Herden schaffen, wo bisher nur die Wüste geglüht hatte! Die Schätze Kathais, die schönsten Frauen des Tibet, aus Indien und Samarkand und Bagdad, sie alle würden ihm gehören. Städte würden vor ihm in die Knie sinken! Ah! Jesukais Augen brannten immer leidenschaftlicher. Er legte das kreischende Kind in die Arme der Dienerin zurück. Er mußte sofort mit Kokchu reden, denn der oberste Schamane würde ihm sicherlich bestätigen, daß er die Wahrheit gesprochen hatte. Ganz bestimmt, dachte Kurelen spöttisch. Er betrachtete Jesukai mit unbeteiligter Neugier. Die Lebenskraft und Leidenschaft des Barbaren schien die Jurte mit einem Sturm zu erfüllen, und Kurelen wäre nicht überrascht gewesen, wenn ihn ein Windstoß durch die geflochtenen Ruten hindurch himmelwärts gefegt hätte.

Jesukai rief nach dem Schamanen, aber ehe sich die Dienerin noch aus ihrer hockenden Stellung erheben und gehorchen konnte, stürzte er schon selbst ungestüm aus der Jurte und schrie aus Leibeskräften. Kurelen dachte bei sich, daß Jesukai zweifellos bedeutend länger fortbleiben würde, als er annahm. Der Schamane würde ihm viel zu sagen haben, ehe die beiden in die Jurte zurückkamen. Deshalb beschloß Kurelen in weiser Voraussicht, Houlun zu wecken.

Er stand neben ihrem Bett. Die Dienerin sah ihn stirnrunzelnd an und bedeckte das Gesicht des brüllenden Neugeborenen. Aber Kurelen hatte kein Interesse für das Kind. Er sah ausschließlich Houlun. Er legte ihr die Hand auf die Stirn und neigte sich über sie. Seine Miene wàr ernst, traurig und unergründlich. Mit ruhiger, fester Stimme sagte er: „Wach auf, meine Schwester. Wach auf!"

Sie rührte sich nicht. Die feindselige Dienerin rückte gespannt näher. Ihr Gesicht spiegelte eitel Schadenfreude. Houlun bewegte sich nicht. Nur ihr Lächeln vertiefte sich beinahe unmerklich. Er hat sie behext, dachte die Frau, und wenn sie nicht aufwacht, wird man ihn töten. Sie leckte sich die Lippen und ihre Augen funkelten gehässig.

Kurelen stand unverändert über seine Schwester gebeugt und ließ seine Hand auf ihrer Stirn ruhen. Er war still. Immer rätselhafter sah sein Gesicht aus. Er kniff die Augen zusammen. In der Jurte spielte sich eine gräßliche Kraftprobe ab. Es war der Kampf zwischen dem Willen der Schlafenden und jenem des Mannes, der sie zu wecken versuchte. Über dem Bett rangen zwei unsichtbare Widersacher miteinander. Sie hielten sich umklammert und starrten einander an. Der Kampf setzte sich Minute um Minute fort. Etwas lag in der Luft, das die Schreie des Kindes verstummen machte, und der Kleine wimmerte leise vor sich hin, als fürchte er sich. Schweißperlen traten auf Kurelens gefurchte Stirn. Langsam kollerten sie wie Quecksilbertropfen über seine Lippen. Die Dienerin zog in schmählicher Freude die Schultern hoch.

Stumm befahl Kurelen dem Willen seiner Schwester: Erwache. Du mußt erwachen. Du kannst nicht über mich triumphieren. Houlun, erwache!

Aber Houlun schlief. Ein heimtückisches Lächeln spielte um ihre Lippen.

Aufmerksam hob Kurelen den Kopf. Von draußen näherte sich Unruhe. Es war Jesukai, den Kokchu, Kurelens Todfeind, begleitete, und einige der freudig erregten Krieger. Hundegebell lief ihnen wie der Trompetenstoß eines Heeres voraus. Kurelens nasse Lippen waren plötzlich wie ausgetrocknet. Salzwasser füllte seinen Mund. Wut und Angst stiegen in ihm hoch. Seine Augen verengten sich und glühten.

Wie besessen neigte er sich neuerlich über seine Schwester. Er packte ihre Hände, drehte sie nach innen, daß man das zarte Knacken der Knochen laut in der atemlosen Stille der Jurte vernahm. Dann drückte er ihr seine Daumen an die Lider und öffnete sie gewaltsam. Seine Bewegungen verrieten Hast, Panik und wachsende Wut. In Gedanken sagte er voll Angst und Verachtung zu seiner Schwester: du bist ein Feigling, weil du nicht erwachen willst. Aber erwache für mich. Sie stehen am Zelteingang und werden gleich eintreten. Wenn du nicht erwachst, werden sie mich töten. Ich befehle dir im Namen unserer Liebe, wach auf, Houlun! Ich hasse das Leben, aber den Tod hasse ich mehr und vor allem hasse ich den Schmerz. (Ihre glasigen Augen starrten ihn wie die einer Toten an.)

Dunkel und drohend schob Jesukais Gesicht sich durch den Eingang. Er kam ins Zelt. In Houluns Kehle stieg wie Luftbläschen ein schwaches Seufzen auf. Sie bewegte den Kopf. Die Dienerin schluckte ihre saure Enttäuschung hinunter. Geschäftig rief sie Jesukai zu, der sich, den kurzen Krummsäbel in der Hand, dem Bett näherte: „Er hat sie behext!" Hinter Jesukai erhob sich dräuend die hochgewachsene, hagere Gestalt des Schamanen, dessen langes Gesicht in gehässiger Vorfreude grinste.

Kurelen stand aufrecht. Er war bleich und sah vor Erschöpfung elend aus. Er betrachtete seine Schwester und wußte, daß er gewonnen hatte. Mit ruhiger Stimme verkündete er: „Sie hat viel gelitten und tief geschlafen. Aber jetzt erwacht sie, um ihren Herrn zu begrüßen."

Jesukai sagte nichts, sondern stand nur am Bett seiner Frau. Er faßte Kurelen drohend ins Auge. Dann stöhnte Houlun neuerlich, bewegte ihren Kopf auf den Kissen, als hätte sie Schmerzen, und schlug die Augen auf. Sie waren noch immer glasig, aber schon schimmerte ein blasses Licht des Erkennens in ihnen. Und auch sie sah einzig auf Kurelen.

Er lächelte sie an, wie ein Kind, das die finstere Straße des Todes hinter sich gelassen hat. „Du hast lange geschlafen, meine Schwester", sagte er mit unsagbar sanfter Stimme.

Wütend vor Enttäuschung und Haß kam der Schamane jetzt näher. „Und du hast sie doch behext!" beschuldigte er ihn. „Es ist nicht deine Leistung, daß sie nicht gestorben ist!"

Aber Kurelen übersah ihn, wie ein Edelmann einen Hirten übersehen mag. Mit nachsichtigem Lächeln sagte er zu Jesukai: „Sie wird lange leben, um dir noch viele mächtige und schöne Söhne zu schenken."

Unschlüssig kratzte Jesukai sich hinter den Ohren. Er begann an seinem im Gürtel steckenden Säbel zu zerren. Er sah Houlun an und ein dümmliches Lächeln breitete sich über sein Gesicht. Er liebte sie sehr. Er neigte sich über sie und küßte sie leidenschaftlich auf den Mund. „Ich habe viele Schätze mitgebracht, Houlun, und du sollst dir davon aussuchen, was dir gefällt, denn du hast mir die größte Kostbarkeit meines Lebens geschenkt."

Der Schamane schnitt eine verächtliche Grimasse. Er drehte sich um und fixierte Kurelen wütend. Der aber grinste nur und stemmte ihm einen langen, verkrümmten Finger gegen die heilige Brust.

„Wieder darfst du zur Feier des Tages nur Schaf- oder Pferdefleisch opfern, Kokchu", sagte er. „Aber mach dich ans Werk! Du weißt geschickt mit dem Messer umzugehen und verstehst es bestimmt, die Qual der Tiere kunstvoll zu verlängern."

Empört schlug Kokchu den krummen Finger beiseite. Er tat einen heftigen Schritt, als schauderte er vor einer gotteslästerlichen und unsauberen Berührung zurück. Haß und Wut verzerrten sein Gesicht. Seine Augen sprühten Funken. Kurelen brach in schallendes Gelächter aus.

„Verschwende nicht deine Vorstellungskraft an mich, Kokchu! Geh hinaus und denk nach, damit du diesem edlen Sohn der Jakka-Mongolen großartige Prophezeiungen erstellen kannst! Aber ich weiß, daß du nach Art der Priester die erstaunlichsten Dinge hervorzuzaubern wirst!"

Prustend vor Lachen verließ er die Jurte.

IV

Er war bester Stimmung und sehr übermütig und lachte laut vor sich hin, während er seinen krummen Körper zwischen den Jurten hindurchschob. Die finsteren Blicke, die ihn von allen Seiten trafen, schien er gar nicht zu bemerken. Endlich blieb er stehen.

Zwei der Gefangenen, der buddhistische Mönch und der nestorianische Priester, kauerten niedergeschlagen auf ihren Habseligkeiten und wischten sich mit den Ärmeln den Staub aus den Gesichtern. Keiner schenkte ihnen besondere Beachtung, obwohl eine Schar von Hunden sie drohend verbellte. Kurelen versetzte dem Leittier des Rudels einen Fußtritt, daß der Hund sich aufheulend aus dem Staube machte und die übrigen nach sich zog.

Kurelen sah sich die Gefangenen interessiert an. Der buddhistische Mönch hatte eine Haut wie gelbes Elfenbein und ein sanftes, gütiges Gesicht. Seine schrägen Augen spiegelten unendliche Geduld wider. Sein wollenes Gewand hing ihm in Fetzen vom Leib und seine nackten, staubverkrusteten Füße bluteten. Er hatte seinen spitzen Hut abgelegt und die gnadenlose Sonne schimmerte wie ein feuriger Heiligenschein um seinen kahlen Schädel. An seinem Gürtel hingen seine Perlen und seine Gebetsmühle. Er hatte die Hände im Schoß gefaltet und schien in schwermütige und übernatürliche Träumereien versunken zu sein. Der christliche Priester hingegen war von kühnerem Gehaben. Kurelen stellte stillschweigend fest, daß dieser Mann ein Barbar und, zum Unterschied von dem Mönch, kein Angehöriger der zivilisierten Rasse Kathais war. Er hatte ein dunkles, jähzorniges Gesicht und forschende, gierige Augen. Immer wieder kratzte er sich ungeduldig den zerzausten Bart und das Haar und erschlug die aufgescheuchten Läuse mit einem gewissen sadistischen Vergnügen. Seine wollene Robe war nicht zerschlissen und der Berg seiner Habseligkeiten bedeutend größer als jener des Mönchs. Außerdem trug er einen beachtlichen Dolch in einer Elfenbeinscheide. Er war von den beiden der Größere, Männlichere und Jüngere.

Kurelen wußte nicht sofort, wie er ihn einstufen sollte. „Aus welchem Lande kommst du, Priester?" fragte er.

Der Mann starrte ihn so lange kampflustig an, daß Kurelen schon glaubte, er hätte seine Sprache nicht verstanden. Schließlich antwortete er mit knappen Worten und mit einem Akzent in Kurelens Sprache: „Aus dem Lande des Aralsees."

Kurelen lächelte. „Du wirst in unserem Schamanen eine artverwandte Seele finden", bemerkte er. Dann wandte er sich an den buddhistischen Mönch, der ihn nicht beachtet hatte, da er sich völlig seinen schwermütigen Träumen hingab. Ihn redete er in der Sprache Kathais an, und bei diesem geliebten Klang hob der Mönch den Kopf, lächelte, und seine Augen füllten sich mit Tränen.

„Sei nicht niedergeschlagen", sagte Kurelen freundlich. Er hockte sich neben den Mönch und betrachtete ihn mit launigem Lächeln. „Wir sind keine schlechten Menschen. Geh deines Weges und halte deine Zunge im Zaum, und dir wird kein Leid geschehen."

Der Priester jedoch hatte in Kathai gelebt und verstand die Sprache einigermaßen. Er gab einen zornigen Laut von sich. „Mein Vater ist ein Prinz!" rief er aus.

Kurelen warf ihm über die Schulter einen spöttischen Blick zu.

„Der ganze verfluchte Ort steckt voll Prinzen", bemerkte er. „Sei weise und passe dich an. Aber, wie gesagt, wirst du bestimmt mit unserem Schamanen dicke Freundschaft schließen. Ihr habt vieles gemeinsam."

Wieder wandte er sich dem Mönch zu, der zu weinen begonnen hatte. Kurelen zog erstaunt die Augenbrauen hoch. Der Mönch schaukelte auf seinen Habseligkeiten hin und her und wehklagte. „Der Herr hat mich berufen, den Heiden und den Verirrten das Licht zu bringen und hat mich in die tiefste Wüste geschleudert, wohin kein Lichtstrahl fällt."

Kurelen zuckte die Achseln. „Nun, dann beschere uns eben dein Licht. Aber ich warne dich, laß dich auf keinen Wettstreit mit dem Schamanen ein. Er hat üble Manieren."

Der Priester empfand tiefste Verachtung für den Buddhisten und warf ihm immer wieder hochmütige Blicke zu.

„Dein Gott ist ein böser Geist, aber meiner ist die Wahrheit. Hier will ich sein Banner und sein Kreuz aufstellen und die Bewohner der Finsternis ins ewige Licht rufen."

Kurelen lächelte ihn sinnend an. Wütend rückte sich der Priester auf seinen irdischen Gütern zurecht, zerrte an seinem Bart, warf finstere Blicke um sich und schnaufte verächtlich. „Wo ist der Häuptling?" brüllte er. „Ich lasse mich nicht so behandeln! Ich bin der Sohn eines Prinzen!"

„Hat man euch nicht aus Kathai vertrieben?" fragte Kurelen. „Wenn ich mich recht entsinne, hast du und deinesgleichen einen üblen Stunk in jenem Lande aufgewirbelt und der Kaiser hat euch höflichst ausgewiesen."

Aber der Priester grunzte nur verächtlich und fand es unter seiner Würde, zu antworten.

Kurelen erkundigte sich nach dem Namen des Mönchs und des Priesters. Der Buddhist sagte ihm, daß er Jelmi hieße und aus einer uralten Mandarinsfamilie stammte. Ah, dachte Kurelen, daher seine Sanftmut und Höflichkeit, seine Bescheidenheit und sein Langmut. Nur die an Körper und Gedanken wahrhaft Vornehmen hatten diese Eigenschaften. Der Priester ignorierte zuerst Kurelens Frage und verkündete dann hochfahrend, daß er Seljuken hieß, und wiederholte mit erhobener Stimme, daß sein Vater ein Prinz sei. Kurelen grinste. Er kannte diese wilden „Prinzen" von Steppe und Salzsee, diese winzigen Potentaten, die halbrohes Fleisch aßen und auf Überfälle und Mord angewiesen waren, um leben zu können.

Lebhafter Trubel in der Ferne belehrte Kurelen, daß Jesukai die Jurte seiner Gemahlin verlassen hatte und nun daranging, die Beute zu verstauen. Seine neue Gemahlin, das Mädchen aus Korait, wurde in ein Zelt gebracht und erhielt eine Dienerin zugeteilt. Jesukai verschwand in dieser Jurte und kehrte nicht wieder. Kurelen hatte seine Wanderung wieder aufgenommen, vertrieb die Hunde mit Fußtritten und sah sich neuerlich die Berge gestohlener Waren an. Als er an der Jurte der neuen Gemahlin vorbeikam, schnitt er eine Grimasse. Er hielt an und lauschte. Hinter der verschlossenen Klappe drang kein Laut hervor.

Er ging zu seiner Schwester zurück. Sie hatte ihren Sohn in den Armen und gab ihm die Brust. Ihr Gesicht war kalt und abgewendet und sie hielt das Kind achtlos. Beim Eintritt ihres Bruders jedoch leuchteten ihre Augen auf und sie lächelte ihm entgegen. Er tätschelte ihre Schulter, beugte sich über den Kleinen und kniff in seine feste rosige Wange. Das Kind machte eine ungeduldige, abwehrende Bewegung mit einer kräftigen Hand, ließ sich aber trotz des schmerzhaften Kneifens nicht von seiner anstrengenden und ernsten Tätigkeit ablenken.

„Ah", sagte Kurelen, „das ist ein prächtiger Bursche. Meinst du, sieht er mir vielleicht ähnlich?"

Houlun lachte. Sie sah sich das Kind mit plötzlich erwachtem Interesse an und langsam und widerwillig machte sich der Stolz in ihrem Gesicht breit. „Ich denke nicht. Er hat nicht deine sanften Züge." Sie kicherten gemeinsam. Sie wickelte sich eine Haarsträhne des Kindes um die Finger. „Sieh dir sein Haar an! Rotgold wie die Abendsonne! Und seine Augen sind so grau wie der Sand der Wüste." Mit zögernder Stimme, der sie den Stolz nicht anmerken lassen wollte, der sie jäh erfaßt hatte, sagte sie: „Er wird doch sicher ein mächtiger Mann werden?"

„Oh, daran habe ich keinerlei Zweifel", antwortete er großzügig. Sie sah ihn argwöhnisch an, aber nichts konnte frömmer sein als seine Miene. Sie drückte das Kind heftig an ihre Brust und rief:

„Du mußt ihm das Lesen beibringen und ihn in fremde Länder führen, Kurelen! Sicher wird er ein bedeutender Mann werden, denn er ist mein Sohn und mein ganzer Lebensinhalt!"

Kurelen schürzte nachdenklich die Lippen. Er zwickte den Kleinen ins Ohr und zog das runde Gesichtchen spielerisch von der mütterlichen Brust fort. Bei dieser Kränkung stimmte der Kleine ein lautes, wütendes Geschrei an und strampelte in einem Anfall von Jähzorn mit den nackten Gliedern. Kurelen lachte entzückt. Er drückte das Kindergesicht gegen die schwellende Brust und nach einigen empörten, glucksenden Tönen begann das Kind neuerlich zu trinken.

Da sagte Kurelen mit merkwürdiger Stimme: „Er ist dein ganzer Lebensinhalt, sagst du. Aber vielleicht ist er auch der ganze Lebensinhalt seines Vaters. Lehre ihn nicht, seinen Vater zu hassen, Houlun. Nichts ist schlimmer für die Seele eines Sohnes, als seinen Vater zu hassen. Ich weiß das."

Dann wandte er sich ab und verließ die Jurte. Houlun sah ihm stirnrunzelnd nach. Sie hielt das Kind fest an sich gepreßt. Sie fühlte seine kräftigen Lippen an ihrer Brust. „Er ist mein Leben", murmelte sie und runzelte nochmals die Stirn.

V

In überschäumender Freude beging Jesukai seinen Sieg und die Geburt seines Stammhalters mit einem großen Fest und sein Volk feierte fröhlich mit. Das Dasein dieser Leute war sehr rauh, denn sie lebten in den ausgedehnten, verschneiten Steppen, den gähnenden, leeren Ebenen, den roten, flimmernden Bergen und der Wüste, die trocken und farblos war wie der Bart eines alten Mannes. Wind und Blitze, Staub und Hagel, Donner und Dürren, Eis und Stürme waren die Gefährten ihrer Tage. Diese Nomaden kannten keine festen Heimstätten, sondern mußten mit den Jahreszeiten wandern, vor den weißen Sturmangriffen der bittersten Winter und der Trockenheit und dem Sand des Sommers, vor Wüstenhitze und Wüstenorkanen fliehen. Hunger hieß das Gespenst, das bei jeder Mahlzeit neben ihnen saß, wie üppig sie auch ab und zu ausfallen mochte. Ihnen wurde die Behaglichkeit und Sicherheit der Städter nicht zuteil. Oft brandeten sie gegen die große Mauer an, die das Volk von Kathai vor ihrem barbarischen Einfluß beschützte, aber die Pforten des steinernen Wächters öffneten sich nur selten für wenige Händler und schlossen die anderen aus. Manchmal kauerten die Horden vor der Mauer und sahen neiderfüllt auf die dicken Männer, die durch ihre Tore gingen. Wenn die Weiden unfruchtbar gewesen waren und Pferde und Rinder starben, hockten sie verzweifelt vor der Stadt, rieben sich ihre flachen, leeren Bäuche und haßten die Städter. Waren jedoch die Weiden gut und hatten die Raubzüge Erfolg gebracht, dann verachteten sie die feisten Stadtbewohner und ergingen sich schallend im Lob der Freiheit und der wilden Steppen, über die die bleichen Schatten der Sonne und des Nordlichtes dahinzogen, das sich zur Freude der freien Menschen großartig über den winterlichen Himmel wälzte, und prahlten mit den unberührten Tälern, in die sich kein Städter jemals vorwagte.

Nur wer gefährlich lebt, versteht es, aus vollem Herzen zu genießen. Deshalb waren Hochzeit, Tod und Geburt jedesmal Anlaß zu übersprudelndem Leichtsinn und maßlosem Feiern. Dann schlachteten sie ihre fetten Pferde und Schafe, füllten ihre Becher mit Kumyß und Reiswein, tanzten, johlten und klatschten in die Hände und lachten aus vollem Halse. Das Gelächter der Nomaden war wie das Lachen von Raubtieren, die vorübergehend von den Nöten des Lebens und seiner ständigen Furcht, Gefahr und Mühsal befreit waren. Die wohlgenährten, verwöhnten und gelangweilten Städter lachten anders, denn der Geborgenheit entspringt kein dröhnendes Gelächter, das gleichzeitig aus dem Bauch und aus der Seele aufsteigt. Das Lachen der Städter tröpfelte, wie Kurelen sagte, spärlich aus dem Gehirn und war dünn und schal wie das Wasser der Wüste. Es war ätzend und boshaft und entstand hauptsächlich aus der Verhöhnung der Dummheit der Menschen. Es war kein unbeschwerter Frohsinn, so ergötzlich er auch für die Eingeweihten mit ihrer Verachtung für die Barbaren war. Kurelen hatte gelernt, daß Schmerz und Leid, Entbehrung und Unsicherheit, Härte und Kampf der Zündstoff waren, an dem sich das gigantische Feuer der Schwelgerei entfachte, daß die Erde in glücklichem Miterleben tanzte, wie sie es für die verweichlichten Wohlstandsbürger niemals tat.

Die Nacht rückte heran und die Lagerfeuer begannen mit lebhaften orangefarbenen Flammen im violetten Zwielicht zu brennen. Die Klappen der kuppelförmigen Jurten waren zurückgeschlagen und drinnen glühten die Kohlenpfannen. Das Himmelszelt verlor sich in unendlichen malvenfarbigen Nebeln, und die schroffen, steilen Berge im Osten standen wie unerbittliche Wände aus leuchtender rosiger Jade, über denen sich sanftes Lila kräuselte. Über den Bergen dehnte sich der ungeheure, verschwommene, purpurrote Bogen der Erde. Im Westen flammten blitzend wie rohes Gold stürmische gelbe Banner auf, durch die sich eisig durchsichtiges Grün webte. Die Erde schwebte wie ein Trugbild dahin und nahm die sonderbarsten Farben an. Die schwellenden Steppen waren mit grauen, blauen und violetten Erdschatten durchtränkt. Die erdrückende, einsame Stille der Gobi senkte sich aus der Unendlichkeit auf die Erde nieder, und selbst die Stimme des graugelben Flusses sank zum Flüstern ab. In rührender Unerschrockenheit züngelten die gelben Flammen der kleinen Lagerfeuer immer höher empor, und in der unirdischen, leuchtenden Luft der Wüste klangen die menschlichen Stimmen vergänglich und zart wie das Zirpen der Grillen angesichts eines weltweiten Traums. Wie winzige schwarze Käfer krabbelten sie zwischen und hinter den Feuern durcheinander und hüpften, von einem scheinbar sinnlosen Leben erfüllt, geschäftig hin und her. Es war, als wollten sich die knorrigen Bäume, die sich wie unter unerträglichen Qualen krümmten, gleich drohenden Ungeheuern aus der Wüste auf das Lager zuschieben. Sie starrten von sonderbaren gezückten Waffen wie stumme Gruselerscheinungen, die sich in den Traum des Weltalls drängten.

Mit einemmal fiel die Dunkelheit wie ein Schleier nieder und Himmel und Erde verschwanden. Und dann sprang aus einem Berg im Westen übergangslos ein übergroßer, funkelnder Mond in die dichte Nacht. Die wasserarme Wüste konnte sich mit keinem milchigen Nebelschleier vor seinem Leuchten schützen. Erde und Himmel tauchten in grelles, gespenstisches Licht, das farblos und gleichzeitig durchdringend war. Die Ferne verlor ihre Unschärfe und rückte deutlich und drohend in den Vordergrund. Schroffe, zerklüftete Gebirgszüge, die meilenweit abseits lagen, sahen aus, als könnte man sie mit wenigen Schritten erreichen. Jeder Kiesel auf dem Boden der Wüste leuchtete in schwachem, bitterem Glanz. Große runde Sterne hingen so tief am Himmel, daß ein Berittener sie zu greifen vermochte. Ihrem gleißenden Gefunkel konnte nicht einmal der Mond etwas anhaben. In diesem Kosmos aus Schwarz, Grellweiß, flimmerndem Grau und tiefen Schatten loderten die orangeroten Dungfeuer wie kleine, unwirkliche Fähnchen. Und wieder brüllte mit hohler Stimme der Wind, der rätselhafte Echos mit sich trug und sich auf Schwingen des Schrekkens durch das wallende Mondlicht vom Himmel zur Erde stürzte.

Die Männer an den Lagerfeuern ließen sich's bereits gut gehen, denn heute fand das großartigste Fest seit langem statt. Der Klumpen geronnenen Blutes in der Faust von Jesukais Erstgeborenem hatte die abergläubischen Mongolen tief beeindruckt. Das war ein deutliches Omen der Geister der Luft und des Himmels, daß hier nicht bloß irgendeinem Häuptling ein durchschnittlicher Sohn geboren worden war. Dieser Knabe war dazu ausersehen, ein mächtiger Khan zu werden, ein Kha-Khan vielleicht gar, der seinem Volk fette Weideplätze erobern und die dicken Städter in die Knie zwingen würde. Die Krieger hatten ihre volle Rüstung angelegt.

Sie trugen ihre Bogen und Köcher, die kurzen Krummsäbel und Lanzen, ihre dicken Filzmäntel und Schafpelze, gegerbte Lederwämser und glänzende Brustschilde, und hatten sich die mageren, dunklen Gesichter dick eingefettet. Sie tranken Unmengen Alkohol, lachten erregt, oder wiederholten die Geschichte von dem geronnenen Blut. Alte Männer wanderten von Feuer zu Feuer, spielten auf den einsaitigen Fiedeln und sangen mit dünner, zittriger Stimme Balladen von tapferen Helden und Stammesahnen. Als Belohnung hielt man ihnen Becher mit Reiswein entgegen, und sie tranken und wischten sich die nassen Bärte mit dem Rücken ihrer gichtischen Hände trocken. Jenseits der Feuer herrschten Schwärze und Mondlicht, aber im Lager spielten die rötlichen Flammen in groben Linien auf einer dunklen, grimmigen Wange und Lippe da, einem vorspringenden Kinn und in den Höhlen der leidenschaftlichen, offenen Augen dort. Die primitiven Farben der runden, geharzten Lederschilde waren plötzlich bis in die letzte Einzelheit zu erkennen; dort blitzte die Klinge eines Krummsäbels auf; da leuchteten weiße Zähne. Hinter den Feuern erhoben sich die glatten, schwarzen Bienenkorbhügel der Jurten, und Frauen liefen, mit Wein, Schaffleisch und Süßigkeiten beladen, zwischen den Lagerfeuern und den Zelten hin und her. Den Frauen war es gestattet, hinter den Kriegern bei den Feuern zu sitzen, aber die kleinen Kinder stießen blitzschnell vor und rauften miteinander und mit den Hunden um ein paar Bissen. Der Lärm, das Gelächter und die Musik stürmten zu der dunklen Kuppel des unendlichen Himmels empor und der Wind antwortete brüllend und fuhr fauchend in die Flammen.

Es war sehr kalt und beinahe schon Zeit, nach Winterquartieren zu suchen. Ständig mußte neuer Mist in die Dungfeuer geworfen werden und die Krieger zogen sich einen zweiten Mantel aus besticktem Filz über und rieben sich die Hände. Die aufgescheuchten Rinder, Schafe, Kamele und Pferde scharrten unruhig.

Bei den Balladen der Barbaren ging es fast nie um Liebe, sondern um Tapferkeit, Heldentaten und Männerfreundschaften. Solchen Liedern lauschten die Krieger gern und manchmal nahmen sie mit heiseren, jauchzenden Stimmen den Kehrreim auf. An einem der Feuer saß ein alter Mann, stimmte seine Fiedel an und sang:

„Über vierzigtausend Zelte ist unser edler Herr der Khan.
Sohn des blauen Wolfes ist unser Khan, des blauen Wolfes,
der stumm wie ein Schatten über die weißen Steppen lief.
Wer soll unserem Herrn trotzen, der mit seiner Lanze und
                                                    Flagge
vor dem Mond steht und ihn noch überstrahlt?
Wer soll seinem Sohn trotzen, dem Liebling des Volkes?"

Und die Krieger brüllten jubelnd:

„Wer soll unserem Herrn und dem Sohn unseres Herrn
                                                    trotzen?
Seine Augen haben die Farbe der grauen Wüste. Sein Herz
ist Eisen. Wer soll dem Herrn, dem Kha-Khan, trotzen?"

Kurelen hockte im Zelt seiner Schwester, während sie das Kind
in weiche, edelsteinbesetzte Seide hüllte, und fischte türkisches
Zuckerwerk aus einer Silberdose. Die Leckereien waren aus duf-
tenden Rosen zubereitet und erfüllten die vom Feuer erhellte
Jurte mit himmlischen Gerüchen. Kurelen leckte sich genußvoll die
Finger und aß weiter. Er begann mit seiner ausnehmend schönen
Stimme zu summen:

„Wer soll unserm Herrn und dem Sohn unseres Herrn
                                                    trotzen?"

Dabei brach er in schallendes Gelächter aus, schüttelte den
Kopf und stopfte sich den Mund voll.

Houlun runzelte die Stirn. Früher einmal hatte sie es nicht ungern gehört, wenn Kurelen sich über Jesukai lustig gemacht
hatte. Ja sie hatte sogar selbst mitgelacht. Jetzt aber war sie
ärgerlich. Ihre Augen funkelten zornig, als sie ihren Bruder ansah
und sagte: „Du störst das Kind mit diesem Lärm, Kurelen."

Kurelen grinste sie an und zog die Brauen hoch. „Aber nein",
spottete er. „Was ist das doch für ein prachtvolles Lied. Hör nur:

Über vierzigtausend Zelte ist unser edler Herr der Khan.
Seine Zelte sind voll von Schätzen und schönen Frauen.
Sein Vieh weidet auf den Steppen und den himmelhohen
                                                    Bergen.
Groß ist der Herr, der Kha-Khan, der vom Himmel
                                              gesegnete!"

Houlun tat, als ginge sie völlig im Umwickeln des Kindes auf.
„Du bist so stumm, Kurelen", meinte sie, ohne ihren Bruder anzusehen. „Und warum ißt du außerdem ständig?"

Kurelen grinste aufs neue und zuckte die Achseln. „Was bleibt
einem vernünftigen Mann sonst auf dieser Welt zu tun?" Und
dabei lutschte er geräuschvoll an seinen Fingern.

Dann sah er um sich, was er nun essen könnte. Auf einem großen Silberteller lagen gekochtes Schaffleisch und Gewürze. Er griff
sich ein großes Stück und biß mit sichtlichem Genuß hinein. Houlun hörte zu arbeiten auf und sah ihn angewidert an. Als sie jedoch seinem schelmischen Blick begegnete, mußte sie selbst lachen.
Sie legte ihr Kind weg, langte auf ein kleines Tischchen, schenkte
ihrem Bruder einen Becher Reiswein ein und schob ihm diesen
nachsichtig zu. Ihr langes schwarzes Haar fiel ihr über die nackten Arme und ihre schönen grauen Augen waren voll Liebe. Er
nahm den Becher, aber er trank nicht. Ein rätselhafter Schatten
fiel über seine Züge, als er sie ausgiebig betrachtete. Der Knabe,
der neben seiner Mutter auf dem Bett lag, strampelte wütend gegen die beengenden Hüllen aus Seide. In der Jurte herrschte plötzlich Stille, dafür waren von draußen die Lieder, das Gelächter und
Gebrüll um so lauter vernehmbar. Die Jurte erzitterte unter den
Windstößen.

Kurelen richtete den Blick auf den Säugling und schien zu
grübeln. „O ja", sagte er leise, „er ist wirklich ein prächtiger
Bursche."

Aufgeschreckt wandte Houlun langsam den Kopf und betrachteten ihren Sohn. Zögernd breitete sich ein unbeschreibliches
Lächeln über ihre Lippen. Sie hob den Kleinen hoch und drückte
ihn an ihre Brust. Die Seide war für das Hochzeitskleid einer
Turkmenenprinzessin bestimmt gewesen. Sie war rosenfarben und

schimmerte wie Blütenblätter. Die Edelsteine, mit denen sie bestickt war, glitzerten rot und blau. Der Saum war mit Perlen benäht.

„Zweifellos wird er ein Kha-Khan werden", sagte Kurelen.

Die intelligente Houlun hatte all ihre Klugheit vergessen. Sie sah Kurelen aus glänzenden Augen an. „Oh, das glaubst du doch wirklich?" rief sie.

Schon wollte Kurelen wieder lachen, aber sein Lachen verkümmerte und erstarb. Er kniff die Augen zusammen und nickte. „Zweifellos", wiederholte er, und die Ironie seiner Antwort entging Houlun.

Jesukai und seine Krieger kamen, um das Kind zur Namensverleihung abzuholen. Houlun durfte der Feier nicht beiwohnen, nicht nur, weil sie eine Frau war, sondern weil die Geburt sie auch sehr geschwächt hatte. Das Kind war nun fest eingepackt und sein Gesicht war krebsrot vor Zorn. Houlun hüllte den Knaben zum Schutz vor der kalten Nachtluft in einen Zobelumhang. Trunken und erregt, mit glühenden Augen, jung und sieghaft, brüllte Jesukai schon im Zelteingang nach seinem Sohn. Zur Ehre des Tages trug er den Zobelmantel seines Vaters. Darunter hatte er ein weißes wollenes Gewand an, das mit reicher Stickerei in Rot und Blau geziert war. Die Krempe seines Pelzhutes war aufgebogen und Kurelen konnte seine schwitzende Stirn sehen.

Er nahm Houlun das Kind aus den Armen. Sie überließ es ihm, als bereitete ihr diese Geste Schmerzen. Jesukai beachtete Kurelen nicht. Er war bereits am Ausgang, als er Kurelens sanfte, einschmeichelnde Stimme vernahm:

„Ich habe gesagt, daß das Kind zumindest ein Kha-Khan werden wird, Jesukai."

Der drehte sich um. Sein hübsches, primitives Gesicht leuchtete vor Aufregung und Stolz. „Meinst du? Aber was sonst wäre von einem Sohn der Grauäugigen zu erwarten, Kurelen?"

Kurelen erhob sich träge. Er kratzte sein Kinn und tat, als wäre er in den Anblick des Kindes versunken, das wieder zu schreien begonnen hatte.

„Ach ja", murmelte er. Plötzlich schien ihm ein Einfall zu kommen. „Ich hatte heute nacht einen sonderbaren Traum. Ich habe einen Mann gesehen, der in einer riesigen Jurte inmitten von Hunderten vornehmen Kriegern mit Stirnreifen auf einem goldenen Throne saß. Neben ihm saßen die Prinzessinnen von Kathai und Samarkand. Er war der größte aller Khans. Und ich wußte, daß es dein Sohn war, Jesukai."

Jesukai strahlte. Voll Eigendünkel plusterte er sich auf. Er wiegte das Kind in seinen Armen und vermochte sich kaum zu beherrschen. Er gab ein tiefes, verächtliches Grunzen von sich. Dann wandte er sich neuerlich zum Gehen. Und wieder hielt Kurelens Stimme ihn zurück.

„Jesukai, einer deiner Gefangenen ist ein Priester, und ein anderer ein heiliger Mann aus Kathai. Ich habe den Priester mit einigen deiner Leute streiten sehen. Das ist von Unheil. Es wird Unfrieden stiften. Sag den beiden, sie sollen den Mund halten, oder es ist ihnen ein schmerzvoller Tod sicher."

Jesukai runzelte hochmütig die Stirn. „Im Gefolge meines Vaters waren verschiedene Religionen vertreten, ohne daß das etwas geschadet hätte."

Kurelen schüttelte sachte den Kopf. „Aber nicht diese Gattung. Ich habe sie in Kathai gesehen. Was haben sie für Unfrieden gestiftet! Der Kaiser war höflich und duldsam, denn er war ein weiser Mann. Aber manchmal mißverstehen hochmütige Menschen Weisheit für Schwäche. Der Kaiser sah sich gezwungen, ein Blutbad anzurichten, um jene seiner Anhänger unschädlich zu machen, die von den Christen gegen ihn aufgehetzt worden waren. Man sagt, er soll geweint haben. Dann war ich in Samarkand, und auch dort habe ich gesehen —"

„Du hast zu viel gesehen", fiel Jesukai ihm grob ins Wort und ging mit seinem Sohn fort.

Im Zelt herrschte kurze Zeit Schweigen. Dann sagte Kurelen leise und nachdenklich zu sich, als entsänne er sich der letzten Worte Jesukais: „Sicherlich. Sicherlich." Und er schüttelte den Kopf und lächelte spöttisch.

Kurelen wanderte zwischen den Jurten und Lagerfeuern hin und her und suchte ein Plätzchen, das ihm Wärme, Essen und Wein bot. Aber da er unbeliebt war, machte keiner ihm Platz, sondern die Leute rückten im Gegenteil noch enger zusammen und schlos-

sen ihn aus. Die Frauen schnitten ihm Grimassen, denn ihnen war
nur ein wohlgeformter Körper wichtig, und auch sie glaubten, daß
Kurelen sie verachtete. Er hinkte von Feuer zu Feuer und
fröstelte in seinem Filzmantel, dessen Kapuze er sich über das
lange, dunkle Gesicht mit den langen, weißen Zähnen und den
glitzernden, hämischen Augen gezogen hatte. Schließlich gelangte
er zum kleinsten Lagerfeuer, und hier hockten, praktisch verlassen,
der Priester Seljuken und der buddhistische Mönch Jelmi. Ein
Topf mit schmorendem Pferdefleisch stand auf dem Feuer und es
gab reichlich Wein, denn die Mongolen hielten das Gesetz der
Gastfreundschaft hoch. Seljuken aß trotzig und riß mit bösartigen Gebärden das Fleisch von den Knochen. Aber Jelmi trank
nur ein wenig Wein. Mit sanfter Wehmut starrte er ins Feuer und
schien ganz vergessen zu haben, wo er war. Ab und zu seufzte er
und rieb sich die wundgelaufenen, verschwollenen Füße. Seljuken
beachtete ihn nicht und lehnte sich immer wieder rücksichtslos über
ihn, um seinen Becher aus dem Kumyßschlauch nachzufüllen.

Kurelen hockte sich an der gegenüberliegenden Seite des Feuers
nieder und begrüßte die beiden heiligen Männer mit freundlichen
Worten. Seljuken grunzte mit vollen Backen, aber Jelmi antwortete Kurelen mit erlesener Höflichkeit. Seine Schwermut lichtete
sich und er lächelte. Als Kurelen ihn in der Sprache Kathais an-
redete, leuchtete das schmale, müde Gesicht des Mönchs entzückt
auf und seine Augen füllten sich mit Tränen.

Kurelen sprach ihm von Kathai, von seinen Tempeln und Glok-
ken, seinen imposanten Gebäuden, den Straßen, seinen Gelehrten
und seinem großen Wissen, seinen Philosophen, Musikern und
Lehrern, seinen Universitäten und Palästen. Jelmi errötete vor
Stolz und er ließ seinen Tränen freien Lauf. „Mein Vater war
ein Freund des alten Kaisers", sagte er, „und seine Handschriften
zählen noch immer zu den Kostbarkeiten der Paläste. Er war ein
Dichter. Sein Name war Chu'un Chin."

„Nein, tatsächlich?" rief Kurelen aus. „Ich kenne viele seiner
Gedichte. Gab es nicht eines, das ‚Der umgestülpte glatte Napf'
hieß?"

Jelmi lächelte geringschätzig und schüttelte den Kopf. „Mein
Vater war ein großer Spötter. Und ein großer Liebender. Er

glaubte an nichts, nicht einmal daran, nichts zu glauben. Man muß Nachsicht üben —"

In Erinnerung versunken, kicherte Kurelen. „Die persischen Dichter kommen bei weitem nicht an ihn heran. Die Perser behaupten, daß nichts von Bedeutung sei. Aber einzig die Chinesen glauben das wirklich. Dichtung ohne Überzeugung ist wie eine Kette glänzender, hohler Perlen, die auf einer wertlosen Schnur aufgefädelt sind. Sie schimmern und ziehen die Blicke auf sich, aber sie haben keinen Gehalt."

Seljuken hörte diesem erstaunlichen Gespräch in der stummen Unendlichkeit der Wüste mit großen Augen zu. Der Mund stand ihm offen und seine Zähne kauten langsam. Schließlich verzerrte ein Zug tiefer Verachtung sein Gesicht und er tat diese Schwachsinnigen mit einem Achselzucken ab. Stolz dachte er bei sich: Mein Vater ist ein Prinz.

Kurelen setzte seine Unterhaltung mit dem Mönch fort. Er lachte ständig, seine Zähne blitzten, er zog die Schultern bis an die Ohren hoch und gestikulierte mit heftigen Gebärden. Er war unerhört temperamentvoll. Das zeigte sich in dem blassen, bissigen Lächeln, dem plötzlichen Aufleuchten seiner bitteren Augen. Jelmi lachte leise über Kurelens Geistreicheleien. Sein Trübsinn verflog, und wie es allen Gelehrten und weisen Menschen ergeht, vergaß er über der Anregung der Worte, die dem Gehirn und nicht dem Bauch entspringen, seine unselige gegenwärtige Lage. Es war, als säße er wieder im Hause seines Vaters, einem Haus voll Elfenbein und Teakholz, kostbaren Teppichen und Seidendecken, vergoldeten Keramiken und Jade und Weihrauch, und Kurelen hätte einer jener fröhlichen, spöttischen Philosophen sein können, die seinem Vater so ans Herz gewachsen waren.

Schließlich rief er aus:

„Aber wie sonderbar, daß du hier in dieser Wildnis bleibst, wenn du so gebildet bist!"

„Das bin ich nicht", sagte Kurelen und verzog das Gesicht. „Mir ist bloß eine gewisse Wortgewandtheit und ein flinker Verstand eigen, der sich die Gebärden und Phrasen der Weisheit eingeprägt hat. Aber echte Bildung besitze ich nicht. Ich bin zu faul. Ich esse lieber." Damit nahm er von Jelmis Teller einen zarten Bissen.

Trotzdem war er erfreut. Jelmi schüttelte in sanftem Protest gegen Kurelens geringschätzige Behauptungen den Kopf.

Mit vollem Munde sah Kurelen den Mönch nachdenklich an. „Und doch habe ich für euch beide einen weisen Rat. Unser oberster Schamane Kokchu ist ein rachedurstiger Mensch. Ich habe bemerkt, wie er euch heute mit erboster Miene zugehört hat, als ihr zu unserem Volke spracht. Ich rate euch, befleißigt euch ihm gegenüber der Demut. Er weiß um viele Gifte."

Seljuken schnaufte abfällig. „Uns Christen geziemt es, bis ans Ende der Welt zu gehen und das Wort des Herrn zu verbreiten, selbst wenn man uns mit Tod und Folter bedroht."

Kurelen zog die Augenbrauen hoch. „Sprich nicht so leichtfertig von der Folter. Du kennst den Einfallsreichtum des Schamanen nicht. Jedenfalls habe ich dich gewarnt."

„Ich werde die Wahrheit verbreiten!" sagte Seljuken empört, obwohl er sich unbehaglich umsah.

Kurelen kaute nachdenklich, und als er antwortete, richtete er das Wort an Jelmi, denn der ungebildete Priester zählte in seinen Augen nicht mehr. „Die Wahrheit", begann er, „trägt viele verschiedene Kleider und ist die Metze vieler Herren. Ich entsinne mich eines Gedichtes deines Vaters, in dem er höchst ausgelassen über die Wahrheit sprach und sie als Söldner eines jeden Prinzen bezeichnete. Ich verlasse mich darauf, daß du wenigstens deine Auffassung von der Wahrheit für dich behältst."

Mit ausholender Gebärde umfaßte er die vielen Feuer und die Scharen von Kriegern, die daran saßen.

„Das sind starke Männer, mein Freund, und grausam und wild. Sie lassen sich nicht auf Diskussionen ein; sie nehmen. Wozu brauchen sie Logik oder Philosophie? Diese Dinge lieben sie, aber diskutieren nicht darüber."

„Du aber", sagte der Mönch Jelmi mit seinem gewinnenden Lächeln, „tust es."

Kurelen nahm einen Schluck Wein und zuckte die Achseln: „Ich sagte es dir bereits, mein Freund: ich bin faul."

„Warum kehrst du nicht nach Kathai zurück?"

„In Kathai", erwiderte Kurelen grinsend, „bin ich ein Narr unter Weisen. Hier bin ich ein Mensch unter wilden Tieren. Die

Tiere versorgen mich mit Nahrung. In Kathai sind sie klüger." Anerkennend leckte er sich die Finger und lächelte dann dem Mönch verständnisinnig zu. „Vergiß nicht: ich habe sie wilde Tiere genannt, aber ihr tierisches Treiben läßt sich vorhersehen. Zivilisierte Menschen aber sind unberechenbar, außer in ihrer Schlechtigkeit. Setze von jedem Menschen Böses voraus, und du wirst nicht enttäuscht werden."

Der Lärm um die Lagerfeuer wurde lauter und verschlang ihre Stimmen. Kurelen erhob sich. „Mein Neffe erhält jetzt seinen Namen", erklärte er. „Ich muß den Feierlichkeiten beiwohnen." Damit entfernte er sich. Jelmi sah ihm aus schwermütigen Augen nach. Der Priester aber hatte für niemanden Augen. Er war wohltuend betrunken. Jelmi hatte den Wein in dem Becher, den er in Händen hielt, nicht angerührt. Der Priester riß ihm den Becher ungestüm aus der Hand, trank ihn leer, atmete geräuschvoll aus und wischte sich den Bart. Jelmi bemerkte es nicht. Tiefer Kummer umwölkte sein Antlitz.

Kurelen schritt auf das große Feuer zu, an dem Jesukai mit dem Knaben im Arm stand. Der Schamane untersuchte das Kind, verwunderte sich über dessen Schönheit und stellte Prophezeiungen an. Als die beiden Männer Kurelen erblickten, runzelten sie die Stirn, blieben jedoch stumm.

Der Schamane sagte eben, daß Jesukai am Tage der Geburt des Kindes seinen größten Beutezug gemacht hatte und der Knabe deshalb den Namen des Häuptlings erhalten sollte, den Jesukai besiegt und erschlagen hatte. Der Name lautete Temudschin. Die Krieger drängten sich heran, um den Knaben zu betrachten, und bewunderten sein goldenes Haar und die brennenden, grauen Augen. Von Erregung erfaßt, versprach der Schamane, daß er noch in der gleichen Nacht einen Geist des blauen Himmels beschwören und das Kind seinem Schutz und Schirm anvertrauen würde. Kurelen begann zu lachen, und der Schamane betrachtete ihn mit unverhohlenem Haß.

„Der letzte Geist, den du herbeigezaubert hast, Schamane, erschien in der Gestalt eines Bären und hat zwei hübsche Kinder gerissen."

Der Schamane wandte dem Spötter den Rücken zu, aber Jesukai wurde unruhig. Er zupfte den Zobelpelz um das Kind zurecht und wirkte unschlüssig.

„Vielleicht", so sagte der leicht trunkene Kurelen, „sollten wir auch andere Zauberer zu diesem großen Ereignis zuziehen. Ruf den Mönch und den Priester herbei. Vielleicht sind ihre Geister weniger blutdürstig."

Jesukai hielt das für eine ausgezeichnete Idee und sandte einen Hirten aus, der die Gefangenen um ihre Teilnahme bitten sollte. Während sie alle warteten, wandte Kurelen sich an den Schamanen. Mit schmeichlerischem Spott bemerkte er: „Ich habe Jesukai gesagt, er darf nicht zulassen, daß diese beiden heiligen Männer die Köpfe unseres Volkes mit fremden Lehrsätzen verwirren."

Der Schamane war erstaunt. Seine Miene entspannte sich, aber die Augen blickten wachsam. Kurelen nickte. „Fremde Lehrsätze bringen sonderbare Fehden hervor. Du genügst für unser Volk."

Kokchu lächelte finster, aber er war noch immer auf der Hut. „Du sprichst weise, Kurelen. Aber nicht alle Männer haben deine Klugheit."

„Ich denke, man sollte sie der nächsten Karawane anschließen und fortschicken. Besonders den Mönch. Ich bin von seiner Heiligkeit überzeugt, und vielleicht könnten die Geister zürnen, wenn er ermordet wird. Der Priester jedoch macht mir nicht den Eindruck, unter dem Schutz irgendeines mächtigen Gottes zu stehen — außerdem rückt der Winter heran, und wir müssen weiter und jeder zusätzliche Mund bedeutet eine Last mehr."

Kokchu nickte und lächelte bösartig. Er netzte seine Lippen.

Kurelen erging sich weiter über dieses Thema. „Man sagt, daß das Jahr der Schweine kein glückliches für die Jakka-Mongolen sei. Vielleicht sollte man die Geister besänftigen — mit einem vornehmen Opfer. Wie, Kokchu?"

Der Schamane antwortete ernst, aber seine Augen funkelten: „Ich bin sicher, du sprichst die Wahrheit, Kurelen."

Jesukai hatte streitsüchtig und verwirrt zugehört. Spöttisch bemerkte er: „Jetzt wird bestimmt der Himmel einstürzen, da ihr beiden einmal einer Meinung seid."

Kurelen betrachtete ihn mit tiefem Ernst. „Weise Männer mögen sich um Kleinigkeiten zanken, aber in entscheidenden Fragen sind sie sich einig." Er knuffte den Schamanen in den Bauch und der heilige Mann zuckte zusammen. „Wie, Kokchu?"

Der Schamane rieb sich die schmerzende Stelle, warf Kurelen einen ätzenden Blick zu, aber antwortete sofort: „Wieder sprichst du die Wahrheit."

Der Hirte kehrte mit Jelmi und Seljuken zurück. Der Priester torkelte, aber der Mönch schritt in heiterer Würde und Erhabenheit aus. Der Schamane musterte beide genau. Schließlich blieb sein Blick an Jelmi hängen, den er vom ersten Moment an gehaßt hatte. Und dann wanderte sein Auge langsam zu Kurelen und wieder zu Jelmi zurück, und ein niederträchtiges Lächeln erhellte seine bleichen Züge.

Jesukai wollte sich für diesen Anlaß den guten Willen und die Freundschaft sämtlicher Götter sichern, deshalb begrüßte er die Gefangenen herzlich und wies ihnen die wärmsten Plätze am Lagerfeuer an. Man bot ihnen die besten Bissen und füllte ihre Becher bis zum Rand. Jelmi lächelte höflich und versuchte zu essen und zu trinken. Seljuken stopfte sich gierig voll und begann zu prahlen. Belustigt, ermunterten die Krieger ihn zu stets neuen Übertreibungen, brüllten vor Lachen, stießen ihm die Fäuste in die Rippen und füllten seinen Becher nach. Kurelen hockte sich grinsend in die Nähe und stützte das Kinn aufs Knie. Die Alten zupften ihre Fiedeln, die Feuer glühten heller und mehrere völlig betrunkene Krieger führten einen unbeholfenen Tanz auf. Vor dem schwarzen Vorhang der Nacht malte der grellrote Widerschein des Feuers Lichtkleckse auf die rohen Gesichter und aus den dicht zusammengedrängten Augen funkelte die Grausamkeit. Heisere Stimmen und Schreie mengten sich mit dem Wind, Körper schwankten zum Klang der Fiedeln und der Lieder. Krieger schlugen die Knäufe ihrer Dolche gegen ihre Schilde, daß die eiskalte Luft wie Pauken vibrierte. Das Lachen klang wie das Gebell wilder Tiere.

Und wie Tiere sahen die Krieger mit ihren plumpen, zottigen Umhängen aus Marder- und Fuchsfellen auch aus, den Pelzhüten über den faltigen Stirnen, den gefletschten Zähnen mit ihrem wolfsähnlichen Schimmern. Es waren die Brüder des Berglöwen und des Bären, der in Schluchten hauste, und des Adlers der weißen Gipfel. Primitiv und grausam wie sie waren, kannten sie das Wort ‚Gnade' nicht und Sanftheit war für sie nichts weiter als der Laut einer fremden Sprache. Kurelen war aus ihrem Fleisch, ihrem Land und ihrer Wüste, und doch fühlte er sich ihnen so fremd wie ein Bürger jener schlaffen und goldenen Zivilisation hinter der großen Mauer. Er kam sich angekränkelt, alt und dekadent, träge und belustigt, hinterlistig und ohnmächtig vor. Er fand sich ein Plätzchen neben Jelmi, und instinktiv rückten die beiden zueinander wie Männer, die sich einer Gefahr gegenübersehen. Beide zitterten ständig, denn mit jedem Augenblick fühlte sich die Luft mehr wie verdünntes Eis an, und die dem Feuer abgewandten Körperteile wurden allmählich trotz der gefütterten Gewänder aus Filz und Pelzen gefühllos. Die klare Luft trug jedes Geräusch scharf und unmittelbar heran und das Husten oder Lachen an einem fernen Feuer verschmolz mit dem Gelächter und den Rufen eines näheren Feuers.

Jemand fiel ein, daß Kurelen eine schöne Stimme hatte, und Jesukai befahl ihm zu singen. Er war mittlerweile schon völlig betrunken. Mühsam rappelte er sich auf und das Feuerlicht fiel voll auf ihn. Seine Kapuze war ihm auf die breiten, krummen Schultern zurückgeglitten. In seinem dunklen Gesicht glühte und zuckte es wie von einem unsichtbaren Blitz. Der Feuerschein lag in den Falten seines steifen Filzumhanges und seine Augenhöhlen waren von unheimlichem Rot. Er sah die Krieger an und sie sahen ihn an und ihre Stirnen runzelten sich und sie begannen zu murmeln. Von den umliegenden Feuern kamen weitere Männer herbeigeeilt, die gehört hatten, daß Kurelen singen würde, und drei alte Männer begannen grinsend ihre Fiedeln zu zupfen. Kurelen spreizte seine Arme mit einem Lächeln, das gleichzeitig liederlich und unheimlich war. Keiner lachte mit ihm. Seljuken, der Priester, war in trunkenen Schlaf gesunken.

Kurelen verneigte sich vor Jelmi, der ihn ernst und betrübt ansah. „Ich werde eines der Lieder deines Vaters singen und es beiläufig für diese ungeschliffenen Ohren übersetzen", sagte er. „Sie werden es nicht verstehen, aber du und ich, wir werden unseren Spaß daran haben."

„Ich verstehe einiges von der Sprache deiner Leute", antwortete Jelmi mit seiner wohlklingenden Stimme. „Ich habe schon früher bei ihnen gearbeitet." Erwartung spiegelte sich in seinem Gesicht.

Houlun, die erschöpft auf ihrem Bett lag, vernahm durch die klare, eisige Luft die Stimme ihres Bruders. Sie setzte sich auf, warf sich einen Pelz um die Schultern und schleppte sich unter Schmerzen zum Eingang ihrer Jurte. Dort saß sie und lauschte, und ihr Herz vernahm nur den Klang und sonst nichts. Sie hörte jedes Wort, aber sie achtete vor allem auf seine Stimme, die so kräftig und süß und voll und rund von heimlichem Lachen war und von den Fiedeln hoch und gespenstisch begleitet wurde.

> Vor des Magens lautem Knurren
> duckt sich feig des Menschen Geist.
> Hört man erst die Armut murren,
> sind die Künste rasch verwaist.
> Weisheit neigt sich speichelleckend
> vor dem weingefüllten Schlauch —
> ich gesteh's, es ist erschreckend,
> doch regieren tut der Bauch.

> Mag so mancher musisch preisen
> seiner Seele Höhenflug
> und uns hehre Ziele weisen,
> wie er sie im Herzen trug;
> Lehr ihn erst den Hunger kennen
> und des Lebens rauhen Brauch,
> wird auch er zur Krippe rennen,
> denn regieren tut der Bauch.

Er verstummte und seine Stimme hinterließ ein Beben in der Nacht wie ein nachschwingender Ton. Aber niemand klatschte Beifall. Sie hatten kein einziges Wort begriffen. Nur Jelmi und der Schamane mit seinem durchtriebenen Gesicht hatte verstanden. Jelmi war von der Stimme des Sängers wie verzaubert. Wahrlich, dachte er, das ist die Stimme des großen Buddhas selbst. Ihm war, als hätte die unendliche Leere der Wüstennacht die Stimme ins

Gigantische gesteigert, bis sie die Sterne erreichte, die vor Erstaunen in ihrer Bahn anhielten, und sich der schwarze Schutzwall der Berge mit einem antwortenden Engelschor erfüllte. Der Schamane lächelte. Seine Miene drückte keinerlei Feindseligkeit mehr aus und er betrachtete Kurelen, wie ein Mensch einen anderen inmitten von seelenlosen Tieren ansehen mag. Der Priester hatte sich vor dem Feuer zusammengerollt und schnarchte.

Dann klatschte der Schamane in die Hände. Das war der ganze Beifall. Die Krieger fuhren sich mit der Zungenspitze über die Lippen und runzelten die Stirnen. „Hast du keine Balladen von Heldenmut, Kurelen?" rief einer von ihnen verächtlich.

„Heldenmut?" wiederholte Kurelen nachdenklich, als hörte er das Wort zum ersten Male.

Jesukai spuckte aus, um seine Geringschätzung zu bekunden.

„Dieses Wort bedeutet dir bestimmt nichts", sagte er unter lautem Gelächter.

„Heldenmut", sagte Kurelen, „ist die Antwort eines Narren auf die Weisheit."

Und wieder begriffen ihn nur Jelmi und der Schamane, und der lachte in verständnisinnigem Entzücken.

„Dann sing uns von der Liebe", schlug ein anderer Krieger vor. Die anderen brachen in grölendes Gelächter aus, pufften sich gegenseitig auf Brust und Schultern und wälzten sich vor dem Feuer. Kurelen und Liebe! Diese Verbindung war zu köstlich für ihre einfachen Seelen. Sie lachten, bis ihre Rippen schmerzten, ihre Heiterkeit machte sich in animalischen Grunztönen Luft.

Aber Kurelen wartete lächelnd, bis sie sich beruhigt hatten. Auf seiner Oberlippe und der Stirn perlten Schweißtropfen.

„Ja", sagte er freundlich, „ich singe euch von der Liebe."

Wieder lachten sie. Der Alte zupfte die Saiten und ein süßer Ton schwang sich in die Nacht. Kurelen begann zu singen. Seine Stimme war stürmisch und traurig, voll Verzweiflung und grimmiger Hoffnungslosigkeit. Das Grinsen erstarb in den Gesichtern der Krieger und sie hörten ihm ergriffen und verzaubert zu. Sie beugten sich zum Sänger vor, damit ihnen auch nicht die leiseste Modulation jener kräftigen, wunderbaren Stimme entgehen sollte, die so rein und leidenschaftlich klang.

„Wer darf von meiner Geliebten singen?
Tausende Männer in Tausenden Liedern,
Der Nachtwind und die Morgenbrise,
Der schlanke blaue Reiher über dem silbernen See,
Die Stimme der Wüste in den roten Bergen,
Der tiefgrüne Wald in den Armen des Sturms,
Die Flöten der Hirten und die Trommeln eines Königs.
Nur ich allein, ich wage nicht zu singen!"

Seine klangvolle, mächtige und doch so unsagbar süße Stimme
stieg wie ein wilder Vogel mit ausgebreiteten Flügeln und sichtbar pochendem Herzen aus einem Abgrund finsterer Verwirrung
und Qual empor. Man konnte sich vorstellen, daß die Grenzen
des Alls vom Wunder und bitterem Kummer durchtränkt wurden
und selbst die schroffen Berge in unerträglicher Lust und Betrübnis weinten. Den Kriegern standen Mund und Augen offen und die
schattenhaften Gestalten hinter den Feuern standen in regloser Verzauberung. Selbst die Hunde und die Rinder und die Kamele
schwiegen. Ein sonderbarer Ausdruck glitt über die Gesichter der
Leute; sie waren nicht länger Raubtiere, sondern fühlende Menschen.
Der merkwürdige unsichtbare Blitz flimmerte unverändert auf
Kurelens Antlitz während er sang. Er hatte die Augen erhoben, und
sie waren von einem derart unirdischen Glanz erfüllt, daß sich die
Pupillen darin verloren. Er lächelte, aber es war ein qualvolles
Lächeln. Seine Hände hoben und bewegten sich. Es sah aus wie
die letzten Zuckungen eines Sterbenden. Keiner bemerkte seine
Verwachsung; er war zu einer strahlenden Erscheinung geworden,
die sich gottähnlich über dem roten Feuerschein erhob.

„Wer darf den Blick an meiner Geliebten weiden?
Der Fuchs und der Marder, der Bär und die Schlange,
Die Kalifen von Bagdad, der Prinz von Kathai,
Die Ratte im Loch und der Gott im Himmel,
Das rotäugige Kamel, und der Geier mit seinem scharfen
                                        Schnabel,
Der Priester im Tempel und der Bettler in seinen Lumpen!
Nur ich allein, ich wage nicht, sie anzusehen!"

Tränen fielen auf die bärtigen Wangen der Krieger und blieben einen Augenblick in ihren grimmigen Mundwinkeln hängen. Der Schamane zog sich aus dem Feuerschein zurück und wischte sich die Augen mit dem Ärmel trocken. Jelmi lauschte der kunstlosen Übersetzung des Liedes seines Vaters. Er wußte, daß die Dichtung durch die Übersetzung verlor, aber es waren nicht die Worte, die den Leuten so zu Herzen gingen, sondern Kurelens Stimme, die sie mit unsagbar hinreißenden, unendlich süßen und entsetzlich tragischen Tönen rührte. Diese Stimme brachte den Kummer aller Menschen zum Ausdruck, all ihr unausgesprochenes Sehnen, ihre tastenden Hände in der grenzenlosen Finsternis, die nur schwach von der trüben Kerze ihrer Seelen erhellt und nur von ihrer stets wachen Furcht bewohnt wurde. Hier war der Aufschrei des Menschen gegen die Götter, gegen seine eigene Qual, sein Ausgestoßensein und seine ewige Einsamkeit.

Von der Stimme ihres Bruders angezogen, hüllte Houlun sich in ihre nachschleppenden Pelze und kroch mühsam aus ihrem Zelt. Sie stand weit von jedem Feuer entfernt, aber sie hörte ihn deutlich. Sie sah sein Gesicht, das vom roten Feuer wie von einem Heiligenschein umgeben war. Es war ihr zugewandt, als fühlte er ihre Gegenwart. Und ihr war, als stünden nur sie und er in der dürren Weite, Stille und Nacht.

„Wer darf von meiner Geliebten träumen?
Der letzte Schafhirt, der Beherrscher aller Menschen.
Nur ich allein, ich wage nicht zu träumen!
Blind müssen meine Augen sein und erstarrt meine Zunge,
Dunkel sind meine Träume und leer wie die Stille.
Und einsam mein Bett, und kalt wie das Grab.
Nur ich allein, ich wage nicht zu träumen!"

Beim letzten Wort brach Kurelens Stimme. Seine Arme sanken, sein Kopf hing ihm auf die eingefallene Brust. So stand er da und hörte nicht, daß rund um ihn ein Tumult von Rufen und stürmischem Beifall losbrach. Jesukai war vor Bewunderung und Ergriffenheit außer sich. Er befahl, eine der Gefangenen herbeizuführen. Der Beifall tobte noch immer um Kurelen, als das Mädchen ans

Feuer gebracht wurde. Sie war ein kleines, dralles, hübsches Ding und sehr verschreckt. Ihre Augen waren groß und schwarz wie Pflaumen und ihr Mund winzig und voll wie eine rote Beere. Mit lautem Lachen stieß Jesukai sie in Kurelens schlaffe Arme und brüllte: „Da, nimm sie! Ich wollte sie selbst haben, aber sie gehört dir. Nimm sie in dein Zelt und laß dich von ihr trösten."

Aber Kurelen traf keine Anstalten, das Mädchen in den Armen zu halten. Jesukai befahl ihr, in Kurelens Jurte zu gehen, und ein Hirte begleitete sie, um ihr den Weg zu zeigen. Jesukai schüttelte seinen Schwager scherzhaft am Arm.

„Na los, Kurelen! Sie war ein fetter Bissen und du hast sie dir nicht angesehen. Aber dich fröstelt ständig und sie wird dich zumindest warm halten."

Die Krieger grölten gutmütig. Kurelen blickte sich verwirrt um. Er lächelte schwach. „Gebt mir Wein", verlangte er.

Ein halbes Dutzend Becher streckte sich ihm entgegen. Er trank aus jedem, und die neue Bewunderung der Krieger für ihn stieg gewaltig. Man machte ihm Platz, aber er ging wieder zu Jelmi zurück, verschränkte die Arme um die hochgezogenen Beine und stützte das lange Kinn auf die Knie. Sein Lächeln war breiter und grotesker als je und er zitterte unaufhörlich und seine Zähne klapperten, obwohl er dicht am Feuer saß. Er erbebte unter einer krampfhaften Heiterkeit, aber seine Augen waren nach innen gerichtet.

Houlun saß auf ihrem Bett. Man hatte ihr den Knaben zurückgebracht und er lag jetzt leise weinend auf ihren Knien. Aber sie schien ihn nicht zu hören. Ihre riesigen, tragischen Augen starrten hinaus in die Dunkelheit.

Und das Fest ging weiter.

VI

Zur Stunde der dichtesten Finsternis, knapp vor dem Morgengrauen, begann der Schamane seine großen Prophezeiungen über den Knaben Temudschin. Ein mächtiger Feuerstoß aus Dung und knorrigem Holz der Wüstenkiefern war aufgeschichtet worden.

Rund um dieses Feuer versammelten sich alle Stammesangehörigen, um den Prophezeiungen zu lauschen und die sonderbaren Dinge mitanzusehen, die der Schamane für sie hervorzaubern mochte. Kokchu genoß den Ruf, ein bedeutender Hexer zu sein, aber bisher hatten nur wenige mit eigenen Augen seine Wunder gesehen, und manche begegneten dem Schamanen sogar mit einer gewissen Skepsis. Jetzt, vor Anbruch des Morgengrauens, hatte das Wort die Runde gemacht, daß Kokchu seine Zauberkünste unter Beweis stellen würde, und alle kamen von ihren Lagerfeuern herbeigeströmt, so daß ein Feuer nach dem anderen langsam wie ein roter Stern verlöschte, bis nur mehr der einzige Holzstoß brannte.

Kurelen hatte mehr getrunken als je zuvor, aber sein Rausch verflüchtigte sich immer wieder. Schließlich wurde sein Denken immer klarer, je mehr Reiswein er trank, bis er unter einem quälend scharfen Wahrnehmungsvermögen zu leiden begann. Er empfand jedes Geräusch als körperlichen Schmerz, als hätte man ihn ausgepeitscht und ihm glühende Eisen in die wunden Nerven und blutenden Muskeln gedrückt. Das Sehen wurde ihm unerträglich. Er lehnte die Stirn auf die Knie und schloß die Augen. Aber er hatte nicht den Wunsch aufzustehen und fortzugehen. Die Trägheit hielt ihn in stumpfen Ketten gefangen und außerdem fror er jämmerlich. Er wußte nicht, daß Jelmi, der Mönch, seinen eigenen Filzmantel abgelegt und ihm über die Schultern geworfen hatte. Seljuken, der Priester, hatte begonnen, sich in seinem berauschten Schlaf zu bewegen und saß jetzt aufrecht, zwinkerte heftig, rieb sich Bart und Augen und fing wieder zu essen an.

Jetzt senkte sich tiefe Stille über die aufzüngelnde Glut. Kokchu, der oberste Schamane, hatte sich erhoben. Er stand im rötlichen Feuerschein und hatte die Augen auf den lichtlosen Himmel gerichtet. Sein Vater war ein großer Mongolenhäuptling aus vornehmer, leidenschaftlich stolzer Familie gewesen. Kokchu selbst war ein schöner und sogar großartiger Mann. Er war hochgewachsen und sehr mager und hatte brennende, große, zwingende Augen. Sein Gesicht war lang und braun und die Nase mit den geblähten Nüstern, die ihr ein grausames Aussehen verliehen, gemahnte an einen Adlerschnabel. Sein breiter, voller, herabhängender Mund hatte einen grausamen, eigenwilligen und wehmütigen Ausdruck. Es war der Mund eines Barbaren. Seine dichten, schwarzen Brauen schossen aus dem inneren Augenwinkel wie Flügel aufwärts, daß sein Gesicht einen ingrimmigen Zug erhielt, der gleichzeitig einschüchternd und faszinierend war. Und trotzdem sah er durchtrieben und hinterlistig aus, als hätte sich die Dekadenz bei ihm eingenistet, ehe noch seine Wildheit verflogen war. Auf dem Kopf trug er einen hohen, sehr schmalen, steifen Spitzhut, dessen schalartige Enden sein Gesicht umrahmten und neben seinen beiden dicken schwarzen Haarzöpfen auf seinen Schultern ruhten. Er trug einen kurzen Kittel aus cremefarbener Wolle, der kunstvoll mit blauen, roten und gelben Geheimzeichen bestickt war. Die Ärmel waren lang und breit und er verschränkte ständig seine Hände in ihnen. Vom Gürtel abwärts trug er einen bauschigen blauen Wollrock, dessen schwere Falten bei jedem Schritt nachschleppten. Sie verbargen seine Filzstiefel, die ihm eine verliebte Frau mit reicher Stickerei verziert hatte. Zog er die Hände aus den Ärmeln, dann klingelten goldene, türkisbesetzte Armspangen an seinen dünnen, dunklen Gelenken.

Kurelen schlug die Augen auf und betrachtete den Schamanen interessiert. Er lächelte. Hier, dachte er bewundernd, bin ich unter glücklicheren Voraussetzungen. Manchmal genoß er eine Unterhaltung mit Kokchu, dessen Geist wie Pechkohle funkelte, ohne daß ihn die geringsten Skrupel quälten. Hätte Kurelen nicht die Geister verlacht (an die Kokchu nicht im mindesten glaubte), wären die beiden die besten Freunde gewesen. Aber durch Kurelens Lachen fühlte Kokchu sich gefährdet. Dennoch hatten sie trotz ihres instinktiven Hasses ab und zu ihre Freude aneinander. Denn, wie Kurelen sagte, sie waren die einzigen vernunftbegabten Menschen in Jesukais Lager. Kurelen sagte ganz offen zu Kokchu, daß er durchaus nichts dagegen einzuwenden hatte, wenn Kokchu mit seinen Zauberkunststückchen Schweine aus den Menschen machte. Allerdings behielt er sich das Recht vor, sowohl über den Schamanen als auch seine Gläubigen zu lachen. Das Gelächter war das ewige Schwert der Feindschaft zwischen ihnen.

Heute abend hatte Kokchu beschlossen, Kurelens Gelächter für immer zum Verstummen zu bringen, wenn nicht mit seinen Zaubereien, dann mit anderen Mitteln. Er war in finsterster Laune, denn Kurelen, der ihn im Feuerschein beobachtete, hatte zu lächeln begonnen und sah ihn gespannt an.

Scheinheilig faltete Kokchu die Hände und richtete den Blick himmelwärts. Seine Lippen bewegten sich und seine Züge spiegelten tiefste Ehrfurcht, die auf die Leute rings um ihn übersprang, wieder mit Ausnahme von Kurelen und Jelmi. Die Augen blickten so hoch empor, daß die Stirnen darüber sich wie Pergament zusammenschoben und Filzhüte rutschten auf Hinterköpfe. Zwischen geöffneten Lippen glitzerten Zähne wie die der Raubtiere.

Kichernd beugte Kurelen sich zu Jelmi vor: „So etwas hast du noch nie gesehen! Paß genau auf!"

Jelmi erwiderte das Lächeln in seiner vorbildlichen Höflichkeit und heftete die Augen auf den Schamanen, um den sich die verzückten Gesichter mit schimmernden Augen drängten. Er hielt seine Gebetsmühle in der Hand und drehte sie geistesabwesend. Er flüsterte: „Gott zeigt sich in vielen Formen, und was immer dieser Mann hervorbringt, ist ein Teil der zeitlosen Offenbarung."

Kurelen schürzte die Lippen, antwortete aber nicht. Er sah Kokchu angeregt zu und war gegen jede Hexerei oder Verzauberung gefeit. Dennoch war er der geheimnisvollen Stille gegenüber nicht unempfindlich, die über allem schwebte, als hielte das Universum wartend den Atem an.

Langsam hob Kokchu die Arme. Sein dunkles Gesicht war bleifarben geworden und aus jeder Pore perlten Tropfen wie Quecksilber. Seine Halsmuskeln traten wie Stricke unter der Haut hervor. Man sah ihm keinerlei physischen Kampf an, und doch bemerkte jeder die ungeheure Anspannung und den Konflikt, der in ihm tobte. Er begann zu beten, erst flüsternd, dann mit immer lauter werdender hoher, hysterischer Stimme:

„O ihr Geister des ewigen blauen Himmels! Ich rufe euch herbei; ich befehle euch herbei! Ihr habt uns einen Knaben von großer Kraft und Schönheit geschenkt und in seine Hand ein Omen gelegt. Nicht immer ist es den Menschen gegeben, in die Zukunft zu schauen, aber da wir diesem Kind die ihm gebührende Ehre erweisen wollen, beten wir um ein Zeichen, an dem wir seine Größe und sein Geheimnis ermessen können."

Die Quecksilbertropfen sickerten langsam über seine Wangen. Rote Adern zeichneten sich in seinen Augäpfeln ab. Er erzitterte und ballte die Fäuste. Unbeweglich hielt er seinen starren, schrecklichen Blick auf den Himmel geheftet. Jetzt schwieg er, aber sein geheimer Kampf überschwemmte ihn und steckte die Zuschauer mit unheimlicher Ratlosigkeit und ungewisser Furcht an. Das riesige Feuer war plötzlich zusammengesunken, daß nur ein ausgedehnter Kreis feuriger, zuckender Kohlen auf der Erde lag. Sie verbreiteten ein blutrotes Licht, in dessen Kreis der Schamane zu stehen schien. Der obere Teil seines Körpers verschwand im Halbdunkel, seine Füße und Knie sahen aus, als ob sie brennten.

Mit einem Male löste sich ein leises Ächzen von den Lippen der Zuschauer. Kurelen beugte sich vor und blickte auf das Feuer, das die Krieger mit dem Ausdruck größten Entsetzens und Aberglaubens anstarrten. Er bemerkte nichts, nichts, als die roten, leuchtenden Kohlen. Belustigt sah er zu Jelmi hinüber, aber zu seiner Überraschung blickte Jelmi mit bleichem Gesicht unentwegt auf die Glut. Auch der Priester Seljuken starrte mit offenem Mund und weit aufgerissenen Augen. Langsam sträubten sich seine Haare.

„Es ist unmöglich", murmelte Kurelen achselzuckend. Und dann schwieg er still. In dem zusammensinkenden Glutring nahm etwas Gestalt an. Ein kalter Schauer lief über Kurelens krummes Rückgrat, ein Prickeln ergriff von seinen Händen und Füßen Besitz. Langsam erhellten sich die Dinge im Feuer zu einem Umriß. Langsam offenbarte sich die Gestalt eines geduckten Berglöwen. Es war ein riesiger Löwe. Sein Haupt war stolz, tapfer und angriffslustig erhoben; seine roten Augen funkelten im glühenden Licht. Kurelen konnte seine gekrümmten Pfoten, seine weißen Fangzähne und weißen Klauen sehen. Um seinen bebenden Leib ringelte sich eine dicke, purpurrote Schlange. Kurelen nahm deutlich die Zeichnung auf der schuppigen Schlangenhaut aus. Aber sie erdrückte den Löwen nicht, sie hielt ihn nur reglos umklammert, und ihr langer, flacher Kopf ruhte auf dem Haupt des Löwen. Ihre grün irisierenden, tückischen Augen schimmerten. Zwischen den Kiefern stieß unablässig ihre Zunge hervor. Löwe und Schlange lagen friedlich beisammen, ihre gräßlichen Augen waren voll Geheimnissen und unirdischem Grübeln. Sie schienen vom selben Atem beseelt zu sein. Der Schlangenleib und der Löwenkörper hoben sich gleichzeitig. Und neben ihnen stand der Schamane, ohne den Blick vom Himmel zu wenden. Die bleierne Färbung seines Gesichts vertiefte sich, der Schweiß rann ihm übers Gesicht und sein Mund stand weit offen.

Kurelen spürte, wie sich ihm die Haare aufstellten. Von Furcht gepackt, zuckte sein Körper zurück. Sein Verstand aber leugnete, was er sah. „Es ist nicht möglich", sagte er laut und empört. Er beugte sich näher, um das Raubtier und die Schlange besser zu sehen. Und langsam, als fühlten sie den wütenden Anprall seines Blicks, wandten die Ungeheuer im Feuer gemeinsam die Köpfe und starrten ihn an. Er sah den gepunkteten Schlitz ihrer geweiteten Pupillen; hörte ihren zischenden Atem; sah ihre feuchten Mäuler. In Angst und Wut begann sein Herz zu pochen wie eine Trommel.

Mit tiefer, eintöniger Stimme, die von fallweisem Keuchen unterbrochen wurde, hob der Schamane zu sprechen an:

„O ihr ewigen und furchteinflößenden Geister, ihr habt meine Gebete beantwortet und uns ein Zeichen gegeben! Dieses Kind ist kräftig und wild wie der Berglöwe und weise und allumfassend wie die Schlange! Welcher Mensch soll ihm widerstehen? Welches Geschöpf der Luft, der Erde und der Berge ihm trotzen?"

Über Kurelens Körper strömte eiskalter Schweiß. Er beugte sich vor, so weit er nur konnte. Er sah unmittelbar in die Augen dieses schrecklichen Trugbildes, das ihn so unverwandt aus dem Feuer anstarrte. Er fühlte, daß die beiden ihn sahen und verstanden, aber sie taten das mit einer niederschmetternden Gleichgültigkeit, mit einer unirdischen Überlegenheit, die unpersönlich wie der Tod war. Er fühlte, daß er ungeheuerlichen Dingen gegenüberstand, die jenseits der blassen Grenze der Wirklichkeit und Vernunft lagen, irren Dingen, vor denen der Mensch machtlos und bedroht war und die ihn, hatte er sie einmal erblickt, ebenfalls zum Irrsinn treiben mußten.

Alle Menschen verschwanden aus Kurelens Bewußtsein. Es gab nur ihn und diese grauenhaften Besucher, die vom Alptraum in die Wirklichkeit geglitten waren. Unklar vernahm er im Hintergrund die monotone Stimme des Schamanen, seine unheimlichen Gesänge. Aber er sah gebannt in die schimmernden, irisierenden Augen dieser Unwesen und sie erwiderten seinen Blick, atmeten regelmäßig und ließen schwach die Kohlen durch ihre durchscheinenden Körper sehen. Wie betäubt dachte er bei sich: ich muß ihnen widerstehen und erklären, daß es sie nicht gibt, daß sie üble Ausstrahlungen der Seele des Schamanen sind. Bei diesen Gedanken schienen die Unwesen ihn noch fester anzustarren, aber jetzt waren ihre Blicke feindselig und voll gräßlicher Drohung.

Mit beinahe übermenschlicher Anstrengung wandte er die Augen langsam vom Feuer und sah den Schamanen an. Sein Herz tat einen lächerlichen Sprung, denn er bemerkte, daß Kokchu ihn heimtückisch musterte und wie in hämischem Spott lächelte.

Kurelens blasse Lippen verzerrten sich zu einem schwachen Grinsen. Er wandte sich Jelmi zu, der die Gebilde mit tiefem Ernst betrachtete. „Sie existieren nicht", zwang er sich zu sagen. Aber Jelmi wandte nicht den Kopf. Tiefe Verzweiflung huschte wie eine Wolke über sein Gesicht.

„Doch", flüsterte er, „sie existieren, und es stimmt, daß sie ihren Ursprung in der Seele eines bösen Menschen haben. Aber das Böse lebt sowohl selbständig als auch im Menschen und kann sichtbar gemacht werden. Nur die Güte ist ein Traum."

Der Schamane war erschöpft und zitterte merklich. Schwach sagte er: „Wir haben gesehen, o ihr Geister!" Seine Hände sanken herab und er ließ den Kopf auf die Brust fallen.

Vor Kurelens ungläubigem Blick regten sich die Gebilde ein wenig und wurden blasser. Ihre Umrisse verdämmerten; Löwe und Schlange lösten sich wieder zu roten Kohlen auf. Aber bis zum Schluß hatten sie die irisierenden Augen in obszöner, aber schrecklicher Warnung auf Kurelen gerichtet, und lange, nachdem die Kohlen zu Asche verglüht waren, fühlte er ihr Wirken noch in seiner Seele.

Ein tiefes, unterirdisches Stöhnen brach aus den Kriegern hervor. Abergläubisches Entsetzen schüttelte sie. Sie brachen in hysterische Schreie und unzusammenhängendes Gestammel aus. Kokchu lächelte. Er setzte sich jenseits des Feuers nieder, verschränkte die Hände in den weiten Ärmeln und versank in sinnende Betrachtung. Aber er fing Kurelens Blick ab und wieder lächelte er hintergründig. Du bist ein Schwindler, sagte Kurelen in Gedanken zu ihm, und die Botschaft blitzte in seinen Augen auf. Er war überzeugt, daß der Schamane diese Botschaft las und wütend darüber war.

Jesukai war außer sich vor Freude. Er weinte und strahlte. Neuerlich kreisten die Weinbecher. Die Fiedler spielten hysterisch, ihre Finger zupften in hektischem Freudentaumel die Saiten. Dann schlug jemand vor, daß man den gefangenen Mönch und Priester bitten sollte, ihre Prophezeiungen über Temudschin zu erstellen. Der betrunkene nestorianische Priester war in seiner Sattheit und Prahlsucht nur zu gerne bereit, dieser Aufforderung nachzukommen. Seine erhitzte Vorstellung hatte sich an dem eben Gesehenen berauscht. Wahrlich, er hatte einem heiligen Wunder beigewohnt! Sein Sinn verwirrte sich. Legenden und merkwürdige Geschichten seines eigenen Glaubens schwammen durch sein verworrenes Denken. Man half ihm auf die Beine. Sein bärtiges Gesicht leuchtete vor Erregung, obwohl er in den Fäusten jener schwankte, die ihn aufrecht hielten. Er streckte die Arme so ungestüm aus, daß er ins Feuer gefallen wäre, wenn die beiden mongolischen Krieger ihn nicht eisern festgehalten hätten.

Er begann zu brüllen. Er hatte in seiner Seele eine Offenbarung geschaut! Gott hatte ihm den Anblick von Wundern gegönnt! Welche Pracht hatte er erblickt, welche Geheimnisse der Vergangenheit und der Zukunft! Seine vorquellenden Augen funkelten im Feuerschein wie nasse Steine. Schaum trat ihm auf die bärtigen Lippen. Seine Brust hob und senkte sich schwer und der Schweiß troff ihm über die Stirn. Er keuchte. Alle betrachteten ihn voll Ehrfurcht und Angst, bis auf den Schamanen, der die Stirn zu runzeln begonnen hatte, und Kurelen, der lautlos lachte.

Der Priester warf die Arme hoch, und jetzt war seine Erscheinung vom Wahnsinn gezeichnet. Er stand steif und reglos wie eine Statue, oder eher wie ein Baum, in den der Blitz gefahren war, und der nun erzitterte. Als sich die Stimme endlich wieder von seinen schaumbedeckten Lippen löste, klang sie schrill und gebrochen.

„Was für ein Anblick! Durch die Nebelschleier sehe ich dunkel eine Frau. Sie steht auf einem roten Stern! Auf ihrem Haupt sitzt eine Feuerkrone und in den Händen hält sie eine flammende Erdkugel! Die zerspringt in viele Teile, und seht! sie bilden sieben Sterne. Einer dieser Sterne aber ist der größte, und auch er birst und wird zu glühenden Buchstaben! Wie lautet dieser heilige Name, dieser blendende Name, dieser unerträglichste und heiligste aller Namen?"

Die Krieger schoben sich mit hängenden Lippen und glasigen Augen, in denen sich Furcht und Freude mengten, dichter heran. Irres Frohlocken erhellte das totenblasse Gesicht des Priesters. Es schien wunderbare Schriftzüge am Himmel zu sehen. Ein Krieger nach dem anderen hob langsam den Blick, als könnte auch er irgendein Wunder sehen, das der Finger eines Gottes in den Himmel geschrieben hatte.

In dem erwartungsvollen Schweigen jaulte der Priester plötzlich auf und alle zuckten zusammen. Wieder heulte er. Der Schamane und Kurelen verzogen angeekelt die Gesichter und tauschten spöttische Blicke.

„Ich sehe den Namen", kreischte der Priester. „Es ist der Name des Kindes, das vor Sonnenaufgang geboren wurde. Es ist der Name Temudschin!"

Die Krieger schnauften selig. Viele weinten und wischten sich die Tränen mit dem Handrücken fort. Jesukai war blaß und ergriffen vor Gefühlsüberschwang.

Der Wahnwitz des Priesters vertiefte sich. In trunkener Ekstase tat er einen Luftsprung und klatschte mit scharfem Knall in die Hände. Bart und Kopfhaar umwehten ihn.

„Sieben Generationen sind dahingegangen", schrie er, „aber es ist wie gestern! Sieben Sterne und sieben Generationen, und dieses Kind kam zur Welt! Er ist es, der Eroberer, der König aller Menschen, das Schwert und die Geißel Gottes!"

Kurelen beugte sich zu Jelmi und flüsterte ihm zu: „Diese Geschichte habe ich bereits einmal gehört."

Ohne Kurelen anzusehen, lächelte Jelmi leise. Er beobachtete den Priester mit schmerzlicher Spannung.

Der Priester stieß unzusammenhängendes Gebrüll aus und sprang plötzlich zum Feuer, in das er gestürzt wäre, wenn die aufmerksamen Krieger ihn nicht rechtzeitig gepackt hätten. Der Wein und die Erregung hatten ihm das Bewußtsein geraubt. Sie legten ihn vorsichtig nieder und zogen eine Decke über ihn. Er begann zu schnarchen. Aber die Krieger waren in heller Erregung über die Zeichen, die die Geburt dieses Kindes begleitet hatten! Jeder Krieger begann nun von verschiedenen sonderbaren Dingen zu berichten, die er vor kurzem bemerkt hatte, ohne daß er sie erklären konnte. Die Phantasiebegabteren warteten mit den ausgefallensten Geschichten auf. Man hatte einen Habicht gesehen, der Adler versprengt hatte. Vor ein, zwei Tagen war die Sonne weit außerhalb ihrer Bahn am Himmel stillgestanden. Sommerblumen waren am Fluß gewachsen, dessen Oberfläche am Morgen fest zugefroren war. Andere hatten rote Schatten über den Mond ziehen sehen. Die Aufregung wurde immer lauter und verworrener.

Jelmi aber bemerkte nun, daß viele Krieger auf ihn sahen und eifrig auf ihn zeigten. Dann erhob sich ganz plötzlich fordernd der Ruf, auch dieser heilige Mann müßte prophezeien. Jelmi erbleichte und versuchte, sich aus dem Lichtschein zurückzuziehen. Aber schon griffen Hände nach ihm und stießen ihn nach vorn.

„Prophezeiung! Prophezeiung!" brüllten die Krieger, und viele schlugen mit dem Dolchknauf auf ihre geharzten Schilde.

Unsicher und ratlos stand der arme Mönch vor dem Feuer. Er besah sich die wilden, dunklen Gesichter, die ihn umringten. Kurelen zupfte ihn am Saum seines gelben Gewandes und drängte lachend: „Du hast doch bestimmt ebensoviel Phantasie wie dieser räudige Priester!"

Jelmi betrachtete die Krieger mit demütigem Blick und sagte mit seiner leisen, sanften Stimme: „Ich bin nur der Niedrigste der Niedrigen. Wer bin ich, daß Gott zu mir sprechen sollte? Ich wage nicht einmal zu beten. Ich darf nur in seiner Gegenwart stehen wie ein Wurm, der verdient, zertreten zu werden. Wie soll der Herr mich sehen, der ich kleiner bin als ein Sandkorn, wertloser als ein Tropfen Wasser?"

Die grimmigen Gesichter runzelten verdutzt die Stirn und verstanden ihn nicht. Drohendes Gemurmel erhob sich unter den Kriegern. „Sag uns die Zukunft!" brüllten sie ungeduldig.

Jelmi zauderte, und tiefe Trauer erfüllte sein Antlitz. In großer Demut faltete er die Hände. Sein Gesicht hob sich aus dem Schatten seiner Kapuze wie ein zart geschnitztes Bildnis aus zerbrechlichem Elfenbein. Er schloß die Augen und flüsterte: „Ich kann nur warten."

Kurelen war beunruhigt. Die Krieger waren nicht in der Stimmung, eine Enttäuschung hinzunehmen. Er empfand eine gewisse Empörung über Jelmi. Dieser Mann war doch bestimmt kein Narr und er hatte Humor. Ein paar Schreie, einige Zuckungen, jede beliebige Übertreibung, und die Krieger wären befriedigt. Heilige Männer mußten ihre Mitmenschen wie Schwachsinnige behandeln, denn welchen Zweck hatten sie sonst? Wenn sie es nicht verstanden, die Leute mit verheißungsvollen Lügen aufzumuntern, war es besser, sie wandten sich wieder der Arbeit und Hirtentätigkeit zu. Priester und Philosophen waren Hanswurste und mußten als solche schrecken und verzaubern, um sich das Brot zu verdienen, für das sie nicht ehrlich arbeiteten.

Jelmi jedoch stand in demütigem Schweigen mit gesenktem Haupt und geschlossenen Augen da, hielt die Hände gefaltet und bewegte lautlos die Lippen. Mit einemmal schien er zu erstarren. Seine Lippen bewegten sich nicht länger. Er wurde totenblaß und schien einer schrecklichen und verhängnisvollen Botschaft zu lauschen. Das Haupt sank ihm wie unter einem tödlichen Hieb auf die Brust. Kurelen lächelte erleichtert. Die Krieger lehnten sich wieder vor und warteten auf eine geheimnisvolle Prophezeiung.

Ganz langsam hob Jelmi dann den Kopf, schlug die Augen auf und starrte zum Himmel empor. Er wirkte gealtert. Seine gelbliche Haut war angespannt und trocken wie gebleichtes Schafsleder. In seinen Augen spiegelten sich Entsetzen und Betroffenheit, als hätte er eine so grauenhafte Vision, daß sein Geist davor zurückschreckte. Er begann so leise zu sprechen, daß es beinahe wie ein Flüstern klang:

„Es ist ausgeschlossen, daß ich eine derart grausame Erscheinung hatte, und ausgeschlossen, daß sie wahr ist! Wer könnte solch einen Anblick und solch eine Erkenntnis ertragen, ohne dabei zu vergehen? Wer könnte diese Verzweiflung, diesen Schmerz, dieses Feuer und diese Schändung betrachten und diese Schreie vernehmen, ohne den Verstand zu verlieren? Warum hast du mich so schwer heimgesucht, großer Buddha? Warum hast du mir diese Erscheinung angetan?"

Kurelens Lächeln vertiefte sich. Jelmi war also doch ein schlauer Bursche. So stark müßte er allerdings nicht über die Stränge schlagen. Plötzlich wischte ein Einfall das Lächeln jäh von Kurelens Gesicht. Das war ehrlich eine sonderbare Prophezeiung, die mit derart verzweifelter und leidender Stimme ausgesprochen wurde! Er starrte Jelmi durchdringend an. Das Gesicht des Mönchs war tränennaß. Er rang außer sich vor Schmerz die Hände. Das ist doch nicht möglich! dachte Kurelen erstaunt. Der Mann glaubt tatsächlich, ein Gesicht gehabt zu haben!

Jelmi weinte. Die Krieger glotzten ihn an, leckten sich die Lippen und warfen einander argwöhnische, verwirrte Blicke zu. Der Schamane spuckte verächtlich ins Feuer und versank in düsteres Brüten.

Mit gebrochener Stimme fuhr der Mönch fort: „Besser, ich wäre gestorben, als das zu sehen. Besser, ich wäre nie geboren worden und hätte keinen einzigen Atemzug getan. Denn wer vermag die gräßliche Seele des Menschen zu schauen und weiterzuleben? Wer kann mit diesem Wissen das Sonnenlicht ertragen? Die Tage, die mir noch beschieden sind, werden von Kummer und Qual und namenlosem Leid erfüllt sein."

Die Krieger murmelten und ihr Geflüster schwoll zu einem gedämpften Aufschrei an. Jeder wandte sich mit fragendem Blick an seinen Nachbarn. Eine Stirn nach der anderen begann sich zu runzeln. In heißem Schreck zerrte Kurelen heftig am Saum des Mönchs. Die Laune des Schamanen besserte sich und er lächelte zutiefst erheitert. Der einfältige Jesukai war verwirrt. Stumm stand er da, biß sich auf die Lippe und verzerrte das Gesicht.

Aber Jelmi schenkte ihnen allen keinerlei Beachtung. Sein Weinen wurde heftiger. Immer wieder rang er die Hände wie in schier unerträglicher Verzweiflung.

„Wozu hat Gott seinen Kindern die Erde geschenkt? Wofür sind sie gestorben? Ihre Stimmen hat der Wind verweht, ihre Fußspuren der Sand bedeckt. Die Flüsse verlieren die Marksteine ihres Laufes; die Felsen geben kein Zeichen. Über ihren Staub hinweg stampfen die blutigen Horden der Wahnwitzigen und Bösen, der Hasser und Vernichter der Menschheit. Auf ihren Wegen haben sie die Fahnen der Verdammten aufgepflanzt. Wo ihre Worte erklangen, kreischen die Geier und suchen die Toten. Die Feuer des Hasses haben die Ernten vernichtet, die sie säten. Der eiserne Fuß hat die Reben zertreten, die sie pflegten, und hat ihnen giftigen Saft ausgepreßt. Denn alles, was auf dieser Erde gut war, ist verschwunden, aber das Böse bleibt wie ein unsterbliches Schwert."

Seine leidenschaftlich klagende, zutiefst betrübte Stimme schwoll immer mächtiger in der plötzlich reglosen Luft an, wie ein Wehlaut, der nur an das Ohr Gottes gerichtet war. Er hob das Gesicht und warf die Arme hoch, als sähe er das Antlitz des Unergründlichen, der ihm lauschte.

„Warum hast du uns deine Söhne gegeben, o Herr über das Chaos? Wir haben sie vernichtet und ihr Blut vergossen und haben speichelleckend Ungeheuern gedient und sie verehrt, weil sie uns den Tod und die Qual brachten! Deine Söhne schenkten uns Liebe, und wir haben aufgeschrien, daß wir die Liebe verachten und den Haß wünschen, der uns den hilflosen Bruder in unsere Mörderhände lieferte! Wir sind ein Greuel vor deinen Augen und eine Beleidigung für deine Ohren. Wir haben die Verfluchten gezeugt, wir lieben die Plünderer, wir beten die Irren und Marktschreier an. Generation um Generation, so zeugen wir die Besessenen, von denen jeder verderbter ist als sein Vorgänger, bis jeder Geist, jede Liebe und jede Güte in den Staub getrampelt ist und die Knochen der Unschuldigen in der Sonne bleichen. Generation um Generation gebiert den blutigen Traum aufs neue, bis der Himmel sich rot verfärbt und die zuckende Erde vor Abscheu ächzt!"

Die Stimme sank zu einem verzweifelten Klagelaut ab. Und die Berge warfen ihr Echo zurück, bis das ganze All leise mit diesem Manne wehklagte. Keiner der Männer am Feuer wagte zu atmen. Jede Hand ruhte still. Die Leiber verloren sich im Schatten, aber die Gesichter glühten im roten Feuerschein. Jedes Auge funkelte starr wie das Auge eines verzauberten wilden Tieres.

Jelmis Kopf sank auf seine Brust und er schluchzte laut. Und dann schwieg er erschöpft still. Nach einer langen Pause hob er wieder ganz leise zu sprechen an:

„Ich höre deine heilige Stimme, o Herr, aber sie ist nur ein Murmeln in meinen Ohren, wie das Geräusch des fernen Windes in den Wäldern —"

Plötzlich warf er den Kopf zurück und ein Ausdruck unirdischen Glücks erstrahlte auf seinem blassen Gesicht. Seine Augen blitzten in übernatürlicher Verzückung, der Mund öffnete sich in einem unbeschreiblichen Lächeln.

„Ich höre dich, o Herr! Ich höre deine Worte! Oh, herrliche Worte der Hoffnung und Liebe! Denn du sagst, daß du, auch wenn das Böse lebt und das Ungeheuerliche gedeiht und die Klagen der Hilflosen von jedem Berg und jedem Hügel widerhallen, ewig herrschen wirst! Die Abtrünnigen kommen und gehen, aber bis ans Ende der Zeit ist die Erde des Herrn! Sie ist es heute und wird es in alle Ewigkeit bleiben!"

Seine Stimme klang voll und sieghaft wie eine Fanfare. Sein zarter Körper schien sich zu dehnen und unter einer inneren Kraft und Verzückung zu erbeben. Er schien zu wachsen. Selbst als er schon aufgehört hatte zu sprechen, war die Luft noch vom Echo seiner Worte erfüllt, daß alle erzitterten, ohne zu wissen, weshalb.

Kurelen rührte sich nicht, sondern starrte unverwandt ins Feuer. Sein hageres, dunkles Gesicht war unergründlicher als je zuvor.

Auch der Schamane regte sich nicht. Er saß wie ein Götzenbild da, aber seine Augen betrachteten Jelmi mit unheilvollem Glimmen.

Die Krieger waren bestürzt. Langsam und erst nach langer Pause sahen sie einander fragend an. Jesukai war völlig ratlos. Er heftete den Blick hoffnungsvoll auf den Schamanen, von dem er eine Auslegung dieser absonderlichen Prophezeiung erwartete. Und dann erhob sich lächelnd, würdevoll und gewaltig der Schamane zu seiner vollen Größe. Mit elegantem, spöttischem Zeremoniell verneigte er sich vor dem Mönch, der ihn gar nicht sah.

„Er sagt, er hat die Worte des großen Geistes vernommen, der im blauen Himmel wohnt. Jeder, der die Worte des großen Geistes hört, steht an der Schwelle des Todes. Der große Geist hat bekundet, daß er diesen heiligen Mann zu sich zu berufen wünscht, denn sonst hätte er seinem Diener nicht gestattet, seine Stimme zu vernehmen."

Kurelen hatte nur mit halbem Ohr zugehört, aber plötzlich traf ihn die tückische Absicht des Schamanen wie ein Fausthieb. Er erblaßte. Die Lippen trockneten ihm aus. Wachsam zogen sich seine Augenbrauen zusammen.

„Das ist wahr!" schrien die Krieger.

Der Schamane lächelte sanft.

„Und was den Christenpriester anbelangt, so hat auch er eine Erscheinung gehabt, der wir nicht teilhaftig geworden sind, und eine Stimme gehört, die uns verborgen geblieben ist."

„Das ist wahr!" brüllten die Krieger voll grausamen Entzückens.

Behutsam und sachte preßte der Schamane die Finger gegeneinander und hob gottesfürchtig die Augen.

„Sollen wir den Zorn des großen Geistes auf uns und das Kind laden, das heute geboren wurde, indem wir ihm den Diener vorenthalten, den er verlangt? Sollen wir ihm dieses Opfer verweigern?"

„Nein!" brüllten die Krieger und rappelten sich hoch. Sie rochen wie wilde Tiere, die zum Todessprung ansetzen, und der Geruch war so penetrant, daß es stank. Sie schlugen auf ihre Schilde. Ihre Augen glühten begehrlich und wie besessen. Der Christenpriester hatte die Füße am Feuer liegen und schnarchte selig. Jelmi aber rührte sich nicht. Er hatte den Kopf gesenkt und war in tiefe Meditation versunken.

Dann erhob sich, verwachsen und krumm, Kurelen. Sein Gesicht war fürchterlich anzusehen. Zornbebend und angeekelt musterte er den Schamanen. „O du niederträchtiger Priester!" rief er. „Aus reiner Mißgunst und aus deiner kleinlichen Seele heraus würdest du diesen Heiligen vernichten —"

„Welchen Heiligen?" fragte der Schamane leicht erstaunt. „Diesen?" Und er berührte den Christen verächtlich mit der Spitze seiner Sandale, „oder diesen?" Damit wies er spöttisch auf Jelmi. Die Krieger murmelten drohend.

Kurelen war außer sich vor Angst. „Du weißt, daß es verboten ist, heiligen Männern ein Leids anzutun —"

„Ein Leids?" wiederholte der Schamane und zog die Augenbrauen in mildem Tadel hoch. „Das habe ich nicht vorgeschlagen. Heilige sind unantastbar. Und was könnte zu diesem glückverheißenden Anlaß passender sein, als diese Heiligen dem großen Geist zu überantworten? Hat er außerdem nicht bekundet, daß er ein solches Opfer wünscht?"

Ohne Kurelens Antwort abzuwarten, wandte er sich den Kriegern und Jesukai zu. „Aber schließlich bin ich nur ein schwacher Diener der Religion. Ich kann nur nach jener Erkenntnis auslegen, die mir geheimnisvoll anvertraut wurde. Der letzte Entschluß muß vom Khan selbst kommen."

Kurelen blickte verzweifelt von einem grimmigen, blutrünstigen Gesicht zum andern. Er sah die grausamen, tierischen Augen, die ungezähmten und barbarisch gefurchten Stirnen. In Kathai hatte er einmal den Ausspruch gehört: „— jenseits von Gut und Böse." Blitzartig durchzuckte ihn der Gedanke, daß diese blutgierigen Geschöpfe tatsächlich jenseits von Gut und Böse standen und jede Bitte um Gnade in ihren Ohren nur ein sinnloses Lallen sein mußte. Er geriet außer sich, wandte sich stürmisch an den Gemahl seiner Schwester und rief:

„Ich habe dir redlich gedient, Jesukai! Aber ich bin immer einsam gewesen, denn ich habe mich nach einer Frau gesehnt und habe keine. Auch werde ich zum Unterschied von dir keine Kinder haben, die mich trösten können. In diesem heiligen Mann Jelmi jedoch habe ich einen Freund gefunden, einen, mit dem ich meine Gedanken austauschen kann. Gib mir sein Leben zum Geschenk!"

Das Lächeln des Schamanen wurde hinterlistig. Er strahlte förmlich Bosheit aus, richtete aber mit strenger Stimme das Wort an Kurelen:

„Und für dein kleines und egoistisches Vergnügen würdest du das Glück und vielleicht den Stamm des Sohnes unseres Khans opfern?"

Die Krieger brüllten Kurelen ihre Empörung ins Gesicht und zückten ihre Waffen. Jesukai stand zweifelnd und stumm da. Das Verlangen, Kurelens Wunsch zu erfüllen, und der Aberglauben kämpften in seinem hübschen und einfältigen Gesicht. Er sah auf den Schamanen und dann auf Kurelen, und tiefe Ratlosigkeit erfüllte ihn. Kurelen packte seinen Arm und rief flehend:

„Jesukai, ich habe dich noch nie um einen Gefallen gebeten, außer diesem!"

„Wäre es nicht möglich, Kokchu?"

Der Schamane zuckte die Achseln. Ehrerbietig und bekümmert antwortete er. „Es ist nicht möglich, mein Gebieter."

Jesukai seufzte. Er legte die Hand auf Kurelens krumme Schulter und lächelte begütigend: „Höre, Kurelen, du sollst alles andere bekommen, was du dir wünschst. Ich habe einen Zobelumhang, den ich heute erbeutet habe, und neues Silber. Wenn dich das Mädchen, das ich dir gegeben habe, nicht freut, darfst du bis auf eine frei unter den geraubten Frauen wählen. Du sollst das beste Pferd haben, die feinsten Seiden und Jade —"

Kurelen schüttelte die Hand ab. „Ich will nichts als diesen Mann Jelmi!" Er warf sich seinem Schwager zu Füßen und umschlang seine Knie. Tränen liefen ihm übers Gesicht. „Ich wünsche mir nichts als diesen Mann!"

Er fühlte eine Berührung seiner Schulter, wandte den Kopf und blickte empor. Jelmi lächelte zärtlich und traurig auf ihn hinab.

„Es ist auch mein eigener Wunsch, daß ich sterbe, Kurelen", sagte er ergeben. „Ich bin müde, das Leben ist mir unerträglich geworden. Ich sehne mich nach Ruhe."

„Da siehst du es, mein Gebieter", sagte der Schamane zu Jesukai. „Der heilige Mann selbst hat seinen Abruf vernommen."

„Nein!" schrie Kurelen verzweifelt und packte den Mönch an der Kutte. Die Krieger, von ihrem Wunsch abgelenkt, betrachteten den Verwachsenen erstaunt. Der kecke und spöttische Kurelen hatte einem winselnden Kümmerling Platz gemacht. Sie konnten es kaum glauben. Schließlich erfüllte sie tiefe Befriedigung und sie grinsten.

„Laß mich in Frieden ziehen", sagte Jelmi mit sanfter, bittender Stimme.

Kurelen stand auf. Er legte die Hand auf den Knauf seines Dolches, der in seinem Gürtel steckte. Aber während dieser Bewegung dachte er bitter: ich würde nicht sterben, nicht einmal für ihn. Im Ende zählt für mich niemand außer mir selbst. Was ich hier tue, ist nichts weiter als eine lächerliche Geste.

Der Schamane sah die Bewegung, und da er ein scharfsinniger Mann war, durchschaute er die Gedanken, die durch Kurelens betrübten Sinn liefen. Sofort war er jedoch auf seinen Vorteil bedacht und rief laut: „Schlagt ihn nieder! Er will den Khan ermorden!"

Einer der Krieger sprang mit tierischem Knurren auf Kurelen los. Er hieb ihm die Faust mit voller Kraft ins Gesicht, und Kurelen brach zusammen wie ein Ochse unter dem Hammer. Blut quoll ihm aus Mund und Nase, und bei diesem Anblick brachen die Krieger in brüllendes Hohngelächter aus. Sie machten sich einen Spaß daraus, den Gestürzten mit Fußtritten zu traktieren. Aber Kurelen tastete nur nach dem Talar des Mönchs, als verspürte er keinerlei Schmerz. Seine Finger verkrampften sich in Jelmis Rocksaum. Er sah nichts als dessen Gesicht, das mit bekümmertem Mitleid auf ihn niederblickte. Und dann glitt ihm Jelmis Gewand wie Wasser durch die Finger und vor seinen Augen wurde es schwarz.

VII

Als Kurelen erwachte, kam ihm zu Bewußtsein, daß er schon seit langem eine Bewegung gefühlt und daß dieses Gleiten jetzt aufgehört hatte. Er begriff auch, daß er viel gelitten hatte und der Schmerz, der ihn jetzt quälte, nichts im Vergleich zu dem war, was er bereits durchgemacht hatte. Aber dieses Begreifen war verschwommen wie schwache Spuren des Bewußtseins in einer sich allmählich erhellenden Finsternis, aus der er jetzt langsam und schmerzhaft auftauchte.

Er lag mit geschlossenen Augen da und hörte ein leises, trokknes Pfeifen, das von hohlem Ächzen und starkem Rütteln begleitet wurde. Diese Geräusche erkannte er unklar. Sie bedeuteten Schnee, Sand und Wind. Der Winter ist da, dachte er. Wir sind unterwegs. Und bei diesem Gedanken schlug er unvermittelt die Augen auf und Vergangenheit und Gegenwart fielen in einem Strudel von Verwirrung und mühsamem Zurechtfinden über ihn her. Sobald er die Augen öffnete, wurde ihm der Schmerz und das Gefühl, lange Zeit in bewußtloser Dunkelheit verbracht zu haben, klarer und unerträglicher.

Er entdeckte, daß er auf seinem Bett lag und mit dicken Pelzen und groben Filzdecken zugedeckt war. In der Jurte war es düster und roch nach dem Dungrauch, der von dem unlustig brennenden Kohlenbecken in der Mitte aufstieg. Er sah die schattenhaften Umrisse seiner geliebten chinesischen Truhen und Hocker, sah den warmen Schimmer seiner blassen, chinesischen Seidenmalereien an den Wänden der Jurte. Die Krummsäbel blitzten zwischen schwellenden Fahnen hervor. Aber sein Kopf war noch immer wirr und er fragte sich traurig, ob ihn die halbvergessenen Schreckgespenster seiner Krankheitsträume noch immer umfangen hielten. Rund um ihn in der Jurte war alles still, aber von draußen hörte er das Brüllen des Clans, die gereizten Schreie der Kamele und Pferde, und das Muhen der Kühe und Blöken der Schafe im winterlichen Zwielicht. Er nahm das Quietschen und Knarren der Wagen wahr, die Flüche der Männer, die scheltenden Stimmen der Frauen und das Geschrei der Kinder. All das waren wohlvertraute Geräusche, die er trotz seiner Benommenheit rasch einordnen konnte. Auch der polternde Wind, der um den Wagen blies, und das Pfeifen, das durch das an die schwarzen Filzwände des Wagens prasselnde Gemisch aus Schnee und Sand entstand, waren ihm geläufig und verrieten ihm genau, was vorging und wo das Lager sich ungefähr befand.

Er versuchte sich zu bewegen, und sofort überfiel ihn brennender Schmerz. Sein rechter Arm war mit Stoffbinden umwickelt und fest an seinen Körper gebunden. Sein ganzer Körper bäumte sich wütend gegen den heiß aufflammenden Schmerz und die überwältigende Qual auf. Sein Kopf schien in pochende Splitter zu zerfallen und blutrote Lichter stachen ihn in die Augen. In seinem Stöhnen lagen Erstaunen und Wehlaut. Und dann fiel ihm die Nacht ein, in der er das Leben des buddhistischen Mönches zu retten versucht hatte. In seinem Elend und Kummer keuchte er laut.

Neben sich vernahm er ein leises Geräusch, und langsam und unter großen Schmerzen wandte er den Kopf. Neben ihm hockte wie eine Verlängerung der Schatten die zusammengesunkene Gestalt einer Frau. Sein Herz tat einen leisen Sprung. „Houlun!" flüsterte er. Wieder regte sich die Gestalt und neigte sich über ihn. Da bemerkte er, daß es nicht Houlun, seine geliebte Schwester, sondern eine andere Frau war. Das Feuer aus Kuhfladen brannte heller und in seinem trüben Licht nahm er das Mädchen aus, das Jesukai ihm in jener weit zurückliegenden Nacht großmütig zugeworfen hatte. Er sah ihre riesigen schwarzen Augen mit den dichten Wimpern, die Rundung ihrer blassen, dunklen Wangen und den winzigen Schmollmund. Sie lächelte ihm zu und legte ihm die Hand auf die Stirn. Bei dieser Bewegung stieg fruchtbar wie die Erde im Frühling aus Körper und Gewand der scharfe Geruch primitiver, ungewaschener Weiblichkeit und Jugend auf. Kurelen wurde ganz übel davon und er kniff die Nasenflügel zusammen.

„Wie heißt du, Mädchen?" fragte er.

„Chassa", antwortete sie scheu.

Kurelen war unschuldigen, ungebildeten Menschen gegenüber niemals boshaft und vermied es taktvoll, sie zu verletzen. Obwohl ihn ihr ranziger Körpergeruch abstieß, zwang er sich, dessen Urheberin zuzulächeln.

„Bin ich schon sehr lang — in diesem Zustand, Chassa?"

„Ja, Herr, sehr lange. Drei Monde sind gekommen und gegangen und wir sind weit gefahren. Du warst übel zugerichtet, Herr."

„Den Eindruck habe ich auch", antwortete Kurelen freundlich und zuckte unter dem Schmerz zusammen, den ihm das Sprechen verursachte. Der Lärm im Freien wurde um vieles stärker. Kurelen wurde der Geruch, der Rauch und die Hitze im Zelt plötzlich zuviel. „Öffne die Eingangsklappe", keuchte er.

Gehorsam kam das Mädchen seiner Aufforderung nach und der kalte Winterwind drang ein, ließ das Kohlenbecken hell auflodern und zwang den Rauch in der Form eines grauen, geringelten Gespenstes zum Abzug. Die dreieckige Zeltöffnung sah wie ein blaues Licht in der Finsternis aus, durch die der Schnee trieb. Ganz schwach vermochte er die verschwommenen Umrisse von Rindern und Menschen zu erkennen, die immer wieder in dem schneeverwehten gespenstischen bläulichen Licht am Zelt vorbeizogen. Die Luft roch sonderbar frisch, scharf und trocken, als wehte sie von den starren Bergen des gefrorenen Mondes herab, und Kurelen sog sie tief in die mühsam atmende Brust ein. Chassa hockte neben der Klappe und spähte geduldig und dienstbereit über die Schulter zu Kurelen hin. Neben dem Eingang sammelten sich Schneeflocken oder wirbelten wie weiße Motten ins Innere.

Die Schreie im Freien verstärkten sich, Holzplanken knirschten und spannten sich. Die Rinder klagten. Der Sturm wurde immer unbarmherziger. Kurelen rollte auf seinem Diwan hin und her. Seine Lider verzogen sich vor Schmerz und er biß sich in die Lippen. Das Mädchen schloß die Klappe und nahm wieder neben seinem Lager Platz. Das Dungfeuer glühte und prasselnd stiegen goldene Funken auf.

Kurelen öffnete die Augen und lächelte Chassa freundlich zu. „Ist meine Schwester Houlun bei mir gewesen?"

„O ja, Herr! Wenn ich schlief, hat sie mit dem Kleinen neben dir gesessen."

„Oh." Die tiefe Blässe in Kurelens Gesicht milderte sich etwas und machte schwacher Befriedigung Platz.

„Und der Schamane, Herr — er war oft mit seinen Zaubersprüchen bei dir."

Das löste kraftloses Gelächter bei Kurelen aus. Das Blut schoß ihm bei der unbeabsichtigten Bewegung schmerzhaft durch die Adern. Aber er fühlte sich bedeutend besser und sein Interesse begann sich zu regen. Behutsam tastete er seine Verletzungen ab und stellte fest, daß nur ausgezeichnete Pflege sein Leben gerettet hatte. Chassa neigte sich ängstlich über ihn, und als er seine durchdringenden Augen plötzlich auf sie heftete, errötete ihr kindliches Gesicht und sie wandte den Kopf ab. Er griff mit seinen fieberheißen Händen nach ihr.

„Ich bin deine Mühe nicht wert, Chassa", sagte er. Aber innerlich lächelte er, weil er selbst an dieses rührselige Gerede nicht glaubte. Allerdings schadete es nie, überlegte er, genau das zu tun oder zu sagen, was von einem erwartet wurde. Auf diese Weise wurde das Leben für Lügner und Belogenen bedeutend angenehmer.

Das Mädchen war vor Verlegenheit und Freude ganz außer sich und in seinen Augen spiegelte sich die primitive, unschuldige Seele. Da widerfuhr ihm etwas Seltsames: er schämte sich.

Das Gewirr vor der Jurte verstärke sich. Chassa öffnete die Jurte und sah nach, was die Ursache der Aufregung war. Die

Nacht hatte sich schwarz und undurchdringlich herabgesenkt und einzig die Fackeln waren klägliche, flackernde rote Fahnen, die nur die Gesichter der unmittelbar daneben Stehenden oder die feuchten Flanken eines Tieres oder den Eingang einer Jurte erleuchteten.

Chassa schaufelte getrocknete Fladen ins Feuer, blies in die Flammen und hockte unförmig in ihren dicken Filzgewändern neben dem Becken. Das Feuer glänzte in ihren Augen, und Kurelen bemerkte, daß es die Augen eines scheuen, wilden Tieres waren, völlig primitiv und unberührt von jedem Funken des menschlichen Geistes. Die Pupille war ein brennender, zuckender Punkt, der in ungezähmtem, elektrisierendem Glanz schwamm. Sie hatte die Hände vor den Mund gewölbt, um ihren Atem zu konzentrieren. Das wirre Haar fiel ihr über die Stirn und die runden Wangen.

Jemand zerrte am Eingang, und als Chassa öffnen ging, pochte Kurelens Herz erwartungsvoll. Aber es war nicht Houlun, die eintrat, sondern der Schamane, der den Kopf mit der spitzen Kapuze neigte. Er war in Pelze eingehüllt und sah aus wie ein großer, aufgerichteter Bär. Er trat an Kurelens Bett, und als er bemerkte, daß der Kranke bei Bewußtsein war, lächelte er finster. Kurelen verzog erheitert das Gesicht.

„Du siehst, Kokchu, daß deine Zaubersprüche mich doch nicht getötet haben."

Der Schamane lächelte unverändert, antwortete aber nicht. Er setzte sich neben dem Bett auf den Boden. Die beiden Männer betrachteten einander in wortlosem Vergnügen. Endlich sagte Kokchu ernst und mit gespielter Besorgnis:

„Ich konnte dich wider mein eigenes Erwarten heilen, dafür bist du der beste Beweis. Es wird jedoch noch viele Tage dauern, ehe du wieder völlig gesund bist. Am besten, du ruhst und denkst an gar nichts." Dann fügte er hinzu, indem er sich über Kurelen neigte: „Hast du starke Schmerzen?"

„Der Schmerz", versetzte Kurelen gewollt salbungsvoll, „ist der Preis des Bewußtseins."

Wieder musterten sich die beiden mit Vergnügen.

„Mein Neffe", begann Kurelen. „Wurden die Geister versöhnt?"

Kokchu hob frömmelnd den Blick und sah ernst zum Runddach des Wagens empor. „Dessen kann ich dich versichern", sagte er mit Nachdruck.

Kurelen verzog das Gesicht. „Wie sehr mußt du es genossen haben", und dann biß er sich wegen seiner kindischen Worte auf die Lippen.

Aber Kokchu legte nur ernst den Kopf zur Seite. Er zögerte. Kurelen konnte keine besondere Feindseligkeit in diesem Mann entdecken, dafür fühlte er jähe tiefe Einsamkeit. Kokchus Vereinsamung war plötzlich so bitter und unmittelbar wie seine eigene. Sie hatte den gleichen Geruch, die gleiche Form. Einen Augenblick empfand er Mitleid, dem ein merkwürdiger, verschmitzter Haß folgte, als haßte er sich selbst. Daß er richtig geurteilt hatte, bestätigten ihm Kokchus nächste Worte:

„Du und ich, Kurelen, wir sind vernunftbegabte Wesen, Menschen, inmitten von Tieren. Wir beide könnten gemeinsam lachen."

Kurelen lächelte. „Aber du würdest mir das Vergnügen versagen, auch über dich zu lachen."

Kokchu schürzte erheitert die Lippen. „Nein, meinethalben tu es getrost. Ich bitte dich nur darum, es im geheimen zu tun."

„Und nicht über einen der von dir Genarrten?"

Kokchu verzog den Mund. Er betrachtete Kurelen mit einer Mischung von Überraschung und Enttäuschung, lehnte sich über ihn und zupfte an dem Verband an seiner Brust.

„Höre, Kurelen. Du hast in Kathai gelebt, wo es Menschen gibt. Wir hier aber haben nur Tiere. Weshalb suchst du dir keine würdigeren Zielscheiben deines Gelächters?" Seine Augen waren tadelnd, sein Blick verächtlich.

Kurelens Augen weiteten sich und dann überzog sich sein eingefallenes, bleiches Gesicht mit Verdruß. Er war sprachlos. Der Schamane stand auf und schüttelte seine Pelze und sein Filzgewand zimperlich zurecht. Er warf Chassa einen Blick zu, die noch immer am Feuer hockte. Das Mädchen hatte den Kopf gewandt und erwiderte den Blick des Priesters aus demütig furchtsamen Hundeaugen. Kokchu ergriff eine Strähne ihres langen Haares und wand sie sich um die Finger, wie das Haar eines Kindes. „Du hast deinem

Herrn gut gedient, Chassa", sagte er mit seiner klangvollen Stimme.

Ohne ein weiteres Wort an Kurelen verließ er ihn. Hinter ihm blieb eine sonderbare Leere zurück, als hätte man der Luft einen gewissen Inhalt, eine Kraft, entzogen. Kurelen schloß die Augen. Zorn und Demütigung brannten in ihm. Als Chassa sich ihm näherte und ihm schüchtern eine Schüssel mit heißer Stutenmilch anbot, stieß er ihren Arm beiseite und schüttelte den Kopf.

Er mußte geschlafen haben, denn als er die Augen wieder aufschlug, bemerkte er, daß Chassa gegangen war und jetzt Houlun reglos und aufmerksam an seinem Lager saß. Ihre Kapuze lag auf ihren Schultern. Ihr schimmerndes Haar hing wie schwarzes, gesponnenes Glas um ihr schönes Gesicht. Ihre grauen Augen waren sanft und freundlich. Sie hatte sein Gesicht gebadet und er roch den Duft der Essenz, mit der das warme Wasser parfümiert gewesen war. Sobald sie bemerkte, daß er bei Bewußtsein war, neigte sie sich über ihn und legte flüchtig die warme volle Wange an die seine. Es war ihm, als dränge sein Herz an die Stelle, die sie berührt hatte, und schlüge dort aufgeregt und schmerzlich.

„O Houlun", murmelte er schwach. Er griff nach ihrer Hand und hielt sie mit beiden Händen gegen seine Brust. Sie konnte das Pochen seines Herzens fühlen, das unter ihrer Handfläche galoppierte. Sie lachte leise und schüttelte den Kopf.

„Ein Glück, daß ich meinem Gemahl eben einen Sohn geboren hatte und ihn deshalb mit meinen Bitten bestürmen durfte", sagte sie. Kurelen sah, daß das lebhafte, in Pelze gehüllte Bündel neben ihr das Kind seiner Schwester war.

Houlun fuhr fort: „Aber er war überzeugt davon, daß du ihm nach dem Leben getrachtet hast, und es brauchte viele Tage, ihn vom Gegenteil zu überzeugen. O Kurelen, du mußt auf der Hut sein!"

„Was hast du ihm gesagt, Houlun?"

Sie begann leise zu lachen. Ihr Gesicht leuchtete in dem flakkernden Feuerschein wie eine Perle.

„Daß das völlig ausgeschlossen ist! Ich sagte ihm, du hättest nicht den Mut, auch nur eine Maus zu töten!"

Darauf lachten sie beide. Mit einemmal wirkte das Innere des

Wagens warm und heimlich, als seien Freude und Zufriedenheit eingezogen.

„Aber du mußt auf der Hut sein, mein Bruder", wiederholte Houlun, ernster werdend. „Beim nächsten Mal mag es mir nicht mehr glücken, ihn zu überreden. Aber ich fürchte, du wirst es nie lernen, deine Zunge im Zaum zu halten."

Sie hob das strampelnde Bündel hoch, das protestierend zu brüllen begonnen hatte. Sobald Houlun den Knaben behutsam aus mehreren wollenen Tüchern ausgewickelt hatte und Kurelen das Kind sah, erkannte er, wie lange er krank gewesen war. Der Kleine war kräftig und seine großen, grauen Augen verrieten einen empörten Willen. Obwohl er noch keine drei Monate alt war, wollte er sich unbedingt in den Armen seiner Mutter aufrichten. Sein rotes Haar war wie ein Gewirr von rohem Gold über seinem großen, runden Kopf und seine Lippen hatten die Farbe von Granatäpfeln. Houlun bettete ihn neben Kurelen, und Mann und Kind betrachteten einander in leidenschaftlichem Ernst. Langsam veränderte sich Kurelens Miene. Nach wenigen Minuten schien er verlegen zu werden, und er schloß die Augen.

„Nimm ihn weg", lachte er mit halbem Herzen. „Kinderaugen sehen zu viel."

Houlun hob das Kind hoch. Sie entblößte den Vollmond ihrer Brust und der Knabe begann laut schmatzend zu trinken. Houlun ließ den Kopf hängen. Das Feuer umriß die reglosen Gestalten und Houluns Gesicht war unter einem Schleier herabfallenden Haares verborgen. Kurelen fühlte, daß er in den Urkreis des geheimnisvollen Lebens und der Kraft gezogen wurde, der eine Mutter mit ihrem trinkenden Kind umfängt. Ruhe und Frieden schlugen über ihm zusammen wie Wasser über Brandwunden.

Nachdem sie ihr Kind versorgt hatte, erzählte Houlun ihm, daß sie ein verhältnismäßig ruhiges Leben führte. Jesukai behelligte sie kaum mit seinen Forderungen, so sehr war er von seiner zweiten Frau, dem Koraitenmädchen entzückt. Sie erwartete bereits sein Kind, und der Schamane hatte ihm einen zweiten Sohn verheißen. Houlun aber hatte sich geweigert, sie in ihrer eigenen Jurte aufzunehmen, wie es bei Gemahlinnen des gleichen Mannes üblich ist. Kurelen entsann sich, daß Jesukai eine gewisse Scheu vor Houlun hatte, wie dies ja meist zwischen einfältigen und anmaßenden Menschen der Fall ist.

Wieder lag das Kind neben Kurelen und wieder sahen die beiden einander schweigend und in leidenschaftlicher Versunkenheit an. Dann plötzlich schlugen draußen wild die Hunde an. Der Lärm schwoll ohrenbetäubend an. Kurelen fühlte, wie der Knabe vor dem Gebell zusammenzuckte. Seine kleinen Lippen öffneten sich, und er wimmerte. In nackter Angst weiteten sich seine grauen Augen im unsicheren Licht.

„Er fürchtet sich vor Hunden", sagte Houlun lächelnd. „So klein er ist, duckt er sich bei ihrem Gebell tief in meine Arme."

Aber Kurelen hörte sie nicht. Er war von etwas Schrecklichem, Unmenschlichem gefangen, das er hinter dem grauen Vorhang der Kinderaugen erspähte und das nichts mit dem Gebell der Hunde zu tun hatte.

VIII

Im Wandel der Jahreszeiten hatte Kurelen oft die gewaltige Reise über Berge und Wüste, Steppe und Gebirgsplateau, Fluß und Ebene zurückgelegt, denn die Nomaden flohen den Winter und suchten nach sanfteren Brisen und grünen Weiden. Aber jedesmal war ihm, als erlebte er die Fahrt zum ersten Male. Die beängstigende Weite, die unermeßliche Einsamkeit, das Gefühl, daß nur diese kleine Gruppe dahinziehender Wanderer im grenzenlosen Chaos von Sturm, Schnee, Fels und Wildnis lebte, versetzte ihn in atemloses Staunen. Der ständig in ihm schlummernde Schmerz wurde leichter und zerschmolz, als hätten der gewaltige Kampf und die empörten Elemente rund um ihn seine eigene Qual an sich gerissen, wie ein Meer die Rinnsale kleiner Flüsse in seiner Namenlosigkeit aufsaugt. Für Stunden verlor sich die Qual seines individuellen Denkens und wurde zum Teil des unklaren Bewußtseins jenseits seiner Person. Damit verlor sich die Bitterkeit der Erkenntnis.

Außerdem war keine Szenerie so grimmig, so schrecklich, so furchterregend, daß sie ihn erschreckte. Manchmal packte ihn der

Wunsch, mit den verborgenen Wölfen zu heulen, mit den Stürmen zu schreien und mit den toten Pappel-, Tamarisken-, Nadel- und Schilfwäldern zu brüllen. Wenn eine lockere Kette wilder, zottiger Kamele grotesk auf den grauen, schneeverhangenen Horizont zuraste, schrie er vor Freude, fühlte sich eins mit ihnen, spürte den eisigen Zugriff des Nieselregens und Windes durch verfilztes Haar, spürte, wie sich lange, sehnige Muskeln in der erstickenden Luft strafften, und erlebte das endlose Ringen zwischen Geschöpf und Materie.

Als seine Kraft zurückkehrte, hüllte er sich in Decken aus Filz und Pelz, zog sich die Kapuze über den Kopf und rutschte auf dem Karren nach vorne. Dort saß er, während Chassa vor dem Verdeck stand und die Ochsen lenkte. Der rasende Sturm, der Sand und Eis und Schnee mit sich trug, zwang das nach Atem ringende Mädchen, den Kopf einzuziehen, um ihr Gesicht teilweise von Haar und Kapuze zu schützen. Die Wagen waren alle aneinandergekoppelt und rollten wie eine bewegliche Einheit dahin. Die Deichsel des einen Karrens war an der Achse des nächsten angehängt. Den alles umfassenden Winter als ständigen Begleiter, so saß Kurelen stundenlang im Dämmerlicht. Er sprach nicht, bewegte sich nicht, atmete kaum und sein Bewußtsein sammelte sich in seinen Augen und den Bildern, die er nimmermüde anstarrte.

Manchmal dachte er: Wie gut wäre es, ein Städter zu sein und inmitten fester Wände vor dem wärmenden Feuer zu sitzen. Es ist gut, alles Streben und die ganze Seele auf die Nichtigkeit der Vervollkommnung zu richten und zu empfinden, daß nichts zählt, als daß ein Blatt mit zarten Strichen auf ein Stück gelbe Seide gepinselt wird. Es ist gut, zu glauben, daß Erlesenheit wertvoller ist als Leben, und der Mensch einzig deshalb geschaffen wurde, um sein Betragen zu veredeln oder das Muster auf einem Silberbecher zu bewundern oder wohltönenden Versen zu lauschen und mit Freunden zu plaudern, die an den toten Schriften der Philosophie interessiert sind. Vielleicht ist es köstlich, sich an der Redewendung zu entflammen, die nicht zu übertreffen ist, oder an einem Akkord, der die absolute Reinheit erreicht hat. Aber jetzt glaube ich ehrlich, daß die Vollkommenheit als Zielsetzung nur in den Tod führt. Die Künste sind nichts weiter als blutleere Auswüchse der Seele. Der Phrasendrechsler und der Philosoph sind die Priester der Auflösung. Als abseits stehender Beobachter ist der Mensch tot, als Individuum verloren. Nur wenn er seine Seele dem Universum ausliefert, lebt der Mensch wahrhaftig, und wenn er das All rund um sich versteht und sich einordnet, wird ihm maßlose Freude.

Hier liegt die Wesenheit des Lebens, der Urquell des Seins, dachte er. Gefahr und Kampf sind die natürlichen Elemente des Menschen. Derjenige, der seinen Mitmenschen dieser Elemente beraubt und ihn sicher in Mauern einschließt, hat aus seinem Bruder einen plappernden, in Seide gewandeten Affen gemacht, einen hilflosen und unfruchtbaren Eunuchen, einen blinden Ziseleur goldener Ketten, einen nicht länger atmenden Juwelenschleifer.

Gleich Bienenkörben aus abgerundetem schwarzem Filz auf hölzernen Karren, von schnaufenden Ochsen gezogen, so polterte und wogte und rüttelte das wandernde Lager südwärts. Langsam nahmen gräßliche Landschaften vor Kurelens Augen Gestalt an, versanken, zerflossen in Nichts und wurden von neuen abgelöst. Am Horizont der schneebedeckten Steppen erhoben sich schwarze, zackige Gebirgszüge, die Wände von fahlgrauem Eis marmoriert, von steilen Schluchten zerklüftet. Die Bergketten schlängelten sich wie krumme Säbel, dann traten sie zur Seite, um die Wandernden wie gigantische Widderhörner einzukreisen. Die Mongolen erklommen ein endloses Plateau, auf dem nicht ein Baum und nicht ein Stein zu sehen war und hohes, dürres Gras mit totem Gesäusel im Schneegestöber schwankte. Sie gelangten durch graue, ächzende Wälder, in denen kahle Bäume und versiegte Flußläufe gähnten, wo früher fruchtbare Zivilisationen gelebt hatten und, ausgestorben, dem Marder und der Wüsteneidechse überlassen waren. Inseln schwarzer Nadelbäume auf knochenbleichem Boden kamen drohend auf sie zu. Ihre haarigen Glieder waren mit Schneebrocken beladen. Schwerfällig schleppte der Karrenzug sich in Irrgärten aus einsamen Bergen, die nackt wie die menschliche Handfläche waren. Sie fuhren an schwarzen, rippenartigen Felsmauern vorbei, die der pausenlose Wind geformt hatte, stiegen in langgestreckte, breite Täler hinab, in denen zugefrorene Wasserläufe knirschten und vereinzelte graugrüne Tamarisken zwischen verstreuten Felsblöcken, schroffen Felstürmen und vulkanischem Gestein wuchsen. Gleich verstreuten Glassplittern lagen frostklirrende Pfützen in den Mulden. In ihrem bleifarbenen Glitzern spiegelten sich dunkle Wolken oder bizarre Felstürme. Ganz selten schnitt der geschwungene Flügel eines einsamen Falken oder anderen Raubvogels durch die gasförmige Luft und sank lautlos wie ein Schatten aus dem Blickfeld. Selbst der gnadenlose, allgegenwärtige Sturm offenbarte sich nicht als Laut, sondern als schreckliche Anwesenheit. Gleich einem gigantischen Schatten des Verderbens fegte er über die tödliche Starrheit von Fels, Berg und Tal und vertiefte noch die dröhnende Stille.

Das Lager war das einzige, was sich in dieser grenzenlosen Wildnis bewegte. Es sah aus wie ein träger Ameisenzug, der über Gebirgspässe kroch und sich durch die weiten Hochebenen kämpfte. Einsam und winzig verschwand es zwischen durchbrochenen Felsketten, tauchte auf völlig verlassenen Steppen auf und schob sich dem Horizont entgegen, der im nebelverhangenen Himmel verschwand. In seiner Tapferkeit und wilden Entschlossenheit lag eine erschreckende Unaufhaltsamkeit. Ein Wagen hinter dem anderen neigte sich in die weiten, flachen Senken, holperte über schneeverwehte Steine und erklomm mühselig die gegenüberliegende Seite. Und weiter schleppte sich das Lager, der Einöde zum Trotz. Seine winzige Schar von Herzen pochte warm und kräftig in dem grenzenlosen Grab und ließ sich weder von spitzem Schiefer noch von riesigen Felsplatten schrecken, auf deren schrägen, tellerartigen Flächen die Schneewächten hingen. Im lebhaften Tageslicht funkelten die Felskanten kristallinisch, purpurrot und blau. Auch die leeren Steppen, die Schluchten und die Regengüsse voll prasselnder Eisnadeln konnten sie nicht in die Flucht schlagen. Die Seele dieser Nomaden drängte unaufhaltsam vorwärts, wie es die Zugvögel weitertreibt, die eher ihrem Instinkt als der Überlegung gehorchen.

Immer wieder tobten Eisstürme und überzogen Achse und Rad mit einer dünnen Frostschicht, blendeten die Augen der Ochsen und knirschten unter den Rädern wie brechendes Glas. Oft trieb der Wind Sandwolken vor sich her, die er den Mongolen ins Gesicht peitschte. Manchmal wurde die drückende Stille von mächtigem Donnerknall zerrissen und die Nomaden hielten sich in abergläubischem Entsetzen die Ohren zu und hielten an, um Gebete zu murmeln.

Je weiter sie jedoch nach dem Süden vorstießen, desto schwächer wurde der Ansturm des Winters. Sie gelangten in ausgedehnte, seichte, schräge Bodenwellen, die sich himmelwärts hoben oder gleich mächtigen, zerfallenen Treppen der Riesen in die Täler senkten. Hier lag nur wenig Schnee und die Stürme heulten unbehindert. Die Nebelschwaden am Himmel lichteten sich. Manchmal ballten sich im zart türkisblauen Firmament die Wolken. Schicht um Schicht blähten sie sich auf, bis ihre oberste Grenze silbrig schimmerte. Gegen Mittag taute die spärliche, verkümmerte Vegetation auf und Rinder, Pferde und Kamele suchten sich ihr Futter. Berggipfel und Schluchten leuchteten im Vorbeiziehen dunkelrot und gelb auf und der Sonnenuntergang tauchte sie in feuriges Hellrot. Nur auf dem Grund der ausgewaschenen, kurvenreichen Bachbetten hielt sich noch der Schnee. Unabsehbare, trockene, abbröckelnde Erdflächen vermengten sich mit Kies und darauf fristete Buschwerk sein kümmerliches Leben. Immer öfter stieß das wandernde Lager auf einsame, unkrautbewachsene Oasen. Hartnäckig setzten die Mongolen ihre Reise fort. Jetzt beschleunigten sie ihr Tempo und ab und zu vernahm man bereits Gelächter. Auf ihrem Weg querten sie ein Netzwerk von graugrünen und gelben Seen und Bächen, die nur zu Mittag auftauten und auf deren gefrorener Oberfläche man übersetzen konnte.

Kurelens durstigem Auge entging nichts in dieser Weite von Himmel, Einöde und Stille. Noch lange, nachdem die anderen schliefen, saß er auf dem Karren, um das Flammen des Nordlichts zu betrachten und dem Knattern zu lauschen, und es störte ihn nicht, daß sich an seinen Wimpern das Eis festsetzte. Gleich kilometerlangen Bändern explodierte das Licht, entrollte sich vor dem schwarzen Himmel und blendete das Auge mit seinen grellroten, blauen und weißen Farben. Unechte, unglaublich bunte Regenbogen krümmten sich zuckend in der lichtlosen Finsternis. Riesige Kronen funkelten und glühten und an ihren Zacken glitzerten die Sterne. Manchmal vernahm Kurelen aus weiter Ferne das Heulen der Wölfe, die Stimme der Wildnis.

Er wußte, daß sie nun bald auf andere südwärts ziehende Nomadenlager treffen würden. Die Weiden, die das Ziel aller Mongolen waren, lagen nördlich der Wüste Gobi und bisher gab es noch keinen Kampf darum. Viele waren der Ansicht, daß genügend Platz für alle sei. Deshalb wurden fremde Stämme, die während der Wanderschaft als Feinde betrachtet wurden, jetzt mit höflicher Zurückhaltung begrüßt, die Burschen anderer Clans fischten gemeinsam mit Jesukais Gefolge und hackten am Morgen und Abend das Eis der Flüsse auf, um fette Fische zu fangen. Manchmal half ein Lager dem anderen aus, dessen Vorräte zu Ende gingen. Die jungen Krieger veranstalteten Ringkämpfe untereinander, und oft, wenn die Verbindung zweier Sippen gestattet war, fanden Hochzeitsfeiern und große Feste statt. Alle hatten das Gefühl, der drohenden Gefahr entronnen zu sein und waren deshalb doppelt aufgeräumt.

In diesen fruchtbaren Tälern zwischen den Flüssen Onon und Kerulen waren die Winter halbwegs erträglich und oft fanden die Herden ausreichendes Futter. Die Weideplätze von Jesukais Volk erstreckten sich ungefähr östlich vom Baikalsee, und hier konnte man Jagd auf Antilopen, Hasen, Füchse, Eidechsen, Marder und ab und zu sogar Bären machen. Es war ein entbehrungsreiches Leben, und wenn manchmal die Herden bis auf ein gefährliches Mindestmaß dezimiert worden waren, mußten sich die Menschen von Kumyß und Hirse nähren. Die Jäger unternahmen ausgedehnte Pirschzüge, schliefen ohne Feuer im Schnee und versuchten das scheue Wild aufzuspüren. Gegen Frühjahr entfremdeten sich die einzelnen Stämme, es herrschte Verdrossenheit und kam zu Reibereien, die oft zu blutigen Raufhändeln ausarteten. Dann wurden Überfälle organisiert und die Burschen lauerten nachts auf Räuber und verirrtes Vieh. Nicht selten gab es bis zu drei Tagen hintereinander nichts zu essen. Bei anhaltenden Kälteperioden fanden viele den Erfrierungstod. Im Frühling aber gaben Stuten und Kühe reichlich Milch, weil das Futter frisch und üppiger wurde. Fohlen, Kälber und Lämmer wurden geboren und die Nomaden schlugen sich den Bauch voll. Dann brach die Zeit für die lange Rückreise zu den sommerlichen Weideplätzen an, aber diesmal ging es fröhlicher und weniger anstrengend zu.

Die Häuptlinge teilten Elend und Hunger ehrlich mit ihren Untertanen, obwohl es den Kriegern besser erging als dem übrigen Volk, denn von ihrer Kraft hing der Fortbestand des Stammes ab. Schwangere Frauen bekamen mehr zu essen als gewöhnliche, aber ansonsten mußten sie und ihre Kinder sich mit den Resten begnügen. Der Aufbruch zum Frühjahrszug war für alle eine glückliche Zeit und zwischen den einzelnen Stämmen wurde der Friede wiederhergestellt. Der größte Feind von Liebe, Freundschaft und Duldsamkeit, der Hunger, war in der Flut frischer Milch ertrunken und von neuem Leben zertrampelt worden. Natürlich stimmt es, daß die neu gekräftigten und besonders lüsternen Krieger andere Stämme anfielen, um ihnen die Frauen zu rauben, und die Weinenden hinter sich im Sattel sitzen hatten, wenn sie ins eigene Lager zurückgeritten kamen. Aber das machte kaum böses Blut. Frauen wurden für das Bett starker Männer geboren und der Sieger fand beinahe immer Verzeihung. Die Frauen erwarteten es nicht anders und fühlten sich vernachlässigt, wenn sie nicht letzten Endes geraubt wurden oder die Männer wenigstens ernsthaft um sie kämpften.

Der Winter der brutalen roten Sonnenuntergänge, die über vereisten Seen und gefrorenen Ebenen glühten, war vorbei. Die Sterne strahlten sanfter, der Mond milder. Auf ihrer Reise zu den Sommerweiden sahen die Nomaden die purpurroten Wände, Schluchten und Felsen vor dem tiefblauen Himmel glühen, und die Flüsse färbten sich von der mitgeschwemmten Erde rot wie Blut. Gras, Buschwerk und Tamarisken schimmerten wie hellgrüne Jade und die Wüste hatte sich mit unzähligen Blumen überzogen. Manchmal neigten sich kilometerweit die weißen Blumen im frischen, kräftigen Wind und blaue, goldene und rosige Blütenblätter schwebten wie ein riesiger Perserteppich über Berg und Tal. Mit lebhaftem Flügelschlag schwangen sich die Vögel in den Frühlingshimmel und ihre jubelnden Stimmen erfüllten die Wüste mit jauchzendem Gesang. Die Rückreise verlief langsam, denn die Herden mußten ihre vorstehenden Rippen auspolstern und die Menschen feiern. Nachts zerrissen oft wütende Blitze den Himmel und die Erde erzitterte unter brüllendem Donnerschlag. Von den verkümmerten, armseligen Bäumen der Gobi bis zum dichten Gras und den Blumen belebte sich die Erde schlagartig und die Luft duftete von fieberhaftem Wachstum. Beinahe innerhalb von Stunden schoß das Gras kniehoch aus dem Boden und die Karren rumpelten und holperten über die horizontlosen Steppen, die wie wehende grüne Meere aussahen. Der Wind trug den Geruch der Fruchtbarkeit mit sich. Wenn der Himmel seine Schleusen öffnete und der Regen wie Lanzen zur Erde prasselte und wie ein undurchdringlicher glasiger Schleier aussah, duftete es atemberaubend. Es war, als dunsteten die weiten Landstriche und die Wüste, und der heiße Odem unüberblickbarer, orgiastischer Fruchtbarkeit wurde übermächtig. Schimmernde dunkelgrüne Seen, Flüsse und Bäche waren von weißen Schaumkronen durchzogen, die wie Marmor aussahen. Jetzt bildeten die nächtlichen Lagerfeuer den Mittelpunkt von Festen, Gesang und Gelächter, von unglaubhaften Erzählungen und Prahlereien.

Kurelen fand die Rückreise nicht weniger aufregend als die Fahrt nach dem Süden. Der Knabe Temudschin saß auf seinen Knien vor dem Verdeck des Karrens. Er hatte einen kräftigen Rücken, graue Augen und sehnige, harte Glieder. Er lachte oft und schien den Bruder seiner Mutter zu lieben. Houlun saß zufrieden neben ihnen, obwohl sie sich in letzter Zeit oft beklagt hatte, weil sie ihr zweites Kind erwartete. Der Frühling war für Jesukai zu übermächtig gewesen, wenn er sich jetzt auch ein oder zwei weitere Frauen zugelegt hatte.

Die Sonne lag warm auf Kurelens krummem Rücken. Der Knabe krabbelte auf seinen Knien oder jauchzte über eine Handvoll der scharf riechenden Blumen, die man für ihn gepflückt hatte. Manchmal aber erschien trotz der grellen Sonne in den grauen Augen des Kindes ein dunkler Schatten. Und ein Abglanz der primitiven Grausamkeit des Ödlandes, der Berge und der Wüste durchdrang sein kleines Gesicht.

Auf dem Rückweg gab es eine Stelle, die Kurelen oft gesehen hatte. Jedesmal wartete er ungeduldig auf sie. Zwischen den roten Felsen, Schluchten und Klüften, zwischen den spitzen Steinpyramiden und den von der Natur geformten blutroten Säulentempeln fand er schließlich einen hohen Berg aus stahlgrauem Granit. Sein Profil hob sich vor dem leidenschaftlich blauen Himmel wie ein schlafender Riese ab, der niemals erwachte und sein Gesicht in aller Ewigkeit Wind, Himmel und Unwetter entgegenreckte. In diesem starren, zeitlosen Schlaf lag etwas Bestürzendes, fand Kurelen. Es war wie der Geist der Wüste, der Geist des Todes und des Schicksals, der seit Äonen wartete, um vielleicht niemals zu erwachen, oder in großen Zwischenräumen die fürchterlichen Augen für einen schrecklichen Moment auf die Welt zu richten, ehe er weiterschlief.

Viele Jahre später dachte er an dieses schlummernde Verderben, wenn er das Gesicht Temudschins betrachtete.

IX

Der flache Kelch der Erde war von tiefem, zartem, schwebendem Violett erfüllt. Feurig gelbe Streifen zersplitterten den Westen. Einen Monat noch, dann würde die Flucht vor dem Winter abermals beginnen. Die Luft war schon frostig wie ein vereister Gebirgsbach. Das Violett der Erde verblaßte und jetzt verlor sich die Welt in wandernden, blaß orangegelben, staubblauen und grauen Schatten, hatte ihre Konsistenz verloren und war zu einem wüsten Traum geworden.

Kurelen wärmte sich die Hände am Dungfeuer in seiner Jurte. Die drei Knaben an seiner Seite waren unersättlich. Sie verlangten noch mehr Geschichten aus Bagdad, Samarkand und den Städten Kathais. Jamuga interessierte sich besonders für die merkwürdigen Männer in Rüstungen, die Kurelen einmal gesehen hatte, und deren Ziel ein völlig fremdartiges Land gewesen war. Kasar zweifelte an diesen Erzählungen. Er glaubte nichts, was er nicht selbst gekostet, gerochen, berührt oder gehört und gesehen hatte.

„Wenn du blind geboren worden wärst, Kasar, hättest du jeden einen Lügner geheißen, der von der Sonne spricht", sagte Kurelen.

Jamuga hatte mit seiner leisen, festen Stimme geantwortet. „So dumm wäre Kasar nicht, wenn er die Sonne nicht sehen könnte, würde sie für ihn nicht existieren."

Kurelen lächelte. Er mochte Jamuga gerne, was ihn aber nicht daran hinderte, den Jungen zu hänseln. Zum Teil ging seine Bosheit auf die längst gemachte Entdeckung zurück, daß Jamuga ihm nicht traute und ihn als minderwertig und verächtlich abtat. Wie Kurelen Temudschin gesagt hatte, waren Jamugas Augen unfähig, einmal blinzelnd beiseite zu sehen.

Aber Temudschin war ungeduldig. Er war nicht anmaßend, aber er verabscheute müßiges Reden. Auch Unklarheiten haßte er. Das hieß aber nicht, daß er dumm war. Er begriff die tiefsinnigen Gespräche zwischen Kurelen und seinem Vetter Jamuga fast zur Gänze, aber er hielt abstrakte Konversation für Narrheit, weil sie von keiner Tat bekräftigt wurde. Diese seine Abneigung erstreckte sich aber nicht auf Heldengeschichten oder abenteuerliche Erzählungen. Die trugen den Duft von Gewalttätigkeiten mit sich, die bereits geschehen waren oder eben begangen wurden.

„Erzähl uns mehr von den blassen Männern mit den Rüstungen", sagte Kasar, der Bruder Temudschins, skeptisch.

Kurelen kicherte. „Ihre Gesichter waren nicht mehr halb so schön, nachdem sie sich in der Gobi verirrt hatten und wir sie entdeckten! Die heiße Sonne und die Sandstürme hatten ihrer Haut die Farbe roher Eingeweide verliehen. Sie trugen silbrige Rüstungen, die ganz anders als unsere aussahen, die aus hartem, geharztem Leder sind, und ihre Schwerter waren besser als die Krummsäbel. Ihre Pferde hatten sie längst geschlachtet und aufgegessen. Es waren ihrer etwa fünfzig an der Zahl, obwohl sie uns erklärten, daß bedeutend mehr auf der langen Reise gestorben waren, als sie überlebt hatten. Zu den Toten zählte auch ihr Anführer, den sie einen mächtigen Prinzen nannten. Wir konnten sie verstehen, weil manche unserer Leute Nestorianer waren und zwei von ihnen jenseits der Berge in einem fernen Land gelebt hatten, das sich Rußland nennt und die verschiedensten Stämme beherbergt, besonders an den westlichen Grenzen. Soviel wir erfahren konnten, hatten sie sich verirrt und waren weit vom Weg abgekommen. Auf unsere Fragen beteuerten sie, daß sie ursprünglich aus ihren im fernen Westen liegenden Heimatländern aufgebrochen waren, um in ein fremdes Land zu ziehen und sich an einer tödlichen Schlacht zu beteiligen, um dieses Land von den ‚Ungläubigen‘, wie sie es nannten, zu befreien."

Nachdenklich fügte er hinzu. „Wir haben schließlich verstanden, daß diese ‚Ungläubigen' Turkmenen oder eine verwandte Rasse waren, die in dem fremden Lande lebten, in dem der Gott dieser blaßhäutigen Männer einmal geboren und gestorben ist. Es war alles schrecklich dumm und sehr verworren. Männer müssen um Frauen, Nahrung und Weiden kämpfen und vielleicht ab und zu für Gegenstände, die schön sind. Es zeugt von Mut zu kämpfen, wenn der Lebensraum so knapp wird, daß die Existenz gefährdet ist. Aber diese Narren haben um nichts dergleichen gekämpft. Ihre Sprachen und Gebärden waren sehr vornehm und viele von uns waren beeindruckt, wenngleich sie die Männer nicht recht begriffen und verächtlich bemitleideten. Ich habe von allem Anfang schwere Zweifel an der Geschichte gehabt, die sie uns erzählten. Nachdem wir sie gespeist und Salben auf ihr wundes Fleisch gestrichen und ihnen Unmengen süßen Weins vorgesetzt hatten, verloren sie ihre Vornehmheit äußerst schnell. Sie begannen zu prahlen und verrieten uns ihren wahren Grund für ihre Suche und Kampfbereitschaft. Sie wollten jemand finden, den sie Priester Johannes nannten, den Alten vom Berge, ein Wunderwesen, das in einer riesigen Stadt lebte, deren Zelte aus Goldstoff bestanden, und viele Schätze bargen. Außerdem entnahm ich ihren wirren Berichten, daß sie von Kathai gehört hatten. Herablassend erzählten sie uns, daß dort die Straßen und Tempel aus Gold und die Türen der Tempel und Paläste mit Türkisen und vielen anderen Edelsteinen besetzt seien. Selbst das Zaumzeug der Pferde sei aus Silber und Juwelen und die Frauen über alle Maßen lieblich anzusehen. Als sie von diesen Dingen sprachen, begannen ihre Augen zu funkeln, und sie leckten sich die Lippen und kratzten sich.

Ich sagte zu ihnen: ‚Es stimmt, daß Kathai viele Schätze birgt, aber nicht, wie ihr es denkt. Es sind Schätze des Geistes, die Juwelen der Philosophie, die Schmuckstücke der guten Manieren und des kultivierten Lebens.' Davon aber hatten sie nie etwas gehört und starrten mich erstaunt und verwundert wie einen Verrückten an. Sie waren ganz eindeutig das, was die Leute von Kathai uns nennen, nämlich Barbaren. Ja, sie waren sogar bedeutend weniger zivilisiert als wir, denn sie versuchten, uns unsere Gastfreundschaft mit Betrug und Diebstahl zu lohnen, trotz ihres großartigen Geredes über ihren Gott, und unsere Frauen waren nicht sicher vor ihnen. Eines Morgens erwachten wir und entdeckten, daß sie mit den besten Pferden meines Vaters und zweien meiner Schwestern das Weite gesucht hatten. Wir verfolgten sie und hatten sie bald gefunden. Ihre Leichen haben wir den Geiern überlassen. Mein Vater sagte zu mir, denn ich war damals ein Jüngling: ,Hüte dich vor jenem, der mit heiligen Worten und gottesfürchtig erhobenen Augen ankommt, und dessen Mund salbungsvoll verzogen ist, denn er ist bestimmt ein Dieb und Lügner und Verräter.' Dann befahl er, die Nestorianer unter uns zu foltern und zu töten, denn sie dürften einiges von dem verstanden haben, was die blassen Männer gesagt hatten, wenngleich sie etwas verwirrt schienen."

Kurelen schob sich einen besonders saftigen Bissen des jungen Lammbratens in den Mund und kaute ihn mit befriedigter Miene, als ergötzten ihn seine Gedanken.

"Mein Vater war ein weiser Mann. Er zog den Mord einem Streit vor. Ich habe mir oft gedacht, daß er die Schwerter und Rüstungen der Christen mit neidvollen Augen ansah und sehr froh über ihren Betrug war. Sonst wäre es ihm schwergefallen, einen Grund zu finden, das Gesetz der Gastfreundschaft zu brechen."

Die Knaben lachten. Jamuga hörte mit leidenschaftlicher Hingabe zu. Kurelen sah ihn an. "Wie du weißt, Jamuga, ist deine Mutter die Frau des Lotchu, des Halbbruders Jesukais. Sie kommt aus Naiman und war eines der schönsten Mädchen. Ehe sie jedoch Lotchu heiratete, hat sie ein Kind von einem der blassen Männer unter dem Herzen getragen. Du warst dieses Kind. Aber es ist sonderbar: du bist weder zimperlich noch frömmlerisch, betrügerisch oder listig. Das beweist, daß gutes Blut das schlechte verdrängen kann."

Jamuga lächelte zurückhaltend. Er besaß keinen Humor und verdächtigte alle, die ihn hatten. Er war überzeugt, daß Kurelen sich über ihn lustig machte. Trotzdem war er insgeheim stolz. Die grelle Sonne und die heftigen Stürme der Gobi vermochten seine helle Haut nie völlig zu bräunen. Seine Augen waren blau wie das Wasser der Fata Morgana des Sees der Verdammten, den er einmal gesehen hatte. Das Blau seiner Augen war nicht leidenschaftlich und brennend, sondern eher verschleiert, zart und sehr blaß. Obwohl sein Vetter Temudschin die grauen Augen der Bourchikouns und rotgoldenes Haar hatte, wirkte er dunkler als Jamuga, dessen feines Haar die Farbe eines Herbstblattes hatte. Außerdem war Jamugas Körperbau leichter und zarter, seine Augenhöhlen groß und gerade, statt schräge, seine Nase kleiner und kurz und sein Mund sanft und zurückhaltend. In ihm war keine Grausamkeit und keine wilde, ungezähmte Wut. Wenn er sich ärgerte, wurde er kalt wie der Tod, und einzig die Unbeweglichkeit seines feingemeißelten Gesichts verriet seine Erregung. Obwohl er tapfer war, machte er sich nichts aus den Ringkämpfen, die das Hauptvergnügen der jungen Jakka-Mongolen bildeten. Anderseits war er nicht beliebt, außer bei unterwürfigen Seelen, denn er hatte ein eigenwilliges Temperament, war beinahe trotzig, auf Abstand bedacht, hochnäsig, anmaßend und doch zu Zeiten gütig und gefühlvoll. Kamen die Jäger mit der Beute ihrer Überfälle zurück, dann interessierte er sich nicht für die Schwerter und Lanzen und Säbel, die Köcher und Bogen verschiedener Größen und auch nicht für die gebrannten Schilde, die Rinder und Kamele. Ihn ließen die mit Silber- und Goldmünzen gefüllten Beutel kalt. Aber er war der Liebling seiner Mutter, und auch sein Stiefvater Lotchu liebte und fürchtete ihn, und er verstand es immer, sich jene Dinge aus ihrem Beuteanteil zu erschmeicheln, die er haben wollte. In der Jurte, die er mit seinen Stiefbrüdern teilte, hatte er eine eigene schwere chinesische Truhe aus härtestem schwarzem Holz, und darin sammelte er silberne Stoffe, kunstvoll geschnitzte Elfenbeinfiguren, gerollte Handschriften, die mit fremdartigen Symbolen winziger, anmutiger Gesichter und freundlicher chinesischer Landschaften bemalt waren, schön geformte und ziselierte Silberbecher, und kleine Teppiche, die wie Juwelen schimmerten, und selbst Türkis- und Perlenketten und Flöten aus Silber und Elfenbein. Keiner lachte ihm ins Gesicht, zum Teil, weil Lotchu ein hitziger Krieger war, und zum Teil, weil etwas Rätselhaftes und Absonderliches an Jamuga selbst haftete, das Gelächter dumm erscheinen ließ. Er hatte längst erfaßt, daß die Menschen nur über jene lachen, die sich der Vertraulichkeit schuldig gemacht haben, und gelernt, daß ein Mann, der neben dir sitzt und als Gleichberechtigter mit dir ißt und aus deinem Becher trinkt, sich dir ebenbürtig oder sogar überlegen fühlen wird. Dennoch hegte er für niemand Verachtung, außer für Kurelen, der lachte, wenn das Lachen nicht angezeigt war. Bis an sein Lebensende waren Jamuga jene verdächtig, die innerlich lachten. Das kam daher, daß er ungemein selbstsüchtig war, aber den Verstand hatte, diese Ichbezogenheit vor einfachen Menschen zu verbergen. Vor Kurelen und dem Schamanen jedoch, der ihn verabscheute, war es ihm nicht gelungen, die Selbstsucht geheimzuhalten.

Außerdem war er, ungeachtet seiner Großmut, einigen wenigen und besonders den Hilflosen gegenüber, habsüchtig und unaufrichtig. Nur selten erwärmte sich sein Auge in menschlicher Regung und Zärtlichkeit, es sei denn, sein Blick galt Temudschin (von dessen Intelligenz er keine hohe Meinung hatte) oder seiner Mutter. Er argwöhnte mit Recht, daß Kurelen auch diesen Charakterzug durchschaute, und in seine Abneigung gegen den Verwachsenen mischte sich kalte Furcht.

Kurelen jedoch hatte ihn ins Herz geschlossen, denn er wußte, daß Jamuga niemals log oder betrog, noch bewußt grausam war und daß sein einmal gegebenes Wort wenn möglich noch bindender war als das Wort der Mongolen. Sein Ehrbegriff sprengte jede Grenze und er war tapfer und verläßlich. Kurelen hatte ihn gelehrt, die Sprache Kathais zu lesen und seine gesamten Kenntnisse der Sprache der Turkmenen, der Bewohner Bagdads und Samarkands mit ihm geteilt. Er hatte ihn in der Philosophie und den Religionen anderer Menschen unterwiesen. Nie jedoch war es ihm gelungen, ihm jenes leise Lachen über andere beizubringen, das ohne Härte und einzig von trockener Selbstverspottung erfüllt ist. Jamuga, dachte Kurelen mit leisem Bedauern, war zu selbstsüchtig, um Humor zu haben, denn über alle Dinge stellte er seine Leidenschaft für seinen eigenen Stolz und seine tiefe Eigenliebe. Diesem Stolz und dieser Liebe entsprang, wie Kurelen vermutete, sein strenger Ehrbegriff, sein Haß gegen Brutalität und sein kritischer Verstand.

Kurelen, der bereits seit mehreren Jahren mit seinem alten Feind, dem Schamanen, mehr oder weniger in Freundschaft gelebt hatte, sagte einmal zu ihm: „Kokchu, wenn du mich endlich aus der Welt geschafft haben wirst, wird dir ein anderer Gesprächspartner zur Verfügung stehen: Jamuga. Und er wird bedeutend bequemer für dich sein, denn da ihm die Gabe des Lachens fehlt, wird er keine Schlange in deiner Hand sein."

Aber der Schamane hatte in seiner gewohnten Art finster und undurchsichtig gelächelt und erwidert: „Kluge Männer, die lachen, sind gefährlich. Gefährlicher aber sind Kluge, die nicht lachen." Er hatte Kurelen auf die Brust getippt. „Du und ich, Kurelen, wir sind Halunken, deshalb haben wir unsere Freude aneinander. Aber dieser Junge ist kein Halunke und ich habe keine Liebe für ihn."

Kurelen stellte grinsend fest, daß Jamuga seinerseits auch nichts für den Schamanen übrig hatte. Aber Jamuga erniedrigte sich nicht dazu, den Schamanen zu hänseln oder mit ihm zu streiten, oder ihm die üblichen Ehren zu erweisen. Er übersah ihn einfach. Jamugas Mutter war eine einfache und anmutige Frau und Kokchu hatte sie lange Zeit genossen. Sonst hätte man Jamuga vielleicht schon längst mit einem Messer im Rücken gefunden oder er wäre auf rätselhafte Weise als Beute der Geier in der Wüste vergessen worden. In ihm hatte Kokchu schon vor langer Zeit einen Todfeind erkannt.

„Vernunftbegabte Menschen ohne Humor und Fröhlichkeit ereifern sich gegen alle Scharlatane", sagte Kurelen, „während vernunftbegabte und humorvolle Männer sie dulden und für ihre Possen in dieser langweiligen Welt dankbar sind."

Ein- oder zweimal hatte er sich gewünscht, daß Jamuga ihn gern haben könnte. Schließlich hatte er Temudschin, den Kurelen ebenso aus ganzem Herzen liebte wie Houlun, Blutsbrüderschaft geschworen. Anfangs hatte er befürchtet, Jamuga könnte Temudschins Liebe für seinen Onkel ungünstig beeinflussen, aber dann hatte sich seine Angst gelegt. Jamuga war unfähig, gegen die Verbundenheit anderer zu intrigieren, auch dann nicht, wenn es sich um seinen Freund handelte.

Einmal hatte Jamuga sich bitter über einige schwere Roheiten und Ausschweifungen der Jakka-Mongolen beklagt. Ihre Lüsternheit beleidigte ihn, ihre Skrupellosigkeit und Wildheit stießen ihn ab. Damals hatte Kurelen zu seiner eigenen größten Überraschung gesagt:

„Diese Eigenschaften sind es, die unser Volk unbezwinglich, stark und sieghaft machen. Die von dir bewunderten Städter sind schwach. Tempel sind Stätten für Eunuchen, und Akademien dienen der Entmannung. Der Mann, der auf seinen Hinterbacken hockt und Betrachtungen anstellt, hat die Seele eines Sklaven, und jenem, der Bücher schreibt und liebt, rollt kein Blut in den Adern."

Während Jamuga sich brennend für das Thema der Kreuzritter interessierte, beschäftigte Temudschin sich nur mit Kurelens Schilderungen der großen Reichtümer und Macht Kathais, seiner verfallenden Größe, seiner zynischen Dekadenz, seiner Generäle, Minister, Prinzen und Kaiser. Aufmerksam hörte er zu, wenn sein Onkel von den im Norden lebenden Kins und der einheimischen Sung-Dynastie Kathais erzählte und von dem tragischen Chaos, das innere Uneinigkeit in jenem bewundernswerten Reich herauf- beschwor. Vor allem bemerkte Kurelen, daß der Junge atemlos jedem Bericht über militärische Schwäche Kathais lauschte und alles über die Stärke der kleinen und großen Städte im Bereich des Ork- hon-Flusses erfahren wollte. Dann blähten sich Temudschins breite Nasenflügel noch stärker und wie verächtlich, und seine schrägen grauen Augen funkelten gespannt.

Temudschin war ein hübscher Jüngling, wenngleich nicht ganz so groß und stattlich wie Bektor, sein verhaßter Stiefbruder, und nicht so stämmig wie Belgutei, Bektors Bruder. Aber er war wach- sam und flink wie ein Fuchs und niemals müde, und sein Schritt war rascher als der aller anderen, sein Blick hurtiger und durch- dringender, seine Art kürzer angebunden und entschiedener. Wind und Sonne hatten seinem Gesicht einen Bronzeton verliehen und seine Backenknochen waren breit und hart und wurden von zwei dicken roten Zöpfen eingerahmt. Sein gerader, strenger Mund lachte kaum, obwohl er ab und zu lächeln konnte, aber dann mit einer gewissen Ungeduld. Seine strahlenden Augen, die breiten Nüstern seiner vorspringenden Nase, sein breites, dunkles Gesicht mit dem finsteren Kinn, zogen jeden flüchtigen Blick auf sich und hielten ihn fest. Es haftete ihm eine schicksalsschwere Grausam- keit an, die nichts mit primitiver Unschuld und simpler Lebensgier zu tun hatte. Vielmehr handelte es sich um eine völlig bewußte Grausamkeit, die unerschütterlich wie der Fels und so gnadenlos und ursprünglich wie der Tod war.

Jamuga mochte Temudschin für nicht übermäßig scharfsinnig oder intelligent halten, aber Kurelen wußte, daß Jamuga seine Mitmenschen noch nie sehr treffend beurteilt hatte. Leute wie Jamuga verbrachten ihr Leben in verständnislosem Hader, weil andere, die sie voreilig beurteilt hatten, ihrem Urteil später nicht gerecht wurden. Bis an sein Lebensende verstand Jamuga niemals die Abgründe in Temudschins Wesen, und als seine letzte Stunde schlug, konnte er nur hoffnungslos und müde sterben, ohne selbst dann zu begreifen. Seine eigene Seele wurde immer von Erschöpfung und schlaffer Kraftlosigkeit heimgesucht, auch schon in seiner Jugend, und Temudschins nie erlahmende Energie, sein eifriges Suchen, seine Lebensgier, seine überschäumende Leidenschaft für alles und jedes verletzten ihn. Einmal hatte er Temudschin einen Barbaren geheißen, und als Temudschin ihn angestarrt und laut und ausgiebig gelacht hatte, war Jamuga beleidigt wie nach einer durchtriebenen Kränkung. Als Jamuga gegen Ende seines Lebens unklar vermutete, was unter der Oberfläche von Temudschins ungeduldigem Naturell und grobem hartem Gebaren lag, war er so entsetzt und betroffen, daß er sich, voll Abscheu vor sich selbst, hassend und untröstlich dem Tod zuwandte wie ein anderer dem Opium. Er hielt sich vor, daß er es hätte wissen müssen, wenn er nicht ein solcher Narr gewesen wäre, daß aber seine Selbstsucht und seine maßlose Hoffart es ihm verwehrt hatten, in Temudschin zu erkennen, was Kurelen und einige andere von allem Anfang an durchschaut hatten.

Kurelen hatte es gewußt. Er hatte versucht, es seiner Schwester begreiflich zu machen, als sie von ihm verlangt hatte, er möge Temudschin lesen und schreiben lehren. Aber auch sie war selbstsüchtig, und lange Zeit hatte zwischen Bruder und Schwester ein erbitterter Streit über Kurelens Weigerung getobt.

„Du unterrichtest den blaßlippigen Jamuga, dieses weißgesichtige Kamel!" schrie sie hitzig. „Und meinen Sohn, meinen Temudschin, willst du nicht unterrichten."

Und er wiederholte ihr ungezählte Male: „Houlun, Temudschin

braucht das geschriebene Wort nicht. In ihm ist eine Kraft, die durch Worte nur verflachen könnte. Er ist größer als Worte, mächtiger als der geschriebene Unsinn. Ich wage nicht, ihn zu unterrichten."

Und oft hatte er hinzugefügt: „Führe deinen Sohn hinter die Mauern Kathais zu jenen, die aus Männern Eunuchen machen. Und dann will ich ihn lehren."

Daran mußte Kurelen jetzt denken, als er das heftige Spiel des harten Lichts und Schattens auf Temudschins Gesicht beobachtete, während der Junge seinen Onkel von der Schwäche und Machtlosigkeit und dem Glanz des riesigen Reichs Kathai erzählen hörte. Spöttisch dachte er bei sich: Ich bin der einzige, der sich an die Prophezeiungen erinnert, die anläßlich seiner Namensgebung gemacht wurden, und ich bin letzten Endes der einzige, der an diese Vorhersagen glaubt. Die hohe, breite Stirn dieses Jünglings, seine rastlosen, granitfarbenen, raubgierigen Augen, der Mund mit der vorstehenden Unterlippe und sein gleichzeitig grimmiger, wilder und kalter Ausdruck, seine Stimme, die nicht laut, aber doch kräftig und gemessen klang, das alles verriet deutlich, daß er die anderen Menschen überragte, daß etwas in ihm steckte, das Kleinmütige unsicher und ängstlich machte und große Seelen noch bedeutend tiefer beunruhigte. Diese Unsicherheit spiegelte sich immer in Jamugas Gesicht, sooft er mit seinem geliebten Blutsbruder sprach oder ihm den Blick zuwandte, und er versuchte, sie mit gespielter Überlegenheit oder zeitweise auch mit zänkischer Reizbarkeit zu bemänteln.

Während er seine Geschichten erzählte, wandte Kurelen sich von diesen beiden Jünglingen ab und ließ den Blick mit einer gewissen Erleichterung auf Kasar, Temudschins jüngerem Bruder, weilen. Hier hatte er eine einfältige, unkomplizierte Seele ohne die finsteren Abgründe Temudschins und die kleinliche Wehleidigkeit Jamugas vor sich. Klein, gedrungen, kräftig und unmittelbar, war Kasar ein Jüngling, dessen Anblick einen mit Beruhigung erfüllte, denn in ihm waren keine Habgier, kein Neid, kein rastloses Forschen und keine trüben Gedanken. Er liebte seine Mutter und seinen Bruder Temudschin. Er haßte Bektor, weil Bektor Temudschin haßte, und liebte Kurelen, weil der Temudschin liebte. Er war ein Feind des Schamanen, da er entdeckt hatte, daß der Schamane

Temudschin nicht mochte. Für diesen ungekünstelten treuen Jüngling war das Leben ohne Probleme. Einzig sein Gefühl für Jamuga bildete eine Ausnahme, denn den liebte Temudschin mehr als ihn. Jamuga brachte er den entschiedenen primitiven Haß eines Tieres entgegen. Er verbarg ihn aber tief in seinem Herzen, weil er fürchtete, daß Temudschin ihn sonst hinauswerfen würde.

Sein Gesicht war rund und flach wie der Vollmond und von dem gleichen zarten Gelb. Über den breiten Backenknochen saßen schwarze Augen in schrägen Höhlen. Seine Nasenflügel waren so breit, die Nase so flach, daß er an ein Schweinchen erinnerte. Sein großer Mund war voll und rot und leicht trotzig. Dieser durchschnittliche Junge mit dem Hundeherzen hatte nur eine einzige Eigentümlichkeit: er schor sich das struppige, schwarze Haar ganz kurz.

Jamuga wollte mehr über den geheimnisvollen Kontinent im Westen wissen, aus dem sein Vater stammte. Kurelen mußte sich auf Berichte stützen, um das wenige, was er selbst gesehen hatte, etwas auszuschmücken. Aber er hatte die Gabe, Falsches von Echtem zu unterscheiden und seine Erzählungen waren erstaunlich treffend. Außerdem war Jamuga ein kritischer Zuhörer, der instinktiv eine Unwahrheit durchschaute, obwohl er über die Wüste Gobi und deren Berge nie hinausgekommen war. Kurelen hielt sich strikt an das, was er für wahr hielt, statt seine Erzählung Temudschins und Kasars zuliebe phantasievoll zu bereichern.

„Jamuga Sechen" sagte er, „du bist ein Loch im Sand, das niemals voll wird. Ich habe dir sämtliche Geschichten erzählt, die ich kenne."

Jamuga lächelte blaß und kalt. „Dann erzähle sie nochmals, Kurelen. Du weißt, daß ich sie stündlich hören könnte, ohne ihrer überdrüssig zu werden."

Kurelen zuckte ergeben die Schultern. Temudschin runzelte die Stirn und lauschte dann aufmerksam. Kasar gähnte und stocherte in Kurelens Schüssel nach Speiseresten. Er steckte den Finger tief in den Topf, fand Fleischstückchen und Sauce und leckte sich die Finger in naiver, ungezierter Freude. Chassa war heute bei den anderen Frauen, deshalb erhob Kasar sich, trat mit seinen kräftigen, kurzen Beinen ans Feuer und legte nach. Kurelen warf ihm einen dankbaren Blick zu und war froh, sein Auge nach dem anspruchsvollen Jamuga Sechen auf Kasar ausruhen zu dürfen. Sobald er getrockneten Mist ins Feuer geworfen hatte, stand Kasar mit gespreizten Beinen neben dem Kohlenbecken, stemmte die Hände in die Hüften und zog ein gelangweiltes Gesicht. Das rote Feuer spielte wie ein Lichtfächer über Kasars Figur und sein ausgedehnter Kreis endete genau unter seinen Augen, die wie jene eines Bergwolfes glühten. Sein langes, dichtes Gewand aus grober grauer Wolle wurde um seine stramme Mitte mit einem roten Ledergürtel zusammengehalten, in dem ein Krummsäbel und sein kurzer Dolch steckten. Er hatte nur Augen für Temudschin und sein Gesicht war voll hündischer Ergebenheit. Der Wind trommelte wie gedämpfter Paukenschlag an den Wänden der Jurte.

Kurelen sprach automatisch: „Im Westen liegt ein sonderbares Land, das Europa heißt. Es umfaßt viele Völker und hat die verschiedensten Wetterbedingungen. Man sagt, es sei furchtbarer als Hochasien. Dort gibt es Wälder, wie wir sie noch nie gesehen haben, und Berge, die genauso hoch wie unsere und ebenso blau wie die Dämmerung sind und einer den anderen überragen. Auf ihren Gipfeln liegt Schnee. Es gibt unübersehbare Steppen wie bei uns, und Flüsse, die grün wie Gras oder golden sind, und niemals enden. Und Seen wie Meere aus flachem Silber. Es gibt finstere, düstere Orte, in denen Riesen mit gelbem Haar und Falkenaugen hausen und so wild wie die Adler. Dann wieder gibt es hitzige und schwüle Länder voll der seltsamsten Früchte und lachender Menschen. In diesen Ländern liegen viele Städte verstreut, aber keine ist so schön, so anmutig wie die Städte Asiens. Es sind Städte aus grauem Stein und Lehm und morschem Holz und sie sind unvorstellbar schmutzig. Die Einwohner sind genauso roh wie die Städte selbst, und ebenso häßlich und schmierig. Das habe ich aus glaubwürdiger Quelle erfahren. Diese Leute kennen keine Zivilisation und sie sind ebenso dumm wie verschlagen, so unwissend wie feige. Ihre Tempel sind Spiegel ihrer Seele und sind plump und gedrungen. Ihre Städte liegen weit voneinander entfernt und sind durch keinerlei gute Botenstraßen verbunden, sondern es dehnen sich dazwischen dornige Wildnis, schwarze Wälder und reißende Flüsse. Jedes Volk kämpft mit dem Nachbarvolk, und all ihre Kämpfe zeichnen sich durch teuflischen Haß, Verrat und Grausamkeit aus. Die Turkmenen würden ihre Gewalttätigkeit und Roheit verachten. Diese Leute kennen keine Großmut, keine Ehre, keine Loyalität und keine Freundschaft. Sieh mich nicht so ungläubig an, Jamuga Sechen. Ich weiß, daß dies alles wahr ist. Die meisten von ihnen gehören der christlichen Religion an, die ein übles Glaubensbekenntnis sein muß, wenn sie solche Ungeheuer hervorbringt. Von ihren Frauen sagt man, daß sie krummbeinig sind und schlechte Zähne haben und unerträglich stinken."

Die jungen Männer lachten. Kasar, der neben dem Feuer stand, bleckte seine feuchten, weißen Zähne.

„Sie haben keine Musik, keine Kultur, keine Gelehrten, keine Philosophen und keine bedeutenden Hochschulen", fuhr Kurelen fort. „Der niedrigste Sklave in den Straßen Kathais würde sie verächtlich anspucken. Ihre Dichtkunst ist die Prahlerei feiger Kinder und ihre Gesänge erschöpfen sich in dem Geklimper umherziehender Minnesänger. Ihre Könige können sich nicht mit den Sultanen von Persien und Bokhara und Kunduz und Samarkand vergleichen, denn sie ähneln aufrecht gehenden Bären, die heiser brüllen. Im Vergleich mit den Anhängern des Islams, mit dem persischen Imam, sind diese Priester der Christen stammelnde, schmutzige Hanswurste ohne Bildung und Wissen. Ab und zu hatten sie die Unverfrorenheit, so hat man mir erzählt, einige ihrer Priester an die vornehmen Höfe Kathais zu schicken. Der dortige Kaiser hatte insofern töricht gehandelt, daß er an Güte und Duldsamkeit glaubte, und sie mit der Höflichkeit eines Narren empfing. Dann saßen sie dort, diese Barbaren in ihren wollenen Gewändern, die mit einem Strick gegürtet waren, und den Ledersandalen an den schmutzigen Füßen. In Bart und Haar krabbelten ihnen die Läuse, ihr Atem war faul wie der eines Aasgeiers und sie sahen sich hochmütig um und unterhielten sich herablassend mit den hochgeborenen Damen und Herren des Kaiserhofes, schüttelten ihr Ungeziefer auf dichte Teppiche, streckten ihre schmierigen Körper auf Goldbrokat und Seidendiwans aus und steckten ihre unsauberen Finger in Porzellanschüsseln. Der Kaiser war wahrlich ein Narr. Aber ich habe euch bereits erzählt, wie diese Priester den Kaiser betrogen haben."

„Ich habe noch nie Männer aus jenen fremden Ländern gesehen", sagte Temudschin, „aber ich verachte sie."

Kasar gähnte. Er hob die Zeltklappe hoch und blickte ins Freie. „Chepe Noyon und Bektor ringen miteinander", berichtete er angeregt. „Bektor hält sich nicht an die Regeln. Er versucht, Chepe Noyon in den Unterleib zu treten."

Mit einer raschen Gleitbewegung stand Temudschin auf den Füßen. Er lugte über Kasars Schulter und schrie: „Der Niederträchtige! Du hast recht, Kasar. Komm! Wir wollen Bektor das Grundgesetz der Ritterlichkeit beibringen."

Die beiden Jünglinge sprangen aus der Jurte und ließen Kurelen allein mit Jamuga zurück. Kurelen wischte sich die Hände und sagte, er hätte nichts mehr zu erzählen. Jamuga betrachtete ihn ernsthaft. Seine zurückhaltenden Augen schimmerten kalt vor Mißtrauen und Abneigung.

„Nur eines möchte ich noch wissen, Kurelen. Wie war der Name oder Rang jener Männer, zu denen mein Vater gehörte?"

Kurelen kicherte. „Sie nannten sich Kreuzritter oder Befreier. Sie wollten Asien, so sagten sie, die veredelnde Schönheit ihres Bekenntnisses, die erzieherische Sanftheit ihres Gottes bringen. Gebracht haben sie nichts, aber sie kehrten nicht mit leeren Händen zurück. Sie haben ihren Gemahlinnen die Sarazenenseuche beschert und sie in den Betten all ihrer Frauen verbreitet."

X

Chepe Noyon, ein gutmütiger, tapferer, aber hitziger und leidenschaftlicher Jüngling, der zu Launenhaftigkeit neigte, wurde sehr von Temudschin geliebt, der ihn als seinen jüngeren Bruder betrachtete. Er war von eher kleinem, zartem und sehnigem Wuchs und hatte ein strahlend unschuldiges Kindergesicht mit lachendem Mund und lustigen Augen. Er war für seine Schlagfertigkeit, seine Fröhlichkeit und seine Schwäche fürs schöne Geschlecht bekannt. Temudschin schwor häufig, daß Chepe Noyon die Sprache der Pferde verstünde, denn es genügte, daß er sich ihnen näherte, und schon begrüßten sie ihn mit freudigem Wiehern und rollenden Augen. Er erteilte ihnen keine hörbaren Befehle, aber sie gehorchten ihm augenblicklich und bewegten sich, als seien sie ein Teil seines kleinen Körpers. Wegen seines Witzes, der scharf wie ein Eiszapfen sein konnte, war er nicht bei allen Leuten des Stammes beliebt und schon gar nicht bei dem eifersüchtigen Jamuga, der ihn Temudschins wegen duldete, ihm aber wegen seines Gelächters und seiner spitzen Zunge mißtraute. Alle Männer jedoch bewunderten neidlos seinen ungeheuren Mut, der in einem so zarten, femininen Körper erstaunlich war, seine Meisterschaft im Bogenschießen und seine wilde Kampfeslust bei einem Gefecht oder Überfall. Trotz seiner zarten Jugend versetzte er die alten Männer mit seiner Schläue und seinem Wissen oft in Erstaunen. Die Frauen liebten ihn, denn er geruhte, sie zur Kenntnis zu nehmen und ihnen zu schmeicheln, und er konnte sich darauf verlassen, daß seine Mutter, seine Schwestern und deren Freundinnen ihm stets die besten Bissen aus dem Kochtopf reservierten.

Bektor, Temudschins Stiefbruder, haßte Chepe Noyon wie alle, die Temudschin liebten und von ihm geliebt wurden. Er war ein kräftiger, vierschrötiger Jüngling mit finsterem Gesicht, buschigen Augenbrauen, vorspringenden Backenknochen und dicken, störrischen Lippen. Obwohl ein Tyrann, war er doch kein Feigling. Sein dunkelhäutiger Körper verriet den Ringkämpfer und Krieger und er hatte etwas Gebieterisches an sich, das sogar seine Feinde beeindruckte, von denen er nicht wenige hatte. Mit Ausnahme seines jüngeren Bruders Belgutei, der zeitweise eine beunruhigende Verehrung für Temudschin und den Wunsch nach seiner Gesellschaft zeigte, liebte er niemand. Keiner erkannte Bektors rührende Liebe für Belgutei und den spröden Eifer, mit dem er Belguteis gleichgültige Zuneigung erwiderte. Bektor war ein ernster, kurz angebundener junger Mann. Der Schnitt seines Gesichts und seine Miene waren angsteinflößend, prächtig und furchtlos, und sein Herz war voll Bitterkeit und Haß, der besonders Temudschin galt. Seiner Meinung nach hätte er der Erstgeborene seines Vaters Jesukai sein sollen, und nicht dieser grauäugige, rothaarige Sohn der Houlun, der ihn stets verspottete. Jeder wußte, was im Herzen des anderen vorging und welchen Gegner er in ihm hatte.

Er hatte keine Freunde. Nicht einmal Belgutei war sein wahrer Freund, denn er liebte das finstere Brüten nicht und zog die Fröhlichkeit jener vor, die Temudschin um sich geschart hatte. Belgutei war ein leutseliger und großzügiger Jüngling, liebenswürdig und zuvorkommend, aber nie völlig vertrauenswürdig. Dazu war er zu selbstsüchtig. Einem Anführer und Sieger würde er treu ergeben bleiben und selbst sein Leben für ihn opfern. Erlitt dieser Anführer aber auch nur eine Niederlage, so würde Belgutei einer der ersten sein, der seinen Sturz unterstützte. Obwohl er noch ein Knabe war, wog er bereits die Vorzüge seines Bruders Bektor und seines Halbbruders Temudschin gegeneinander ab und fragte sich, wem er letzten Endes die Treue halten würde. Vorläufig war er der Freund beider und Temudschin hatte ihn sehr ins Herz geschlossen.

Als Temudschin und Kasar zu dem großen Lagerfeuer liefen, erfuhren sie aus dem grölenden Gelächter der alten Männer und der schaulustigen Krieger, daß Chepe Noyon Bektor wegen seiner mangelnden Beliebtheit bei den Mädchen des Stammes aufgezogen und ihm kecke Ratschläge erteilt hatte. Die belustigten Zuseher räumten ein, daß Bektor den Spott vornehm überhört hatte, bis ihm schließlich doch die Geduld gerissen war und er Chepe Noyon angegriffen hatte, der ihm nach Gewicht und Geschicklichkeit weit unterlegen war.

Die Mongolen sahen es nicht gern, wenn ein Stärkerer einen Schwächeren angriff, und es hatte sich murmelnder Protest erhoben. Kurz darauf jedoch schlug ihr Gemurmel in begeisterte Schreie um. Nachdem Chepe Noyon sich von dem ersten Angriff erholte, hatte er nämlich Bektors Hiebe tapfer erwidert und wie ein kleiner Fuchs gegen den Überfall eines Wolfes gekämpft. Bektor war aus der Fassung geraten. Nur der Schamane bemerkte, daß er seine Schläge bewußt abschwächte, und einzig sein Zorn sie so fürchterlich erscheinen ließ. Um einen Kampf zu beenden, der zu seinen Gunsten ausfallen mußte, wenn er sich anstrengte, hatte er schließlich den Fuß gehoben und damit Chepe Noyon in den Bauch getreten. Diese Bewegung hatte Kasar gesehen und so leidenschaftlich mißbilligt. Als er und Temudschin am Schauplatz eintrafen, hatte Bektor Chepe Noyon um die Mitte gefaßt und beugte ihn zurück, denn er wollte die Rauferei, für die er sich bereits schämte, schleunigst beenden. Die Wirbelsäule des kleinen Burschen hatte zu krachen begonnen. Wilder Schmerz verzerrte sein mädchenhaftes, aber furchtloses Gesicht. Seine Augen verrieten eine unerhörte Anspannung, als hielte einzig seine Willenskraft den Tod ab. Er hatte Bektor die Daumen in die Nase gebohrt und das Blut floß übers Bektors Mund und Kinn und glitzerte im Feuerschein.

Temudschin hatte mit raschem Blick die Lage übersehen und sprang seinen Halbbruder mit lautem Schrei an. Er schlug Bektors Arm nach unten und Chepe Noyon sank ihm vor die Füße. Jemand zerrte den halb Bewußtlosen vom Feuer fort. Tiefe Stille senkte sich über die versammelten Krieger und alten Männer. Jesukai fixierte seine beiden Söhne mit strengem Blick und biß sich auf die Lippen. Hinter dem Kreis der Männer tauchten die Gesichter von Frauen und Kindern auf, die mit offenen Mündern zusahen. Houlun hatte sich eingefunden und neben ihr stand die Koraitin, Bektors Mutter. Zwischen den beiden Frauen herrschte erklärte Feindschaft. Atemlos, mit geblähten Nüstern und geballten Fäusten standen sie da, und jede betete zu ihrem besonderen Geist um Hilfe für ihren Sohn. Die beiden Jünglinge starrten einander wie bunte, rohe Bildwerke an. Niemand bemerkte den herbeihinkenden Kurelen und den schweigenden Jamuga, der die Auseinandersetzung totenbleich beobachtete.

Wilde, schwarze Augen bohrten sich funkelnd in nicht minder wilde, geweitete graue Augen. Jeder konnte den heißen Atem seines Gegners riechen. Der Feuerschein verlieh ihnen ein ungestümes, tierisches Aussehen. Bektors verzerrtes, haß- und wuterfülltes Gesicht war finster wie die Mitternacht. Seine Lippen zogen sich in lautlosem Fauchen über den Zähnen hoch. Temudschins Gesicht hatte die Farbe chinesischen Bleis und seine Augen sahen aus wie Silber, in dem sich der Blitz spiegelte. Kurelen genoß dieses Bild nicht zu überbietender primitiver Schönheit. Beide Jungen waren hochgewachsen, obwohl Bektor größer und breiter als Temudschin war. Dafür war dieser rascher und geschmeidiger. Sie waren ebenbürtige Gegner. Und zwischen ihnen schwelte ein Haß, der so rein wie der Haß eines Tieres gegen das andere war und jeder Spitzfindigkeit und Verschlagenheit entbehrte.

Sie starrten einander an, lauerten auf eine erste Bewegung

und keiner sprach ein Wort. Die Krieger hatten erwartungsvoll die Stirnen gerunzelt und atmeten laut. Nichts war zu hören als das Knistern des hohen, lodernden Feuers. Sehr bald war allen klar, daß Bektor nie den ersten Hieb tun würde.

Dann sprang Temudschin seinen Gegner so flink an, daß die Zuschauer kaum zu folgen vermochten. Er faßte ihn um die Körpermitte und wollte ihn ins Feuer schleudern. Wie ein schwarzer Sturm kochte die Wut in ihm. Chepe Noyon war vergessen. Die schwärende Verachtung vieler Jahre stieg in seinem Herzen hoch und vergiftete sein Denken. Leidenschaftliche Mordlust hatte ihn erfaßt. Nach dem ersten Angriff standen sie reglos und hielten sich fest umklammert. Ihre Füße bohrten sich ins lockere Erdreich und ihre Muskeln spannten sich. Ihre Gesichter waren so dicht beisammen, daß jeder die schimmernde Pupille in der leuchtenden Iris des anderen schwimmen sah. Sie sahen die feuchten Zähne des Gegners vor sich, spürten seinen heißen Atem. In diesem Kräftemessen fühlten beide, daß die Welt hinter diesem Kampf zurücktrat und einzig sie beide in einem toten Universum lebten. Sie vergaßen, wo und wer sie waren. Sie waren Urkräfte inmitten eines reglosen Chaos. Sie kannten nur einen Wunsch, nur ein Verlangen: Töten.

Das ausgewogene Kräfteverhältnis bedingte, daß sie unbeweglich wie Felsblöcke standen. Aber niemand wurde dadurch getäuscht, jeder wußte, daß sich hier ein ungeheurer Kampf abspielte. Die beiden jungen Gesichter färbten sich in der Anstrengung langsam dunkelrot. Die Adern auf Stirn und Nacken traten hervor, die finsteren Blicke loderten allmählich wie Flammen. Die Fingernägel wurden kalkweiß und die Füße in den Sandalen wölbten und spannten sich. Kurelen dachte: man müßte sie in roter, schwarzer, weißer und gelber Farbe auf Porzellan malen, wie der purpurne Feuerschein sie aus der Dunkelheit meißelte und jede Falte von Haut und Gewand erhellt. Doch nein, nicht auf gebranntes, zartes Porzellan, sondern auf einen glatten Stein, der inmitten von glühenden Bergen und knochenbleichem Sand in der Wüste aufragte.

Plötzlich stießen die Krieger einen Schrei aus. Temudschin hatte sein Bein um die Hüften des Bruders geschlungen. Körper preßte sich an Körper, als seien sie ineinander verschmolzen. Dann wurde Bektor ganz langsam unter deutlichem Knirschen seiner Knochen nach rückwärts gedrückt und neigte sich unter dem Bogen von Temudschins Körper. Langsam, beinahe unmerklich gab Bektors Rückgrat nach. Nicht einen Moment irrte ein ergrimmtes Auge vom anderen ab; aber Temudschin hatte wie ein Wolf zu grinsen begonnen.

Im nächsten Augenblick brach Bektor aufstöhnend zusammen. Schlaff hing er im Arm seines Bruders. Schaum trat ihm vor die Lippen. Seine Augen verdrehten sich und die rotgeäderten Augäpfel wurden sichtbar. Sie standen still wie die Augen eines Toten. Noch immer drückte Temudschin ihn rücklings nieder. In Sekunden mußte er ihm das Rückgrat brechen.

Plötzlich erhob sich ein schriller, durchdringender Schrei. Bektors Mutter drängte sich mit übermenschlicher Kraft durch den Ring der Krieger und stürzte sich auf Temudschin. Sie schlug ihm die Zähne in den Hals und hing an ihm wie das Wiesel an der Kehle eines Wolfs. Nach ihrem ersten Entsetzensschrei gab sie keinen Ton mehr von sich, aber ihre Zähne bissen tiefer ins Fleisch, ihr Kopf zwängte sich zwischen Temudschin und ihren ohnmächtigen Sohn, ihr langes Haar wallte über sein verzerrtes Gesicht.

Temudschin war von dem Überfall überrumpelt und verspürte einen brennenden Schmerz in der Kehle. Er fühlte, wie das Blut rund um die mörderischen Zähne der Frau hervorquoll, die sich wie ein zum letzten entschlossener Vampir in ihm verkrallte. Er taumelte. Seine Arme wurden kraftlos wie Wasser. Er hörte ein leises Aufklatschen und spürte eine Last auf seinen Füßen, als Bektor niederstürzte. Jetzt wünschte er nichts weiter, als sich von diesem widerlichen Ding zu befreien, das ihn eher mit Grauen als Angst erfüllte. Sein Herz pochte in atemlosem Ekel. Er fühlte, daß ihm der Magen hochstieg. Wie in trunkenem Taumel schwenkte er den Kopf hin und her. Aber die Frau hing an seinem Hals, als hätte sich ihr ganzes Leben in ihren Zähnen konzentriert, seine Hände zerrten an ihr, schlugen sie, drückten sie, und die Luft ging ihm aus. Aber sie ließ nicht locker.

Verschwommen hörte er einen Schrei, dem andere folgten, und dann entzücktes Aufjauchzen. Schwärze senkte sich über seine Augen. Er fühlte einen brennenden Schmerz an seiner Kehle und unvorstellbaren Widerwillen und Beschämung. Dann gellten ihm die Rufe und aufgeregtes Lachen lauter in den Ohren. Halb betäubt schlug er die Augen auf.

Er lag auf dem Rücken, den Kopf beinahe im Feuer. Aber keiner sah ihn an. Die Krieger kreischten, schlugen sich gegenseitig begeistert auf die Schultern, wackelten unter dröhnendem Gelächter hin und her und betrachteten die verrückt um sich schlagende, beißende, zerrende, quietschende, zuckende Masse, die Houlun und die Frau aus Korait bildeten. Sie kollerten auf dem Boden, zerstrampelten das Feuer und ihre Füße schlugen in die Gesichter der hilflosen Krieger, denen das haltlose Gelächter die Tränen in die Augen trieb, weil die beiden Frauen sich rasch gegenseitig die Kleider vom Leibe rissen. Jetzt tauchte ein nacktes Bein im Knäuel der verschlungenen Leiber auf, dann zeigte sich eine nackte Brust, ein Schenkel und schließlich der Rumpf. Sie hatten die Hände im langen, wallenden Haar der anderen vergraben, schnappten nacheinander und stießen ein Gebrumm wie ergrimmte Bärinnen aus. Sie bissen sich in die nackten Schultern, Kehlen und Arme. Sie brüllten wie Wölfe. Houlun stemmte sich zum Knien auf und schlug und kratzte. Dann bekam die Koraitin sie zu fassen und drückte sie zu Boden. Ihre Gesichter hatten jede Menschenähnlichkeit verloren und bluteten heftig. Ihre Augen waren verquollen und schwarz. Ein Kampf, der tödlich zu werden gedroht hatte, war zur Komödie entartet.

Schießlich waren sie völlig nackt, Brust drückte sich gegen Brust und war nur zum Teil von dem wirren Haar bedeckt. Bein schlang sich um Bein, Arme wanden sich schlangengleich ineinander. Der heisere Atem pfiff in ihren Kehlen. Sie sahen aus wie Verrückte. Die Krieger wälzten sich hilflos auf dem Boden, keuchten vor Lachen und rangen wie alte Männer nach Luft. Temudschin setzte sich auf und schüttelte die roten Funken aus seinem Haar, die ihn in die Augen stachen. Bektor war vom Kampfplatz der Frauen weggezerrt worden. Als Temudschin seine Mutter in dieser Verfassung sah, nackt und blutbedeckt, ihr Gesicht bis zur Unkenntlichkeit entstellt, war er aufs tiefste beschämt und gedemütigt. Er brach in Tränen aus.

Das Johlen wurde lauter. Jesukai hatte den Schauplatz betreten und schwang eine Kamelpeitsche. Ohne Unterschied hieb er auf die sich wälzenden Frauen ein. Seine Peitsche schnitt rote, blutende Schrammen in ihr nacktes Fleisch, erfaßte flatternde Haarsträhnen und riß sie von ihrer Kopfhaut. Sie ließen einander los, rollten auseinander, versuchten, ihre Körper mit den Händen zu schützen und duckten sich. Ihre Hinterteile zuckten unter den Hieben; sie verschränkten die Arme über ihren empfindlichen Brüsten und zogen die Köpfe zwischen den Schultern ein. Der weinende Temudschin schloß die Augen.

Er fühlte, daß er fortgetragen wurde. Als er die Augen wieder öffnete, lag er in Kurelens Jurte. Der Verwachsene war völlig erschöpft vom Lachen. Jamuga aber wusch mit bleichem, angeekeltem Gesicht ernsthaft die Wunden seines Blutsbruders und wischte ihm das verkrustete Blut an der Kehle ab.

„Eine Wölfin hat dich gebissen", sagte er leise.

Temudschin begann, über die Schande seiner Mutter zu jammern. Kurelen schüttelte den Kopf und lachte aus voller Brust.

„Bedaure nichts, was Anlaß zum Gelächter gibt, Temudschin" sagte er.

Aber Jamuga heftete die Augen mit tiefem Abscheu auf ihn.

„Du irrst, Kurelen. Es gibt Zeiten, in denen Gelächter bitterer und unerträglicher ist als der Tod."

XI

Auch Bektor weinte, als er von der Schmach seiner Mutter erfuhr.

„Nie wieder werde ich den Kopf hochtragen und einem anderen in die Augen blicken können, seit ich weiß, daß meine Mutter, ein schwaches Weib, es gewesen ist, die mich vor dem Tod bewahrt hat", jammerte er.

Er weigerte sich, mit seiner Mutter zu sprechen, obwohl sie zerknirscht und von Schrammen bedeckt vor der Jurte stand, die er mit seinem Bruder Belgutei bewohnte, und demütig darauf wartete, daß er sie empfangen möge. Er konnte ihr nicht verzeihen. Einzig seinen Berater und Freund, den Schamanen, der ihn pflegte, und seinen Bruder ließ er ein. Als sein Vater Jesukai die Jurte betrat

115

und ihn ergrimmt tadelte, verbarg er beschämt das Gesicht. Selbst als Jesukai ihm wütende Fußtritte versetzte, leistete er keinerlei Widerstand. Er begriff, daß auch der Häuptling gedemütigt war und keinen anderen Ausweg wußte, sich dafür zu rächen. Jesukai tat, als sei er zutiefst darüber empört, daß seine Söhne übereinander hergefallen waren. Aber Bektor wußte, daß sein Vater nicht so erbost wäre, wenn einer seiner Söhne seinen Gegner getötet hätte. Ein Mongole fand sich mit jedem Leid ab, denn Kummer war ein Bestandteil des Daseins. Schande allerdings war unerträglich. Seine Söhne, so schrie er, wären durch den Tod zu Helden geworden. So aber waren sie die Zielscheibe des Spottes für den geringsten Hirten und Sklaven.

Bektor nahm Schimpf und Tritte demütig hin, denn er wußte, daß sein Vater die Wahrheit sprach. Von Reue überwältigt, küßte er Jesukais Füße. Besser, er wäre tot und vergessen, als lebendig und von allen verlacht, sagte er.

Jesukai hörte ihn finster an, dann sagte er: „Eines Tages muß dieser Zwist mit Blut und Tod entschieden werden. Bereite dich auf diesen Tag vor, Bektor."

Temudschin, den er ebenfalls schalt und mit Fußtritten traktierte, sagte er das gleiche. Bald flüsterte man sich im ganzen Lager zu, daß Jesukai seinen Söhnen befohlen hätte, zu seiner Ehrenrettung auf Leben oder Tod gegeneinander zu kämpfen. Aber sie mußten abwarten, bis sie für eine würdevolle Auseinandersetzung wieder genügend bei Kräften waren.

Mittlerweile versuchte der Schamane, Bektor aufzurichten. „Temudschin ist beinahe ein Jahr älter als du", sagte er seinem Liebling, den er teils aus ehrlicher Zuneigung vorzog, teils weil er selbst Temudschin haßte. „Außerdem ist er listig. Du bist bloß kräftig."

„Aber er hat ehrlich gekämpft", rief Bektor sofort aus.

Der Schamane tauschte einen verächtlichen Blick mit dem verstohlen lächelnden, liebedienernden Belgutei. Die beiden verstanden und durchschauten einander in erstaunlichem Maße.

„Wisse, Bektor, daß ein Kampf um jeden Preis gewonnen werden muß. Du hast mir schon früher gesagt, daß ein Sieg dann seinen Glanz verliert, wenn List und Betrug ihn beflecken. Das ist die Ansicht eines Narren. Ohne Rücksicht auf das Wie seines Erfolges wird der Sieger immer von seinen Anhängern und der Zeit gerechtfertigt. Einzig der Besiegte wird letzten Endes zum Schurken gestempelt."

Bektor betrachtete ihn voll Angst, Mißtrauen und Unsicherheit. Im Grunde genommen war er ein einfältiger Mensch. Dazu kam noch seine angeborene Demut und Überzeugung, daß jeder, der glattzüngig mit Worten zu jonglieren wußte, ihm überlegen sei. Er biß sich auf die verschwollene Lippe und runzelte die Stirn. Bestimmt hatte er unrecht und der Schamane recht. Trotzdem konnte er ein unbehagliches Gefühl nicht abschütteln.

„Vielleicht könnte ich ihm auflauern und ihm einen Dolch in den Rücken stoßen, wenn er nichts Böses vermutet", schlug er vor.

„Richtig", sagte der Schamane und furchte nachdenklich die Stirn. „Aber das würde dir wenig Ehre einbringen. Eine Tücke muß so geschickt getarnt sein, daß sie als Tugend erscheint. Laß mich für dich entscheiden und dich beraten, Bektor. So sehr wir die Meinung der Dummen verachten, müssen wir ihr doch Rechnung tragen."

Bektor gab ihm in seiner Beschränktheit recht, aber der Zweifel nagte unverändert an ihm.

Nachdem der Schamane Bektors Rückgrat mit einer Zaubersalbe eingerieben hatte, um die gezerrten Muskeln und Sehnen aufzulockern, und sich entfernte, begann Belgutei zu lachen. Bektor musterte ihn kurz. Dann lief sein Gesicht puterrot an, er setzte sich mit eiserner Willensanstrengung auf und schleuderte seinem Bruder ein Becken nach. Belgutei duckte sich aus der Bahn des Geschosses und lachte erst recht.

„Du nimmst alles viel zu ernst", rief er. „Es war ein ehrenvoller Kampf, bis die Frauen sich eingemischt haben. Trotzdem bin ich froh, daß sie es taten, sonst hätte ich meinen Bruder verloren."

Bektor sah ihn finsteren Blickes an, war aber von diesen liebevollen Worten zutiefst gerührt. Endlich lächelte er und sagte mit beinahe versöhnter Stimme: „Hast du mich lieber als Temudschin, Belgutei?"

Ohne auch nur einen Augenblick zu zögern, antwortete der verschlagene Jüngling: „Du bist mein Bruder. Wenn unser Vater stirbt, solltest du Khan sein und nicht Temudschin. Du mußt nur tun, was der Schamane dir rät."

„Vertraust du ihm?"

Belguteis Augen wurden groß und er versetzte mit leisem Lächeln: „Ich vertraue keinem Menschen, Bektor, nicht einmal dir. Du bist zu unverblümt, und die anderen sind zu hinterlistig. Du darfst dem Schamanen nur so weit vertrauen, als sein eigenes Interesse sich mit deinem deckt. Darüber hinaus traue niemand."

Ein Gefühl unaussprechlicher Trauer senkte sich über Bektor. Trotz seiner düsteren, drohenden Miene sah er verletzt aus. Er war ein simpler Mensch, der sich darüber entsetzte, daß andere tückisch und hinterlistig sein konnten, obwohl er sie gleichzeitig in seinem Innersten ein wenig um diese Fähigkeit beneidete.

Nachdem der Schamane Bektor verlassen hatte, ging er in Temudschins Jurte. Kurelen begrüßte ihn hocherfreut, denn die endlosen Klagen seines Neffen und Jamugas Trübsinn und Reue hatten ihn bereits zu langweilen begonnen. Dennoch faßte Kurelen den Schamanen kritisch ins Auge, denn er kannte dessen Vorliebe für Bektor.

„O Kokchu, jetzt kannst du diesem weibischen Burschen ein wenig Stärke einflößen. Er jammert wie ein Mädchen."

Der Schamane schürzte die Lippen und machte sich wortlos daran, Temudschins Verletzungen nachzusehen. „Der Biß einer Frau ist wie ein Hundebiß", bemerkte er. „Ihr Speichel ist giftig."

Kurelen zog ein schiefes Gesicht und begann zu blinzeln. Ihm gefiel der ernste Gesichtsausdruck seines alten Feindes nicht, denn er wußte, daß er geheuchelt war.

Kokchu ließ seine langen, dunklen Hände, die biegsam wie eine Schlange waren, unter leisen Beschwörungen über Temudschins Kehle gleiten. Kurelen begann zu grinsen. Jamuga, den blutigen Lappen in der Hand haltend, musterte ihn mit kalter Zurückhaltung.

Nachdem er seine Zauberformel beendet hatte, sah der Schamane Temudschin eindringlich an.

„Es tut nicht gut, wenn Verwandte streiten", sagte er. „Ich komme eben von Bektor, und er ist zutiefst beschämt über sein Verhalten. Ich sagte ihm: ‚Wisse, daß jeder Mann seinen Freund, und jeder Bruder seinen Bruder braucht, denn wir leben in einer grausamen Welt, die kein Erbarmen und keine Hoffnung für den Besiegten kennt! Versöhne dich mit deinem Bruder, Temudschin. Ein böser Tag das, an dem das Blut eines Bruders fließt."

Kurelen hatte bei dieser Moralpredigt die Augenbrauen hochgezogen. Kokchu aber würdigte weder ihn noch Jamuga eines Blickes, sondern schritt hoheitsvoll aus der Jurte, und jede Bewegung seines Körpers drückte Vorwurf und kalte Empörung aus. Kaum aber war er verschwunden, tauschte Kurelen einen Blick mit dem wutbleichen Jamuga.

„Wenn die Schlange von Bruderliebe spricht, ist es für den ehrlichen Mann an der Zeit, zu fliehen", sagte er.

Temudschin enthielt sich jeder Äußerung. Sein Gesicht war zu einer trotzigen Maske erstarrt. Dafür antwortete Jamuga bereitwillig.

„Das stimmt, Kurelen. Hätte Bektor Temudschin getötet, dann wären dem Schamanen keine wohltönenden Worte über vergossenes Bruderblut eingefallen. Kokchu ist ehrgeizig."

Kurelen nickte. „Man hüte sich vor dem Menschen, den leidenschaftliche Gier vorantreibt. Aber man bewaffne sich, wenn ein Priester die Macht anstrebt."

XII

Temudschin und seine Freunde Jamuga Sechen, Chepe Noyon und Subodai und sein Bruder Kasar ritten bei Sonnenuntergang frohlockend ins Lager ein. Temudschin liebte weiße Hengste und sein Vater hatte ihm einmal in guter Laune einen Schimmel geschenkt. Der Jüngling war unvermutet auf einen Bären gestoßen und hatte ihn mit seinem kurzen Dolch getötet, was eine unerhörte Leistung war. Dafür hatte ihn Jesukai mit dem Schimmel belohnt. Von da ab bestieg Temudschin kein anderes Pferd mehr. Jamuga Sechen hingegen zog kleine, geschmeidige, sehnige Rappen vor, die seiner eigenen Anmut entsprachen. Chepe Noyon liebte temperamentvolle Pferde, die sich in überschäumender Freude an der Bewegung aufbäumten. Er ritt eine junge, gefleckte Stute mit klugen, koketten Augen und buschigem Schweif. Subodai, den Kurelen die Quintessenz makelloser Tugend nannte, saß auf einer grauen Stute, die wie ein gespenstischer Schatten und beinahe unsichtbar durch Herden und Menschengruppen dahinzujagen verstand.

Jesukais Lager war auf den Winterweiden angelangt. Über der graugrünen Steppe lagen bei Sonnenuntergang die grauen Tropfen gefrorenen Kristalls. Hinter diesem düsteren See hoher, flüsternder Halme erhoben sich in der Ferne die violetten Berge, über die das letzte Rot der Sonne geisterte. Der Westen aber war ein See aus wildem Purpurrot, von dem sich die fünf Reiter schwarz, klar und ohne Gesichter abhoben, als sie laut rufend durch das knickende Gras preschten. Die Jagd war an diesem Tage gut gewesen. Jeder Jüngling saß auf seinem Pferd, als sei er damit verwachsen, die jungen, geraden Rücken schaukelten leise im Rhythmus des Tieres, die geraden Beine reckten sich in den Bügeln. Ihre hohen, spitzen Hüte stachen wie schwarze Dolche in den Sonnenuntergang. Sie hatten die Filzmäntel um die schmale, harte Körpermitte gegürtet und die Köcher über die Schultern geworfen. Wenngleich man an diesen Schatten auch keinerlei Züge ausnehmen konnte, erkannte Kurelen doch jeden einzelnen an seiner Silhouette vor dem flammenden Firmament. Auf dem größten Pferd und selbst vom größten Wuchs saß Temudschin in ungezähmtem, gelassenem Stolz wie ein Reiter, der den Abhang des Himmels aus einer rätselhaften anderen Welt herabgefegt kommt. Rund um ihn ritten seine Freunde, die jungen Paladine eines Königs. Ihre hocherhobenen Köpfe und die geraden Schultern strahlten barbarische Würde aus.

Kurelen dachte bei sich, daß Temudschin die Gabe hatte, Ergebenheit in guten, tapferen und wertvollen Menschen und oft sogar in Männern zu erwecken, die vornehmer waren als er selbst. Die ihn liebten, waren von lauterem Charakter und ohne Tücke, und keiner folgte ihm aus reinem Opportunismus. Das erstaunte Kurelen, denn Temudschin konnte ab und zu äußerst finster und wütend, übereilt, hart und unversöhnlich, starr und oft unerbittlich sein. In

Kleinigkeiten zeigte er sich oft höchst ungeduldig, brutal und anspruchsvoll. Und doch waren in ihm mongolische Hochherzigkeit und Furchtlosigkeit aufs höchste entwickelt, und wenn er einem Freund einmal sein Wort gegeben hatte, dann brach er es nie. Er hatte die schlichte, primitive Anständigkeit eines Mongolen. War er schlau, dann nicht in der Art Jamugas, sondern mit einer tierischen und naiven Schlauheit, die dennoch hintergründiger war als die der anderen. Mit der Zeit würde Temudschin sich zu einem weisen, grausamen und großartigen Menschen entwickeln, der mit der ursprünglichen Würde des Helden begabt war. Aber es waren durchaus nicht diese Merkmale, die ihm die Zuneigung seiner Freunde gewonnen hatten. Es war vielmehr etwas im Blick seiner grauen, gebieterischen Adleraugen, etwas in seinem erhobenen Profil, das unheimliche Stärke und zeitlose Kraft ahnen ließ. Dieser Jüngling war von einer übernatürlichen Macht dazu ausersehen, als König unter den Menschen zu wandeln. Er war ein Werkzeug der Götter, das ihrem eigenen fürchterlichen, aber großartigen Zweck diente. Und das fühlten Temudschins Freunde im Unterbewußtsein.

Er vermochte Zuneigung in Männern wie Kasar zu entfachen, die kindlich und gedankenlos wie die breite Masse der Menschheit waren. Er konnte sie in Leuten vom Schlage Jamugas auslösen, die Philosophie, Weisheit und Überlegenheit liebten. Er gewann die Neigung von Männern wie Chepe Noyon, fröhlichen Abenteurern, mutig, lachend, bereitwillig und unwiderstehlich. Das sonderbarste aber war es, daß dieser Jüngling, der sich keiner ungetrübten Tugend rühmen durfte, die leidenschaftliche Unterordnung von Menschen wie Subodai bewirken konnte, die wortkarg, nachdenklich, mutig, rein, treu und hochfahrend waren. Wahrlich, dieser Jüngling trug den Keim eines Khans der gesamten Menschheit in sich, um dessen Fahne mit dem Yakschwanz sich die verschiedensten Geister scharen würden, einschließlich jener vom Schlage Belguteis, der sich einem Sieger anschloß, um an dessen Beute teilzuhaben.

Kurelen bemerkte oft, daß sich die Menschen angesichts fleckenloser Tugend, wie jener Subodais, beschämt und befangen fühlten, von selbstloser Liebe erfaßt oder aber von grausamer

Bosheit und Haß geschüttelt wurden. Subodai hatte das Gesicht und den Körper eines jungen Gottes: schön, still und nachdenklich. Sein Lächeln war ein Schimmern, sein Blick wie ein Lichtstrahl. Seine Stimme klang leise und melodisch. Nie hatte er sich einer grausamen oder gemeinen Handlung schuldig gemacht. Und doch war keiner tapferer und furchtloser als er, keiner schneller mit dem Schwert oder anmutiger auf einem Pferd. Manchmal beschlich Kurelen der Verdacht, daß er tiefgründiger sei als Jamuga mit dem farblosen, verbitterten Mund und den tiefliegenden, eifersüchtigen Augen. Aber Subodai drückte sich so einfach aus, daß auch der Stumpfsinnigste ihn verstehen konnte. Seine Feinde geiferten heftiger gegen ihn als Temudschins Feinde, und jene, die ihm zugetan waren, liebten ihn tiefer als den jungen Sohn des Khans. Kurelen hatte ihm das Lesen beigebracht. Jamuga war während des Unterrichts sofort mit intelligenten Bemerkungen zur Hand, aber Subodai hörte stumm zu. Seine strahlenden, dunkelblauen Augen hafteten unbewegt an Kurelens Lippen und sein Gesicht schimmerte blaß wie polierte Bronze. Bis an sein Lebensende wußte niemand, was er dachte, nicht einmal Kurelen, der auf Vermutungen angewiesen war. Der Schamane haßte ihn inbrünstiger als Jamuga Sechen, der sich ab und zu von einem schlauen Wort betören ließ.

Subodai verstand mehr von Pferden als Chepe Noyon, der ihre Sprache kannte. Wenn er auf seiner schattengrauen Stute saß und ihm die Morgensonne ins Gesicht fiel, erschien er vielen wie ein schöner, majestätischer Geist, der seinem Roß die Gedanken mit einem bloßen Atemzug oder Seufzer oder Griff zu verstehen gab. Er war ein Genie, wenn es darum ging, eine schlagkräftige Kavallerie aufzustellen, und trotz seines zarten Alters hatte Jesukai ihn bereits zum Befehlshaber der jüngeren Reiter ernannt, was Chepe Noyon wortreich und humorvoll bekrittelt hatte. Aber auch der Ehrgeizigste konnte diesem ritterlichen Jüngling nicht lange gram sein, der niemand kränkte, außer eben durch seine nicht zu überbietenden Vorzüge.

Kasar war ebenso wie Jamuga Sechen eifersüchtig auf ihn, denn manchmal hatte es den Anschein, daß Temudschin Subodai mehr liebte als sie. Dann aber wieder zeigte sich Temudschin in Subodais Gegenwart gehemmt und ungeduldig und schlug einen Bogen um ihn. Das waren jene Augenblicke, stellte Kurelen fest, in denen Temudschins Vorgehen das Tageslicht nicht genug vertrug.

Schließlich war Subodai noch ein prächtiger Flötist, und wenn er die Flöte spielte, hatten viele den Eindruck, daß er kein silbernes Instrument an seine Lippen hielt, sondern es die Stimme seines Geistes selbst war, die sie hörten. Die Flöte war das Sprachrohr von Subodais Herzen, und jede Note war so ergreifend und aufrüttelnd, daß den Zuhörern schwere Tränen in die Augen stiegen.

War Subodai belustigt, dann lachte er nicht laut heraus wie die kernigen Mongolen, die das Lachen beinahe ebenso liebten wie die Jagd und die Raubzüge. Statt dessen erhellte sich sein ganzes Gesicht von den Augen bis zu den Lippen und er sah wie die verkörperte Heiterkeit und Unbeschwertheit aus.

Kurelen fand es aufschlußreich, daß die jungen Männer auf ihrem Ritt ins Lager die angemessenen Plätze rund um Temudschin eingenommen hatten, der in ihrer Mitte ritt. Rechts von ihm war sein Vetter Jamuga Sechen, links der ritterliche Subodai. Hinter ihm trabte der einfältige, treue Kasar. Der stürmische Abenteurer Chepe Noyon ritt ihnen voraus, blieb dann wieder zurück, machte spielerische Überfälle, raste herbei und kreiste sie unter lautem Brüllen ein. Immer aber zog Temudschin magnetisch und unwiderstehlich die Körper und Herzen seiner Anhänger an sich. Dieser leidenschaftliche, stürmische Jüngling mit den zornigen grauen Augen und dem gewalttätigen Profil besaß eine geheimnisvolle, namenlose Macht, der sich keiner entziehen konnte.

Die Jagdbeute war aufgeteilt und die jungen Männer befanden sich noch immer in Hochstimmung. Der Mond war mittlerweile aufgegangen und die fernen Berge ragten unter seinem Glanz schwarz wie glänzendes Ebenholz auf und ihre Kuppen waren von leuchtendem Silber übergossen. Das hohe Gras der Steppe wallte wie ein Geistermeer in durchscheinendem Grau unter dem Wind. Den endlosen Himmel erleuchtete ein milchiges Glühen und die scharfe, klare Luft hatte etwas Erregendes an sich.

Die jungen Männer galoppierten unter lautem Johlen über die Steppe, schwangen heftig die Peitschen und richteten sich in den Steigbügeln auf, daß ihre gegürteten Mäntel sich steif hinter ihnen blähten. Unter wildem Gebell rannten die Hunde hinter ihnen her und schnappten nach den Hufen der schnellen Pferde. Die alten Männer traten in die Öffnungen ihrer Jurten, sahen mit breitem Grinsen der wilden Jagd nach und ihre farblosen Augen blitzten vor Neid. Die Mädchen klatschten in die Hände und lachten und die Kinder kreischten. Die Frauen hinter den orangeroten Lagerfeuern rührten in den Töpfen um und lächelten erregt. Die Kamele stießen schrille Schreie aus und zerrten an ihren Halftern. Die anderen Pferde wieherten verrückt vor Eifersucht und bäumten sich auf. Selbst die Rinder und Schafe muhten und blökten. Als die jungen Männer endlich ins Lager zurückkehrten, waren ihre Pferde schaumbedeckt.

Temudschin und seine Freunde versammelten sich um Kurelens Feuer, das die schweigsame, ergebene Chassa betreute. Es war nicht nur ihre Liebe, die sie hierherführte. Sie wußten seit langem, daß in Kurelens Topf das schmackhafteste Fleisch und der fetteste Saft zu finden waren. Irgendwie gelang es ihm immer, einen Vorrat an türkischen und chinesischen Leckereien in seinen Silberdosen aufzubewahren. Seine Lederschläuche waren regelmäßig prallvoll mit Wein und Kumyß. Wenn die Milch im Lager knapp war, gab es bei Kurelen immer noch einen Becher voll. Hatten sich die jungen Männer bis zum Überdruß vollgestopft, konnten sie ihn meist dazu bewegen, ihnen die sonderbarsten Lieder zu singen, die ihr Blut in Wallung brachten und sie mit geheimnisvoller Sehnsucht erfüllten. Hier konnten sie lachen und witzeln und boxen und ungeniert ringen, denn sie wußten, daß ihnen hier die Freundschaft sicher war. Sie hatten längst durchschaut, daß Kurelen die Jugend liebte, so spitz auch seine Zunge war, und daß er sie aus tiefstem Herzen für ihre Schönheit, Kraft und Furchtlosigkeit bewunderte. Kurelen hielt sich keine Hunde, die er verabscheute. Temudschin hatte niemals seine Angst vor ihnen überwunden, und hierher konnte er kommen, ohne gezwungen zu sein, seine Furcht vor den Augen seiner Anhänger zu verbergen. Wenn die jungen Männer sich in Prahlereien ergingen, bedachte Kurelen sie nicht mit den zweifelnden Späßen und dem sauren Lächeln der alten Männer, die sie haßten und beneideten. Vielmehr hörte er aufmerksam zu, zog eine Augenbraue zu seinem langen, schwarzen Haar empor, und ein Lächeln, in dem sich Liebe, Interesse und Belustigung mengten, lag auf seinem langen, hageren Gesicht. Selbst wenn er giftige Worte gebrauchte, konnten sie lachen, weil sie wußten, daß der beißende Spott entweder gegen seine eigene Person gerichtet, oder sonst nicht bös gemeint war.

Temudschin aß an jenem Abend mit ungeheurem Appetit. Ein heimliches Feuer schien ihn innerlich zu verzehren. Er trank, bis Kurelen sich gezwungen sah, ihm die Schläuche mit einer anzüglichen Bemerkung fortzunehmen. Er bestand darauf, mit jedem seiner Freunde zu ringen, und selbst als er sie hintereinander zu Boden warf, war das Feuer in ihm nicht verglüht. Seine Augen glitzerten in dem Gemisch von Glut und Mondlicht. Sein Atem kam hörbar und stoßweise. Er konnte nicht länger stillsitzen, sondern stand mit gespreizten Beinen am Feuer, stemmte die Hände in die Hüften und riß den Mund in keuchendem Gelächter auf. Trotz der kalten Luft hatte er seinen Mantel und sein wollenes Gewand geöffnet und seine bronzefarbene Brust war feucht und glitzerte von heißem Schweiß.

„Sing uns was!" rief er seinem Onkel zu und fachte das Feuer zu züngelnden Flammen an.

Also sang Kurelen, und alle Menschen an den umliegenden Feuern wurden still, als die überirdische Stimme kräftig und melodisch zu den Sternen aufstieg: Als erstes sang er eines von Temudschins Lieblingsliedern:

> Das Leben ist kurz und das Leben ist grimm
> und ein ewiges Auf und Ab.
> Ich sag nicht, daß ich ohne Fehler bin,
> doch ich steige als Reiter ins Grab.
> Gespornt und gestiefelt erwart ich den Tod
> und mit meinem Schwert in der Hand
> und dann heißt es von mir: er starb wie ein Gott
> und jeder hat ihn gekannt.

„Ja, ja!" brüllte Temudschin atemlos. „Ich werde im Sattel sterben! Ich werde wie ein Gott sterben! Aber nicht, ehe ich der Kaiser aller Menschen bin, der absolute Kriegsherr, der unumschränkte Herrscher!"

Seine Anhänger brüllten bei dieser bombastischen Behauptung vor Lachen. Chepe Noyon rief: „Khan über vierzigtausend Zelte! Ein wackeres Reich, das!"

Temudschin schnellte sein Bein vor und Chepe Noyon kollerte beiseite. Dann starrte Temudschin drohend seine überraschten Freunde an. Jedes Lachen war aus seinem Gesicht geschwunden, das sich in stürmischem Zorn verzerrte. Aus seinen Augen zuckten Blitze. Kurelen wollte ihn schon zurechtweisen, aber plötzlich schwieg er. Er kniff blinzelnd die Augen zusammen und biß sich nachdenklich auf die Lippe.

„Wer ist das Kamel, das jetzt zu lachen wünscht?" schrie Temudschin.

Jamuga Sechen sagte leise und angewidert: „Setz dich, Temudschin. Du hast zuviel Kumyß im Bauch."

Wutentbrannt drehte Temudschin sich ihm zu. „Man sagt, Jamuga, daß deine Leber gelb ist und dir Galle ins Blut spritzt."

Jamuga erwiderte nichts, aber sein blasses, starres Gesicht sah jählings wie sonnengebleichter Fels aus. Ruhig hob er die Augen und bohrte seinen durchdringenden Blick ins Gesicht seines Blutsbruders. Alle anderen schwiegen plötzlich still.

Temudschins Augen erwiderten Jamugas Blick, der sie nicht losließ, und dann stieg ihm die Schamröte ins Gesicht. Kurelen fand es an der Zeit einzugreifen.

„Für einen ‚absoluten Kriegsherrn' hast du die Zunge eines von Winden geplagten alten Weibes, Temudschin. Du bist so geschwollen wie eine übervolle Blase. Entferne dich still und erleichtere dich. Wir warten auf dich."

Die Jünglinge grinsten. Temudschins Atem ging stoßweise. Sein Gesicht hatte die Farbe gestauten Blutes und er sah die Umsitzenden drohend an. Aber Jamuga lächelte nicht. Er hatte den Kopf abgewendet, starrte zu den fernen Bergen hin und seine Augen waren kalt und unergründlich.

Als lösten sich die Worte gegen seinen Willen von seinen Lippen, rief Temudschin stürmisch: „Verzeih mir, Jamuga."

Ohne den Blick von den Bergen zu wenden, oder sich ihm zuzukehren, sagte Jamuga ruhig:

„Ich habe dir bereits verziehen."

Völlig niedergeschlagen setzte Temudschin sich. Er sah seine Freunde an. Chepe Noyon lachte ein bißchen. Kasar warf drohende Blicke um sich und war bereit, seinen Bruder, jetzt wo er gerügt worden war, gegen jeden Hohn zu verteidigen. Aber Subodai betrachtete ihn ernst und schweigend und sein schönes Gesicht war unbewegt. Es war dieser Blick, der Temudschins Herz am tiefsten traf, und er schwor sich, wie er es schon tausendmal zuvor getan hatte, seine ungestüme Zunge in Zukunft besser im Zaum zu halten, weil sie sonst seine Freunde wie ein Schwert verletzte. Er beschloß, Jamuga schon morgen seinen kostbarsten Besitz zu schenken, einen silbernen Dolch, dessen silberner Griff von Türkisen übersät war. Dann überlegte er bedrückt, daß Jamuga sich nicht so leicht besänftigen und versöhnen ließ. Es würde mehrere Tage dauern, ehe das Vertrauen zwischen ihnen wiederhergestellt war. Bis dahin würde Temudschin unsagbar leiden. In solchen Zeiten erst erkannte er, wie sehr er Jamuga liebte. Er war sich selbst zuwider.

Subodai hatte Kurelen um sein eigenes Lieblingslied gebeten, und jetzt erhob sich Kurelens Stimme neuerlich voll Leidenschaft und Schwermut, und wieder lauschten die Menschen an den Lagerfeuern rund umher, und selbst die Herden vor den Jurten verhielten sich still:

Und es trat ein schimmernder Engel hervor
im silbernen Lichterschein.
In mondzarten Händen hielt er empor
zwei Pokale mit perlendem Wein.

„Du mußt dich entscheiden", so sagt er zu mir,
und seine Stimme klang süß wie im Traum,
„für einen der Becher. Und er gehört dir
bis ans Ende von Zeit und Raum.

In der funkelnden Schale in meiner Hand
wartet ewige Freude dein
und Liebe und Leben in kristallklarem Land
wird dir beschieden sein.

In glückhaftem Schweben deine Tage vergehn
wenn rundum die Erde bebt, ·
Verderben und Tod über die Menschen wehn
und düster die Sonn' sich erhebt.

Doch wählst du den bleichen Becher hier,
erwartet dich Friede und Ruh.
Kein Schmerz kann dich treffen
und Vergessenheit deckt deine Augen zu.

Fremd sind hier Freude und Lebensglück
und der süße Pulsschlag des Ruhms.
Das gebrochene Auge kennt kein Zurück,
kein Sehnen des menschlichen Tuns."

Verstört hob ich den Blick zu diesem
Engel mit der Schicksalsfrage.
„Ich will", sagt' ich, „getrost genießen
Erlösung von der ird'schen Plage."

Einzig seine süße Stimme fesselte die Zuhörer, denn bis auf
Jamuga, Subodai und Temudschin verstand ihn keiner, und selbst
diese drei nahmen seine Worte mit verschiedenen Gefühlen auf. Subodais schönes Gesicht wurde trauriger und ernster. Über Jamugas Augen flutete leise Rastlosigkeit gleich dem Schatten plätschernden Wassers. Temudschins Gesicht aber verdunkelte und verhärtete sich wie unter geheimer Verachtung. Er sagte: „Das ist ein
Lied für alte Männer."

Er stand auf und sah mit unvermittelt wild und dunkel gewordenen Augen um sich. Und dann hob er den Kopf und starrte in
den Himmel. Das Feuer erhellte seine untere Gesichtshälfte mit
rotem Glühen. Über diesem Widerschein jedoch lagen seine Augen
im Schatten und wurden eben deshalb besonders zwingend.

Niemand sah, daß Bektor leise vorbeiging. Keiner sah, daß er
stehenblieb und sich sein Gesicht in schwarzer Bitterkeit und
düsterem Haß verdunkelte.

XIII

Jesukai berief seinen Sohn Temudschin zu sich. Er saß in seiner Jurte. Neben ihm saßen der Schamane und zwei alte Männer. Temudschin stand ungeduldig vor seinem Vater, während Jesukai ihn gründlich von Kopf bis Fuß musterte.

„Du bist alt genug, um dich zu vermählen, mein Sohn", sagte er endlich. „Ich beabsichtige, dich zu den Zelten der Olnohods zu schicken, wo sie schöne Mädchen mit gutem Hochzeitsgut haben. Mach dich bereit, denn, wie du weißt, wirst du bei den Eltern deiner Braut bleiben. Du magst zwei Freunde mit dir nehmen, die dir eine Zeitlang Gesellschaft leisten und dich trösten werden, damit dich nicht das Heimweh packt."

Sein gerunzeltes, braunes Gesicht wurde weich, als er seinen Sohn betrachtete. Sicher konnte sich kein Mann eines hübscheren rühmen. Aber Temudschin grollte vor Unbehagen.

„Muß ich gleich ziehen, mein Vater?"

„Auf der Stelle. Beeile dich, Temudschin. Unsere Pferde sind bereits gesattelt."

Temudschin begab sich in die Jurte seiner Mutter. Als praktische Frau wollte sie keine Klagen von ihm hören. „Du bist alt genug, um dich zu vermählen", sagte sie und wiederholte damit Jesukais Worte. „Dann aber wirst du ins Lager deines Vaters zurückkehren, und wenn er gestorben ist, wirst du der Khan sein."

Sie gab ihm eine kleine Silberdose mit duftender Salbe für seine Braut. Ihre grauen Augen blickten ihn zärtlich an und sie sagte lächelnd: „Du sollst mir viele Enkel bescheren, mein Kind." In flüchtiger Umarmung legte sie ihre langen Handflächen gegen seine Wangen. Sie war stolz und glücklich, daß er so schön und groß war. „Kein Mensch lebt für sich allein. Zur vorbestimmten Stunde muß er das Schwert der Pflicht aufnehmen. Wer davor zurückschreckt, muß sterben. Das war immer so."

Kurelen lauschte mit philosophischem Gleichmut Temudschins wütendem Protest. Mit neckender Gebärde bohrte der Verwachsene den Finger in die Brust seines Gegenübers. „Wie! Bist du kein Mann? Wenn nicht, dann kehre zu deinem Vater zurück und flehe ihn um Aufschub an."

Temudschin wurde rot vor Zorn. Er sah in Kurelens grinsendes Gesicht, und zum ersten Male im Leben empfand er den Wunsch, es zu schlagen. Während er diese Regung niederkämpfte, öffnete Kurelen unter unverändertem Gelächter eine seiner Truhen und entnahm ihr zwei breite, kunstvoll geschmiedete Silberketten, die so fein wie Spinnweben waren. Das Muster zeigte einen blühenden Weinstock, und die Blätter waren aus Türkisen und dunkelroten Steinen. Kurelen ließ sie liebevoll an seinen Fingern baumeln und vergaß seinen kurzfristigen Ärger. Temudschin hockte sich nieder und bewunderte den Schmuck.

„Ah!" sagte Kurelen leise und ließ die Ketten von seinen Fingern in Temudschins offene Hand gleiten. Bedauernd verengten sich seine Augen, aber er lächelte. Dann steckte er die Hand nochmals in die Truhe und holte eine breite, schwere passende Halskette heraus. Temudschin konnte einen Freudenschrei nicht unterdrücken, als die Kette klingelnd an seinen Fingern baumelte.

„Mag sie schön genug sein, um diesem Geschmeide Glanz zu verleihen", sagte Kurelen. „Und möge ihre Tugend ebenso wertvoll sein. Man sagt, daß die Frau, die diesen Schmuck trägt, sich nie über einen Mangel an Söhnen zu beklagen hat."

Während Temudschin sich die Ketten über die Finger schob, um ihre Wirkung auszukosten, fuhr Kurelen fort: „Möge dein Weib dich mehr lieben als alles andere. Unser Volk verachtet die Liebe der Frauen als wertlose Beigabe. Wir verlangen nicht mehr, als daß sie sich in unseren Betten angenehm machen und uns viele Kinder schenken. Aber wir sind eben Barbaren. Wisse, Temudschin, daß in Wahrheit nichts kostbarer ist als die Liebe der Frau, die wir begehren, und daß diese Liebe Wasser in einer Wüste, ein Pferd in einer Feindesschar, ein Schwert im Kampfe und ein warmer Herd ist. Sie ist Festung und Zuflucht. Wer eine solche Frau besitzt, darf sich eines unbezahlbaren Schatzes und des Himmels auf Erden rühmen."

Temudschin war überrascht. Er blickte auf und erwartete, ein spöttisches Lächeln im Gesicht seines Onkels zu entdecken. Kurelens Miene war jedoch schwermütig und müde.

„Hast du jemals geliebt, Kurelen?" fragte er erstaunt. Er sah sich um. Chassa saß in der Nähe und verflocht Pferdehaare zu einer Schnur. Sie beantwortete Temudschins Blick mit sonderbarem Lächeln und senkte den Kopf.

„Ja", erwiderte Kurelen träumerisch. Sein Gesicht war süß und ausdruckslos wie frisch gemolkene Milch. „Aber jetzt geh. Dein Vater ruft dich."

Nachdem Temudschin sich entfernt hatte, verharrte Kurelen lange Zeit in tiefem Schweigen. Die Hände hingen ihm schlaff zwischen den Knien herab. Endlich blickte er auf und bemerkte, daß Chassa ihn mit kummervoller Sehnsucht betrachtete. Er griff nach ihrer Hand und ihr Gesicht übergoß sich mit tiefer Röte.

„Ich hätte dir schon längst einen starken Mann geben sollen Chassa", sagte er sanft.

Sie brach in Tränen aus und legte ihren Kopf an seine Knie. „Nein, Herr!" In hingebungsvoller Demut und Trauer küßte sie seine Füße.

Er legte ihr die Hand sachte auf den Kopf und seine Augen glänzten dankbar und erstaunt. Man darf die Liebe nie verachten, dachte er beinahe demütig, selbst wenn sie sich in einem armen Geschöpf wie diesem hier oder selbst in einem Hund offenbart. Sie ist wie unendlich köstlicher Wein, der in einem irdenen Becher nicht weniger berauscht als in einem goldenen.

Temudschin wählte Subodai, Chepe Noyon und Jamuga Sechen aus, ihn und seinen Vater ins Lager seiner Braut zu begleiten. Nachdem er seine erste Bestürzung überwunden hatte, erfaßten den Jüngling die Vorfreude und der Rausch des Abenteuers. Selbst Jamuga lachte häufiger als sonst. Temudschin neckte ihn, weil er nicht versprochen war, und Jamuga schwor, daß er noch vor ihm verheiratet sein würde. Aber Subodai lächelte nur, beschleunigte sein Tempo und blickte starr geradeaus.

Sie ritten der sinkenden Sonne entgegen und hatten sich die Kapuzen über die Köpfe gezogen, weil die Luft rasch abkühlte. Die fruchtbaren Wiesen lagen bereits weit hinter ihnen und sie überquerten nun langsam den unebenen Wüstenboden, den der blutrote Schein der sterbenden Sonne überflutete. Schwarz wie Ebenholz ragten riesige Felsblöcke hoch, in denen der Porphyr funkelte. Zwei große, glatte Steinsäulen standen wie das zerstörte Tor eines Tempels vor ihnen. In der Ferne zeichneten sich zerklüftete Wände mit schroffen oder abgeplatteten Kuppen schwarz vor dem verzehrenden Himmel ab. In dieser gebieterischen Welt des roten Feuers, der schwarzen Felsblöcke, der hellrot glühenden Erde und der drückenden Einsamkeit begegnete den Mongolen nicht ein Lebewesen. Scheu erfaßte sie und ihre Augen tasteten entsetzt den endlosen, flammenden Himmel und die unendliche, tote Erde ab, denen ein übernatürliches Höllenlicht und das ungebrochene Schweigen des Todes anhafteten. Ihre Unruhe übertrug sich auf ihre Pferde, die scheuten, wenn ihre Hufe klirrend gegen einen kleineren Fels stießen und ihn zerschmetterten. In dem Weiß ihrer verschreckt rollenden Augen spiegelte sich der rote Abglanz wider.

Und als sie dann auf einer flachen Bodenwelle anlangten, bot sich ihnen zur Linken ein unirdisches Bild. Ein weiter, nebelhafter See voll blauer und violetter Schatten lag in einer Talsenke und an seinen verschwommenen Ufern reckten sich vereinzelte dunkelrote Steinpyramiden empor. Kühl und verloren lag der See da. Das feurige Licht des roten Himmels erreichte ihn nicht, seine Umrisse waren unklar und blaß und sein Wasser so unbewegt wie verschattetes Glas. Der Anblick dieses einsamen, reglosen Wassers, das im lodernden Zwielicht wie ein Traum aussah, hatte etwas Erschreckendes. Unbewegt und doch gleitend, war es einmal zum Greifen nahe und dann wieder an die hundert Meilen entfernt und die verschwommenen Türkis- und Amethystfärbungen vertieften sich und verbleichten abwechselnd. Die Ufer verschmolzen mit der roten, kahlen Wüste.

Beim Anblick dieses Sees stieß Temudschin einen bestürzten Schrei aus. Jamuga murmelte. Subodai saß auf seinem Pferd und ließ schweigend seinen Blick verweilen. Jesukai jedoch betrachtete das Wasser ohne jede Gefühlsregung.

„Das kann nicht sein!" rief Temudschin aus. Er schöpfte tief Atem, aber die scharfe, trockene Luft trug keinen frischen Wasserduft mit sich.

Jesukai nickte. „In Wahrheit ist es auch nicht", sagte er. „Es ist nichts als eine Spiegelung in der Wüste, ein Traum. Aber es erscheint bei jedem grellen Sonnenuntergang unwandelbar an dieser Stelle und die Menschen haben dieser Fata Morgana den Namen ‚See der

Verdammten' gegeben, weil viele ihr Leben in dem Versuch ließen, sich dem Wasser zu nähern. Untertags, wenn die Sonne hoch am Himmel steht, ist dort nichts als eine weißliche Fläche mit vereinzelten grünen Steinen. Die alten Weisen behaupten, daß dereinst, vor unendlich langer Zeit, dort wahrhaftig ein See inmitten fruchtbaren Landes gelegen hat, das vom Lärm vieler Städte und dem Kommen und Gehen einer zahlreichen Bevölkerung erfüllt war. Jetzt aber ist es nur das Gespenst eines Sees, eine verderbliche Täuschung, die Menschen in den Tod führt."

Die Jünglinge versanken in tiefes Schweigen, als sie den See betrachteten, der vor ihren Augen immer mehr das Aussehen eines unirdischen Traumes annahm. Unklares Entsetzen überfiel sie. Temudschin verspürte den unbezwinglichen Wunsch, zum See hinabzureiten. Dieser Wunsch bohrte sich wie eine Zwangsvorstellung in seine Seele. Er sah zu den niedrigen, purpurroten Steinpyramiden hin, die am Ufer verstreut lagen. Eine hatte die Form eines Tempels, dessen zerborstene Säulen deutlich erkennbar waren. Temudschin schüttelte den Kopf. Sein Herz klopfte wie verrückt, und in der totenähnlichen Stille vermochte er sein Pochen zu hören.

Plötzlich schrie der zurückhaltende Jamuga mit lauter, angsterfüllter Stimme auf: „Reiten wir weiter!" Und ohne eine Antwort abzuwarten, gab er seinem Pferd so grausam die Sporen, daß es sich hoch aufbäumte und dann mit einem Satz davonschoß. Temudschin und Jesukai begannen zu lachen und folgten Jamuga nach. Sie waren noch nicht weit gekommen, als sie Subodai vermißten. Sie entdeckten ihn, wie er reglos wie eine schwarze Statue auf seinem Pferd saß, sich dunkel von dem roten Himmel abzeichnete und zum See starrte. Sie riefen ihm zu. Erst nach mehrmaligen Rufen schien er sie zu hören und folgte ihnen in träumerischer Gangart. Als er sie einholte, hatte sein Gesicht etwas von dem unheimlichen und unwirklichen Zug des verfluchten Sees angenommen.

Der flammende Himmel verglühte rasch und wurde bleich, und beinahe im Handumdrehen war die Nacht über die Wüste hereingebrochen. Sie schlugen ein Lager auf, sobald die letzten Sonnenstrahlen verschwunden waren.

In jener Nacht hatte Temudschin, der neben dem Lagerfeuer in

Pelze und Filze eingehüllt war, einen abnormen Traum. Er träumte, daß er und Jamuga am Ufer des Sees der Verdammten auf ihren Pferden saßen. Der See übte eine unheimliche Anziehungskraft auf sie aus, daß er nicht den Blick davon lassen konnte. Er fühlte eine unbändige Freude in sich und spürte, wie ihm der heiße Schweiß über Gesicht und Rücken troff. Als er jedoch zu Jamuga sah, war ihm, als blickte er auf ein totes, gequältes Antlitz. Jamugas Augen hatten sich geweitet und die Seelenpein leuchtete aus ihnen. Er wies auf den See. Seine Lippen bewegten sich, und obwohl Temudschin keinen Laut vernahm, wußte er, daß Jamuga ihn todernst und in tiefer Angst warnte.

Und als dann Temudschin ihn verwirrt ansah, schlug Jamuga seinen Mantel auf und entblößte seine Brust. Sie trug eine blutende Wunde, die grauenhaft anzusehen war, und in ihrer schwammigen Tiefe konnte er Jamugas Herz ausnehmen, das sterbend klopfte und das Blut in einem dicken, roten Schwall verströmte.

XIV

Am nächsten Tage aber waren See und Traum vergessen, denn der Boden der Wüste lag wie geborstenes Goldblech unter der Sonne, und die schroffen Felsen, Bergketten, Tempel und Säulen schimmerten wie zarte Jade vor dem Perlenglanz des Himmels. Der kräftige, scharfe Wind fegte in pausenlosen Wellen über das Geröll, das aussah wie Bruchstücke glänzenden Messings. Die jungen Männer preschten Jesukai brüllend voran, kehrten im Bogen zurück, schnalzten mit den Peitschen, gaben ihren Pferden die Sporen, setzten über Felsblöcke und tummelten sich unter lauten Rufen, die von den Felswänden zurückgeworfen wurden.

Zu Mittag war es so heiß, daß sie unter einer gebleichten Felsmauer Schutz suchen mußten, die wie das riesige Rückgrat eines vorsintflutlichen Ungeheuers aussah. Jetzt spannte sich der Himmel wie eine pulsierende, blaue Flamme, vor der die zerklüfteten fernen Berge einen feurigen Bronzeton angenommen hatten, und der Boden der Wüste hatte die Farbe eines zerschlagenen Topas.

Ihr Rastplatz war ein kleines, kesselförmiges Tal, in dem vereinzelte trockene, jadegrüne Grasbüschel wuchsen. Grellweiß schimmerte das unbarmherzige Licht, daß die Augen unter dem unerträglichen Funkeln tränten. Die Pferde ließen keuchend die Köpfe hängen und die Mongolen zogen ihre Umhänge so dicht über sich, daß einzig die Augen frei blieben. Von der Hitze betäubt, betrachtete Temudschin träge Skorpione und Eidechsen, die vom Schutz eines kleinen Steins zum anderen krochen und ihre scharfen schwarzen Schatten hinter sich herzogen. Sonst regte sich nichts in dieser gleißenden, starren Welt aus Fels, Sonne und Wüste.

Plötzlich tauchte in dem unbarmherzigen Inferno die winzige Gestalt eines Reiters auf. Sie war nicht mehr als eine schwarze Fliege in dem Geflimmer, die vorsichtig über den gelben Boden dahinkroch. Jesukai und die Jünglinge tasteten wachsam nach ihren Dolchen und Köchern. Die Pferde hoben die Köpfe und wieherten. Die Männer lehnten sich mit dem Rücken an die abbröckelnden, cremefarbenen Rippen der Felsmauer und warteten. Temudschins Augen hatten in der Sonne die Farbe brennender Smaragde angenommen.

Es dauerte lange Zeit, bis der Reiter sich ihnen näherte, denn in der Wüste täuschen die Entfernungen. Die Schatten waren länger geworden, als er schließlich in den Talkessel herabritt. Als er die Wartenden erblickte, zügelte er sein Pferd und musterte sie kritisch. Er war ein betagter Mann, vertrocknet und braun, mit dem schlauen Gesicht eines alten Äffchens. Unter den herabhängenden Enden seiner Kapuze starrte er die Männer lebhaft und verschlagen an. Über sein faltiges Gesicht rann der Schweiß in kleinen Bächlein. Er lächelte.

„Ich grüße euch, Brüder", sagte er höflich, sah von einem zum anderen und heftete schließlich den Blick auf Temudschin. Dann ergänzte er: „Ich bin Dai Sechen."

Jesukai und die Jünglinge erhoben sich und antworteten dem Alten ebenso höflich. „Ich", sagte Jesukai, „bin Khan der Jakka-Mongolen. Dies ist mein Sohn Temudschin, dem ich aus dem Clan Olhonod, der Familie seiner Mutter, eine Braut beschaffen will. Und das ist Subodai, vom Rentiervolk, dessen Vater jetzt zu meinem Stamm gehört. Und hier ist Chepe Noyon, dessen Vater einer feindlichen Sippe angehörte, der nun aber mir dient." Er legte Chepe Noyon die Hand auf die Schulter und lächelte zärtlich. „Keiner ist tapferer als Chepe Noyon, nicht einmal sein Vater. Er hat ganz allein Gutchluck aus dem schwarzen Kathai überfallen und eine stattliche Herde weißnasiger Pferde gestohlen, die er mir als Geschenk und Zeichen der Versöhnung darbrachte. Und dies ist Jamuga, der Blutsbruder meines Sohnes."

Wenngleich Dai Sechen Jesukais Vorstellung der einzelnen Jünglinge mit höflichem Lächeln zur Kenntnis nahm, sah er doch nach wie vor Temudschin unverwandt an. Endlich sagte er:

„Dein Sohn hat Augen wie glühende grüne Steine und ein Gesicht wie der Mittagshimmel. Heute nacht habe ich eine Erscheinung gehabt. Ein weißer Habicht schwebte vom Himmel und trug die Sonne und den Mond. Strahlender als der Tag stand er vor mir und seine Augen waren die Augen Temudschins. Und als dann meine Tochter Bortei aus der Jurte trat, flog der Habicht zu ihr und setzte sich auf die Hand. Schwager, meine Sippe ist der deinen nicht feindlich gesinnt. Bringe deinen Sohn in mein Lager und laß ihn meine Tochter schauen, die schöner ist als alle anderen Jungfrauen."

Jesukai zögerte, aber Temudschin sagte eifrig: „Es kann nicht schaden, das Mädchen anzusehen, und wir könnten wenigstens über Nacht rasten."

Dai Sechen bemerkte Jesukais Zaudern und fuhr fort: „Es ist ein Omen. Die Götter haben mir deinen Sohn über den Weg gesandt. Ich verstehe mich auf Zauberkünste, denn meine Onkel waren Schamanen. Dein Sohn wird über viele Völker und viele Lager herrschen."

Der abergläubische Jesukai vermochte dieser Schmeichelei nicht zu widerstehen. Sobald die Sonne in leuchtendem Bogen im Westen versank, begleiteten sie also Dai Sechen. Sie gelangten zu einer großen, aber spärlichen Oase, in der ein Zeltlager von über zwanzigtausend Jurten aufgeschlagen war. Durch eine Schar neugieriger Frauen, Kinder und kläffender Hunde führte Dai Sechen sie zu seiner Jurte. Beim Klang des Hundegebells erbleichte Temudschin und seine Lippen begannen zu zucken. Subodai, der niemals über die Furcht seines Freundes lachte, ritt schützend an seiner Seite und vertrieb die Köter mit seiner Peitsche, während Chepe ihn unbefangen auslachte.

Die fünf Gäste wurden von den Kriegern mit großer Herzlichkeit empfangen. In silbernen Schüsseln wurde Wasser herbeigetragen, um ihre brennenden Hände und Gesichter zu baden. Eine große Feier wurde angesetzt. Bei Einbruch der Nacht und als die Lagerfeuer hell brannten, nahm Dai Sechen Temudschin bei der Hand und führte ihn in seine Jurte, in der seine erste Frau und ihr einziges Kind, die schöne Bortei, lebten. Er rief die Frauen und sie kamen langsam in cremefarbenen Wollgewändern heraus. Um Borteis Taille wand sich eine gedrehte Silberschlange mit Augen aus roten Steinen. Über ihren Schultern lag ein prachtvoller Zobelmantel, das Verlobungsgeschenk ihres Vaters.

Temudschin befand sich in Gesellschaft seines Vaters und seiner Freunde. Als er jedoch Bortei erblickte, gab es auf der ganzen Welt niemand mehr außer sie. Er sah ein kleines Mädchen, kaum mehr als ein Kind, mit kurzer, gerader Nase und zarten Armen. So zierlicher Statur sie jedoch war, umgab sie ein Fluidum unaussprechlicher Würde. Sie trug den kleinen Kopf mit dem dichten, herabfallenden, dunklen, schimmernden Haar so stolz erhoben, als sei sie die Tochter eines Kaisers und nicht die eines armseligen Häuptlings der einsamen Steppe. Ihre großen, stillen Augen waren grau wie der Winterwind und ebenso kalt. Sie waren von dichten, seidigen Wimpern umrahmt, die ihren Schatten auf die Wange warfen. In ihrem glatten, blassen Gesicht blühte der Mund so unvermittelt wie eine rote Blume, was ihr trotz aller Unnahbarkeit ein leidenschaftliches Aussehen verlieh. Temudschin gewahrte ihre kleine, sanft gerundete Brust, die jungfräulich schwellenden Hüften unter dem hellen Gewand.

Dai Sechens Frau neigte den Kopf tief, um die Gäste zu begrüßen. Bortei jedoch sah Temudschin aufrecht und kühl in die Augen. Ihm war, als überriesle eine Flamme seinen Körper, dränge ihm ins Blut und zermalme seine Knochen. Das Herz drohte ihm die Brust zu sprengen. Es pochte so ungestüm, daß er überzeugt war, man müßte seinen Schlag an Kehle und Schläfen sehen. Die Knie wankten unter ihm. Freude und Begeisterung, Hunger, Begierde und leidenschaftliches Verlangen erfaßten ihn. Als sich die roten

Lippen des Mädchens teilten und sie ihm ein fernes und leise verächtliches Lächeln schenkte, er wäre am liebsten auf sie zugestürzt, hätte sie in seine Arme gerissen und seinen Mund wütend auf ihre Lippen gepreßt.

Dai Sechen lächelte wissend angesichts von Temudschins Gefühlsüberschwang, ergriff die Hand seiner Tochter und legte sie in Temudschins Hand. Bei der Berührung ihrer Finger meinte er, das Herz müsse ihm bersten. Er bewegte den Kopf und keuchte leise, ohne den Blick von ihrem Mund und ihrer Kehle wenden zu können.

Jesukai studierte das Mädchen kritisch, als sei es eine junge Stute, die er zu kaufen beabsichtige, und dann wandte er sich Dai Sechen zu und begann, mit ihm über die Mitgift zu feilschen. Sein Sohn war nicht der Sohn irgendeines Hirten, sondern eines Khans über vierzigtausend Zelte. Das mußte Dai Sechen verstehen. Dai Sechen nickte und kratzte sich unschlüssig. Über Temudschins Schulter hinweg sah Chepe Noyon neugierig zu Bortei hin und schnalzte in leiser Anerkennung mit den Lippen. Subodai betrachtete sie ernsthaft. Jamuga jedoch, der ewig Eifersüchtige, sah sie mit dunkler Zurückhaltung und eisiger Kälte an.

Bortei fand Gefallen an Temudschin, obwohl er wie ein riesiges Kalb dastand und ihre Hand umklammert hielt und sie mit seinen beschwörenden graugrünen Augen verschlang. Sie sagte sich, daß es ein Glück für sie sei, die Gemahlin des Erstgeborenen eines Khans zu werden, denn in ihrem Mädchenkörper wohnte ein erstaunlicher Machthunger. Sie war immer der Liebling ihres Vaters gewesen, und als ihre junge Schönheit sich nicht mehr länger übersehen ließ, hatte er ihr versprochen, sie nicht einem einfachen Untertan, sondern einem Khan, einem König mit einem großen Lager zu vermählen. Jetzt war der junge Khan gekommen, und er war hübsch und stark und kühn, trotz seines merkwürdigen und irgendwie nicht ganz geheuren Gesichts. Sie sah, daß er mutig und leidenschaftlich war und verspürte den herrischen, unbarmherzigen Zugriff seiner Hand. Wie eine dünne Flamme rieselte es ihr über Beine und Brust, und sie lächelte neuerlich und verträumt, und ihre Lippen glühten tiefrot.

Sie war von herrschsüchtiger, stolzer und eigenwilliger Natur, besaß aber gleichzeitig die weibliche Einfühlungsgabe der Frau in den Mann. Sie erkannte, daß hier jemand vor ihr stand, den sie durch die Übermacht ihres Körpers, ihrer Arme und Lippen beherrschen konnte. Sie war entschlossen, ihn ihrem Willen zu unterwerfen und er würde rennen, ihren Befehlen nachzukommen. Als sie ihm ein zweites Mal voll in die Augen sah, empfand sie einen kalten Stich im Herzen. Plötzlich war sie ihrer Überlegenheit nicht mehr so sicher, sondern verspürte sogar eine gewisse Furcht.

Um ihre Selbstbeherrschung zurückzugewinnen, sah sie von ihm fort und ihr Blick fiel auf Subodai. Erstaunen malte sich auf ihren Zügen und sie öffnete den Mund. Sie vergaß Temudschin und wußte nicht mehr, daß er noch immer ihre Hand hielt. Es war, als stürmte ein völliges Erkennen ins Fenster ihrer Augen und starrte gebannt hervor. Noch nie hatte sie einen Jüngling von so vollendeter Schönheit, diesem Stolz, dieser Sanftheit und Erhabenheit gesehen. Das Blut stieg ihr in die Wangen und ihre Lippen wurden feucht, als sei plötzlich der Tau darauf gefallen. Sie lächelte ihn höchst unmädchenhaft an und ihr Fleisch brannte, als hätte sie mit voller Absicht ihr Gewand fallen lassen und wäre nackt hervorgetreten. Die Brust schwoll ihr und ihre Schenkel wollten sich ihm wie unter Zwang nähern.

Temudschin sah nichts außer ihrer Anmut und fühlte nur sein Begehren. Chepe Noyon aber schürzte lautlos die Lippen. Subodai erwiderte, empfindungslos wie ein Bildwerk, ihren Blick mit freundlichem Ernst. Er schien sie nicht zu sehen, sondern geheimen Betrachtungen nachzuhängen.

Bortei fuhr sich mit zarter, roter Zunge über die Lippen. Ihre Nasenflügel weiteten sich. Sie sah wie die verkörperte zierliche Lust aus. Und dann, als hätte eine strenge Stimme sie zur Ordnung gerufen, mußte sie ihre Augen von Subodai abwenden und auf Jamuga heften.

In diesem Augenblick schien jedes Feuer und jede Farbe von ihr zu weichen und sie als kleine, stumpfe weibliche Form zurückzulassen. Denn als ihre Augen die Jamugas trafen, wußte sie, daß sie hier einen Todfeind hatte, der sie durchschaute und aus ganzer Seele haßte. Seine Augen hatten die Farbe harten Gesteins und seine Lippen waren wie aus Granit gemeißelt.

Selbst als er sich jäh abwandte und fortging, wanderte ihm ihr haßerfüllter Blick nach, und ihr Herz war voll Gift, als hätte eine Schlange ihr die Fänge in die Brust geschlagen.

XV

Jesukai war insgeheim mit der Braut seines Sohnes höchst einverstanden, tat aber, als fände er ihre Mitgift unzulänglich.

„Mein angelobter Bruder ist Toli, Khan der Koraiten", prahlte er. „Er wird meinen Sohn mit wertvollen Gaben überhäufen, wenn seine Braut ihm gefällt."

„Und meine Tochter stammt von nicht minder vornehmen Ahnen als du, Jesukai", rief Dai Sechen aus. „Die Grauäugigen sind genau so ihre Vorfahren wie die Temudschins." Trotzdem erweiterte er widerwillig die Aussteuer seiner Tochter.

„Wenn mein Sohn auf dem weißen Pferdefell thront, erweist ihm eine Schar verschiedener Stämme und Clans die Ehrerbietung", fuhr Jesukai triumphierend fort.

Am Abend des zweiten Tages verließ er Temudschin. Jamuga, Chepe Noyon und Subodai machten sich erbötig, ihn zu begleiten, aber er bemerkte die Wehmut seines Sohnes und drängte die Freunde, noch ein paar Tage länger zu verweilen. Er verabschiedete sich von Dai Sechen und seinem Stamm und legte Bortei segnend die Hand auf den Kopf. ‚Ein vernünftiges Mädchen', dachte er.

Und er hatte damit nicht unrecht. Obwohl Bortei sich in Subodai verliebt hatte, begriff sie, daß der aufregende Temudschin der Sohn des Khans der Jakka-Mongolen und Subodai nur sein Gefolgsmann war. Selbst wenn sie sich gegen den Brauch, ihren Vater und sämtliche Gesetze des Stammes wehren und Subodai hätte heiraten können, hätte sie es nicht getan. Gleich Houlun besaß sie Scharfsinn und Intelligenz. Sooft sie jedoch an Subodai dachte, lächelte sie vor sich hin und fuhr sich mit der Zungenspitze über die Lippen.

Sie vermied Jamuga, der niemals das Wort an sie richtete, selbst wenn sie einander begegneten. Sie dachte bei sich: du bleichgesichtiger Skorpion. Wenn ich erst als Temudschins Gemahlin in seinem Zelt eingezogen bin, wirst du nicht mehr lange sein Blutsbruder sein.

Ihr war klar, daß sie von Jamuga unversöhnliche Feindseligkeit, Mißtrauen und Haß zu erwarten hatte. Wenn sie in Temudschins Lager wie eine Königin herrschen und unbestrittenen Einfluß auf ihren Gatten haben wollte, mußte sie diesen gefährlichen Feind loswerden, der gleich einem schlaflosen Adler über Temudschin wachte. Wohin immer sie sich im Lager mit ihrem Verlobten wandte, stets sah sie diese forschenden, wachsamen Augen dunkel und verächtlich auf sich ruhen. Manchmal schüttelte sich ihr Körper vor Ekel. Und manchmal fühlte sie, wie die kalten Finger der Angst ihr die Kehle zudrückten. Sie begriff, daß keine Rache gefährlicher ist als die eines zurückhaltenden, leidenschaftslosen Menschen. Ein- oder zweimal versuchte sie, ihn mit anmutigem Lächeln für sich zu gewinnen und sah ihn aus strahlenden, bewußt koketten Augen an. Immer aber wandte er sich wortlos und verschlossen von ihr ab.

Jesukai ritt fröhlich singend vom Stamm des Dai Sechen fort. Bei Sonnenuntergang kam er am See der Verdammten vorbei und hielt kurz an, um ihn zu betrachten. Heute abend erweckte er mehr noch als sonst den Eindruck eines bösen Traums, der in der weiten Stille der Wüste schwamm. Selbst ihn, den Phantasielosen, fröstelte und er ritt rasch weiter. Ihm war, als fiele die Finsternis heute rascher als sonst ein. Längst hatte er zu singen aufgehört. Als die Sonne hinter den schwarzen, schroffen Gebirgszügen versank, blies der Wind heftiger und schärfer als sonst. So sehr er an Einsamkeit und Öde gewöhnt war, konnte er doch nicht verhindern, daß sein Herz beunruhigt schlug. Als er rund um die Felswand bog, die wie eine Wirbelsäule aussah, erblickte er ein Lagerfeuer und hätte vor Erleichterung beinahe laut aufgejauchzt.

Immer mehr Lagerfeuer flammten in dem dunkelroten Zwielicht auf und er hielt unsicher an, denn er erkannte, daß er auf ein Tatarenlager gestoßen war. Nach kurzem Überlegen und ehe die Hunde ihn noch aufgespürt hatten, faßte er sich jedoch ein Herz, denn es war ein unverbrüchliches Gesetz der Steppe, daß man selbst einem Feind Gastfreundschaft gewähren mußte, wenn er darum bat. Zwischen seinem Stamm und den Tataren bestand Todfeindschaft. Er ritt dem Lager entgegen und bemerkte, wie unendlich müde er war. Als der Häuptling vortrat, begehrte er Gastfreundschaft für eine Nacht.

Er betrachtete die finsteren, ablehnenden Gesichter, die sich um sein Pferd scharten, und hielt den Kopf furchtlos erhoben. Nach einem Augenblick drückenden Schweigens lud der Häuptling Jesukai ein, sein Gast zu sein.

Sie füllten ihm seinen Teller immer wieder nach und gaben ihm reichlich Wein zu trinken. Mit finsterem Lächeln hörte der Häuptling seinen Bericht über die Verlobung seines Sohnes Temudschin mit Bortei an, und wechselte vielsagende Blicke mit seinen Kriegern, als Jesukai hemmunglos zu prahlen begann. Jesukai hatte seinen Mut wiedergefunden. Er wurde höchst leutselig zu dem Häuptling, der tat, als sei er tief beeindruckt.

Beim Morgengrauen brach er auf. Er fühlte sich nicht besonders gut, was er darauf zurückführte, daß er am Vorabend zu viel gegessen und getrunken hatte. Er ritt fort, ohne den heimlichen Spott im Lächeln und in den Abschiedsgrüßen seiner Gastgeber zu bemerken. Aber als er zurücksah, um ihnen zuzuwinken, standen sie bloß still und blickten ihm nach, ohne seinen Gruß zu erwidern.

Die Sonne stand hoch und heiß am Himmel, und mit einemmal begriff Jesukai, daß er todkrank war. Eiskalter Schweiß troff über seine Wangen. Sein Leib wurde von wütenden Krämpfen zerrissen. Er beugte sich über sein Pferd und erbrach. Die feurige Wüste drehte sich in Kreisen um ihn und im purpurroten Himmel tanzten viele Sonnen.

Sie haben mich vergiftet, dachte er ergeben. Er schlang sein Lasso eng um seine Mitte und band sich an seinem Pferd fest. Dann ließ er den Kopf auf den Hals seines Pferdes sinken und überließ sich seinen Schmerzen. Blut begann aus seinem Mund zu tropfen. Schließlich verlor er das Bewußtsein.

Als er die Augen wieder aufschlug, sah er, daß er in seinem Lager war und man ihn auf sein Bett gelegt hatte. Er sah die tieftraurigen Gesichter seines Volkes und Houluns graue Augen. Der Schamane murmelte seine Zaubersprüche. Unfähig, die Qualen länger zu ertragen, biß Jesukai sich fest auf die Unterlippe und brüllte dann nach seinem Sohn Temudschin.

Kurelen kam zu ihm und kniete neben seinem Bett nieder. Ehrliche Sorge war dem Verwachsenen ins Gesicht geschrieben. Jesukai lächelte ihm schwach zu.

„Steh du meinem Sohn mit deinem Rat bei, Kurelen. Du bist ein weiser Mann, auch wenn du ab und zu verrückt bist."

Er schloß die Augen. Man hatte Kasar schon als Boten zu Temudschin geschickt.

Aber als Temudschin eintraf, war sein Vater bereits tot.

XVI

„Loyalität?" Kurelen zuckte die Achseln und musterte seinen Neffen voll spöttischen Bedauerns. „Es gibt nur einen einzigen Weg, dir die unverbrüchliche Loyalität deiner Anhänger zu sichern: es muß ihnen selbst zum Vorteil gereichen, dir treu zu sein."

„Das ist nicht gerecht", sagte Jamuga erbittert.

Chepe Noyon lachte leise, beobachtete Temudschin jedoch mit Augen, die wie harte Schmucksteine schimmerten. „Was mich betrifft, Temudschin, wisse, daß dir mein Leben gehört, wenn es sein muß."

Kasar war so gerührt, daß er ein Gesicht wie ein grimmiger Bär schnitt, um die Tränen in seinen Augen zu verbergen. Er konnte nicht sprechen, sondern bloß mit der Faust in seinen offenen Handteller schlagen und seinen Bruder mit leidenschaftlicher Liebe betrachten.

Subodai jedoch sagte ernst: „Du kennst mich, Temudschin."

Temudschins Augen waren von den vielen Tränen um seinen Vater rot geweint, und er warf verzweifelt die Arme empor: „Aber was sind wir schließlich schon! Wer sind meine Angehörigen? Ein Krüppel, eine Frau und ihr, die ihr kaum mehr als Kinder seid!" Seine Stimme klang rauh und er sah sie in ratlosem Zorn an.

Im ersten Augenblick antwortete keiner. Mit schwermütigen

Mienen schluckten sie Temudschins richtige Feststellung. In heißem Zorn rief Temudschin aus: „Selbst der Schamane hat mich verlassen. Er steht auf Bektors Seite. Ich glaube, sie trachten mir nach dem Leben."

„Davon bin ich überzeugt", sagte Kurelen mit ruhiger Stimme. Temudschin verließ sich immer auf Kurelens Spott und Gelächter, um neuen Mut zu fassen, deshalb schnürte ihm bei Kurelens Ernst eisige Kälte das Herz ab.

„Dann werde ich hingehen und Bektor sofort töten!" rief der einfältige Kasar. Er zerrte seinen Säbel aus dem Gürtel und betastete mit vorsichtigen Fingern die Klinge.

„Das wäre Wahnsinn", versetzte Kurelen. „Kokchu würde eben ein anderes Schwert gegen dich finden. Um einen Feind zu vernichten, genügt es nicht, ihm das Schwert aus der Hand zu schlagen. Du mußt ihn selbst unschädlich machen."

Chepe Noyon zog seinen Dolch und sagte rasch entschlossen: „Ich töte den Schamanen."

Lächelnd schüttelte Kurelen den Kopf: „Nein, dieses Vergnügen behalte ich mir selbst für die Zukunft vor. Bis dahin machen mir die Gespräche mit ihm Freude. Außerdem seid ihr alle unreife Narren. Ihr könnt einem Volk den König morden; ihr könnt das Volk selbst vernichten und versklaven und seine Helden stürzen, und wenn ihr mächtig genug seid, werden sich die Menschen ergeben und verzeihen und euch sogar ihre Liebe anbieten. Aber legt Hand an ihre Priester, und sie werden sich erheben und euch vertreiben. So mächtig ist der Aberglaube. Letzten Endes fürchten die Menschen sich vor ihren Göttern, so sehr sie sich auch über sie lustig machen mögen. Man muß die Ergebenheit der Priester gewinnen, dann hat man nichts vom Volk zu fürchten. Ich schlage vor, du sicherst dir den Schamanen, Temudschin."

„Aber wie?"

„Indem du es vorteilhaft für ihn machst, dir treu zu sein."

Sie versanken in düsterem Schweigen.

Temudschins Lage war wirklich entsetzlich. Mit dunklem Gesicht und Augen, die durchscheinend grün schimmerten wie die des Wolfes in der Nacht, sah er seine Getreuen in hilfloser Wut an.

Jesukai war bereits seit zwei Tagen tot gewesen, als Temudschin daheim angelangt war. Vor seiner Ankunft hatten die führenden unzufriedenen Männer seines Clans die Lage gründlich besprochen. Danach entschlossen sich mehr als die Hälfte, die Fahne des Jakschwanzes zu verlassen und sich neue und stärkere Häuptlinge zu suchen, denen sie folgen und dienen konnten.

Schließlich, so sagten sie, hatten sie selbst Frau und Kind und Herden zu beschützen und mit Lebensmitteln und einem Schutzherrn zu versorgen: Wer blieb jetzt noch in Jesukais Lager? Eine schwache Frau und ihre Kinder, und ein Jüngling ohne jede Erfahrung. Armselige Krücken, sie zu stützen. Ein gebrochenes Schwert, sie zu beschützen. Eine zerrissene Fahne, der sie folgen sollten.

„Das kräftige Rad ist gebrochen", sagten sie. „Die Reiter haben ihre Pferde verloren. Das lebenspendende Wasser hat der Sand verschluckt. Laßt uns gehen."

Sie waren keine schlauen Menschen, aber der Schamane hatte ihnen geschickt die Worte in den Mund gelegt. Bektor, hatte er eingeflochten, war ein kräftiger und entschlossener junger Mann. Er würde sie neuen Schutzherren zuführen. Aber was war Temudschin? Ein ungestümer und labiler Mensch, der zu sinnloser Leidenschaftlichkeit und Wut neigte. Es geziemte den Menschen, treu zu sein, aber was war schließlich eine Treue, die in den Tod führte? Ein Trugbild, dem einzig Narren nachrannten. Die Aufgabe des Menschen war es, durch Vernunft seine Existenz zu sichern.

Beinahe zwei Drittel der Stammesangehörigen hatten darauf beschlossen, Temudschin abtrünnig zu werden. Noch während er in der Jurte seines Onkels die verzweifelte Lage besprach, spannte das Volk die Ochsen ein und rief die Herden und Pferde zusammen. Es war Frühling und die Reise zu den Sommerweiden hatte bereits begonnen. Rund um die Jurten Temudschins und seiner Familie lag ein nackter Ring der Fahnenflucht und des Schweigens. Sogar die Hunde hatten sie verlassen.

Die Jurtenklappe wurde zurückgeschlagen, Houlun senkte das Haupt und trat ein. Ihr beherrschtes Gesicht war unerbittlich, aber ihre grauen Augen blitzten in bitterer Kränkung. Die Kapuze ihres Pelzumhanges war auf ihre Schultern gefallen, und wenn sich auch stahlgraue Fäden durch ihr Haar zogen, hatte sie nach wie vor den stolzen Kopf einer Heldin. Sie blieb einen Augenblick stehen, sah ihre Söhne und ihren Bruder an und ihre Lippen verzogen sich verächtlich.

„Da sitzt ihr wie verprügelte Hunde, während die Gemahlin des Khans in ihrem eigenen Lager beleidigt wird! Aber der starke Stein ist zerbrochen und zurückblieb nichts als Geröll."

Sie waren von ihrem unvermittelten Auftauchen, ihrem würdevollen Zorn und ihrer kalten Unnachgiebigkeit beschämt. Dann erhob sich Kurelen, ergriff ihre Hand und preßte sie zwischen seinen Handflächen. Ihre Kälte und das unaufhörliche Zittern bestürzten ihn.

„Was meinst du damit, Houlun? Wir beratschlagen hier, was am besten geschehen soll. Wer hat dich gekränkt?"

Ihre Empörung schien sich noch zu steigern, aber Kurelen sah, daß ihr unwillige Tränen in die Augen stiegen.

„Eben hat der Schamane mir gesagt, daß ich nicht an den Opfern teilnehmen darf. Ich habe Einspruch erhoben, da sind die Frauen mit Schmähungen über mich hergefallen und haben mich aus dem Lager und von den Weiden verwiesen. ‚Du bist eine Fremde', haben sie mir voll Verachtung gesagt. ‚Unsere Männer werden dir nicht folgen, und du und deine Kinder, ihr seid Ausgestoßene unter uns. Macht, daß ihr fortkommt.' "

Wutbebend umstanden sie ihre Söhne und deren Freunde. Ihr Atem erfüllte die Jurte mit heiserem Keuchen. Kurelen senkte den Blick forschend in die Augen seiner Schwester. Dann hob er ihre rechte Hand hoch. Sie war um eine Peitsche geballt und daran hingen Haarsträhnen. Er lächelte und ließ ihre Hand sinken. „Meine Schwester, du bist ein Mann unter Weibern. Fürchte nicht, daß wir dich im Kampf allein lassen."

Ohne die anderen verließ er die Jurte. Seine Hände hatte er unter den Ärmeln verschränkt, in denen er verschiedene Dinge versteckt hatte. Das Lager befand sich in hellem Aufruhr, wie er trocken bemerkte. Brüllende Hirten jagten hinter galoppierenden Rindern her und fingen sie ein. Überall war der Aufbruch im vollen Gange. Eine lange Kette von Kamelen und Jurten, Rindern, Schafen und Pferden hob sich bereits vom Horizont ab. Lagerfeuer wurden niedergetrampelt, Kinder zusammengeholt. Wenige nahmen sich die Zeit, Kurelen anzusehen, und die es taten, spien unverhüllt und verächtlich aus und kehrten ihm den Rücken. Er aber wanderte heiteren Muts zur Jurte Kokchus, des Schamanen. Bei seinem Näherkommen standen zwei Krieger auf und rieten ihm, zu gehen. Er sah sie demütigen Blicks an und sagte mit wegwerfender Stimme:

„Ich möchte nur einen Augenblick mit dem Schamanen sprechen, um mich von ihm zu verabschieden."

„Pah!" sagte einer der Krieger und spuckte Kurelen vor die Füße. „Er wird nichts vom Verwandten einer Fremden und ihren Bettelkindern wissen wollen. Außerdem bereitet der Schamane sich für die Reise vor und kann nicht durch müßiges Geschwätz aufgehalten werden."

Kurelen sprach laut genug, daß man ihn in der Jurte vernehmen konnte. Er wußte ganz genau, daß der Schamane hinter dem Eingang stand und mit gespitzten Ohren lauschte.

„Trotzdem, wenn es euch recht ist, möchte ich gern noch ein einziges Wort mit ihm reden. Es geht um etwas unerhört Wichtiges." Er seufzte. „Allerdings werden schwerwiegende Dinge oftmals über Nebensächlichkeiten übersehen. Wenn er mich nicht empfangen will, dann eben nicht."

Er wandte sich zum Gehen. Die Eingangsklappe öffnete sich, und wie Kurelen es vorhergesehen hatte, trat der Schamane mißtrauisch, kalt und förmlich heraus. Seine Augen blitzten wie zwei Pechkohlen. Hochmütig sah er auf Kurelen hinab. „Was gibt's, Kurelen? Was willst du von mir?"

Mit verstohlenem Lächeln sah Kurelen schüchtern zu den pakkenden, eiligen Stammesangehörigen.

„Verzeih mir, Kokchu. Ich sehe, rund um dich herrscht wüstes Durcheinander. Ich will dich nicht aufhalten."

Er hob die Augen zum Schamanen und sie waren sanft und glänzend wie die arglosen Augen einer Taube. Kokchu musterte ihn forschend und dann lächelte er plötzlich, innerlich erheitert. „Komm in die Jurte", sagte er und ging selbst voraus.

Mit erstauntem Gemurmel traten die Krieger beiseite, während Kurelen die Jurte betrat. Sorgfältig befestigte er die Eingangsklappe hinter sich. Kokchu saß bereits mit gekreuzten Beinen auf dem Boden, hatte die Hände in die Ärmel geschoben und wartete schweigend.

„Es hätte wohl keinen Sinn, dir von der Treue zum Sohne Jesukais zu sprechen?" begann Kurelen.

Kokchus Lächeln vertiefte sich. „Laß uns keine Zeit mit Narrengeschwätz vergeuden, Kurelen. Wir sind vernünftige Menschen. Setz dich."

Kurelen nahm Platz. Zuvorkommend schenkte der Schamane Wein ein und reichte seinem alten Feind den Becher. Kurelen bedankte sich und nahm einen tiefen Schluck.

„Du wirst mir fehlen, Kurelen. Ab heute nacht muß ich meine Gespräche auf die Kamele beschränken."

Kurelen schüttelte bekümmert den Kopf. „Ich habe Toli, oder wie man ihn auch nennt, Ung-Khan geschrieben. Er hat Jesukai die Bruderschaft geschworen und wird dessen Sohn zu Hilfe eilen. Außerdem ist er ein Mann von Geist und großem Ruhm. Ich habe ihm erbauliche Gespräche mit dir versprochen."

Der Schamane zog in geringschätzigem Erstaunen die Brauen hoch. Er hatte die unausgesprochene Drohung wohl vernommen, tat aber, als hätte er bloß Kurelens Worte gehört.

„Sag dem Khan, wie tief ich es bedaure. Aber vielleicht werde ich ihn eines Tages treffen."

„Davon bin ich überzeugt, Kokchu."

Er hielt seinen Becher dem Schamanen hin, der ihn nachfüllte. Dabei heftete er seine verschlagenen Augen reglos auf sein Gegenüber.

„Sag dem Khan, Kurelen, daß selbst Priester leben müssen und auch die Götter den Gefallenen verachten."

„Aber wie oft machen die Götter Fehler", sagte Kurelen mit nachsichtigem Lächeln. „Heute, zum Beispiel, würden sie einen schwerwiegenden Irrtum begehen." Er zog die Hände aus seinen Ärmeln und Kokchu sah erstaunt, daß sie voll goldener und silberner juwelenbesetzter Schmuckstücke waren. Kurelen sah seinen Feind erblassen.

„Bloß eine Handvoll jener Gaben, die Ung Khan Temudschin für seine Braut geschickt hat. Es waren ihrer so viele, und er hat einen so reichen Nachschub versprochen, daß mein Neffe diese

Handvoll mir geschenkt hat. Mich schmerzt das Herz, dich ziehen zu sehen, Kokchu. Wähle dir zum Zeichen meiner Wertschätzung und als Erinnerung davon aus, was dir gefällt."

Er reckte die Hände dem Schamanen hin, der noch bleicher wurde und nicht imstande war, den Blick von dem Schmuck zu reißen.

Kurelen lachte leise. „Mit jedem einzelnen davon kannst du dir eine schöne Frau oder ein weißes Pferd oder die Schwerter von hundert Mann kaufen."

Kokchu hob den Kopf und sah ihn mit finsterem Stirnrunzeln an. „Du bist ein Lügner, Kurelen."

„Vielleicht", lachte der.

„Ung Khan ist für seinen Geiz und seine Habgier berüchtigt!" Kurelen schüttelte verzeihend den Kopf.

„Trotzdem, such dir aus, Kokchu, ich habe noch viel davon."

Sorgfältig und zögernd wählte der Schamane eine Kette, an der sich goldene Kugeln mit Türkiskugeln abwechselten. „Ein Dieb bist du obendrein", bemerkte er.

„Mag sein. Aber, wie du selbst sagst, lieben die Götter den Schlauen."

Liebevoll legte der Schamane die Halskette beiseite. Wieder faßte er Kurelen scharf ins Auge.

„Was hast du anzubieten?" fragte er beinahe verächtlich.

Kurelen seufzte erleichtert auf. „Ah, jetzt beginnen wir wie ehrliche Männer zu reden. Es stimmt, daß Ung Khan Temudschin beistehen und ihn, wenn nötig, rächen wird. Aber darum geht es nicht. Ich vertraue Temudschins Bestimmung. Du selbst hast vorhergesagt, was er werden wird", grinste er.

Der Schamane lächelte finster, sagte aber nichts, sondern wartete ab.

„Ich halte mich für einen guten Menschenkenner", fuhr Kurelen fort. „Schwöre Temudschin die Treue und du wirst ein Khan unter den Priestern sein. Verlasse ihn, und es wird dir nicht wohlergehen. Das ist weder eine Ansicht noch ein Aberglaube. Es ist eine Tatsache."

„Pah!" sagte der Schamane, aber er runzelte die Stirn und betrachtete angelegentlich seine Fingernägel.

Kurelen klimperte mit dem Geschmeide. Er wählte eine Kette aus Goldmünzen aus und warf sie mit spielerischer Gebärde auf Kokchus Knie. „Ein weiteres Zeichen meiner Wertschätzung", sagte er.

Langsam hob der Schamane die Augen. Die schwarzen Pupillen standen reglos in den glitzernd weißen Augäpfeln. Sein dunkles Gesicht lief noch dunkler an.

„Temudschin ist ein vom Schicksal Erwählter", sagte Kurelen. „Wer sich ihm anschließt, wird mit ihm zur Macht gelangen."

Kokchu lächelte und dann lachte er plötzlich laut heraus. Er legte die Münzenkette zu der Halskette aus Gold und Türkisen, neigte sich zu Kurelen, legte ihm die Hand auf die Schulter und schüttelte ihn.

„Kurelen, ich kann nicht auf die Unterhaltung mit dir verzichten! Komm mit mir."

Mit freundschaftlichem Lächeln verließen die beiden gemeinsam die Jurte. Die Krieger sahen ihnen verwundert nach. Im Osten ballten sich die Staubwolken, die von den abziehenden Stammesangehörigen aufgewirbelt wurden, zu einem goldenen Schleier. Nur eine Handvoll war noch vorhanden und die machten sich bereits daran, den anderen zu folgen. Als der Schamane, von Kurelen gefolgt, durch ihre Reihen schritt, unterbrachen sie ihre hastigen Vorbereitungen und starrten ihm nach. Er ging zur Mitte des beinahe verlassenen Geländes, auf dem das Dorf gestanden hatte, und rief mit lauter Stimme. Seine hohe, majestätische Gestalt, sein prachtvoller Kopf zeichneten sich wie die eines himmlischen Wesens vor dem flammend gelben Sonnenuntergang ab. In wenigen Augenblicken hatten sich alle, die noch von Jesukais Lager übrig waren, um ihn geschart. Nur Houlun fehlte. Sie war plötzlich verschwunden. Mürrisch und unsicher stand Bektor neben seinem Bruder Belgutei und seiner Mutter. Temudschin stand inmitten seiner Freunde. Sein Gesicht war von Wut und Verzweiflung verfinstert. Das beunruhigte Gemurmel erstarb vor dem strengen, gebieterischen Blick des Schamanen, und jeder lauschte auf das, was er ihnen zu sagen hatte.

„Wohin geht ihr?" rief der Schamane. „Wollt ihr euren Khan, den Sohn des Jesukai, im Stich lassen, ihr feigen Hunde? Wohnt keine Ergebenheit in euren Herzen, keine Treue in euren Seelen? Seid ihr wie das schwache Rad, das an einem kleinen Stein zerschellt, ein bleiernes Schwert, das sich unter dem ersten Hieb verbiegt? Habt ihr Lenden wie Männer oder einen Weiberschoß?"

Die Männer starrten ihn verdutzt und mit offenen Mündern an. Sie zwinkerten unsicher und verzogen ratlos die Gesichter. Er ließ den Blick auf jedem einzelnen Mann, jedem bronzefarbenen, faltigen Gesicht und jedem glotzenden Augenpaar ruhen. Vor seinem grimmigen Blick senkte schließlich jeder die Augen und fragte sich fassungslos, ob er den Schamanen gestern richtig verstanden hätte.

Kokchu lächelte mit ätzender Verachtung.

„Ich weiß, ihr glaubt, daß der Khan der Taijuten euch willkommen heißen wird. Ihr irrt und werdet diesen Irrtum mit dem Leben bezahlen. Denn der Khan wird sich fragen: ‚Was sind das für Abtrünnige, die ihren Führer verraten, wenn er sie braucht, und sich winselnd wie Hunde an die Füße eines anderen Häuptlings schmiegen? Solche Männer müssen sterben, denn sie sind ein Stein aus Mehl in den Mauern einer Festung, ein Schwert aus Bambus in einer Auseinandersetzung, ein Pferd mit gebrochenem Bein in einer Schlacht.'

Wisset, daß der Khan euch nicht haben will. Aber wenn ihr mir nicht glaubt, dann geht nur. Denn euer junger Khan duldet keine Verräter in seinem Volk, keine Kamelherzen, die neben ihm reiten."

Belgutei, der Temudschin ausgewichen war, da er glaubte, sein Stern sei gesunken, warf ihm jetzt einen liebevollen, ermunternden Blick zu. Bektor nagte an seiner Lippe. Temudschins Augen wurden groß vor Überraschung, und Jamuga wandte sich angewidert ab. Die anderen Stammesbrüder aber erröteten, sahen einander unsicher an und kratzten sich verlegen.

Langsam und unheilverkündend ließ der Schamane seine Augen auf dem sonnenverbrannten Gelände jenseits des Lagers ruhen. Ebenso langsam und unheilverkündend wendete er sich dann wieder seinem Volk zu. So wie ein Mann in einen Obstgarten geht und Stück um Stück die Früchte pflückt, so zog er jedes Auge auf auf sich und hielt es in seinem Bann. Tiefes Schweigen voll namenloser Furcht senkte sich herab, und die Männer starrten ins Gesicht des Schamanen, über das ein sonderbares Wetterleuchten zu zucken schien.

„Seht!" rief Kokchu mit leiser, durch Mark und Bein dringender Stimme aus. „Die Geister haben ein Omen gesandt!"

Alle folgten Kokchus Blick und ein tiefer Entsetzensschrei brach aus den Kehlen. Kurelen blinzelte angestrengt, dann spitzte er die Lippen. In seinen Augen funkelten Gelächter und Bewunderung. Anfangs war nichts als die goldenen Schwaden zu sehen gewesen, die den abziehenden mächtigen Herden, Kamelen, Pferden und Jurten folgten. Dann teilten sich diese Schwaden wie ein Vorhang, rollten beiseite und wo vorher nichts als Ödland gelegen hatte, stand in gebieterischem Schweigen ein Heer schattenhafter, riesiger Reiter. Ihre Gesichter waren schicksalsschwer und dunkel wie das Profil auf den Bergen, das Kurelen gesehen hatte, und von den aufrechten Lanzen flatterten gespenstische Wimpel. Die drückende Stille, ihr bedrohliches Warten hatten etwas Schreckliches an sich. Ihre Häupter reckten sich höher als die Gipfel der Berge. Ihre grauen, gespenstischen Pferde waren dreimal so groß als normale Tiere. Ihre Geisterfahnen blähten sich in unirdischem Wind in den Wolken. Fahle Blitze umzüngelten sie, und jeder meinte in seinem grenzenlosen Entsetzen den fernen, schaurigen Ton von Posaunen und Trommeln zu vernehmen.

Der Schamane hob die Arme und rief mit gräßlicher Stimme: „Die Geister des blauen Himmels sind Temudschin, dem Sohn des Jesukai zu Hilfe geeilt!"

Ein angstvoller Aufschrei brach aus den Zusehern. Sie fielen aufs Gesicht und bedeckten die Köpfe mit den Armen. Rinder, Kamele und Pferde, die nichts sahen, drängten und bäumten sich unruhig auf, weil sie den sauren Geruch menschlicher Furcht einatmeten. Temudschin und seine Freunde und Kurelen aber fielen nicht aufs Gesicht. Kurelen lächelte und gestand sich ein: Der Halunke hat ebensoviel Phantasie wie ich!

Langsam löste sich das Heer auf, und die Schwaden kehrten gleich goldenen Wolken zurück. Verängstigt und zitternd erhob sich einer nach den anderen, fiel neben Temudschin aufs Knie und beschwor seine Unterwürfigkeit. Über ihre gesenkten Köpfe hinweg tauschten Kokchu und Kurelen ein kaum merkliches Lächeln.

Kurelen berührte spöttisch und bewundernd seine Stirn. Kokchu erwiderte den Gruß selbstgefällig mit einer erfreuten Kopfneigung.

Letzten Endes aber war es doch nur eine Handvoll Männer, die bei Temudschin verblieb. Der junge Khan war sehr bedrückt. Nichts vermochte ihn aufzuheitern. Er ging seine Mutter suchen und kam alsbald mit dem Ruf aus ihrer Jurte gerannt: „Meine Mutter ist verschwunden! Sie ist nirgends zu finden!"

Mit einfallender Dunkelheit kehrte Houlun zurück und das Volk traute seinen Augen nicht. War die unerschrockene Frau doch unbemerkt aus dem Lager geritten und hatte, die Fahne mit den Jakschwänzen in der Hand, die abtrünnigen Stammesangehörigen verfolgt und einige mit ihren Vorhaltungen derart beschämt, daß sie zu ihrem Sohn zurückgekehrt waren, um ihm neuerlich die Treue zu schwören. Den kühnen Kopf hoch erhoben, ritt sie mit wallendem schwarzem Haar und flatternder Fahne ins Lager ein. Schüchtern trotteten die Männer inmitten ihrer Herden hinter ihr her.

Kurelen sah seine Schwester an, und diesmal lag keinerlei Spott in seinem Lächeln. Temudschin aber wurde nach einem kurzen Blick dunkelrot. Er drehte sich auf dem Absatz um und ging in seine Jurte. Bitternis gegen seine Mutter nagte an seinem Herzen. Zum zweiten Male hatte sie ihn beschämt.

XVII

„Du bist ein Narr", sagte Kurelen sanft.

Temudschin maß ihn wütend. Sein wildes Ungestüm zeigte sich in seinen fahlen Lippen und dem lebhaften Grün seiner Augen, die ihre Farbe je nach seiner Stimmung änderten.

„Meine Mutter hat mich für alle Zeiten beschämt!" rief er.

Kurelen zuckte die Achseln. „Du bist ein Narr, sage ich dir. Nur deiner Mutter verdankst du es, daß du noch Leute um dich hast und noch am Leben bist. Aber vielleicht wäre es dir lieber, hilflos zurückgelassen und ermordet zu werden? Sehnst du dich nach dem Heldentod? Pah! Ich hätte dich für klüger gehalten. Merk dir eines: Hauptsache, man überlebt. Das Wie ist Nebensache. Wichtig ist einzig, siegreich zu sein. Wodurch der Sieg errungen wurde, ist gleichgültig. Sei vernünftig. Denk an nichts anderes, als daß du nach wie vor der Khan der Jakka-Mongolen bist. Deine Aufgabe ist es jetzt, den erzielten Vorteil zu festigen und klug für die Zukunft zu planen. Denn du schwebst noch immer in der Gefahr, deinen Clan und auch dein Leben zu verlieren."

„Kurelen hat recht", sagte Jamuga gedehnt und zog die Stirn in nachdenkliche Falten. „Du kannst es dir nicht leisten, den Helden zu spielen. Deine Leute brauchen dich."

Chepe Noyon begann zu lachen. „Soll das Volk doch von den Helden der Vergangenheit singen. Mir ist es lieber, mit ihnen zu singen, als die Hauptfigur der Ballade zu sein."

Subodai hingegen sagte zu seinem Anführer: „Ich bin froh, daß du lebst, Temudschin."

Kasar jedoch, der in blinder Bewunderung jede von Temudschins Stimmungen widerspiegelte, rief aus: „Das verstehst du nicht, mein Bruder! Ihr seht alle nur die Gelegenheit und den Vorteil, aber nicht die Schande!"

Kurelen betrachtete ihn freundlich, aber mit zärtlicher Geringschätzung. „Ein Glück, daß Temudschin ein Herz wie deines an seiner Seite hat, Kasar. Aber du erweist ihm eine gute Tat, wenn du ihm keine Ratschläge gibst." Er wandte sich an den hastig atmenden Temudschin. „Setz dich. Du bist lächerlich. Laß dir etwas von mir sagen. Schließe Freundschaft mit deinem Bruder Bektor, zumindest nach außen hin. Du darfst es zur Zeit nicht wagen, dein Lager zu spalten. Schmeichle dem Schamanen und überzeuge ihn von deiner Entschlossenheit. Hat ein König den Priester neben sich, ist das mehr wert als tausend Krieger. Dann kann er mit seinem Volk tun, was er will. Und der Treue der Priester kann er gewiß sein, wenn er sie gut füttert und vor jeder Gefahr beschützt. Schenke Kokchu die schönste Frau des nächsten Raubüberfalls. Du mußt um ihn buhlen. Auch wenn er deine Beweggründe durchschaut, wird er doch geschmeichelt sein, daß du seinen Rat suchst, denn damit wiegt er sich im Gefühl seiner Macht. Schmeicheleien sind oft wirksamer als Geschenke. Eine glatte Zunge bringt Freundschaft rascher zustande als sämtliche Tugenden."

„Die Menschen sind Hohlköpfe", versetzte Temudschin verächtlich.

Kurelen nickte. „Kluge Menschen wissen das, aber sie sprechen es niemals aus. Aber diese Feinheiten wollen wir uns für später aufheben. Du und dein Volk, ihr schwebt in Gefahr. Die Verwandten deines Vaters, Targutai-Kirluk und Todoyan-Girte, die beiden Tatarenhäuptlinge, wissen, daß sie in dir einen Feind haben, solange du lebst, und daß du Weiden beanspruchst, die sie selbst gern hätten. Es ist ihnen klar, daß es ihr Vorteil wäre, dich zu töten und deine Leute in ihre eigenen Clans und Stämme aufzunehmen. Außerdem war dein Vater ein tapferer Mann und hat sie, obwohl er um so vieles kleiner und schwächer war, erfolgreich abgewehrt. Sie vermuten (ob mit Recht, kannst du selbst am besten beurteilen), daß du sein würdiger Nachfolger bist. Sie haben bereits den Großteil deines Volkes als Vasallen angenommen und hätten alle bei sich, wenn nicht deine Mutter und Kokchu eingegriffen hätten. Was beabsichtigst du zu tun?"

„Ich werde mich an Ung Khan um Hilfe wenden."

Kurelen zog die Schultern hoch. „Ung Khan. Dieser fuchsschlaue Nestorianer, der für seine Hinterlist und tückische Feigheit bekannt ist! Aber vielleicht gefällst du ihm, allerdings nur, wenn du ihn davon überzeugen kannst, daß du seinen Schutz verdienst. Die Probe wirst du zuerst bestehen müssen, dann erst wird er dir helfen."

„Laß mich Atem schöpfen", sagte Temudschin. Er trat in den dunklen Nachtwind hinaus. Im Osten zuckten die Blitze hinter den Bergen, die von Zeit zu Zeit aufleuchteten, grollte der Donner. Die Lagerfeuer waren bereits herabgebrannt. Die meisten Leute schliefen schon. Nur die Herdenwächter waren munter und manche dösten über ihren zuckenden Feuern. Das erregte Temudschins Zorn. Er hob seine Peitsche und ließ sie scharf auf die Pflichtvergessenen niedersausen, ohne ein Wort dabei zu verlieren. Stumm schlug er zu und setzte seinen Weg fort. Die aufgeschreckten Männer rieben sich Rücken und Schultern und blinzelten ihm scheu nach, wie er in wallendem Umhang durchs Lager wanderte. Am nächsten Tag sagten viele zu ihren Frauen: „Der Jüngling ist im Handumdrehen zum jungen Khan geworden. Er ist gewachsen und kam wie ein König geschritten. Seine Augen haben mich wie die eines Wolfes in der Nacht angefunkelt und ich hatte Angst vor ihm."

Trotz seiner düsteren Gedanken lernte Temudschin in dieser Nacht seine erste und bedeutsamste Lektion, nämlich, daß manche Menschen mit Worten, einige wenige mit Liebe, viele mit Geschenken, aber alle durch Androhung von Gewalt gewonnen werden können. Er lernte, daß eine kräftige Peitsche in der Hand eines Herrn wirksamer als jede Philosophie ist, und ein Fußtritt gefürchteter als sämtliche Götter. Was er noch lernen mußte, war, daß ganz wenige Menschen durch überzeugende Argumente zu gewinnen sind und eine verschwindend kleine Anzahl nichts fürchtet als das eigene Gewissen. Aber selbst als er das erkannt hatte, wußte er, daß diese Minderheit keinerlei Einfluß hatte, vorausgesetzt, der Herr verlor niemals seine Selbstsicherheit.

Er verließ das Lager und stand allein unter den Sternen. Der dunkle Wind peitschte ihm ins Gesicht, als er seinen Blick zu den Bergen schweifen ließ, die im grellen Blitz aufleuchteten. Er trommelte mit der Peitsche gegen seine Stiefel und sein Gesicht war ernst und ingrimmig. Als ein Hund sich ihm knurrend und schnüffelnd näherte, versetzte er ihm einen brutalen Hieb, daß das Tier aufheulend davonrannte. Da erhellte sich seine Miene, und er fühlte sich nicht mehr so ohnmächtig wie bisher. Er ging weiter, fand einen flachen Fels und setzte sich nieder, stützte das Kinn in die Hand und grübelte.

Seine Sorgen lichteten sich, wurden verschwommener und schließlich hoben sie sich wie eine Wolke. Allmählich fand er seine Gelassenheit wieder. Er fühlte die Kraft seines jungen Körpers, den Schlag seines Herzens. Er hob den Kopf und sah abermals zu den Sternen empor.

Eine unklare Erkenntnis gab ihm neuen Auftrieb und sein Puls belebte sich glückhaft. Wer kann mich besiegen, dachte er, wenn ich mich weigere, mich besiegen zu lassen? Kurelen würde mich auslachen, aber soll der nur seinen Haarspaltereien nachhängen. Philosophien werden von Schwächlingen erdacht. Ihr Lachen, das sich allem unterwirft, ist Balsam für die Wunden, die die Starken ihnen zufügen. Ich werde nicht lachen. Ich werde leben.

Er erhob sich und ging zur Jurte seiner Stiefbrüder Bektor und Belgutei. Die beiden schliefen, aber Temudschin trommelte gebieterisch gegen die Klappe ihrer Jurte und weckte sie. Belgutei fachte das Feuer an und betrachtete in dessen schummrigem rotem Licht Temudschin voll Liebe. Bektor aber saß auf seinem Fellager und wartete trotzig ab. Temudschin blickte mit funkelnden Augen langsam von einem zum anderen.

„Wir sind Brüder", sagte er ruhig. „Und als euer ältester Bruder und Khan fordere ich eure Treue. Wenn ich falle, fallt ihr mit. Nicht wegen unserer Blutsbande, oder weil ich euch um eure Liebe bitte, gebt mir eure Treue, sondern einzig aus Gründen der Ratsamkeit. Laßt ihr mich im Stich, töte ich euch mit meinen eigenen Händen. Steht ihr an meiner Seite, sollt ihr keinen Grund zur Klage haben."

„Ich bin kein Verräter", sagte Bektor laut und grämlich.

„Und du hast stets meine Unterstützung und Liebe gehabt", sagte Belgutei mit beschwichtigender Stimme, der er einen bewundernden Klang verlieh. Seine wissenden Augen funkelten in geheuchelter Zuneigung.

Temudschin schwieg und ließ weiterhin seinen Blick von einem zum anderen wandern. Dabei dachte er: Bektor haßt mich, aber wird mich nicht verraten. Sein Haß allerdings macht ihn zur wandelnden Versuchung für jene, die ein Werkzeug in ihm erblicken. Er ist ein leichtgläubiger Narr und ein Sklave schlauer Worte. Belgutei hingegen wird getreulich meiner Führung folgen, solange er davon überzeugt ist, daß ich letzten Endes Sieger bleiben werde. Er ist nicht so gefährlich wie Bektor und ist Phrasen gegenüber mißtrauisch, weil er sie selbst zu gebrauchen weiß, und daher ihren Unwert kennt.

In diesem Augenblick beschloß er Bektors Tod. Seine Entscheidung verursachte ihm keinerlei Skrupel. Seine Lage war zu verzweifelt und in seinem ganzen Leben sollte er niemals aus privaten oder sentimentalen Gründen zögern.

„Ich werde nie versagen", sagte er laut zu Belgutei.

Er wandte sich um und ging leichtfüßig aus der Jurte. Als nächstes suchte er seine Mutter auf. Sie öffnete ihm ihr Zelt und er trat ein. Sie sah ihm mit gewinnendem Lächeln entgegen, denn sie wußte, wie sehr er ihr zürnte. Nach dem ersten Blick schwieg sie jedoch still, denn sie hatte erkannt, daß er endlich zum Mann herangereift war. Er bückte sich und küßte sie auf die Stirn.

„Ich danke dir, meine Mutter. Du bist eine ungemein beherzte Frau. Ich werde mich stets um Rat an dich wenden. Du bist die Herrin meiner Jurte. Morgen werde ich dir meine Frau bringen und du wirst sie unterweisen, damit sie ihren Pflichten als Gemahlin und Mutter meiner Kinder gerecht wird."

Sie war tief gerührt und voll Respekt und Freude.

„Vor langer Zeit habe ich schon gewußt, daß dein Schicksal größer sein wird als das anderer Männer. Du hast einen langen und bitteren Weg zu Macht und Ansehen vor dir, aber du wirst ihn mit tapferem Herzen zurücklegen. Du brauchst niemand zu fürchten als dich selbst. Vergiß nie, daß der Mensch weniger der Sklave seiner Mitmenschen, als des Bewußtseins seiner eigenen Unzulänglichkeit ist. Du mußt daran glauben, größer zu sein als die anderen, dann wirst du es auch sein."

„Das habe ich stets geglaubt", erwiderte Temudschin mit ehrlicher Überzeugung.

Er ging zu Kokchu, der eben dabei war, einen Trank zu mischen. Er empfing Temudschin mit großem Zeremoniell, aber der Jüngling bemerkte, daß sich darunter erhebliche Belustigung und Spott verbargen. Er sah Kokchu fest ins Auge und sagte:

„Ich kenne dich als Halunken und Betrüger, Kokchu. Du siehst, daß ich ganz offen zu dir spreche, denn ich habe keine Zeit für Schmeicheleien. Du hast Bektor immer vorgezogen, weil er zum Unterschied von mir auf dich hört. Außerdem hast du in deinem Haß gegen mich davon geträumt, ihn dazu bewegen zu können, mich zu vernichten. Es ist sonderbar, daß du Männer deines Schlages bewunderst, im tiefsten Herzen jedoch haßt. Außerdem bereiten dir Verschwörungen an sich großes Vergnügen, wie das die Art der Priester ist. Aber ich sage dir jetzt, daß ich dich brauche, denn du bist ein weiser und erfahrener Mann. Diene mir redlich, und du wirst mich eines Tages zum Kha-Khan krönen. Verrate mich, und ich schlitze dir den Bauch auf. Verstehst du mich?"

Kokchu betrachtete ihn durchdringend aus zusammengekniffenen Augen. Seine Lippen verblaßten zu Bleifarbe. Er dachte bei sich:

du Sohn eines einfältigen Fuchses! Mit deiner Klugheit nehme ich es leicht auf und werde eines Tages über dich lachen. Ein Mann, der einem Priester trotzt und ihn bedroht, weiß nicht, welch gefährlichen Feind er sich damit schafft.

Dennoch erfaßte ihn sonderbare Erregung, als er Temudschin ansah. Vielleicht, dachte er, ist er doch nicht nur ein dummer, aufgeblasener Junge. Aber das werden wir sehen. Das hängt ganz davon ab, ob mein Machthunger größer ist als mein Rachedurst.

Mit dem Ausdruck väterlichen Bedauerns sagte er liebevoll:

„Deine Worte sind hart, Temudschin, aber es ist meine Aufgabe zu verzeihen und zu raten und meinem Khan die Treue zu schwören. Hoffen wir, daß wir einander besser verstehen, je länger wir unseren Weg gemeinsam gehen. Deine Drohungen erfüllen mich mit Kummer, aber ich vergesse nicht, daß du jung und unerfahren bist und trage sie dir nicht nach."

In unnachgiebigem Schweigen maßen sich ihre Blicke. Dann breitete sich langsam ein grimmiges Lächeln über Temudschins Antlitz. Er legte dem Schamanen die Hand auf die Schulter.

„Lebe so vorbildlich, wie du sprichst, Kokchu. Mehr verlange ich nicht."

Er verließ den Schamanen. Noch lange nachher stand Kokchu reglos in seinem Zelt. Vielerlei Gedanken und Gefühle huschten über sein dunkles, verschlagenes Gesicht. Schließlich brach er in Gelächter aus.

„Ich muß mir vor Augen halten, daß die Rache weniger süß ist als der Vorteil. Aber immerhin, wir werden sehen." Dann fügte er hinzu: „Ist es möglich, daß Kurelen ihm diese Worte eingegeben hat? Wenn ja, weiß ich, was ich zu tun habe. Wenn nicht, muß ich meine Pläne ändern."

Am nächsten Tag rief Temudschin all seine Leute zusammen. Hochgewachsen, grimmig, entschlossen, mit gealtertem und verhärtetem Gesicht stand er vor ihnen und sagte:

„Unsere Lage ist verzweifelt, aber ich bin darüber erhaben. Wenn ihr mich verratet, werden wir alle zugrunde gehen. Folgt mir, und uns kann nichts und niemand widerstehen. Das sind keine leeren Worte."

Da dachte Kurelen erstaunt: Er glaubt es wahrhaftig!

XVIII

Temudschin machte sich auf den Weg zu seiner Braut.

Dai Sechen hatte von der Auflösung von Temudschins Lager gehört und zögerte. Temudschin sollte besser seine Scharen wieder vereinen und erstarken, ehe er seine junge Frau zu einem verschreckten und verarmten Volk ins Lager holte. Aber als Temudschin ihn drohend ansah, versank der Alte in unsicheres Schweigen. Schließlich sagte er: „Ich habe nicht damit gerechnet, dich lebendig wiederzusehen."

Er veranstaltete ein großartiges Hochzeitsfest. Alle jungen Krieger versammelten sich. Sie waren mit ihren Schafpelzen bekleidet, trugen die abschreckend bemalten, glänzenden Brustschilde, lose, rote, bestickte Lederröcke und hatten die Lanzen und Köcher mit scharfen Pfeilen über die Schultern geworfen. Ihre wettergegerbten Gesichter waren mit einer dichten Fettschicht bedeckt, die sie vor den unbarmherzigen Stürmen der Gobi schützten. Die Frauen putzten sich mit ihren besten Wollkleidern heraus, behingen sich mit Armreifen und Halsketten und flochten sich bunte Bänder ins Haar. Die fettesten Pferde und Schafe wurden geschlachtet und bald erfüllte der schwere Geruch brodelnden Fleisches das Lager. Zum Zeichen der Freundschaft häuften die Krieger ihre Waffen vor den Eingängen ihrer Jurten auf und saßen zur Rechten der Stammesältesten. Es hob ein mächtiges Trinken an. Vor jedem frischen Becher verschütteten die Krieger Trankopfer in alle vier Windrichtungen. Die alten Sänger mit ihren einsaitigen Fiedeln sangen Heldenballaden und Hochzeitlieder, wanderten von einem Lagerfeuer zum anderen, kosteten von jedem Topf und tranken herzhaft.

Die Krieger tranken, klatschten in die Hände, brüllten und sangen. Saure Milch und Reiswein flossen wie Wasser. Bald tanzten sie unbeholfen in ihren Rentierstiefeln und schlugen mit den Händen den Takt auf ihren Lederschilden. Mit Einbruch der Nacht vertiefte sich die Ausgelassenheit. Die braungebrannten, knochigen Gesichter leuchteten im roten Feuerschein, der auf lachenden Lippen und nassen, weißen Zähnen glänzte und die plumpen Tänzer sonderbar verzerrte, daß sie wie pelzige Tiere aussahen. Jenseits des Lagers dehnten sich die dunkle Ebene und die Sterne in grenzenloser Weite.

Die Festlichkeiten dauerten drei Tage und dann wurde Bortei herbeigeführt und nahm links von ihrem Bräutigam Platz. Sie trug ein Gewand aus weißem Filz, der rot, blau, gelb und silber bestickt war, und auf ihrem Haar, in das viele Silbermünzen und runde Türkise eingeflochten waren, saß ein kegelförmiger Kopfputz aus Rinde, der mit bestickter Seide überzogen war. Bescheiden und stumm saß sie mit niedergeschlagenen Augen da, daß die Wimpern wie seidene Fransen auf ihren Wangen ruhten, und ihre Lippen waren voll, schmollend, rot und weich wie eine Mohnblüte. Auf ihren Schultern hing ein Zobelmantel und ihre Handgelenke waren mit schweren Reifen aus Silbermünzen und kleinen silbernen Figuren geschmückt.

Temudschin sah seine Braut an. Seine Nüstern wurden breit und seine Augen glühten. Auf seiner Oberlippe sammelten sich kleine Schweißtropfen und sein Atem ging rauh und stoßweise. Als sie unter dem Wimpernvorhang zu ihm emporblinzelte, ein schwaches Lächeln ihre Mundwinkel hochzog und ihre Brust sich leise hob und senkte, ballte er die Fäuste und sah drohend um sich, als wollte er jeden Betrachter zermalmen, der ihn schwach werden sah. Neben ihm saß der verträumte Subodai, um den sich alle Leidenschaft Borteis drehte, und der wie immer aufgeräumte, betrunkene Chepe Noyon und der blaßlippige, steife Jamuga mit den steinernen Augenlidern, der nichts trank und dem nichts entging. Unter dem Zwang des reglosen Blickes sah Bortei manchmal zu Jamuga hin, und ihr war, als krampfte sich ihr Herz angstvoll und haßerfüllt zusammen und sie schwor sich immer wieder, daß Jamuga vernichtet und von ihrem Mann verstoßen werden müßte. In diesen Augenblicken verlor die Farbe ihrer Lippen die Wärme und blaue Schatten legten sich um ihre Nasenflügel.

Ein alter Sänger blieb vor dem jungen Paar stehen und sang:

> Meine Liebste sitzt an meiner Seite,
> angetan mit dem Hochzeitsgewand.
> Sie wird von jetzt ab bis ins Alter mein Trost sein,
> wenn mein Bart grauer ist als die Steppe und mein Herz

langsamer als das froststarre Wasser. Sie wird mir
Söhne gebären, einen kräftiger als den anderen. Sie wird
mein Leben mit Fruchtbarkeit und Glück krönen, das
süßer ist als reiner Honig. Sie wird mein kaltes Bett
und mein kaltes Herz wärmen. Ihre Hände werden sich wie
zärtliche Glut um meinen Hals schlingen.
Sie wird meine Wunden pflegen und meine Herden hüten,
den Filz für meine Jurte schlagen und meine Kleider nähen
und mir Stiefel aus Rentierleder machen. Wohin immer ich
gehe,
wo immer ich sterbe, meine Frau wird mich begleiten. Sie ist
mein Trost, meine Zuflucht, mein Herz und meine Hoffnung.
Der Himmel segne sie, meine holde Gemahlin!

Bortei sah Subodai an, und ihr Atem flog hastig, und ihre Brust
wurde weit. Temudschin griff nach ihrer Hand, und als sie seinen
Druck fühlte, verzagte sie.

Dai Sechen jedoch hegte noch immer zwiespältige Gefühle. Als
die Feier ihren Höhepunkt erreicht hatte, rief er Temudschin in
seine Jurte. Er war kein Mensch, der unumwunden aussprach, was
er sich dachte, sondern er war schlau, listenreich und voll von
Ränken — alles Eigenschaften, die Temudschin verachtete. Nach
langem Zaudern und gedankenvollem Summen sagte der Alte, wobei er etwas vor Temudschins drohenden Augen zurückschrak:

„Ich habe von all den Mühen gehört, die dich verfolgt haben,
und den gewaltigen Taten, die du und deine Mutter begangen habt,
um deinen Sitz auf dem weißen Pferdefell zu erhalten. Mir ist zu
Ohren gekommen, wie man dich gejagt hat und wie dein Volk
sich verlief. Ich weiß, daß du Unglück und Gefahr noch nicht überwunden hast —"

Temudschin fiel ihm geringschätzig ins Wort: „Du weißt zu viel,
Dai Sechen, und du ermüdest mich mit dem Aufzählen meiner Sorgen. Du willst mir einen Vorschlag machen. Sprich, und bring es
hinter dich."

Dai Sechen kniff verlegen die Augen zusammen. „Ah!" sagte er
leise. Dann faßte er Mut und fuhr fort: „Mein Herz würde weniger um meine Tochter bangen, wenn du dich um Schutz an den Vet-

ter deines Vaters, seinen verschworenen Bruder, Ung Khan, den Häuptling der Korait-Türken, wenden wolltest. Reite hinüber zu den ummauerten Städten von Korait und verlange von Ung Khan jene Hilfe, die er dir zugeschworen hat."

Er brach unvermittelt ab, weil Temudschin ihn so wütend anstarrte. Der junge Mann stand auf und begann in der Jurte auf und ab zu laufen, als könnte er sich nicht beherrschen. Schließlich blieb er vor seinem Schwiegervater stehen und brüllte ihm zornig zu:

„Dir gebricht es an Einsicht, Dai Sechen, wenn du nicht weißt, daß man sich nicht mit leeren Händen an einen Freund wenden darf, will man nicht auf Verachtung, Zögern oder Ausreden stoßen. Komm als starker Mann mit kostbaren Geschenken angeritten, und ein Freund wird dich mit Freude empfangen und dir jede Art von Hilfe anbieten. Würde ich heute vor Ung Khan hintreten, dann dächte er bei sich: ‚Das ist ein schwacher, jammernder Jüngling, der meine Truhen leeren wird, ohne daß ich auf Rückgabe hoffen kann, und der mich durch meine Unterstützung noch in Gefahr bringt.‘ Er hätte nicht unrecht. Die Starken helfen dem Starken. Ich muß meinem Pflegevater beweisen, daß ich seiner Hilfe würdig bin, ehe ich sie erbitte oder erwarte."

Dai Sechen überlegte diese Worte und sein Gesicht verzog sich enttäuscht und trotzig. Selbst jetzt kann ich ihm noch meine Tochter verweigern, dachte er, wenn ich sage, daß sie unvermeidlich in ihren Tod oder ins Elend rennt, und daß ihr Mann ihr erst einen sicheren Platz geschaffen haben muß, ehe sie das Zelt ihres Vaters verläßt. Findet er sich nicht damit ab, dann ist er höchstens ein hilfloser Jüngling, der drei junge Männer bei sich hat, und ich kann ihn mit Leichtigkeit vom Erdboden wischen. Auch kann sein Volk ihn nicht rächen, weil es bedeutend schwächer ist als mein eigenes.

Temudschin ließ den Alten nicht aus den Augen, der mit untergeschlagenen Beinen vor ihm auf dem Boden saß. Sein Gesicht verfinsterte sich und seine Lippen wurden zu einem grausamen, schmalen Strich. Er begann ganz leise zu sprechen und es dauerte ein Weilchen, ehe Dai Sechen seine Worte vernahm:

„Wenn du einen Verrat an mir begehst, Dai Sechen, ist deine

Zukunft besiegelt. Mir wurde bei meiner Geburt vorausgesagt, daß ich der Herrscher über alle Menschen sein werde. Wie kannst du den Geistern entgegentreten, die es so bestimmt haben?"

Dai Sechen hob die Augen und studierte das harte, junge Gesicht über sich. Langsam und verschlagen begann er zu lächeln. „Du glaubst nicht an diese Prophezeiungen, Temudschin, aber du hast beschlossen, sie zu erfüllen."

Er stand auf und nahm Temudschin beim Arm. „Vielleicht bin ich ein altersschwacher Narr, aber du hast etwas Schicksalhaftes an dir. Ich blicke in dein Gesicht und sehe darin etwas Sonderbares, wie eine Bestimmung. Höre: Ich werde meiner Tochter nicht nur ihre Dienerinnen mitgeben, sondern zehn Krieger samt Jurten und Familien." Er setzte seufzend ab. „Man sagt, Ung Khans Volk sei sehr reich. Es besitzt Gold und Silber und viele Waffen und sogar das fliegende Feuer der Chinesen, und die Städte sind von unerklimmbaren Mauern umgeben. Willst du es dir nicht doch noch überlegen?"

„Nein", sagte Temudschin ruhig. „Wenn ich zu ihm gehe, dann als Verbündeter und nicht als Bittender. Ich werde die Taijuten mit meinen eigenen Händen besiegen. Verlaß dich darauf."

Dai Sechen meinte nachdenklich: „Deine Worte sind großsprecherisch wie die aller jungen Männer, aber ich glaube wahrhaftig, daß du kein Prahler bist."

Mit grimmigem Lächeln erwiderte Temudschin: „Ich bin nicht mehr jung. Nicht die Jahre bestimmen das Alter, sondern das Wissen. Ich habe viele Dinge gelernt, vor allem aber, daß ein Mann sich nicht der Vernunft bedienen darf, wenn er mächtig und unschlagbar werden will. Manchen Männern muß er Gewinne versprechen, aber diese Versprechen sind einzig seinen Paladinen vorbehalten. Seinem Volk gegenüber muß er Gewalt und Schrecken anwenden. Sein Wille muß für sie zum göttlichen Willen werden. Er darf für sie kein Mensch, sondern muß ein Gott sein, der über Leben und Tod verfügt. Er muß aus Geheimnis, Unbarmherzigkeit und Aberglauben bestehen, muß eine Krone des Schreckens tragen und ein gnadenloses Schwert in der Hand halten. Ein guter König ist ein schwacher König, den sein Volk unvermeidlich verachten muß."

Plötzlich verzerrte sich sein Gesicht wie unter einem Anfall von Abscheu und finsterem Begreifen.

„Vieles habe ich gelernt, aber ich habe auch gelernt, daß der Mensch die Seele eines Kamels hat, die einzig der Peitsche gehorcht. Ich werde meine Unversöhnlichkeit mit Großmut gegen jene mildern, die mir gute Dienste erweisen, und keiner soll jemals behaupten, daß Temudschins Wort haltlos wie Wasser ist. Deshalb wird mein Volk mich lieben, und wer soll uns widerstehen können! Was mich betrifft, werde ich so lange unbesiegbar bleiben, solange ich keinem Menschen traue." Dai Sechen lächelte verstohlen und zupfte an seinem Bart. Dann hakte er sich bei Temudschin unter und sagte: „Nun, dann haben wir beide einander verstanden. Gehen wir wieder zur Braut."

Und jetzt mußte Bortei sich mit ihren Halbschwestern und ihren Dienerinnen zurückziehen, und Temudschin mußte sie zwischen den Zelten verfolgen, als wollte er sie gewaltsam aus dem Lager ihres Vaters rauben. Er mußte mit den Frauen um sie ringen, die ihm den Weg versperrten, und sie floh von Zelt zu Zelt. Es war ein fröhliches Spiel, an dem sich alle lachend und mit dreisten Ratschlägen beteiligten. Auch singende, betrunkene Krieger verstellten Temudschin den Weg und balgten sich brüllend mit ihm. Viele von ihnen schüttelte er ab, andere stieß er mit Fußtritten von sich. Sein Blut rauschte, seine Zähne glitzerten, seine Augen brannten wie eine blaue Flamme.

Bortei hörte sein lautes Vorstoßen und rannte aus der Jurte, in der sie sich versteckt hatte, zu einem beinahe verlassenen, stillen Zelt. Als sie dort angelangt war, erhob sich im grauen Dämmerlicht ein grauer Schatten vor ihr. Sie schlug sich die Hände vor den Mund, um einen überraschten Schrei zu unterdrücken. Und dann sah sie, daß der Schatten Jamuga war.

Stumm und reglos wie Statuen standen die beiden und sahen einander an. Sekunden verstrichen und der Lärm der Suchenden kam näher. Aber weder der Jüngling noch das Mädchen sprach ein Wort. Ihre Augen hatten sich ineinandergekrallt wie Ringende. Im Osten rieselte silbriges Feuer über den Horizont und die Erde schwamm in einem milchigen Meer. Noch immer rührten sich die beiden nicht, aber als das Licht kräftiger wurde, sahen sie den Haß, der zwischen ihnen stand. Und Bortei wußte, daß Jamuga sie warnte und herausforderte und sie in ihm einen Feind hatte, der am Ende kein Erbarmen kennen würde.

Die Verfolger stürzten schreiend näher. Bortei blickte mit totenbleichem Gesicht auf den herbeieilenden Temudschin und die Männer, die sich an der Jagd beteiligten. Dann sah sie noch einmal zu Jamuga hinüber, aber er war verschwunden, als hätte der Erdboden ihn verschluckt.

Als Temudschin sie mit triumphierendem Schrei an sich preßte, lag sie schlaff und mit starrem Lächeln in seinen Armen. Aber ihr Herz raste wie ein Trommelwirbel, und eiskalte Schauer liefen ihr über den Rücken.

XIX

Mit spöttischem Mitleid beobachtete Kurelen die sieghafte Rückkehr Temudschins mit seiner Braut. Sein Gehaben drückte Überschwang und Trotz aus, eine hektische Überheblichkeit, die im ersten Augenblick wie jugendliche Prahlsucht anmutete. Nach kurzer, nachdenklicher Betrachtung stellte Kurelen jedoch erstaunt fest, daß er sich geirrt hatte. Ich werde alt, dachte er in einem Anflug von Selbstverspottung, denn ich beginne, an Zeichen zu glauben.

Er freute sich über Borteis Schönheit, aber sofort bemerkte er, wie ehrgeizig, wie hochfahrend, eitel und eigenwillig sie war. Sie machte Houlun einen kostbaren schwarzen Zobelmantel zum Geschenk, aber sie überreichte ihn mit durchsichtiger Ehrerbietung, die keinen Zweifel daran bestehen ließ, daß sie Temudschins Volk für arm und hilflos hielt und sie selbst aus einem reicheren Clan und bequemeren Leben kam. Die Weiden ihres Vaters waren sichergestellt und üppig gewesen. Die anderen Häuptlinge machten nicht Jagd auf ihn, sondern respektierten ihn. Sie hatte bereits die unerfreuliche Geschichte von Temudschins kürzlicher Flucht vor den Mordabsichten des Targoutai gehört, der verkündet hatte, daß er nun der Beherrscher der nördlichen Weiden der Gobi sei. Temudschin hatte ihr wütend und beschämt davon erzählt. Aber selbst seine Erklärung, daß er für kurze Zeit fliehen mußte, weil er nicht imstande war, sich zu wehren und die Weiden seines Volkes zu erhalten, hatte in ihren Augen die Schande nicht gemildert. Ein Mann, der fliehen mußte, war für sie ein armseliges Geschöpf. Dennoch bedauerte sie ihre Heirat nicht. Temudschin war nach wie vor ein Khan, wenn auch der Khan einer erbärmlichen Handvoll von Leuten, und sie war ein sehr energisches Mädchen. Sie glaubte an ihn, wenn sie ihn auch eher fürchtete als liebte. Sie war vom ersten Augenblick an davon überzeugt gewesen, daß er eines Tages ein Kha-Khan sein würde und hatte sich bereits in Gedanken die nötigen Schritte zur Erreichung dieses Zieles zurechtgelegt. Voll Eitelkeit dachte sie daran, wie oft ihr Vater bedauert hatte, daß sie kein Mann war, denn ihr Verstand war hervorragend. Sie mußte ihn nur völlig unter ihren Einfluß bringen, um ihn richtig lenken zu können. Zu diesem Zweck mußte sie Jamuga loswerden, den sie im Verdacht hatte, weder skrupellos noch anspruchsvoll zu sein. Zu ihrer Bestürzung sah sie, daß Jamuga nicht ihr einziges Hindernis war. Sie hatte auch mit Houlun und Kurelen zu rechnen.

Böses ahnend und voll Haß hatte sie sich Kurelen genähert und ihn nach seinen eigenen Wünschen für Temudschin ausgehorcht. Aufs angenehmste überrascht, entdeckte sie in ihm ihren eigenen Zynismus und ihre eigene realistische Weltanschauung. Sie erkannte jedoch auch, daß ihre Ziele ihm zwar angenehm waren, er sie jedoch nicht ernst nahm. Es wäre günstig, hatte er offen zu ihr gesagt, wenn aus Temudschin das würde, was sie anstrebte. Gelänge es ihm jedoch nicht, und er könnte nur ein ungefährdetes angenehmes Leben führen, dann wäre das immer noch gut. Schließlich genügt es, wenn ein Mensch mit einem Minimum an Mühen und Schmerzen lebte.

„Das denkst du, weil du impotent bist", schleuderte sie ihm ins Gesicht und sah ihn mit brutaler Offenheit an. Ihre Augen waren grau wie ein gefrorener See, dachte Kurelen, selbst als er lächelte und die Augenbrauen in nachsichtiger Bosheit hochzog.

„Nun, was hast du mit Temudschin vor, mein Kind?"

Ihre grauen Augen hatten gefunkelt, als hätte ein Blitzstrahl sie getroffen. „Ich will, daß er der Herr der gesamten Gobi wird", antwortete sie leise, aber mit kalter Entschlossenheit.

„Weil du ihn liebst?"

Sie hatte gezögert. Und dann überlegte sie, daß Kurelen Offenheit schätzte, weil sie ihn zum Lachen brachte, und wenn er lachte, verspritzte er sein Gift und sie hatte keinen Grund, ihn zu fürchten.

„Nein", erwiderte sie mit bezauberndem Lächeln. „Weil ich mich liebe."

Sie verstanden einander, trauten sich gegenseitig nicht über den Weg, aber waren keine Gegner mehr. Falls Kurelen ihr widersprach, folgerte das Mädchen scharfsinnig, dann geschah es nur, um sie zu necken. Er würde ihr Tun mit größtem Interesse verfolgen und sie unterstützen, wenn es nötig war. Denn sie hatte längst durchschaut, daß unter seinem Spott für die Machtgierigen ein unersättlicher Hunger für seine eigene Person verborgen lag. Einzig sein ausgeprägter Humor hatte ihn davor bewahrt, zum Verschwörer zu werden, und nur seine Selbstkritik ihn von eifersüchtigen Ränken abgehalten. Er kannte seine Grenzen, war aber klug genug, sich nicht für seine Schwäche zu rächen. Wie er wiederholt erklärte, zog er es vor zu essen, und das ohne jede Bitterkeit.

Houlun jedoch erkannte in der jungen Frau eine Rivalin, die ihr eigenes Reich gefährdete. Die beiden hatten einander in die Augen gesehen und Houlun hatte erbittert gedacht: ich bin nicht mehr jung. Und Bortei hatte gedacht: du hast schon zu lange geherrscht. So begann der Kampf um Temudschin, und ein gnadenloser, unversöhnlicher Haß, den nur der Tod beenden konnte.

Einzeln studierte sie jeden, der sie unterstützen oder ihr Widerstand bieten konnte. Kasar machte ihr keine Sorgen und sie belohnte ihn mit ihrem süßesten Lächeln, als sie entdeckte, mit welcher Verehrung er zu seinem Bruder aufsah. Er war tapfer, einfältig und ergeben, ein guter Gefolgsmann. Rasch überzeugte sie ihn davon, daß sie Temudschin ebenfalls bewunderte, nur sein Bestes wollte und ehrgeizig für ihn war. Dafür schloß er sie in seine blinde Ergebenheit ein. Von jetzt an konnte nichts seine Treue zu ihr erschüttern.

Daß Chepe Noyon zutiefst von ihrer Schönheit beeindruckt war, wußte sie. Aber er war klug. Er mochte sich oberflächlich von ihren Augen und Lippen betören lassen, würde ihr aber mit Freuden die Kehle durchtrennen, wenn er in ihr einen Verrat an Temudschin entdecken sollte. Dieser Mord würde rasch und ohne jede persönliche Feindschaft erfolgen. Sie gab sich die größte Mühe, ihn für sich zu gewinnen, und heuchelte eine Harmlosigkeit vor, die ihn nicht täuschte, sondern bloß amüsierte. Das wiederum belustigte sie. Sie wurden dicke Freunde und zwischen ihnen herrschte ein fröhlicher, unverschämter Ton. Sie konnte sich darauf verlassen, nie auf seinen Widerstand zu stoßen, wenn es um Temudschins Vorteil ging, wie durchtrieben und schlau ihre Methode auch sein mochte. Er war ungemein verläßlich, besaß aber wenig persönliche Lauterkeit, wie sie erleichtert feststellte. Sie war zu intelligent, um über diesen Widerspruch erstaunt zu sein.

Bald begriff sie, daß der Schamane ein Machtfaktor war, den sie nicht unterschätzen durfte. Sie durchschaute, daß er eine große Schwäche für schöne Frauen und Schmeicheleien hatte, aber nur so weit, als seine eigenen Interessen gewahrt blieben. Er war nicht bereit, für eine verführerische Frau etwas zu opfern oder zu wagen. Anfangs machte ihr das Sorgen, aber später schöpfte sie frischen Mut. Sie mußte ihm nur begreiflich machen, daß sein eigener Vorteil bei Temudschin lag, dann hatte sie ihn völlig gewonnen. Aber dann entdeckte sie Bektor.

Sie sah, daß Bektor ohne eigenes Verschulden der gefährlichste Feind war, mit dem sie sich abzufinden hatte, denn er konnte zum willigen Werkzeug Kokchus und anderer werden, die Temudschin haßten. Kalt beschloß sie seinen Tod. Sie mußte nur den richtigen Weg dazu vorbereiten. War Bektor erst tot, blieb dem Schamanen keine andere Wahl, als sich Temudschin anzuschließen. Und der Mord mußte bald geschehen, entschied sie. Gift vielleicht. Ihre Mutter hatte sie im Brauen der wirksamsten Gifte unterwiesen. Sie wollte in einigen Tagen darüber nachdenken und eine passende Gelegenheit herbeiführen.

Auch Jamuga mußte sterben oder auf andere Art fortgeschafft werden. Vielleicht nicht durch Mord. Das würde nur seinen Einfluß auf Temudschin erhärten, der nie an Jamugas Abneigung glauben würde, wenn er sie nicht mit eigenen Augen erlebte. Er mußte sie also zu sehen bekommen, und zwar durch Jamuga selbst. Das erforderte einen klugen Plan. Umsichtig schob Bortei dieses Vorhaben beiseite, um es in Ruhe auszuarbeiten. Hier war schlaue Überlegung vonnöten. Mittlerweile wollte sie sich genauer mit Jamuga befassen und entdecken, auf welche Weise er sich selbst zu Fall bringen könnte.

Und dann war da noch der ritterliche Subodai, der Reine und Schöne, dessen Seele wie klares Wasser in einem silbernen Becher war. Täglich vertiefte sich ihre Begehrlichkeit, daß sie das Gefühl hatte, es flösse flüssiges Feuer statt Blut durch ihre Adern. Wenn sie ihn verführen sollte, dann mußte sie es unerhört raffiniert anstellen, denn es ruhten zu viele Augenpaare auf ihr. Sie fragte sich, ob Kurelen und der Schamane ihre Leidenschaft bereits vermuteten. Sie war überzeugt, daß Kurelen sich so lange nicht einmengen würde, als sie ihre Pflichten Temudschin gegenüber nicht vernachlässigte. Einmal hatte er vor ihr geäußert: „Bei uns gilt der Ehebruch als Verbrechen. Bei zivilisierten Völkern ist er eine Kunst." Allerdings war sie nicht sicher, ob seine Duldsamkeit sich auch auf sie erstrecken würde, trotz seines verächtlichen Lächelns, mit dem er über die Einfalt seines eigenen Volkes sprach. Sie nahm an, daß Kurelen letzten Endes nicht mehr von ihr verlangen würde, als daß sie ihn nicht zwang, Zeuge ihrer körperlichen Untreue zu werden. Was den Schamanen anbelangte, mußte sie auf der Hut sein und durfte seine Eitelkeit nicht verletzen. Für ihn mußte sie ihre durchtriebensten Schmeicheleien aufbewahren.

Subodai selbst jedoch stand seiner eigenen Verführung als schwierigstes Hindernis im Wege. Er war ein Ritter ohne Furcht und Tadel. Leidenschaft konnte ihn niemals verführen, nur überwältigende Liebe. Und auf diese Liebe durfte nicht der leiseste Schatten fallen. Sie beschloß ihn dahin zu bringen, daß er sie im geheimen liebte. Sie glaubte nicht ernsthaft daran, daß ein Mann schließlich der Leidenschaft widerstehen könnte, wenn sie nur genügend aufgestachelt wurde. Allerdings stand ihr hier eine lange und anstrengende Aufgabe bevor. Sie mußte in seinen Augen die reine, ergebene und tapfere Gemahlin spielen, voll Zärtlichkeit und sämtlichen weiblichen Tugenden. Dann konnte er sie lieben. Seine Kapitulation war dann nur mehr eine Frage der Zeit. Mit fleischlicher Begierde würde er niemals beginnen, sondern enden. Manchmal beschlich sie neugierige Verachtung für ihn, und sie zweifelte an seiner Mannbarkeit. Und dann überflutete sie ihre eigene

Begehrlichkeit und sie wußte, daß nichts außer dieser Sehnsucht und deren Erfüllung zählte. Außerdem empfand sie eine perverse Hochachtung für einen Mann, der eine Frau nur lieben konnte, weil sie tugendhaft und ihrem Gemahl treu ergeben war.

Bei jeder Krümmung ihres schwer durchschaubaren Charakters aber stieß sie regelmäßig auf die steinernen Augen Jamugas, des Blutsbruders Temudschins, den er mehr als alle andern und selbst mehr als seine Frau liebte. Dieses Hindernis mußte vernichtet werden, ehe ihre Wünsche Früchte tragen konnten.

Sie hatte noch nicht erfahren, und sollte es vielleicht auch nie lernen, daß sich Temudschin in letzter Konsequenz nur von sich selbst bestimmen ließ und ausschließlich das tat, was er längst zu tun beschlossen hatte. Wenn andere sich schmeichelten, ihn beeinflußt zu haben, genossen sie blindlings, was die eigene Eitelkeit ihnen vorspiegelte. Er nahm sich nie die Mühe, ihre Illusionen zu zerstören. Er fand irregeführte Leute nützlich, und ihre Täuschung festigte ihre Ergebenheit. Längst schon hatte er erkannt, daß die Menschen den Anführer lieben, den sie mit ihren eigenen Führungstalenten und Wünschen zu beeinflussen glauben. Ihre Eitelkeit ist die Wurzel ihrer Ergebenheit. Ihn zu betrügen, hieße, sich selbst zu verraten. Und nur Heilige und Verrückte betrügen sich selbst.

Einzig Kurelen ahnte Temudschins wahre Natur, und deshalb ließ er es sich angelegen sein, seinen Rat mit Gelächter abzuschwächen, damit sein Neffe dadurch nicht irregemacht wurde.

Vorläufig war für Kurelen das Leben äußerst spannend. Er nahm alles zur Kenntnis und fand alles aufregend und unglaublich erheiternd.

XX

Kurelen hatte Temudschin gesagt: „An dem Tag, an dem der Mensch erkennt, daß er keine Freunde hat, streift er die Windeln ab."

Das glaubte Temudschin mit gewissen Vorbehalten. Er nahm an, daß es wenigen Menschen gegönnt ist, einen wahren Freund zu haben, und dann nur einen einzigen. Er konnte treue Anhänger wie

Chepe Noyon, Kasar und Subodai haben, aber nur wenn er sich besonderen Glücks rühmen konnte, hatte er einen Freund wie Jamuga Sechen, der nicht nur sein angelobter Blutsbruder, sondern sein Geistesverwandter war.

Ein Mann mag eine hochherzige Mutter wie Houlun haben, er kann eine schöne, unternehmungslustige und kluge Frau wie Bortei und einen wohlmeinenden Ratgeber wie Kurelen haben, aber kaum einen Freund, der ihm mehr bedeutete als Mutter, Frau, Kinder, Priester und Anverwandte.

Selbst später zweifelte er niemals an Jamugas Liebe und Ergebenheit, genausowenig, wie er trotz verschiedener Ereignisse jemals Jamugas unverbrüchliche Treue in Frage zog. Einzig Jamuga gegenüber konnte er frei und offen sprechen. Temudschin lechzte ständig nach vorbehaltloser Unverblümtheit, die von keinerlei Gelächter, Hintergründigkeiten und anderen ermüdenden Raffinessen belastet war. Er kehrte zur erfrischenden Einfachheit zurück wie ein Mann nach langen Scharmützeln in eine Oase. Von welchen Begierden er sonst auch getrieben werden mochte, dieser Durst war zwingend. Ihn befriedigte er bei Jamuga.

Mit Jamuga konnte er reden. Sie waren nicht oft der gleichen Meinung, dazu waren sie zu verschieden in ihren Vorlieben. Aber sie vertrauten und verstanden einander. Temudschin sagte zu Jamuga, daß alle Ergebenheit auf persönlichen Illusionen über das wahre Ich fußte. Aber Jamuga kannte seinen Blutsbruder durch und durch und konnte ihn deshalb auch vorbehaltlos lieben, nicht aus Zuneigung, sondern aus einem inneren Verstehen, wenn es auch ein verdrießliches Verstehen war, das seinem Naturell widersprach.

Manchmal waren andere beleidigt und eifersüchtig, weil die beiden jungen Männer daran gewöhnt waren, ungestört miteinander auszureiten. Das aber brauchte Temudschin, der sich in Jamugas Gegenwart wohltuend allein und wie in Begleitung eines anderen Ichs fühlte, vor dem er nicht zu heucheln brauchte. Oft mußte er lügen, und das war ihm lästig, weil er darin eine Zeitvergeudung erblickte. Bei Jamuga waren Lügen überflüssig. Es war ein Vergnügen, sich ungeschminkt geben zu dürfen, als hätte er ein heißes und beengendes Gewand abgestreift und sei nackt in kühles Wasser gesprungen.

Da sein Feind Targoutai sich seit Jesukais Tod selbst zum Allein-
herrscher der nördlichen Gobi erklärt hatte, mußten Temudschins
Leute beträchtlich von ihrer gewohnten Reiseroute von der Winter-
zur Sommerweide abweichen. Anfangs hatte Temudschin ge-
schäumt, aber es lag ihm nicht, sich lange gegen Unvermeidliches
aufzubäumen. Nur Narren verschwendeten ihre Seelenkraft in
sinnloser Wut. Es verbitterte ihn, daß er seine Leute heimlich zu
ähnlichen Weideplätzen führen mußte, um nicht Targoutais Zorn
zu erwecken, aber er erkannte, daß er Targoutai davon überzeugen
mußte, Temudschin sei kein Feind mehr, der eine Gefahr darstellte.
Er wußte, daß seine beste Waffe gegen Targoutai dessen Verachtung war. Mochte Targoutai doch denken: ‚Dieser junge Khan
ist ein kleiner, feiger Hund, der meiner Feindschaft und Verfol-
gung nicht würdig ist.' Dadurch konnte Temudschin sich am Leben
erhalten und Kraft gewinnen. In der Zwischenzeit hatte er einen
Stammesangehörigen zu Targoutai gesandt, der sich als Verräter
ausgeben sollte. Diesem Mann, der angeblich abtrünnig geworden
war, hatte man folgende Worte eingetrichtert:

„Temudschin hat erkannt, daß er nicht zum Anführer taugt und
wünscht insgeheim, dir den Treueeid zu leisten. Aber er hat einen
gewissen Stolz und möchte zuerst an Kraft gewinnen, um mit den
Worten vor dich hintreten zu können: ‚Ich verdiene die Ehre,
einer deiner Vasallen zu sein.' "

Es wurde Temudschin später berichtet, daß Targoutai verächtlich gelacht und gesagt hatte: „Dann hat er mehr Verstand, als ich
in einem Sohne Jesukais vermutet hätte. Soll er seinen Wert beweisen, vielleicht werde ich ihm dann später einmal gestatten, mir
den Untertaneneid abzulegen."

Temudschin erbleichte vor Wut, konnte aber dennoch bei dieser
Botschaft finster lächeln. Trotz seines stürmischen Naturells besaß
er den gefährlichen Langmut des Nomaden. Fügsamkeit und Fata-
lismus des Nomaden waren ihm jedoch fremd. Wohl konnte er die
Achseln zucken, aber sich niemals mit einem unwiderruflichen Nein
abfinden. Für ihn war das Schicksal nichts Starres, sondern ein
Schwert, das ein starker Mann an sich reißen konnte.

Vorläufig aber klagten seine Leute über ihre wachsende Armut
und ihre spärlichen Weideplätze. Temudschin hatte sich scheinbar

abgefunden, der kleine Anführer eines armseligen Lagers zu sein. Er vernahm ihr Raunen und seine Lippen wurden schmal, aber er sagte nichts, sondern sah sie nur so unheilvoll an, daß sie sich vor ihm fürchteten.

Eines Abends ritt er knapp vor Sonnenuntergang mit Jamuga aus, um eine Weile allein zu sein. Manchmal überwältigten die Bitterkeit und die Wut ihn trotz seiner besseren Einsicht. Er mußte fort, um ungestört überlegen zu können.

Angst und Armut hatten seine Anhänger gezwungen, einen Bogen um die üppigen Weiden zu schlagen, und diese Umwege hatten sie ins Vorgebirge hoher Berge geführt, wo es wenige Wiesen gab und der Boden rauh und felsig war. Hier ließ sich gut nach Antilopen, Bären und Füchsen jagen, aber das Gras war rar.

Die Luft war frisch, kühl und zeitlos und duftete nach Nadelbäumen und unberührtem Gestein. Wie von einem plötzlichen Einfall getrieben, ritt Temudschin Jamuga ungeduldig voran. Mit elegantem Satz sprang sein weißer Hengst auf eine Felsplatte und blieb dort wie eine Statue stehen. Die lange weiße Mähne und der Schweif flatterten leise im Wind. Wie ein Standbild hoben sich Roß und Reiter zwingend und schicksalumwittert vom strahlenden, blassen Himmel und dem tiefblauen Berg ab. Temudschins dunkles, leidenschaftliches Profil war von düsterer Wehmut erfüllt. Blaß aber lebhaft wie eine Spiegelung des Schnees lag das Licht auf seiner Wange. Die kalte, blitzende Sonne fing sich in seiner Rüstung und den Griffen seines Dolches und Säbels. Sein Auge hatte die Farbe des Himmels angenommen und funkelte wie harter, blauer Stein. Seine breiten, hageren, geraden Schultern und der Rücken wirkten soldatisch. In seinem unbedeckten roten Haar schimmerten feurig goldene Fäden. Brutal, wild und gefährlich, die sonnengebräunte Haut rauh und zerfurcht, war er ein Teil dieser gigantischen Landschaft aus Blau und Weiß, dieses grenzenlosen Anblicks von Himmel und Berg geworden.

Woran denkt er? fragte Jamuga sich und sah seinen Freund in tiefem Ernst an. Er entsann sich des jüngeren Temudschin, der ungestüm und heftig, laut und zum Lachen bereit gewesen war. Temudschin erschien ihm wie ein atmendes Wesen voll stürmischer Bewegung, Glut und Leidenschaft, das plötzlich zu ewiger Reglosigkeit und heldenhafter Pose erstarrt war. Seine Jugend war unwiderruflich dahin und etwas Schreckliches hatte ihren Platz eingenommen.

Von plötzlicher, unerklärlicher Furcht befallen, gab Jamuga seinem zartgliedrigen Rappen die Sporen und stellte sich neben Temudschin. Lange verharrten sie in tiefem Schweigen und Temudschins Auge tastete hungrig die Berge und wasserreichen Täler ab. Nichts gab es als Stille und bleiches Sonnenlicht und der Wind flüsterte lautlos.

Dann sagte Temudschin: „Wir müssen Weideplätze haben. Viele. Sonst sterben wir. Meine Leute fürchten sich vor mir, aber mehr noch fürchten sie den Tod. Letzten Endes wird diese Furcht die Oberhand gewinnen. Irgendwie muß ich Targoutai in offenem Kampf besiegen. Ich muß der Gebieter der nördlichen Gobi sein."

„Warum schließt du dich ihm nicht an?"

Temudschin regte sich nicht und antwortete auch nicht. Nach einer kurzen Weile jedoch wandte er sich Jamuga zu und betrachtete ihn aus flammenden Augen. Aber seine Stimme klang gemessen:

„Nein. Ich muß ihn besiegen. Ich muß die Hilfe Ung Khans erzwingen. Aber zuerst muß er mich als Verbündeten schätzen. Ich habe einen Einfall; ich werde ihm den schwarzen Zobelmantel bringen und ihn davon überzeugen, daß ich seiner Unterstützung würdig bin."

„Wie kannst du das?"

Temudschin lächelte. Er ließ die Peitsche auf seinen Schimmel niedersausen und das Pferd riß den Kopf hoch, daß die schneeweiße Mähne wie ein Wogenkamm darüberflutete.

„Höre, Jamuga: Was sind wir und was war mein Vater bestenfalls? Armselige Räuber, die um gute Weideplätze streiten. Einer von Tausenden der kleinen Adeligen der Steppe, die sich blutig befehden und am Ende nichts daran gewinnen. Beutegierige Jäger, Raufer, Prahler, Sklaven der Armut und Not, in ständiger Angst vor Vernichtung zitternd. Und doch könnten alle Stämme, gemeinsam und durch Schwur vereint, eine gefährliche Bedrohung der Städte bilden und sie zwingen, uns Tribut zu leisten."

Jamuga runzelte die Stirn. Seine bleichen Lippen wurden hart.

„Tribut", murmelte er. „Aber wir verlangen nichts weiter als Weidegründe und Frieden."

Wieder lächelte Temudschin, diesmal voll Verachtung. Er sah Jamuga mit funkelnden Augen an und fuhr fort, als hätte Jamuga nichts gesagt:

„Ein Mann, der den Frieden sucht, ist ein Hase unter Füchsen. Nur wer tapfer gekämpft und gesiegt hat, verdient den Frieden, und nur ihm wird er zuteil.

Höre weiter: jeder unserer kleinen Häuptlinge versucht, Anhänger für sich zu gewinnen, damit er stark genug ist, schwächere Stämme zu überfallen. Jeder kleine Anführer muß siegen oder sterben. Diese ständigen Kämpfe verschlingen die kleinen Edelleute, die winzigen Khans. Jeder Mann muß seine Stärke mit Waffengewalt und nicht mit Geschenken beweisen, wie es die Städter tun. Ein Schwacher, der Geschenke darbringt, ist verächtlich. Nur der Starke wagt es, Gaben anzubieten. Die Menschen folgen bereitwillig dem Starken, der großzügig ist. Deshalb muß es immer wieder Überfälle geben und die Scharmützel zwischen uns nehmen kein Ende. Ein starker Anführer zieht viele Anhänger an. Warum sollte also nicht ein einziger starker Anführer, ein Kha-Khan, Gehorsam und Ergebenheit sämtlicher Steppenbewohner erwirken, statt daß die Macht bei Leuten wie Ung Khan und Targoutai liegt, die einander hassen und durch ihre ständigen Fehden untereinander und mit ähnlich Gearteten Anarchie und Zügellosigkeit heraufbeschwören?"

Jamuga betrachtete ihn mit tiefem Ernst. „Und du glaubst, daß du damit, daß sich alle kleinen Khans und Anführer unter einem unbezwinglichen Mann vereinigen, Frieden und Eintracht herstellen kannst und fortan alle Menschen furchtlos und satt miteinander leben werden?"

Wieder lächelte Temudschin, aber diesmal wandte er den Blick von seinem Vetter und starrte den Berg an. Seine kräftige, rauhe Stimme sank zum Flüstern herab:

„Friede! Ein Mann, der den Frieden sucht, wendet den Blick seinem Grab zu!"

Er gab seinem Pferd die Sporen und es sprang von dem Felsblock herab. Temudschin brüllte auf, hob die Peitsche und hieb unbarmherzig auf den Hengst ein. Der tat einen weiten Satz, drehte sich herum, bäumte sich auf und Temudschin stand wie eine plötzlich und brutal zum Leben erweckte Statue vor dem Himmel. Seine Züge waren so grimmig, daß Jamuga von namenloser Angst erfüllt wurde. Seine Augen sprühten wie grüne Flammen. Dann fiel das Pferd wieder auf alle vier Füße und raste wie verrückt ins Tal hinab, sprang von Fels zu Fels und wirbelte in einer goldenen Staubwolke den steilen Abhang hinunter. Die lauten Pferdehufe lösten das Echo aus, bis die ganze Luft wie vom Donner dröhnte.

Kurz darauf folgte Jamuga nachdenklich auf seinem leichten Rappen nach. Er hustete in dem gelben Staub. Temudschin hatte unten auf einer ebenen Felsspalte angehalten. Sein Pferd schnaubte. Aber als Jamuga ihn einholte, sah Temudschin ihn mit dem süßen magnetischen Lächeln an, dem keiner widerstehen konnte. Und doch spiegelten seine Augen nicht nur nachsichtige Liebe für seinen Blutsbruder, sondern auch Erheiterung.

„Wärst du nicht so tapfer, Jamuga, ich würde dich verdächtigen, einer der Eunuchen aus der Stadt zu sein, von denen Kurelen uns oft erzählt."

Jamuga errötete. Zögernd stieg ihm die Farbe ins blasse Gesicht, wie das nur selten geschah, wenn er sich besonders ärgerte.

„Ich verstehe dich nicht, Temudschin!" rief er. Aber ihm war übel wie von einer bösen Vorahnung.

Temudschin hatte bereits vergessen, was er gesagt hatte, und welcher Stimmung seine Worte entsprungen waren. Er hob die Peitsche und zeigte damit.

„Dort drüben liegt das Khowaresmische Reich Zentralasiens. Und dort das Kin Reich Kathais. Beide reich, überfeinert und ausgedehnt, voll von Akademien, Universitäten, Tempeln, Bibliotheken und Palästen, weißen, von Bäumen flankierten Straßen, die mit Teichen und Gärten geziert sind. Das hat Kurelen mir gesagt. Er hat mir ebenfalls gesagt, daß diese Reiche verfault sind, wie dicke, alte, lüsterne Männer mit kranken Eingeweiden. Umgeben von singenden Frauen sitzen sie in ihren Gärten. Ihre Finger sind juwelenbeladen, das Doppelkinn stützen sie auf die Brust, ihre trägen Körper sind in Goldbrokate und bestickte Seiden gehüllt und ihre Füße sind genauso weich wie ihre blassen Hände und angeschwollen wie Blasen. Sie bewegen sich nur, um zu essen und zu trinken. Sie lauschen philosophischen Betrachtungen und unterhalten sich mit Gelehrten. Wenn sie ab und zu aus ihrem Gleichmut gerissen werden, gelüstet es sie nach schwächlichen, ausgefallenen Vergnügungen. Mit schläfrigem Entzücken lächeln sie der Musik vieler schlaffer Sänger Beifall. Die Bäuche hängen ihnen fett herab. Reichtum, perverse Lüste und Sicherheit haben sie an Seele und Körper zu Eunuchen gemacht. Sie sind reif für die Vernichtung, für den Tod durch ein sauberes, starkes Schwert."

Er setzte ab und heftete die lächelnden Augen, die nun von unschuldigem Blau waren, auf Jamuga, der vor Anstrengung, ihn zu begreifen, die Stirn runzelte.

„Jamuga, entsinnst du dich der Geschichten, die die Perser erzählen und die Kurelen wiederholt hat? Sie handeln von einem Helden, der aus dem Westen kam und Alexander von Mazedonien, der Eroberer, hieß."

Jamuga, der glaubte, daß Temudschin ihn in seiner unverständlichen Laune zum besten hielte, verschanzte sich hinter einer würdevollen Miene, um seine Ratlosigkeit zu verbergen.

„Aber was hat all das damit zu tun, daß wir für unser Volk Schutz vor Targoutai suchen und gute Weideplätze für unsere Leute finden und behalten wollen?"

Temudschin lächelte schweigend. Sein Atem ging schnell und kurz, als er Jamuga anstarrte.

Noch immer beleidigt, sagte Jamuga: „Du sprichst von einem Bund. Der ist unmöglich. Der Tatare, der Merkite, der Türke, der Uigure, der Naimane, der Taijute — sie können nimmer in Eintracht unter einem Führer leben." Er verstummte und fuhr dann mit leiser Stimme fort: „Oder doch?" Lauter setzte er hinzu: „Ich habe stets den Frieden geliebt. Aber wo ist der Mann, der ihn zustande bringt?"

Fragend sah er Temudschin an, dessen Augen in rastloser Ungeduld zu schimmern begonnen hatten. Aber Temudschin blieb ihm die Antwort schuldig. Selbst während er seinen Blutsbruder anstarrte, schien er in einem verworrenen, überwältigenden Traum versunken zu sein, dessen Umrisse ihm langsam klarer wurden.

Jamuga hob die Stimme, als wäre Temudschin taub:

„Aber was hat das alles mit guten Weiden für unsere Herden zu tun?"

Sein Pferd schnaubte plötzlich, denn Temudschin war in lautes Gelächter ausgebrochen.

„Nichts! Nichts!" brüllte er.

Und dann hielt er wieder die Zügel so kurz, daß sein Hengst auf den Hinterbeinen stand. Dann wirbelte er herum und galoppierte so rasch davon, daß Jamuga, der bewegungslos auf seinem Pferd saß, jede Hoffnung aufgab, ihn einzuholen. Eine sonderbare Niedergeschlagenheit ergriff von ihm Besitz, wie er schweigend zu Pferde saß, und eine eisige, böse Vorahnung beschlich sein Herz. Er sah Temudschin nach, der sich unten ungeduldig durch das enge Tal wand. Und dann sagte er laut und mit einer von wachsender Fassungslosigkeit und Angst erfüllten Stimme:

„Aber kein Mensch kann mehr verlangen als Weidegründe und Frieden!"

XXI

Aus einem ihm selbst unerklärlichen Grunde mied Jamuga in dieser Nacht Temudschin. Stumm saß er mit seinen Halbbrüdern am Lagerfeuer vor ihrer Jurte. Es waren durchwegs heitere, prahlsüchtige Knaben. Der Jüngste mußte wiederholt davor bewahrt werden, ins Feuer zu purzeln. So heikel der schweigsame Jamuga sonst war, fand er ihre animalische Naivität heute doch erfrischend und tröstlich. Der schmerzliche Verdacht regte sich in ihm, daß Temudschin verschwiegene, bedrohliche Charakterzüge aufwies, die er bisher nie in ihm vermutet hatte, und daß er den Jüngling, den er in Sprache und Gebärden für ungestüm gehalten hatte, in Wirklichkeit nicht kannte. Sein Mangel an Scharfblick bestürzte ihn mehr als seine Entdeckung selbst, denn so verhalten seine Selbstgerechtigkeit auch war, vertrug sie doch keinerlei Kränkung.

Mitten in seinem unruhigen Grübeln blickte er auf und sah, daß der fügsame, verbindliche Belgutei sich zu ihnen ans Feuer gesetzt hatte. Als Belgutei seinen Blick auffing, lächelte er, hielt den jüngsten Knaben geschickt von seinem Vormarsch aufs Feuer ab und stellte ihn auf die Füße. Er nahm wieder Platz und begann, mit den Kindern zu spaßen, die begeistert darauf eingingen. Jamuga runzelte verwirrt die Stirn und beobachtete den Jüngling beim Spiel mit den Kindern. Er schien Temudschins jüngeren Halbbruder zum ersten Male zu sehen. Belgutei war lebhaft und zart, hatte ein liebenswürdiges, ausdrucksvolles Gesicht und keine Feinde. Das war Jamuga unheimlich und doch mußte er sich eingestehen, daß Belguteis Beliebtheit daher kommen mochte, daß er niemand verletzte, niemals ausfallend, hochmütig oder wütend war, sondern sich zu Lachen und Freundschaft bereit, jedem zuwandte, der ihm aufgeschlossen begegnete. Und doch war Jamuga sich nicht sicher. Ein offenes Gesicht verbirgt oft ein unaufrichtiges Herz. Freundliches Lächeln entpuppt sich manchmal als glatte Fassade, hinter der die Unredlichkeit lauert. Auch hatte er immer das Gefühl, daß Belgutei jeder Hintergedanke fremd war. Er lachte ohne Bosheit, aber manchmal war die Bosheit zu schlau, sich zu verraten.

Jamugas Mutter holte scheltend die Kinder zu Bett, und Jamuga und Belgutei blieben allein. Jamuga dachte verächtlich: Es ist nicht bloße Freundlichkeit, die ihn hierher führt, denn er bemerkte aus dem Augenwinkel recht wohl, daß Belgutei ihn abschätzend musterte. Als er ihm seinen vollen Blick zuwandte, begann Belgutei sofort harmlos zu lächeln, was Jamuga nicht erwiderte.

„Ich habe gehört, daß Temudschin sich bald bei Ung Khan Hilfe holen wird", sagte Belgutei mit seiner wohlklingenden Stimme.

„Wer kann das wissen?" erwiderte Jamuga kalt und zuckte die Achseln.

Belgutei betrachtete ihn wohlwollend und wußte genau, daß er ihn nicht getäuscht hatte.

„Ich habe Temudschin immer geliebt", sagte er ehrlich, „und immer an seine Bestimmung geglaubt."

Aus unerfindlichen Gründen reizte Jamuga diese Behauptung und er erwiderte ungeduldig:

„Welche Bestimmung? Sonderbar, daß jeder dieses Wort im Mund führt, wie ein Kamel, das Disteln kaut. Aber du bist nicht zu mir gekommen, Belgutei, um Temudschins ehrgeizige Träume mit mir zu besprechen." Bei diesen Worten verspürte er ein leises Unbehagen, als hätte er sich selbst beim Verrat ertappt. Aber in seiner Seele war eine schmerzhafte Stelle, die er immer wieder betasten mußte.

Belgutei lachte leise und gutmütig. „Du hast recht, Jamuga. Ich kam nicht wegen Temudschins Plänen, sondern aus brüderlicher Sorge. Gestern abend hat man versucht, meinen Bruder Bektor zu vergiften."

Jamuga war bestürzt. Rasch wandte er sich Belgutei ganz zu. „Temudschin würde sich nie dazu erniedrigen, Bektor zu vergiften! Du bist ein Narr, Belgutei! Jeder Streit zwischen ihnen wird offen und gerecht ausgetragen werden." Bei sich aber dachte er mit wachsendem Unbehagen: Woher will ich das wissen? Kenne ich Temudschin überhaupt?

Belgutei zuckte beschwichtigend die Achseln. „Ich bin froh, daß du so denkst, Jamuga. Dadurch fällt mir ein Stein vom Herzen. Ich liebe Bektor. Aber wenn ich dir auch glauben will, ist dieser Versuch dennoch unternommen worden. Bektor hat sich in den letzten Tagen nicht wohl gefühlt und konnte nicht viel essen. Einzig diesem Umstand verdankt er sein Leben."

In steigender Angst rief Jamuga: „Erzähle!" Seine Lippen waren ganz kalt geworden.

Tiefer Ernst überschattete Belguteis freundliches Gesicht, als er sagte: „Gestern abend ging Bektor an Temudschins Jurte vorbei. Bortei rührte im Topf um, in dem Antilopenfleisch schmorte. Temudschin aß bei Kurelen, wie er das häufig tut, und bei Bektors Anblick spielte Bortei die Liebenswürdige, lud ihn zum Essen ein und nannte ihn Bruder."

Er setzte ab und heftete seinen plötzlich durchdringend gewordenen Blick auf den schweigenden Jamuga.

„Sie erklärte Bektor, daß sie sehr über Temudschins Zuneigung zu Kurelen verärgert sei und er sie oft allein ließe. Mein Bruder — nun, der ist eine arglose und gepeinigte Seele. Er reagiert wie ein kranker Hund auf jedes freundliche Wort. Unter seiner Schroffheit sehnt er sich nach Güte und Frieden. Sein Grimm entspringt nur seinem brennenden Wunsch nach Anerkennung, und mit seiner

Grobheit versucht er seine Unsicherheit zu tarnen. Solche Männer lassen sich durch Treue und Großmut zähmen. Enttäuscht man sie jedoch, werden sie zum unversöhnlichen Feind."

Wieder legte er eine Pause ein. Jamuga schwieg unverändert, aber eine tiefe Falte erschien zwischen seinen hellen Augen.

Belgutei seufzte. „Bektor setzte sich also zu Bortei und machte ihr aus ihrer Offenheit keinen Vorwurf. Er war sehr einsam. Sie füllte seinen und ihren Teller aus dem Topf und forderte ihn zum Essen auf. Plötzlich aber schlug sich ihm seine düstere Wehmut auf den Magen, und er nahm nur aus Höflichkeit einige wenige Bissen. Dann verließ er sie, sobald die Schicklichkeit es gestattete."

Belgutei zuckte leicht die Schulter. „Er hat mir gesagt, daß diese Frau ihn abstößt, obwohl sie von großer Schönheit ist."

Er wartete. Aber Jamuga sagte noch immer nichts.

Belgutei fuhr leise fort. Jede Heiterkeit war aus seinen Augen verschwunden.

„Bektor legte sich schlafen, und dann erwachte er plötzlich mit lautem Aufschrei und hielt sich den Leib. Er rief den Schamanen zu sich. Als Kokchu kam, verkündete er, daß mein Bruder vergiftet worden sei. Er mischte ihm ein übles Gebräu und zwang Bektor, es zu trinken. Bektor erbrach sich. Die verzehrte Mahlzeit sprang ihm, von seinem Blut rot gefärbt, aus dem Mund."

Jamuga war starr vor Entsetzen und Abscheu. Stammelnd entgegnete er: „Aber du hast gesagt, daß Bortei aus dem gleichen Topf gegessen hat und neben Bektor saß."

Belgutei nickte ernst. „Das stimmt. Ich habe Bektor genau befragt. Die Frau ging mehrmals in die Jurte und brachte Becher und Kumyß und Hirse. Jedesmal hatte sie die Gelegenheit, das Gift mit dem Essen zu vermischen, das sie auf Bektors Teller häufte. Oder vielleicht hat sie ihm das Gift in seinen Becher geschüttet."

Jamuga senkte den Kopf und starrte ins Feuer.

„Höre, Jamuga", sagte Belgutei vernünftig. „Bortei hätte keinen Grund, Bektor zu vergiften, es sei denn, Temudschin hätte es ihr befohlen."

Mit leiser Stimme und ohne ihn anzusehen, sagte Jamuga: „Meinst du nicht, daß sie aus mißverstandener Treue zu Temudschin selbständig gehandelt haben mag?"

Belgutei warf den Kopf zurück und lachte. „Hah! Sie hat die Augen einer Buhlerin! Mich wundert nur, daß sie nicht schon versucht hat, Temudschin selbst zu vergiften, denn jeder kann sehen, daß sie es auf Subodai abgesehen hat! Nein, sie hat Bektor über Temudschins Geheiß vergiftet — "

Er brach unvermittelt ab, denn Jamugas Augen glühten bedrohlich. Den zurückhaltenden Jüngling schüttelte leidenschaftliche Wut, und Belgutei starrte ihn verwundert an.

„Das ist eine Lüge!" schrie Jamuga. „Wohl hat sie versucht, Bektor zu vergiften, aber keiner hat sie dazu angestiftet! Und in meinem Herzen weiß ich auch den Grund ihres Handelns."

Zitternd am ganzen Leib stand er auf und rang mühsam nach Beherrschung. Als er wieder zu sprechen anhob, klang seine Stimme unnatürlich ruhig.

„Fürchte keine weiteren Anschläge gegen Bektor. Und jetzt laß mich allein."

Nachdem Belgutei gegangen war, stand Jamuga lange Zeit starr und bebend da. Dann zog er sich die Kapuze übers Haupt und schlüpfte längs der Rückseite der Jurten zu Temudschin. Bortei saß mit Houlun vor ihrem Feuer, und als sie Jamuga erblickten, sahen sie verwundert zu ihm auf. Houlun grüßte ihn zurückhaltend, aber Bortei sagte nichts und wurde um einen Schatten blasser. Jamuga erwiderte Houluns Gruß nicht, sondern sagte zu Bortei, auf die er voll Abscheu und Haß niederblickte:

„Du hast versucht, Bektor zu vergiften!"

Houlun schrie entsetzt auf. Bortei wurde bleich wie Talg, sah ihn trotzig an und antwortete:

„Das lügst du."

Jamuga schüttelte in kaltem Ingrimm den Kopf. „Ich lüge nicht, und du weißt es. Höre, Bortei — Temudschin hat einen Streit mit Bektor auszutragen. Nimmst du ihm diese Aufgabe aus eigensüchtigen Gründen ab, die ich kenne, wird er zum Gespött seiner Leute werden. Ich werde Temudschin nichts sagen, sonst tötet er dich vielleicht für deine Tücke. Aber hebe noch einmal die Hand gegen Bektor, und dein Mann wird alles über dich erfahren."

Houlun sah ihn voll gespannter Erregung an: „Was weißt du von Bortei, Jamuga?"

Er aber hatte nur Augen für Bortei, deren Lippen fahl geworden waren und deren entsetzt aufgerissene Augen angstvoll blickten. Da wandte er sich ab und ging. Bald hörte er die schrillen Stimmen der beiden Frauen, die einander die bittersten Vorwürfe machten, bis ein Aufschrei ihm verriet, daß Houlun ihrer Schwiegertochter eine kräftige Ohrfeige versetzt hatte.

Er ging in seine Jurte zurück. Seine kleinen Brüder schliefen bereits. Er legte sich auf sein Lager aus Pelzen und Filz und schloß die Augen, aber er konnte nicht schlafen.

Tiefe Verstörtheit hielt ihn wach, aber er dachte nicht an Bortei.

Immer wieder und wieder fragte er sich: Ist es denn möglich, daß Temudschin es ihr befohlen hat?

XXII

Jamuga unterschätzte Bortei auf tragische Weise, wenn er annahm, er hätte sie eingeschüchtert oder dazu gebracht, ihr Vorhaben fallenzulassen. Er hatte ihr bloß gezeigt, daß sie vorsichtiger sein und einen anderen Weg einschlagen mußte.

Unerhört raffiniert und von keinerlei Gewissensbissen eingeengt, verstand sie es, das Vertrauen anderer zu gewinnen. Das gelang ihr selbst bei Houlun, die eifersüchtig und ihr äußerst abgeneigt war. Es dauerte nicht lange, da hatte sie Houlun davon überzeugt, daß ihr nichts mehr am Herzen lag als Temudschins Sicherheit und Wohlbefinden. Anfangs neigte Houlun erst recht zur Eifersucht, aber später war sie gerührt.

Eines Tages sagte Bortei zu ihrer Schwiegermutter: „Ich hege gegen Bektor, den Halbbruder meines Gemahls, keine Feindschaft. Aber ich sehe natürlich, daß er eine Gefahr für ihn darstellt."

Vom Scharfsinn des jungen Mädchens überrascht, gab Houlun ihr recht. Aber was war zu tun? Bortei betrachtete grübelnd das ratlose Gesicht ihrer Schwiegermutter. Sie hörte zu, als Houlun in ihrem Gerechtigkeitssinn Bektor verteidigte, und nickte ernst zum Vorschlag der älteren Frau, das beste wäre eine Versöhnung der beiden jungen Männer. Später jedoch hatte Houlun den peinlichen Verdacht, daß Borteis ernsthaftes Nicken nur diplomatisch gemeint war, und sie nicht eine Minute eine Versöhnung erwogen hatte.

Bortei war der Ansicht, daß gewisse Charaktere einfach unvereinbar waren. Bestenfalls blieb es im Versöhnungsfall beim Versuch. Das war an sich kein Grund zur Sorge, wenn nicht auch gewisse äußere, gefährliche Umstände erschwerend wirkten. In Temudschins Fall waren diese Umstände gegeben. Außerdem fand Bortei, daß Versöhnungen etwas sehr Begrüßenswertes seien, vorausgesetzt, sie kamen innerhalb kurzer Zeit zustande. Forderten sie jedoch ein großes Maß an Taktgefühl und Kunstgriffen, dann lehnte ein intelligenter und skrupelloser Mensch sie am besten ab. Ihm blieb nichts anderes übrig, als seinen Feind zu vernichten. Das Leben war zu kurz für Umwege, selbst wenn es um Barmherzigkeit und Liebenswürdigkeit ging. Es war besser, einen blühenden Baum, der im Wege stand, zu fällen, als mühsam einen Bogen um ihn zu schlagen. So sahen ihre kalten Schlußfolgerungen aus.

Sie wußte, daß Temudschin keine Zeit zu verlieren hatte. Außerdem erahnte sie ungemein schlau, daß er den Plan eines anderen eiligst durchführen würde, wenn er ihn selbst bereits vorher gefaßt hatte. Taktvoll und behutsam brachte sie so die Gefahr zur Sprache, die Bektor allein durch sein Dasein heraufbeschwor. Sie tat, als kämen ihr die Worte nur widerwillig von den Lippen, und gab ihm zu verstehen, daß nur ihre grenzenlose Liebe sie dazu getrieben hätte, überhaupt zu sprechen. Schließlich, so sagte sie, und sah Temudschin mit ihren eisgrauen Augen an, muß ein Mann jede Verdächtigung seines Bruders von sich weisen, selbst wenn seine eigene Frau sie aussprach. Ihre grauen Augen wurden harmlos. Sie war geflissentlich darauf bedacht, Temudschin nicht ahnen zu lassen, daß sie von der Feindschaft zwischen ihm und seinem Bruder wußte.

Temudschins Gesicht war düster und mißtrauisch, aber er hörte ihr gespannt zu, und sein Blick wurde unwillkürlich sanft, als er seine schöne Frau betrachtete, die er mit ungeheurer Leidenschaft und Begierde liebte, und für die er mehr und tiefer empfand als für andere Frauen. Sie saß zu seinen Füßen, während sie mit ihrer weichen, liebevollen und bedauernden Stimme zu ihm sprach, und ließ ihn seine Finger unbeholfen in ihre rötlich schimmernden Haare flechten. Sie beugte sich ein wenig vor, daß er ihre wohlgeformten, hohen Brüste mit den spitzen Warzen sehen konnte. In weiblichen Künsten erfahren, hatte sie achtlos ein Bein ausgestreckt, daß ihr wollenes Gewand sich dicht daran schmiegte und ihren runden Schenkel und die zarte Wade zeigte. Sie sprach vernünftig mit ihm, versüßte die Vernunft jedoch geschickt mit Verführung. Sie wußte, daß die Vorstellungen einer Frau wirksamer waren, wenn eine Aufforderung zur Begehrlichkeit sie begleitete, und daß selbst Weisheit widerspruchslos angenommen wurde, wenn sie sich eines jungen Gesichtes und des Dufts der Weiblichkeit bediente. In diese grundlegende Erkenntnis mischte sich ihre Verachtung für die Männer, deren Kraft und Entschlossenheit angesichts einer schwellenden Brust zu Wasser wurden, und deren Verstand vor einem bereitwilligen Schoß zerstob.

Temudschin war sein Leben lang für weibliche Reize besonders anfällig gewesen. Er sah sie jetzt unruhig an und wandte den Blick von ihr, weil er sich nicht von der Lust verwirren lassen wollte. Trotzdem mußte er zugeben, daß sie eine kluge und scharfsinnige Frau war. Er hatte den Tod Bektors bereits beschlossen. Borteis verschleierte Anspielung, daß dieser Tod unvermeidlich sei, gab nur mehr den letzten Anstoß. Dennoch verriet er ihr nichts von seiner Absicht. Bis an sein Lebensende weihte er sie nie in seine Pläne ein. Es gab nur einen einzigen Menschen, dem er alles anvertraute.

Jamuga hatte etwas an sich, vor dem Temudschin sich insgeheim fürchtete oder, genauer gesagt, etwas, vor dem er sich schämte. Er selbst stieß sich nicht an Skrupellosigkeit und Hinterlist, denn seiner Meinung nach rechtfertigte das Ziel jedes Mittel, und wenn ein Weg zum Erfolg führte, galt es ihm nichts, wenn er krumm war. Jamuga aber war, wie er wußte, dieses rastlose Vorwärtsdrängen, diese eiskalte Überlegung fremd. Kurelen mochte mit einer Tat nicht einverstanden sein und kritisch die rechte Augenbraue hochziehen, führte der Schritt im Endergebnis aber zum Erfolg, dann

lachte er wie über einen guten Witz. Auch Chepe Noyon, der das
Abenteuer um seiner selbst willen liebte, war belustigt, vorausgesetzt, daß Schlauheit und Phantasie zur Erreichung des Zieles geführt hatten. Für den makellosen Subodai waren alle Menschen gut.
Kasar betete Temudschin auf jeden Fall an und fand keinen dunklen Punkt an ihm. Jamuga jedoch würde niemals ein Ergebnis bejahen, das auf schlechte, heimtückische oder unedle Weise erreicht
wurde. Diese unnachgiebige Strenge Jamugas war es, die Temudschin beschämte. Vor diesen starren Moralbegriffen, dieser törichten und hochnäsigen Überzeugung zu wissen, was richtig und was
falsch war, geriet Temudschin immer in Verlegenheit. Wenn Jamuga ihn manchmal mit seinen hellen, unergründlichen Augen
vorwurfsvoll und mit leiser Verachtung musterte, empfand Temudschin Zorn und Scham.

Und doch war er unfähig, Dinge, die ihn zutiefst beschäftigten,
vor Jamuga geheimzuhalten. Wie oft er sich auch schwören mochte,
einen gefaßten Plan durchzuführen und Jamuga vor die vollendete
Tatsache zu stellen, die jedes Jammern sinnlos machte, ertappte er
sich jedesmal dabei, Jamuga gewisse Andeutungen zu machen, als
wollte er im vorhinein ermitteln, wie sein Blutsbruder auf die Er-
gebnisse seines Handelns reagieren würde.

Jetzt wußte er, daß er Bektor töten mußte. Es durfte kein
langatmiges Zaudern geben, wie der von Bedenken gequälte Kurelen es vorschlug. Hier war ein sauberer, unerbittlicher Mord nötig,
der von keinerlei Feindseligkeit besudelt und einzig von der Notwendigkeit diktiert sein mußte. Das sagte Temudschin sich vor.
Und doch schwieg er wutentbrannt still, sobald er vor Jamuga
trat, um ihm seine Absicht mitzuteilen. Täglich nahm er sich vor:
heute werde ich Jamuga sagen, daß ich Bektor töten muß. Und jeden Tag wurden seine Lippen kalt und stumm, wenn er in Jamugas verschlossene, einsame, abwartende Augen sah. Deshalb
packte er das Thema wie gewöhnlich in seiner umständlichen, weit-
schweifigen Art an.

Jamuga erwartete, daß Temudschin ihm etwas unerhört Ernstes
zu sagen hatte, und fürchtete sich. Diesmal wußte er, daß Temudschin nicht hemmungslos die Handlung setzen und ihn später davon unterrichten würde, wie er es hie und da tat. Dazu war die

Sache zu wichtig. Dieser Umstand war ihm gleichzeitig eine Quelle des Trostes und der Angst. Er war jedoch zu empfindsam, um die Aussprache zu beschleunigen. Je länger die Sache verschoben wurde, desto länger würde sein Seelenfrieden gewahrt bleiben.

Als Temudschin dann eines Tages beiläufig einen Ritt zu zweit vorschlug, dachte Jamuga: heute wird er es mir sagen. Er wußte nicht, ob er erleichtert oder bestürzt sein sollte.

Sie ritten in die feuerroten Hügel. Die blauen Berge lagen hinter ihnen, und sie waren tiefer ins Gebiet Ung Khans vorgedrungen, wo üppige, aber schmale Grasstreifen zu finden waren. Hier wurden sie zumindest nicht verfolgt.

Temudschin hielt endlich vor einem großen vulkanischen Felsblock an, der ihnen in der drückenden Hitze etwas Schatten bot, und lächelte mit jener arglosen Offenheit, die in Jamuga regelmäßig die bösesten Vorahnungen heraufbeschwor. Sie saßen ab und nahmen in dem scharf umrissenen schwarzen Schatten Platz, der auf das grelle Weiß der Wüste fiel. Temudschin drängte seinem Freund einen Becher Reiswein auf. Er war in gesprächiger Stimmung und lachte mehr als sonst. Sein Lachen hatte einen rauhen und anmaßenden Klang, als fühlte er sich unter seiner Heiterkeit nicht sehr sicher. Jamuga zwang sich zum Lächeln. Temudschin hatte wenig Witz, aber der war ätzend und grausam. Ein Fieber schien in ihm zu brennen. Seine Aufgewühltheit verriet sich im blitzenden Grün seiner Augen, in der hitzigen Farbe seines breitwangigen Gesichts, im Schimmern seiner großen, weißen Zähne. Unter seiner großspurigen, barbarischen Wildheit flackerte deutlich die Unsicherheit. Sie war nichts so Kompliziertes und Blutarmes wie das Gewissen eines Städters, sondern bloß das wütende, gereizte Verlangen nach der Billigung seines Blutsbruders.

Endlich sagte er mit gewollt unbefangener Stimme: „In wenigen Tagen muß ich Ung Khan mit meinen Vorschlägen und Forderungen aufsuchen. Du, Chepe Noyon, Subodai und Kasar sollt mit mir kommen, damit er sieht, daß ich edle Paladine habe. Nur eines bedrückt mich: wer soll während meiner Abwesenheit die Ordnung und Einheit meines Volkes aufrechterhalten? Du weißt, daß die Leute schreckhaft wie Gebirgsantilopen sind und sich verlaufen könnten. Das ist eine schwerwiegende Frage."

Im ersten Augenblick war Jamuga erleichtert. Es ging also doch um keine tiefernsten Probleme.

„Kurelen und deine Mutter sind sowohl klug wie erfahren. Und deine Frau ist pfiffig und entschlossen. Dann hast du noch den Schamanen, der seine Pflicht kennt, oder zumindest weiß, was ihm frommt."

Temudschins Gesicht verdunkelte sich und seine Augen wurden zu schrägen, sprühenden Smaragden. Er nagte an seiner Lippe, wandte den Blick ab und sagte leise: „Der Schamane! Hier liegt ja meine Schwierigkeit. Ich traue ihm nicht. Wer darf schon einem Priester trauen? Sobald ich fort bin, werden sein Haß und sein Ehrgeiz ihn zu Intrigen gegen mich verleiten. Ich werde nicht da sein, um ihm meine Unbezwinglichkeit vor Augen zu halten. Priester haben ein kurzes Gedächtnis, wenn es um ihren eigenen Vorteil geht."

Jamuga sagte nachdenklich: „Kurelen ist ihm gewachsen." Ein leiser Schauer kribbelte durch seine Nerven, und ihn fröstelte wie unter einer bösen Vorahnung: „Oder nimm ihn mit."

Temudschin sprang plötzlich, wie von innerem Zwang getrieben, auf. Er stützte die Hand gegen den großen, schwarzen Felsblock, der sich schroff und riesig von dem flirrenden, blauen Himmel abhob. Sein Rücken war Jamuga zugekehrt und seine Stimme klang erstickt.

„Wenn neben Kurelen und meiner Mutter nicht auch der Priester mein Volk zur Ordnung ruft, ist auf die Leute kein Verlaß." Er setzte ab. „Du kennst Kokchus Liebe für Bektor — "

Nacktes, alle Finten durchschauendes Entsetzen packte Jamuga. Er sprang auf, stellte sich neben Temudschin und sagte scharf:

„Nimm Bektor mit! Oh, ich weiß, du haßt ihn, aber er ist ein ungefährlicher Jüngling und wünscht nichts weiter, als dir treu zu dienen, wenn du das nur endlich erkennen würdest! Du wirst sagen, daß er dich haßt, aber das ist nur die Folge deines eigenen Hasses. Laß ihn seine Ergebenheit beweisen, gib ihm ein Zeichen deiner brüderlichen Versöhnungsbereitschaft —"

Temudschin brach in lautes, wütendes Gelächter aus. „Weißt du nicht, daß es Feindschaften gibt, die in Fleisch und Blut verwurzelt sind und keine Versöhnung dulden? Wenn ich Bektor ansehe, steht mein geborener Feind vor mir, der vernichtet werden muß. Selbst Kurelen sieht das."

Jamugas Kehle fühlte sich an, als steckte ein spitziger Stein darin. Er schluckte. Durch froststarre Lippen sagte er in gezwungenem leichtem Ton:

„Kurelen ist nicht unfehlbar, obwohl du das immer angenommen hast. Außerdem hat er eine lose Zunge und weiß nicht, daß ein starker Mann nur redet, wenn er damit Taten einleiten will." Er lächelte bitter. „Deshalb bin ja auch ich kein starker Mann. Gleich Kurelen spreche ich, um mir die Anstrengung zu ersparen. Falls Bektor — irgendein Leid zustoßen sollte, wäre Kurelen als erster angewidert."

Temudschin sagte nichts. Jamuga sah nur jenes ungestüme Profil, das genauso unbarmherzig und wild wie die Umrisse des vulkanischen Felsens war, gegen den er lehnte.

Mit erhobener Stimme fuhr Jamuga fort: „Es gibt keine Feindschaften, die nicht ausgesöhnt, keine Eifersucht, die nicht beigelegt, keinen Gegner, der nicht in einen Freund verwandelt werden könnte."

Temudschin wandte sich ihm zornbebend zu, und Jamuga sah, daß diese Wut sich auch gegen ihn selbst richtete. „Ich habe keine Zeit!" schrie er. „Ich darf nicht zaudern! Ich muß tun, was ich tun muß!'

Mit gedämpfter Stimme, deren Beben er unterdrückte, fragte Jamuga: „Und was ist das?"

Aber Temudschin antwortete nicht sofort. Sein Atem ging kurz und stoßweise. Dann sagte er sonderbar gefaßt und leise: „Bektor muß aus dem Weg geschafft werden."

Jamuga kämpfte seine Erregung nieder und fragte: „Aber wie?" Er dachte an Borteis Gift und schloß in einem Anfall von Grauen die Augen. Als Temudschin ihm jedoch nicht antwortete, öffnete er sie wieder. Eine steinerne Maske hatte sich über das Gesicht seines Blutsbruders geschoben, hinter der unsichtbar und fürchterlich sein Charakter hervorlugte.

Jamuga zwang seine starren Lippen in ein belustigtes Lächeln. „Du würdest ihn doch nicht töten, Temudschin?" Und als Temudschin noch immer nicht den Mund auftat, brach Jamugas Stimme als schriller Schrei hervor: „Du würdest doch deinen Bruder nicht ermorden?"

Er zuckte zurück, denn Temudschins Seele war hinter der Maske hervorgetreten und ein Grauen für Jamugas Augen. Lange Zeit starrten die beiden jungen Männer einander an. Jamuga war von dem, was er sah, fasziniert wie von einem überwältigenden Greuel, der ihn lähmte.

Dann sagte Temudschin mit sanfter Stimme und bösem Lächeln: „Bist du nicht mein angelobter Blutsbruder?"

Wieder sahen die beiden jungen Männer einander an. Jamugas Antlitz hatte die Farbe eines Steines, den der Blitz gespalten hatte. Sein Herz klopfte unregelmäßig und schmerzhaft.

„Ja", flüsterte er. „Wer kann dieses Band lösen? Du selbst?"

Temudschin lächelte unverändert. Dann kehrte er sich wortlos ab und bestieg bedächtig sein Pferd. Ohne einen Blick zurückzuwerfen, ritt er davon, als hätte er nie einen Begleiter gehabt.

Jamuga sah ihm nach. Er war so schwach und erschöpft, daß er sich an den Fels lehnen mußte. Er schloß die Augen. Er hörte den verklingenden Hufschlag von Temudschins Pferd, bis ihn schließlich ungebrochene Stille umfing.

Temudschin ritt ohne Eile, aber von einem unerbittlichen Zweck getrieben, ins Lager zurück. Er holte Kasar zu sich, der wegen seines Geschicks als ‚der Bogenschütze' bekannt war. Er sah ihm in die Augen und fragte:

„Wo ist Bektor?"

Kasar war ein einfältiger, junger Mann, aber als er Temudschins Gesicht sah, kannte er dessen Gedanken. Er erbleichte, aber seine offene Miene veränderte sich nicht. „Bektor ist im Osten bei den Pferden draußen. Belgutei ist bei ihm."

„Komm mit mir", sagte Temudschin.

Zuerst ging er in seine Jurte und warf sich den Bogen und den Köcher über die Schulter. Als er ins Freie trat, war Kasar bereits bewaffnet. Sie bestiegen ihre Pferde und ritten in gemächlichem Tempo fort, Temudschin voran, Kasar knapp hinterher. Temudschin hatte seinem Bruder kaum jemals etwas zu sagen und sprach selten mehr zu ihm als zu seinem Schimmel, in dem er die gleiche einfältige Ergebenheit und kritiklose Gefügigkeit verspürte.

Der harte, trockene, gelbliche Lehm der Wüste dröhnte unter den Pferdehufen. Eidechsen huschten wie schlanke, juwelenbesetzte Geschöpfe über den Weg. Die roten Berge zogen sich in der Ferne als niedrige zerklüftete Kette hin. Der Himmel wurde immer heißer und blauer. Außer den kleinen, tintenschwarzen Flecken neben den Felsblöcken, die zeitlos und unbeweglich über der Wüste verstreut waren, gab es nirgends Schatten. Einmal erhob sich ein Vogel mit schrillem, durchdringendem Schrei aus einem trockenen Grasbüschel und kreiste drohend über ihren Häuptern. Der Wind zog wie ein unsichtbarer Wasserlauf über ihnen hin, ohne das ewige blendende Gleißen zu mildern.

Sie saßen auf einem flachen Felsband ab. Unter ihnen lag das lebhafte, sprühende Grün eines schmalen, fruchtbaren Tales, einer Oase, in der eine Palmengruppe mit dünnen, säbelartigen Blattwedeln stand. Dort weidete die kleine Pferdeherde. Die Tiere grasten zufrieden, und die Mähnen ihrer gesenkten Köpfe flatterten im Winde. Auf einem Stein unter den Palmen saßen Belgutei und Bektor.

Belgutei erblickte Temudschin und Kasar zuerst und rief ihnen einen Gruß zu. Winkend kam er ihnen entgegen. Die Pferde hoben die Köpfe und wieherten den Ankömmlingen zu. Bektor aber stand langsam und zögernd auf und trat unter den Palmen vor. Selbst auf diese Entfernung strömte seine Erscheinung stumme Bitterkeit aus.

Belgutei erreichte lächelnd Temudschins Pferd. Er begann zu sprechen und hob den Kopf. Als er jedoch Temudschins Gesicht sah, erstarb ihm das Wort in der Kehle. Er reckte die Hand, als wollte er nach Temudschins Zügel fassen, und ließ sie schlaff niedersinken. Sein Gesicht wurde fahl wie die Wüste. Er rührte sich nicht. Ein sonderbarer Ausdruck huschte über seine Züge, und seine Augen flimmerten unergründlich. Er war wie ein Mann, der einem unbarmherzigen Schicksal gegenüberstand.

Temudschin ritt an ihm vorbei. Kasar hielt kurz an und entnahm seinem Köcher einen Pfeil. Dann setzte auch er seinen Weg fort. Temudschin hielt den Säbel in der Hand. Bektor erwartete ihn mit gefurchter Stirn. Temudschin sah auf ihn hinab und ihre Blicke versenkten sich ineinander.

Der unselige Bektor wußte sofort, was Temudschin hergeführt hatte. Sein Gesicht wurde bleifarben, sein Körper bog sich nach hinten, aber seine Lippen wurden schmal, und seine Augen hielten Temudschins Blick gelassen stand. Über dem hohen Mantelkragen begann eine Ader an seinem Hals zu zucken.

Kasar holte Temudschins Vorsprung ein. Der Pfeil lag an seinem Bogen. Plötzlich gingen ihm die Nerven durch. Er ertrug Bektors wissende Miene nicht. Es war eine Gebärde der Selbstverteidigung, mit der er den Arm hochwarf, um sich vor diesem Anblick abzuschirmen. Dadurch spannte er den Bogen und der Pfeil schwirrte auf Bektor zu. Im allgemeinen genügte ein einziger Pfeil, denn er war ein ungemein treffsicherer Schütze, aber im letzten Augenblick bebte seine Hand, und der Pfeil riß Bektors Unterleib auf.

Der arme Jüngling taumelte rückwärts. Seine Hände fuhren zu dem zitternden Schaft, der tief in seinen Eingeweiden steckte. Sofort quoll ihm das Blut durch die Finger. Er knickte zusammen und sank auf die Knie. Aber er stöhnte nicht und wandte die Augen nicht von Temudschin.

Temudschin warf Kasar einen vernichtenden Blick zu. „Du Narr, du ungeschickter Narr", zischte er leise. Er riß den Bogen aus den gefühllosen Händen seines Bruders und setzte mit ruhiger Bedachtsamkeit einen seiner eigenen Pfeile daran. Dann zögerte er und sah auf die kniende, blutende Gestalt seines Halbbruders hinab. Bektor hatte sich zusammengekrümmt. Zwischen seinen verkrampften Fingern tropfte das hellrote Blut auf die durstige Erde.

„Das wollte ich dir ersparen", sagte Temudschin.

Zum letzten Male starrten sie einander an. Lähmende Stille hing über ihnen. Belgutei stand in einiger Entfernung und sah zu. Kasar hatte den Kopf gesenkt. Sie hätten steinerne Bildwerke im blendenden, heißen Flirren der Sonne sein mögen.

Bektors Augen waren im Todeskampf bereits glasig geworden. Blutbläschen bildeten sich in seinen bleichen Mundwinkeln, und aus einem Nasenflügel tropfte Blut. Seine Hände klammerten sich naß und purpurn um den Schaft des Pfeiles. Und doch vermochte er, Temudschin unverwandt und stumm anzusehen.

Temudschin spannte den Bogen. Wie ein Blitzstrahl schnellte der

Pfeil los und sank Bektor ins Herz. Lautlos fiel er vornüber aufs Gesicht und rollte kraftlos zur Seite. Aber bis zuletzt, als seine Augen sich im starren Todesblick verdrehten, sah er Temudschin an.

Temudschin gab seinem Bruder den Bogen zurück und wirbelte sein Pferd herum. Beim Geruch von Blut und Tod blähten sich die Nüstern des Tieres und es zitterte. Kasar folgte ihm nach, aber er mußte sich mehrmals übergeben. Temudschin ritt zu Belgutei, hielt vor ihm an und sah auf ihn hinab. Belgutei erwiderte furchtlos seinen Blick und lächelte sogar schwach mit blutleeren Lippen.

„Muß ich auch sterben?" fragte er schließlich beinahe gleichgültig.

Temudschin schwieg lange still, dann sagte er leise:

„Folge mir."

Er ritt voran, Kasar kam langsam nach. Belgutei schwang sich aufs Pferd, rief der Herde zu, die ihm folgte, und einen weiten, scheuen Bogen um den toten Bektor schlug.

Temudschin trieb jetzt sein Pferd an, und doch sah er nicht wie einer aus, der floh. Kasar, der ihn mit trübem Blick verfolgte, erschien er wie ein drohendes, überlebensgroßes Wesen aus einer anderen Welt, das den Schatten des Verderbens nach sich zog.

XXIII

Kalt und angeekelt sagte Kurelen: „Du mußt ungemein stolz darauf sein, einen wehrlosen Jungen getötet zu haben."

„Einen Wehrlosen hätte ich nicht getötet", versetzte Temudschin ruhig.

Unwillkürlich schwieg Kurelen still, überdachte Temudschins Antwort und mußte wütend gestehen, daß sie richtig war. Dann sagte er, wobei er den Blick noch immer von seinem Neffen abgewendet hielt:

„Du hättest ihn mit einem Mädchen aus einem anderen Stamm vermählen und ihn so loswerden können."

Temudschin lächelte böse. „Auch das hätte Zeit gekostet, und ich habe keine Zeit."

194

Da musterte Kurelen ihn neugierig und aufmerksam und sagte zu sich: Er hat recht. Trotzdem erfaßte ihn eine ungewohnte Furcht. Er hatte sich geschmeichelt, gewaltigen Einfluß auf Temudschin zu besitzen, und vorausgesetzt, daß sein Neffe ihn vor jeder ernsten Entscheidung auf seine gewundene Art um Rat fragen würde. Und doch hatte Temudschin das nicht getan. Also hatte er, Kurelen, seinen Einfluß verloren. Und wenn das so war, dann kannte er in Wahrheit Temudschin überhaupt nicht. Vor ihm stand ein Fremder, eingeschlossen im schwarzen Schutzwall seiner Seele, den keiner durchbrechen konnte. Kurelens Eitelkeit war tief verletzt. Er, der jeden Menschen durchschaute, hatte geirrt. Er wußte nicht mehr als der armseligste Tropf. Er dachte: Jeder lebt nach seinem eigenen, einmaligen Gesetz. Wer behauptet, die Menschen zu kennen, weiß gar nichts und ist bloß ein selbstgefälliger Narr. Der Versuch, zu verstehen, führt nur zu Verwirrung und Täuschung.

Er hatte seit langem angenommen, daß Temudschin zu unbegreiflicher Gewalttätigkeit neigte. Jetzt hatte er den Beweis dafür. Gewalttätigkeit hatte ihn immer genauso wie eine sinnlose Naturkatastrophe erschreckt, vor der die Menschen in hilfloser Bestürzung anhalten mußten. Und doch wußte er, als er Temudschin ansah, daß diese Gewalttätigkeit weder sinnlos noch dumm war. Sie war noch viel schrecklicher, denn ihr lag kalte Berechnung zugrunde. Er war nicht von spontaner Skrupellosigkeit, sondern setzte sich mit klarer Überlegung über andere hinweg. Und das war die abstoßendste Form der Gewalttätigkeit.

Unvermittelt und lahm sagte er: „Geh. Ich kann dich nicht ansehen." Dabei wußte er genau, daß es seine eigene verletzte Eitelkeit, seine Unzulänglichkeit war, die er nicht ertragen konnte. Bitter gestand er sich ein: „Ich habe überhaupt kein Wissen."

Als Houlun am Abend von Temudschins schändlicher Tat erfuhr, hüllte sie sich in ihren Mantel und zog sich die Kapuze über den Kopf. So ging sie ins Zelt von Bektors Mutter. Die arme Frau war so verzweifelt, daß ihr die Tränen fehlten. Sie konnte Houlun nur aus glänzenden, trockenen Augen anstarren. Houlun kniete vor ihr nieder, küßte ihre Füße und weinte.

„Verzeih mir, daß ich einen Mörder geboren habe!" schluchzte sie.

Die Koraitin war ungebildet und dumm. Und doch hob sie mit einer Einfachheit, die hellsichtiger als jede Weisheit war, Houlun hoch und umarmte sie mit den Worten: „Du hast mehr Grund zur Trauer als ich. Laß mich dich trösten."

Die Feindschaft der beiden Frauen wurde von den gemeinsamen Tränen fortgeschwemmt.

Die arme Frau hatte ihren toten Sohn behalten, aber Houlun wußte, daß sie Temudschin verloren hatte. Nie wieder konnte sie ihn vorbehaltlos lieben, denn ihr Vertrauen zu ihm war zerstört. Dieser Mord würde immer wie ein blutiger Schatten zwischen ihnen stehen. Und plötzlich dachte sie mit würgender Gewißheit an ihre Schwiegertochter und haßte sie aus ganzer Seele.

Sie ging zu Temudschin, der allein mit Kasar in seiner Jurte saß. Entsetzen, Kummer und Verzweiflung entstellten ihr Gesicht und erfüllten ihre Augen mit Feuer. Das Haar hing ihr wirr ins Gesicht, als hätte es sich an ihrem inneren Aufruhr angesteckt. Ihre Brust hob sich schwer unter ihren qualvollen Atemzügen. In leidenschaftlicher Verachtung blickte sie wütend auf die beiden Jünglinge hinab, aber das Wort richtete sie an Temudschin, der sie aus dunklen, unergründlichen eiskalten Augen ansah.

„Du Feigling und Ungeheuer!" rief sie. „Der Mann, der die Hand gegen seinen Bruder erhebt, ist verflucht! Hüte dich! Bewache deinen Schatten, auf daß er dich nicht hinterrücks niederstreckt! Wache über deinem Herzen, denn kein anderes Menschenherz wird jemals wieder vertrauensvoll für dich schlagen. Laß nie deine Peitschen fallen, denn kein anderer wird seine Peitsche zu deiner Verteidigung erheben. Schärfe dein Schwert, denn sonst wird dich keines beschützen. Ruf den Schamanen herbei, daß er vor deiner Jurte Wache hält, denn die Geister werden sich an dir rächen!"

Temudschin hörte schweigend zu, aber als seine Mutter geendet hatte, umspielte ein leises Lächeln sein Lippen. Dieses Lächeln verletzte sie tiefer als seine Tat und erfüllte sie mit unbändigem Grauen.

Endlich antwortete er ihr mit ruhiger Stimme:

„Geh in deine Jurte, Mutter, und beruhige dich. Deine Worte sind töricht und wirr. Ich tue nur, was ich tun muß, und in mir war kein Zorn gegen Bektor. Aber du bist bloß eine Frau und verstehst das nicht. Geh!"

Von Entsetzen gelähmt und verwirrt ging sie wirklich, und ihre Lippen waren kalt und die Augen blind. Als später die Koraitin in ihre Jurte kam, warf sie sich in die Arme dieser Frau und weinte hemmungslos.

Temudschin saß allein mit Kasar, dessen Gesicht weiß, aber entschlossen war. Er wartete. Und dann kamen nach und nach seine Freunde zu ihm, wie er es gewußt hatte. Subodai kam. Die Augen des schönen Jünglings glänzten, aber seine Miene war beherrscht. Lange sah er Temudschin schweigend an. Dann kniete er vor ihm nieder, hob Temudschins Hand und legte sie sich auf den Kopf.

Mit seiner wohlklingenden Stimme sagte er: „Bis an mein Lebensende werde ich deine Feinde abwehren. Ich werde dein Schwert sein und deine Jurte, die dich vor dem Wind schützt. Das ist es, was ich bis an mein Lebensende für dich sein werde."

Temudschin war über alle Maßen gerührt, denn er wußte, daß diese durchaus nicht blinde Ergebenheit die größte war, die man ihm bezeugen konnte.

Dann kam blaß, aber mit strahlendem Lächeln Chepe Noyon. Man merkte ihm an, daß er sich die Worte, die er an Temudschin richten wollte, zurechtgelegt hatte. Sobald er aber in der Jurte war und dem Mann gegenüberstand, dessen Hände noch rot vom Blut seines Bruders waren, konnte er nicht sofort sprechen, sondern nur unaufrichtig und entschlossen lächeln. Dann verlöschte das Lächeln in seinem Gesicht und machte tiefer, ernster Härte Platz. Dieser Zug mutete bei dem fröhlichen Abenteurer höchst ungewohnt an. Er kniete vor Temudschin nieder und blickte ihm offen ins Auge.

„Du bist mein Khan", sagte er, und seine Oberlippe zog sich hoch wie im Schmerz.

Temudschin dachte: Er wird mir immer treu sein, weil ich ihn davon überzeugt habe, daß ich vor nichts zurückschrecke.

Er zwang sich zum Lächeln und berührte sanft Chepe Noyons Schulter. „Und du bist Chepe Noyon, mein Paladin", sagte er. Seine angeborene Menschenkenntnis gab ihm ein, daß eben diese leise Berührung, das leichte Lächeln der richtige Weg zu Chepe Noyon waren.

Und dann kam Belgutei. So sehr die anderen davon überrascht waren, Temudschin war es nicht. Er streckte Belgutei die Hand entgegen und sagte: „Mein Bruder! Setz dich an meine Seite!"

Mit maskenhaft glattem Ausdruck, den trotz der zarten Rötung seiner Lider keiner entschlüsseln konnte, nahm er links von Temudschin Platz. Genau wie Chepe Noyon hatte Temudschin auch ihn richtig eingeschätzt. Mit weniger Einsicht hätte er sich Belgutei zum Todfeind gemacht. Jetzt aber wußte dieser, daß Temudschin Treue verdiente.

So warteten sie alle in wortlosem Schweigen und jeder wußte, auf wen. Jamuga, Temudschins angelobter Blutsbruder, fehlte noch. Als die Zeit verstrich, ohne daß Jamuga Sechen erschien, glühte die Empörung in Kasars einfältigem Gesicht. Wie konnte der beste Freund seines Bruders wagen, ihn derart zu beleidigen? Er sah sich um. Seine Nasenflügel weiteten sich, seine Augen blitzten drohend, als wollte er sie alle herausfordern. Aber Temudschins Miene war gelöst. Keiner wußte, wie bange sein Herz pochte. Er dachte: Wenn Jamuga vor dem Morgengrauen nicht kommt, dann weiß ich, daß er unsere Blutsbrüderschaft verletzt hat. Diese Erkenntnis stimmte ihn nicht zornig, sondern traurig. Wenn Jamuga nicht kam, dann stand ihm der größte Verlust bevor, den er jemals erleiden konnte. Die Angst lastete mit bleierner Schwere auf ihm. Er konnte den Gedanken nicht ertragen, Jamugas Liebe und Freundschaft zu verlieren. Schließlich ballte sich seine ganze Willenskraft in dem wortlosen Schrei, Jamuga möge zu ihm kommen und sei es nur, um ihn zu tadeln. Ihm lag nicht länger an seinem Verzeihen, er wollte sein Verstehen nicht, er wollte nichts weiter als Jamugas Nähe.

Das Morgengrauen lief bereits mit bleichem, unruhigem Feuer den östlichen Horizont entlang, als Jamuga endlich erschien. Er trat so leise ein, daß sie ihn erst bemerkten, als er unter ihnen stand.

Temudschin gewahrte ihn als erster. Als er zu seinem Blutsbruder aufblickte, der so unbewegt vor ihm stand, tat sein Herz einen Sprung. Und dann sah er, daß Jamuga fahler als ein Toter war und aussah wie einer, der die gräßlichste Folter hinter sich hatte. Temudschin bewegte mehrmals die Lippen, ehe er einen Laut hervorbrachte, denn etwas in Jamugas trockenen, fanatisch ehrenhaften Augen beschämte ihn.

„Ich habe keine Feindschaft gegen Bektor gehegt, Jamuga", sagte er.

Jamuga sah ihn unbeirrt an. Dann fragte er mit schwacher Stimme:

„Temudschin, hast du vor ein oder zwei Abenden versucht, Bektor zu vergiften?"

Temudschin erwiderte seinen Blick mit ungeheucheltem Staunen:

„Bektor vergiften? Bist du verrückt, Jamuga?"

Er brach ab, denn Jamuga war plötzlich in Tränen ausgebrochen. Er wartete, noch immer erstaunt, während Jamuga langsam vor ihm niederkniete. Unter Tränen sah Jamuga ihn an.

„Du bist mein Blutsbruder", sagte er einfach.

Und er nahm an Temudschins Rechter Platz.

Wieder verharrten sie schweigend. Temudschin wartete auf den Schamanen.

Zuerst hatte er daran gedacht, selbst zu Kokchu zu gehen, aber eine kurze Überlegung hatte ihn die Gefahr dieses Schrittes erkennen lassen. Ging er zu ihm, dann war Kokchu schließlich doch der Sieger. Das Morgenrot leuchtete schon hell am Himmel, als Temudschin zu Chepe Noyon sagte:

„Geh zum Schamanen und sag ihm, er soll sofort zu mir kommen."

XXIV

Sehr gefaßt betrat der Schamane die Jurte. Wenn auch sein Gesicht von Falten durchzogen, grau und verwelkt war, hatte er nie würdevoller und großartiger ausgesehen. Er wußte nicht, was ihm bevorstand. War es der Tod? Wieviel wußte Temudschin? War der junge Mann zu gewalttätig, um zu überlegen? Selbst wenn er aber den Foltertod nicht ausschließen konnte, mit dem Verräter bestraft wurden, bewegte Kokchu sich mit ruhiger Hoheit, und wenn er sich fürchtete, so verriet er es nicht.

Er sah keinen außer Temudschin an, der hochmütig und schweigend in der Mitte seiner jungen Helden saß. Beim Anblick von

Temudschins Augen, die jetzt sanft, grau und strahlend wie die einer Taube geworden waren, bereitete er sich aufs Schlimmste vor. Tücke verlieh Temudschins Augen ein unschuldiges Blau; Wut färbte sie zu sprühendem Smaragdgrün, aber Mord warf einen verschwommenen, weichen grauen Schatten über sie.

Kokchu kniete nicht nieder. Er dachte bei sich: Wenn er meinen Tod beschlossen hat, dann soll er sich nicht vorher noch an meiner Demütigung weiden. Aber er neigte ernst den Kopf und wartete.

Temudschin begann mit sanfter Stimme zu sprechen. Das zärtliche Grau seiner Augen vertiefte sich noch:

„Ich weiß, daß du Bektor geliebt hast, Kokchu, und daß sein Tod dir Kummer bereitet."

Kokchus Lider flatterten, aber er antwortete mit leiser Stimme:

„Du bist der Khan, Temudschin, und ein armer Priester hat keine Wahl, als sämtliche Taten seines Khans ehrenvoll und gerecht zu finden."

Temudschin lächelte in gespielter Leutseligkeit, aber das Grau seiner Augen ging in Smaragdgrün über.

„Weil du Bektor wie einen Sohn geliebt hast, glaube ich, dir eine Erklärung geben zu müssen. Und weil ich deine schlichte Ergebenheit kenne, brauche ich deine Unterstützung beim Volk. Mir sind Gerüchte zu Ohren gekommen, daß es über meine notwendige Tat entsetzt ist."

Kokchu blieb still, heftete aber den Blick voll auf Temudschin. Er fragte sich: Ist es denkbar, daß er sich fürchtet? Im nächsten Augenblick aber mußte er bedauernd feststellen, daß er sich geirrt hatte.

Temudschin sagte mit unverändert beängstigend sanfter Stimme:

„Hätten sich unter meinen Leuten keine Verräter befunden, ich hätte Bektor nicht getötet. So aber hätte sich in ihren Händen Bektor zum Schwert gegen mich verwandeln können, deshalb fand ich es nötig, ihn zu töten. Die Schmach dieser Tat trifft daher nicht mich, sondern die Verräter. Ihre Hände sind blutbefleckt."

Trotz seiner Fassung setzte Kokchus Herzschlag einen Atemzug lang aus und flatterte dann ängstlich.

Mit einer von kummervoller Einsicht gefärbten Stimme fuhr Temudschin fort: „Ich will jedoch kein Blut mehr vergießen. Ich hoffe, daß Bektors Tod den Verrätern eine Warnung sein wird." Er legte eine Pause ein und setzte dann laut und rauh hinzu: „Verstehst du mich, Kokchu?"

Zwischen bleichen, festen Lippen stieß der Schamane hervor: „Ich verstehe dich, o mein Khan."

Die Spannung fiel von Temudschin ab, und er lächelte zynisch. „Du bist nicht nur ein Priester, sondern auch ein kluger Mann, Kokchu. Aber mein Onkel hat oft gesagt, daß Priester klug sind. Sie unterstützen unweigerlich die Starken gegen die Schwachen. Ich bin nicht schwach, Kokchu."

Ehrerbietig neigte der Schamane den Kopf und dachte: dann muß ich also nicht sterben? Mit verächtlichem Staunen stellte er fest, daß ihm unter der plötzlichen Erleichterung die Beine schwach wurden.

Temudschin beobachtete ihn aus brutalen, bösen Augen und fuhr fort:

„Ich hasse Verrat und werde nicht zögern, neuerlich und mit meinen eigenen Händen zu töten. Das sollst du den Leuten sagen. Du sollst ihnen verkünden, daß Bektor ein Verräter war und wie alle Verräter den Tod verdiente. Aber das nächste Mal wird ein Verräter nicht so barmherzig sterben."

Wieder neigte der Schamane den Kopf in ergebener Ehrerbietung.

„Weiters sollst du den Leuten sagen, daß du Bektors Tod empfohlen hast, weil dich ein Traum vor seinem Verrat gewarnt hat."

Langsam hob Kokchu den gesenkten Kopf. Seine Lippen wurden farblos. Nach langem Zögern antwortete er schließlich beinahe unhörbar: „Du hast befohlen, Temudschin."

Temudschin zog sich einen breiten goldenen Ring mit grünen und violetten Steinen vom Finger. Kurelen hatte ihm den Ring gegeben. Jetzt griff er nach Kokchus Hand und steckte ihm den Ring an. Kokchu starrte ihn an, und etwas Farbe kehrte in seine zerfurchten, eingefallenen Wangen zurück.

„Könige können ohne Priester gedeihen. Aber Priester ohne Könige müssen vom Erdboden verschwinden", sagte Temudschin.

Kokchu berührte seine Stirn und verneigte sich beinahe knietief. Triumphierend lächelte Temudschin seinen schweigenden Getreuen zu.

„Geh jetzt, Kokchu, und denke an meine Befehle."

Der Schamane verließ die Jurte. Der Osten schimmerte wie Perlen. Die Frauen zündeten bereits die Lagerfeuer an, und der Rauch stieg dunkel und gerade in die klare Morgenluft.

Kokchu stand schweigend da und starrte in den Himmel. Sein Gesicht war verzerrt. Leidenschaftlich hob er die geballte Faust, als wollte er Verwünschungen murmeln. Das erste Licht der aufgehenden Sonne fiel auf die grünen und violetten Steine des Ringes, den Temudschin ihm gegeben hatte, und der Schmuck blitzte auf. Kokchu sah ihn aus weit aufgerissenen Augen an. Langsam öffnete sich seine Faust, langsam sank seine Hand herab, langsam zog ein tückisches Lächeln seine trockenen Lippen in die Breite.

Er setzte seinen Weg fort und legte sich in Gedanken die Worte zurecht, mit denen er das Volk am wirksamsten besänftigen konnte.

Temudschin begab sich in die Jurte seiner Gemahlin. Sie hörte ihn kommen (sie hatte die ganze Nacht nicht geschlafen) und schlug ihr Gewand aus weißer Wolle auseinander. Als er eintrat, erhob sie sich vom Lager, und ihr Gewand teilte sich. Im flackernden roten Licht des Kohlenbeckens stand sie nackt vor ihm, streckte ihm die Arme entgegen und lächelte ihm unendlich verführerisch zu. Er blieb unbeweglich stehen und genoß den Anblick ihrer kleinen, mondförmigen Brüste, ihrer Hüften und Schenkel, die wie rosiger, durchscheinender Alabaster schimmerten. Sie sah ihm ins Gesicht, und das ängstliche Beben ihres Herzens verlangsamte sich zu regelmäßigem, triumphierendem Pochen. Sie warf sich in seine Arme, und er preßte mit einem Aufschrei, in dem sich Begierde, Liebe und Jubel mengten, seinen Mund auf ihre Lippen.

ZWEITES BUCH

I

„Mein Volk ist zerschlagen und in alle Winde verstreut worden", sagte Temudschin. „Man hat es furchtsam gemacht und mit Schande und Schmach bedeckt. Es ist arm und unglücklich. Ich bin der Khan einer Handvoll verschreckter Kinder und alter Frauen und Männer, deren Eingeweide die Angst zu Wasser gemacht hat. Aber ich werde Rache nehmen! Ich werde mein Volk aus der Einöde zu ausgedehnten Weiden führen und sie werden ihre Zelte in Frieden neben plätschernden Flüssen aufschlagen."

So sprach er zu seinem Volk, ehe er mit Chepe Noyon, Jamuga Sechen, Subodai und Kasar aufbrach, um den mächtigen, aber heimtückischen und feigen Ung Khan, den Nestorianer, Koraiten und angelobten Blutsbruder seines Vaters aufzusuchen, wie er sich gelobt hatte.

Er betrachtete sein verarmtes, zerlumptes Volk, eine bloße Handvoll, wie er sagte. Er sah ihre ärmlichen Jurten, ihre kläglichen Herden an Pferden, Rindern, Ziegen und Schafen und Kamelen. Einen Augenblick lang war ihm bange, aber seinem strengen, unerbittlichen Gesicht und seinen feurigen Augen war nichts von seinen Sorgen anzusehen, weil das heitere Licht der Dämmerung ihn mit vollem Glanz übergoß. Seine Hand ruhte entschlossen auf der Lanze. Gleich einem Kaiser saß er zu Pferde, die Paladine um sich geschart. Über dem Sattelknopf lag sein wertvollster Schatz, ein schwerer Mantel aus dunklen Zobelfellen, sein Geschenk an Ung Khan.

Er dachte bei sich: Was kann ich aus diesen Trümmern machen? Wie aus dieser drückenden Armut als gewaltiger Herrscher hervorgehen? Ich habe beschlossen, ein Kaiser zu werden: was muß ich dazu tun? Genügen mein Arm, mein Mut, mein Haß, mein leidenschaftliches Verlangen und meine Gier? Sind ihre elenden Herzen stark genug, mir zu folgen? Kann ich aus verschreckten, ungebildeten hungrigen Nomaden Eroberer machen?

Zu Jamuga, den er aus unschuldig blauen Kinderaugen ansah, sagte er: „Mein Volk muß Platz, Weiden, Jagdgründe und Frieden haben." Zu Chepe Noyon sagte er: „Es gibt keinen Mann, der nicht nach Abenteuern lechzt. Ich werde meinem Volk Abenteuer schenken." Zu Kasar sagte er: „Mein Volk liebt mich. Ich liebe mein Volk. Es sind einfache Menschen, und solche Menschen sind immer weise und gut. Ich versuche nur, meinem Volk zu dienen." Zu Subodai sagte er: „Ich muß mein Volk stark machen, denn nur der Starke kann überleben. Aber ich werde es auch großmütig machen, damit es ohne böse Vorsätze gute nachbarliche Beziehungen pflegen kann." Zu Kurelen sagte er: „Wir müssen überleben."

Zu sich selbst aber sagte er: „Ich allein zähle."

Er zeigte sich jedem Menschen so, wie er ihn sehen wollte. Er war das Bild, das jeder Mann sich von sich selbst machte, aber verherrlicht, unbesiegbar und mächtig. Er täuschte sogar Jamuga, der mit leidenschaftlicher Bereitwilligkeit an ihn glaubte. Aber er täuschte weder Kurelen noch Kokchu. Kurelen hoffte das Beste, Kokchu hoffte nur auf den Abglanz der Macht.

Finster und unerschütterlich machte er sich auf den Weg. Ihm folgten seine Getreuen. Kurelen bot ihm aus seinen Schätzen Geschenke für Ung Khan an, aber Temudschin sagte:

„Nein. Wenn man zu schwer mit Geschenken beladen ist, erweckt man den Verdacht, nicht stark zu sein."

Er gestattete niemand, auch nur annähernd zu vermuten, wie wenig er sich der Treue seines Volkes sicher war. Er wußte, daß der Mord an Bektor seine Untertanen, so ungeschlacht und einfältig sie waren, zutiefst entsetzt hatte. Hätte Bektor ihn herausgefordert und wäre es zu einem offenen, ehrenvollen Kampf gekommen, dann hätte selbst der tödliche Ausgang keinen Abscheu, keinen Vorwurf hervorgerufen. Dieser Überfall jedoch, den er gemeinsam mit Kasar auf einen wehrlosen Jüngling gemacht hatte, dem keine Zeit blieb, sich zu verteidigen, der vielmehr aus heiterem Himmel von seinem eigenen Bruder brutal ermordet worden war, hatte die Leute abgestoßen.

Aber Temudschin klammerte sich daran, daß er keine Zeit gehabt hatte. Außerdem hatte er bereits die unklare Ahnung, daß das Entsetzen die Straße zur Macht erschließt und der Terror ihr Söldner ist. Eine offene Herausforderung Bektors hätte Zeit gekostet. Außerdem war Temudschin nicht völlig davon überzeugt, daß er den Kampf gewonnen hätte, denn er war nicht so stark, wie Bektor es gewesen war. Später sollte er in den Ruf sagenhafter Kühnheit gelangen, aber in Wahrheit war er es nie. Eroberer, pflegte er zu sagen, müssen verwegen wirken, aber ihr Untergang beginnt, sobald sie dümmlich ihrem eigenen Rat folgen. Verwegenheit beeindruckt die Massen, aber es genügt für einen Herrscher, schauspielerisches Talent zu haben und über dramatische Gebärden zu verfügen.

Der mächtige Ung Khan, von dem es hieß, er besäße vierzig Zelte aus reinem Goldbrokat, hielt das Flußland in der Nähe der Großen Mauer von Kathai besetzt. Die Koraiten bewohnten viele eigene, von Mauern geschützte Städte. Die Häuser waren aus weichem Erdreich und Lehm gefügt und widerstandsfähig. Die Koraiten, zum überwiegenden Teil türkischer Abstammung, waren ausgezeichnete, wohlhabende Kaufleute, und die Reichen unter ihnen hatten ihre prächtigen Häuser in den Städten. Der inzwischen alt gewordene Ung Khan war ein Mann von ansprechendem Gehaben und glattem, lächelndem Gesicht. Seine Stimme war sanft und einschmeichelnd, und er war sehr fromm. Allerdings war seine Frömmigkeit sehr dehnbar. Wenn es ihm paßte, liebte er den Islam und verehrte Mohammed. Dafür zeigte er sich ein andermal, wenn es angezeigt schien, voll christlicher Demut. Sein Volk war beinahe zur Gänze vom heiligen Andreas und Thomas zum Christentum bekehrt worden, und mit fortschreitendem Alter fand Toli oder Ung Khan es immer ratsamer, sich auf diesen Glauben zu stützen. Er war ein großer Spitzbube, ein Lügner und Heuchler, voll Hinterlist, Betrug und Eigennutz, der vor keinem Mord zurückschreckte, es aber jederzeit verstand, einer abschreckenden Tat das Mäntelchen des Christentums umzuhängen.

Sein Wesen strahlte einen so unwiderstehlichen Zauber aus, daß es ihm gelang, sich die Untertanentreue und angelobte Bruderschaft von ganzen Scharen kleiner und armer Häuptlinge, wie Jesukai, zu sichern. Häufig brach er seine ernstesten Versprechungen, aber das warfen ihm die gutgläubigen Häuptlinge niemals vor, denn seine Entschuldigungen waren zerknirscht, seine Erklärungen so triftig, daß sie ihm alles glaubten, was er sagte. Sie sahen in seine unschuldigen Augen, die ihnen aus seinem alten, ernsten Gesicht entgegenblickten, lauschten seiner sanften Stimme und ließen sich wieder für ein Bündnis gewinnen, das ihm jeden Vorteil einräumte und ihnen sehr oft nichts.

Einmal sagte er spöttisch zu seinem Sohn: „Sei ein Mann von Tugend, Ehre und Mut; sei ein Held, vor dem alle Hindernisse verwehen. Sei edel, gerecht und tapfer. Und mit all diesen Eigenschaften wirst du dir nicht die Treue und Liebe deiner Mitmenschen erringen. Aber laß honigsüße Worte von deinen Lippen fließen, streite mit niemand, sondern gib allen recht, lächle gewinnend und zärtlich, geh verschwenderisch mit Versprechungen um, die du keineswegs zu erfüllen brauchst, und laß dein Auge liebevoll auf jedem Menschen ruhen, selbst wenn du ihn haßt, und ich sage dir, daß die Menschen, in denen doch nur Hundeseelen wohnen, an deinen Fersen hängen und mit Begeisterung für dich sterben werden. Eine geschmeidige Zunge kostet nichts, aber sie trägt ihrem Besitzer Reichtümer ein."

Sein Sohn fragte ihn, ob große Eroberer sich geschmeidiger Zungen und süßer Lächeln bedienten. Ung Khan schürzte die Lippen, schüttelte den Kopf und sagte: „Es gibt auch einen anderen Weg, Untertanentreue zu gewinnen, und das ist der Weg der Tyrannei. Aber der ist zu anstrengend. Ich ziehe den weniger ruhmreichen, aber angenehmeren Pfad vor und bin zufrieden, in Sicherheit zu leben. Jedes Jahrhundert bringt nur einen Mann hervor, der den Weg der Schreckensherrschaft einschlägt. Diese Männer sind rächende Götter, die der Verbindlichkeit nicht bedürfen."

Damals wohnte er vorübergehend an den Ufern des Tula am ausgedehnten Silbertannenwald. Da er im Herzen ein Nomade geblieben war, hielt er die Enge seiner reichen Koraiten-Städte nicht lange aus, und wenngleich er alt war, sehnte er sich doch ab und zu nach Weite, Steppe und Wüste. Allerdings führte er stets seine schönsten und bequemsten Zelte, seine kräftigsten Männer und die hübschesten Frauen mit sich, um seinen Aufenthalt unter den wilden Sternen seiner Geburt angenehm zu gestalten.

Schon hatten sich die Legenden der Europäer seiner bemächtigt, die ihn Priester Johannes nannten. Diese Christen besuchten seine Städte häufig und nahmen seine Gastfreundschaft in Anspruch. Zu solchen Gelegenheiten hingen in seinem Zimmer goldene und silberne Kreuze und allenthalben waltete christliche Demut. Er beschenkte seine Besucher reichlich und breitete seine Schätze vor ihnen aus. Nie vermuteten sie, wie sehr dieser verschlagene alte Mann sie, die Barbaren aus dem Land im Westen, verachtete. Manchmal, wenn reich beladene Kaufleute ankamen, die den Zustrom der Schätze aus dem Osten über die Karawanenstraßen in den kahlen Westen zu verbreitern hofften, lief ein geflüstertes Wort Priester Johannes' an seine Leute, und dieses Raunen pflanzte sich bis nach Westen in die Korait-Städte fort. Und so kam es, daß die Kaufleute nie mehr in ihre Heimat zurückkehrten, sondern ihre Skelette in der Wüstensonne bleichten und ihre Schätze heimlich über unergründliche Pfade den Weg in die Truhen des Priesters Johannes fanden.

Temudschin kannte Ung Khan nur aus den Erzählungen seines Vaters. Jesukai hatte, wie alle kleinen Steppenhäuptlinge, Ung Khan bewundert und in tiefer Ehrfurcht und Liebe von ihm gesprochen. Temudschin aber hatte bereits gelernt, Berichten mit Vorsicht zu begegnen. Er begab sich wachen Blickes und kritischen Sinnes zum angelobten Bruder seines Vaters. Schweigend hörte er die Erzählungen seiner Paladine an. Jamuga hatte sich zu blasser Begeisterung ereifert, was sonst nicht seine Art war. Er entsann sich, daß Ung Khan im Rufe stand, ein gerechter und wohlwollender Prinz zu sein, der seine Anhänger liebte und für ihr Wohlbefinden sorgte. Außerdem hieß es, daß er nicht machtgierig sei, sondern Frieden und Zivilisation vorzöge und über große Bildung verfügte. Eine seiner Frauen war eine Perserin, die Tochter eines hohen Edelmannes. Sie war in Musik, Literatur und Malerei ausgezeichnet beschlagen und die Lieblingsfrau ihres Mannes. Angeblich hatte er viel von ihr gelernt. Jamuga versprach sich anregende Gespräche und ein Schwelgen in Ästhetik und Philosophie. Wie herrlich mußte es sein, eine Welt der Kultur und Zivilisation zu betreten!

Chepe Noyon behauptete, er würde in den Städten ersticken. Trotzdem war auch er aufgeregt. Kasar war nur daran gelegen, daß

Temudschin sich die Unterstützung Ung Khans sichern konnte. Und was Subodai betraf, so sagte er wie gewöhnlich gar nichts, und keiner wußte, was er dachte.

Während sie flott auf den Fluß Tula zuritten, senkte sich ein unerklärliches Wissen über Temudschin, und obwohl er Ung Khan noch nie gesehen hatte, kannte er ihn. Während seines ganzen blutrünstigen Lebens sollte er diese unheimlichen Vorahnungen haben, und manchmal erwähnte er sie, wodurch in seinem Volk die Sage entstand, daß er mit den Geistern in Verbindung stünde. Er war mit dem Entschluß aufgebrochen, die Hilfe des alten Mannes zu erlangen. Jetzt änderte er seinen Plan. Er würde Ung Khan listig dazu zwingen, selbst das alte Treuegelübde zu erneuern.

In den letzten Wochen hatte er jeden Aberglauben überwunden. So jung er jedoch war, kannte er den Wert des Aberglaubens zur Beeinflussung anderer. Gleichzeitig stand er der Erde, der er entstammte, noch zu nahe, um nicht, unbeschadet seiner Intelligenz, aufgeschlossen für Omen zu sein.

Drei Tage und drei Nächte waren über der langen Reise verstrichen. Zur Dämmerstunde des dritten Tages tobte ein fürchterlicher Sturm über die wellige, abweisende Wüste. Temudschin fürchtete sich nicht, aber die anderen, selbst der kalte Jamuga, waren entsetzt. Am Fuße einer roten, zerfallenden Felswand fanden sie ein flaches Erdloch, in das sie sich duckten, um den Sturm mit angstgeweiteten Augen abzuwarten.

Die Finsternis einer übernatürlichen und vorzeitigen Nacht senkte sich über die Erde, daß sie von trübem, schattenhaftem Gewässer überzuquellen schien. Der endlose Himmel brodelte und dröhnte und zuckte in verderblichen grünen Wolken, die pausenlos von scharlachroten Flammen zerrissen wurden und den Himmel teilten, damit er in ohrenbetörenden Donner ausbrechen konnte, der die Erde unbarmherzig schüttelte. Die Blitze tauchten die Wüste meilenweit in grelles Licht, schmolzen die schwarzen Schatten und enthüllten vulkanische Hügel und knochige Felswände in nackter, gräßlicher Deutlichkeit. Manchmal erglühte alles in rosig durchscheinendem Licht, daß auch der kleinste Stein in der Ferne sichtbar wurde und Berge und Felswände aus versteinerten Flammen zu bestehen schienen. Es war eine Mondlandschaft der Krater und chaotischen Zuckungen, die vom Feuer einer explodierenden Sonne erhellt wurde.

Es regnete nicht, nur der unbarmherzige Sturm drohte die Felswand zu zerschmettern, unter der Temudschin und seine Freunde hockten. Es gab Augenblicke, da glaubten sie, die Erde müßte bersten und unter diesem übernatürlichen Anprall in einer Flammensäule aufgehen. Der Sturm trug Staub und Sand von weit her mit sich, und die kleinen harten Splitter zerschnitten ihnen Gesicht und Hände und würgten ihnen den Atem ab. Schließlich konnten sie den Anblick, das Tosen und den Orkan nicht länger ertragen, wandten ihre Gesichter dem Felsen zu und schlossen die Augen.

Aber Temudschin fürchtete sich nicht. Wenn ihm auch Sicht und Gehör genommen waren, so starrte er doch auf die pausenlose Feuersbrunst im Himmel, die ihn faszinierte, aber nicht entsetzte. Er bedeckte seinen Mund mit einem Teil seines Mantels und kniff die Augen gegen den schneidenden Sturm zusammen. Und dann brach in seinem Herzen eine Wut aus, die dem Rasen des gefühllosen Himmels und der Erde um nichts nachstand. Ein beinahe wahnwitziges Frohlocken tobte in ihm.

Das ist ein Zeichen, sagte er sich. Diese Naturgewalten sind genau wie ich, und so werde ich immer sein!

Als der Sturm tobend und wütend über die fernen Gebirgsketten abgezogen war, lachten die anderen vor Erleichterung schwach auf und beglückwünschten einander, noch am Leben zu sein. Sie erhoben sich, um ihre wiehernden, zitternden Pferde zu beruhigen, die sie im Schutz eines überhängenden Felsens aneinandergebunden hatten. Temudschin aber sah seine Gefährten in schweigender Verachtung an. Sie erschienen ihm fremd und winzig. An jenem Tag hatte er die letzten Reste seiner Jugend abgestreift.

Der Besuch bei Ung Khan verursachte ihm keine Sorgen mehr; vielmehr sah er der Zukunft mit großartiger Ruhe und Schicksalhaftigkeit entgegen.

In weichem, durchsichtigem Dämmerlicht erreichten sie die riesige Zeltstadt des Alten.

Das wohlgeordnete Lager bestand aus Tausenden großer Jurten, unter denen da und dort ein riesiges verziertes und mit Fähnchen versehenes Zelt aus Gold- oder Silberbrokat auffiel, und lag in einem seichten, grünen Tal neben dem Flusse Tula, dessen schäumendes Wasser silberne Gischt krönte. Hinter dem Lager erhoben sich unabsehbare Gebirgszüge, die vom zartesten durchsichtigen Blau bis zu nebelverschleiertem Violett und tiefstem, schimmerndem Amethyst mit hellen Gipfeln in den klaren Himmel ragten. Dunkle Nadelwälder wanden sich streng über die Berge und erfüllten die reine Luft mit kräftigem, würzigem Duft. Es war ein reizvoller, stiller und majestätischer Platz, an dem Ung Khan fern von seinen heißen, übervölkerten Städten vorübergehend hofhielt. Die sanfte Morgenbrise trug das Muhen der Kühe und die Rufe der Hirten mit sich, die ihre Herden zu den Weiden trieben.

Als Temudschin mit seinen Gefährten auf das Lager zuritt, zerschnitt ein klarer, weithin schallender Ton die morgendliche Stille: die Hörner gaben Warnung. Sofort tauchten, vom Klang der Hörner herbeigerufen, vor dem Lager Wächter auf prachtvollen Pferden auf. Dem gelassen vorwärtsreitenden Temudschin war, als kündigten Fanfaren das Herannahen eines Eroberers an. Er verlangsamte sein Tempo nicht, sondern näherte sich entschlossen, gab seinem Pferd die Sporen und ritt seinen Freunden voran. Ein Priester in einer braunen Wollkutte erschien zwischen den Kriegern und kam den Besuchern entgegen. Als Temudschin vor ihm anhielt, hob der Priester die rechte Hand und machte damit das Zeichen des Kreuzes.

„Friede sei mit dir", sagte er und sah Temudschin mißtrauisch an.

Diese Grußformel war Temudschin fremd, aber er hob die Hand ernst zu würdevollem Gruß. „Friede sei mit dir", antwortete er. „Ich möchte mit meinem Pflegevater Ung Khan sprechen. Sag ihm, daß Temudschin, der Sohn des Jesukai, ihn um eine Audienz bittet."

Der Priester und die herbeigeeilten Krieger wechselten unsichere Blicke und beratschlagten. Dann galoppierten die Krieger näher, nahmen Temudschin und seine Begleiter in ihre Mitte, und ihr Anführer sagte, daß er sie unverzüglich zu Ung Khan bringen wollte. Ihr Argwohn hatte sich gelegt und sie musterten die Ankömmlinge verächtlich, denn sie erkannten in Temudschin einen der vielen kleinen und von Armut verfolgten Edelleute aus Steppe und Wüste.

II

Zuerst wurden sie in eine Jurte geführt, die für Gäste bestimmt war. Dort brachten Diener ihnen sauberes, frisches Wasser in Schüsseln aus Silber und wunderschön emailliertem Porzellan, und Tücher aus dem weißesten Gespinst, um sich darin Gesicht und Hände abzutrocknen. Dann setzte man ihnen Berge von süßem Brot und frischer Stutenmilch und eine Schale mit runden, duftenden Datteln vor. Diese Gastfreundschaft erstreckte sich auf alle Besucher, aber wieder erblickte Temudschin ein Zeichen darin.

Dann kam ein nicht mehr mißtrauischer, dafür um so überheblicherer Krieger zu ihnen, um ihnen zu verkünden, daß der Khan sie zu empfangen bereit sei. Er führte sie zum größten aller Zelte, das ganze sechs Meter im Durchmesser betrug und in kostbarem Goldstoff glitzerte. Sie traten ein, und ihre Füße versanken in üppigen Brokat-Teppichen. Längs der schrägen Wände verströmten goldene, silberne und Porzellanlampen auf geschnitzten Teakholzhockern ihr sanftes Licht. Auf einem Diwan mit seidenen und bestickten Wollüberwürfen und Fellen ruhte der alte Khan und trank einen Becher frischer Milch.

Temudschin war allein eingetreten und hatte seinem Gefolge bedeutet, draußen zu warten. Mit wettergegerbter, dunkler Haut, so stand er groß in der Pracht seiner Jugend und Tapferkeit in dem künstlichen Halbdunkel. Ung Khan hob die Augen mit dem väterlichen Lächeln, das er sich für die Besuche unbedeutender Häuptlinge zurechtgelegt hatte. Plötzlich verlöschte sein Lächeln, und er musterte Temudschin aufmerksam. Seine Augen wurden schmal. Sehr langsam übergab er seinen Becher einer knienden Sklavin und schickte sie mit einer Handbewegung aus dem Zelt.

Ohne ein Wort zu sprechen, kniete Temudschin vor dem Alten nieder und berührte ohne Demut, eher mit einem gewissen Hochmut den Boden mit der Stirn. Dann hob er den Kopf, sah den Khan durchdringend an und sagte:

„Dein Sohn ist zu dir gekommen, mein Pflegevater, um dir den Treueeid seines Vaters Jesukai zu schwören."

Er sah einen kahlköpfigen, abgezehrten, kleinen alten Mann mit glattem, sanftem Gesicht und winzigen, lebhaften Vogelaugen vor sich. Er sah die goldenen Spangen an den runzeligen Handgelenken, die vielen blitzenden Ringe an den alterskrummen Fingern. Er sah die kostbaren Seidengewänder. Vor allem aber sah er den Khan und wußte, daß seine Vorahnungen nicht getrogen hatten. Ein weniger menschenkundiges Auge hätte vielleicht einen kleinen, gealterten Mann mit freundlicher Miene und liebevollem, väterlichem Gehaben gesehen, und nicht mehr. Temudschin aber durchschaute die Fassade, und was er dahinter erblickte, ließ seine Lippen schmal und all seine Sinne sprungbereit und wachsam werden.

Nach einer kleinen Ewigkeit streckte Ung Khan ihm die Hand entgegen und sagte mit hocherfreuter, herzlicher Stimme:

„Willkommen, mein Sohn! Dein Besuch erfüllt meine Augen mit Wonne. Nimm zu meiner Rechten Platz und schenke mir das beglückende Bewußtsein deiner Anwesenheit."

Seine Stimme klang süß und schmeichelnd. Er hatte Temudschin die Hand auf die Schulter gelegt und tat, als wäre er zärtlich von ihm entzückt. Er erkundigte sich, ob man ihm bereits ein Frühstück vorgesetzt hätte, fragte ihn nach den Einzelheiten des Todes seines Vaters aus und schüttelte bekümmert den Kopf. Kein Mensch hätte freundlicher sein, kein Vater größere Zuneigung und Anteilnahme zeigen können. Aber selbst als Temudschin den Worten des Alten lauschte und das Gewicht seiner liebevollen Hand auf seiner Schulter fühlte, beobachtete er ihn genau und erfaßte mit wachsender Überzeugung, daß er hier den habgierigsten, grausamsten und verschlagensten Todfeind vor sich hatte, der ihm jemals begegnet war.

Plötzlich empfand er unter seiner gespannten Aufmerksamkeit tiefe Verachtung. Hätte der Khan all diese Eigenschaften besessen und sich darüber hinaus schroff, brutal und kurz angebunden gezeigt, Temudschin hätte ihn geachtet und bewundert. Was er jedoch am meisten haßte, war Scheinheiligkeit. Das Abstoßendste war für ihn ein schlechter Charakter, der sich unter den süßen Worten der Liebe, des Friedens und der Demut verbarg.

Er ließ jedoch nicht merken, daß er sein Gegenüber durchschaut hatte, und überreichte seinen Zobelmantel. Zuerst hatte er angesichts des Prunkes von Lager und Zelt gedacht, daß dieser Mantel ein armseliges Geschenk sei. Jetzt aber wußte er, daß diesem gieri-

214

gen Koraiten-Geier alles willkommen war. Und es handelte sich auch wirklich um ein schönes Geschenk, denn die Felle waren weich, dicht und glänzend. Mit leisem Freudenschrei vergrub Ung Khan die Finger im Pelz, strich ihn liebevoll glatt, hob ein Ende hoch und drückte es zärtlich gegen seine Wange. Temudschin beobachtete ihn angewidert. Es lag etwas Obszönes im Anblick dieser ersterbenden alten Finger, die wollüstig die lebendige Wärme der Felle betasteten und sie gegen die eingefallene alte Wange preßten. Er dachte daran, daß er diesen Mantel zuletzt auf den vollen breiten Schultern Borteis gesehen hatte und Zorn und Abscheu packten ihn. Ihm war, als hätten die liederlichen alten Hände schamlos nach Borteis Körper gegriffen.

Und dann begriff er, daß Ung Khan trotz seines Reichtums und seiner Macht ihm seine gefällige Jugend und Kraft, die Farbe seiner jungen Augen, die schlanke Mitte und die breiten geraden Schultern neidete. Ferner wußte er, daß Neid immer der Zwillingsbruder des Hasses ist. Er sagte sich: ich habe einen Feind.

Aber das hatte ihm seine unerklärliche Vorahnung bereits unterwegs verraten. Jetzt kam es darauf an, diese Feindschaft beizulegen und in dem Alten den Wunsch zu erwecken, ihn zum Verbündeten zu haben. Selbst die Feindschaft muß zurückstehen, wenn die Aussicht auf einen Vorteil winkt.

Er ließ seine Augen über die zahllosen Beweise des Reichtums schweifen, die im Zelt ausgebreitet waren. Er empfand keinerlei Verlangen danach, und das überraschte ihn. Er sah sich die Armreifen, Gewänder und Ringe des Alten an und dachte, wie gut sie Bortei stehen müßten. Er hatte die wohlgenährten Herden gesehen und gewünscht, sie gehörten seinem Volke. Sein Sinn jedoch war auf etwas Größeres gerichtet. Maßlose Erregung erfaßte ihn.

Er hörte sich Ung Khans Versprechen an, zu Ehren seines Kommens ein großartiges Fest zu veranstalten.

„Seit vielen Tagen hatte ich kein ähnliches Vergnügen mehr", sagte der alte Mann. „Aber jetzt ist mein Pflegesohn erschienen und hat in meinen Augen die Freude entzündet. Gott hat sich an mein Alter erinnert und mir noch einen Sohn gebracht."

Ehrfürchtig hob er die Augen. Temudschin folgte seinem Blick und sah, daß über dem Diwan ein großes, goldenes Kreuz mit kunstvoller Emaileinlegearbeit hing und im Lampenlicht schimmerte. Er musterte es neugierig. Ein oder zwei seiner Leute waren Nestorianer, aber er hatte sich nicht daran gestoßen. Kokchu mochte sie nicht, aber Kokchu lehnte alles ab, was seinem Einfluß gefährlich werden mochte. Temudschin teilte die Ansicht seines Vaters, daß jeder Mensch den Glauben haben sollte, der ihm zusagte, vorausgesetzt, er schmälerte nicht seine Ergebenheit gegenüber seinem Häuptling. Jetzt aber hatte er das sonderbare Gefühl, daß das goldene Kreuz ein Teil Ung Khans sei und etwas mit der feindlichen Einstellung des Alten zu tun hatte.

Ung Khan rief einen seiner Diener, der in einem kleineren, angrenzenden Zelt wartete. Er gebot ihm, Temudschins Gefolgsleute in andere Zelte zu führen, wo man ihnen jeden Wunsch von den Augen ablesen sollte.

„Was dich betrifft, mein Sohn", sagte er, wandte sich wieder Temudschin zu und legte ihm die Hand liebevoll auf den Arm, „so wirst du ein Weilchen bei mir bleiben und mir mehr über dich erzählen und mir sagen, wie ich dir helfen kann."

Temudschin sah ihn so lange unverwandt an, daß Ung Khan überrascht war, denn er hatte diese verbindliche Bemerkung als reine Höflichkeitsgeste aufgefaßt, die nichts zu bedeuten hatte. Schweigend betrachtete er den sonderbaren Ausdruck und die blitzenden smaragdgrünen Augen Temudschins. Vorsichtig wie immer, war sein erster unbehaglicher Gedanke, Temudschin könnte ihn ernst genommen haben und sich mit einer unbequemen Bitte an ihn wenden. Sein zweiter, mit noch größerer Unsicherheit und Mißtrauen gemischter Gedanke war, daß er keinerlei Bitte haben könnte. Einer seiner Grundsätze lautete, daß man niemals nachlassen dürfe, seine Mitmenschen zu beobachten, und ein kluger Mensch das so unauffällig tat, daß seine Umgebung es nicht bemerkte. Nun sah er, daß Temudschin ihn beobachtete, daß es ihn aber völlig ungerührt ließ, ob er es bemerkte oder nicht. Dies war nicht etwa Mangel an Scharfsinn, überlegte der Alte mit dem unklaren Gefühl erboster Demütigung, sondern ein hochmütiges Außerachtlassen jeglicher Berechnung. Plötzlich nagte der Alte in empörter Ratlosigkeit an seiner Unterlippe. Wieder lächelte er und drückte Temudschins Arm.

„Aber ich habe eine Unterlassungssünde begangen!" rief er aus und erheiterte sich über seinen eigenen Fehler. „Meine Tochter Azara hätte an meiner Seite sitzen müssen, um dich gemeinsam mit mir willkommen zu heißen! Ihre Mutter war eine Dame aus Persien, und sie selbst ist eine Anhängerin unseres Herrn Jesus. Ich habe dem Mädchen aber auch die besten Lehrer gegeben, denn es hat einen hellen Verstand, und seine Gesellschaft bereitet mir Vergnügen. Oh, wäre sie nur als Mann geboren worden! Ich werde sie holen lassen."

Er rief einen Diener aus dem anderen Zelt und verlangte nach seiner Tochter. Als das geschehen war, ärgerte er sich über sein Verhalten. Er hatte nie die Absicht gehabt, diesem lächerlichen, armseligen Häuptling seine Tochter vorzuführen. Aber er war aus dem Gleichgewicht geraten und um das zu bemänteln, hatte er nach ihr rufen lassen. Er schäumte innerlich, während sie warteten, und versuchte, sein wütendes Unbehagen mit neuerlichem Lächeln und Worten der Zuneigung zu verbergen. Was habe ich nur getan? fragte er sich. Weshalb erweise ich diesem Köter der Steppe, diesem schäbigen Wilden aus der Wüste so hohe Ehre? Und dann verlor sich seine Wut in tiefem Staunen über sich selbst und in Haß.

Die Klappe des großen Zeltes teilte sich, und Azara trat ein. Temudschin, der immer gerne schöne Frauen sah, blickte sie an und war überwältigt. Nie zuvor hatte er ein so holdes Gesicht, eine so makellose Figur gesehen.

Azara war größer als alle Frauen, die er kannte, beinahe so groß wie er selbst. Sie ist wie eine junge Birke, dachte er, die sich weiß und schlank im Winde neigt. Vom Gürtel abwärts war das Mädchen in beinahe durchsichtiges, weißes Gewebe gehüllt, das ein dünner Goldreifen um ihre schmalen Hüften zusammenhielt. Ihre hohen, spitzen, jungfräulichen Brüste verbargen sich unter goldenen juwelenbesetzten Kreisen. Arme, Kehle und Hals waren weißer als Milch und schimmerten wie Perlen. Auch das reine, zarte Oval ihres Gesichts, das ein milchiger Schleier verhüllte, erinnerte an eine Perle. Lippen und Wangen erglühten in zartem Rot. Ihre schwarzen, blitzenden Augen wurden von seidenweichen, goldenen Wimpern umrahmt, und auch ihr wallendes Haar war blaßgold und von einem nahezu unglaublichen Schimmer. Sie war so reich mit Schmuck, Halsketten, Armreifen und Ringen beladen, daß sie im Schein der Lampen funkelte.

Sie zeigte sich gelassen und hoheitsvoll, aber so unnahbar, daß man das Gefühl hatte, sie bewege sich mechanisch und wie im Traum. Selbst als sie bescheiden lächelte und sich vor ihrem Vater und dessen Gast verneigte, sagte sich Temudschin, daß sie nur zum Teil wach sei. Seine Verwunderung wuchs. Er dachte sich: Was für ein köstlicher Preis ist sie doch! Sein Herz pochte heftig, und Schweiß trat ihm auf die Stirn und Oberlippe.

Ung Khan legte seiner Tochter die Hand liebevoll aufs Haupt und ließ sie dann an seiner linken Seite Platz nehmen. Er spielte mit den blaßgoldenen Strähnen ihres seidigen Haares.

„Ehe der Mond ganz abgenommen hat, wird sie sich mit dem Kalifen von Bokhara verloben, der von ihrer großen Schönheit erfahren hat", sagte er, und vorübergehend ging jede Durchtriebenheit in seinem väterlichen Stolz unter. Er sah sie entzückt wie eine schöne Stute an, die der Sprache der Menschen nicht mächtig, sondern nur ein anmutiges, willfähriges Tier ist. Das Mädchen senkte den Kopf, und tiefe Röte bedeckte seine Wangen, die Kehle und die Brust.

Temudschin vergaß Bortei. Sein Körper straffte sich unter seinem Verlangen nach diesem wunderbaren Geschöpf. Er hatte von dem Kalifen von Bokhara gehört, einem alten Lüstling mit riesigem Harem. Plötzlich sah er in Gedanken Azara nackt in den Armen des Kalifen liegen, und das Blut schoß ihm zu Kopf, daß sich sein Gesicht mit Zornesröte überzog. Sein Fleisch brannte wie ein Stein unter der Sonne und war doch schweißnaß. Er sah auf die zarten, blütenweißen, von Juwelen bedeckten Hände des Mädchens und dachte unwillkürlich an Borteis kurze, breite, harte Hände, die daran gewöhnt waren, zu weben, zu nähen und zu melken.

Das Mädchen atmete tief und langsam wie eine Schlafende, und ihre Brustschilder hoben und senkten sich kaum. Auch war ihr das Haupt wie einer Schlafenden, die sich unbekannten Träumen hingab, zur Seite gesunken. Sie schien kein Geschöpf aus Fleisch und Blut, sondern ein Gemälde zu sein, das kaum zum Leben erwachte. Sie war ein Geschöpf der großen, kraftlosen Städte und gehörte in

Gemächer, die mit Seiden ausgeschlagen, schwach von Lampen erleuchtet und voll weicher Diwans waren. Ihr Körper strömte einen Duft von Jasmin und Rosen aus, der berauschend wie starker Wein war.

Ung Khan beobachtete Temudschin. Er sah das Farbenspiel auf dem Gesicht des jungen Mannes, der das Mädchen begehrlich betrachtete, sah ihn unvermittelt erbleichen, daß er wie der Tod selbst aussah, sah ihn zittern und sich auf die Lippen beißen, daß jedes Blut aus ihnen wich. Und dann wußte er, daß ihn die Rachsucht dazu bewogen hatte, seine Tochter kommen zu lassen, und er konnte sich nicht fassen vor Verwunderung, daß er sich dazu erniedrigt hatte, sich an diesem elenden Mongolen aus der sengenden Wüste zu rächen. Er war so bestürzt, daß das starre Lächeln von seinem Gesicht verschwand und der nackten Wut Platz machte.

Er bezwang sich und zauberte das Lächeln wieder auf seine Lippen zurück.

„Heute abend sollst du mir nennen, mein Sohn, was du dir von mir wünschst, und ich kann dir schon jetzt sagen, daß dein Wunsch erfüllt ist!"

Er vermochte kaum zu glauben, daß er es war, der diese Worte ausgesprochen hatte, und fragte sich fassungslos, was ihn zu dieser Bemerkung veranlaßt hatte. Kaum war sie seinen Lippen entflohen, zog er sich verwirrt in die innere Festung von List und Tücke zurück.

Temudschin aber antwortete, ohne den Blick von der Träumenden zu wenden: „Ich will nichts von dir, mein Vater. Ich bin gekommen, um dich meiner Treue zu versichern und dir jede Hilfe anzubieten, die du von mir wünschen könntest."

Diese erstaunlichen Worte, mit lauter, fester Stimme, ohne Hochmut, jedoch mit unbändiger Kraft gesprochen, erweckten Azara. Langsam hob sie ihren schweren, schönen Kopf, wie eine Wasserlilie sich der Sonne entgegenreckt. Langsam hefteten sich ihre Augen über den Rand des dünnen Schleiers hinweg auf Temudschin und dann zog, wie die Dämmerung, ein Licht in ihre Finsternis ein, und sie gewahrte ihn bewußt.

Sie starrten einander in leidenschaftlicher Stille an. Ein Ausdruck des Erschreckens und der Verzauberung glitt über das Mädchengesicht, als wäre sie unvermittelt von einem stürmischen und gleichzeitig fürchterlichen Fremdling aus dem Schlaf gerissen worden. Er sah, wie sich ihre rosigen Lippen teilten, hörte, wie sie hastig Luft holte. Sie erblaßte, und er dachte an eine weiße Blüte im Mondlicht. Und wie sie ihn so unverwandt betrachtete, legte sich plötzlich ein Tränenschleier über ihre schwarzen Augen, und sie sah hinreißend beunruhigt und schmerzlich verwirrt aus. Ihre Brust hob und senkte sich bebend. Ein aus überwältigter und zerbrechlicher Freude geborenes schüchternes Lächeln von unsagbarer Schönheit erhellte ihr Gesicht. Sie sah aus wie ein Mädchen, das in seinem jungfräulichen Schlafgemach von dem Manne überrascht wird, den es heimlich liebt.

Und dann erhob sie sich mit einer fließenden Bewegung, ohne um Erlaubnis zu fragen. Sie neigte den Kopf, drehte sich um und verließ wie eine Flüchtende das goldene Zelt ihres Vaters. Wie eine weiße Taube auf lautlosen Flügeln war sie verschwunden.

Ung Khan, dem niemals etwas entging, lächelte boshaft. Die Gefühle seiner Tochter ließen ihn kalt, denn schließlich war sie nur eine Frau und hatte keine Seele. Sie war nichts weiter als ein wohlgeformter Körper, der für das Bett eines Kalifen geeignet war. Sein Interesse galt ausschließlich Temudschin, und was er sah, labte und versöhnte seine hämische Seele.

Aber als Temudschin sich ihm mit bleichem, grimmigem Gesicht und grünen Augen, die wie Feuer sprühten, zuwandte, da erstarb sein Lächeln. Nie hatte Ung Khan solch ein Gesicht und solche Augen gesehen und unwillkürlich dachte er: Seinesgleichen ist mir nie untergekommen. Er ist wie ein Wolf, vor dem man sich hüten muß. Im nächsten Augenblick sagte er sich mit beinahe mörderischem Haß: Aber er ist nur ein elendes Nichts aus unfruchtbarer Gegend, und ich werde ihn wie einen Wurm zertreten!

Er war beunruhigt und zwang sich, Temudschin zärtlich anzulächeln. Seine Augen jedoch spähten böse aus dem Netz kleiner Fältchen heraus.

Gelassen und mit unerhört grimmiger Miene sagte Temudschin: „Heute abend werde ich dir wichtige Dinge sagen, mein Vater."

Als er sich entfernt hatte, saß der alte Khan allein in seine Gedanken versunken da. Dann blickte er auf und sagte laut: „Du

sollst nie wieder heimkehren, du unverschämter Sohn einer verhungernden Wüstenratte!"

Dann brach er jäh ab, und das Zelt war von seinem spröden,
unregelmäßigen Atem erfüllt, und in seinen Augen glomm heimtückisches Feuer.

Mit geweiteten Nasenflügeln sah er sich herausfordernd um.
Kreischend rief er nach einem Diener und verlangte Wein. Als er
ihm gebracht wurde, trank er ausgiebig.

Der Becher zitterte in seiner Hand.

Er wischte sich die Lippen mit einem Tuch aus weißer Seide.

Und dann fielen seine erbosten Augen auf das goldene Kreuz,
und er hob die Faust.

„Ich werde gerächt werden", rief er. Die Worte klangen ihm so
unsinnig in den Ohren, daß er in schrilles, gellendes Gelächter aus-
brach.

III

Temudschin feierte an Ung Khans Seite, betrachtete den aus-
schweifenden Prunk, der sich vor ihm ausbreitete, und dachte geringschätzig: Kämpfen und sterben die Menschen für solche Dinge,
diese Verweichlichung des Körpers, die jedes Verlangen abtötet?

Er vertrug große Mengen Alkohol, ohne betrunken zu werden.
Das Trinken vertiefte nur noch den Ungestüm seines Naturells, ver-
größerte seinen ungeheuren Machtwillen. Wenn er trank, wußte
er, daß ihm alles möglich war. Sein Blick wurde weiter, sein Herz
klopfte kräftiger in leidenschaftlicher Entschlossenheit. Er fühlte
sich als Übermensch. Er schien auf einem Berggipfel zu stehen und
ein grenzenloses Reich zu überblicken. Seine felsenfeste Unbeirrbar-
keit verstärkte sich. Wenn er trank, wußte er, daß er immer daran
geglaubt hatte, eines Tages ein Kha-Khan zu sein, und er begriff,
daß er niemals Ehrfurcht oder Scheu vor einem anderen Menschen
empfunden hatte. In ihm wohnte eine unbändige Verachtung, wie
er sie jetzt dem mächtigen Ung Khan entgegenbrachte, der nur nach
körperlichen Genüssen gierte und zufrieden war, wenn sein Gesäß
auf einem weichen Kissen ruhte. Er fühlte sein Schicksal in sich an-

schwellen, wie eine Frau das Wachstum des Kindes in ihrem Leib spürt. Wie ein Löwe unter Schakalen sah er sich mit unbeugsamer Kraft um.

Von Haß und dem Wunsch beflügelt, diesen anmaßenden Bettler aus der Steppe in die Schranken zu weisen, hatte Ung Khan bei diesem Fest sich selbst an Pracht und Luxus überboten. Dabei fragte er sich in panischer Wut: Weshalb tue ich das? Warum biete ich ihm an, was ich sonst Prinzen vorbehalte?

Er wußte es nicht. Er fand, daß er sich erniedrigt hatte, und staunte über seine eigene Kleinlichkeit. Er war wie ein König, der sich in Prunkgewänder wirft, um einem Bittsteller zu imponieren.

Die Zelte mit ihren zurückgeschlagenen Eingangsklappen schimmerten im Schein unzähliger Lampen. Goldene, silberne und kristallene Ampeln hingen von Pfählen, die ins duftende Gras getrieben waren. Große Freudenfeuer, in die man Myrrhe und Sandelholz geworfen hatte, loderten hoch und erfüllten die klare Bergluft mit berauschenden Gerüchen. Frauen in purpurnen, blauen und weißen Gewändern rührten in mächtigen Töpfen, die über den Feuern hingen. Geflügel briet an Spießen. Schaf- und Pferdefleisch schmorte in üppigen Soßen. Auf silbernen Tellern türmten sich Laibe aus schneeweißem Mehl, und auf anderen Tellern lagen seltene, rosige Früchte bereit, die wie Juwelen aussahen. Der Wein floß so reichlich wie Wasser aus Krügen und Schläuchen. Auf Schüsseln waren orientalische Süßigkeiten aufgehäuft, die nach Rosen dufteten. Es gab eine Unzahl der verschiedensten lockeren, köstlichen Pasteten. In wohlriechenden, fremdartigen Soßen dampften Gewürze. Die Gebirgsflüsse hatten Fische geliefert, die vom Wein troffen. Schüsseln waren aus Silber, die Teller aus dem feinsten Email. Seidene Fahnen mit aufgemalten bunten chinesischen Symbolen flatterten überall im Bergwind. Es herrschte ein ständiges Kommen und Gehen von Dienern beiderlei Geschlechts, die mit ihren silbernen Kettchen klimperten, und irgendwo, dem Blick verborgen, spielten Musiker süße, bezaubernde Weisen, und Frauen sangen mit hohen, melodischen Stimmen dazu.

Weiße, bestickte Seidendecken waren über niedrige Tische gebreitet, und an diesen Tischen saßen auf seidenen Daunenkissen Temudschin, Ung Khan, Azara und Temudschins Freunde.

Hinter ihnen erhoben sich schwarz und drohend die mächtigen Berge unter den schimmernden Sternen und dem schwebenden Mond. Die Nadelbäume strömten würzigen Duft aus. Die Luft war frisch und rein wie Quellwasser. Das ausgelassene Schwätzen, Singen und Lachen wurde ohrenbetäubend. Ung Khans Generale und Häuptlinge saßen trinkend und brüllend neben ihm und warfen ab und zu mit verstohlener Verachtung und heimlichem Gelächter Temudschin und seinen armen, schäbigen Getreuen belustigte Blicke zu. Diese Generale und Häuptlinge waren genau wie der Khan in seidene Gewänder gehüllt und funkelten unter der Last ihres Geschmeides. Es waren belesene Männer, Anführer von Heeren und Regimentern, die das städtische Leben kannten. Sie hatten Ung Khans Feindschaft gewittert, und obgleich er nichts gesagt hatte, wußten sie, daß sie einem Leichenschmaus beiwohnten. Richteten sie das Wort an Temudschin und seine Freunde, dann nahmen ihre Stimmen den Klang hänselnder Ehrerbietung und ausgeklügelter Ironie an.

Temudschin aber hatte die Nase eines Tieres, das an die Gefahr gewöhnt ist, und durchschaute alles. Er war völlig ruhig und tat, als wäre er ungemein von dem sich ihm bietenden Schauspiel beeindruckt. Ung Khan jedoch wußte bald, daß der junge Häuptling kalt geblieben war und bereits die in der Luft liegende Drohung gewittert hatte. Deshalb machte er sich mit überschwenglicher Zuneigung und Liebenswürdigkeit daran, Temudschins Verdacht zu zerstreuen.

Mit väterlicher Anteilnahme sagte er: „Wie ich höre, ist der Verwandte deines Vaters, Targoutai, jetzt dein Feind und hat deine Notlage schamlos ausgenützt. Ich biete dir jede Hilfe an, die du dir nur wünschen kannst."

Temudschin lächelte, und seine Lippen wurden schmal. „Ich danke dir, mein Vater, für deine Güte. Aber ich werde Targoutai selbst bekämpfen. Ich habe tapfere Helden an meiner Seite, junge Paladine, die jederzeit ihr Leben für mich geben. Und ich selbst hege die unerschütterliche Überzeugung, daß kein Mensch mich besiegen oder vernichten wird." Er sah Ung Khan mit offenem Kinderblick an, und seine Augen waren knabenhaft blau und ohne Arg.

Ung sah in diese Augen und dachte: Das ist ein Panther aus der Wüste! — Er lächelte sanft und legte seine verwelkte Hand verständnisvoll auf Temudschins Hand. Staunend bemerkte er, daß sein Herz qualvoll zu klopfen begonnen hatte.

Temudschin starrte Azara, die seinen Worten aufmerksam gefolgt war, kühn an. Da wurde das Mädchen dunkelrot und senkte den Kopf. Sie hatte in das wundervolle Haar Perlenschnüre geflochten, trug Gewänder aus schimmerndem Gold und war schön wie ein Märchen. Als er sie erröten sah, lächelte Temudschin selbstgefällig wie ein Eroberer.

Ein plötzlicher Paukenschlag sandte vibrierendes Echo zu den Sternen empor, und dann tanzten auf einem leergeräumten Platz zwischen den Tischen an die zwanzig schöne Sklavinnen in seidenen blauen, purpurroten und milchweißen Pluderhosen. An ihren Füßen steckten juwelenbesetzte Sandalen. Ihre warmen, runden Brüste waren nackt und schimmerten im sanften Licht der vielen Lampen. Das schwarze Haar fiel ihnen lose auf die jungen Schultern und war von goldenen Kopfreifen mit Edelsteinen gekrönt. Um die Oberarme trugen sie breite, goldene Reifen. Die halbgeöffneten roten Lippen entblößten schimmernd weiße Zähne. Ihre Augen waren groß, sanft und dunkel wie Taubenaugen. Sie tanzten in einer Welle berauschenden Parfums, das sie wie ein duftender, warmer Wind umgab.

Zu den süßen Klängen der Flöten und dem leisen, beharrlichen Gemurmel der Trommeln bewegten sich die Tänzerinnen anfangs mit langsamen, einfachen Schritten. Man hätte sie für unschuldige Mädchen halten können, die sich im Takt naiver Liebesträume wiegten, und nicht für die an Ausschweifungen und lichtscheue Freuden gewöhnte Huris, die sie waren. Ihre Arme und Brüste schimmerten wie Seide; ihr Geschmeide funkelte unruhig, und ihre Füße, die kunstvolle Tanzschritte ausführten, glitzerten wie Sterne. Sie lächelten wie Schlafende in einem beseligenden Traum. Die zahllosen lüsternen Augen, die an ihnen hafteten, und das ausgehungerte Grinsen, das an die verzerrten Fratzen von beutegierigen Tieren gemahnte, schienen sie gar nicht zu bemerken. Die Musik träumte selbstvergessen vor sich hin, als wiegten sich nicht viele Mädchenleiber in ihrem Takt.

Und dann beschleunigte sich der Rhythmus, und die Trommeln erhoben ihre dumpfen Stimmen. Die Tänzerinnen stießen einen leisen, aufreizenden Schrei aus, als versetzten sie die Bilder, die ihnen vorschwebten, in Ekstase. Sie warfen die Arme hoch, und ihre Brüste bewegten sich in schwer atmendem Rhythmus. Immer rascher und rascher schrillten die Hörner und die Flöten, schneller und tiefer und zwingender grollten die Pauken. Die nackten Leiber begannen schweißnaß zu glitzern, und der Geruch vermengte sich mit den schwülen Parfums, bis der Duft überwältigend wurde. Augen funkelten wild, rote Lippen waren feucht und entblößten weiße Zähne. Die Mädchen waren unrettbar in die Weise der Flöten und Pauken eingesponnen, als würden sie gegen ihren Willen zu schamloser Hingabe aufgepeitscht. Jetzt begannen die Krieger zu brüllen, schwankten sitzend hin und her und klatschten in die Hände. Der Schweiß lief ihnen über die dunklen Gesichter. Sie streckten die Hände wie Magnete nach den Frauen aus, die hörbar keuchten, leise ächzten und die biegsamen, nassen Körper wie Schlangen pendeln ließen. Die aufreizend süßen Töne der Flöten zerrissen die Luft und die Trommeln wirbelten in frenetischem Donner. Die Mädchen schwenkten geil die Hinterteile, blinzelten über die Schultern, als lachten sie heimlich, und wackelten mit dem Busen. Viele der Krieger sprangen auf die Füße und tappten nach ihnen in dem Versuch, eine Haarsträhne oder einen Arm zu fassen, aber die Weiber duckten sich unter kreischendem Gelächter und tänzelten fort. Es war ein wildes, zügelloses Bild, und die Flöten, Pauken und Düfte raubten den Männern den Verstand.

Dann ertönten nochmals die Tschinellen, und die Tänzerinnen waren wie ein Lufthauch verschwunden und nur ihr Gelächter hing noch in der Luft. Die Krieger sahen einander mit läppischem Grinsen in die geröteten Gesichter, dann setzten sie sich wieder und tranken, als wollten sie die Erinnerung an das eben Gesehene hinunterspülen.

Temudschin aber sah nur Azara an, die sich einen Schleier übers Gesicht gezogen hatte.

Ung Khan sagte zu Temudschin: „Selbst die Kalifen von Bokhara und Samarkand haben keine schöneren Frauen als diese hier. Ist dir aufgefallen, daß jede einzelne das getreue Ebenbild aller anderen ist? Nicht einmal ich vermag sie zu unterscheiden. Die Sklavenmärkte aller Städte wurden nach einander ähnelnden Frauen abgesucht. Jeder Mund und jedes Auge ist ein Duplikat, und selbst das Haar gleicht sich in Farbe und Konsistenz. Man hat mir ein Vermögen für diese Auslese angeboten."

Und Temudschin, der nur Augen für Azara hatte, antwortete mit lauter, fester Stimme: „Ich habe noch nie etwas Schöneres gesehen."

Seine Stimme brach in die Verwirrung des Mädchens ein. Sie hob den Kopf und wandte ihm ihr Gesicht zu. Sie errötete, dann lächelte sie scheu und bezaubernd, weil sie ihn verstanden hatte. Und dann senkte sie den Kopf neuerlich und zog den Schleier fester. Ihre Gebärden drückten Verlegenheit und Bescheidenheit aus. Ihre Hände zitterten, und der Schleier bebte unter ihren Atemzügen.

Ung Khan bemerkte alles und sein glattes Gesicht legte sich in unzählige Fältchen, während er böse lächelte. Er gab einem Sklaven ein Zeichen, Temudschins Becher nachzufüllen. Der junge Mann hatte nie zu trinken aufgehört, aber er wurde nicht betrunken. Sein Blick war fest wie immer, seine Bewegungen ruhig und beherrscht.

Das Gelage setzte sich unter der Begleitung der fernen, aufreizenden Musik fort. Die flatternden Fahnen schimmerten im Licht der Lampen. Die Feuer flackerten höher, die Stämme und Zweige der angrenzenden Nadelwälder tauchten in rosiges Licht.

Ung Khan dachte: Er hat mir viel zu sagen. Warum tut er dann den Mund nicht auf? Worauf wartet er? Und er musterte den jungen Temudschin heimlich, dessen Beherrschung seine widerwillige Bewunderung erzwang, seinen Haß jedoch nur neu anfachte.

Ein Sklave bückte sich und flüsterte dem alten Khan etwas ins Ohr und der nickte. Er wandte sich an Temudschin und sagte: „Es ist ein Bote mit einer wichtigen Nachricht eingetroffen. Ich muß dich für einen Augenblick verlassen." Temudschin erhob sich und half ihm höflich auf die Beine. Als Ung den kräftigen Griff an seinem Arm fühlte, packte ihn die Wut und er spürte sein eigenes Alter doppelt. Auf dem Weg zum Boten stolperte er und er dachte aufgebracht: Ich bin ein alter Mann!

Temudschin glitt geschickt auf das Kissen, von dem sein Gastgeber sich erhoben hatte, und beugte sich zu Azara. Seine Nasenflügel waren geweitet, und er sog den Duft ihres Körpers ein, der süß und jungfräulich war. Er sah, daß seine Nähe sie erzittern machte, und sein Puls schlug heftiger. Er raunte ihr zu: „Wenn ich dich ansehe, sind meine Augen geblendet und Verwirrung überfällt mich. Wer könnte sich mit dir vergleichen, du schönes Mädchen?"

Überwältigt von Erregung griff er nach ihrem Arm. Sein heißer Atem fächelte ihren Seidenschleier. Hitzig flüsterte er ihr zu: „Sieh mich an, Azara!"

Sie hielt den Kopf noch immer gesenkt, aber dann hob sie ihn wie unter Zwang und wandte ihm das Gesicht zu. Ihre feuchten Augen blickten über den Rand ihres Schleiers hinweg in seine und wurden dabei funkelnd und groß. Er sah den rosigen Schatten ihrer Lippen durch den Schleier, sah, wie sich ihre Brust hob. Er rückte näher und sein begehrlicher Körper lehnte sich an sie.

„Ich liebe dich, Azara!" murmelte er in ihr Ohr, an das er seine Lippen drückte.

Sie zitterte am ganzen Körper und sah hingerissen in seine sprühenden smaragdgrünen Augen, auf seine braune Kehle. Wilde Angst schien sie zu erfassen, aber ihre Augen flehten ihn an, fortzufahren, als bereiteten seine Worte ihr grenzenlose Seligkeit.

„Nichts wird sich zwischen uns stellen, Azara!" murmelte er zwischen leidenschaftlich zusammengepreßten Zähnen. „Eines Tages komme ich wieder und hole dich."

Bei diesen Worten erblaßte sie, bis ihr Gesicht so weiß war wie ihr Schleier. Sie zitterte nicht mehr. Ihre Augen verloren die sanfte Feuchtigkeit und schimmerten hell und gräßlich verängstigt. Sie warf hastig einen Blick über die Schulter und erbebte wieder wie in tödlicher Kälte. Überrascht gab Temudschin ihren Arm frei. Sie neigte sich ihm zu, und zum ersten Male vernahm er ihre flüsternde, gehetzte Stimme:

„Wenn dir mein Vater auf einem silbernen Teller einen Becher Wein anbietet, der neben seinem steht, und dich auffordert, auf euer Bündnis zu trinken, mußt du den Becher annehmen, darfst aber um keinen Preis daraus trinken!"

Überrascht starrte er sie mit geöffnetem Mund an. Seine Augen bohrten sich forschend in ihre, in denen die Tränen hochstiegen, und dann lächelte er finster, und seine Augen wurden schmal. Da zog das Mädchen den Schleier dicht übers Gesicht, erhob sich, ehe er sie daran hindern konnte, und war verschwunden, wie ein Reh, das vor dem Jäger flieht.

Nachdenklich hob Temudschin seinen Weinbecher und trank langsam. Er sah zu seinen Gefährten am Nachbartisch hinüber. Sie beobachteten ihn wachsam. Er nickte beruhigend, denn sie hatten die Erregung des Mädchens und seine Flucht bemerkt. Chepe Noyon grinste verständnisvoll und versetzte Subodai einen Stoß, denn er nahm an, Azara sei vor Temudschins stürmischer Annäherung geflohen.

Ung Khan kehrte zurück, und als er Azaras leeren Platz sah, fragte er: „Wo ist meine Tochter?"

Temudschin antwortete träumerisch: „Sie hat mich gebeten, sie bei dir zu entschuldigen. Sie war müde und hat sich in ihr Schlafgemach zurückgezogen."

„Oh", sagte der alte Khan grübelnd, und seine gelbe Haut runzelte sich. Er setzte sich. Temudschin schien völlig in das herrliche Aroma des gewürzten Weines versunken zu sein. Schadenfroh dachte Ung: Azara ist vor seinen unverschämten Annäherungsversuchen geflohen und jetzt tut er, als könnte er nicht bis drei zählen.

Die Genugtuung färbte seine Stimme honigsüß, als er sich zu Temudschin neigte und sagte: „Aber du hast mir viel zu sagen, mein Sohn, und wann wäre der Zeitpunkt günstiger als jetzt?"

Temudschin setzte seinen Becher ab und neigte höflich den Kopf. „Ja, mein Vater, ich habe dir viel zu sagen, und wenn ich dich damit nicht langweile, will ich es jetzt tun."

Sein Gesicht wurde ernst, seine Lippen hart wie Stein. Mit ruhiger Stimme begann er:

„Zuerst muß ich deine Aufmerksamkeit auf vielerlei lenken. Du bist reich und mächtig in deinen Städten mit ihren Mauern und Befestigungen. Aber selbst du bist nicht sicher, weil zwischen den ungezählten Nomadenstämmen in Steppe und Gebirge Kämpfe, Eifersucht und Ungesetzlichkeit herrschen. Nur drei von fünf deiner Karawanen gelangen an ihr Ziel. Jeder kleine Häuptling ist

228

der Regent eines unabhängigen, kleinen Volkes und zieht die Angehörigen des einen oder anderen Stammes an sich, wenn er erst im Ruf steht, tüchtig zu plündern und zu rauben. Unter diesen Voraussetzungen sind Raub und Mord unvermeidlich, und die Kaufleute in den Städten haben darunter zu leiden. Wenn der Hunger die einzelnen Stämme dazu zwingt, fallen sie die kleineren Städte in deinem Regierungsbereich an und zerstören sie. Das läßt sich unter dem heutigen System nicht ändern, solange eine patriarchalische Gesellschaft in Hochasien wütet."

Ung Khan hatte mit halbem Lächeln und einem Herzen voll verschlagenem Spott zu lauschen begonnen. Jetzt aber war er trotz seines Hasses und seines vorgefaßten Planes von der Hellsichtigkeit und klaren Diktion dieses ungebildeten Barbaren überrascht. Sein Lächeln verlosch, die Augen wurden schmal. Er sah Temudschin ins Gesicht und sagte leise:

„Sprich weiter." Mit einemmal war er ungeheuer aufgeregt.

Temudschin lächelte. Sein Augen hatten die Farbe harter Jade.

„Wir Nomaden leben in einer groben, militaristischen Gesellschaft. Da wir aber durch Fehden, Eifersüchteleien und Besitzgier untereinander entzweit sind, bekämpfen und vernichten wir einander. Früher einmal, so hat mein Vater mir erzählt, waren wir Handwerker von beachtlichem Ruf, fertigten Töpfe aus Bronze und Eisen an und unsere eigenen Tischler und Schmiede haben uns mit Waffen versorgt. Jetzt aber müssen wir uns die Waffen aus Kathai beschaffen, denn wir haben nicht die Zeit, sie selbst herzustellen."

Erregt flüsterte Ung: „Sprich weiter."

Temudschin trank einen Schluck Wein. Ruhig sagte er: „Ich scheine weit auszuholen, aber du weißt, daß dem nicht so ist. Schenk mir noch ein wenig Geduld.

Man sagt, daß ihr reichen Städter uns nicht mehr helft. Ihr wählt euch keinen starken Mann, der die Stämme zusammenschweißen könnte. Als Folge unserer eigenen Habgier und Beschränktheit haben wir also keinen Anführer, und unsere Stämme bestehen aus Lügnern, Mördern, Räubern und Dieben. Kein Häuptling kann das ändern, wenn er überleben will, und ihr leidet unter diesen Gegebenheiten."

Ung Khans Gesicht sah aus wie ein Totenschädel. Die Kopfform glänzte feucht im Lampenlicht, seine Züge verzerrten sich wie die eines Affen.

Gelassen schenkte Temudschin seinen Becher voll und hob ihn an die Lippen. Er trank langsam und ausgiebig. Dann setzte er den Becher ab, wischte sich den Mund und schmatzte laut. „Noch nie habe ich solch edlen Wein verkostet", sagte er und lächelte seinem Pflegevater bubenhaft zu.

Ung Khans Finger gruben sich wie Klammern in seinen Arm. Sie griffen durch seine harten Muskeln beinahe bis auf den Knochen durch, und Temudschin staunte über ihre fiebrige Kraft. Die Augen des Alten glühten rot wie verglimmende Kohlen.

„Sprich weiter", zischte er zwischen den Zähnen.

Naiv zog Temudschin die Brauen hoch. „Mir scheint, ich habe genug getrunken", sagte er.

„Nicht genug!" rief der alte Khan heftig. „Weiter!"

Wieder schenkte Temudschin seinen Becher nach und trank, während Ung Khans Augen ihn lodernd betrachteten. Vom Gesichtsausdruck ihres Khans angezogen, lehnten die Generale und Offiziere der anderen Tische sich näher und versuchten, mitzuhören, aber die Musik, das Rufen und Lachen gestatteten es ihnen nicht.

Temudschin stellte seinen Becher nieder und wischte sich wieder den Mund. Er wandte sich Ung Khan zu, und seine Augen glitzerten trotz seines unverbindlichen Lächelns.

„Keine Sicherheit, keine Verbürgtheit, keine Gesetze, keine Ordnung", sagte er leise. „Und ihr Städter kaut über dem Verlust eurer Karawanen hilflos an euren Fingern. Ihr Uiguren-, Koraiten- und Moslem-Kaufleute verliert eure langen, reichen Karawanen auf den nach Norden führenden Straßen von Kathai, von Samarkand oder Bokhara, und auf den Wegen südlich der Aktei-berge! Ihr sitzt feist in euren Gärten und bejammert eure Verluste! Und warum?" Seine Stimme erhob sich rauh und verächtlich, und er schüttelte die Finger ab, die sich in seinen Arm gegraben hatten. „Weil ihr keinen Verstand habt, um zu denken, sondern nur nach Gewinn giert. Weil ihr nicht wissen könnt, daß in allen Stämmen, die hungrig durch die Steppen ziehen, der leidenschaftliche Wunsch nach Einheit und einem Anführer besteht, der ihnen ausreichende Nahrung, Sicherheit und Bequemlichkeit verbürgt. Wir sind zu unserer angriffslustigen Lebensart gezwungen. Und ihr Kaufleute laßt euch schröpfen, weil ihr keinen Anführer zu Hilfe ruft, der sämtliche Nomadenstämme vereinigt und überwacht und ihre Sicherheit aus euren Taschen bezahlen kann."

Ung hatte die vertrockneten Lippen unter die Zähne geschoben und murmelte: „Sprich weiter!" Seine Augen funkelten unter den faltigen Lidern.

Temudschin zuckte die Achseln. „Ich habe es dir bereits gesagt. Diesem ewigen Streit, der Unruhe und Gesetzlosigkeit zwischen den hungernden, verarmten Nomaden muß ein Ende gesetzt werden. Aber nur ein einziger starker Mann, ein auf euren Reichtum gestützter und mit unbegrenzten Waffen und Pferden ausgestatteter Anführer, kann diese Stämme vereinigen und euren Karawanen die Sicherheit verbürgen. Ich sagte es dir bereits." Er hob die Hand und nahm sich von den Pasteten, die ein Sklave ihm anbot. Er steckte den ganzen Happen auf einmal in den Mund, begann geräuschvoll zu kauen und grunzte genüßlich. Alles andere schien er vergessen zu haben.

Ung Khan sank auf seinem üppigen Kissen zusammen. Er war unbewegt wie ein Bild, aber seine Augen waren von gefährlicher Lebendigkeit. Er fuhr sich mit der Zungenspitze über die Lippen und verrenkte den Kopf, als bekäme er keine Luft. Er hörte das scharfe Klopfen seines eigenen Pulses. Dann legte er die Hand auf Temudschins Arm und lächelte mit abstoßender Süße.

„Deine Unterhaltung ist ungemein fesselnd, mein Sohn. Sprich weiter. Du entzückst meine Ohren, denn du bist hellsichtig und weise."

Temudschin zog die Brauen hoch, als sei er gleichzeitig schüchtern und geschmeichelt.

„Mein Onkel Kurelen hat mir gesagt, daß die Güte der Welt in ihren Dichtern, Philosophen und Gelehrten wohnt. Aber wer kümmert sich um Güte? Du selbst weißt, daß die Welt dem Kaufmann, dem Ladenbesitzer, dem Erzeuger von Waffen und Waren gehört." Jetzt grinste er hämisch und in seinen Augen funkelte der Spott. „Ich ehre euch Kaufleute, denn was bin ich schon als ein armseliger Nomade, der nicht weiß, an welchem Tag sein

Kochtopf voll ist und wann er fasten muß? Schließlich zählt nichts als der Gewinn des Kaufmannes und dafür ist nicht einmal eine Welt voll Menschen ein zu hoher Preis. Das ist dir alles bekannt. Aber du hast bisher nicht gewußt, daß nur ein einziger starker Mann dich vor der Gier und der Not der Unzähligen schützen kann, die keinerlei Sicherheit kennen."

Er wischte sich die klebrigen Hände an dem weißen, bestickten Tuch ab und sagte so ruhig, daß Ung nicht gleich die Wildheit unter seinen Worten heraushörte:

„Ich hasse euch Kaufleute. Mehr aber hasse ich die namenlose Masse, die nur mit dem Bauch und dem Geschlecht zu denken versteht. Aber mit ihr mußt du bald rechnen oder untergehen. Du mußt deine Unterstützung einem Anführer geben, der sie wohl verachtet, aber geschickt und klug genug ist, sie zu vereinen, zu unterwerfen und zu führen. Zu deinem eigenen Schutz und zur Wahrung deiner Gewinne. Sie wollen nichts weiter als ein wenig Brot und Wein und ein eindeutiges Ziel, auf das sie ihren Haß richten können. Das alles kann ihnen ein Anführer geben."

Die Stille, die sich schwer zwischen ihnen niedersenkte, wurde vom Gelächter der Feiernden noch unterstrichen. Sie sahen einander ohne mit der Wimper zu zucken in die Augen; Temudschin mit unerschütterlicher Ruhe und Ung mit Augen und Miene einer wachsamen Schlange.

Dann flüsterte Ung Khan seinem jungen Gast zu, daß diesem sein heißer, fauler Atem ins Gesicht schlug:

„Aber wo ist ein solcher Anführer?"

Temudschin wandte den Blick nicht von Ungs Augen. Nach einer kleinen Ewigkeit zuckte er schließlich die Achseln. „Wer kann das sagen?" antwortete er gleichgültig.

Und wieder schenkte er sich den Becher voll und trank. Und Ung sah ihm mühsam atmend zu und sein Gesicht verzerrte sich, als wollte er lachen.

Jetzt näherte sich ihnen ein Diener mit zwei goldenen, edelsteinbesetzten Bechern auf einer silbernen Platte. Er verneigte sich vor Ung Khan. „Hier, Herr, sind die Becher, die Ihr verlangt habt."

Ung Khan wandte sich jäh um und sah die Pokale an. Temudschin kehrte ihm sein sanftes Gesicht mit einfältigem Interesse zu.

Ung starrte die Becher lange an. Dann wandte er langsam den Kopf und schien Temudschin mit seinen Blicken durchbohren zu wollen. Lange Zeit musterten sich die beiden.

Schließlich lächelte Ung Khan freundlich und verschlagen, schüttelte den Kopf und winkte die Becher fort.

„Nein", sagte er, „ich mag diesen Wein nicht, Chaffa. Bring ihn weg."

Der Diener verneigte sich und ging.

Temudschin lachte innerlich. Ung betrachtete ihn mit tiefer Zuneigung.

„Du bist ein merkwürdiger Jüngling, Temudschin, aber ich liebe dich. Und ich möchte dir ein bescheidenes Geschenk machen, das dir meine Liebe beweisen soll." Er griff in die Falten seines Gewandes und zog einen Stoffbeutel hervor, den er öffnete. Im Lampenlicht glitzerten goldene Münzen. Er verschnürte den Beutel wieder und warf ihn in Temudschins Schoß. Dann zog er sich einen Ring vom Finger und steckte ihn Temudschin an.

„Hier, mein Sohn! Jetzt weißt du, wie sehr ich dich liebe! Ich bin dein Pflegevater und erinnere dich jetzt feierlich an unseren heiligen Schwur, einander beizustehen! Du darfst ihn nie vergessen! Darum bitte ich dich!"

Damit sank er gegen Temudschins Schulter und umarmte ihn.

Generale und Offiziere rissen erstaunt den Mund auf. Temudschins Freunde brachen in wildes Freudengeschrei aus, hoben die Hände und schüttelten sie in der Luft. Ungs Soldaten jedoch sahen einander in verdutzter Ratlosigkeit an.

Etwas später, ehe sie sich zur Ruhe begaben, sagte Ung Khan zu Temudschin:

„Ich habe reiflich über deine Worte nachgedacht, Temudschin. Aber wie könnte selbst ein starker Mann all die mordenden und räubernden Stämme vereinigen?"

Temudschin hob die Hand über den Kopf und ballte langsam die Faust, als zerdrücke er etwas darin.

Leise, beinahe flüsternd antwortete er, und in seinen Augen glühte ein gefährliches Licht auf.

„Mit Gewalt. Nur mit Gewalt."

IV

Temudschins Gefährten frohlockten über den Erfolg seines Besuches. Auf dem Heimritt sangen und brüllten sie. Selbst der so
stille Subodai lachte vor Freude darüber, daß der mächtige Ung
Khan seinen geliebten Temudschin nicht geringschätzig behandelt
hatte. Temudschin ritt gelassen dahin und lächelte über die Ausgelassenheit seiner Freunde. Jamuga allerdings preschte nicht freude-
strahlend voran, lachte nicht und schrie nicht. Das Haupt grübelnd
gesenkt, ritt er neben Temudschin und biß sich auf die bleichen
Lippen.

Temudschin kannte diese Stimmung seines Blutsbruders genau
und wußte, daß sie zum Teil in Unsicherheit, Mißtrauen und Miß-
billigung seiner eigenen Handlungen wurzelte. Manchmal reizten
ihn diese Stimmungen, und er forderte Jamuga zu einem hitzigen
Streit heraus, verteidigte sich und griff zu den ausgefallensten Behauptungen, mit denen er noch bedeutend ruchloseres und zweifel-
hafteres Gehaben androhte. Manchmal machten Jamugas Stimmungen ihn verlegen, und er setzte sich vernünftig mit ihm auseinander
und suchte sein Einverständnis und sein Verstehen. Und manchmal
(und diese Fälle kehrten beunruhigend oft wieder) war er von
schläfriger Gleichgültigkeit und milder Ungeduld.

Jamuga hatte gehofft, daß Temudschin ihn mit der Frage nach
dem Grund für sein düsteres Schweigen in einen hitzigen Streit ziehen würde. Jetzt empfand er ein Unbehagen, das ihm allmählich
zur Gewohnheit wurde. Er warf Temudschins gebräuntem, metallisch hartem Profil, das die Ruhe und Gelassenheit eines Erwach-
senen ausströmte, einen raschen Blick zu, und sein Herz sank.

Er war es, der das Gespräch begann. „Temudschin, du hast vor
Ung Khan den Mund sehr voll genommen. Du hast verrückte Versprechen gemacht, aber ihn nicht um die Hilfe gebeten, derethalben
wir ihn aufgesucht haben. Du trägst einen neuen Ring am Finger,
aber wir haben keine Krieger aus Ungs Lager hinter uns. Warum
ist dem so?"

Temudschin lächelte, ohne Jamuga den Kopf zuzuwenden. „Ich
habe ihn weder um Krieger noch um seine Unterstützung gebeten."

Über Jamugas blasses Gesicht zog zornige Röte, aber er fragte mit beherrschter Stimme: „Aber weshalb, Temudschin? Ist das nicht Wahnwitz? Wir kehren genauso arm und hilflos wieder, wie wir ausgezogen sind. Mit Ausnahme", fügte er mit beißender Bitterkeit dazu, „des Ringes an deinem Finger, der uns weder Weiden kaufen noch unsere Frauen und Kinder beschützen wird."

Temudschin versetzte seinem Hengst einen leichten Peitschenhieb, und das Tier machte einen Satz nach vorn. Träumerisch betrachtete er den blassen, lebhaften Himmel und sprach wie zu sich selbst: „Es gibt günstige Gelegenheiten, um Bitten vorzubringen, und ungünstige. Diese war nicht günstig."

Mit harter, kalter Stimme rief Jamuga aus: „Aber die letzten Worte Ung Khans hießen, daß du den Eid nicht vergessen dürftest, der euch beide miteinander verbindet! War das etwa keine günstige Gelegenheit?"

„Nein, ganz im Gegenteil." Mit sanftem Gesicht sah er Jamuga an. „Du bist ein weiser Mann, aber wie die meisten Weisen verstehst du nichts von den Menschen. Du lebst in einer Welt, in der Worte Geltung haben, Taten ehrenhaft sind und das Lächeln aufrichtig ist, kurz, wo alle Dinge einfach sind und sich kaum etwas unter ihrer Oberfläche verbirgt. Leider aber sieht die Welt anders aus, denn sie steckt voll Doppelzüngigkeit, Betrug, Gier, Lügen, Grausamkeit und Raub. Ich befasse mich mit dieser realen Welt und beobachte jeden Spieler, wie er die Würfel wirft, und weiß, daß jede Augenzahl, die er erzielt, Lüge, sein Lächeln nichts als eine Verschleierung seiner wahren Absicht und seine Stimme eine Wolke ist, hinter der er seine Gedanken versteckt."

„Und du meinst nicht, daß Ung Khan dich unterstützt hätte?" fragte Jamuga ungläubig.

Temudschin schüttelte den Kopf. „Vielleicht hätte er es getan. Ich bin überzeugt, daß er mir letzten Endes meine Bitte gewährt hätte. Trotzdem war die Gelegenheit ungeeignet, und eben weil er mir seine Hilfe anbot, war es doppelt notwendig, sie abzulehnen."

„Aber was wird Kurelen sagen? Er wird dich dafür schwer tadeln. Er weiß, wie bitter nötig wir Verstärkung brauchen."

Temudschin lächelte leise. „Im Gegenteil. Der scharfsinnige Kurelen wird mich besser verstehen als jeder andere."

Aber Jamuga war bitter enttäuscht und voll Sorge.

„Du hast bloß um nichts gebeten, weil du ein goldhaariges Mädchen hast beeindrucken wollen!" rief er. „Oh, ich habe dich wohl gesehen! Wie hast du albern gelächelt, dich in die Brust geworfen, ihr tief in die Augen geschaut, gegrinst und dich wichtig gemacht! Du kannst keine Frau in Ruhe lassen, wenn sie nicht aussieht wie ein Kamel!"

Temudschin brach in schallendes Gelächter aus. „Es stimmt, daß ich Frauen liebe und die weiche Rundung eines Frauenschenkels ein Königreich wert ist. Aber sie kosten auch ein Königreich, und deshalb bemühe ich mich, mir eines zuzulegen."

„Du prahlst wie ein Kind", sagte Jamuga wütend. „Ich habe dich gehört! ,Ein starker Anführer', hast du zu Ung Khan gesagt, und er hat sich heimlich totgelacht über dich, einen zerzausten Nomaden mit acht Wallachen und fünf Hengsten und einer verhungernden Schar von Frauen und Kindern und armseligen Kriegern! Du hast wie ein Kha-Khan gesprochen, dabei besitzt du nichts als einen Beutel mit Gold, den er dir zugeworfen hat, wie einem Hund den Knochen! Du gibst dich den Träumen eines Verrückten hin, und dein Bauch ist so flach wie ein Stein und ebenso leer."

Temudschin antwortete ihm so sanft, daß Jamugas Herz von einer eisigen Vorahnung beschlichen wurde.

„Ung Khan hat mich nicht heimlich ausgelacht. Und du hast recht: ich habe meine Träume, aber aus ihrem dünnen Gespinst werde ich ein Reich erbauen und tatsächlich ein Kha-Khan sein!"

Jamuga wollte spöttisch lachen, aber der Laut erstarb ihm in der Kehle. Schließlich sagte er mit erstickter Stimme:

„Denk lieber darüber nach, wie du das Los deiner Anhänger mildern kannst. Sie sind hungrig und heimatlos. Ein guter Häuptling sieht seine Aufgabe darin, seinem Volk zu helfen, es zu beschützen und mit gütigen, mitleidigen Worten zu ihm zu sprechen. Früher einmal war ein Häuptling der Vater seines Clans, hat ihn mit Nahrungsmitteln versorgt und ihn gelenkt. Aber die alten Blutsbande sind verschwunden. Wir leben in einer neuen Gesellschaft. Jeder unserer Leute muß auf eigene Faust plündern wie ein wilder Hund, der das Rudel verläßt —"

„Ich habe gesagt, daß wir die Einigkeit brauchen", bemerkte Temudschin gleichgültig.

„Aber du meinst damit nicht das gleiche wie ich!" rief Jamuga und lief rot an. „Du suchst die Einheit, damit du andere unterwerfen kannst. Ich suche sie um des Friedens und der Sicherheit willen und um den Armen und Heimatlosen ein besseres Leben zu bieten."

Temudschin wandte ihm das Gesicht zu, und es war glatt und ausdruckslos wie ein polierter Stein. „Ich muß dich daran erinnern, Jamuga, daß du selbst sagtest, ich sei arm und zerzaust und dürfte mich keinen anmaßenden Träumen hingeben."

Jamuga starrte ihn schweigend an, dann rief er aus: „Ich muß Atem holen!"

Er feuerte seinen feingliedrigen Rappen an. Bald hatte er die anderen überholt, und seine Gestalt wurde zu einem dahinfliegenden Punkt am Horizont der Wüste, der sich seinen Weg durch Tamarisken, Buschwerk und Felsblöcke suchte. Als die anderen das sahen, kamen sie zu Temudschin zurück, und Kasar fragte besorgt: „Was plagt dich, mein Bruder?"

„Nichts", erwiderte Temudschin gelassen. „Jamuga hatte nur Verlangen nach reinerer Luft." Und er lachte belustigt auf.

Erst als sie sich für die Nacht im Schatten eines überhängenden Felsbandes niederließen, kehrte Jamuga zurück. Und dann war er blaß und mißmutig und sprach kaum ein Wort. Es nützte ihm nichts, daß er sich ständig vor Augen hielt, daß Temudschin jahrelange Mühe bevorstand, ehe er seinem Volk eine Existenz sichern konnte, und daß seine Chancen, das nächste Jahr zu überleben, bestürzend gering waren. Er war jung. Mehr als zwei Drittel seines Stammes hatten ihn verlassen. Er war arm, hatte keine Verbündeten und keine Freunde. Kein mächtiger Khan hatte ihn zu seinem Untertanen gemacht und ihm Hilfe und Unterstützung zugesagt. Innerhalb kurzer Zeit mußte auch der Rest seiner Leute abtrünnig werden und sich einem stärkeren Häuptling anschließen, der imstande war, sie zu führen und ihr Leben zu sichern. Und dann würde Temudschin wie ein gejagter Hund von den Häuptlingen anderer Stämme vernichtet werden, falls er nicht seinen Stolz überwand und zu einem unbedeutenden Glied der namenlosen Masse wurde. Es war also töricht von Jamuga, sich von dieser quälenden Angst peinigen zu lassen, der jede konkrete Gestalt fehlte und die einzig dem merkwürdigen, schicksalhaften Gesicht eines Jünglings entsprungen war, der nichts weiter besaß als den Mantel auf seinem Rücken. Aber all diese Vorhaltungen fruchteten nichts. Die Angst blieb, und als die Nacht anbrach, konnte Jamuga nicht schlafen. Neben sich hörte er Temudschins tiefe, regelmäßige Atemzüge und dachte, er schliefe.

Dann aber zog der Mond über den Himmel und leuchtete mit einem langen, kalten Lichtschaft den überhängenden Felsen ab. Als der Strahl auf Temudschins Gesicht fiel, sah Jamuga, daß er die Augen offen hatte, gerade vor sich hinstarrte und keineswegs schlief. Jamuga stützte sich auf den Ellbogen und rief leise: „Temudschin!" und seine Stimme verriet seine schmerzliche Sehnsucht und sein Gesicht den brennenden Wunsch nach Versöhnung.

Langsam wandte Temudschin den Kopf und lächelte ihm freundlich zu. „Kannst du auch nicht schlafen, Jamuga? Komm, gehen wir im Mondschein spazieren." Er stand auf, und Jamuga folgte ihm, nachdem er zum Schutz gegen die klare, scharfe Nachtluft seinen Mantel dicht um sich gezogen hatte.

Sie ließen ihre schlafenden Gefährten zurück, die sich in ihre Mäntel gehüllt hatten. Sie kamen an den Pferden vorbei, die mit gesenkten Köpfen schliefen. Die Sättel waren auf niedrigen Felsen abgelegt worden. Langsam und leise wanderten sie über die schwarze, silberverbrämte Erde unter einem Himmel, der wie eine riesige, silberne Kuppel glänzte. Die lautlose, unheimliche Stille der Wüste umfing sie. In der Ferne stand eine schwarze Felswand, wie eine von Menschenhand geschaffene Mauer, und auf jedem Schritt verfolgte sie das beklemmende Gefühl, von Tausenden Geisteraugen beobachtet zu werden. Hohes Buschwerk und abgestorbene, einsame Tannen hockten drohend da, als wollten sie jederzeit lebendig werden. Sie hatten das Gefühl einer Unwirklichkeit, die keinem Traum ähnelte, sondern einem überirdischen Begreifen, als wären sie auf einen fernen Stern versetzt worden, den kein Menschenfuß je betreten hatte. Ihre pechschwarzen, scharfen Schatten zuckten in geheimnisvollem Leben auf dem Boden der Wüste hinter ihnen nach.

Temudschin blieb stehen und blickte in den Himmel. Mit gedämpfter Stimme sagte er: „In Nächten wie heute, in den unzähligen Nächten der Wüste fühle ich eine sonderbare Berührung einer anderen Welt voll Mißgunst, Schrecken und quirlender Belebtheit. Ich kann diese Welt nicht erklären, sie nicht sehen, aber ich fühle, daß ich ihre Luft einatme, daß mein Leib ihre Bewohner streift und ich das Klopfen ihrer Herzen in und um mich spüre. Manchmal habe ich Angst und bin mir der unvorstellbarsten Schrecken bewußt, die ich nicht zu erkennen vermag. Und dann wieder habe ich das Gefühl, alles zu verstehen!"

Er schwieg einen Augenblick still, dann rief er mit fremder Stimme aus: „O ihr geheimnisvollen Geister, die ihr in der Luft der Menschen lebt und sie hasset! Ich bin eins mit euch! Ich erflehe eure Anwesenheit und eure Hilfe! Ich habe von Anbeginn gewußt, daß ihr und ich einander verstehen, wie ihr Männer versteht, die gleich mir aus Wind, Schrecken und Feuer geboren werden und dorthin zurückkehren! Ich weiß, daß ich im Kommen bin, aber ich weiß nicht, warum! Ich bitte nicht darum, das Geheimnis zu lüften, sondern nur, seine Kräfte wirksam zu machen! Verlaßt mich nicht, denn ich kenne euch und bin das Schwert in euren Händen!"

Sein emporgehobenes Gesicht war eine Maske aus schwarzem Stein, in die mit silbernem Griffel die Züge eingemeißelt waren. Seine Augen funkelten wie die eines Irren. Er warf die Arme hoch, und sein Mantel umwallte ihn in schweren Falten. Groß, erregt, wie ein Standbild aus dunklem Marmor, das vom Licht einer anderen und schrecklicheren Welt erleuchtet war, stand er unter dem Mond.

Er ist verrückt, sagte sich Jamuga. Und nochmals: Er ist verrückt! Aber er wußte, daß er sich belog, und Angst und Schrecken erfüllten ihn. Von Panik befallen, blickte er zum Himmel auf. Einen grauenhaften Augenblick hindurch war er überzeugt, daß eine feindselige Macht lauschend angehalten hatte und mit ihren alles sehenden Augen Temudschin betrachtete. Vielleicht ein Dämon, dachte Jamuga, den seine kalte Überlegung im Stiche ließ, oder eine unbekannte Kraft, die mit ihrer Berührung die ganze Welt zu Scherben zerfallen lassen könnte.

Temudschin ließ die Arme sinken. Er wandte den Kopf und lächelte Jamuga zu. „Komm, gehen wir", sagte er mit seiner gewohnten Stimme.

Jamuga folgte ihm. Endlich gelang es ihm zu sprechen:

„Was willst du nun tun, da du Ung Khans Hilfe nicht erbeten hast?"

Temudschin zuckte mit den Schultern und lächelte neuerlich.

„Ich kenne das Ende der Wanderung. Ich weiß, was mich erwartet. Ich bin wie einer, der über eine ihm vorbestimmte Straße zieht, aber jeweils nur ein kurzes Stück vor sich erkennen kann. Ich bewege mich schrittweise fort und weiß nur, daß ich auf dem richtigen Weg bin. Meine Bestimmung leitet mich, und in diesem Bewußtsein bin ich zufrieden."

Er legte Jamuga den Arm um die Schultern und sagte: „Komm mit mir, mein Blutsbruder. Laß uns den Weg gemeinsam gehen."

Allen Vernunftsgründen und jedem Zweifel zum Trotz hörte Jamuga sich zu seiner eigenen stumpfen Verwunderung laut aufschreien:

„Nein, nein! Niemals! Niemals, solange die Welt besteht!"

V

Sie ritten längs des kleinen Flusses Tungel heim, an dem die Jakka-Mongolen ihr Lager aufgeschlagen hatten, und Temudschin dachte mit Genugtuung an seine Frau Bortei, zu der er zurückkehrte. Belustigt fiel ihm ein, daß sie ihm während seines Aufenthaltes bei Ung Khan nicht einmal in den Sinn gekommen war. All seine Wünsche hatten um die schöne Azara gekreist, obwohl er sie seit jenem Abend ihrer eindringlichen Warnung nicht mehr gesehen hatte. Wenn er in Gedanken ihr Bild heraufbeschwor, erschien sie ihm wie die Erinnerung an ein Paradies, und er wußte, daß er sich sein ganzes Leben lang bemühen würde, diesen Traum zurückzugewinnen.

Sein Verlangen nach ihr erschöpfte sich nicht nur in ungeheurer Begehrlichkeit. Sie war der Inbegriff all dessen, von dem jeder Mann träumt, und ihre Schönheit bedeutete ihm mehr als nur ein erstrebenswerter Frauenkörper. Er hatte ihr in die Augen gesehen und dort strahlende Zärtlichkeit und tiefes Vertrauen erblickt. Nie würde er sie vergessen und eines Tages würde sie ihm gehören. Bis dahin war sie der unnahbare Mond, der silbrig über die schwarzen Felsen und Schluchten segelte, in denen er seine Tage verbrachte. Und in diesen Schluchten und im Schatten dieser Felsen konnte er höchst behaglich und liebevoll mit Bortei leben. Sein Denken zog einen scharfen Trennungsstrich zwischen den beiden Frauen. Sie waren zwei grundverschiedene Geschöpfe, die für ihn die himmlische und die irdische Liebe verkörperten.

Allerdings mußte er seine Pläne rasch verwirklichen, ehe Azara mit dem Kalifen von Bokhara vermählt wurde. Sie ist die Gefährtin meines Herzens und meiner Seele, dachte er, und nichts vermag uns zu trennen. Von Bortei dachte er: sie ist die Gefährtin meines Leibes, die Mutter meiner Söhne und das Ergötzen meines Lagers.

Je geringer die Entfernung zwischen ihm und Bortei wurde, desto tiefer wurde seine Vorfreude. Er war wie ein Mensch, der nach einer Reise in ferne, wunderbare und unvergeßliche Länder zum warmen, heimatlichen Feuer heimkehrt. Und doch hing die Erinnerung an Azara gleich einem berauschend süßen Duft in seinen Gedanken nach.

Sie ritten nun in scharfem Tempo über den ebenen Boden der Wüste heim, wo die schroffen roten Felsen neben ihren tiefschwarzen Schlagschatten im flüssigen Licht standen. Im sengenden Wind spannte sich die Gesichtshaut der jungen Männer, und sie zogen sich die Kapuzen schützend über Haupt und Stirn. Um die Trensen der Pferde bildete sich Schaum, und die Tiere schnaubten in der Hitze. Sie sahen das gelbliche Glitzern des kleinen Flusses in der Ferne und beschleunigten ihren Ritt. Dann bogen sie um die Flanke eines zerklüfteten roten Felsens und stießen einen lauten Schrei aus, um ihren Angehörigen ihre Rückkehr anzuzeigen. Die schwarzen Jurten drängten sich um den Fluß, und kläffende Hunde rannten ihnen entgegen, um sie zu begrüßen.

Plötzlich zügelte Temudschin mit unterdrücktem Aufschrei sein Pferd. Auch seine Kameraden hielten an, standen angewurzelt in unbeweglichem Schweigen und starrten auf das kleine Zeltdorf im Tal. Im harten Gleißen der flüssigen Sonne blieb alles bis auf das Gebell der Hunde unheimlich still. Im Dorf regte sich keinerlei

Leben. Man sah weder Pferde noch Herden, keine laufenden Kinder, keine Frauen, keine Lagerfeuer. Es war, als sei alles Leben mit Ausnahme jenes der Hunde erstorben. Sie sahen die Jurten in ihren tintenschwarzen Schattenpfützen; sahen das rastlose, trüb goldene Schimmern des Flusses; sahen die phantastisch purpurnen Berge und das grüne Gesträuch auf der gelben Erde. Aber sonst sahen sie nichts.

Mit wildem Schrei hieb Temudschin grimmig auf sein Pferd ein, und das Tier schnellte nach vorn, als wollte es sich in die Lüfte erheben. Unter unablässigen Peitschenhieben galoppierte der junge Mann auf das Dorf zu. Ihm folgten seine Gefährten, die in böser Vorahnung laut aufschrien. Hinter ihnen rannten kläffend die Hunde her und schnappten nach den Hufen der Pferde.

Inmitten einer heißen Staubwolke preschte Temudschin in die Mitte des Lagers, sprang von seinem Hengst und rannte zu den Jurten, in denen seine Mutter, sein Onkel und seine Frau lebten. Keine Seele kam ihm entgegen; die Zeltklappen aller übrigen Jurten standen offen und baumelten schlaff im sengenden Wind. Als er sich den Jurten seiner Familie näherte, vernahm er leises Schluchzen und Wehklagen. Er rannte zu Houluns Jurte und drängte sich durch die Zeltklappe.

Kurelen lag bewußtlos auf seinem Bett, und sein Gesicht sah aus wie eine Totenmaske. Neben ihm hockte in verzweifeltem Schweigen Houlun, und ihr Gesicht war nicht minder bleich. Mit sicheren Händen netzte sie sein Gesicht und die verwachsene Brust. All ihre Aufmerksamkeit war auf ihn konzentriert, als läge dort ihr langsam versickerndes Leben. Neben ihr auf dem Boden hockten Chassa, zwei alte Dienerinnen und drei oder vier jüngere Frauen mit ihren Kindern in den Armen. Sie waren es, die unermüdlich klagten, während sie auf ihren Schenkeln hin und her schaukelten. An der gegenüberliegenden Seite von Kurelens Lager stand der Schamane mit finsterem Gesicht und vor der Brust verschränkten Armen. Nur er blickte bei Temudschins Eintritt auf, und dann funkelten seine Augen heimlich und gehässig.

„Es ist an der Zeit, daß du zurückkehrst", sagte er mit unheilvoller Stimme. „Aber es wird dir jetzt nichts mehr nützen."

Temudschin erbleichte. Seine Nüstern weiteten sich. Er trat zu seiner Mutter und legte ihr die Hand auf die Schulter, aber sie sah nicht zu ihm auf. Ihre ganze Seele lag in ihren Augen, als sie den bewußtlosen Kurelen abwusch und umsorgte. Alles andere war für sie versunken. Ihr Sohn schüttelte sie; sanft zuerst, dann heftig. Da er noch immer keine Antwort von der in ihrem Schmerz versponnenen Frau erhielt, wandte er sich wütend an den Schamanen, der ihn tückisch anlächelte.

„Was ist geschehen? Wo ist mein Weib? Wo sind meine Leute?"

Seine mittlerweile ebenfalls eingetroffenen Kameraden standen vor dem Zelt und versuchten, ins Innere zu sehen.

Wieder grinste Kokchu bösartig.

„Am zweiten Tage, nachdem du fort warst, sind die Merkiten gekommen, die Barbaren der weißen, eisstarren Welt. Unsere Krieger haben versucht, unser Lager zu verteidigen. Bis auf sechs Mann wurden alle getötet, und diese sechs sind geflüchtet, um nicht das gleiche Schicksal zu erleiden. Unter ihnen war Belgutei. Die Merkiten haben viele Frauen und Kinder mitgenommen." Er setzte ab und musterte Temudschin mit schadenfrohem Blick. „Sie sind in die Jurte deiner Gemahlin Bortei eingedrungen und haben sie geraubt. Kurelen hat versucht, sie zu verteidigen. Einer der Merkiten hat ihm die Schulter mit der Lanze durchbohrt und ihn liegengelassen, da er ihn für tot hielt." Er zuckte die Achseln. „Ich habe sie angefleht, Bortei zu verschonen, aber sie haben mich angebrüllt und ausgelacht und gesagt, sie seien Stammesangehörige deiner Mutter Houlun, die ihrem Gemahl gestohlen worden ist. Und jetzt, so sagten sie, würden sie Bortei zum Ausgleich und als Rache einem Anverwandten des ersten Mannes deiner Mutter zur Sklavin geben. Sie haben auch unsere Herden und Belguteis Mutter verschleppt."

Bei den Worten des Schamanen war Temudschin noch bleicher geworden, bis kein Tropfen Blut mehr in seinem Körper zu sein schien. Reglos stand er da, obwohl Chepe Noyon, Subodai und Jamuga ihrem Kummer in lauten Klagen Luft machten und fortliefen, um in den anderen Jurten vergeblich nach ihren Müttern und Schwestern zu suchen. Minuten versickerten in der stickigen, düsteren Jurte, die vom Wehklagen der unglücklichen Frauen und Kinder erfüllt war, und Temudschin rührte sich nicht. Er hielt den Kopf gesenkt. Sein Gesicht war weißer als der Schnee. In grimmiger Schadenfreude beobachtete der Schamane ihn mit finsterem Lächeln. Selbst angesichts des Unheils, das über sein Volk gekommen war, weidete er sich an Temudschins Niederlage.

Woran denkst du, du überheblicher Träumer? überlegte er hämisch. Bist du jetzt nicht wahrlich geschlagen, du Aufschneider, du Kha-Khan, du Beherrscher aller Menschen? Ich frohlocke, daß du so armselig vor mir stehst, ein verhungernder Gehetzter in der Wüste! Du hast versagt, denn nicht ein Mann Ung Khans hat dich begleitet, und du hast niemand als diese armseligen Weiber und deine hungrigen Bettler, die sich deine Recken nennen! Wohin willst du dich jetzt wenden, du wildernder Hund? Die Hand jedes Menschen ist gegen dich erhoben, und ehe die Nacht einfällt, wird dein Körper den Geiern zum Fraß dienen!

Langsam, als hörte er die giftigen Gedanken, hob Temudschin schließlich das Haupt und heftete seine fürchterlichen Augen auf den Schamanen. Und unwillkürlich zuckte Kokchu zurück, fuhr sich in ungewisser Angst mit der Zunge über die Lippen, als stünde er unvermittelt einem drohenden, wilden Tier gegenüber. Temudschins Stimme klang sehr leise, als er sagte:

„Du aber, Kokchu, lebst noch."

Der Schamane erzitterte. Er öffnete die Lippen, aber es dauerte einen Atemzug lang, ehe er imstande war, schwach zu erwidern:

„Ich bin kein Krieger, sondern nur ein Priester."

Temudschin verzog den Mund und sagte:

„Ach ja. Es bewahrheitet sich immer wieder, daß der Priester überlebt, wo tapfere Männer sterben."

Kokchu wich einen weiteren Schritt zurück und netzte sich neuerlich die Lippen. Aber er vermochte nicht zu sprechen.

Kurelen, der so unbeweglich auf seinem Bett lag, regte den Kopf und stöhnte auf. Temudschin beugte sich über ihn und legte seinem Onkel die Hand auf die Stirn. Er erschrak, als er seinen heißen Schweiß fühlte. Und nun sah ihn auch Houlun aus eingesunkenen Augen an, in denen die Verzweiflung wohnte. Es war, als hätte sie ihn eben erst wahrgenommen. Sie stieß einen erstickten Schrei aus und begann zu schluchzen, lehnte den Kopf an die Hüfte ihres Sohnes und überließ sich ihrem Schmerz. Das lange, schwarze Haar fiel ihr übers Gesicht.

Temudschin heftete seinen zwingenden Blick auf die eingefallenen Lider seines Onkels. „Kurelen!" rief er mit lauter, drängender Stimme. „Kurelen! Ich bin es, Temudschin, der gekommen ist, dich zu rächen!"

Kurelen regte sich neuerlich, als hörte er Temudschin tief im Bollwerk seines sterbenden Körpers und ringe darum, durch die Schleier zu ihm emporzutauchen. Kasar kniete neben seiner Mutter nieder, zog ihren Kopf an seine Brust und versuchte, sie stumm und unbeholfen zu trösten. Ihr Schluchzen klang herzzerbrechend. Temudschin aber sah nur auf seinen Onkel. Sein unnachgiebiger Wille zwang ihn, an die Oberfläche des schwarzen Meeres zu kommen, das ihn zu ertränken drohte.

Die eingesunkenen Lider zuckten, die ausgetrockneten Lippen bebten. Und dann, beinahe unmerklich, öffnete er die Augen und heftete den glasigen Blick auf Temudschin. Ein Lächeln huschte über Kurelens Gesicht, und er versuchte, die Hand zu heben. Der andere Arm und die Schulter waren mit Tüchern bedeckt, die von vertrocknetem Blut starrten.

Temudschin legte das Ohr an die Lippen seines Onkels, denn es war dem Verwachsenen deutlich anzumerken, daß er sprechen wollte. Er fühlte das trockene Zittern von Kurelens Lippen und hörte sein Wispern, das wie das Seufzen dürrer Blätter klang.

„Dann bist du also zurückgekehrt! Jetzt werde ich am Leben bleiben!"

Temudschin lächelte ihn mit bleichen Lippen an.

„Natürlich bleibst du am Leben, Onkel, denn nie hatte ich dich bitterer nötig als jetzt. Aber schlafe und werde gesund." Er legte die Hand auf Kurelens Stirn, zog sie sanft abwärts und drückte ihm die Augen zu. Ein schwacher Schimmer Farbe war in Kurelens wächsernes Gesicht gestiegen. Er seufzte tief auf, drehte den Kopf zur Seite und schlief. Dann erst wandte Temudschin sich seiner Mutter zu, kniete nieder und schloß sie in die Arme.

„Weine nicht, Mutter. Kurelen wird nicht sterben. Das verspreche ich dir. Und ich verspreche dir, daß ich deinen Schmerz rächen werde."

Sie weinte an seiner Schulter. Die Spannung wich von ihr, und sie schlief kniend in seinen Armen ein. Die Erschöpfung hatte sie übermannt. Nach einer Weile übergab er sie den Dienerinnen, die sie behutsam neben ihrem Bruder auf den Boden legten und ihr mit den weiten Ärmeln Kühlung zufächelten.

„Gefährten", sagte er gefaßt. „Schweres Unglück hat uns alle heimgesucht, aber wir dürfen die Zeit nicht mit Klagen vergeuden. Wir müssen uns rächen. Ich muß meine Gemahlin zurückerobern und ihr eure Mütter und Schwestern. Wir dürfen nicht wagen, uns der Verzweiflung hinzugeben, denn sonst sind auch wir verloren. Chepe Noyon, du kehrst augenblicklich zu Ung Khan zurück und verlangst, daß er mir auf der Stelle Hilfe schickt. Subodai, Kasar und Jamuga bleiben bei mir."

Chepe Noyons Gesicht war weiß geworden. Er berührte die Stirn mit der Hand, begab sich in die verlassene Jurte seiner Mutter und füllte seine Lederbeutel mit Kumyß und Hirse, der Nahrung für sich und sein erschöpftes Pferd. Kurz darauf hörten die anderen, wie er im Galopp das Lager verließ, und sahen seine Gestalt die Böschung des Tales erklimmen. Im nächsten Augenblick war er hinter den roten Felsen verschwunden, aber man hörte noch eine Weile das scharfe Echo der Pferdehufe, die über die zerrissene Erde preschten.

Temudschin ließ seine Mutter eine Zeitlang schlafen. Dann weckte er sie und befahl ihr und den anderen Frauen, die kärglichen Reste der restlichen Lebensmittel zuzubereiten, da er und seine Kameraden Hunger hatten. Er wußte, daß Beschäftigung das beste Mittel gegen Verzweiflung war. Bald brannten zwei oder drei Lagerfeuer. Kasar, Jamuga und Subodai waren mittlerweile jagen gegangen und brachten ein paar Füchse, Marder und Hasen heim. Ihre Herden waren von den Merkiten gestohlen worden, und sie waren auf das angewiesen, was sie in der Wüste und in den Bergen erlegen konnten. An jenem Abend saß eine kleine, niedergeschlagene Gruppe an den Lagerfeuern, und doch hatte sich die Verzweiflung ein wenig gelichtet, als sie die knappen Mahlzeiten aßen und dazu die Überreste an Kumyß und Wein tranken. Etwas von Temudschins wilder Entschlossenheit und Tapferkeit war auf sie übergesprungen. Nachdem sie gegessen hatten, befahl er Kasar und Subodai zu musizieren. Kasar sang mit seiner kräftigen Knabenstimme, und Subodai entlockte seiner Flöte schmeichelnde Töne.

Jenseits der Lagerfeuer bauschten sich die Klappen der verlassenen Jurten im Wind, und groß und kalt zogen die Sterne auf. Kurelen lag in seiner Jurte. Er war wach, und das Fieber war gesunken. Er lauschte, lächelte und hielt die Hand seiner Schwester. Der Schamane jedoch verbarg sich angstvoll in seinem Zelt und ließ sich nicht blicken.

Jamuga war zutiefst bekümmert. Die Merkiten hatten nicht nur seinen Stiefvater ermordet und seine Mutter und seine jüngeren Geschwister entführt, sondern sie hatten auch seine Schatztruhe erbeutet, die ihm ebenso teuer war wie seine Anverwandten. Als er jetzt am Feuer saß, vermochte er trotz des quälenden Hungers kaum einen Bissen zu essen. Jede einzelne Elfenbeinfigur, jeder ziselierte Dolch, jede Porzellantasse und jede wertvolle Handschrift fiel ihm ein, und sein Herz schmerzte wie unter unzähligen Wunden. Wenn Schönheit und Anmut verschwunden sind, was bleibt dann noch auf Erden? dachte er. Und er wischte sich die Tränen mit dem Saum seines Ärmels aus den Augen.

In jener Nacht lag Temudschin allein in seinem Bett. Borteis Platz neben ihm blieb leer. Er starrte die schwarzen Wände seiner Jurte an, und sein Mund war schmal und verkrampft. Aber er sagte sich, daß er schlafen mußte, denn morgen erwarteten ihn große Aufgaben.

Unnachgiebig schloß er die Augen, und sein Wille war so gewaltig, daß er nach kurzer Zeit friedlich schlief, ohne dabei seinen Säbel aus den Händen zu lassen.

VI

Am nächsten Tag eröffnete Temudschin seinen Freunden, daß sie die Wüste und das Gebirge nach dem halben Dutzend Kriegern und Belgutei absuchen mußten, die den Merkiten entkommen waren. Er und Jamuga wollten das gefährlichste Gelände durchstreifen, in dem die Taijuten hausten, und Subodai und Kasar sollten sich nach Norden und Westen wenden. Zuerst aber gingen sie auf die Jagd, um Frauen und Kinder mit Nahrung zu versorgen, und als sie so viel Beute gemacht hatten, daß der Unterhalt für einige Tage gesichert war, brachen sie auf, um die versprengten Krieger zu finden.

Lange Zeit ritten Temudschin und Jamuga Seite an Seite. Nur ab und zu machten sie halt, um sich zu stärken und jeden Fußbreit Bodens des gefährlichen Geländes abzusuchen. So laut sie aber auch rufen mochten, wenn sie vor Höhlen oder unübersichtlichen Felsen und tiefen Tälern anlangten, so antwortete ihnen doch nur die tiefe Stille des Ödlandes. Abgesehen von den heiseren Schreien vereinzelter Vögel und dem Rascheln aufgeschreckter Eidechsen, die über den harten Boden huschten, begrüßten sie überall nur die blendende Sonne und der pfeifende Wind. Unter Tags vermieden sie Oasen und Flüsse, weil sie die Taijuten fürchteten, und suchten nur nachts schweigend Wasserplätze auf.

Am dritten Tage übermannte Jamuga die nackte Angst, denn ihm war, als ritte nicht mehr Temudschin so schweigsam und unerbittlich neben ihm, sondern eine unversöhnliche, versteinerte Wut, die keine Erschöpfung kannte. Temudschin wurde immer wortkarger und ritt selbst dann noch schnell weiter, wenn Jamuga davon überzeugt war, selbst schon vom Pferde sinken zu müssen. Temudschins hocherhobenes Profil stand wie das eines Raubvogels vor dem flimmernd blauen Himmel. Scharf gemeißelt, sonnengebräunt und eingesunken schien es unerbittlich weitergetrieben zu werden, bis es endlich Rache nehmen konnte. Von Stunde zu Stunde wurde er hagerer, seine Haut wurde dunkler, die Linie um den Mund unbarmherziger. Die beiden jungen Männer sprachen längst nicht mehr mitsammen, sondern sparten ihre Kräfte für die fallweisen Rufe. Je tiefer sie in das Gebiet der Taijuten eindrangen, desto mehr verließen sie sich auf ihre Augen statt auf ihre Stimmen, und suchten in Kies und Erdreich nach Spuren. Einmal erblickten sie im violetten Licht der Dämmerung in der Ferne die orangeroten Lagerfeuer der Taijuten und wichen schattengleich in weitem Bogen zurück.

Endlich sagte Jamuga: „Es ist ausgeschlossen, daß sie in diesem gefährlichen Landstrich so weit gekommen sind, Temudschin. Wir wollen umkehren."

Lange Zeit gab Temudschin keine Antwort. Endlich versetzte er:

„Du hast recht. Wenn wir sie bis heute abend nicht gefunden haben, wollen wir zurückreiten. Aber meine Vorahnung sagt mir, daß sie nicht mehr weit von uns entfernt sind."

Sie waren bei einer ausgedehnten Steppe angelangt und standen bis an die Knie im grünen Gras. Temudschin blickte um sich und sagte: „Dies sind die Weidegründe meines Volkes. Ich werde ihm diese Gebiete erringen."

„Sie haben uns einmal gehört", erwiderte Jamuga traurig. „Die Taijuten brauchen nicht so viele Wiesen. Weshalb reißt der Mensch mehr Besitz an sich, als er verwenden kann? Auf dieser Welt ist doch bestimmt genügend Platz für alle."

Unendlich langsam wendete Temudschin ihm das Antlitz zu, und seine finstere Verachtung traf Jamuga wie ein Hieb. Temudschin jedoch sagte kein Wort, sondern schwang sich nur wieder auf sein Pferd und ritt davon. Ich verstehe ihn nicht mehr, dachte Jamuga verzweifelt. Aber habe ich ihn denn jemals wirklich verstanden?

Später aber, nachdem er Temudschin wieder eingeholt hatte, begrüßte der ihn mit unendlich freundlichem Lächeln. In herzlichem Schweigen ritten sie nebeneinander her. Temudschin neigte sich seinem Blutsbruder zu und legte ihm die Hand leicht auf die Schulter. Für Jamuga bedeutete diese Gebärde Friede und Seligkeit, und er dachte bei sich, daß er mit Temudschins Hand auf der Schulter und dem Sonnenschein im Gesicht am liebsten in alle Ewigkeit weiterreiten würde. Nichts kann süßer sein als Freundschaft, Vertrauen und Liebe, dachte er leidenschaftlich, und Menschen, denen diese Gefühle fremd waren, stolperten blind durchs Leben. Ihre Waffe war der Haß, und sie waren gefährlich und mußten vernichtet werden, um die Welt vor ihnen zu retten.

Sie übernachteten hoch oben in einem Nadelwald und schliefen unter derselben Decke. Temudschin zumindest schlief, aber Jamuga konnte kein Auge zutun. Der Schlaf mied ihn häufig, denn ständig plagte ihn die Schwermut. Um so mehr bewunderte er den festen Willen Temudschins, der selbst an der Schwelle der Feinde zu schlummern vermochte und sich nie den kläglichen Luxus der Besorgnis und Verzweiflung gestattete. Er lag auf dem Rücken und hatte das stille, harte Gesicht dem Monde zugewandt, und Jamuga mußte an das gigantische, schicksalhafte Profil denken, das Kurelen ihm mit der Bemerkung gezeigt hatte, es sei das Profil Temudschins. Das stimmte. Das Gesicht des Schläfers war das eines schlafenden Riesen; gewaltig und von unheilvoller Beseeltheit. Und wieder versank Jamugas Herz in abgrundtiefe Trauer, und er wußte, daß der freundschaftliche Ritt nichts weiter als Illusion gewesen war, und er Temudschin in Wahrheit nicht kannte.

Er stützte sich auf den Ellbogen und betrachtete seinen Blutsbruder. Dabei verwirrte sich sein Denken und ihm war, als hätte sich aller Glanz des Mondes in Temudschins schlafendem Antlitz gesammelt und als sei jenseits dieses Antlitzes nichts als nebelhafte Unwirklichkeit. Er fühlte sich abgestoßen, fasziniert und erschreckt und schüttelte wiederholt den Kopf, als wollte er sich damit von seiner steigenden Verwirrung befreien. Das silbrige Licht des Mondes schimmerte immer heller und verlieh selbst dem schlafenden Temudschin ein Aussehen wilder Unbarmherzigkeit. Eine Strähne seines roten Haares wehte leise über seine Stirn, aber sie änderte nichts an seinem Ausdruck. Genauso hätte ein Schmetterling an einem Stein anstreifen können.

Am nächsten Morgen sagte Jamuga: „Wir müssen umkehren. Sie sind nicht hier."

Temudschin stimmte ihm zu, aber ein sonderbares Licht brannte in seinen Augen, und Jamuga wußte, daß er an etwas anderes dachte. Seine Augen hatten die Unbewegtheit eines grauen Sees, über den seine Gedanken wie Wolken dahinhuschten, aber nicht zu durchschauen waren. Schließlich sagte er:

„Das sind prächtige Weiden, von denen wir bisher nichts gewußt haben. Ich werde sie für mein Volk erobern."

Sie standen in einer weiten Ebene, die in ungebrochenem Grün leuchtete. Meilenweit erstreckte sich diese fruchtbare Hochebene, deren Gras sanft wie Wasser im Winde wogte. Im Norden erhob sich eine einzelne, weiße Bergspitze, die wie ein Kristall in der Sonne funkelte. Die Luft war so rein wie ein Bergquell, und der Wind trug die frischen Düfte von Erde und Gras mit sich.

Als Jamuga keine Antwort gab, wandte Temudschin sich ihm lächelnd zu:

„Du hältst meine Worte für Prahlerei. Du glaubst mir nicht."

Einen Augenblick betrachtete Jamuga ihn in bleichem Schweigen, dann erwiderte er bitter: „Doch, ich glaube dir!"

Dann schlugen seine verzweifelten Gedanken über ihm zusammen, und er ritt voraus, und Temudschins leises, nachsichtiges Lachen scholl hinter ihm her.

Zu Mittag sagte Temudschin: „Du hast recht. Wir müssen jetzt umkehren."

Sie schwenkten ihre Pferde herum und ritten fort von dem mächtigen, weißen Gipfel, der ihnen nicht näher gerückt zu sein schien. Gegen Abend verließen sie die Steppe und ritten über eine ansteigende Bodenwelle. Zutiefst erschrocken hielten sie an und blieben einen Augenblick unbeweglich stehen, denn ein Reitertrupp kam auf sie zu: Die Taijuten.

Nach bangen Sekunden stieß Jamuga einen erstickten Schrei aus. „Die Taijuten! Sie haben uns gesehen! Komm, wir wollen fliehen!"

Aber die Reiter hatten sie bereits erspäht. Sie standen unter Führung von Temudschins altem Feind Targoutai, der den jungen Mann sofort an seinem leuchtend roten Haar und der aufrechten Haltung erkannte, mit der er zu Pferde saß. Er brüllte schrill und triumphierend auf, galoppierte, von seinen Leuten gefolgt, auf Temudschin zu und schwenkte seine Lanze.

„Komm", sagte Temudschin zwischen zusammengebissenen Zähnen. Sie wirbelten ihre Pferde herum und stoben wie fliehende Schatten davon. Sie vernahmen schwirrende Geräusche und sahen Pfeile an sich vorbeisausen. Die Reiter erfüllten die sonnenstrahlende Luft mit heiserem Rufen und rückten immer näher, denn ihre Pferde waren ausgeruht, und die von Temudschin und Jamuga waren bereits müde. Temudschin zügelte sein Pferd und sah Jamuga entschlossen an.

„Du reitest weiter, Jamuga, und ich werde versuchen, sie für kurze Zeit aufzuhalten, um dir einen Vorsprung einzuräumen."

Jamuga sah ihm in die Augen und erwiderte gefaßt: „Nein, ich bleibe an deiner Seite, und wenn du stirbst, sterbe ich mit dir."

„Du Narr!" rief Temudschin aus, aber selbst in dieser höchsten Gefahr lächelte er seinem Blutsbruder zu.

Er zerrte so fest an den Zügeln, daß sich sein Pferd hoch auf der Hinterhand aufrichtete und umdrehte. Temudschin hielt seinen

Speer angriffsbereit in der Hand, und Jamuga legte einen Pfeil an seinen Bogen. Kampfbereit und reglos warteten sie vor dem leuchtend blauen Himmel.

Von diesem unerwarteten Stillstand überrascht, zügelten die Taijuten ihre Pferde und verlangsamten ihr Tempo. Targoutai jedoch war einzig von dem Wunsch beseelt, Temudschin zu töten. Er kam näher, weil er annahm, seine Leute seien noch hinter ihm. Temudschin kniff die Augen zusammen, hob den Speer und schätzte die immer kürzer werdende Entfernung zwischen sich und seinem alten Feind ab. Targoutai kam wie ein rächender Schatten über das Gras angeprescht. Da erhob Temudschin seinen Speer, zielte und schleuderte ihn mit der ganzen Kraft seines jungen Körpers dem Reiter entgegen. Im nächsten Augenblick drang die Spitze seines Speers in Targoutais Hüfte, und in der nächsten Sekunde bohrte sich Jamugas Pfeil in den Hals von Targoutais Pferd.

Mit einem Schmerzensschrei bäumte sich das Pferd auf. Targoutai brüllte, versuchte vergebens, die Zügel zu fassen, kollerte vom Pferd und fiel schwer zu Boden. Das Pferd geriet aus dem Gleichgewicht und stürzte ebenfalls. Dabei traf es Targoutai mit der Schulter in den Bauch. Die Reiter jagten heran, wollten ausweichen, aber zwei von ihnen stolperten über den Gestürzten und sein Pferd und flogen kopfüber aus dem Sattel. Die Schreie von Mensch und Tier gellten durch die Luft.

„Komm!" sagte Temudschin, und schon nahmen er und Jamuga neuerlich die Flucht auf. Die Todesangst beflügelte sie, und sie ließen unbarmherzig die Peitschen auf ihre Tiere niedersausen. Sie hatten sich in den Steigbügeln aufgestellt, duckten sich vornüber und galoppierten in wilder Hast dahin, ohne sich um die Richtung zu kümmern. Sie wollten nichts weiter, als ihren Feinden entkommen. Von der Angst der Reiter angesteckt, vergaßen die Pferde ihre Müdigkeit und preschten dahin, daß ihre Leiber das Gras streiften.

Temudschin warf einen Blick über seine Schulter zurück. Was er sah, entlockte ihm ein triumphierendes Lachen. Die Taijuten waren weit hinter ihnen geblieben. Nur mehr drei folgten ihnen jetzt, aber auch denen fehlte der richtige Schwung, und sie schwenkten die Riemen ohne rechte Überzeugung und verfolgten die beiden

Jünglinge mit heiseren Drohungen. Kurz darauf hatte Temudschin seine Verfolger abgeschüttelt. Er und Jamuga ritten jetzt durch den tiefer gelegenen Teil des Tales auf den schimmernden weißen Gipfel des Berges Burkan zu.

Temudschin hielt den Blick starr auf den Gipfel gerichtet. Hier lag zumindest für eine gewisse Zeit verhältnismäßige Sicherheit. Die Pferde keuchten. Ihre Flanken waren schaumbedeckt. Aber die Reiter gaben ihnen unermüdlich die Sporen, suchten argwöhnisch den Himmel ab und hofften auf das Einsetzen der raschen Dämmerung.

Und die Dämmerung kam. Wie ein violetter Vorhang senkte sie sich über die Erde. Der weiße Gipfel hatte sich jetzt in schimmerndes Rosenrot vor einem amethystfarbenen Himmel verwandelt. Der Wind verstärkte sich zu einem tiefen Fauchen, das wie das Rollen einer riesigen Trommel klang. Über dem Berg erschien das zuckende Antlitz des Mondes und begann innerhalb von Sekunden zu glühen. Sie waren allein auf der Welt und verlangsamten ihr Tempo. Die Pferde schnaubten schwer. Um ihnen eine kurze Ruhepause zu gönnen, stiegen die jungen Männer ab und führten die Tiere an den Zügeln.

Der Boden war nicht länger grasbewachsen, sondern von Felsblöcken und niedrigen Steinen unterbrochen. Und dann senkte und hob sich die Erde in steilen Höhlen. Im Schutz einer Wand aus Erdreich und Fels lagerten die jungen Männer, aber sie wagten nicht, ein Feuer zu entfachen, wenngleich die Nacht kalt wie Eis geworden war. Sie hüllten sich in ihre Mäntel und schmiegten sich unter ihren Decken aneinander. Im nächsten Augenblick waren sie vor Erschöpfung eingeschlafen, und nicht einmal Jamuga wachte, wenn sein Denken auch ständig ein Schlachtfeld beklemmenden Grübelns war. Über ihnen erhob sich schwarz und silbern vor dem milchigen Himmel der Berg und hielt wie ein riesiger Schutzherr Wacht.

Opalisierend wie Perlen, blau und golden, setzte das Morgengrauen ein. Temudschin sagte: „Der Berg hat mir das Leben gerettet. Bis ans Ende meiner Tage werde ich hier Opfer bringen und allen meinen Kindern befehlen, diese Opfer in meinem Namen fortzusetzen."

Er verschränkte die Arme vor der Brust, verneigte sich dreimal tief vor dem Berge, der weiß im Morgenlicht flammte. Und dann verneigte er sich vor der Sonne und rief den ewigen blauen Himmel an, ihn auch in aller Zukunft zu beschützen.

Sie tranken aus dem kalten Gebirgsbach, würgten eine Handvoll getrockneter Hirse hinunter, schlugen kurz darauf einen vorsichtigen Bogen und begannen den Heimritt. Dabei vermieden sie tagsüber möglichst jede offene Strecke und überquerten das ungeschützte Gelände nur bei Nacht.

Sie brauchten mehrere Tage, ehe sie wieder am kleinen Fluß Tungel und im Lager ankamen. Und dort entdeckten sie zu ihrer großen Freude, daß Belgutei und die anderen aufgefunden worden und zurückgekehrt waren.

Kurelen schwebte nicht mehr in Gefahr und hörte sich mit gespannter Aufmerksamkeit Temudschins Bericht seiner Flucht vor den Taijuten an, und in der gleichen Nacht brachte der Schamane über eine kurz angedeutete Aufforderung Temudschins dem blauen Himmel Opfer für die geglückte Flucht des jungen Khans dar.

Zwei Nächte darauf traf ein triumphierender Chepe Noyon ein. Ihm folgte ein großer, eindrucksvoller Trupp koraitischer Krieger, die Ung Khan zur Unterstützung Temudschins geschickt hatte.

VII

Mit Bewunderung verfolgte Kurelen Temudschins Eifer und Geschick, mit denen er seine eigenen und die koraitischen Krieger auf den beabsichtigten Überfall auf die Merkiten vorbereitete und dabei nicht die kleinste Einzelheit des komplizierten Planes übersah. Kurelen wußte, daß hier mehr im Gang war als ein Vergeltungsangriff, und unklar begriff er, worum es ging. Temudschin nämlich erteilte den Befehl, daß nur jene Merkiten getötet werden sollten, die Widerstand leisteten. Er schärfte seinen Leuten ein, Gefangene zu machen und, wenn irgendwie möglich, das gesamte Lager der Merkiten unversehrt zu beschlagnahmen. Besonderen Wert legte er darauf, daß die Frauen der Merkiten zu schonen seien und ebenso alle kleinen Kinder. Was die Krieger anbelangte, so sollten sie nur entwaffnet und unterworfen werden. Mit einem gewissen Spott fügte er hinzu, daß dem Schamanen und auch den alten Familienoberhäuptern kein Leid geschehen sollte.

Seine Frau Bortei erwähnte er mit keinem Wort. Das erweckte Kurelens Neugier, und er ließ seinen Neffen in seine Jurte holen. Es sei höchst ungewöhnlich, sagte er, daß Temudschin offenbar keine blutrünstige Rache für den Raub seiner Frau und den Mord und die Gefangennahme so vieler seiner Gefolgsleute nehmen wollte. Vielleicht habe Temudschin plötzlich sein weiches Herz entdeckt? fragte er boshaft; oder vielleicht läge ihm auch nicht mehr viel an Bortei, die sicher eine sehr geringe Meinung von ihm haben mußte, wenn er ihre Schande nicht rächte.

Da sprach Temudschin jene Worte aus, die von unzähligen Generationen wiederholt werden sollten:

„Menschen sind wichtiger als Rache, und Eintracht steht über persönlichen Wünschen."

Kurelen kaute nachdenklich an einem Fingernagel und lächelte versonnen.

„Dann wiegt es also nichts, daß ein Merkite deine Frau vergewaltigt hat und sie vielleicht die Mutter seines Kindes wird?"

Temudschins dunkles Gesicht erbleichte, aber er antwortete ruhig:

„Ich habe gesagt, daß es größere Dinge gibt als eine Frau, und wichtigere als das Herz eines Mannes."

„Gut gesprochen", bemerkte Kurelen spöttisch. „Es scheint, du bist über menschliche Leidenschaften erhaben und der kaltblütigste aller Realisten."

„In meinem Vorhaben ist kein Raum für menschliche Leidenschaften, die ohne Bedeutung sind."

„Was wünschst du dir eigentlich?" fragte Kurelen neugierig.

Temudschin lächelte flüchtig. „Die Welt", antwortete er und entfernte sich.

Allein geblieben, brach Kurelen in Gelächter aus. „Die Welt!" rief er. „Du junger Narr! Und dennoch glaube ich, daß sie ihm gehören wird!"

Auf Chassas Schulter gestützt, ging er zum Eingang seiner Jurte und lugte hinaus. Temudschin saß auf seinem weißen Hengst. Kasar, Jamuga, Chepe Noyon, Belgutei und Subodai hatten sich um ihn geschart. Hinter ihm war der Rest seiner Krieger auf frischen Pferden aufgesessen, und hinter denen standen mit finsteren, undurchdringlichen Gesichtern die Koraiten, die Temudschin mit mißtrauischer Neugier musterten. Es war ihm bereits gelungen, sie von seinem Mut, seiner Klugheit und seiner Entschlossenheit zu überzeugen. Diese Eigenschaften und die Befehle Ung Khans hatten sie bewogen, ihm unverbrüchlich zu folgen und zu gehorchen.

Temudschin saß auf seinem Pferd. Das rote Licht der Abendsonne umfloß ihn wie Feuerschein. Unruhig schüttelte sein Pferd die weiße Mähne, scharrte und bäumte sich auf. Als Temudschin jedoch seine abschließenden Befehle gab, klang seine Stimme ruhig und eindringlich. Selbst die Hunde schienen zu begreifen, daß ein ungeheures Geschehen im Gange war, und sie schnüffelten nur schüchtern an den Hufen der Pferde. Über ihnen glühte der Himmel in erhabener Feuersbrunst, und Temudschins rotes Haar warf das Lodern zurück.

Dann hob er seinen Speer, schwenkte sein Pferd herum und schoß davon. Unter heiseren Rufen und begeisterten Schreien folgte ihm die Reiterschar in geschlossener Reihe. Die Erde erbebte unter dem Donnern der Hufe. Sie ritten in den Sonnenuntergang. Schwarz zeichneten sich ihre Umrisse dagegen ab, und rosige Staubwolken wirbelten hinter ihnen her.

Kurelen ließ die Klappe seiner Jurte sinken und wandte sich mit merkwürdigem Lächeln ab. Er legte die Hand an Chassas Wange.

„Weißt du auch, Chassa, daß du eben jetzt den Beginn eines Weltbebens miterlebt hast?" und dann: „Lach mich nur aus, Chassa, denn ich bin ein verrückter alter Krüppel, der wirres Zeug plappert. Und doch, wisse selbst in deinem Lachen, daß ich die Wahrheit gesprochen habe."

Der Mond ging auf und überflutete Erde und Himmel mit silbernem Licht. Temudschin und seine Horde ritten nun so lautlos wie möglich. Nur das Klingeln der Saumzeuge und die Hufe der Pferde waren zu hören. Keiner sprach ein Wort. Zielbewußt, wachsam und kampfbereit glitten sie unter dem Mond dahin, die Speere in den Händen, ihre Schatten hinter ihnen. Sie schlängelten sich durch enge Pässe zwischen überhängenden Felsen, stiegen in Krater hinab, ritten zu Erdwellen empor. Als der Mond im Zenit stand, traten sie hinter der Flanke eines runden Berges hervor und sahen unter sich die Lagerfeuer und Rauchsäulen des Merkitenlagers.

Temudschin hielt sein Pferd an und prägte sich gewissenhaft die Lage des Dorfes ein, das sehr groß war und mehr als fünftausend Seelen umschloß. Die schwarzen Jurten drängten sich in einem großen Kreis zusammen, in dessen Mitte die Feuer flackerten. Sie konnten das unruhige Muhen der Rinderherden und die schwachen Laute von Gelächter und Musik hören. Und jetzt begannen die Hunde anzuschlagen, denn sie hatten ihre Anwesenheit gewittert.

„Auf!" sagte Temudschin. Er hob seinen Speer, stieß einen drohenden Schrei aus, und seine Männer nahmen den Kriegsruf auf. Die Pferde wieherten und warfen die Köpfe zurück. Und dann stieß die Horde lärmend, brüllend und hufeklappernd wie eine Heimsuchung auf das Lager hinab.

Das hatten die Merkiten nicht erwartet. Auf keinen Fall hatten sie angenommen, daß Temudschin sie mit mächtiger Verstärkung angreifen würde. Sie waren völlig unvorbereitet. Kaum hatten sie Zeit, den Blick zu heben und diese mächtige Schar grimmiger Krieger wahrzunehmen, als sie auch schon wie eine Woge ins Lager brandete. Die Krieger rannten in ihre Jurten nach den Waffen, aber der Feind verstellte ihnen den Weg, schlug mit Peitschen auf sie ein, fesselte sie mit Riemen, stürmte auf Pferden über sie hinweg. Wer sich wehrte, wurde durchbohrt, und viele leisteten Widerstand, denn die stolzen Merkiten waren tapfere Krieger und ergaben sich nicht kampflos. Die Mondnacht füllte sich mit dem Wiehern der Pferde, dem Gekreische der Frauen und Kinder, den Rufen und Schreien der Männer, dem Gekläff der Hunde und dem Stampfen der Herden, und es herrschte ein wildes Durcheinander.

Temudschin bahnte sich den Weg durch ungeordnete Kriegerscharen. Aus seinem Sattel stieß er mit den Füßen die Verteidiger von sich, schlug links und rechts mit seinem Säbel zu. Er ritt durch das Zeltdorf und rief verzweifelt nach seiner Frau. Jetzt war er nicht mehr der rächende Krieger, sondern ein Mann, der seine Frau sucht.

„Bortei!" rief er. „Bortei, Geliebte, ich bin es, Temudschin!"

Jemand griff ihm in die Zügel und klammerte sich daran fest. Schon hob er die Faust, um dieses Geschöpf niederzuschlagen, da erkannte er, daß es Bortei selbst war. Mit einem Freudenschrei streckte er den Arm nach ihr aus, ergriff sie um die Mitte und schwang sie vor sich aufs Pferd. Sie schlang ihm die Arme um den Hals, lehnte an seiner Brust und weinte.

„Mein Gemahl! Mein Gemahl! So bist du doch endlich gekommen!"

Das Haar fiel ihr übers Gesicht, und er fühlte ihr Gewicht wie einen kostbaren Schatz an seinem Körper. Selbst in diesen Augenblicken von Tumult, Tod und Kampf war er kaltblütig genug, seine Lippen auf ihren Mund zu drücken, sie fest in den Armen zu halten und sie zu trösten.

„Hast du daran gezweifelt, daß ich komme, Liebste?"

Inzwischen hatten seine Krieger die Merkiten in überraschender Schnelligkeit überwältigt. Mit Peitschen trieben sie Männer, Frauen und Kinder vor sich her, plünderten die Jurten und zerrten die tödlich erschrockenen Bewohner ins Freie. Als schließlich alle auf einem weiten Platz zusammengetrieben waren und die Horden sie von allen Seiten umzingelt hielten, ritt Temudschin mit Bortei vor sie hin und richtete das Wort an seine Gefangenen.

Seine Stimme war verständnisvoll und fest.

„Hört zu, Merkiten. Ich bin nicht nur gekommen, um Rache an euch zu nehmen, wenn auch jener, der meine Frau geraubt hat, sterben wird, und das auf die gräßlichste Art.

Ich bin auch als Freund und Sieger zu euch gekommen. Von nun ab werdet ihr meine Untertanen und ich werde euer Herr sein. Auf also, spannt die Ochsen vor eure Karren und folgt mir nach."

Er blickte auf die weißen, angsterfüllten Gesichter hinab und lächelte. Schweigen antwortete ihm. Er sah nichts als verschlossene und störrische Mienen und Tränen. Aber er war zufrieden.

Im Morgengrauen ritt er auf sein eigenes Lager zu. Ihm folgten Tausende Gefangene. Hinter ihnen kamen seine Krieger und anschließend wohlgenährte Rinderherden und viele Pferde. Den

Schluß bildeten Hunderte von Jurten mit weinenden Frauen und Kindern. Die Krieger der Merkiten ritten finsteren Gesichts dahin und warfen grimmige Blicke um sich.

Noch in der gleichen Nacht wurde der Mann, der Bortei vergewaltigt hatte, langsam, systematisch und feierlich verbrannt.

VIII

Der siegreiche Temudschin hatte sich seine ersten Vasallen geholt. Falls er aber darüber frohlockte, so war seiner beherrschten, unergründlichen Haltung, seiner kräftigen, ruhigen Stimme, seinen maßvollen Bewegungen nichts davon anzumerken. Die Fahne der neun Jakschwänze flatterte triumphierend vor seiner Jurte. Aber niemand wußte, was in ihm vorging.

Temudschin verstand sich auf die nützliche Wirkung von Angst und Schrecken. Deshalb berief er den Schamanen zu sich.

Augenblicklich folgte Kokchu beflissen seinem Ruf. In seinen Augen funkelte verschlagener Respekt, als er Temudschin ansah. Seine Stimme jedoch klang demütig, als er sich vor dem jungen Herrn verneigte, der sich faul auf seinem Lager rekelte, das seine junge Frau mit ihm teilte. Temudschin tändelte mit ihren langen schwarzen Locken, während er den Schamanen ansah.

„Kokchu, ich werde heute meinen ersten Sieg mit einem großen Fest feiern. Und nach der Feier wirst du zu meinem Volke sprechen. Du wirst ihm von einer Erscheinung erzählen, die du gestern nacht gehabt hast."

Wieder verneigte der Schamane sich tief. „Und welche Erscheinung hatte ich, Herr?" fragte er servil, und nur ganz leise klang der Spott in seiner Stimme mit.

Temudschin lächelte. „Daß ich dazu auserkoren bin, der Herr der Gobi zu sein, und daß jeder, der sich mir anschließt, mit mir zu Ruhm, Sieg und großem Reichtum gelangen wird. Wer sich mir jedoch widersetzt, wird unbarmherzig den gräßlichsten Tod erleiden, und die Geister des blauen Himmels werden ihn für alle Ewigkeit verdammen."

Lächelnd wandte Kokchu ein: „Aber das habe ich dem Volk bereits verkündet."

„Dann tu es nochmals! Die Angst muß sein ständiger Begleiter sein. Die Angst vor mir, meinem Blick, meiner Stimme, meiner Hand. Beschwöre die Geister."

Kokchus verschlagene Augen glitzerten. „Mehr als das. Ich werde den Herrn aller Geister auf Erden herabsteigen und ihn diese Botschaft selbst verkünden lassen."

Er blickte zu der lächelnden Bortei und verneigte sich vor ihr. Als er gegangen war, brach Temudschin in Gelächter aus.

„Wahrlich, ein Mann, der die Priester auf seiner Seite hat, braucht keinen Widerspruch zu fürchten."

Leidenschaftlich küßte er Bortei, und sie erwiderte seine Küsse. Zwischen die beiden hatte sich jedoch eine dunkle Kluft geschoben. Ein Mond war heraufgezogen und wieder verstrichen, und Bortei wußte, daß sie ein Kind erwartete. Auch Temudschin wußte es. Aber keiner der beiden konnte sagen, ob es Temudschins Kind war. Temudschin tröstete sich damit, daß es darauf gar nicht ankäme. Die Mongolen liebten und schätzten Kinder als Beweis der Stärke ihres Stammes. Herden und Kinder stellten die wertvollste Beute ihrer Raubzüge dar. Wie Temudschin oft sagte, waren Menschen wichtiger als Truhen voll Gold. Und doch loderte in seinem Herzen eine Stichflamme auf, wenn er Bortei in den Armen hielt und wußte, daß ein anderer Mann sie ebenso in der schwarzen, heißen Vertraulichkeit der Nacht umfangen hatte. Tagsüber allerdings verlor diese Frage jede Bedeutung. Er liebte Bortei. Sie belustigte und erregte ihn, und er genoß ihre schlaue Intelligenz und die Schönheit ihres jungen Körpers. Sie beeinflußte ihn stärker, als er wußte, denn Frauen übten eine ungeheuer starke Wirkung auf ihn aus.

Bortei war eine sehr einsichtsvolle Frau. Deshalb unterdrückte sie ihre bittere Enttäuschung und schickte sich in geduldiges Warten. Vor ihrem Raub durch die Merkiten hatte sie gehofft, daß ein Kind ihre Macht über Temudschin festigen und er in Hinkunft leichter zu lenken sein würde. Jetzt aber war die Geburt des Kindes von einer Wolke überschattet. Sie wußte, daß sie auf ein zweites Kind warten mußte, das eindeutig von Temudschin stammte. Bis dahin mußte sie den Weg, den sie ihm zugedacht hatte, mit äußerster Behutsamkeit und Vorsicht und ohne fühlbaren Druck vorbereiten.

Ihre Begehrlichkeit für Subodai war eher gestiegen als gesunken. Mit ihrer treuen Liebe zu Temudschin hatte sie seine Bewunderung errungen. Wenn er in Temudschins Jurte kam und sie bei ihrem Gemahl vorfand, geschah es häufig, daß er sie zärtlich aus seinen schönen, träumerischen Augen betrachtete, und oft belustigte ihn ihre Schlagfertigkeit und er lachte in argloser Herzlichkeit.

Sie hatte Trost und Ermutigung bitter nötig. Houlun hatte Temudschin weder den Mord an Bektor noch seine anschließende verletzende Bemerkung ihr gegenüber verziehen, und deshalb nahm sie die junge Frau in eine harte Schule und tat alles, ihr das Leben schwerzumachen. Sie erblickte in Bortei die Jüngere, die sich vor ihr verneigen und ihr Ehrerbietung zollen mußte, und sie berief sich mit unnachgiebiger Härte auf dieses Vorrecht. Es war, als wollte sie sich für sämtliche Demütigungen und jeden erlittenen Kummer an Bortei rächen. Erst als eindeutig feststand, daß Bortei ein Kind erwartete, legte Houlun die Peitsche aus der Hand und hörte auf, Bortei zu schlagen, wie sie es früher getan hatte, sooft sie mit ihrer Schwiegertochter unzufrieden gewesen war.

Unter der schimmernden Oberfläche von Temudschins Sieg brodelten unsichtbar die verschiedensten kleinlichen, dunklen Leidenschaften. Da er aber nicht mit dem Maß eines Durchschnittsmenschen zu messen war, trug ihn die prächtige Fassade, und er weigerte sich zur Kenntnis zu nehmen, was sich darunter verbarg. Er hatte die Marksteine seines Lebensweges gesetzt und kleinliche Wünsche durften ihn nicht hemmen.

Die von ihm befohlene Feier fiel lärmend und ekstatisch aus. Die Merkiten hatten sich mit ihrem neuen Gebieter abgefunden, denn das oberste Gebot der Gobi hieß: nur der Tüchtigste überlebt. Das war ein Naturgesetz, dem sich alle Menschen einsichtsvoll unterwarfen. Sie vertrauten darauf, daß sie bei Temudschin Sicherheit und Weideplätze finden würden. Mehr verlangten sie nicht. Sollte Temudschin von einem stärkeren Häuptling besiegt werden, dann würden sie dem Neuen mit der gleichen Treue und bedingungslosen Ergebenheit dienen. Die koraitischen Krieger, die Ung Khan Temudschin geschickt hatte, blieben bei ihm, und Ung schickte ihnen ihre Frauen, Kinder und Jurten nach. Gleichzeitig sandte er eine Silberkassette voll schimmernder Goldmünzen und eine Kibitka, die mit Schwertern, Lanzen, Schilden und Krummsäbeln beladen war. Und ein oder zwei Tage später traf ein weiteres Geschenk für Temudschin ein: zwanzig der besten Zuchtstuten samt Fohlen und eine Herde wohlgenährter Schafe.

Temudschin lächelte finster, als eine Karawane an ihm vorbeikam und ein Bote der Kaufleute, die die Karawane abgesandt hatten, ihm Huldigungen und Hilfsangebote überbrachte. Und dann überreichte der Bote Temudschin eine weitere, noch größere Kassette, in der silberne Münzen und kostbare Edelsteine lagen. Zum Zeichen seines Dankes kommandierte Temudschin hundert seiner besten Krieger zum Geleitschutz der Karawane durch die gefährlichsten Strecken der Gobi. Den Befehl führte der schlaue Chepe Noyon, der ein ausgezeichneter Stratege und imstande war, die reiche Karawane sicher in Sichtweite ihres Zieles zu geleiten. Später wurde Chepe Noyon immer wieder lange Zeit hindurch der Befehl über ständig anwachsende Kriegerhorden übertragen. Und niemals kam eine Karawane durch Temudschins Gebiet, ohne ihm ein reiches Geschenk, Danksagungen und das Angebot unbegrenzter Unterstützung zu bringen. Manchmal bestanden diese Geschenke aus Sklaven, die geschickte Sattler, Tischler, Schmiede, Waffenschmiede oder Weber waren.

Temudschin rief die neue Institution der Statthalter ins Leben, die sich aus ausgewählt tapferen, ergebenen und intelligenten Männern rekrutierten. Kurelen verfolgte Temudschins Bemühungen mit ehrlichem Respekt und Staunen. Er fragte Temudschin über diesen neuen Kern von Militärs aus, den er schuf, und erging sich in lauten Lobpreisungen über die Geschicklichkeit und den Weitblick seines Neffen.

Und Temudschin erwiderte:

„Selbst ein kluger Mann und Gebieter kann nicht stets eine für ihn vorteilhafte Situation heraufbeschwören. Darum ergreift er jeden Wechsel und nützt ihn in seinem Sinne. Unvermeidlichkeiten muß er so beeinflussen, daß sie seinen Zwecken dienen. Die Welt unterliegt ständigen Schwankungen, selbst hier in der Gobi. Vielleicht haben die Götter dem Menschen dieses unruhige Los bestimmt. Sieger bleibt, wer diesen Wechsel vorhersieht und ihn rechtzeitig seinen Zielen untertan macht."

Er nahm jedem Statthalter den Treueeid persönlich ab und schärfte ihm ein, daß der Schwur auf den Khan die oberste Verpflichtung darstellte und mehr wog als die Treue des einzelnen gegenüber einem anderen Stamm, seiner Familie, seiner Frau, seinem Kinde oder seinem Freund. Der Statthalter war voll verantwortlich und kein Untertan oder Diener, der Sklavenarbeit verrichtete. Er war ein Militär, ein Befehlshaber und Organisator, dem die Männer niedrigen Ranges unterstanden. Niemand trat seiner Würde und seinem Stolz nahe, und da Temudschin weise genug war, nichts als absoluten Gehorsam zu fordern, dienten ihm seine Statthalter wie einem Gott und hätten ihm ohne zu zögern ihr Leben geopfert. Ihnen stand nach Temudschin der kostbarste Anteil der Beute zu. Ihnen gehörten die schönsten Frauen, die besten Pferde. Mit eigener Entscheidungsgewalt ausgestattet, aber diszipliniert, leidenschaftlich und ergeben, kühn und gehorsam, bildeten sie die erste militärische Kaste der Wüste. Und wie immer erweckte Temudschin in ihnen eine beinahe abergläubische Verehrung und Liebe. Nie brach er sein Wort, denn er hatte gesagt, daß die erste Pflicht eines Herrschers darin bestünde, seine Versprechen unerschütterlich zu erfüllen, ob es um Strafe oder Belohnung ging.

Es dauerte nicht lange, da erreichten die Gerüchte über seine Gesetze andere Stämme der Wüste, und man sagte ihm nach, daß er ein Mann mit einem eigenen Land sei. Er war ein Fürst, der beinahe übermenschliche Ergebenheit forderte, dafür aber selbst der erste Diener seines Volkes war.

Jamuga Sechen beobachtete die Entstehung dieser neuen Kriegerkaste mit bangen Gefühlen. Ihm erschienen die Statthalter als Parasiten, die davon lebten, daß sie die Schwachen, Armen und Hilflosen versklavten. Bisher war jedes Mitglied des Stammes ein selbständiges Geschöpf gewesen, das seinem Herrn diente, wenn die Not es gebot, das aber seinen Stolz in sein freies Leben setzte, in das sein Gebieter sich nicht einmengte. Der Häuptling sorgte für Weideland und verlangte dafür nur, daß jeder einzelne ihm dabei half, diese Weiden zu beschützen. Jetzt aber war jedes Stammesmitglied der Diener eines Statthalters, und sein Leben war von ständigen Verpflichtungen und Mühen erfüllt. Das alte, ungebundene, freie Leben war vorbei, in dem jeder Mann behalten hatte, was er selbst erbeutete. Die Untertanen waren ihren Statthaltern völlig versklavt und mußten jedes Beutestück an einem Sammelplatz abliefern, wo der Statthalter den Ertrag nach eigenem Ermessen verteilte. Die Zeit der Individualisten war vorbei. Jeder einzelne hatte strenge Pflichten und arbeitete für das Wohl aller. Man verlangte ihm Gehorsam ab, und der leichteste Verstoß bewirkte unbarmherzige Strafen, ja sogar den Tod. So gerecht die Statthalter waren, zeigten sie sich doch brutal und unerbittlich und machten dem Volk klar, daß das oberste Gesetz des Überlebens Gehorsam hieß und jeder, der es auch nur in bedeutungslosen Kleinigkeiten an Gehorsam fehlen ließ, der Feind der gesamten Sippe war. Wer murrte oder sich auflehnte, wurde des Verrates bezichtigt, und die Strafe fuhr wie ein Schwert auf ihn herab.

Temudschins Statthalter setzten sich aus vielen Befehlshabern zusammen, zu denen Chepe Noyon, Jamuga, Subodai, Kasar und Belgutei zählten. Sie schloß er zu einer persönlichen Leibgarde zusammen. Dadurch entzog er sich den alltäglichen Anforderungen des Stammes, die von den Statthaltern geregelt wurden, und beschränkte sich auf wichtigere Aufgaben.

Jamuga mußte sich eingestehen, daß zum ersten Male Ordnung und Disziplin eingezogen waren und das gesamte Lager sich als starke, mächtige und blindlings gehorchende Einheit bewegte, bei der jedes Mitglied nichts weiter als das Glied einer Kette, die Speiche eines Rades bildete. Gerade das aber erschien ihm grauenhaft. Es war eine Verletzung der bisherigen Unantastbarkeit und des persönlichen Stolzes des Nomaden, die ihrem Häuptling nur zu ihrem eigenen Schutze dienten und sich selbst überlassen waren, sobald ihre unmittelbaren Dienste nicht mehr erforderlich waren. Jetzt aber gab es keinen Stolz und keine Selbstachtung mehr. Sie waren nichts weiter als willenlose Sklaven unter der Peitsche und dem Kommando der Statthalter.

Die Kluft zwischen Jamuga und Temudschin vertiefte sich. Zwar zeigte er seinem Blutsbruder unverändert Freundschaft und Vertrauen, aber Jamuga fühlte, daß ein furchterregender Fremdling von Temudschins Körper und Stimme Besitz ergriffen hatte, und der

Geist, der aus seinen Augen blickte, war unversöhnlich wie das Übel selbst. Die Gegenwart dieses rücksichtslosen Unbekannten hemmte ihn und beraubte ihn jeder Möglichkeit eines unbefangenen Gesprächs. Bitterkeit und Enttäuschung verdunkelten Jamugas Antlitz und immer geflissentlicher vermied er Temudschins Nähe.

Eines Tages schob er in seiner Verzweiflung seinen alten Argwohn beiseite und suchte Kurelen auf. Er begann von den Statthaltern, der straffen Militärkaste zu sprechen, von diesen Befehlshabern, die ihre Untergebenen wie seelenlose Hunde behandelten. Der Kummer raubte ihm die Worte und die Stimme erstarb ihm. Kurelen zog eine seiner schrägen schwarzen Brauen hoch und lächelte.

„Ich erblicke zum erstenmal Gesetz und Ordnung, Jamuga", sagte er.

„Aber um welchen Preis!" rief der junge Mann aus.

Kurelen zuckte die Achseln. „Glaube mir, Jamuga, daß ich Gesetz und Ordnung nicht über die Herzen der Menschen stelle. Wohl deshalb, weil ich rücksichtslose Disziplin immer gehaßt habe. Das bedeutet jedoch nicht, daß Zucht und Ordnung nicht wünschenswert sind, denn sie bringen uns Sicherheit und Eintracht. Vorher hatten wir immer unter Unzufriedenheit und Rastlosigkeit zu leiden. Ich gebe zu, daß einzig die Angst vor der Strafe jede Eigenwilligkeit ausgemerzt hat. Aber vielleicht ist die Furcht in dieser neuen Welt, die Temudschin geschaffen hat, vonnöten." Mit spöttischem Lächeln fügte er hinzu: „Waren wir je zuvor so sicher, so gut beschützt? Das haben wir Temudschin zu verdanken."

Jamuga musterte ihn bitteren Blickes. „Dann hat es wohl keinen Sinn, dir vor Augen zu halten, daß unser Volk aus Sklaven und nicht länger aus freien Menschen besteht?"

Wieder zuckte Kurelen die Schultern. „Ach, Freiheit! Nicht alle Menschen ertragen oder verdienen sie. Sie macht sie um nichts glücklicher. Ihnen ist Gehorsam und Sicherheit lieber. Unser Volk macht einen zufriedenen Eindruck. Jeder einzelne weiß, daß er nicht verhungern wird, weil die Statthalter die Beute auf alle aufteilen. Das Leben ist kurz. Mir will scheinen, daß der Verzicht auf die Freiheit ein geringer Preis für ein sorgenfreies Leben ist. Zu dem Schluß bin ich schon vor langer Zeit gekommen. Soll doch ein anderer die Entscheidungen für mich treffen, solange ich nur meine regelmäßigen Mahlzeiten habe."

Jamuga starrte ihn mit eisiger Verachtung an. „Du hast die Seele eines Sklaven, Kurelen! Ich aber ziehe es vor, meine Entscheidungen selbst zu treffen, und um meiner Seelenruhe willen möchte ich, daß auch andere Menschen ihr eigener Herr sind."

Kurelen lächelte, gab aber keine Antwort. Jamuga bemerkte den Zynismus und die Ironie in diesem Lächeln nicht, sah nicht die Selbstverachtung und die Belustigung. Er machte kehrt und ging.

Als sein Kummer ihm unerträglich wurde, suchte er eines Nachts Temudschin auf. Der schlief bereits, schien sich aber zu freuen, als Jamuga seine Jurte betrat. Er hob eine Lampe hoch, daß ihr Schein auf Jamugas bleiches Gesicht fiel. Er sah die todernsten, hellblauen Augen, unter denen tiefe Schatten lagen. Lange Zeit betrachteten die beiden Männer einander schweigend. Dann stellte Temudschin die Lampe auf einen Hocker und lud Jamuga mit einer Handbewegung ein, sich neben ihn zu setzen. Jamuga aber blieb dünn und groß und scharf wie eine Stahlklinge stehen.

„Temudschin", begann er mit leiser Stimme. „Ich komme in meiner Verzweiflung und meinem Gefühl hilfloser Entfremdung zu dir. Ich komme, weil ich mich beraubt fühle."

Temudschin sah ihn eindringlich an. Seine Augen waren blau und freundlich wie der Sommerhimmel. Mitfühlend sagte er:

„Beraubt, Jamuga? Das ist höchst sonderbar! Ich dachte, du hättest deine Schätze, die du an die Merkiten verloren hast, hundertfach zurückbekommen. Ich war der Meinung, daß du selbst dir die schönsten Juwelen und Ziergegenstände aussuchen durftest, die Ung Khan und andere Händler mir als Geschenk übersandt haben."

Jamuga öffnete den Mund, um mißmutig zu erwidern, denn er dachte, Temudschin hätte ihn mißverstanden. Und dann spannten sich seine Lippen, denn er begriff nur zu deutlich, daß Temudschin ihn ausgezeichnet verstanden hatte. Das Gefühl völliger Machtlosigkeit überkam ihn. Er fühlte sich körperlich krank. Da er jedoch hartnäckig und ausdauernd war, wollte er nicht aufgeben. Er kniete vor Temudschin nieder und begann mit hastiger Stimme zu sprechen, in der die wilde Verzweiflung mitschwang.

„Hör auf mich, Temudschin, du solltest mich nicht verhöhnen.

Du kennst mein Herz. Mich hat unsere alte Liebe, die du vergessen hast, zu dir getrieben."

Temudschin schwieg still. Sein Lächeln erstarrte, aber seine Augen waren noch immer freundlich. Er wandte den Blick etwas ab, um seinen Blutsbruder nicht ansehen zu müssen.

Jamuga ergriff seine Hand, als könnte die Berührung ihm seinen Freund Temudschin zurückbringen. Aber seine Bestürzung vertiefte sich.

„Temudschin, früher einmal warst du ehrenhaft, stolz und hochherzig. Jetzt besitzt du keine dieser Eigenschaften mehr, und mein Herz ist schwer. Und weil ich dich liebe, muß ich mit Bitten und Vorstellungen zu dir kommen —"

Da sah Temudschin ihn voll an und seine Augen waren so grün und glatt wie spiegelnde Jade. Seine Stimme aber hatte immer noch einen mitfühlenden Klang.

„Jamuga, du grübelst zu viel. Nimm dir ein Weib oder mehrere. Morgen schon sollst du unter meinen Frauen wählen dürfen. Eine davon hat Haar, das so schwarz wie das Gefieder der Raben ist, und ihre Augen sind blau wie Quellwasser. Wenn ein Mann bedrückt ist, dann braucht er ein Weib und keine Weltanschauung."

Jamuga sah ihn stumm und bekümmert an. Temudschin rüttelte ihn liebevoll.

„Ein Mann, der seine Seele entwickelt, läßt den Körper verkümmern. Du brütest zu viel über deinen chinesischen Handschriften, Jamuga, die voll kraftraubender Spitzfindigkeiten stekken. Der Mensch verliert in einem Wald von Worten den Verstand, und sein Schwert rostet im stehenden Gewässer des Denkens. Du hast begonnen, das Gespräch an die Stelle der Tat zu setzen und stehst im Begriff, deine Männlichkeit zu verlieren. Ich wiederhole dir: nimm dir ein Weib."

Er lächelte ihm zärtlich belustigt zu. Insgeheim aber reizte ihn Jamugas trüber Sinn, der sich nicht aufheitern ließ.

Jamuga sagte schlicht: „Ich lebe nur, um dir zu dienen, Temudschin. Ich liebe niemand außer dir. Dein Leben ist mein höchstes Gut. Das weißt du seit allem Anbeginn. Du glaubst, daß viele dich lieben: Kurelen, Houlun und Bortei. Aber keiner liebt dich so wie ich. Deshalb komme ich furchtlos zu dir und muß zu dir sprechen."

Temudschin gähnte. „Du wählst dir sonderbare Stunden für deine Gespräche, Jamuga. Das ist eine deiner Eigentümlichkeiten. Aber sprich und dann geh und laß mich wieder schlafen."

Jamuga hob mit schwerer, hoffnungsloser Gebärde beide Hände und ließ sie wieder sinken. Dennoch fuhr er mit tonloser Stimme fort:

„Seit du Khan geworden bist, Temudschin, kenne ich dich nicht mehr. Dein Vater hatte seine Nomadenehre. Du hast keine. Nimm nur jene Karawanen, deren Besitzer dir schmeicheln und Tribut zollen, damit du sie beschützt, selbst wenn viele unserer Leute mit dem Leben dafür bezahlen müssen. Wenn jedoch Karawanen ohne Geschenke durch dein Gebiet reisen, werden sie beraubt, ihre Männer versklavt und ihre Schätze beschlagnahmt. Ist das ehrenhaft?"

Temudschin lachte leise. „Soll ich sie lieber ohne Unterschied überfallen und ausrauben?"

Jamuga aber antwortete unbeirrbar: „Ungleiche Behandlung ist nicht ehrenhaft, wenn sie erkauft ist. Ich gebe zu, daß wir leben müssen. Aber nicht mit diesen Mitteln."

Ungeduldig antwortete Temudschin: „Das sind Haarspaltereien, Jamuga, und du weißt, daß sie mir zuwider sind. Aber sprich weiter: du hast mir noch mehr zu sagen."

„Ja, bedeutend mehr. Temudschin, ich hasse deine Statthalter. Unser Volk ist versklavt und seiner persönlichen Unantastbarkeit beraubt. Man hat ihm die Seele genommen."

Temudschins Augen glichen jenen eines wilden Tieres. „Was für Seelen?" fragte er verächtlich. „Laß den Unsinn, Jamuga! Du winselst wie ein buddhistischer Mönch oder ein dummes Weib. Was ist die erste Pflicht des Menschen? Zu leben! Ich lebe, mein Volk lebt. Vor weniger als drei Monaten war ich ein gejagter Bettler, dem man Lager und Herden gestohlen hatte. Jetzt bin ich stark. Ich habe zehn schwächere Stämme unterworfen und sie mit meinen verschmolzen. Ich bin jetzt ein Khan und kein hungernder Flüchtling mehr. Mein Volk hat wieder gute Weiden und Sicherheit. Welche Sicherheit bietet die Ehre? Meine Statthalter sind meine Leibgarde, meine Offiziere. Ich habe zum Wohle aller Ordnung und Disziplin eingeführt, und das ist wohl ein bescheidener Preis für das, was aus uns geworden ist."

Jamugas Haupt sank ihm müde auf die Brust. „Ich ziehe den Frieden vor" murmelte er traurig.

„Friede!" Temudschin brach in geringschätziges Lachen aus. „Hatten wir etwa Frieden, als man uns gejagt hat?"

„Du verstehst nicht, Temudschin."

Temudschin lächelte verächtlich. „Du hast mich seit jeher unterschätzt, Jamuga. Ich verstehe dich gut. Aber Friede ist nichts für tatkräftige Männer. Friede ist dem Sieger vorbehalten, der ihn sich leisten kann. Ich kann mir keinen Frieden leisten. Begreifst du?"

„Du verstehst mich nicht, Temudschin."

„Vielleicht nicht. In meinen Adern fließt noch Blut, Jamuga."

Da hob Jamuga den Kopf und blickte ihn offen an.

„Was willst du eigentlich, Temudschin?"

Und Temudschin antwortete lächelnd, wie er Kurelen geantwortet hatte: „Die Welt."

Jamuga erhob sich und ging schweigend auf den Ausgang der Jurte zu. Ehe er noch dort anlangte, hielt Temudschins scharfe gebieterische Stimme ihn zurück.

„Jamuga, du bist mein Blutsbruder."

Langsam wandte Jamuga sich um und sah ihn wehmütig an.

„Nicht ich bin es, der das vergessen hat, Temudschin, sondern du."

Damit ging er. Temudschin legte sich nicht sofort wieder zum Schlafen hin. Stirnrunzelnd saß er auf seinem Lager. Ihm fiel ein, daß Jamuga ihm einmal gesagt hatte, Männer mit sehr verschiedenartigen Zielen könnten niemals Freunde sein, sondern hegten nur Haßgefühle gegeneinander, besonders, wenn die Ziele des einen sich mit dem Gewissen des anderen nicht vereinbaren ließen. Gereizt schüttelte er den Kopf. Jamuga haßte ihn doch bestimmt nicht! Dazu kannte er Jamuga zu gut, sagte er sich vor. In jenem strengen, kalten Herzen wohnte kein Verrat, keine Hinterlist in diesem so eng begrenzten Gewissen. Er durfte Jamuga bis an sein Lebensende vertrauen, trotz dessen Vorliebe für Philosophie und Frieden.

Und doch flitzten Bruchstücke anderer Stimmen durch sein Denken. Er entsann sich, daß Bortei eben diesen Morgen gesagt hatte: „Hinter dem blassen, unbewegten Gesicht Jamugas verbirgt sich vielerlei. Er liebt die alten, langsamen Pfade und haßt und beargwöhnt die neuen. Wo ist in einer in Wandlung begriffenen Welt noch Platz für einen Mann, der sich an die Vergangenheit klammert? Solche Männer halten zäh an toten Begriffen fest und fürchten sich vor allem, was lebt. Deshalb vermögen sie neuen Gedanken nicht die Treue zu halten, denn sie erscheinen ihnen verdächtig und unrecht. Temudschin, mein Herz, ich bitte dich nicht, deinen Eid der Blutsbrüderschaft zu brechen, aber weil ich dich liebe, muß ich dir raten, Jamuga nicht blindlings zu vertrauen und ihn ständig zu beobachten."

Houlun hatte diese Worte vernommen und ihr Gesicht war unergründlich geworden, als sie ihren Sohn ansah. Aber sie hatte nichts weiter gesagt als: „Bortei spricht die Wahrheit."

Da hatte Temudschin sich zu Kurelen begeben und ihm erzählt, was seine Mutter und seine Frau gesagt hatten. Und Kurelen hatte ihn nach langem Schweigen gefragt: „Mißtraust du Jamuga denn im Ernst?"

„Nein", hatte Temudschin ungeduldig erwidert, aber unwillkürlich den Blick gesenkt.

Kurelen hatte gelächelt und die Achseln gezuckt. „Ich kenne dich genau, Temudschin. Du schenkst nur dann anderen Gehör, wenn du in deinem Herzen bereits ihrer Meinung bist. Mehr habe ich dir nicht zu sagen."

Temudschin legte sich zurück und blickte stirnrunzelnd in die Dunkelheit. Er belog sich niemals selbst. Jetzt dachte er: Bin ich bereit, Jamuga zu mißtrauen, nur weil er mich ärgert? Will ich ihn des Verrates bezichtigen, weil sein Verhalten mich reizt? Heiße ich ihn deshalb einen Verräter, weil seine Ansichten den meinen zuwiderlaufen? Bin ich so dumm geworden, daß ich nur jene für treu halte, die ‚Ja, Herr', zu mir sagen? Wem darf ich überhaupt vertrauen?

Und sich selbst gestand er aufrichtig ein: nur Jamuga.

Er machte eine ungeduldige Gebärde und zwang sich zu schlafen.

Jamuga schritt langsam unter den Sternen dahin. Ihr funkelndes weißes Licht beleuchtete die weite Grassteppe. Er sah die berittenen Wachen, die sich reglos wie Standbilder vom Himmel abhoben. Ein anderer Reiter unterhielt sich mit einer der Wachen, und er erkannte in ihm den Statthalter Chepe Noyon. Der begrüßte ihn mit seinem vergnügten Lächeln, das ihm Grübchen in die Wangen zauberte. Jamuga blieb stehen und sah ernst zu ihm empor.

„Du bist also wieder zurück, Chepe Noyon. Wie viele unserer Krieger haben bei der Verteidigung der letzten Karawane, die uns Tribut gezollt hat, ihr Leben lassen müssen?"

Chepe Noyon lächelte, aber seine fröhlichen Augen wurden schmal. Im Sattel sitzend, sah er auf Jamuga hinab.

„Zehn, Jamuga. Warum fragst du?"

Jamuga antwortete nicht. Er ließ den Kopf sinken und ging weiter. Chepe Noyon verfolgte ihn mit nachdenklichem Blick und schürzte die Lippen. Er hielt Jamuga für ziemlich dumm, war ihm aber nicht feindlich gesinnt, da er seine vorbehaltlose Liebe für Temudschin kannte. Laut sagte er: „In jenem Herzen tobt die Zwietracht. Und wenn ein Mann mit sich selbst zerfallen ist, tun seine Freunde gut daran, sich vor ihm zu hüten."

Nachdenklich setzte er hinzu: „Es gibt viele, die Jamuga seine Vorzugsstellung neiden." Er empfand kein Bedauern. Er war heiter, liebenswürdig und ein Opportunist und, wie so viele bezaubernde Männer, durch und durch ein Egoist. Die bösartigen Gerüchte über Jamuga waren auch ihm zu Ohren gekommen, und er wußte, daß sie jeder Grundlage entbehrten. Trotzdem entlarvte er sie nicht als Lügen, weil er auf seinen Vorteil bedacht war. Er mußte auf sein eigenes Vorwärtskommen achten, sagte er sich. Sollten die Dinge doch ihren Lauf nehmen.

Jamuga aber kehrte in seine Jurte zurück. Er zündete die prachtvolle Lampe aus Silber und Kristall an, die Temudschin ihm gegeben hatte. Dann öffnete er seine geschnitzte Truhe und entnahm ihr die chinesische Handschrift, die er am meisten schätzte. Auf einem niedrigen, gepolsterten Hocker setzte er sich mit untergeschlagenen Beinen nieder. Sein Gesicht neigte sich brütend über die Handschrift, und der Schatten der Lampe meißelte die Züge scharf heraus.

„Wenn ein Mensch Tugend sucht, wird er Ausschweifung finden. Wenn er nach der Ehre seiner Mitmenschen sucht, wird er entdecken, daß er unter die Diebe geraten ist. Wenn er Gott auf der Welt finden will, wird ihm die Leere entgegenstarren. Wenn er einen Gerechten sucht, wird er ein blutiges Schwert finden. Wenn er die Herzen der Menschen um Liebe anfleht, wird ihm der Haß antworten. Wenn er in den Wohnstätten der Menschen nach Frieden sucht, wird er sich auf dem Totenacker finden. Wenn er die Völker aufruft, um die Wahrheit zu entdecken, werden Falschheit und Verrat sein Echo sein. Aber wenn er alle Güte in sich selbst, in Demut, Sanftheit und im Glauben sucht, dann wird er das Antlitz Gottes schauen und die ganze Welt wird ihm in Licht und Barmherzigkeit erstrahlen. Und dann endlich wird er keinen Menschen mehr fürchten."

Jamuga schloß das Manuskript. In Gedanken versunken, starrte er vor sich hin. Und langsam rollte ihm eine Träne nach der anderen die Wangen hinab, aber seine Augen waren voll trauriger Gelassenheit.

Laut sagte er: „Ich bin mit Temudschin der Meinung, daß Eintracht zwischen den verschiedenen Stämmen nötig ist. Aber es darf keine Eintracht sein, die gewaltsam erzwungen wird, sondern sie muß aus Vertrauen und Tugend und der freiwilligen Zustimmung aller Beteiligten wachsen, und nur danach trachten, Weiden und Frieden zu sichern, nicht aber Eroberung und Tribut."

IX

Die beiden Brüder und Taijutenhäuptlinge Targoutai-Kirltuk und Todoyan-Girte beratschlagten miteinander, denn sie waren wütend und verschreckt.

„Dieser junge rothaarige Hund, unser Anverwandter, ist unbegreiflich hochmütig und mächtig geworden. Es heißt, daß Ung Khan, der alte verschlagene Fuchs, ihn unterstützt. Ehe seine Macht weiter zunimmt, müssen wir ihn vernichten."

Targoutai rieb sich beim Sprechen die alte, schmerzende Hüftwunde, die Temudschin ihm zugefügt hatte.

Todoyan-Girte runzelte finster die Stirn. „Wir sind es, die alt sind und eine Gelegenheit nicht erkannt haben. Warum haben wir nicht die Unterstützung der Händler, Städter und Kaufleute gesucht und ihnen angeboten, ihre Karawanen zu beschützen? Weil uns der nötige Scharfsinn gefehlt hat, Targoutai. Deshalb wollen wir, wie du gesagt hast, Temudschin vernichten und Verträge mit den Städten abschließen, wie er es getan hat. Wir sind immer noch stärker als er. O Targoutai, du selbst trägst die Schuld, ihn nicht getötet zu haben, als sich dir die Gelegenheit dazu bot."

Targoutai knirschte mit den Zähnen. „Wir wollen aufbrechen. Ich verlange nur, daß Temudschin mir überlassen bleibt, und ich verspreche dir, daß er mir kein zweites Mal entkommen soll!"

Todoyan-Girte kaute grübelnd an seiner Lippe. „Vielleicht könnten wir ihn zu unserem Vasallen machen, denn er ist intelligent und kühn und weiß, wie man Untergebene beherrscht. Sieh mich nicht so grimmig an, Bruder. Er soll dein sein, damit du mit ihm tun kannst, was du willst." Er ergänzte: „Aber wird Ung Khan nicht zu unserem Feind werden, wenn wir seinen liebevollen Pflegesohn ermorden?"

Targoutai lachte rauh. „Ich kenne den heuchlerischen alten Wolf! Er wird uns wie Brüder begrüßen, was wir auch tun mögen, wenn wir nur mächtig genug sind, seinen Karawanen Sicherheit zu gewähren!"

Die Jakka-Mongolen bestanden nur aus vierzehntausend kräftigen, einmütigen Kriegern, die Temudschin wie ein Vorbild verehrten. Nie zuvor hatte ein Häuptling solche Liebe, solch abergläubische Bewunderung, solch bedingungslosen Gehorsam erweckt. Trotz seiner Grausamkeit war er gerecht, und sie wußten, daß sie seinem Wort vertrauen durften. Außerdem hatte er ihnen erfolgreich vorgegaukelt, daß er letzten Endes nichts anderes als ihr Diener sei und einzig für ihr Wohlergehen lebte.

Innerhalb kurzer Zeit hatte er kleine, schwache Sippen, die den Merkiten angehört hatten, unterworfen und seinen Truppen einverleibt. Es waren das die Naimanen, die Uiguren, die Onguten, die Turkmenen und sogar Stämme der Koraiten und Taijuten. Man hatte ihm nur geringen Widerstand geleistet, denn der Ruf seiner Tatkraft, Tapferkeit und Unbarmherzigkeit lief seiner Horde voraus, wie die Witterung eines Tieres vom Wind vorangeweht wird. Seine Siege über diese kleinen Stämme hatten wenig

Empörung ausgelöst, denn er war jenen gegenüber, die ihm die Treue schworen, hochherzig und gerecht und versicherte ihnen wiederholt, daß er sie nicht besiegt hatte, um sie zu versklaven, sondern sie zu einem mächtigen und unwiderstehlichen Ganzen zu vereinen. Er war großmütig, niemals wortbrüchig, verbindlich, wenn es ihm angebracht erschien, und teilte Strafe und Belohnung mit der gleichen Objektivität aus. Außerdem war er schön, kraftvoll und schien nie zu schlafen, und die neuen Mitglieder seines ständig anschwellenden Lagers sahen bald wie zu einem Gott zu ihm auf. Hier war eine Führerpersönlichkeit erwachsen, die Versprechen gab und sie hielt, die immer wußte, was sie wollte und niemand fürchtete. Bald erfüllte sie übermächtiger Stolz, daß sie dem Banner der Jakschwänze angehörten. Es dauerte nicht lange, da prahlten sie hochnäsig, daß ihr neuer Herr ein wahrer Gebieter sei, der sie nur unterworfen hatte, weil er sie liebte und dafür sorgte, daß sie sicher und satt waren. Sie wären für ihn gestorben und fanden ständig Gelegenheiten, ihm ihre Treue und Liebe zu beweisen.

Sein System der Statthalter bewirkte, daß er selbst keinen engen Kontakt mit dem Volk mehr hatte. Dadurch umgab ihn das Fluidum der Unnahbarkeit. Zwar mischte er sich täglich unter seine Untertanen, aber stets umgaben ihn dabei die Lanzen und Säbel seiner Leibgarde. Er war wie ein König im Kreise sonnengebräunter Prinzen. Sein Blick war wie der eines Adlers, seine Haltung die eines mächtigen Eroberers. Er wußte, daß Vertraulichkeit selbst dem stärksten Schwert die Schärfe nahm, und wenn ein König erst mit seinem Volk lacht, dann lacht letzten Endes das Volk über ihn. Deshalb hielt er sich dem Volk fern, scherzte nie mit ihm und nahm nie an einer öffentlichen Feier teil. Zum Lohn dafür beteten sie ihn an. Das Wissen, daß er sie ohne zu zögern bei der geringsten Verletzung der Stammesgesetze zum Tode verurteilen würde, vertiefte ihre andächtige Bewunderung erst recht. Er begriff, daß schlichte Seelen vor allem ein Ideal brauchen, das sie sehen und hören können, und nicht irgendeinen abstrakten, unsichtbaren Geist, der ihre kindliche Vorstellungsgabe überforderte.

Längst wußte er, daß Jamugas Glaube an die angeborene Güte eines jeden Menschen der Traum eines Weltfremden war, der die

Menschen nicht kannte. Er sagte sich, daß nur ein Narr daran glaubte, daß in jedem einfachen Mann Stolz und das Verlangen nach Freiheit wohnten, und daß er fähig sei, selbständig zu denken. Die Erfahrung hatte ihn davon überzeugt, daß die Menschen selig waren, wenn sie sich einem starken Führer anschließen konnten, der sämtliche Entscheidungen für sie traf, ihnen Befehle erteilte, sie nie um Rat fragte und immer „Du mußt" und niemals „Sollen wir?" sagte. Er wußte, daß Selbstverantwortlichkeit die breite Masse der Menschen ängstigte und verwirrte und daß sie alle nichts weiter wollten als Führung, Schutz, Pflichten und ein Vorbild. Ein Anführer, der den Rat seines Volkes einholte, wurde dafür nicht geehrt, sondern im Gegenteil verachtet. Daß er vernünftigen Argumenten zugänglich war, trug ihm bei seinem Volk den Ruf eines Schwächlings ein, der Ehre und Treue nicht verdiente. Das Gesetz und nicht die Vernunft war der Sockel, auf dem der wahre König seinen Thron errichtete, weil er genau erkannte, daß jenes Schwert die größere Macht hat, das ohne Erklärung geführt wird.

Jahre später sagte er zu einem persischen Geschichtsschreiber: „Ich war noch ein Jüngling, als ich erkannte, daß einem Herrscher nichts gefährlicher werden kann als Launenhaftigkeit. Sein Volk muß sich auf die Unverbrüchlichkeit seiner Gesetze verlassen können und wissen, wie jede Tat belohnt oder bestraft wird! Dieses Wissen schenkt ihnen den inneren Frieden. Genau wie Kindern jagt ihnen der Stimmungswechsel eines unberechenbaren Herrschers Ratlosigkeit und Angst ein, und wenn er von ihnen selbständiges Denken fordert, erweckt er das Gefühl in ihnen, auf Treibsand zu stehen, der sich unter trügerischem Wasser verbirgt. Lasse einen Herrscher die Seele seiner Untertanen verachten, laß ihn sein Volk mit der Peitsche auf üppige Weiden treiben, und es wird sich tief vor ihm verneigen und ihn einen großen Herrn nennen."

Immer wieder bewunderte und lächelte Kurelen anerkennend über die erstaunliche Einsicht dieses Jünglings, der so wenig Erfahrung besaß. Schließlich sprach er einmal mit dem Schamanen darüber. Kokchu neigte den Kopf und lächelte ebenfalls.

„Kurelen, ich muß dir wahrlich danken, daß du mich dazu bewogen hast zu bleiben und mich an deinen Gesprächen zu erfreuen. Ich habe entdeckt, daß Temudschin ein machtvoller Mann von schicksalhafter Bestimmung ist, wie du einstmals gesagt hast. Jetzt aber fragst du mich, woher er immer weiß, was er zu tun hat, und darauf kann ich dir nur antworten, daß es vielleicht tatsächlich Götter gibt, die ihm ihre Weisheit zuraunen. Ein persischer Priester hat mir einmal gesagt: ‚Gott bestimmt die Fluten, die über die Seelen der Menschen hinwegschäumen, und auf diese Fluten setzt er die Seele eines großen Mannes, der gleich einem Schiff von den mächtigen Wellen zu einem vorbestimmten Land getragen wird.‘ "

„Du hast seine Taten prophezeit", sagte Kurelen. „Und jetzt glaubst du selbst an deine Prophezeiung."

Mit unbewegter Miene antwortete Kokchu: „Vielleicht haben mir die Geister die Vorhersage in den Mund gelegt."

Kurelen ließ Wein kommen, und sie tranken auf das Wohl des jungen Khans.

Dann sagte Kurelen: „Vor langer Zeit habe ich Temudschin gesagt, daß eine große Bestimmung aus seinen Augen leuchtet. Er hat mir geglaubt. Vielleicht ist das Schicksal nichts weiter als der Handlanger der felsenfesten Überzeugung. Wer an sich selbst glaubt, hat den ersten und letzten Kampf schon gewonnen."

„Er herrscht über Volk und Priester", bemerkte Kokchu boshaft. „Nein, glaube nicht, daß ich abfällig spreche, weil ich der oberste seiner Diener bin und er mir die Offenbarungen der Geister des blauen Himmels vorschreibt. Wenn ein Priester der Beherrscher des Volkes ist, dann ist dieses Volk sowohl verschlagen als auch machtlos. Ich diene lieber, als daß man mir dient. Das beruhigt mein Gemüt und bringt mir letzten Endes nur Annehmlichkeiten."

Kurelen erwiderte lächelnd: „Der erste Wunsch des Menschen galt dem Vergnügen. Und wenn er weise ist, hält er es heute noch ebenso."

Eines Morgens nahm Temudschin gemeinsam mit Kasar, Subodai, Chepe Noyon und Jamuga, die vom Volk „Die vier Ritter Temudschins, die vier silbernen Hunde", genannt wurden, das Frühstück ein. Ein erschöpfter, blutender und atemloser Bote wurde in seine Jurte eingelassen und warf sich ihm keuchend zu Füßen. Als er endlich sprechen konnte, rief er aus:

„Herr, die Taijuten kommen unter Führung der beiden Brüder Targoutai und Todoyan mit dreißigtausend Reitern angeritten und schwören, daß Ihr noch heute sterben sollt."

Die vier Ritter erbleichten und sprangen auf. Dann blickten sie instinktiv auf Temudschin und erwarteten seine Befehle. Temudschin aber brach bedächtig eine Schnitte Brot entzwei und hielt seinen Becher Chepe Noyon entgegen, der ihn verblüfft füllte. Temudschin reichte den Becher dem mit einer Ohnmacht kämpfenden Boten und zwang ihn zum Trinken. Dann endlich sagte er: „Wie weit sind sie von uns entfernt?"

Der Bote weinte. „Ehe die Sonne noch den Zenit erreicht hat, werden sie uns überfallen haben."

Temudschin zuckte die Achseln, hob die Augen und lächelte seinen bestürzten Statthaltern blutlos zu.

„Warum beenden wir dann nicht unser Mahl?"

Einer nach dem anderen nahm wieder seinen Platz an Temudschins Tafel ein, wenn sie auch alle noch blaß waren. Er forderte sie mit einer Geste zum Essen auf, und sie zwangen sich, stillzubleiben. Er häufte sich seinen Teller voll und schien sich friedlichen Gedanken hinzugeben. Endlich sah er sie an und sagte:

„Heute nacht war es unverhältnismäßig kalt. Wir müssen rascher zu unseren Winterweiden reiten, damit Schnee und Eis uns nicht überfallen wie die Wölfe. Wenn dieses Tal auch geschützt liegt, hat sich gestern, als die Sonne hoch am Himmel stand, doch ein dünnes Eisnetz über den Fluß gespannt."

Keiner sprach ein Wort. Sie sahen einander verstohlen und beunruhigt an. Die Selbstbeherrschung ihres Herrn zwang sie jedoch in ihren Bann und sie warteten. Jamuga war blasser als alle anderen, und seine auf Temudschin gehefteten Augen waren unglücklich, aber entschlossen und gefaßt.

Nachdem die Mahlzeit beendet war, erhob sich Temudschin und trat ins Freie. Die Sonne stand hoch und bleich am Himmel. Das Gras des langgestreckten Tales färbte sich bereits braun. Tausende von Pferden, Schafen, Ziegen und Rindern und einige Kamele grasten friedlich. Morgendliche Lagerfeuer brannten vor der Zeltstadt. Die Rufe der Schäfer stiegen in der klaren Luft zum farblosen Himmel empor. So weit das Auge reichte, gab es nur die friedlichen Herden, die geschäftigen Frauen und die emsigen Krieger, die ihre Schwerter schärften, Ringkämpfe austrugen, ihre Pferde striegelten, sich mit Pfeil und Bogen übten und selbstherrlich lachten. Temudschin umfing das Bild mit einem Blick und reinigte sich nachdenklich die Zähne mit einem Strohhalm. Hinter ihm standen ruhig, aber jederzeit bereit, einen erhaltenen Befehl auszuführen, seine vier ständigen Begleiter und warteten.

Keiner konnte erraten, was Temudschin dachte. In Wirklichkeit arbeitete sein Geist fieberhaft. Anfangs erwog er die Flucht, da er wußte, daß die Taijuten ihm zahlenmäßig überlegen waren. Flucht aber bedeutete, daß er die Herden, die Schätze des Stammes, die Frauen und Kinder, zurücklassen mußte, kurz alles verlor, was er gewonnen hatte. Hierbleiben hieß anderseits vermutlich, daß er von allen Seiten umzingelt, seine Krieger erschlagen wurden und er selbst in Gefangenschaft geriet, wo ihm ein noch übleres Schicksal drohte. Wie sein Entschluß auch ausfiel, schien sein Untergang unvermeidlich zu sein. Er blinzelte zur Sonne empor. Innerhalb kurzer Zeit würden die Taijuten ihn überfallen, und er mußte augenblicklich handeln. Sofort schien fanatische Betriebsamkeit von seiner hohen, geruhsamen Gestalt Besitz zu ergreifen. Er wandte sich seinen Statthaltern zu und erteilte knappe Befehle.

Die Männer neigten ernst die Köpfe, stoben auseinander und brüllten laut und gebieterisch ihre Kommandos. Er selbst ging rasch, aber ohne besondere Hast in die Jurte seiner Mutter. Dort traf er Houlun dabei an, wie sie die Zubereitung der Morgenmahlzeit für ihre Dienerinnen und Temudschins Frau Bortei überwachte, denn die litt unter der Übelkeit, die ihr Zustand hervorrief. Außerdem kümmerte sie sich wenig um Belange des Haushaltes und fand, daß sie ihren Geist für wichtigere Dinge schonen mußte. Zur Zeit war sie noch in ihrer Jurte, die an Houluns Zelt anschloß, und schlief fest.

Beim Anblick ihres Sohnes runzelte Houlun kalt die Stirn und sagte: „Deine Frau gibt sich noch dem Schlummer hin, während ich vorbereite, was du und deine hochmütigen Statthalter essen werdet. Wärst du nicht noch immer so von ihrem Körper verblendet, dann würdest du sie längst mit aller Strenge zur Ordnung rufen."

Temudschin lächelte milde und legte seiner Mutter zärtlich die

Hand auf den Arm. Selbst in diesem Augenblick bewunderte er ihre königliche Haltung, ihren prachtvollen Kopf, das glatte Gesicht und das säuberlich geflochtene grauschwarze Haar. Witwe und Mutter eines Herrn einer Horde von Barbaren, die sie war, erweckte sie den Eindruck edler Abstammung und großer Würde. Bei Temudschins Berührung zuckte sie ein wenig zusammen und zog sich vor ihm zurück, denn sie mußte an Bektor denken, der aus Gründen ermordet worden war, die sie nicht gutheißen konnte.

„Was willst du von mir, Temudschin?" fragte sie ihn. Nie mehr nannte sie ihn Sohn, und nie wieder strahlten ihre Augen ihn in zärtlicher Liebe an. Ihre Hellsichtigkeit verriet ihr allerdings, daß es keine Nichtigkeit war, die ihn hierhergebracht hatte.

„Mutter, wir stehen der schwersten Krise unseres Lebens gegenüber. Innerhalb einer Stunde werden die Taijuten und meine liebevollen Anverwandten uns überfallen. Ehe die Sonne nach Westen abgleitet, werden wir Sieger oder Besiegte, und ich werde tot sein. Höre meinen Befehlen aufmerksam zu, hole die Frauen zusammen und sage ihnen, was sie tun müssen."

Sie neigte in hochmütiger Unterwerfung das Haupt und lauschte ihm dann gespannt. Aber selbst während ein Teil ihres wachen Verstandes zuhörte, dachte sie ängstlich mit dem anderen: Mein Bruder! Dieser Gedanke trieb ihr das Blut aus dem Gesicht, weitete ihre Augen und trocknete ihre Lippen aus.

Nachdem Temudschin geendet hatte, heftete sie den Blick aufmerksam auf sein Gesicht, das vom kräftigen, blassen Morgenlicht erhellt war. Er hatte den Kragen seines Mantels aufgebunden, und sie gewahrte unter der von Sonne und Wind gebräunten Haut das milchweiße Fleisch, das vor den Elementen geschützt gewesen war. Sie sah, daß seine für gewöhnlich milchiggrauen Augen die blaugrüne Farbe des Winterhimmels angenommen hatten. Und sie wurde von Bewunderung für seine Ruhe, seine gelassenen langsamen Worte erfüllt, mit denen er ihr seine Befehle erteilte. Unwillkürlich dachte sie: Das ist kein durchschnittlicher Mann, dem ich das Leben geschenkt habe! Und sie sah, wie sein rotes Haar unter der runden Pelzkappe hervorzüngelte und daß seine breiten Backenknochen wie dunkler Fels aussahen. Sie sah die harten

Flächen seines kräftigen Gesichts und die straffen Muskeln seines schlanken, großen Körpers.

„Deine Befehle sollen auf der Stelle erfüllt werden", sagte sie, und obgleich die Worte demütig klangen, war ihr Tonfall es nicht. Sie blickte ihm nach, als er ging, und biß sich auf die Lippen.

Er schlug die Eingangsklappe der Jurte seiner Gemahlin auseinander und trat ein. Bortei schlief auf ihrem pelzbedeckten Lager. Ihre kleine Hand lag unter ihrer Wange und das Haar flutete über ihre Schultern und über die Kante ihres Bettes. Sie lächelte verderbt und lüstern im Schlaf. Er blieb neben ihr stehen und betrachtete sie lange. Er sah, wie sich ihr Schoß und die vollen Brüste unter ihren Atemzügen hoben, sah, wie anmutig die Linie ihrer schmalen Hüfte und wie dicht ihre schwarzen Wimpern waren, die auf ihren kindlichen Wangen ruhten. Und dann blickte er seufzend fort und dachte an eine Frau, die nie aus seinem Denken geschwunden war, und die goldenes Haar, rote Lippen und feuchte Augen hatte.

Er zog seinen Dolch hervor und hielt ihn in der Hand. Dann weckte er vorsichtig seine Frau. Sie erwachte sofort und vollständig wie ein Kind, lächelte ihn an und hob matt die Arme. Er kniete neben ihr nieder, küßte ihre Kehle und dann ihren Mund. Als sie jedoch seine Augen sah, erstarb ihr Lächeln, und sie setzte sich auf.

„Was fehlt dir, mein Geliebter?"

Kurz berichtete er. Während sie zuhörte, wurde sie blaß bis in die Lippen. Er legte den Dolch neben sie, und sie starrte ihn wie gebannt an.

„Wenn man mich tötet und dich und die anderen Frauen gefangennimmt, mußt du mir versprechen, daß du dir diesen Dolch ins Herz stoßen wirst. Du, mein Weib, darfst nie das Bett eines anderen teilen, und mein Kind, das du unter deinem Herzen trägst, soll nie der Sklave der Taijuten sein."

Ihre Augen wurden groß und sie erbleichte noch tiefer. Sie konnte den Blick nicht vom Dolch reißen.

Leidenschaftlich zog er sie in seine Arme und küßte sie hingebungsvoll. „Bortei, mein Alles, mein Weib!" Und doch träumte er unter seinen Lippen, daß er eine andere Frau küßte. Sie faßte sich so weit, seine Küsse geistesabwesend zu erwidern, aber immer wieder schielte sie zu dem Dolche hin.

Er gab sie frei. „Dein Versprechen, Bortei!"

Sie lächelte ihn an, legte ihm die Arme auf die Schultern und sah ihm offen in die Augen.

„O mein Gebieter, hast du gedacht, daß ich anders handeln könnte, selbst wenn du es mir nicht befohlen hättest?"

„Du sprichst wie die Gemahlin eines Khans, Bortei, und ich liebe dich."

Er hob den Dolch auf und legte ihn in ihre Hand. Ihre Finger zuckten vor dem kalten Stahl zurück, aber sie zwang sich zu einer tapferen, entschlossenen Miene und sah ihn furchtlos an.

Er küßte sie nochmals, dann ging er rasch aus der Jurte. Sie saß längere Zeit allein und lächelte starr. Dann warf sie einen Blick auf den Dolch. Ihr Gesicht veränderte sich, wurde grausam und verächtlich. Weit schleuderte sie die Waffe von sich, daß sie irgendwo zu Boden fiel. Sie schnitt eine Fratze.

„Ich bin die Frau eines Narren!" rief sie aus. Sie legte sich aufs Bett zurück und starrte zu dem abgerundeten Dach der Jurte empor. Durch die Öffnung sah sie den leuchtend blauen Himmel, der im Sonnenlicht strahlte. Sie lächelte und rekelte sich wollüstig auf ihrem Lager. Sie rollte sich eine Haarsträhne um die Finger. Ihr Lächeln vertiefte sich, wurde träge und lüstern. Sie strich sich über ihre schönen, jungen Brüste und fragte sich, ob Targoutai sie wohl bewundern und sie zur obersten seiner Frauen machen würde.

Temudschin war inzwischen zur Jurte seines Onkels Kurelen gegangen. Der Schamane war bei ihm. Die beiden schienen dicke Freundschaft geschlossen zu haben. Sie taten sich an ihrem Frühstück gütlich und schwatzten. Bei Temudschins raschem Eintritt blickten sie zu ihm auf und lächelten. Als sie jedoch sein Antlitz sahen, wurden sie ernst.

Er erzählte ihnen, was bevorstand. Kurelens Gesicht schien zu verfallen. Seine Lippen zuckten. Er legte die Hand auf seinen Dolch. Der Schamane erbleichte und schlug die Augen vor Temudschin nieder. Aber weder er noch Kurelen sprach.

Dann sagte Temudschin zu seinem Onkel: „Falls ich dich nie mehr wiedersehen sollte, Kurelen, dann denke daran, daß ich dich geliebt habe."

Kurelen sah ihn unverwandt an und erwiderte fest: „Du wirst mich wiedersehen, Temudschin. Nie habe ich mehr bedauert als heute, daß ich dir nichts geben kann als meinen Segen. Er ist nicht viel wert, aber du hast ihn."

Temudschin kniete vor ihm nieder, ergriff seine Hand und drückte sie. „Ich weiß, daß ich deinen Segen habe, Onkel." Und er führte die dunkle, verkrümmte Hand an seine Lippen. Kurelens verzerrter Mund bebte. Er hatte seit seiner Kindheit nicht mehr geweint, aber jetzt schossen ihm die Tränen wie flüssiges Feuer in die Augen. Ihm war wie einem Vater zumute, dessen einziger Sohn vom Tode bedroht war, und er dachte: Im Geiste ist er auch mein Sohn.

Temudschin erhob sich und wandte sich an Kokchu. „Du kommst sofort mit mir."

Noch immer wortlos, erhob sich der Schamane und folgte Temudschin aus der Jurte in die strahlende Sonne des heraufziehenden Mittags.

Das Tal war langgestreckt und schmal. Die roten Berge, die sich in der Ferne auftürmten, und die weißen, stufenförmigen Wände im Osten flimmerten im gleißenden Licht. Die Statthalter waren nicht müßig gewesen. Jedem war eine eigene Standarte zugeteilt, die sich nur in der Farbe von Temudschins Flagge der neun Jakschwänze unterschieden. Unter dieser Standartenflagge hatte jeder die ihm unterstehenden Männer zusammengerufen. Überall herrschte emsiges Treiben. Die Bretterwagen mit den Jurten bewegten sich rasch, und eine heiße, gelbe Staubwolke hing über der Szene. Die Herden erfüllten die klare Luft mit ohrenbetäubendem Gebrüll.

Hinter dem Lager stand ein dichter Wald aus Nadelbäumen und abgestorbenen Pappeln. Er bildete die eine Seite eines regelmäßigen Vierecks. Auf der zweiten Seite hatte ein Statthalter sein Gefolge zu einer Schwadron aufmarschieren lassen. Die vorderste Reihe trug schwere Eisenpanzer, die mit Riemen aneinandergebunden waren. Auf ihren Köpfen schimmerten Helme aus lackiertem Leder. Auch ihre Pferde trugen Brustpanzer, und ihre Beine und Hälse waren mit Leder bedeckt. Die Krieger hatten kleine runde Lederschilde, Lanzen und Hartholzstecken mit Widerhaken an den

Enden. Die Fangriemen hingen von ihren Sätteln. Hinter der ersten Reihe hatten die leichteren schnelleren Krieger Aufstellung genommen, die keine eisernen Rüstungen, sondern Lederschutz trugen. Sie waren mit Wurfspießen und Bogen bewaffnet. Ihre Pferde waren klein und gewandt, und in den Reihen der Rüstungträger waren Zwischenräume, durch die die leichten Reiter über Befehl vorpreschen konnten. Sie sollten, sobald das Signal dazu erklang, vorausreiten und die Krieger mit den schweren Rüstungen zum Schutz des Lagers zurücklassen. Jede Riege umfaßte fünfhundert Mann.

Auf den restlichen beiden Seiten hatten die Statthalter ihre Truppen in der gleichen Manier formiert. In die Mitte dieses aus kampfbereiten Kriegern bestehenden Quadrates hatte man die Herden, die Frauen und Kinder, die Schäfer und die Bretterwagen getrieben. Die Knaben erhielten Pfeile und Fangriemen.

Vor diesem Viereck versammelte Temudschin jetzt seine eigene Elitetruppe. Es waren doppelte Schwadronen in zehn Reihen zu tausend Mann. Diese Schwadronen ritten auf die Mündung des engen Tales zu und sollten den ersten Anprall abfangen. Sie umfaßten nur dreizehn Einheiten, und die Taijuten hatten, wie Temudschin wußte, sechzig Kompanien. Allerdings mußten sie zuerst einmal die Talenge überwinden, die von Temudschins aufrückenden Schwadronen bewacht wurde. Hier kam es weniger auf die Anzahl als auf den Mut der Krieger an.

Alle Vorbereitungen waren getroffen. Sie waren in erstaunlicher Geschwindigkeit und mit einem Minimum an Durcheinander vollzogen worden. Der Staub hing in gelben Schwaden in der Luft, aber es war verhältnismäßig still. Wohin Temudschin blickte, sah er nur unerbittliche, dunkle, gefaßte Gesichter. Hinter der lebenden Mauer aus Rüstungen lag die zusammengedrängte Jurtenstadt.

Temudschin verließ seine Schwadronen und ritt auf seinem weißen Hengst rasch auf das Viereck zu. Er sah, wie die Sonne sich in den Lanzen, Schwertern und Spießen brach. In gespanntem Schweigen folgten ihm die Augen der Krieger, als er an ihnen vorbeiritt und sie mit seinen wilden grünen Augen anfunkelte, denen nichts entging. In der Hand trug er einen Krummsäbel. Er kam auf den Statthalter Subodai zu und lächelte ihn kurz an.

„Ich verlasse mich ganz auf deine ausgezeichneten Reiter, Subodai."

Subodai erwiderte sein Lächeln mit seiner offenen, schönen Miene.

„Dein Vertrauen wird nicht enttäuscht werden, o Herr", antwortete er still. Temudschin zögerte kurz, dann beugte er sich zu Subodai und küßte ihn auf die Wange. Alle Mannen sahen in tiefem Schweigen zu. Subodai stiegen die Tränen in die Augen.

In der tiefen, abwartenden Stille galoppierte Temudschin dann zur nächsten Seite des Gevierts. Die Hufe seines Pferdes schollen laut durch die staubgeschwängerte Stille. Er erreichte Chepe Noyon, auf dessen fröhlichem Gesicht Grübchen erschienen. Temudschin erwiderte das Lächeln in Chepe Noyons Augen mit ungewohntem Frohmut.

„Daß du dich zu keinen Streichen hinreißen läßt, Chepe Noyon", sagte er und legte seine Hand auf den Hals des Pferdes des anderen.

Chepe Noyon kräuselte belustigt die Lippen. „Aber ich spiele gern mit den Taijuten, Herr", antwortete er und zwang dabei seine Stimme zu einem hohen Tonfall, daß sie wie die eines schmollenden Weibes klang. Die grimmigen Gesichter seiner Krieger erhellten sich in leisem Lächeln.

Temudschin lachte kurz auf. Er tätschelte den Hals von Chepe Noyons Pferd und ritt weiter.

Nun kam er zur letzten Seite des Vierecks. Hier saß sein einfältiger, tapferer Bruder Kasar, der Bogenschütze, vor seinen Mannen zu Pferde. Temudschin sah seinem Bruder tief und liebevoll in die Augen. Keiner der beiden sagte ein Wort. In scheinbar impulsiver Geste legte Temudschin seine Hand kurz auf jene Kasars und ließ seinen Blick rasch über die Krieger wandern. Kasar heftete seinen Blick auf Temudschins Gesicht wie einer, der hingerissen und furchtlos in den Anblick eines Gottes versunken ist.

Dann ritt Temudschin fort. Auf einem weiten, offenen Platz stand der Schamane. Er war nicht beritten und wartete ab. Temudschin nickte ihm knapp zu. „Sprich du jetzt zu meinen Kriegern."

Kokchu wandte sich dem Geviert zu. In tiefem Ernst hob er die Hand. Groß, breit und würdevoll stand er in seiner blau-weißen

Robe und seinem hohen Spitzhut da. Seine Augen funkelten in der Sonne. Sein strenges, schönes Gesicht war ernst.

„Ihr Krieger unseres Herrn Temudschin!" begann er, und die tiefe Stille warf seine Stimme zurück. „Heute müssen wir durch Feuer, Schwerter und Tod gehen. Aber ihr dürft nicht zurückschrecken, ihr dürft nicht an eurer Bestimmung zweifeln und ihr dürft euch nicht fürchten. Denn keiner kann euch besiegen. Die Geister des ewigen blauen Himmels haben beschlossen, daß kein Mensch über Temudschin, ihren Diener und Soldaten, triumphieren soll. Wer zaudert, kehrtmacht und rennt, wird vom Blitz der Götter vernichtet werden. Denn ich sage euch nochmals, daß ihr nicht besiegt werden könnt, nein, nicht einmal, wenn die Taijuten nicht dreißig-, sondern hunderttausend Mann umfaßten."

Nun hob er beide Arme hoch und segnete sie in tiefem Ernst. Sie beugten die Köpfe, und als sie dann wieder die Augen hoben, blickten sie gläubig zum leuchtend blauen Firmament empor.

Temudschin grinste spöttisch in sich hinein. Dann galoppierte er zu seinen Schwadronen. Als seine unmittelbaren Offiziere hatte er die Statthalter Belgutei und Jamuga bei sich. Belgutei lächelte ihm leise entgegen, als er sich näherte. „Wir sind bereit, Herr", sagte er zu seinem Halbbruder.

Temudschin nickte. „Das sehe ich. Du hast gute Arbeit geleistet, Belgutei." Er legte dem anderen die Hand auf die Schulter und schüttelte ihn freundschaftlich.

Dann wandte er sich Jamuga zu, und die beiden jungen Männer sahen einander in plötzlichem Schweigen an. Jamugas bleiches Gesicht blieb unbeweglich. Aus seinen blaßblauen, ruhigen Augen strahlte tiefer, zurückhaltender Mut. Aufrecht saß er zu Pferde. In seiner Hand lag das nackte Schwert.

Temudschin dachte: Der Mann des Friedens ist bereit, treu und tapfer für mich zu kämpfen und notfalls zu sterben, aber sein Herz bleibt stumm.

Er war gleichzeitig gereizt und gerührt, da er erkannte, daß Jamuga bedenkenlos bereit war, gegen sein besseres Wissen zu handeln, so schwer ihm das auch fiel. Verbittert und entschlossen beugte er sich der Notwendigkeit. Die Treue bedeutete ihm, zumindest im Augenblick, mehr als seine eigene Rechtschaffenheit und sein Glaube.

Er war einzig aus Liebe zu Temudschin zum Kampf bereit. Und doch zweifelte Temudschin unwillkürlich für Sekunden an dieser Liebe, denn die Einflüsterungen seiner Mutter, seiner Frau und des Schamanen waren nicht spurlos an ihm vorbeigegangen. Und er dachte bei sich, daß ein Mann aus Pflichtgefühl und Notwendigkeit entschlossen sterben mochte, aber nie setzte er so fanatisch sein Leben aufs Spiel, wie wenn die Liebe ihn dazu anfeuerte. Warum liebt mein Blutsbruder mich nicht mehr so wie früher? fragte er sich.

Forschend sah er in Jamugas helle Augen, und Jamuga erwiderte offen seinen Blick. Temudschin aber vermochte in seinen tapferen stillen Augen nichts zu lesen. Was erwartet er eigentlich von mir? fragte er sich in zorniger Verachtung. Und dann fielen ihm Jamugas Worte ein: „Ein Mann, der sich zur Macht aufschwingt, wird von Feinden verfolgt wie ein Kamel von Läusen."

Er neigte sich Jamuga zu und sagte ohne Überzeugung, bloß um irgendwelche Worte an jenes ernste, ablehnende Gesicht zu richten:

„Wir haben einen harten Kampf vor uns, Jamuga."

Dessen bleiche Lippen bewegten sich, und er erwiderte ruhig: „Es wird immer Kämpfe geben, Temudschin." Nur er nannte auch jetzt noch seinen Blutsbruder beim Namen und sagte nicht wie die anderen ‚Herr' zu ihm.

Temudschin nickte ernst zu Jamugas Worten. Dann ritt er leicht verdutzt weiter. Jamugas Blick folgte ihm, und in seinen Augen spiegelte sich tiefer Kummer.

Temudschin ritt zur Spitze seiner Schwadronen.

Und dann warteten sie in ungebrochenem Schweigen. Die viereckigen Mauern der Krieger hinter Temudschins Schwadronen regten sich nicht. Sie hätten gepanzerte, bunte Reiterstatuen sein mögen. Selbst die Frauen und Kinder und die Knaben innerhalb des umstellten Gevierts verhielten sich ruhig. Nichts rührte sich außer den Fahnen, die im Winde flatterten, und den Wolken, die ihre runden Schatten über das Tal gleiten ließen. Schatten liefen über die roten und weißen Felswälle, und manchmal sahen sie wie die gigantischen Fassaden terrassenförmiger Tempel mit Fenstern und Säulen aus.

Alles schien zu warten. Selbst die leise schnaubenden Pferde, die ihre Köpfe hoben und senkten, schienen von Vorahnungen erfüllt zu sein. Die Sonne flammte auf den erhobenen Lanzen, den Schwertern und Rüstungen. Jetzt rollte sie ihrem Scheitelpunkt zu, und die ganze Erde war in unerträglich grelles Licht gebadet.

Plötzlich vernahm man in der Ferne Geschrei und Hufedonnern. Unvermittelt tauchten in den Felseinschnitten die dunklen, galoppierenden Horden der Taijuten auf und bildeten in dem weiten Lichtgefunkel die einzige Bewegung. Sie kamen auf ihren flinken Pferden heran, zückten ihre Schwerter, Lanzen und Spieße, schwenkten ihre Fangriemen und legten die Pfeile an ihre Bogen. Temudschin beobachtete, wie sie in den schmalen Engpaß des Tales hinabströmten. Er bewunderte die Endlosigkeit dieser Reiterscharen, die unter der Fahne der beiden Häuptlinge Targoutai und dessen Bruder vorstürmten. Sie fluteten wie Wellen schwarzer Ameisen daher, drängten sich zusammen und ergossen sich ins Tal. Und dann hielten sie urplötzlich an. Ihr Triumphgeschrei erstarb. Und wieder senkte sich die grauenhafte Stille der Wildnis über Mensch und Tier.

Das Staunen hatte den Taijuten die Sprache geraubt. Sie hatten erwartet, die friedliche, unvorbereitete und ahnungslose Zeltstadt vorzufinden, hatten mit verstreuten Herden, lodernden Lagerfeuern und unbewaffneten Kriegern gerechnet. Und jetzt gewahrten sie unter sich den riesigen, festgeschlossenen Aufmarsch der wartenden Krieger, und vor diesem Geviert die massierten Schwadronen Temudschins. Targoutai und sein Bruder lehnten sich auf ihren Pferden vor und kniffen ungläubig die Augen zusammen. Mit offenem Mund und wütend gerunzelter Stirn betrachteten sie das verblüffende Bild. Durch die Vorreiter aufgehalten, staute sich hinter ihnen in den engen Gebirgspässen der Rest der dreißigtausend Taijuten. Sie konnten nichts weiter sehen als die Rücken ihrer erstarrten Kameraden, und sie raunten einander bestürzte Fragen zu und brachten ihre Pferde zum Aufbäumen.

Endlich wandte Targoutai sich seinem Bruder zu. „Aber schließlich hat er nur vierzehntausend Mann oder weniger. Vorwärts!"

Er hob den Arm und brüllte heiser. Seine Offiziere antworteten mit grimmigem Schrei und hoben ihre Schwerter. Das Gebrüll wurde von Berg und Felswand zurückgeworfen. Die Pferde ließen ihre Vorderhufe dumpf auf den Boden donnern.

Und dann sprengten die Taijutenhorden wie eine Todesflut auf Temudschins Schwadronen zu, drückten ihren Pferden die Sporen ins Fleisch und kreischten wie Adler. Die Sonne funkelte in Tausenden geweiteten Augen, auf Tausenden gezückten Schwertern, die in dem flammenden Licht wie Spiegel glitzerten.

Temudschin sah seine beiden Statthalter Belgutei und Jamuga an. „Fertig!" sagte er halblaut.

Sofort stürzten die leichten Reiter auf ihren behenden Pferden vor, als hätten sie Flügel. Im nächsten Augenblick hatten sie sich mit der Vorhut der Taijuten vermengt. Wie ein Wolkenbruch schwirrten die Pfeile durch die Luft, die schon mit den Schreien von Pferden und Menschen, vom dumpfen Poltern stürzender Reiter, vom Aufeinanderprall der Schwerter und dem dumpfen Krachen der Waffen auf geharzten Schilden erfüllt war. Beklemmend stieg der Geruch von Blut auf. Die Verwirrung war unbeschreiblich. Über allem lagerte der Staub, daß man kaum unterscheiden konnte, ob das verzerrte Gesicht, die grimmigen Augen in diesem dichten Gewölk Freund oder Feind gehörten.

Hinter den Schwadronen hatten die Statthalter den Kriegern im Geviert ihre Befehle erteilt. Jetzt stießen die leichter bewaffneten Reiter unaufhaltsam zwischen den Lücken ihrer Kameraden vor und eilten den Schwadronen zu Hilfe. Hinter ihnen setzten sich die Krieger in ihren Eisenrüstungen in Trab und rückten unerbittlich näher. Die Männer vor ihnen duckten sich auf ihre Pferde, schwangen ihre Lassos, spannten die Bogen, stießen mit ihren hurtigen, leichten Lanzen zu. Nicht ein Pfeil wurde angelegt, nicht ein Wurfspieß surrte durch die Luft, der nicht einem bestimmten Ziel galt, und unweigerlich wurde dieses Ziel erreicht, und der Feind stürzte flüchtend und schreiend von seinem Pferd, wurde niedergetrampelt oder mit aufblitzendem Krummsäbel erledigt.

Verschreckt und überrumpelt, befanden die Taijuten sich im Nachteil. Der tausendköpfige Nachschub steckte nutzlos in den Pässen fest, denn die Vorhut und die ständig anwachsenden Berge der Gefallenen versperrten ihnen den Weg. Die Zahl der Taijuten war jedoch so gewaltig, daß es dennoch Tausenden gelang, ins Tal zu stürmen und dort auszuschwärmen. Die leichte Reiterei der Taijuten nahm unter dem Befehl von Targoutais Bruder ordnungsgemäß Aufstellung und preschte im Galopp wie eine geschlossene Mauer vor.

Sie wurden von schwer bewaffneten Mongolen aufgefangen, die von unbegreiflicher Furchtlosigkeit waren und nicht wagten, umzukehren. Sie schöpften ihre Kraft aus ihrem Glauben an die Hilfe der Geister. Die Taijuten konnten sich nur auf ihren Blutdurst, Haß und Mut stützen.

Vom Berge wogten die Schreie und das Kampfgetöse zurück. Die Taijuten hatten einen weiten Ritt hinter sich und hatten daher keine Schwerbewaffneten mitnehmen können. Ihre Körper waren nur durch mehrfache Lederschichten geschützt, aber dieser Schutz reichte gegen Temudschins Krieger nicht aus. Die Mongolen zerteilten sich rasch in kleine Gruppen, drehten und schwenkten ihre Pferde, verloren Pfeile und Lassos und rissen ihre Gegner mit bloßen Händen zu Boden, wenn sie zu nahe waren, um Schwert, Seil oder Bogen zu benützen. Niemand vermochte ihnen Widerstand zu leisten. Talauf, talab wütete die Schlacht, und die Erde brodelte von Menschen, Pferden und Flaggen. In den Jurten duckten sich die allein zurückgebliebenen Frauen zusammen, beteten und drückten die Gesichter ihrer Säuglinge an ihre Brüste. Die von Knaben und Schäfern streng bewachten Herden brüllten und versuchten durchzugehen, wurden aber unnachgiebig in den Schranken gehalten.

Temudschin hatte schon lange vorher seine Befehle erteilt. Seine Mannen schwärmten aus und umkreisten die Taijutenhorden in einem dünnen Schlachtring. Unerbittlich schnürten sie den Ring zu, trieben die Feinde zusammen, daß sie von den stürzenden Toten und ihren eigenen Kameraden erstickt und kampfunfähig gemacht wurden.

Temudschin hatte sich ins wildeste Kampfgetümmel gestürzt. Unermüdlich war sein Arm, mit dem er die Taijuten links und rechts niederhieb. Er war ein übermenschlicher Krieger, der sein Schwert schwang und hochaufgerichtet in den Steigbügeln stand, um die nachrückenden Horden niederzumetzeln. Er hatte an der Schulter eine Fleischwunde abbekommen, und aus seinem weißen Überwurf tropfte das rote Blut. Die Mütze war ihm vom Haupt gefallen, und sein rotes Haar loderte im Sonnenlicht wie eine Flamme. Sooft er jedoch nach rechts sah, war Jamuga neben ihm, dessen Schwert blendend aufglitzerte, um ihn zu schützen, und dessen Pferd unbarmherzig niedertrampelte, was gestürzt war, was sich aber wieder auf Ellbogen aufrichtete, um Temudschins Pferd mit dem Säbel die Beinmuskeln zu durchtrennen.

Selbst in diesem Chaos von Tod und Blut und Eisen, von strauchelnden Pferden und ächzenden Menschen konnte Temudschin noch denken: ich habe mich getäuscht. Er liebt mich noch immer. Und der Gedanke stieg ihm zu Kopf wie schwerer Wein, und er lachte leise vor sich hin und staunte selbst über seinen Gefühlsüberschwang. Einmal traf sein Blick Jamuga, und der lächelte schwach. In seine bleichen Wangen war die Farbe gestiegen, und seine blaßblauen Augen schimmerten. Und wieder regte sich in Temudschin ein wenig die Neugier, was dieser unbegreifliche Mann des Friedens und der Philosophie wohl denken mochte.

Und dann tauchte plötzlich mit weit aufgerissenen Augen und voll Grimm Targoutai vor ihm auf. Er war ein Mann mittleren Alters, voll des Hasses des Anverwandten gegenüber dem Jüngeren, der kräftiger und kühner als er war. Targoutai wußte, daß er nicht siegen konnte, solange Temudschin lebte, und daß zwischen ihnen niemals Frieden herrschen würde. Es ging um die Oberhoheit über Steppen und Ödland, und einer von ihnen mußte sterben.

Temudschin sah das irre Leuchten der Augen in dem schmalen, bärtigen Gesicht, das tierische Blitzen der Zähne. Targoutai war ein besonders unerschrockener und leidenschaftlicher Mensch und außerdem spornte ihn sein unstillbarer Haß an. Temudschin sah den erhobenen Arm mit dem blutigen Säbel. Er war von dem unvermittelten Erscheinen seines Anverwandten und von dessen geiferndem Gesicht so überrascht, daß sein eigener Arm plötzlich wie gelähmt war. Er hörte und sah nichts als Targoutai. Er sah, daß Targoutai den Säbel gegen seine Brust zückte, und wußte, daß nichts ihn noch retten konnte, da er wertvolle Augenblicke vergeudet hatte. Dann saß er benommen in dem Getümmel von Kriegern und Pferden. Eben noch hatte Targoutai mit irrem Lächeln und erhobenem Säbel vor ihm gesessen, und im nächsten Augenblick hockte ein kopfloser Reiter auf seinem Pferd, und aus dem Hals sprudelten kleine Blutbächlein, und die Hand hielt noch den Säbel umklammert. Und dann lehnte sich der blutende Leib langsam und mit unendlicher Würde seitwärts und sank wuchtig vom Pferd.

Temudschin sah nach rechts. Sein Mund stand staunend offen. Jamuga war mit blutbespritztem Säbel neben ihm. Und lächelte schwach und wischte das Blut von der Flanke seiner grauen Stute.

„Wieder hast du mir das Leben gerettet!" rief Temudschin aus.

Jamuga antwortete nicht, sondern ließ seinen Säbel nur gewandt auf jene niedersausen, die unverändert angriffen. Aber Temudschin konnte sehen, daß er noch immer lächelte, als sei ihm ein trauriger, spöttischer Einfall gekommen.

Mit einem Schlag füllte sich die Luft mit immer lauter werdendem Triumphgeschrei. Temudschin kniff die Augen zusammen und schüttelte ungläubig den Kopf. Auf geheimnisvolle Weise hatte sich der Tod Targoutais herumgesprochen, und die Taijuten befanden sich in wilder Flucht. Wie ein Mann stürmten Tausende auf die Pässe zwischen den Felswänden zu, duckten sich auf ihre verschreckten Pferde und gaben ihnen unbarmherzig die Sporen. Die siegreichen Mongolen kreischten vor Begeisterung, verfolgten den flüchtenden Feind, schlugen ihn nieder, rissen die Reiter mit Lassos von ihren Pferden, durchbohrten sie mit ihren Schwertern und ließen Schwärme von Pfeilen auf sie niederprasseln. Jetzt war beim Feind haltlose Panik ausgebrochen. Jeder war nur mehr darauf bedacht, sein eigenes Leben zu retten. Hunderte warfen ihre Waffen fort und hielten zum Zeichen der Übergabe die Arme hoch. Nur wenigen gelang die Flucht. Alle waren davon überzeugt, daß sie von Dämonen und nicht von Menschen geschlagen worden waren.

Fünftausend Taijuten waren gefallen, zehntausend und mehr verwundet, viele Tausende gefangen. Unter den Gefangenen befand sich der Bruder Targoutais, Todoyan-Girte. Dreitausend der besten Krieger Temudschins waren tot. Kasar selbst war schwer verwundet. Mehrere kleine Statthalter waren gefallen. Und Tausende von Temudschins Mannen waren verwundet.

Die Dämmerung war heraufgezogen, und im Westen flammten blendendes Silber und purpurnes Feuer auf. Amethystfarbene Wellen fluteten über das Schlachtfeld, auf dem sich Tote und Sterbende türmten.

Temudschin hatte seinen ersten bedeutenden Sieg errungen. Er besaß nun die Oberherrschaft über die Steppen und das Ödland der nördlichen Gobi. Er verdankte seinen Sieg dem Aberglauben seiner Krieger und seiner vorbehaltlosen Kühnheit. Vor allem aber hatte er den Sieg errungen, weil seine Untertanen ihn liebten.

X

Temudschin war klug genug, niemals von einer bedeutenden Tat zur nächsten zu schreiten, ohne dazwischen zu schlafen. In jener Nacht versanken er, seine Krieger, sein Volk und sämtliche Gefangenen in den totenähnlichen Schlaf völliger Erschöpfung. Und die Geier, die Wölfe und all die anderen Bewohner der Wüste machten sich in der Nacht über die Toten auf den Schlachtfeldern her.

Nach dem Vorbild Ung Khans besaß Temudschin eine Jurte mit einem Durchmesser von beinahe sieben Metern, die er für Besprechungen mit seinen Offizieren und die Durchführung wichtiger Geschäfte benützte. Heut schlief er dort, und rund um sein Lager schliefen seine fünf höchsten Statthalter: Kasar, Belgutei, Chepe Noyon, Jamuga und Subodai. Jamuga, sein Blutsbruder, schlief unter einer Decke mit ihm auf seinem breiten Bett. Es geschah dies zum erstenmal seit vielen Monden.

Belgutei hatte zu Kasar gesagt: „Die Kälte zwischen unserem Herrn und seinem Blutsbruder ist geschmolzen und beendet. Nun wird sich nie mehr eine Entfremdung einschleichen."

Eifersüchtig hatte Kasar mit dem breiten, einfältigen Gesicht geantwortet: „Jamuga hat zwar kein Blut, sondern Milch in den Adern, aber er ist tapfer. Allerdings hat er die Unerschütterlichkeit eines Steines, der widersteht, weil er sonst nichts kann."

Belgutei hatte sich längere Zeit in nachdenkliches Schweigen gehüllt und dann mit der leisen Stimme eines Mannes gesagt, der seinen Überlegungen nachhängt:

„Blutleere Männer kennen keine echte Treue."

Von seiner Eifersucht bestimmt, hörte Kasar gerne jede gegen

Jamuga gerichtete Bemerkung. Jetzt rief er aus: „Du denkst doch nicht, daß er unseren Herrn auch nur in der geringsten Kleinigkeit verraten würde?"

Und wieder tat Belgutei, als überlegte er. In Wahrheit aber sah er das Gesicht seines toten Bruders Bektor vor sich, und er antwortete: „Jamuga ist ehrgeizig."

Allerdings vertraute er das keinem anderen an, denn er wußte, daß man ihn auslachen würde, oder zumindest die Statthalter würden ihn verlachen. Aber er hatte es bereits Houlun und Bortei gesagt, da er erfaßt hatte, daß dort, wo Neid und Abneigung vorhanden sind, immer die Bereitschaft gegeben ist, Abträgliches zu glauben. Jetzt äußerte er sich vor einem weiteren von Vorurteilen bestimmten Zuhörer, denn er wußte, daß die Eifersucht die Handlangerin der Gewalttätigkeit ist.

Kasar hatte mit den Zähnen geknirscht und hervorgestoßen: „Wenn sich auch nur der leiseste Verdacht gegen ihn in mir regt, schlage ich ihn eigenhändig nieder!" Und sein einfältiges Gesicht verzerrte sich in hitzigem Haß.

Ehe sie eingeschlafen waren, hatte Jamuga Temudschins Wunde gebadet und gesalbt. Seine Hände waren geschickt und zart wie die einer Frau, und Temudschin verspürte kaum Schmerzen. Jamuga besaß die Gabe, zu heilen, und seine Berührung konnte beinahe Wunder wirken. Nachdem die Wunde versorgt war, hatte Temudschin in tiefer Rührung zu Jamuga emporgelächelt.

„Die Liebe und die Körper der Frauen sind köstlich wie schwere Düfte, Jamuga. Aber die Liebe zwischen einem Mann und seinem Freund übertrifft die Genüsse des Fleisches."

Jamuga hatte seine Samaritertätigkeit nur kurz unterbrochen, sein Kopf war gesenkt. Schließlich erwiderte er mit sonderbarer, tonloser Stimme: „Ich habe das nie vergessen, Temudschin. Ich bitte dich nur, daß auch du immer daran denkst."

Das Blut war Temudschin plötzlich in die dunklen Wangen geschossen, aber er hatte nichts darauf geantwortet. Eine Zeitlang schien er verärgert zu sein. Später aber hatte er die Decke seines Lagers gehoben und ausschließlich zu Jamuga gesagt, obwohl auch seine anderen Statthalter anwesend waren:

„Wir wollen heute nacht genauso schlafen, wie wir es im Schatten des Berges Burkan getan haben, denn du hast mir neuerlich das Leben gerettet."

In jener Nacht schwand der Schmerz aus Jamugas Herzen, wenn auch geringe Reste immer noch zurückblieben. Temudschin schlief, Jamuga wachte. Während er neben ihm lag, dachte er: Ich darf heute nacht nicht schlafen, sondern muß glücklich sein, denn mein Verstand sagt mir, daß ich nie wieder Fleisch von seinem Fleisch sein werde wie jetzt.

Er durfte frohlocken, denn Temudschin war weder zu seiner Mutter noch zu seiner Gemahlin noch zu seinem Onkel gegangen. Er hatte die Pflege seiner Wunde nur seinem Freund anvertraut.

Am nächsten Morgen trat Temudschin vor die Reihen seiner sieghaften Krieger und nahm ihre begeisterten Huldigungen entgegen. Schweigsam und bleich wie immer stand Jamuga Sechen neben ihm und hinter ihm standen seine höchsten Würdenträger und daran schlossen sich die übrigen Offiziere.

Ruhig und würdevoll dankte Temudschin seinem Volk für dessen Liebe, Treue und Tapferkeit. „Jetzt sind wir keine kleine Sippe mehr, sondern ein mächtiger Stamm. Mein Ruhm ist der eure. Mein Sieg ist euer Sieg. Ihr habt mir und euch selbst bewiesen, daß nichts uns widerstehen kann, denn die Geister des blauen Himmels haben uns ihren Segen erteilt. Genau wie ihr erwarte ich ihre weiteren Aufträge. Jetzt aber laßt uns fröhlich sein. Ich verlange keinen Anteil an der Beute dieses Kampfes. Sie gehört euch."

Er befahl ein gigantisches Fest. Er kannte den Wert der Entspannung und Fröhlichkeit nach einem Kampf. Immer lag ihm das Wohlergehen seines Volkes am Herzen, und einzig Jamuga vermutete, daß hinter diesem Großmut kluge Berechnung und keine Güte waltete. Temudschin hatte ihm nämlich einmal gesagt: „Ein General, der seine Leute nicht schont, nachdem er ihnen genug zugemutet hat, und sich nichts aus den harmlosen Freuden macht, an denen ihre Herzen hängen, ist ein General ohne Einfühlungsvermögen, dem seine Krieger nur mürrisch und gezwungen die Treue halten."

Siebzig Taijutenhäuptlinge, darunter Todoyan-Girte, waren gefangengenommen worden. Sie saßen in finsterer, wortloser Verzweiflung bei ihren eigenen Kriegern und hörten dem jubelnden Ablauf des Festes zu. Sie alle waren auf den Tod gefaßt.

Am nächsten Tag, als Temudschin mit seinen Statthaltern und seinem Onkel Kurelen Rat hielt, trat der Schamane in seine Jurte und machte seine Aufwartung.

„Herr", sagte er demütig, „die Geister haben Euch wahrlich gesegnet. Es ist nur gerecht, wenn Ihr ihnen als Gegengabe ein Opfer bringt."

Temudschin blinzelte seinen Freunden listig zu, anwortete jedoch mit ernster Miene:

„Und was schlägst du vor, Kokchu?"

Kokchu heftete seine durchtriebenen Augen auf ihn. „Das Leben der siebzig Häuptlinge, die Ihr besiegt habt, o Herr." Seine dünne rote Zunge netzte hurtig seine Lippen, als genösse er einen besonders schmackhaften Happen.

Temudschin runzelte die Stirn und versank in tiefes Grübeln. Die Statthalter tauschten Blicke miteinander. Dann sagte Subodai:

„Die siebzig, insbesondere Todoyan-Girte, bedeuten eine Gefahr für dich, Herr." Er sagte es ernst und angeekelt.

Chepe Noyon zuckte die Achseln. „Es ist immer vorteilhaft, die Führer einer Meute zu töten und die Meute der Hinrichtung beiwohnen zu lassen. Das flößt ihnen Angst ein. Es sei denn, du wünschst sie alle zu ermorden, Herr?"

Temudschin gab keine Antwort. Langsam wandte er den Kopf. Sein Blick fiel auf Kasar, der ungeduldig darauf wartete, sprechen zu dürfen. Aber Temudschins Auge wanderte weiter und blieb auf Jamuga haften. Als Kasar dies sah, biß er die Zähne zusammen und ballte die Fäuste.

„Und du, Jamuga, was sagst du?"

Jamuga sah ihm unerschrocken ins Gesicht und antwortete: „Es hat genügend Tote gegeben. Diese siebzig Häuptlinge sind tapfer und ehrenhaft. Versöhne dich mit ihnen."

Genau das hatte auch Kasar sagen wollen, aber jetzt erhitzte die Eifersucht ihn und er rief aus, obwohl Temudschin ihn nicht ansah: „Ein versöhnter Feind ist ein trügerischer Freund! Töte sie, Herr!"

Temudschin aber sah Jamuga unverwandt an, der ruhig sagte:

„Nur ein Mann, der in seinem Innersten weiß, daß er schwach ist, tötet die Feinde, die ihm in die Hände gefallen sind. Es ist seine eigene Ohnmacht, die er fürchtet, und das Blutbad, das er unter seinen Gefangenen anrichtet, ist nichts als der Versuch, seine eigene Feigheit auszumerzen."

Temudschin lächelte fürchterlich, und Jamuga fühlte, wie ihm das Herz beklommen sank.

Belustigt sagte Temudschin: „Soll das heißen, daß du mich für einen Feigling hältst, Jamuga?"

Ein Gemurmel erhob sich unter den anderen. Belgutei lächelte verstohlen und tauschte einen Blick mit dem stummen, zornbebenden Kasar. Erstaunt und entzückt zeigte der Schamane die Zähne zwischen den halboffenen Lippen. Kurelen jedoch war beunruhigt. Er runzelte die Stirn und biß an seinen Nägeln.

Jamuga sah niemand außer Temudschin, und Temudschin sah niemand außer Jamuga. Sie betrachteten einander in einer Stille, die wie ein aus der Scheide gezogenes Schwert glitzerte. Jede Farbe war aus Jamugas Antlitz gewichen. Seine hellblauen Augen waren wie in plötzlicher seelischer Erschöpfung tief in ihren Höhlen eingesunken.

Schließlich sagte er beinahe unhörbar: „Das habe ich nie gesagt, Temudschin."

Temudschin lachte leise. „Aber du hast es durchblicken lassen, Blutsbruder."

Jamugas bleiche Lippen bewegten sich, aber er schwieg und dachte: Welchen Sinn hat es, daß ich mit ihm spreche?

Mit verächtlicher Stimme meldete Kurelen sich zu Wort: „Du weißt nur zu gut, Temudschin, daß Jamuga nichts dergleichen angedeutet hat. Ein Mann, der mit dem Herzen eines Freundes spielt, wird bald entdecken, daß das Herz zwischen seinen Fingern gestorben ist."

„Oder zum Herzen eines Feindes wurde", ergänzte der Schamane lächelnd.

Kurelen sah flüchtig zum Schamanen hin und zuckte die Achseln. „Manchmal bist du nicht übermäßig zart, Kokchu. Dann vergißt du, daß du nicht mehr der armselige, dreckige Schamane einer Bettlerbande bist." Er wendete sich an Temudschin und sah ihn fest aus seinen schrägen Augen an. „Ein echter Prinz hat für Katz-und-Maus-Spiele keine Zeit, Temudschin, und wer sich den Luxus solcher Spiele leistet, sollte sich an ein bescheidenes Herdfeuer zurückziehen."

Temudschin lachte gutmütig, obwohl kein anderer gewagt hätte, so zu ihm zu sprechen. Er legte seinen Arm auf die Schulter Jamugas, der zum erstenmal in seinem Leben nicht auf diese Berührung reagierte. Er lächelte über das kalte, abgewandte Profil seines Blutsbruders, der wie zu Stein erstarrt war.

„Jamuga, du verstehst keinen Spaß. Ich habe dich bloß gehänselt. Du mußt lernen zu lachen. Du weißt, wie sehr ich dich liebe."

Langsam hob Jamuga den Kopf und drehte Temudschin das Gesicht zu. Es war voll bleichen Kummers und schwerer Niedergeschlagenheit.

„Ich weiß gar nichts", antwortete er.

Bestürzte, überraschte Stille senkte sich schwer über die Jurte. Temudschin stützte seinen Arm weiterhin auf Jamugas Schulter, und Jamuga sah ihm ohne zu lächeln in die Augen. Temudschins Lächeln hatte jetzt etwas Gezwungenes an sich. Und dann zog er schließlich seinen Arm zurück und blickte fort.

Ohne jede Vorwarnung sprang Kasar auf die Beine und zog sein Schwert. Er zitterte merklich und starrte Jamuga haßerfüllt an.

„Du bleichgesichtiger Feigling und Verräter! Du hast unseren Herrn geschmäht und dafür mußt du sterben!"

Temudschin sah auf seinen Bruder und begann laut zu lachen, und bald stimmten alle mit Ausnahme Kokchus in sein Gelächter ein. Temudschin hieb sich auf die Schenkel. Sein Lachen wurde rauh. Er knuffte seinen Bruder in die Seite, wie man ein dummes Kind pufft. Dann, noch immer mühsam nach Atem ringend, sagte er:

„Kasar, wir befinden uns bei einer entscheidenden Verhandlung und nicht in einer Jurte voll Kindern. Geh hinaus und spiel mit den anderen Kleinen."

Schnaubend sah Kasar um sich, von einem lachenden Gesicht zum anderen. Sein Atem wurde heftiger. Er zitterte noch stärker als zuvor. Sein Blick wanderte wieder zurück zu seinem Bruder.

Das Schwert in der Hand, sah er auf ihn hinab. Und dann standen ihm plötzlich Tränen in den wutentbrannten Augen. Er steckte sein Schwert zurück, neigte das Haupt und verließ die Jurte.

Temudschin sah ihm nach, und das Gelächter funkelte noch auf seinem Gesicht. Dann wandte er sich an Kurelen.

„Du allein hast uns noch nicht deine Meinung gesagt. Was sollen wir mit den siebzig Häuptlingen tun, Kurelen?"

Kurelen zog die Augenbrauen hoch und betrachtete ihn erheitert.

„Temudschin, du hast längst beschlossen, was du tun wirst, und du brauchst uns nicht zu schmeicheln, daß du ernstlich unseren Rat einholst. Aber falls du dich dafür entschieden hast, diese siebzig tapferen Krieger zu ermorden, dann bitte ich dich nur, mir diesen abstoßenden Anblick zu ersparen. Ich werde alt, und mein Magen verträgt nicht mehr soviel wie früher." Er kehrte sich Kokchu zu und klopfte ihm auf den Arm. „Ist es nicht sonderbar, je älter ein Priester ist, desto blutrünstiger wird er."

Kokchu erwiderte eisig: „Meine Sorge gilt nur einem angemessenen Opfer."

„Dann opfere doch das hübsche Merkitenmädchen, das du so gerne magst. Die Geister, die männlichen Geschlechts sind, ziehen solch einen saftigen Bissen dem zähen Fleisch der knorrigen Krieger bestimmt vor." Er wartete kurz, während der Schamane ihn beunruhigt und haßerfüllt betrachtete. „Was! Du bist nicht willens, zum Dank für den Sieg deines Herrn ein Weib zu opfern?"

Temudschin war innerlich zutiefst belustigt, aber er zwang sich, mit strenger Miene zu warten, und wandte sich an den Schamanen. Kokchu lief dunkelrot an. Stotternd richtete er das Wort an Temudschin:

„Herr, es wäre eine Beleidigung, den Geistern eine Sklavin anzubieten."

Da lachte Temudschin und alle stimmten mit ein. Er erhob sich und sagte: „Beenden wir dieses Wortgefecht. Wir haben Wichtigeres zu tun." Kurelen und der Schamane verließen als letzte die Jurte. Kurelen fragte den Schamanen mit neugieriger Stimme:

„Macht dir die Unterhaltung mit mir noch immer Freude, Kokchu?"

298

Der antwortete sauer: „Du bist immer schlau, Kurelen."

Kurelen tippte ihm vertraulich aufs Schulterblatt. „Sei du nicht zu schlau, mein Freund. Wenn ein Priester sich irrt, dann endet er mit genau jenem Strick um den Hals, den er für einen anderen geknüpft hat."

Temudschin ließ alle Gefangenen vorführen. Es waren viele Tausende und siebzig Häuptlinge. Er stand vor ihnen und musterte aufmerksam ihre Gesichter. Die Sonne fiel wie eine Flamme auf sein rotes Haar, und seine graugrünen Augen glitzerten wie durchsonntes Wasser. Anfangs erwiderten sie seine forschenden Blicke mit Trotz, Resignation und gespielter Verachtung. Und dann waren sie in dieser tiefen Stille gegen ihren Willen beeindruckt und fürchteten sich. Sie sahen, daß dieses sonnenverbrannte, wenn auch jugendliche, faltendurchzogene Gesicht das eines Königs war: hart, machtvoll und von unversiegbarer Kraft. Außerdem fühlte jeder einzelne, sobald Temudschin ihn ansah, sich in plötzlicher, sklavischer Ergebenheit zu ihm hingezogen, auch wenn er das gar nicht wollte.

Ruhig, eindrucksvoll und ohne Hast begann Temudschin zu sprechen.

„Ihr seid meine Gefangenen, die ich in ehrlichem Kampf besiegt habe. Ich habe nichts gegen euch, denn der Kampf um Leben und Macht ist das oberste Gesetz der Steppe, und nur der Sieger verdient es, zu leben und zu herrschen. Ich bin dieser Sieger.

Erforscht eure Seelen, o Taijuten, und fragt euch still, ob ihr treu, selbstlos und ergeben in meine Dienste treten wollt. Ihr seid mutige, furchtlose Männer ohne Falschheit und Feigheit, und ich weiß, daß ihr mir eine aufrichtige Antwort geben werdet. Jene, die sich mir nicht unterwerfen wollen, müssen sterben. Aber die Angst vor dem Tod zählt nicht zu euren Lastern, und obwohl ihr wißt, daß euch der Tod bevorsteht, werdet ihr mir ehrlich antworten."

Er wartete einen Augenblick und betrachtete die Reihen der dunklen, undurchdringlichen Gesichter. Dann hob er abermals zu sprechen an:

„Ihr wißt, daß ich keinem Mann, der mein Freund und Anhänger ist, jemals mein Wort gebrochen habe. Ich lebe nur für mein Volk. Ich bin der Diener meines Volkes. Ich siege, damit meine Untertanen Sieger sein mögen. Wer sich mir anschließt, wird niemals Verrat oder Bedauern kennenlernen. Die Macht der Könige liegt bei ihren Mannen. Ich will Menschen haben, keine Reichtümer."

Nun wandte er sich an die siebzig Häuptlinge. An ihrer Spitze stand der Vetter seines Vaters, Todoyan-Girte, und er war es, der Temudschin mit hemmungslosem Haß anstarrte. Sein Bruder war ihm sehr teuer gewesen. In seinen Kummer mischte sich brennende Schande und Verzweiflung.

Temudschin richtete das Wort an jeden einzelnen Häuptling und fragte: „Willst du mir den Treueeid ablegen?"

Und nach kurzem Zögern sank einer um den anderen vor ihm in die Knie und berührte unterwürfig Temudschins Füße mit dem Kopf. Als das geschah, begannen die gefangenen Krieger zu raunen, bis sich das Gemurmel wie dumpfer Donner zum Himmel erhob. Und langsam knieten nach den Häuptlingen die Taijutenschwadronen nieder und unterwarfen sich gleichzeitig mit ihren Häuptlingen.

Bald kniete eine unübersehbare Schar von tausenden Männern. Stumm sahen sie Temudschin aus stolzen Augen an, die ihm verrieten, daß sie sich ihm ergaben, weil er ein großer Herrscher war und sie ihm zu folgen wünschten, und nicht, weil sie sich fürchteten.

Todoyan-Girte aber kniete nicht nieder. Aufrecht stand er vor Temudschin, und sein Gesicht war schwarz vor Zorn und Verachtung. In gespanntem Schweigen senkten sich die Blicke ineinander, und alle sahen auf die beiden.

Temudschin war es, der das Schweigen brach. „Du willst mir nicht die Treue schwören, o Anverwandter?"

„Niemals!" kreischte der Taijute empört. „Niemals, du rotköpfiger Hund von einem Mongolen! Und ich lasse mich auch nicht, nur um mein Leben zu retten, zu der schändlichen Lüge herbei, dem erbärmlichen Sohn des Jesukai meine Ehrerbietung zu erweisen!"

Langsam wandte Temudschin sich den knienden Scharen der Taijuten zu, um zu sehen, wie sie diesen hektischen Trotz und die tapfere Verzweiflung aufnahmen. Aber sie benahmen sich wie Hypnotisierte, die nichts anderes als ihren Herrn und Meister sahen und hörten.

Er biß sich auf die Lippen und runzelte die Stirn, als er sich wieder zu Todoyan-Girte drehte, der mühsam atmete und ihn aus schwarzen Augen anblitzte. Bewunderung und Bedauern zeichneten sich im Gesicht des jungen Khans ab. Er vernahm ein Flüstern an seinem Ohr. Es war Jamuga, der eindringlich sagte: „Gib ihn frei und schicke ihn in sein Lager zurück. Er ist ein tapferer und aufrechter Mann."

Temudschin ließ seinen Blick über die anderen schweifen. Subodais schönes Gesicht war ernst, aber nicht zu durchschauen. Chepe Noyon lächelte. Kasar starrte Todoyan-Girte finster an. Kokchu jedoch leckte sich gierig die Lippen und ließ den Taijutenhäuptling nicht aus den Augen.

Da zog Temudschin seinen eigenen Dolch aus dem Gürtel und reichte ihn am Griff dem Taijuten hin. Er lächelte ihn an.

Todoyan-Girte starrte den Dolch in seiner Hand an, ohne zu begreifen. Dann hob er den Blick zu Temudschin. Über sein Gesicht lief ein heftiges Zucken. Einen Augenblick schien es, als wollte die Verzweiflung ihn übermannen. Dann hob er die Waffe, ohne die Augen von Temudschin zu lassen, und stieß sich den Dolch ins Herz. Bis zum letzten Augenblick, als er niedersank, versprühte sein Gesicht unbezähmbaren Haß.

Tot und blutend lag er in dem unbarmherzigen Sonnenlicht, das aus dem leuchtend blauen Himmel strömte. Tausende Augenpaare waren auf ihn gerichtet. Die Taijuten waren weder betroffen noch ergriffen. Statt dessen schwoll ihre sklavische Anbetung für Temudschin noch stärker an. Sie bewunderten ihn für diese edelmütige Geste. Nur Jamuga, dessen Gesicht weiß wie Marmor war, und Kurelen, der die Lippen zusammenpreßte, wandten die Köpfe ab.

Temudschin stand neben der Leiche des unbesiegten Häuptlings, hob die Arme und rief seinem Volk zu:

„Ihr gehört zu mir, und ich gehöre zu euch! Folgt mir bis ans Ende der Welt!"

XI

Temudschin ließ den Kopf Targoutais in Seide einhüllen, in einen Korb aus getriebenem Silber legen und schickte ihn seinem alten Pflegevater Ung Khan. Diesem ansprechenden Geschenk lag ein Brief bei, den Temudschin dem im Schreiben bewanderten Jamuga Sechen diktiert hatte.

„Ich grüße Dich, o verehrungswürdiger Vater! Viele Monde sind verstrichen, seit ich das letztemal an Deiner Seite saß, mir aber dünkt, als wären es viele Jahre, und ich blicke über leere, vergeudete Zeit zu jenen strahlenden Stunden zurück, die ich mit Dir verbrachte."

Als Ung Khan diese Zeilen las, verzog er spöttisch das Gesicht. Angewidert sah er auf das abgeschlagene Haupt und schob es mit dem Fuß beiseite. Er setzte seine Lektüre fort, und dabei wurden seine Züge schärfer und runzeliger, als hätte eine Säure sie einschrumpfen lassen „Ha!" stieß er während des Lesens hervor.

„Du hast an mich geglaubt, und ich habe Deine Voraussicht nicht enttäuscht. Du bist mächtig und ruhmreich, weil Du die Menschen kennst. Du hast auch mich erkannt, o mein Vater! Und jetzt habe ich die Oberherrschaft über die nördliche Gobi und stehe damit erst am Anfang.

Du weißt, wie sicher Deine Karawanen jetzt sind. Dank meiner Unermüdlichkeit wurde nicht eine das Opfer von Banditen. Dein letztes Geschenk war großzügig, und ich danke Dir dafür.

Ich sende Dir das Haupt meines Verwandten, Targoutai, als Zeichen dafür, daß das Schwert der taijutischen Mörder und Räuber gebrochen wurde und sich neue Karawanenwege durch ihr ehemaliges Gebiet auftun."

Ung Khan zog die Augenbrauen hoch und nahm diese Nachricht angenehm überrascht zur Kenntnis. Die neuen Straßen würden Händlern und Kaufleuten ungemein viel Zeit und Menschen ersparen. Neue Märkte konnten erobert werden. Das bedeutete neue Schätze für seine Truhen. Gedankenverloren nahm er aus der emaillierten Goldschale, die neben ihm stand, eine Süßigkeit und kaute sie langsam und genußvoll. „An diesen Worten ist etwas Wahres", überlegte er. „Trotzdem —"

Er las weiter. „Oft schon sollten Karawanen angegriffen werden und dann verbreitete sich das Wort: ‚Sie stehen unter Temudschins Schutz!‘ Und die Angreifer zerstreuten sich mit Entsetzensschreien wie Staubkörner im Wind. Mein Name ist reisenden Kaufleuten und den Geldbeuteln jener, die hochherzig und scharfsinnig genug waren, mir zu trauen und mich zu belohnen, tausend Krieger wert.

Ich neige mich vor Dir, o mein Vater, und bin immer zur Stelle, wenn Du es wünschest. Dein Sohn Temudschin.“

Nachdem Ung Khan den Brief zu Ende gelesen hatte, versank er in tiefes Grübeln. Dann fiel sein Blick wieder auf den Silberkorb mit dem Haupte Targoutais. Er schnitt eine Grimasse. Wieder versetzte er dem Korb einen Fußtritt und sagte zu einem seiner Diener: „Bring das fort. Warte! Und fülle den Korb bis an den Rand mit Silbermünzen. Nein, zur Hälfte mit Silber, zur Hälfte mit Gold. Dazu legst du eine Perlenkette und einen Ballen mit türkisbesticktem Silberbrokat für die Gemahlin Temudschin Khans. Und sag meinem Schreiber, er soll sich zu Sonnenuntergang bei mir einfinden. Ich will meinem edlen Sohn Temudschin einen Brief schreiben.“

Der Diener verneigte sich tief und wollte schon gehen, als Ung Khan hinzufügte: „Und der Bote und seine Leibwache sollen überdies eine Herde von dreihundert Hengsten für meinen Sohn mitnehmen. Hundertfünfzig schwarze und hundertfünfzig weiße Hengste müssen es sein.“

Ein Geschenk für einen Fürsten, dachte der Sklave, als er sich aus dem weitläufigen, kühlen Raum des alten Khans zurückzog.

Ung Khan verbrachte die kühlen Wintermonate in einer der größeren Städte Koraits, denn sein Rheumatismus machte ihm wieder so zu schaffen, daß ihm das Gehen schwerfiel. Sein Palast war klein, aber prächtig, denn er hatte einem zugrunde gegangenen persischen Edelmann gehört, der Frauen und Glücksspiele zu sehr geliebt hatte. Der weiße Marmorpalast war anmutig, wenn auch seine Linienführung einen etwas weibischen Geschmack verriet. Der grüne Garten mit den breiten Bäumen und Fächerpalmen, den glitzernden Teichen, den weißen Brücken und der Blumenpracht war ein richtiger Poetenhain. Selbst am heißesten Tag bildeten die rot-weiß gestreiften Seidenmarkisen kühle Zufluchtsorte, und die Luft war vom Plätschern der Brunnen und dem perlenden Gelächter der Haremsfrauen erfüllt. Ung Khan liebte schwarze, seidenweiche Katzen, und auch die pelzigen grauen Perserkatzen fanden sein Gefallen. Überall liefen diese Tierchen umher und wurden von den Sklaven sorgfältig gepflegt.

Eine dieser Katzen lag riesig und grau wie eine weiche Wolke zu Ungs Füßen, als er auf seinen Seidenkissen in seinen Gemächern ruhte. Wenn auch die Luft im Garten mild und die Sonne heiß war, so machte sich doch eine scharfe Brise bemerkbar, die sein Leiden verschlimmerte. Wolldecken und Pelze waren über seine alten Beine gebreitet und neben ihm brannte das Feuer in einem Kohlenbecken, in das ein Sklave ab und zu eine Handvoll Myrrhe und anderes duftendes Räucherwerk warf. Das Zimmer war groß und luftig, und der Boden war abwechselnd mit schwarzen und weißen Marmorfliesen belegt, die sanft im Halbdunkel glänzten. Hinter ihm erhob sich ein kleiner Säulengang, denn der persische Edelmann hatte eine Schwäche für die antike Schönheit Griechenlands gehabt. Dieser Säulengang war ungedeckt, und das Sonnenlicht bildete einen gleißenden Vorhang, durch den der leuchtend blaue Himmel schien. Von seinen Kissen aus konnte der alte Mann die Wipfel grüner Bäume sehen, und er liebte es, das schwankende Blattwerk im Wind zu beobachten. Er hörte das fröhliche Lachen der Frauen, die sich im Garten ergötzten, und das süße, heitere Geklimper von Musikinstrumenten. Die anschließenden Räume wurden durch dicke rote Seidenvorhänge abgetrennt, die mit Gold eingesäumt waren. Hinter dem Khan stand eine schöne braune Sklavin, deren goldene Ohrringe ihren Schimmer auf ihre runden Wangen warfen. Ihr Oberkörper war nackt, und von der Taille abwärts war sie in durchscheinende Seide gekleidet, auf der Juwelen funkelten. In der biegsamen Hand hielt sie einen Fächer aus Pfauenfedern, den sie träumerisch bewegte, um dem Haupt ihres Herrn den Rauch des Kohlenbeckens und die Fliegen fernzuhalten. Ihr Spiegelbild im Marmorboden bewegte sich mit ihr, und die Edelsteine ihres Gewandes glitzerten diskret. Ihre braune Brust schimmerte bei jedem Atemzug, und ihre schwarzen Augen rollten und fingen den Widerschein des Lichtes. Ab und zu hob sie den nackten Fuß, und dann klingelten goldene Glöckchen. Wenn sie gähnte, wurden hinter ihren vollen Lippen Zähne sichtbar, die weiß und leuchtend wie die eines Tieres waren.

Der Raum war mit geschnitzten Truhen, schweren, reich geschnitzten Teakholztischchen, deren Beine nach dem Vorbild von Drachenfüßen und Krallen geformt waren, mit weichen Diwanen und Seidenüberwürfen und Schränken aus Elfenbein und Ebenholz angefüllt. Es gab auch kleine Hocker aus Ebenholz. Seidene Fähnchen hingen an den Marmorwänden. Und an einer Wand prangte riesig, golden und kunstvoll verziert Ung Khans Lieblingskreuz. Im Augenblick war er ein Christ, wenn er sich auch gestern, anläßlich des Besuches eines kleinen Sultans, als gläubiger Anhänger des Islams gezeigt hatte. Heute früh hatte ihn ein reicher nestorianischer Bischof aufgesucht, um mit ihm die Lage der Christen zu besprechen, die in seinem Volk vertreten waren. Ung Khan überlegte, daß er morgen wieder Mohammedaner sein mußte, denn die ersten Gesandten des Kalifen von Bokhara waren angesagt, um die letzten Vorbereitungen für Azaras Vermählung zu treffen, die in vier Wochen stattfinden sollte.

Ung befahl der braunen Sklavin, die hellroten Vorhänge über eine Hälfte der Öffnung zu ziehen, die zum Säulengang führte. Er beklagte sich darüber, daß der Wind sich gedreht hatte und jetzt seinen kahlen, gelben Schädel streifte. Nachdem sie gehorcht hatte, legte er sich in seine Kissen zurück und versank wieder in Gedanken. Er hielt die Katze in den Armen und streichelte geistesabwesend das verwöhnte Tier. Das seidige Fell schmeichelte seinen Fingern. Sein Blick schweifte durch den großen Raum und blieb interessiert an den jadefarbenen Vasen aus chinesischem Porzellan mit ihren gewundenen Armen, den funkelnden Gold- und Silberkassetten und den kristallenen und silbernen Lampen auf den Tischen hängen. Eine riesige Porzellanvase stand vor einer Marmorwand. Sie war mannshoch und beinahe ebenso breit und war prachtvoll grün emailliert. Über ihren Rand ragten weiße und rosa Blumen. Hier verriet sich Azaras liebevolle Hand. Ihre Aufgabe war es, diese Vase zur Freude ihres Vaters stets frisch zu füllen. Die Blumen strömten einen zarten und doch intensiven Duft aus, der trotz des Räucherwerks im Kohlenbecken spürbar war.

Ungs Augen wanderten weiter. Jetzt schlug er sie zu Boden, und die üppigen, seidigen Farbtöne der türkischen und persischen Teppiche, die über dem Marmor verstreut lagen, schienen ihn völlig zu fesseln. In Wirklichkeit sah er jedoch nichts als seine eigenen Überlegungen. Schließlich klatschte er mit trockenem, ungeduldigem Geräusch in die Hände, und ein hünenhafter, fetter Eunuche mit nacktem Oberkörper und einem Krummsäbel im Seidengürtel trat ein und neigte den Kopf bis zu den Füßen seines Herrn.

„Schick auf der Stelle meinen Sohn Taliph zu mir."

Taliph war sein ältester und liebster Sohn, der Erstgeborene von Unghs erster Gemahlin und Lieblingsfrau. Bald erschien er vor seinem Vater. Er war ein hochgewachsener, schlanker, dunkler, noch jugendlicher Mann, mit einem schmalen, glatten Kopf und dem verschlagenen Gesicht eines Priesters. Er hielt sich für einen begabten Dichter, aber seine poetischen Ergüsse waren allesamt Plagiate von persischen Dichtern, insbesondere von Omar Khayyam. Allerdings verrieten diese Plagiate große Geschicklichkeit, und da und dort gab es eine Zeile oder einen Vers, der originell und gescheit und so raffiniert unter die entlehnten Zeilen gemischt war, daß seine belesenen Freunde ihn ohne allzu große Heuchelei loben konnten. Er war kostbar und etwas weibisch gekleidet und liebte es, zahllose Ringe zu tragen. Ung Khan jedoch verzieh ihm seine Dichtungen und seine Eitelkeit, denn Taliph war böse, skrupellos, klug und geistreich und ungemein durchtrieben. Außerdem fand sein Vater an der Gier und Schlauheit seines Sohnes großes Vergnügen und gestand sich mit väterlichem Stolz ein, daß er ihn niemals zu täuschen vermochte.

Ung lud ihn ein, neben ihm Platz zu nehmen und schenkte ihm eigenhändig einen Kristallpokal mit gewürztem Wein voll. Während sein Sohn trank, betrachtete er ihn mit gewohnter zärtlicher Belustigung. Das dunkle, schmale Gesicht, das länglich und beweglich war, und die wachsamen flinken schwarzen Augen, die tief unter einer hohen schmalen Stirn eingebettet lagen, flößten ihm immer wieder Bewunderung ein. Die Wangen waren hohl und tief durchfurcht, was ihm ein asketisches, fanatisches Aussehen verlieh, beinahe als ob er an einer interessanten Krankheit litte. Selbst in Ruhestellung sah der schmallippige, breite Mund aus, als verzerrte er sich zu grausamem Lächeln. Seine Ringe funkelten im Halbdunkel, und Ung Khan hatte den Verdacht, daß sich unter den weiten Ärmeln seines Sohnes edelsteinbesetzte Armreifen verbargen. Aber selbst das vermochte er ihm zu verzeihen, wenn er den scharfen Dolch an seinem Gürtel und die kräftigen, schmalen Hände betrachtete, die so dunkel und lang waren.

„Was hast du getrieben? Mit Frauen getändelt oder wieder einmal Gedichte geschrieben?" fragte er und versuchte, seiner liebevollen Stimme einen mißbilligenden Klang zu verleihen.

Taliph lächelte und wischte sich sorgfältig die Lippen ab. Er sah seinen Vater mit respektvoller Zuneigung an.

„Keines von beiden. Ich habe ein Bad genommen."

Ung schnupperte nachdrücklich und verzog das Gesicht. „Ha! Deshalb riecht es hier so stark nach Rosenöl! Weshalb versuchst du es nicht einmal zur Abwechslung mit Eisenkraut?"

Taliph zuckte die Achseln. „Ich ziehe Rosenöl immer noch vor. Es paßt besser zu meinen Stimmungen."

„Azara liebt Veilchen. Ich habe festgestellt, daß Frauen, die Veilchen lieben, bedeutend begehrenswerter sind als jene, die Rosen bevorzugen. Das heißt, wenn man sich damit begnügt, sie zu betrachten. Buhlerinnen wissen Rosen zu schätzen. Im Augenblick ist es mir lieber, daß Azara sich auf Veilchen beschränkt. Allerdings fürchte ich, daß sie niemals zu Rosenöl überwechseln wird."

Taliph gähnte. „Hast du mein Bad unterbrochen, um Azaras Vorliebe mit mir zu erörtern und dich über ihre Keuschheit zu ergehen?"

„Indirekt hat Azara etwas mit meinen Neuigkeiten zu tun. Da, lies diesen Brief, den ich von Temudschin, dem Barbaren und schweißstinkenden Häuptling der Steppe, erhalten habe."

Taliph las den Brief und begann zu lachen.

„Weißt du, was ich denke? Dieses Vieh aus der Gobi behandelt dich mit Herablassung."

Ung zeigte sich nicht verärgert. Er lächelte ehrlich belustigt. „Diesen Eindruck hatte ich auch. Du solltest ihn sehen! Aber du würdest den Geruch nicht aushalten. Selbst wenn er sich in dein parfümiertes Bad setzen würde, wäre der Gestank nach Pferden,

Dung, saurer Milch und den Armen ungewaschener Frauen nicht fortzuspülen. Und doch ist etwas Großartiges an ihm. Wilde Tiere, die in Wüste und Felsen lauern, strahlen oft diese Größe aus. Er hat furchterregende Augen aus Jade. Sein Haar ist rot wie der Sonnenuntergang, und seine Stimme ist zwingend, wie widerwillig und verächtlich man sie auch anhören mag."

Taliph zog eine Augenbraue hoch. „Immerhin hat er deine Karawanen abgesichert und dich damit zweimal so reich gemacht, als du es vorher warst. Meine Freunde erzählen mir, daß ihre Väter abergläubisch auf ihn schwören. Und aus seinem Brief zu schließen, ist er zu einem Machtfaktor unter den Horden geworden." Er verzog die Lippen. „Pah! Diese Horden! Das sind keine Menschen, sondern Tiere. Einmal hatte ich daran gedacht, eine epische Dichtung über sie abzufassen, aber genau damals stieg mir der Geruch einer Reihe kleinerer Edelleute in die Nase, die einen der Basare besucht hatten. Manchmal wünschte ich wirklich, meine Nase wäre weniger empfindlich." Er seufzte bedauernd. „Es wäre ein großartiges Gedicht geworden. Die Horden vor einem roten Abendhimmel in der grauvioletten Wüste! Lagerfeuer und primitive Gesänge. Prachtvolle, wilde Frauen auf weißen Rossen. Jetzt muß ich allerdings zugeben, daß sie nichts weiter als Bestien sind und es nur unserer Wohlerzogenheit zu verdanken haben, daß sie sich als Menschen bezeichnen. Einmal hat mich der Wunsch erfaßt, sie aufzusuchen und den Wind des Ödlandes in meinem Gesicht zu spüren und anschließend ein Gedicht zu schreiben, das noch Generationen nach uns singen würden."

Ung lachte. „Wenn es jemand gelüstet, gefühlvoll zu sein, dann muß er sich zuerst die Nase zuhalten. Immerhin riecht Temudschin auch nicht schlimmer als der kleine Sultan, der mich gestern besucht hat. Ich möchte gern, daß du ihn siehst. Aus der Ferne natürlich."

Taliph wartete. Er heftete die Augen gespannt auf seinen Vater.

Ung seufzte. „Ich habe vergeblich um den Entschluß gerungen, ob ich ihn ermorden lassen soll oder nicht. Du bist von rascher Auffassung. Du hast ihn bereits durchschaut. Er wird seinen Aufstieg fortsetzen. Wer weiß, ob er letzten Endes nicht vielleicht die gesamte Gobi beherrschen wird? Wer kann vorhersagen, was geschehen mag? Ich habe ihn ermutigt und ihn unterstützt, und meine Freunde haben es ebenso gehalten, weil es um ihre Karawanen geht. Aber wird er sich mit dem Ödland und den Steppen allein zufriedengeben?"

„Das glaube ich nicht", erwiderte Taliph kalt. „Aber du kannst im geheimen andere kleinere Khans gegen ihn aufstacheln, daß er immer damit beschäftigt ist, sich zu verteidigen. Man darf einen Vasallen nie zu mächtig werden lassen. Den Ausschlag im Spiel der Kräfte muß stets der Herrscher geben. Allerdings bedarf es umsichtiger Erwägungen, um zu beurteilen, wie weit man einen Vasallen hemmen soll. Einerseits mag er dadurch so geschwächt werden, daß er den Nutzen verliert, den er seinem Herrscher erbracht hat. Anderseits kann er durch ständige Scharmützel mit anderen, heimlich vom Herrscher aufgehetzten Stämmen noch mächtiger und schließlich der endgültige Sieger werden. Du hast ein äußerst kritisches Rechenexempel vor dir. Wie wäre es mit einem friedlichen Bund und Vertrag mit sämtlichen kleinen Edelleuten der Steppe? Bündnisse sind etwas Treffliches für den Herrscher, der sie zu gegenseitigem Schutz und Vorteil unter seinem Banner zusammenschließt."

Ung schüttelte den Kopf. „Du kennst diese Horden nicht! Friedliche Bündnisse sind bei ihnen nur mit brutaler Gewalt möglich. Und jener, der sie schließlich in einen Bund zwingt, ist ihr wahrer Herrscher. Dann haben wir Städter allen Grund zur Angst. Vergiß nicht, daß wir es nicht mit zivilisierten Menschen, sondern mit Wilden zu tun haben."

„Da besteht kaum ein Unterschied", bemerkte Taliph. „Alle sind von Gewinnen abhängig. Warum gibst du diesem Temudschin nicht bekannt, daß du sehr mit dem zufrieden bist, was er geleistet hat und er sich jetzt auf seinen Siegen ausruhen soll? Oder auf seinen Weibern? Sag ihm, daß er mit deiner Hilfe rechnen darf, seine Oberhoheit über die nördliche Gobi zu erhalten, daß du ihm aber keinerlei Unterstützung versprechen kannst, falls er seinen Besitz erweitern will. Du kennst ihn doch: vielleicht kannst du mit der Andeutung einer Zurechtweisung durchblicken lassen, daß du keine weiteren Eroberungen duldest und du, falls er sich deinem Befehl nicht beugt, vielleicht die Hilfe zurückziehst, die du ihm bereits gewährt hast."

Ung sah ihn bewundernd an. „Wie schlau du bist, Taliph! Aber was wird aus den anderen Kaufleuten und Städtern? Werden sie sich meinem Beispiel anschließen? Oder werden sie aus purer Eifersucht und Gehässigkeit Temudschin weiter ermuntern, wenn ich ihn fallenlasse? Kann man ihnen die mögliche Gefahr seiner unbeschränkten Eroberungen begreiflich machen?"

„Da kann ich dir wenig Hoffnung machen, mein Vater", erwiderte Taliph offen. „Dicke Kaufleute und Händler haben keine Phantasie. Sie sind blind wie überfütterte, gierige Schafe. Sie sehen nur ihren unmittelbaren Gewinn und werden ihn verschwenderisch unterstützen, wenn er ihnen ständige Erträge verspricht. Die meisten von ihnen hassen dich. Sie könnten einen Vertrag mit diesem stinkenden Temudschin abschließen, daß er deine Karawanen überfällt und die Beute mit ihnen teilt. Kaufleute haben keine Ehre."

Ung schwieg, aber seine kleinen Augen leuchteten auf. Er und sein Sohn sahen einander lebhaft an. Dann lachte Taliph bedauernd auf und schüttelte den Kopf. „Ich fürchte, das würde nichts nützen, mein Vater. Hast du Temudschin erst einmal vorgeschlagen, für dich die Karawanen anderer zu beschlagnahmen, dann wird er das gleiche denken wie du. Aber eine Ahnung sagt mir, daß er zu schlau ist, um sich mit deinen Konkurrenten zu verfeinden. Offenbar hat er ehrgeizigere Pläne."

„Genau das fürchte ich eben. Pah! Was sage ich da? Unsere Dörfer und Städte sind bestens befestigt und unsere Soldaten gut gedrillt. Innerhalb einer einzigen Generation kann er nicht derart mächtig werden. Und wenn ich erst tot bin, ist es mir einerlei, was geschieht."

Trotzdem war er beunruhigt und biß sich auf die Lippen.

„Ich glaube nach wie vor, daß du ihn auch in Zukunft reich beschenken und an dich binden sollst", sagte Taliph nach reiflicher Überlegung. „Wer weiß? Wir haben Phantasie und können unseren Horizont erweitern. In Städten und unter Städtern ist das einfach. Dieser Temudschin aber ist vermutlich einer weitreichenden Voraussicht doch nicht fähig. Starke Tiere kennen selten ihre Kraft und lassen sich von geschickter Hand, die sie außerdem gut füttert, immer in die Unterwerfung streicheln."

Wieder schwieg sein Vater. Taliph betrachtete ihn nachdenklich und lächelte schließlich köstlich amüsiert.

„Aber du haßt ihn persönlich, nicht wahr, mein Vater?"

Ungs kleiner, verrunzelter Kopf verzerrte sich zu einem boshaften, wenn auch etwas verlegenen Grinsen. Aber er antwortete: „Dein Scharfsinn gaukelt dir zu viele Dinge vor. Allerdings sehe ich nach unserer Unterhaltung ein, daß ich nicht wagen darf, ihn zu ermorden. Unsere Karawanen wären dann nicht mehr vor den Horden sicher. Ich habe einen Gedanken: ich werde ihn einladen, bei Azaras Vermählung mein Gast zu sein. Dann kannst du ihn in Ruhe studieren."

Taliph heuchelte Beunruhigung. „Aber du weißt, daß ich den Gestank nicht vertrage! Laß ihn nicht in den Palast. Stell sein Zelt außerhalb deines Grundstückes auf." Er erhob sich und lachte flüchtig. „Wie komisch wir in Wahrheit doch sind! Wir verfügen über zahlreiche Heerscharen. Hinter uns steht das riesige Reich Kathais mit seinen Legionen. Wir haben uns Wachträumen hingegeben. Aber bringe mir immerhin diesen Temudschin, damit ich ihn mir ansehen kann. Vielleicht werde ich doch noch ein Gedicht verfassen. Über ihn, vor dem ich mir die Nase zuhalte."

Und so geschah es, daß Temudschins Boten am folgenden Tag mit reichen Geschenken und einem blumenreichen Brief entlassen wurden, der Temudschin einlud, der Vermählungsfeier Azaras vom märchenhaft hellen Haar beizuwohnen.

Ung Khan verlachte sich ob der Alpdrücke, die seine Phantasie heraufbeschworen hatte, und dachte: Die Gobi ist groß. Kein Mensch kann sie völlig erobern. Die Dauer eines Lebens reicht dazu nicht aus. Und selbst wenn es ihm gelänge, welcher Barbarenhäuptling würde davon träumen, das mächtige Kathai, das khowaresmische Reich und all unsere mächtigen turkmenischen Städte anzugreifen? Er würde wie eine größenwahnsinnige Fliege zertreten werden. Ich bin ein schwacher alter Mann und gebe mich großartigen Träumen darüber hin, was ich selbst an seiner Stelle täte, falls Gott mir zahllose Legionen bescheren würde."

Dennoch reifte langsam in ihm der Entschluß heran, Temudschin in nicht zu ferner Zukunft zu vernichten, nicht, weil er ihn fürchtete, sondern weil er ihn haßte.

Wir statten jene, die wir hassen, mit übernatürlichen Kräften aus und ducken uns vor ihnen, dachte er. Und deshalb sind letzten Endes nicht sie es, die uns besiegen, sondern wir selbst.

XII

Eines Tages hatte Temudschin zwei Gründe, glücklich zu sein. Der bedeutendere Grund war im Augenblick die Geburt Juchis, Borteis Sohn. Der zweite war die Ankunft der jubelnden Boten mit den Geschenken des Ung Khan.

Der Morgen dämmerte, als Houlun sich die Kapuze über das ergrauende Haar zog und ihren Sohn wecken ging, um ihm zu verkünden, daß seine Frau einem Knaben das Leben geschenkt hatte. Hoch aufgerichtet stand sie vor ihm, und das trübe Licht der Lampe, die sie in der Hand hielt, warf schwarze Schatten auf ihr hageres, heldisches Antlitz. Ihre grauen Augen sahen ihn ernst und unergründlich unter ihrer schmalen Stirn an. Ihre Haltung strahlte noch genau wie früher Stolz und Würde aus, und die schweren Falten ihres Gewandes zeichneten jede Linie ihrer hochgewachsenen, königlichen Figur nach. Sie war eine Priesterin, die erstaunliche Dinge verkündete.

Mit einem Freudenschrei sprang Temudschin auf und warf sich einen Pelzumhang um die Schultern. Barhäuptig stürzte er in das erste unsichere Licht des Morgens hinaus. Die aufgescheuchten Hunde begannen zu bellen. Er stürmte in die Jurte seiner Frau und traf dort eine Schar hilfreicher Frauen an. Erschöpft, aber entspannt lag Bortei auf ihrem Lager und sah einer Dienerin zu, die den zappelnden, nackten Körper des Neugeborenen salbte. Es war ein kräftiges Kind und brüllte wütend, obwohl es kaum erst eine Stunde alt war. Im Licht der Talglampen betrachtete Temudschin das Kind und sah ein erbostes, rotes Gesicht, einen großen, runden Kopf, an dem feuchte, schwarze Haare klebten, und die breite Brust des zukünftigen Soldaten. Ist das mein Sohn oder der Sohn eines anderen? fragte er sich und wußte, daß er die Antwort nie erfahren würde. Mit einemmal aber war das bedeutungslos. Es war ein Kind und vermutlich die Frucht seiner eigenen Lenden, und ein prächtiger Bursche. Das genügte dem nachwuchsgierigen Mongolen.

Er entriß das Kind den Armen der Frau und sah es mit belustigtem Entzücken an. Der Knabe hörte zu brüllen auf. Seine Stimme war zu einem Wimmern herabgesunken. Er war so blind und hilflos wie ein neugeborenes Kätzchen, aber Temudschin war überzeugt, daß der Kleine ihn ansah und erkannte.

„Wie sollen wir meinen Sohn nennen?" rief er.

Die Dienerinnen wechselten verstohlene, wissende Blicke und schwiegen. Bortei lächelte träge. Und dann ertönte kräftig und rauh Houluns Stimme hinter ihrem Sohn und alle schraken zusammen, denn keiner hatte ihr Eintreten bemerkt.

„Nenne ihn Juchi!" rief sie aus.

Juchi! Der Anrüchige! Die Dienerinnen glotzten sie an. Sie stand neben dem Eingang der Jurte und wirkte besonders groß und fanatisch. Ihr Gesicht war weiß vor Verachtung und ihre Augen funkelten. Bortei schrie halblaut auf und wandte den Kopf ab. Die Dienerinnen duckten sich vor ihrer Herrin. Temudschin jedoch blickte seine Mutter über den unruhigen Körper des Kindes hinweg ungerührt an. Seine Augen schimmerten grasgrün im Lampenlicht.

„Ja, das ist Juchi", sagte er mit belegter Stimme.

Er legte das Kind auf das Lager. Bortei schloß den Kleinen schützend in den Arm. Houlun atmete schnell und hörbar, lächelte boshaft wie unter geheimer Erregung und trat zur Seite. Temudschin preßte die Lippen auf die feuchte Stirn seiner Gemahlin, der das dunkle Haar in kindlichen Löckchen an den Wangen klebte.

„Daß du mir meinen Sohn gebührend ernährst, meine Gemahlin", sagte er.

Ohne seine Mutter anzublicken, verließ er die Jurte.

Beklommen und furchtsam nahmen die Dienerinnen ihre geschäftigen Bemühungen um Mutter und Kind wieder auf. Houlun stand allein da. Sie hielt die Hände an die Brust gepreßt, als wollte sie einen tiefen Schmerz niederringen. Ihre Augen waren dunkel, und jedes Leuchten war aus ihrem Gesicht gewichen, das jetzt kalt und farblos wie das einer Toten aussah.

Sie wartete, bis die Dienerinnen fertig waren, dann trat sie an Borteis Lager. Lang und unnachgiebig sahen die beiden Frauen einander an. Bortei lächelte leise. Sie hatte gesiegt. In ihrem Lächeln spiegelte sich schadenfroher Triumph. Houlun jedoch, deren Lippen weiß und verbittert waren, lächelte nicht. Sie hob das Kind hoch und starrte es durchdringend wie in leidenschaftlichem Kummer an. „Mein Enkel ist ein schöner Knabe", sagte sie.

An dieser bitteren, aber stolzen Kapitulation Houluns fand Bortei kein Vergnügen mehr.

Der erste Anblick, der sich Temudschin bot, als er aus der Jurte seiner Gemahlin trat, war die Ankunft der lärmenden Boten und der dreihundert Hengste. Krieger, Frauen, Kinder, Hirten und Schäfer strömten bewundernd aus ihren Jurten und jubelten den Ankömmlingen zu. Die Pferde waren ein prachtvolles Geschenk. Stolz übergaben die Boten den Silberkorb voll Schätzen, und Temudschin knurrte, als er ihren Inhalt sah. Er befahl, auf der Stelle Jamuga zu holen und zog sich in seine Jurte zurück, wo er das Pergament entrollte, das Ung Khans Nachricht enthielt.

Die Sonne stand wie ein feuriger Ball am östlichen Horizont. Die Lagerfeuer brannten. Die Herden wurden zusammengetrieben, um sie zur Weide zu führen. Es war sehr kalt, denn der Winter war gekommen, und sie mußten aufbrechen, um neue Weiden zu suchen. Schon war der Himmel bleich, hoch und frostig. Nicht mehr zogen lange Reihen von Wildgänsen vor dem unermüdlichen Wind her. Auf den Tümpeln lag eine dichte Eisdecke, und der Fluß schwieg still. Über den schwarzen Kuppeln der Zeltstadt schwebte der Rauch dicht und niedrig wie eine Wolke.

Zurückhaltend und still trat Jamuga ein. Er traf Temudschin dabei an, wie er schmatzend und herzhaft aß, und wurde eingeladen, sich an seiner Mahlzeit zu beteiligen. Während eine Dienerin Kelche mit heißer Hirse füllte und dampfendes Schaffleisch auf einen silbernen Teller legte, überreichte Temudschin seinem Blutsbruder das Pergament und wartete ungeduldig darauf, es vorgelesen zu erhalten.

Jamuga las schweigend. Als er geendet hatte, sah er Temudschin mit sonderbarem Ausdruck an. „Man hat mir gesagt, daß dir ein Sohn geboren wurde", sagte er.

Temudschin stutzte. Im Augenblick hatte er das ganz vergessen, wenn auch das Wissen um seine Vaterschaft wie ein üppiger, warmer Vorhang im Hintergrund seiner strahlenden Laune hing. „Ja, ja", antwortete er hastig. Sein Lächeln war etwas verlegen. Um seine Unsicherheit zu bemänteln, wies er mit einer Hand, in der er eine Hammelkeule hielt, auf das Pergament. „Lies mir den Brief", verlangte er.

„Meine herzlichsten Glückwünsche", sagte Jamuga.

Temudschin sah ihn verständnislos an. „Eh?" Im ersten Augenblick dachte er schon, der Brief enthielte besonders günstige Neuigkeiten, die Jamuga zu seiner Gratulation bewogen hatten. Ungeschminkte Selbstsucht spiegelte sich auf seinem Gesicht. Und dann erst dämmerte ihm, daß Jamuga die Geburt seines Sohnes meinte. Er wurde rot, dann lachte er ungeniert auf.

„Es ist ein prächtiges Bürschchen", sagte er und lachte neuerlich. Und Jamuga, der diesem Morgen mit Temudschin mit Bangen entgegengesehen hatte, stimmte in sein Gelächter ein. Sie schüttelten sich wie über einen ungeheuren Witz, wie nur vertraute Freunde lachen können.

„Ich habe ihn Juchi, den Anrüchigen, genannt", sagte Temudschin und grinste übers ganze Gesicht. Für Sekunden wurde Jamuga ernst. Und er dachte bei sich, daß Temudschin ihm tatsächlich unverständlich sei, und diese Erkenntnis legte sich wie ein schwerer Schatten auf sein Gemüt.

„Aber lies mir den Brief!" rief Temudschin. „Ich platze schon vor Neugier."

Jamuga begann mit seiner leisen, tonlosen Stimme zu lesen:

„Ich grüße meinen geliebten Sohn Temudschin. Du hast große Taten vollbracht, und das Herz Deines Pflegevaters schwillt vor Stolz und Freude. Nie habe ich Geringeres von Dir erwartet, aber es tut dem Herzen eines alten Mannes wohl, wenn er das Vertrauen in seine Kinder gerechtfertigt sieht.

Meine Dir übersandten Geschenke sind armselig im Vergleich zu Deinen Leistungen. Die neuen Karawanenwege sollen unverzüglich beschritten werden, und ich weiß, daß auch diese Karawanen Deinen Schutz genießen werden."

Temudschin kaute hingebungsvoll und nickte. Mit vollem Mund

bemerkte er: „Der alte Geizkragen! Wenn ein Mann im warmen Schoß einer Frau keine Freude mehr findet, befriedigt er seine Lust am Gold. Es sei ihm gegönnt!"

Jamugas glatte Stirn runzelte sich bei dieser Bemerkung, aber er fuhr unverändert fort:

„In jeder Stadt, in jedem Basar, in jedem Kaufladen, in jedem Palast und jeder Wechselstube erhebt sich Temudschins Ruhm wie Weihrauch."

„Ha!" schnaubte Temudschin verächtlich und spuckte einen Bissen aus. „Feiner Ruhm das, der mit der dünnen Stimme eines kastrierten Kaufmanns besungen wird." Er hatte sich einen weiteren Brocken Fleisch gegriffen und fuchtelte damit vor Jamugas mißbilligendem Gesicht herum. „Weißt du, was ich glaube? Daß ich mir schuldig bin, diese Kaufleute eines schönen Tages unter meinem Absatz zu zermalmen!"

Jamuga seufzte. „Willst du jetzt den Rest hören oder nicht?"

Temudschin zuckte die Achseln. „Lies weiter." Er stopfte sich den Mund voll und sah Jamuga aus hervorquellenden Augen an.

Jamugas zarte Nasenflügel zogen sich angewidert zusammen. Er starrte das Pergament unverwandt an und fuhr fort:

„Selbst auf den Märkten Kathais habe ich das Lob des unerschrockenen Temudschin vernommen, des Freundes der Kaufleute und Schutzherrn des friedfertigen Händlers." Bei diesem Satz maß Jamuga seinen Blutsbruder kalt. „Temudschin, ich muß dich bitten, nicht so abstoßende Geräusche von dir zu geben. Bestimmt willst du damit deine ehrliche Verachtung ausdrücken, aber mein Magen ist heute besonders empfindlich."

Temudschin kicherte. „Ich bitte um Vergebung und werde mir den Rest in würdevollem Schweigen anhören. Aber wer kann sich versagen, angesichts solcher Heuchelei Wind zu lassen?"

„Ich halte Ung nicht für einen Heuchler", versetzte Jamuga mit frostiger Stimme. „Er ist dir ehrlich dankbar. Schließlich", setzte er bitter hinzu, „hast du viele Männer geopfert, um die Karawanen der braven Kaufleute sicher zu geleiten." Er schüttelte das Pergament. Seine Hände hatten zu zittern begonnen, aber seine Stimme klang ruhig, als er weiterlas.

„Du hast mir allen Grund zu tiefer Freude gegeben. Und ich

316

habe noch einen weiteren Grund dazu. Ehe der Mond sich rundet, wird meine Tochter Azara mit dem Kalifen von Bokhara vermählt sein. Um des Entzückens willen, das Du meinen alten Augen bereiten wirst, lade ich Dich daher zu der Hochzeit ein. Dann wird mein Kelch wahrlich voll sein."

Jamuga setzte ab. Er wartete auf eine Bemerkung Temudschins. Als er nichts hörte, sah er erstaunt auf. Temudschin hatte sein Kauen unterbrochen. Sein Gesicht war angelaufen und ausdruckslos, aber er sah furchterregend aus. Seine starren, glänzenden Augen hatten die Farbe blauer Steine.

Schließlich wandte er den Kopf ab und spie aus, was er im Munde hatte. Er hielt den Kopf abgekehrt und war in drohendes Schweigen versunken. Jamuga sah sein Profil, das heißhungrig wie das eines Raubvogels aussah. Sein Kinn war scharf vorgeschoben und die Muskeln rundum spannten sich.

Jamuga rief erschrocken aus: „Temudschin! Was fehlt dir?" Er streckte seinem Blutsbruder die Hand entgegen.

Langsam wandte Temudschin ihm sein Gesicht zu. Er lächelte, war aber noch immer auffallend blaß, und seine Augen sprühten Funken. Dann sagte er völlig gefaßt:

„Wir werden dieser Prachthochzeit beiwohnen. Sonst enthält der Brief nichts mehr?"

Beunruhigt sah Jamuga ihn an, dann wandte er sich zögernd wieder dem Brief zu. „Nur wortreiche Beteuerungen seiner Liebe und Dankbarkeit und der Ungeduld, dich wiederzusehen."

Temudschin füllte seinen Becher mit Wein und trank gierig. Nochmals schenkte er nach und trank neuerlich. Dann erhob er sich. „Ja, wahrlich, wir dürfen uns diese Prunkhochzeit nicht entgehen lassen."

XIII

Am folgenden Tage nach der ausgelassenen Feier anläßlich der Geburt seines Sohnes traf er all seine Vorbereitungen. Er hatte so viel getrunken, daß man ihn in seine Jurte hatte tragen müssen. Am nächsten Tage jedoch waren weder seinem Aussehen noch seinem Verhalten Zeichen seiner Ausschweifung anzumerken.

Er berief alle seine Offiziere und Statthalter zu sich. Aber jeder einzelne wußte mittlerweile längst, daß diese Sitzungen nichts weiter als eine Höflichkeitsgeste waren. Er traf seine Entscheidungen immer allein.

Chepe Noyon und Kasar sollten ihn begleiten. Seine Stelle als Khan sollte während seiner Abwesenheit Jamuga einnehmen, dem er dabei Subodai zur Seite stellte. Er wollte auch einige Statthalter und einen Trupp ausgewählter Krieger mitnehmen. Mit einem Schlag schien er in größter Eile zu sein. Seine Stimme wurde ungeduldig, laut und gebieterisch. Von Zeit zu Zeit versank er in tiefes, bedrückendes Grübeln, aus dem er besonders gereizt aufschreckte.

Kurelen sagte: „Aber ist es nicht sonderbar, daß du Jamuga Sechen zum Stellvertreter bestimmst? Du weißt, wie hilflos er in sämtlichen Fragen der Organisation ist und wie sehr es ihm an Menschenkenntnis mangelt."

Temudschin zuckte die Achseln. „Das ist das mindeste, was ich für ihn tun kann", versetzte er.

Bei dieser erstaunlichen Antwort zog Kurelen eine Augenbraue hoch, enthielt sich jedoch jeder Bemerkung.

„Außerdem bleiben Subodai und der Großteil meiner Statthalter hier", ergänzte Temudschin. „Jamuga wird bloß eine Ehrenrolle spielen. Ich habe Befehl gegeben, daß man ihn nicht zu ernst nehmen darf, daß er allerdings als mein Stellvertreter mit höchster Ehrerbietung zu behandeln ist. Subodai ist schlau, und die Statthalter sind intelligent. Jamuga wird überzeugt sein, daß die letzte Entscheidungsgewalt bei ihm liegt."

Kurelen lächelte. Temudschin hatte mit gewohnter Großzügigkeit sämtliche in dem Silberkorb enthaltenen Münzen verschenkt und einzig den Silberbrokat für Bortei behalten. Kurelen hatte einen großen Anteil des Geschenks erhalten und hatte sich außerdem selbst den schönsten Schimmel aussuchen dürfen. Tief befriedigt dachte er an seine reiche Ernte. Er hatte beinahe vergessen, worüber er mit seinem Neffen sprach, als er ihn überrascht sagen hörte:

„Außerdem ist keiner weniger anfällig für die Einflüsterungen eines Priesters als Jamuga."

Dann begab Temudschin sich zu Kokchu, der in den letzten Monaten Fett angesetzt hatte und ungemein dick geworden war.

Kokchu stand jetzt ein Dutzend jüngerer Schamanen zur Verfügung, die ihn in den Ritualen der Religion unterstützten und die er von seiner über jeden Zweifel erhabenen Heiligkeit und Allmacht überzeugt hatte. Seine Jurte war genauso groß wie jene Temudschins und bedeutend kunstvoller und kostbarer geziert und eingerichtet. Seine Frauen waren schön und begehrenswert, er trug Roben aus Seide und bestickter Wolle, und in seinen Truhen häuften sich die Schätze. Er empfing Temudschin mit größter Feierlichkeit.

Temudschin jedoch kam wie immer direkt zur Sache.

„Priester, beschränke dich auf deine Götter und überlasse Tüchtigeren, als du es bist, die weltlichen Geschicke. Hast du mich verstanden?"

Kokchu tat anfangs so, als begreife er ihn nicht, als er jedoch sah, daß Temudschin ihn bloß angrinste, spielte er den zutiefst Gekränkten.

„Ihr traut mir nicht, Herr", sagte er mit leiser, wehmütiger Stimme.

Temudschin lachte. „An dem Tag, an dem ein König einem Priester vertraut, muß er nachsehen, ob sich unter seinem Bett kein Mörder versteckt." Er tippte Kokchu gegen die feiste Brust. „Wohlgemerkt, keine Winkelzüge."

Er strahlte grimmige Erregung aus, die sich bald der gesamten Zeltstadt mitteilte. Das gewohnte Lärmen schwoll bald zu wildem Durcheinander an, in dem jedes Lebewesen versuchte, sich über alle anderen hinweg bemerkbar zu machen. Und doch erschlaffte die Disziplin niemals. Die einzelnen Statthalter erschienen, nahmen ihre knappen Befehle in Empfang, grüßten ehrerbietig, zogen sich zurück und machten dem nächsten Platz. Subodai kam und hörte ernsthaft zu. Sein schönes Gesicht war aufmerksam, und seine Augen hingen an den strengen Lippen seines Gebieters. Heute nacht war Vollmond, und deshalb hatte Temudschin beschlossen, knapp nach der Dämmerung aufzubrechen.

Jamuga kam als letzter. Er wirkte verstört und sagte: „Temudschin, wir hätten schon vor Tagen zu unseren Winterweiden unterwegs sein sollen. Jetzt müssen wir auf deine Rückkehr warten, ohne Rücksicht darauf, wie lange du fortbleiben wirst. Dadurch steht unserem Volke eine schwere Zeit bevor."

„Das denke ich nicht. Sie haben große Vorräte. Vielleicht werden die Herden nicht ganz so fett bleiben, aber das wird sich bald ändern, sobald ich wieder hier bin. Außerdem sollen drei Karawanen auf dem Weg nach Samarkand hier durchziehen und ich habe ihnen Geleitschutz versprochen. Aber vergiß nicht, den Tribut einzuholen, ehe du ihnen Schutz gewährst."

Jamuga erwiderte nichts, aber seine Unruhe schien sich zu vertiefen. Temudschin beobachtete ihn mit ironischem Lächeln. Schließlich fragte Jamuga in plötzlicher Bitterkeit:

„Hast du keine Bedenken, mir zu vertrauen?"

Temudschin sah ihn aus großen Augen an, dann brach er in Gelächter aus. Er boxte Jamuga mit der geballten Faust derb in den Bauch. „Hör mir mit diesen Kindereien auf, Jamuga!"

Der errötete. Temudschin ließ nicht den Blick von ihm, und sein Gesicht funkelte in boshaftem Spott. Schon wollte er noch etwas sagen, dann besann er sich und schwieg. Er legte seinem Blutsbruder nur kurz den Arm auf die Schulter und bemerkte, daß er noch sehr viel zu erledigen hätte.

Jamuga verließ die Jurte und überlegte, weshalb Temudschin wohl die Einladung Ung Khans angenommen hatte. Um diese Jahreszeit und so bald nach einem unsicheren Sieg war das höchst gefährlich. Außerdem vermochte er die sonderbare Heftigkeit nicht zu deuten, die er unter Temudschins häufigem Gelächter und seinen wohlüberlegten Befehlen durchgespürt hatte. Sein von Liebe geschärfter Blick hatte den brodelnden Aufruhr entdeckt, der Temudschins Augen erstrahlen ließ wie das Licht, das von unruhigen Gewässern an die Oberfläche geworfen wird. Andere mochten sich zu der Annahme verführen lassen, daß nichts die Gemütsruhe des jungen Khans erschüttern konnte, nicht so Jamuga. Unter der Maske von Temudschins zielbewußtem Gehaben gor ungestüme Heftigkeit.

Jamuga zog sich in seine Jurte zurück, setzte sich und überlegte.

Er runzelte seine schmalen, hellen Augenbrauen und rief sich die Zeit ins Gedächtnis, als Temudschin der Gast Ung Khans gewesen war. Sorgfältig ging er jeden einzelnen Tag durch. Er entsann sich der Nacht des Festes und Azaras mit ihren sanften, schwarzen Augen und dem goldenen Haar. Plötzlich beschleunigte sich sein Puls. Es stimmte, daß Temudschin sich leichter als andere Männer von Frauen betören ließ und er hatte seine Begierde für die Tochter des Priesters Johannes offen und schamlos an den Tag gelegt. Seine Kameraden hatten später darüber gewitzelt. Aber an dieser Erinnerung war nichts Geheimnisvolles, fand Jamuga.

Doch halt; vielleicht war dem doch nicht so. Unvermittelt fiel ihm der gestrige Tag und der Brief ein, den er Temudschin vorgelesen hatte. Temudschin war plötzlich erblaßt, und seine Augen hatten unheilvoll gefunkelt, als er Ung Khans Einladung zur Vermählung seiner Tochter vernommen hatte. „Wahrlich, wir dürfen uns diese Prachthochzeit nicht entgehen lassen!"

Mit einem Entsetzensschrei riß Jamuga den Kopf hoch. Diese unvernünftige Reise hatte etwas mit der Schönheit der Frau zu tun, die Temudschin nur ein einziges Mal gesehen hatte. Welch wahnwitzigen Plan erwog Temudschin? Welch selbstmörderische Absicht? Was hatte er vor? Schon längst hatte Jamuga den Neid und Haß Ung Khans erkannt und seine falsche Liebenswürdigkeit durchschaut. Während des gesamten Besuches hatte er gefürchtet, daß Temudschin in ungeheurer Gefahr schweben könnte. Eine Vorahnung hatte ihn unter Ungs honigsüßer, väterlicher Stimme bedrohliche Töne heraushören lassen. Und jetzt setzte Temudschin die Sicherheit und Existenz seines Volkes, sein eigenes Leben und das seiner Freunde wegen irgendeines unglaublich kindischen Einfalls aufs Spiel. Was konnte er tun? Jamuga kannte ihn zur Genüge, um zu wissen, daß nichts ihn aufhalten konnte, wenn er sich erst etwas in den Kopf gesetzt hatte. Da fruchtete kein Rat, kein Bitten und kein Appell an die Vernunft. Dachte er daran, die Tochter des mächtigen Ung Khan vor der Nase ihres Vaters, in dessen eigenem Palast und aus den Reihen tausender Untergebener zu rauben? Nein, so vermessen war nicht einmal Temudschin! Oder doch?

Eilig stand Jamuga auf und rannte ins Freie, um Temudschin zu suchen. Die blaue und safrangelbe Dämmerung war eingefallen. Die Erde schwelte in braunen, rosigen und gelben Farbtönen. Gegen Osten zu erhob sich in der Ferne eine Staubwolke. Temudschin war bereits fort. Mit trockener Kehle starrte Jamuga der Staubwolke nach, und das Herz klopfte ihm zum Zerspringen. Dann wandte er sich um und ging in Kurelens Jurte.

Angeekelt mußte er feststellen, daß Kurelen wieder einmal beim Essen war und mit einem Stück Brot aus einer Schüssel dikken fetten Saft auftunkte und genußvoll dabei schmatzte. Die treue Chassa, die mittlerweile zu einer gedrungenen Frau mittleren Alters mit großem Busen, ergrauendem Haar und rundem, gelassenem Gesicht geworden war, sah Kurelens Schlemmerei mit dem liebevollen Lächeln einer Mutter zu. Von Zeit zu Zeit füllte sie ihm die Schüssel mit Saft und Schaffleischstückchen nach und schenkte seinen silbernen Becher immer wieder mit köstlichem Wein voll. Dabei forderte sie ihn ständig mit zärtlichen Tönen zum Weiteressen auf, wenn er manchmal eine Pause einlegte. Stirnrunzelnd nahm sie den Eintritt des bleichen Jamuga zur Kenntnis, und ihre Haltung ließ deutlich erkennen, daß ihr Kind sich jetzt, nach dieser Unterbrechung, nicht mehr vollstopfen würde und dadurch seine ausreichende Ernährung vernachlässigte.

Kurelen lud Jamuga ein, mit ihm zu essen. Jamuga lehnte bündig ab. Er sah Chassa streng an, die sich störrisch weigerte, den Blick zur Kenntnis zu nehmen, und Kurelens Schüssel neuerlich anfüllte. Kurelen lächelte und tätschelte ihre Wange.

„Ich habe genug, Chassa. Und jetzt läßt du uns einen Augenblick allein, aber nicht lange."

Nachdem Chassa sich mißmutigen Blicks entfernt hatte, weigerte Jamuga sich noch immer, Platz zu nehmen und es sich ebenfalls gütlich zu tun. Er stand neben Kurelen und sah aus fiebrigen Augen auf ihn hinab. Kurelen seinerseits ließ seinen Blick am schlanken Körper des jungen Mannes emporklettern und studierte seinen blassen, gespannten Gast.

„Was fehlt dir, Jamuga? Welches Unheil versengt dir die Eingeweide?"

Er kicherte in sich hinein. Jamuga erheiterte ihn immer mehr. Er war jetzt ein alter Mann, hagerer, gebückter und schiefer als je zuvor. Sein glattes schwarzes Haar war ergraut, seine Züge eingesunken. Aber seine schwarzen Augen blickten genauso flink und mutwillig wie in seiner Jugend.

Jamuga sagte unvermittelt: „Ich weiß nicht, wie weit du mir helfen kannst, aber ich muß dir die Wahrheit sagen: Temudschin ist in die Tochter Ung Khans verliebt. Er hat sie bei unserem Besuch im Lager des Khans ganz unverhohlen begehrt. Gestern habe ich ihm Ungs Brief vorgelesen, in dem er zur Vermählung dieses Mädchens mit dem Kalifen von Bokhara eingeladen wurde."

Kurelen zog eine Augenbraue hoch. „Wenn ich mich recht entsinne, verliebt Temudschin sich ständig in irgendwelche Mädchen. Sein Harem würde die Bewunderung eines kleineren Sultans auslösen. Ich sehe nicht ein, warum du dich so ereiferst."

Jamuga sagte unnachgiebig: „Als ich ihm den Brief vorlas, wurde er plötzlich so weiß wie gebleichte Wolle. In seinen Augen funkelte die Gewalttätigkeit. Er war wie ein Verrückter, der seinen Wahnwitz zu verbergen trachtet. Ich bin überzeugt, daß er zu dieser Vermählung reist, um das Mädchen zu rauben."

Er wartete auf einen Ausruf oder eine Bemerkung Kurelens. Der aber heftete bloß seinen durchdringenden Blick auf ihn und schwieg. Seine Miene war unergründlich. Diese Ruhe machte Jamuga plötzlich verrückt. Er hockte sich neben dem Alten nieder und packte ihn am Arm.

„Begreifst du denn nicht?" rief er wütend. „Ung Khan, der mächtige Herrscher der Koraiten! Der Kalif von Bokhara, Herr über Legionen, hundert Städte und unbegrenzte Macht und Reichtum! Diese beiden Männer sollen beleidigt und zum unversöhnlichen Feind eines kleinen Barbarenhäuptlings mit einer Handvoll Kriegern und einer heimatlosen Schar von Frauen und Kindern gemacht werden! Sie werden ihn mit der gleichen Leichtigkeit, mit der ein Mann auf einen Ameisenhügel tritt, töten und uns vernichten. Wenn Ung Khan den Befehl gibt, ertrinken wir innerhalb von Tagesfrist in unserem eigenen Blut. Die ganze Gobi wird sich wie ein Meer aus Stahl gegen uns erheben! Alles, was wir unter Opfern und Entbehrungen gewonnen haben, soll uns wegen des rosigen Körpers einer Frau und der unbezähmbaren Begehrlichkeit eines Mannes genommen werden!"

Kurelen wandte den Kopf zur Seite und starrte nachdenklich in seine Schüssel. Nach einem endlos scheinenden Augenblick, in dem Jamugas keuchender Atem die Jurte erfüllte, griff Kurelen nach einer Schnitte Brot, tunkte sie ein, hob sie zum Mund und aß. Dann wandte er sich langsam und kauend wieder Jamuga zu, und der rätselhafte Schleier über seinen Augen hatte sich verdichtet. Jetzt aber leuchteten diese Augen gleichzeitig durchdringend auf.

Leise sagte er: „Jamuga Sechen, Temudschin hat dich vorübergehend zum Khan gemacht. Jeder deiner Befehle wird erfüllt werden. So kannst du zum Beispiel befehlen, daß wir unverzüglich zu den Winterweiden aufbrechen. Tun wir das sofort, können wir bei Tagesanbruch schon weit von hier sein und schier unerreichbar zu dem Zeitpunkt, in dem Temudschin seine — Dummheit begeht. Wir könnten uns dann in Gegenden aufhalten, in denen man uns kaum finden wird." Noch leiser setzte er hinzu: „Du bist der Khan, Jamuga Sechen."

Eine Stille, wie sie dem Aufzucken des Blitzes und anschließendem Donnerknall folgt, erfüllte die Jurte. Kurelens Augen glühten wie Feuer, als sie sich auf Jamugas rasch erbleichendes Gesicht hefteten. Er sah, wie sich Jamugas schmale, blutleere Lippen zuckend hochzogen. Der Menschenforscher empfand nichts als brennende Neugier. Er beugte sich ein wenig vor, um den jungen Mann in der dämmrigen Jurte besser zu sehen, und lächelte leise. Schläue und gespannte Aufmerksamkeit zeichneten sich auf seinen Zügen ab. Er dachte bei sich: habe ich also doch nicht geirrt. In dieser kalten, ergebenen Brust brennt die fanatische Gier des Blutlosen nach Macht und Herrschaft, mit der er sich an der Welt warmherziger Menschen zu rächen hofft.

Plötzlich stand Jamuga wie unter einem unerträglichen Schmerz auf. Er kehrte Kurelen den Rücken, als könnte er sein Spiegelbild in den wissenden Augen des alten Mannes nicht ertragen. Schwer lehnte er sich an eine hohe Truhe. Der Kopf war ihm auf die Brust gesunken.

Kurelen duckte sich tief in seine Kissen auf dem Boden. Seine Genugtuung ließ sich nicht länger unterdrücken und machte sich in einem Lächeln Luft. Er fragte sich: Wird Jamuga in seinem erweckten Machthunger einen heroischen Vorwand finden, um meinen

Vorschlag zu befolgen? Dieser kampfunwillige, saftlose Mann wird immer eines edlen Vorwandes bedürfen, um der Besessenheit seines bleichen, versengten Herzens zu frönen! Eine solche Gelegenheit bietet sich ihm kein zweites Mal, und er weiß es genau! Jetzt muß er zwischen Liebe und Treue, die ihm nie mehr als Demütigung, Verbitterung und Neid gebracht haben, und einer letzten Chance wählen, an sich zu reißen, was seine Seele in ohnmächtigen, begehrlichen Nächten erträumt hat.

Für Kurelen war der Zwiespalt im Herzen eines Menschen bedeutend spannender als sämtliche Naturgewalten. Mit bewundernswertem Einfühlungsvermögen wußte er, wie unendlich Jamuga unter dieser Versuchung litt, und es war ihm klar, daß Liebe und Treue nur dann den Sieg davontragen konnten, wenn Jamuga sich endgültig besiegt, unterworfen und ausgelöscht hatte. Diese Absage an seine geheimsten Wünsche bedeutete den Tod seiner Persönlichkeit.

Aber er empfand kein Mitleid, sondern bloß neugierige Belustigung und trockenen Spott.

Schließlich vernahm er einen tiefen, beinahe erzitternden Seufzer. Langsam wandte Jamuga sich ihm wieder zu. Sein schmales, geisterhaftes Gesicht war mit kaltem Schweiß bedeckt. Er hatte die Augen eines Ertrunkenen, der nach verzweifeltem Kampf gestorben war. Er taumelte ein wenig und mußte sich auf die Truhe stützen, um nicht zu fallen. Seine Miene jedoch war unbewegt, und als er sprach, klang auch seine Stimme beherrscht und ruhig.

„Vielleicht bedeutet dein Vorschlag für uns alle den klügsten Ausweg, Kurelen. Aber es kann nicht sein. Wenn Temudschin in seiner Tollkühnheit zugrunde geht, müssen wir mit ihm verderben. Wenn er stirbt, ist für uns jedes Weiterleben unmöglich. Er ist unser Herz; wir sind nichts weiter als sein Rumpf."

Kurelen lächelte sarkastisch. Mit einer sonderbaren Mischung aus Verachtung und Respekt studierte er Jamugas Antlitz und zuckte fast unmerklich mit den Schultern. Er füllte einen Becher Wein und hielt ihn dem jungen Mann hin. Jamuga griff danach. Beinahe wäre der Becher seinen gefühllosen Fingern entglitten und er mußte ihn mit beiden zitternden Händen festhalten. Er setzte ihn an die Lippen und trank gierig und hoffnungslos, wie ein Verurteilter den Giftbecher leeren mag. Und ständig beobachtete Kurelen ihn mit tückischem, abschätzendem Lächeln.

Als Jamuga ihm den Becher zurückgab, sagte Kurelen, der die völlige Erschöpfung und die krankhafte Blässe des jungen Mannes wohl bemerkte, kalt: „Jamuga, quäle dich nicht länger. Du fürchtest die Gefahr, die Temudschin über sich und sein Volk heraufbeschwören mag. Unterschätze ihn nicht. Zweifellos hat er selbst ebenfalls längst daran gedacht. Ich gebe zu, daß er von Natur aus tollkühn und heftig ist, aber er ist kein Narr. Du hältst ihn doch ebenfalls nicht für einen Narren?"

Lächelnd wartete er auf Jamugas Antwort. Der aber war unfähig zu sprechen oder zu bemerken, daß Kurelen die Augenbrauen in boshaftem Spott hochgezogen hatte. Er nickte nur.

„Temudschin findet Frauen köstlich und begehrenswert, aber dennoch sind ihm seine eigene Person und sein Leben wichtiger. Ich kann dir versichern, daß er heil zu uns zurückkehren wird. Vielleicht wird er ein paar Schrammen davongetragen haben, aber zurück kommt er. Und er wird sich die Freundschaft Ung Khans nicht verscherzen. Tröste dich also und fasse dich."

Jamuga neigte den Kopf. Er war völlig gebrochen, aber dennoch wandte er sich dem Ausgang der Jurte zu, als wollte er gehen. Dann blieb er stehen und drehte sich unvermittelt um. Er schien jeden Halt verloren zu haben. Stammelnd sprudelten ihm die Worte wie aus tiefster Seelenqual von den Lippen:

„Wie können wir einen solchen Mann verstehen? Er hat keine Ahnung von uns!"

Kurelen lachte leise und spöttisch. „Gib dich keiner Täuschung hin, Jamuga! Er versteht uns recht wohl, bloß wir begreifen ihn nicht."

Jamuga fuhr mit der Hand durch die Luft. Jede Beherrschung hatte ihn verlassen.

„Aber wer vermag seine Gedanken zu lesen? Wer kann wissen, was im Kopf von Männern seines Schlages vorgeht? Sie sind grausame Rätsel, versteinerte Gesichter des ewig Unergründlichen, brutale Masken ohne Güte und Gnade!"

Da begriff Kurelen, daß der eiskalte Damm der Seele Jamugas eingestürzt war und er nackt, entsetzt und hoffnungslos vor ihm stand, wie er noch vor keinem anderen Menschen gestanden hatte. Einen Augenblick empfand Kurelen ungewohntes Mitleid. Sein Ausdruck wurde sanft und ein wenig traurig.

„Natürlich sind wir nie imstande, die Seelen solcher Männer mit Hilfe unseres eigenen Maßes zu enträtseln, Jamuga Sechen. Versuchen wir es, so landen wir in völliger Verständnislosigkeit. Und ihren eigenen Schlüssel können wir nicht anwenden, denn der ist geheim und unserem Begriffsvermögen entrückt. Selbst was wir nur unklar denken und vermuten, läßt unser Blut erstarren, als ob ein böser Traum uns quälte, in dem Schatten zu Licht und Licht zu Schatten geworden ist. Aber versuche gar nicht erst zu verstehen, sonst verwirren sich deine Sinne."

Jamuga setzte sich plötzlich neben ihm nieder, als trügen seine Beine ihn nicht länger und als müßte er überdies seinem Herzen jetzt Luft machen oder unter der unerträglichen Belastung den Verstand verlieren.

„Ich begreife nicht! Ich kann ihn nicht verstehen! Seit Jahren bemühe ich mich darum, und nur das schnatternde Angesicht des Wahnwitzes hat mir dabei entgegengegrinst! Was kann ich tun?"

Seine Worte waren ein Aufschrei aus tiefster Verzweiflung. Er sah Kurelen mit dem nackten Gesicht eines Menschen an, dessen letzten Stützen zusammengebrochen sind und der sich jetzt an den Nächstbesten um Hilfe wenden muß, wer immer das auch sein mochte.

Lange Zeit blickte Kurelen ihn forschend an. Das Mitleid stieg in seinem finsteren, verschlagenen Herzen auf. Er verachtete Jamuga nicht mehr und belächelte ihn auch nicht.

Schließlich fragte er behutsam: „Was wünschst du dir eigentlich?"

Jamuga starrte ihn in stummer Qual an. Dann ertrug er den wissenden Blick des alten Mannes nicht länger und ließ das Haupt auf die Brust sinken.

Kurelen legte ihm zärtlich die Hand auf die hagere Schulter. Die zuckte leicht unter seinen Fingern und hielt dann still.

„Jamuga, du bist entweder zu spät oder zu früh geboren worden. In ersterem Fall mußt du dir bei den persischen Dichtern Trost suchen. Im letzteren, dich erhängen. Trifft jedoch beides zu, dann geh nach Kathai. Denn so, wie Kathai einst war, muß die zukünftige Welt beschaffen sein, wenn die Menschen sich behaupten wollen."

Ohne den Kopf zu heben, fragte Jamuga tonlos: „Und was war Kathai einst?"

Kurelen gab keine Antwort, sondern öffnete eine seiner Truhen. Er entnahm ihr eine uralte Handschrift, die mit einem goldenen Band verschnürt war, und rollte das Pergament auf, das trocken knisterte. Kurelen zog eine Silberlampe näher.

Leise und langsam begann er zu lesen:

„Wo ist der vollkommene Staat, in dem das Herz des Menschen Ruhe und seine Seele Friede findet und wo er mit seinen Mitmenschen leben kann, ohne sie zu vernichten?

Suche diesen Staat in deinem eigenen Herzen, o Mensch, und sobald du ihn gefunden hast, wird er auf der ganzen Welt existieren.

Und was werden seine Kriterien sein?

Eine Verfassung, unter der alle Menschen die Vollkommenheit anstreben, ohne ihrer jemals ganz teilhaftig zu werden. Wo die Güte mit der Würde gepaart ist, die Freundlichkeit mit der Vernunft, die Bildung mit Vornehmheit, Liebe mit Stolz, Friede mit Kraft, wo die Barmherzigkeit weltumspannend ist, wo Weisheit die Schwester der Demut und das Wissen jene des Staunens ist.

Achte die Seele des anderen, o Mensch, und verlange, daß er die deine respektiert. Auf der tiefsten Sprosse deiner Wertschätzung stehe der Dumme. Bist du ein Herrscher, dann sei in ehrlichem Bestreben der oberste Diener deines Volkes. Ergötze dich an allem, was schön ist, und entsetze dich über das Böse. Übe dich zum Wohle deiner Mitmenschen frohen Herzens in Selbstbeherrschung. Liebe die Wahrheit, denn Falschheit ist die Sprache des Sklaven. Sprich nicht von Gold, sondern von Freundschaft und Gott. Bist du ein Priester, dann diene Gott und nicht den Menschen. Entwürdige dich nicht selbst, und du wirst keinen anderen entwürdigen. Sei gläubig, denn ein Volk ohne Glauben muß untergehen.

Sei friedfertig. Sei gerecht. Denke daran, daß die Welt vor dir nichts weiter ist als dein eigener Traum. Wenn du diesen Gedanken beherzigst, kann kein Mensch dir Schaden zufügen, selbst wenn er deinen Leib tötet.

Liebe Gott und suche ihn mit jedem Atemzug, jedem Gedanken, jedem Wort und jeder Tat. Er allein wird dich nicht verraten, wenn alle anderen dich enttäuschen. In ihm liegt die einzige Wahrheit.

Glaube an diese Dinge und der vollkommene Staat gehört dir und der ganzen Welt."

Kurelen hatte geendet. Er wartete auf ein Wort Jamugas. Der schwieg, aber eine Gelöstheit hatte sich über das Gesicht des jungen Mannes gelegt, als schlummerte er nach grausamen Schmerzen.

Als er schließlich gegangen war, dachte Kurelen:

‚Jamuga hat die ganze Welt verloren, aber endlich seine Seele gefunden.'

XIV

Jamuga war nicht der einzige, der sich fragte, weshalb Temudschin die lange Reise auf sich nahm, um der Vermählung Azaras, der Tochter Ung Khans, mit dem Kalifen von Bokhara beizuwohnen. Chepe Noyon stellte seine sarkastischen Betrachtungen darüber an; Kasar war einfach verblüfft. Schließlich ließ Chepe Noyon sich nicht länger täuschen. Die schöne Azara war es, die den für weibliche Reize so empfänglichen Temudschin unwiderstehlich anzog. Es dauerte nicht lange, da war Chepe Noyon besorgt, gleichzeitig aber erfaßte ihn der Reiz des Abenteuers. Was hatte Temudschin vor? Was hoffte er zu erreichen?

Temudschin stellte sich die gleiche Frage. Zuzeiten machte er sich über sich selbst lustig. Das geschah allerdings höchst selten, wenn er für Augenblicke Azaras Anziehungskraft vergaß. Dennoch konnte er dem Impuls nicht widerstehen, der ihn so gebieterisch zu dem Mädchen zog. Seine Leidenschaften verliefen kurz, heftig und ungestüm, und diese Leidenschaft war die ungestümste, die er je erlebt hatte. Je näher die koraitischen Städte rückten, desto besessener wurde er, bis schließlich all sein Denken, Wünschen, sein Herzschlag und das Fliegen seines Pulses, seine Seele, ja jeder Atemzug sich wie hilflose Fliegen im Gespinst von Azaras hellschimmerndem Haar verstrickt hatten. Er war nicht mehr fähig, seine Willenskraft aufzubieten, selbst wenn er das gewollt hätte.

Er vermochte an nichts zu denken. Er war wie ein Verdurstender, der keine Wüste, keine Täler und keine Berge um sich wahrnimmt, der nicht einmal weiß, daß er existiert, weil seine fiebrige Vorstellungskraft einzig um eine ferne Oase kreist. Überall erblickte er Azaras Gesicht. Er vernahm ihre Stimme in jedem Windstoß. Wenn der Himmel sich im Abendrot verfärbte, sah er ihre Lippen. Schließlich wurde seine Begierde derart übermächtig, daß er kaum mehr fähig war zu sprechen, und er versank in tiefes, mürrisches Schweigen, das niemand zu brechen vermochte.

Es entsprach nicht seinem Wesen, bedächtig vorauszuplanen. Die Möglichkeiten lagen flimmernd, aber unscharf in der Ferne und es genügte ihm, ihnen mit jeder Stunde näherzurücken. Ansonsten verließ er sich auf das Schicksal und das Glück, die ihm in dem Augenblick beispringen sollten, in dem es zuzupacken galt. Einen in allen Einzelheiten wohlüberlegten Plan hatte er nicht. Das Ziel seiner Wünsche stand gleich den tausenden Städten seines Lebens strahlend, verlockend, aber schemenhaft auf einem Berg, und diese Vision genügte ihm. Immer gab er sich damit zufrieden, bewaffnet mit Glück, Begierde und Zähigkeit unbeirrbar auf ein zu eroberndes Ziel zuzureiten. Erst wenn er an den Stadtmauern stand, legte er sich den entscheidenden Feldzug zurecht. Auf diese Weise erschöpfte er sich niemals im voraus und traf im letzten Augenblick frisch, begeisterungsfähig und unwiderstehlich ein. Keinerlei vorgefaßte Pläne hemmten ihn, so daß er sieghaft von jedem neuen, unvorhergesehenen Umstand Gebrauch machte. In späteren Tagen sollten Historiker behaupten, daß in seinem Kopf jeder seiner Feldzüge bis ins kleinste Detail und weit in die Zukunft vorausblickend feststand, aber das stimmte nicht. Wie jeder bedeutende Mann sah er unscharf die gigantische, ruhmreiche Zukunft vor sich, war jedoch klug genug, jeweils nur das unmittelbar bevorstehende Scharmützel zu planen und sich darauf zu verlassen, daß sein Schicksal ihn zur nächsten und übernächsten Sprosse der Leiter seines Erfolges und damit stündlich näher an sein heißersehntes Ziel heranführen würde. Dadurch steckte das Leben für ihn und die anderen stets voll Überraschungen. Da er selbst nicht genau wußte, was er am nächsten Tag tun würde, tappten auch seine Feinde im dunkeln.

Kurelen hatte einmal zu ihm gesagt: „Wer einen fertigen Plan für die Zukunft aufstellt, ist ein Narr. Er hat in seinem Rechenexempel die Gleichung Mensch übersehen, die ihn unweigerlich vor Hindernisse stellen wird. Außerdem liebt auch das Schicksal Überraschungen und genießt nichts mehr, als dem Pläneschmied neue Irrgärten zu bescheren, von denen er sich in seiner Kalkulation nichts träumen ließ."

Er wußte nicht, was er tun würde, sobald er im Palast Ung Khans angekommen war. Aber er wußte, daß er Azara sehen, sie in seinen Armen halten und sie besitzen mußte. Das Schicksal hatte seine Schleier noch nicht gelüftet. Er zweifelte nicht daran, imstande zu sein, diese Schleier zu zerreißen und das Schicksal in die Knie zu zwingen. Im Augenblick wußte er allerdings noch nicht, wie das geschehen würde. Aber das beschwerte ihn nicht unnötig. Das Glück war wie eine mutwillige Frau, die den Leichtsinnigen liebt, und er war von seiner Sieghaftigkeit überzeugt.

Er ritt seinen Kameraden und Kriegern voran. Sein dicker, brauner Umhang flatterte im kalten Sturm. Auf seinem Kopf thronte die Kappe aus Fuchspelz, in seiner Hand ruhte die Lanze und seine grün-blauen Augen blickten unbeirrbar, aber erregt vorwärts. Er nahm die Strapazen der langen Reise kaum zur Kenntnis. Nachts schlief er nur wenig. Er war wie ein in einem bösen Zauber Versponnener. Seine Stimmung übertrug sich auf seine Begleiter. Sie wurden abwechselnd tollkühn, todernst und streitsüchtig.

Sie kamen an mehreren Karawanen vorbei, zu denen Temudschin jedesmal sein Pferd lenkte. In egoistischer Zufriedenheit stellte er fest, daß diese Karawanen unter seinem Schutz standen und Gaben für ihn mit sich führten. Die Geleittruppen waren zuerst erschrocken, wenn sie die Mongolen auf sich zusprengen sahen, aber ihre Bestürzung verwandelte sich in grenzenlosen Jubel, sobald sie erkannten, wen sie vor sich hatten. Bei solchen Anlässen wurden die Mongolen wie Prinzen empfangen und bis zum Überdruß bewirtet. Die Anführer der Karawanen überboten sich darin, ihren Ehrengästen zu dienen und sich wie Sklaven vor ihnen zu verneigen.

Unter den Geschenken, die über Temudschins Befehl im Lager seines Volkes abzuliefern waren, befand sich eine Halskette aus glitzernden Onyxen, die in Weißgold und Perlen gefaßt waren, und ein dazu passender Armreif. Kaum sah er diesen Schmuck, mußte er an Azara mit den schwarzen Augen, dem goldenen Haar und den kleinen weißen Zähnen denken. Diesen Schmuck wollte er ihr selbst überreichen! Er nahm die Goldschatulle mit dem weißen Seidenfutter an sich, in der das Geschmeide lag, und verwahrte es eifersüchtig. Nachts sah er sich den Schmuck an und ließ ihn langsam durch seine Finger gleiten. Die Steine fühlten sich warm und sinnlich unter seiner Berührung an. In wachsender Leidenschaft und schmerzhafter Begierde küßte er sie immer wieder und wieder. Das trübe Lampenlicht fing sich in den schimmernden, schwarzen Steinen und er weidete sich an der Spiegelung der Lagerfeuer im Glanz der runden Perlen. Sie kamen ihm wie Lebewesen, wie Träger seiner Liebe und die Materialisierung seiner Bewunderung vor. Er drückte das Geschmeide an seine Brust und Lippen und es milderte etwas das brennende Feuer seiner Begierde.

Als sie in der großen Koraitenstadt anlangten, war er bleich vor Verlangen. Er fühlte, daß selbst der Tod ihn nicht um seinen Sieg bringen konnte und war völlig davon überzeugt, daß Azara auf geheimnisvolle Art den Grund seines Kommens kannte und genau so ungeduldig, sehnsüchtig und leidenschaftlich auf ihn wartete, wie er auf sie.

Die Mittagssonne stand hoch am Himmel, als er und seine Krieger in der Stadt einritten. Er hatte kleinere Ortschaften gesehen, aber noch nie eine solche Stadt. Die Stadttore öffneten sich vor ihm, und er war betroffen von der schier unübersehbaren Menschenmenge, die hastig der unergründlichen Betätigung der Städter nachging. Die Hufe seines Pferdes dröhnten in den schmalen, krummen Gäßchen mit ihren stinkenden Kanälen und den niedrigen weißen Häusern mit den Flachdächern und Gärten. Mit dem grimmigen Blick des Wüstenbewohners sah er um sich. Die Menschen drückten sich an die Mauern, um ihn und seine Krieger vorbeizulassen. Sie bewunderten die Haltung, die Pferde, die Lassos und die Säbel der Ankömmlinge, erheiterten sich aber auch über ihre Unzivilisiertheit, ihre braungebrannten Gesichter und ihren sauren Geruch. Sie waren jedoch mehr an den Anblick von Barbaren gewöhnt als jene an die Städter, und ihr Erscheinen erregte deshalb kein großes Aufsehen. Kaum eine Woche verstrich, ohne daß irgendein Häuptling aus der Wüste kam, um dem mächtigen Ung Khan seine Ehrerbietung zu zollen und die Treue zu beschwören. Allerdings hatten die Städter noch nie ein so wild entschlossenes Gesicht, solche Augen und solch flammendes Haar wie das Temudschins gesehen, und sie sprachen über ihn, während er an ihnen vorbeiritt.

Obwohl Temudschin die Städter und ihre Lebensgewohnheiten verachtete, geriet er doch angesichts der Weitläufigkeit der Stadt und der gepflegten Menschen, die ihm begegneten, ein wenig in Verlegenheit. Mit einemmal begriff er, wie er ihnen mit seinem derben, braunen Umhang, der Kappe aus Fuchspelz und dem blanken Säbel vorkommen mußte. Deshalb starrte er ingrimmig geradeaus und tat, als verabscheue er sie. Er zügelte sein Pferd, daß es sich aufbäumte, und brüllte wütend, wenn plötzlich hinter einer Kurve eine Sänfte mit Seidenvorhängen auftauchte und ihm den Weg versperrte. Einmal stieß er auf einen besonders prächtigen Zug mit dicken Eunuchen. Die purpurfarbenen Seidenvorhänge, die mit goldenen Halbmonden bestickt waren, verwehrten den Blick ins Innere der Sänfte. Vor Sänfte und Eunuchen gingen zwei schlanke Jünglinge in purpurfarbenen Seidengewändern. Sie trugen goldene Glöckchen, die sie gebieterisch läuteten. Hochmütig bahnten sie sich ihren Weg und Temudschin rückte unwillkürlich beiseite und winkte seinem Gefolge, ebenfalls Platz zu machen. Als sich die Sänfte direkt vor ihm befand, wurden die Vorhänge behutsam auseinandergeschoben und das heitere, zarte Gesicht einer Dame lugte hervor und war eitel weiße Haut, schwarze Augen und schwarzes, kunstvoll frisiertes Haar. Der hauchzarte Schleier vor ihrem Antlitz verbarg weder ihre Züge noch das herausfordernde Lächeln und den Blick, den sie dem jungen Mongolen zuwarf. Er sah auf sie hinab und erwiderte unwillkürlich das Lächeln, das ihm unverhohlene Bewunderung zollte. Geschmeichelt sah er der Sänfte nach und spielte mit dem Gedanken an diese Dame, die, wie er sofort gesehen hatte, nicht unnahbar sein würde.

In bester Laune kam er an den Pforten des Palastes an. Eine Vorahnung sagte ihm, daß er die schöne Dame nicht zum letztenmal gesehen hatte. Dafür würde er schon selbst irgendwie sorgen.

Er und seine Begleiter wurden mit einer gewissen Verwunderung von den Torhütern empfangen, die offensichtlich nicht auf ein so großes Gefolge gefaßt gewesen waren. Ein arroganter Haushofmeister teilte ihm mit, daß er und eventuell seine Statthalter Chepe Noyon und Kasar in den Gastzimmern des Palastes untergebracht werden würden, die bereits für sie vorbereitet waren. Die Krieger allerdings sollten in benachbarten Häusern einquartiert werden, die zu diesem Zwecke bereitstanden. Während der Haushofmeister mit hoher Stimme diese Mitteilung machte, rümpfte er ständig die Nase und spielte mit der goldenen Kette an seiner Brust.

Temudschin sah sich um. Er stand in einem großen Hof, der mit glänzenden weißen Fliesen ausgelegt, von Gras, Blumen und Palmen eingesäumt war und unter den Tropfen zahlreicher Springbrunnen glitzerte. Die Luft hier war weicher als jene der Wüste und von vielerlei köstlichen Düften erfüllt. Hinter dem Hof stand inmitten eines prachtvollen Gartens der Palast. Weiß, schimmernd und erlesen erhob er sich vor Temudschin, dem dieser ungewohnte Luxus die Sprache verschlug und ihn gleichzeitig ungeheuer erregte. Er schwang sich vom Pferd und warf die Zügel dem Haushofmeister ins Gesicht. Geschickt fing ein Diener sie ab. Der Haushofmeister wich zurück und hielt sich ganz unverhohlen mit einem weißen Finger die Nase zu. Chepe Noyon grinste, aber Kasar war empört. Als er von seinem Pferde stieg, zitterte seine Hand auf dem Säbelknauf.

Der Haushofmeister ging ihnen angeekelt voran und führte sie durch eine weiße Mauer in den Bereich des Palastes. Sie folgten ihm durch lange, weiße Korridore nach, in deren Schwibbogen blaue, rote oder gelbe Vorhänge hingen, die lächerlich mit Kreuzen, dem Halbmond der Moslems und Sternen bestickt waren. Die köstliche, heitere Vertraulichkeit dieser Wahrzeichen zweier feindlicher Religionen entging Temudschin. Der kultiviertere Chepe Noyon aber bemerkte sie wohl und stieß sich daran. Manche Bogengänge waren offen und gaben einen flüchtigen Blick auf grün funkelnde Gärten, schimmernde blaue Teiche und den heißen Mittagshimmel frei. Hinter den verhängten Eingängen drang leises Gelächter der Frauen hervor und Bruchstücke von Flötenspiel und Saiteninstumenten. Ab und zu ließ sich der heisere

Schrei von Papageien vernehmen, wenn ein Mädchen eines der Tiere neckte. Hier war die Luft kühl und das Licht gedämpft. Auf dem glatten weißen Fußboden lagen rosenrote und geblumte Perserteppiche verstreut. Überall duftete es betörend nach Blumen und exotischen Parfums und den matten Gerüchen warmer Gewürze, und trotz der mittäglichen Stille ertönte allenthalben das Gemurmel des geruhsamen Palastlebens und das unsichtbare Kommen und Gehen einer Heerschar von Bediensteten. In kurzen Entfernungen standen gleich bunten Statuen ungeheuer dicke Eunuchen mit Turbanen und nacktem Oberkörper und hielten mit blitzenden Klingen Wache. Jeder von ihnen hatte glatte Wangen, trug goldene Ohrringe und dicke goldene Reifen an den Oberarmen, und die Sandalen an ihren Füßen waren mit Edelsteinen verziert. Das schwache und doch funkelnde Licht flimmerte auf glatten, unbehaarten Brustkörben, juwelenbesetzten Gürteln und reich bestickten Seidenhosen. Ihre starren Augen schienen Temudschin und seine Begleiter nicht zu bemerken, und doch war denen, als würden sie neiderfüllt beobachtet.

Schließlich ließen sie die Frauenstimmen hinter sich. Der Haushofmeister blieb angewidert vor einem hohen Bogen stehen und hielt den üppigen Seidenvorhang mit den goldenen Fransen beiseite. Temudschin und seine Begleiter fanden sich in einem erlesenen, kühlen Raum mit weißen Wänden, weißem Fußboden, seidenen Diwanen und chinesischen Tischchen. In regelmäßigen Abständen verdeckten rosafarbene Seidenwandbilder die Mauern, und der Boden war von leuchtenden kleinen Teppichen bedeckt. Die Bogengänge öffneten sich zum Garten, der grün in der Sonne funkelte. Reglos, mit vor der Brust verschränkten Armen warteten drei in Blau und Dunkelrot gekleidete Diener auf die Wünsche der Gäste.

Mit erleichtertem Ausruf riß Temudschin sich die Mütze vom Kopf und schleuderte sie auf einen Tisch. Aufseufzend lockerte er seinen Gürtel, warf sich ungestüm auf einen weichen Diwan und streckte die Beine mit den barbarischen Rentierstiefeln von sich. Chepe Noyon nahm auf einem anderen Diwan Platz und untersuchte den Inhalt einer Silberdose mit Süßigkeiten. Kasar setzte sich behutsam auf einen Berg von Kissen. Die Diener brachten emaillierte Schalen mit Obst, Fleisch und zartem weißen Brot herbei, ebenso Schüsseln mit Wasser und weiche, weiße Handtücher. In dem duftenden Wasser schwammen Rosenblätter. Weinkrüge aus Kristall und Silber wurden auf die Tische gestellt.

Temudschin setzte sich auf und kratzte sich den Kopf. Er badete die Hände und wischte sie an einem Handtuch trocken. Dabei schob er verächtlich die Lippen vor.

„Welcher Luxus!" rief er mit lauter, prahlerischer Stimme. „Kein Wunder, daß diese Städter solche Weichlinge sind."

Chepe Noyon zog die Augenbrauen hoch. Er wußte, daß Temudschin bloß die Dienerschaft mit den niedergeschlagenen Augen und den blassen, undurchsichtigen Mienen beeindrucken wollte. Die aber verrieten mit keinem Blick und keiner Gebärde, daß sie es auch waren. Nur ihre Nasenflügel bebten. Was Kasar anbelangte, so fühlte er sich elend. Finsteren Blickes maß er einen Diener, der ihm eine Schüssel mit Wasser anbot, und winkte ihn herrisch fort. Chepe Nyon aber wusch sich artig die Hände und nippte zimperlich am Weine. In seinem vergnügten Gesicht wurden immer wieder die Grübchen sichtbar.

„Ich bin für dieses Leben geschaffen", bemerkte er und hielt einem Diener den Kristallbecher zum Nachfüllen hin. „Ich hoffe aus ganzem Herzen, daß du imstande bist, auch uns ein solches Dasein zu bescheren, Herr."

Verächtlich brüllte Temudschin: „Nie habe ich mir etwas aus unmännlichem Luxus gemacht!" Chepe Noyon warf ihm einen fragenden Blick zu. Und dann erkannte er, daß Temudschin die Wahrheit gesprochen hatte, so sehr er auch von seiner Umgebung beeindruckt war.

Temudschin fuhr fort: „Nein, nie war mir daran gelegen und nie hat mich danach verlangt. Ich ziehe den Wind und die Wüste vor. Dort ist man weder an Körper noch Seele verschnitten. Aber ich verspreche dir, daß ich euch das alles verschaffe, wenn ihr es haben wollt." Er lachte. „Nur kann ich diesen Wunsch nicht verstehen."

Chepe Noyon betrachtete ihn gelassen. „Ich wünsche mir dieses Leben. Ich liege lieber auf einem weichen Diwan als auf der Erde und einem Pferdefell. Ich ziehe guten, gewürzten Wein dem

Kumyß vor. Mein Magen reagiert dankbar auf das süße weiche Brot an Stelle von getrockneter Hirse. Außerdem sehnt sich mein Leib nach Seide statt rauher Wolle. Ich kann mir auch vorstellen, daß mir eine duftende, gesalbte Frau lieber ist als unsere Wüstentöchter mit der rauhen Haut. Es heißt, die Städterinnen seien weniger zügellos in der Liebe, aber bedeutend raffinierter."

Temudschin zuckte die Schultern. „Wenn ich dich nicht so genau kennte, Chepe Noyon, würde ich sagen, du bist kein Soldat."

Chepe Noyon lachte. „Ein Mann muß kein geringerer Soldat sein, wenn er lieber Düfte als Gestank einatmet, Herr. Auch braucht er um nichts weniger geschickt zu töten verstehen, weil er sich nach dem Kampf an süßer Musik und den weichen Händen einer zierlichen Frau und dem Wohlstand eines seidenen Diwans erfreut."

Kasar brummte in seiner Unbeholfenheit wütend: „Mir ist der scharfe Wind, der Mond der Wüste und der Sattel jederzeit lieber."

Temudschin hatte begonnen, wie eine geschmeidige Raubkatze auf und ab zu laufen, jetzt hielt er neben seinem Bruder inne und schlug ihm die Hand kräftig auf die Schulter. „Du sprichst wie ein echter Soldat, Kasar, und nicht wie ein Wüstling wie unser Chepe Noyon!" Und er lachte schallend.

Dann legte er sich wieder auf einen Diwan, rekelte sich und aß herzhaft. Auf der hohen, weißen Zimmerdecke spiegelten sich die zitternden Schatten der Bäume im Garten wider. Die sanfte Brise trug die Musik und das leise, ferne Lachen der Frauen herbei. Geräuschlos bedienten die Sklaven die Gäste. Die gedämpften Geräusche des Treibens im Palast umgaben sie von allen Seiten wie das Brummen zufriedener Bienen.

Die Vorhänge teilten sich, ein Eunuch trat ein und verneigte sich tief. Er wandte sich an Temudschin, der schlürfend trank. „Herr Taliph, der Sohn des Khans, bittet um die Anwesenheit des edlen Herrn Temudschin, sobald er sich genügend erfrischt hat."

Temudschin setzte sich auf, wischte sich den Mund am Ärmel und winkte geringschätzig das Handtuch von sich, das einer der Diener ihm verzweifelt aufzudrängen versuchte. „Ha!" sagte er. Er stand auf, streckte sich und schnallte den gelockerten Gürtel fest. Mit beiden Handflächen glättete er sein feuerrotes Haar. Dann sah er Chepe Noyon an, der genußvoll auf seinem Diwan lümmelte, und lachte.

„Schlag dir den Bauch voll, Chepe Noyon, und schlaf. Und du auch, Kasar. Ich mache meine Aufwartung."

Diensteifrig und stirnrunzelnd rappelte Kasar sich auf. „Ich gehe mit dir, Herr, um dich zu beschützen. Diesen Städtern ist nicht zu trauen."

Temudschin aber schüttelte den Kopf. „Nein, du bleibst bei Chepe Noyon und bewachst ihn, damit er sich nicht an die Weiber heranmacht und damit die Gastfreundschaft des Khans verletzt. Nein, Kasar, keine Widerrede."

XV

Er folgte dem verächtlichen Eunuchen aus den Gemächern und ließ Kasar murmelnd und stirnrunzelnd zurück. Sie gingen durch gewundene Korridore und gelangten dann über eine ausladende weiße Treppe ins obere Geschoß. An einem Torbogen blieb der Eunuch stehen und hielt die Vorhänge beiseite.

Temudschin betrat ein elegantes und noch üppiger ausgestattetes Gemach, als das ihm zugewiesene. In dieser funkelnden Zimmerflucht türmten sich chinesische, persische und türkische Kunstschätze. Vasen, silberne Lampen, geschnitzte Tische, Statuen, bemalte Wandbehänge aus Seide, Teppiche, Diwane, Säulen, Truhen und silberne Spiegel bestürmten das Auge in verwirrender Vielfalt. Inmitten des Gemaches befand sich ein Brunnen, der in der Gestalt eines schmuckbesetzten grünen Drachens geformt war, aus dessen Maul parfümiertes Wasser sprühte. In dem marmorgefaßten Becken, in dem der Drache sich duckte, schwammen weiße Seerosen wie alabasterne Blumen mit goldenen Kelchen. Die Wände waren mit erlesenen persischen Kacheln ausgelegt, die in leuchtenden Farben zu kunstvollen Mustern aneinandergereiht waren. Auf einem Marmorsockel bäumte sich ein Bronzepferd eines alten persischen Künstlers, und auf anderen Sockeln standen die großartig gefärbten und glasierten Tonstatuen alter persischer Könige. Wenngleich der Ankömmling im ersten Augenblick den Eindruck einer Überladenheit an Farbe, Form und kunstvollem Muster, an Malerei, Kacheln, Vorhängen und Teppichen, an unübersichtlicher Anhäufung von Keramik, Bronze, Elfenbein und Silber gewann, war der Effekt in seiner dekadenten Überfeinerung doch bezaubernd. Es war, als bestünde das Gemach aus Edelsteinen, so leuchtend und funkelnd waren die vielen Farben, so anmutig die Schattierungen des Emails, so schimmernd Kacheln und Teppiche. Die Draperien am Ende des Raumes waren wie der Vorhang eines Theaters geschürzt, um die Farbtöne von Garten, Himmel und Teich einzulassen. Auf einem Hocker stand ein riesiger, lächelnder Buddha aus rosa Jade, von dessen Lippen sich langsam die Wolken verbrennenden Räucherwerks ringelten.

Unwillkürlich mußte Temudschin beim Ansturm so vieler lebhafter Farben blinzeln, die ihm von allen Seiten in die Augen funkelten. Dann erst sah er, daß zwei Leute auf einem breiten Seidendiwan ruhten und ihn erwarteten. Es war ein junger, ungemein eleganter Mann mit dunklem, langem, durchtriebenem Gesicht, und neben ihm rekelte sich eine verschleierte Dame. Temudschin erkannte sie auf der Stelle. Es war die herausfordernd lächelnde Dame aus der purpurroten Sänfte. Sofort vergaß er den Mann und richtete lächelnd seine Aufmerksamkeit auf die Frau, die bescheiden den Kopf senkte und ihren durchsichtigen Schleier fester vors Gesicht zog. Sie traf Anstalten, sich zu erheben und zu fliehen, aber der junge Mann legte ihr lässig die Hand auf die nackte weiße Schulter und sie verblieb an ihrem Platz. Er betrachtete Temudschin mit freundlicher Trägheit und wies auf einen in der Nähe stehenden Diwan.

„Ich grüße dich, Herr", sagte er mit leiser, wohlklingender Stimme und einer Spur von Spott. „Es ist mir ein besonderes Vergnügen, dich in der Hütte meines Vaters, des Khans, willkommen zu heißen, der dich bittet, ihn noch etwa eine Stunde zu entschuldigen. Er ist ein alter Mann und von einer langen Audienz, die er den Abgesandten des Kalifen von Bokhara gewähren mußte, übermüdet."

Temudschin nahm mit geschmeidiger, katzenhafter Bewegung Platz und starrte Taliph forschend an. Die beiden jungen Männer betrachteten einander schweigend und mit leisem Lächeln. Der eine ein eleganter, der Poesie verschriebener Städter, der andere der virile Wilde aus der Wüste. Temudschin dachte: er spricht wie ein Mann, aber er hat die Seele eines Weibes. Eine höchst gefährliche Mischung! Und Taliph dachte: Er hat die grünen Augen einer Schlange und den Körper eines persischen Königs. Aber, Allah! wie schrecklich stinkt er doch!

Sie mochten einander augenblicklich.

Temudschin sagte: „Ich hoffe aus ganzem Herzen, daß der Khan mich bald empfangen wird, denn ich dürste danach, meinen Pflegevater wiederzusehen."

Taliph entgegnete mit dem Bedauern des besorgten Sohnes: „Er gibt sich zu sehr für meine Mitmenschen aus."

Und dann grinsten sie einander übers ganze Gesicht an und jeder durchschaute den anderen.

Währenddessen hatte die Dame aus der purpurroten Sänfte Temudschin hoheitsvoll, aber lüstern angesehen. Ihre Wimpern bebten, als er ihr die Augen plötzlich zuwandte, und sie errötete wie unter einer begehrlichen körperlichen Berührung. Ihre rosigen Lippen jedoch, die kaum durch den Schleier zu sehen waren, öffneten sich und ihre weißen Zähne glitzerten flüchtig auf.

Taliph klatschte anmutig in die Hände und eine Sklavin trat mit einem silbernen Eimer kalten Wassers ein, in dem ein juwelenbesetzter Krug mit gewürztem Wein stand. Die beiden jungen Männer tranken bedächtig. Die Dame griff nach einem großen Fächer aus weißen Straußenfedern und begann, Taliph mit einer müden, geschmeidigen Bewegung ihrer geschmückten Hand Kühlung zuzuwinken. Zeitweise verbargen die Federn ihr Gesicht zum Teil und sie warf Temudschin, der sie wieder dreist anstarrte, einladende Blicke durch den Fächer zu.

Taliph stellte seinen Becher ab und lächelte seinem Gast freundlich zu.

„Ich habe viel von deiner Tapferkeit und Weisheit vernommen", sagte er. „Ich selbst bin nur ein Dichter und verstehe nichts von soldatischem Heldentum. Um so lieber höre ich davon. Du stehst im Rufe, ungemein scharfsinnig und ein Genie in allen Fragen der Organisation zu sein. Alle sprechen mit Begeisterung von deinen vielen Erfolgen. Kannst du mir sagen, wodurch du in so kurzer Frist so viel erreichen konntest?"

Temudschin grinste. Seine Augen nahmen die Farbe unschuldiger Türkise an.

„Ich gehe immer von der Voraussetzung aus, daß die Menschen dumm sind", antwortete er, und seine kräftige, tragende Stimme bildete einen scharfen Gegensatz zu Taliphs melodischen Tönen.

Taliph war belustigt. Er betrachtete Temudschin mit ehrerbietiger Bewunderung, die zum Teil gespielt war.

„Aber begegnen dir nicht ab und zu Menschen, die nicht dumm sind?"

„Ja. Doch diese Männer sind Führer, und deshalb arbeite ich mit ihnen und nicht gegen sie. Das heißt, wenn es meinen Interessen dient. Aber ich vergesse niemals, daß die Menschen dumm sind und der Unterschied nur in Graden besteht. Bisher mußte ich meine Ansicht nicht berichtigen und habe auch keinen Schaden durch eine falsche Beurteilung erlitten."

Taliph seufzte leise. „Ich würde dir gerne widersprechen, aber die Erfahrung lehrt mich, daß du nur zu recht hast. Mein Vater ist manchmal nicht so einsichtsvoll. Ab und zu begeht er den Fehler, bei seinem Gegner genauso viel Intelligenz zu vermuten wie bei sich selbst."

Jetzt sah er Temudschin offen und spöttisch in die Augen. Der begann zu lächeln und dann lautlos zu lachen, daß seine Zähne im bunten Licht des weitläufigen Gemachs blitzten. Und dann verzog Taliphs langes Gesicht sich ebenfalls zum Lächeln und er biß sich in dem vergeblichen Versuch auf die Lippen, dieses Lachen zu unterdrücken. Sie starrten einander in die Augen und lachten plötzlich lauthals und hemmungslos auf. Wieder hatten sie einander durchschaut.

Sie tranken einen zweiten Becher Wein. Taliph schüttelte den Kopf, als wollte er während des Trinkens respektlos widersprechen.

Seine Stimme klang offen, ungekünstelt und freundlich, als er fragte:

„Männer deines Schlages verzehren sich immer in irgendeinem leidenschaftlichen Wunsch. Was wünschest du dir?"

Temudschins Miene drückte jugendliche Harmlosigkeit aus. „Ich? Ich liebe nichts als Ordnung und Friedfertigkeit, Herr. Ich bin der Diener und der Sohn deines Vaters. Ich lebe nur für den Zweck, Männern wie ihm zu dienen."

Taliph schürzte die Lippen und schüttelte den Kopf mit bedauerndem Lächeln.

„Ah! Und ich dachte, wir verstünden einander. Ich dachte, du könntest offen mit mir sprechen."

Aber Temudschin neigte nur lächelnd den Kopf und seine Augen wurden schmal. Endlich sagte er: „Ich bin nur ein Soldat, Herr. Und Soldaten sind unheilbar ergeben und dumm."

Taliph war entzückt. Bei seinen Freunden fand er nur dekadente Intelligenz und vorgetäuschte sarkastische Welterfahrenheit und Illusionslosigkeit. In Temudschin hatte er einen Intellekt entdeckt, wie er ihm bisher noch nie untergekommen war. Sein trockener Spott war nicht gespielt, sondern wurzelte in einem Erfassen der Realität, und war ungemein erfrischend.

„Ah, ihr Soldaten! Eure Ergebenheit für jene, die — euch anheuern, ist bemerkenswert. Ihr dient euren Gebietern mit einer Treue, die aussieht, als käme sie aus dem Herzen und nicht aus dem Geldsack."

Temudschin schnitt eine belustigte Grimasse. „Du sprichst, als sei die Treue des Söldners zu seinem Herrn etwas Ehrenrühriges. Ich finde das nicht. Vielmehr erblicke ich darin den Beweis der Überlegenheit der Soldaten gegenüber anderen Menschen. Treue aus Liebe oder Idealismus ist töricht, weil sie auf irrealen Werten fußt. Geld jedoch ist und bleibt eine unerschütterliche Realität, der Fels, auf dem ein Mensch in der Gewißheit sein Haus errichten kann, daß niemand es zu stürmen imstande ist."

Taliph schnalzte sardonisch mit der Zunge. „Was bist du doch für ein Realist, Temudschin! Und du glaubst wahrhaftig an die ungeheure Überlegenheit der Söldner?"

Temudschin lächelte nicht länger. Er betrachtete Taliph mit unverhüllter Verachtung. „Ja. Seht, Herr: ich habe oft genug behauptet, daß die Menschen unfähig sind, selbständig zu denken. Das Glück, das sie empfinden, ist nichts weiter als die Zufriedenheit eines Tieres, das sich guter Nahrung und gesunder Verdauung erfreut. Sein Haß ist kurz und heftig, es steckt voll dumpfer Wildheit und lechzt nach Kampf. Das Leben hat den Menschen dazu geschaffen, nichts weiter als ein militärisches Werkzeug zu sein, und ist er das erst geworden, dann ist er restlos glücklich, denn nur er hat die Möglichkeit, all seinen angeborenen Wünschen nachzukommen. Durch den Einklang mit seinem Naturell wird er zum hervorragenden Werkzeug in der Hand seines Gebieters. So erreicht er die Vollkommenheit und ist jenen Menschen überlegen, die in den unnatürlichen Lebensformen schmachten, die sie sich in ihrer Kurzsichtigkeit selbst auferlegt haben."

Taliph lauschte ihm aufmerksam. Dieser Barbar, dachte er, drückte sich wie ein Dichter oder ein Philosoph aus! Er lächelte nicht, als er Temudschins Worte überdachte. Ihm fiel ein, daß sein Vater gesagt hatte, Temudschin sei Analphabet, und doch sprach er wie ein überaus gebildeter Mensch. Wahrlich, die Wüste war eine gewaltige Schule!

Er wölbte seine schmale Hand wie eine dunkle Vogelschwinge über seinem Mund, um seine erstaunten Überlegungen zu verbergen. Über den Handrücken hinweg betrachtete er Temudschin grübelnd und leicht aus der Ruhe gebracht. Die schwankenden Wedel des Straußenfächers tauchten sein vornehmes Gesicht abwechselnd in Licht und Schatten. Der Brunnen plätscherte murmelnd in der warmen Stille. Die schwarzen Augen der Dame leuchteten Temudschin mit hingerissener Lüsternheit und Bewunderung an.

Endlich ließ Taliph die schützende Hand sinken und ein Lächeln neutralisierte seine Gedanken. „Du bringst deinen Mitmenschen wenig Liebe entgegen, Herr! Nicht, daß ich dich dafür tadle. Und doch ermahnen die Philosophen uns trotz aller Bitterkeit ihrer Worte eindringlich dazu, Gnade und Barmherzigkeit walten zu lassen. Ich fürchte, du bist kein Philosoph. Aber sicherlich glaubst du doch auch an etwas?"

„An mich selbst." Temudschins Stimme klang ruhig und kraftvoll. Taliph zog spöttisch eine Augenbraue hoch. Aber Temudschins Stimme war frei von Hochmut und Selbstgefälligkeit gewesen. Er benahm sich, als hätte er eine schlichte, selbstverständliche Wahrheit offen ausgesprochen. „Argumente und Weltanschauung sind schwache Binsen in einem Kampf. Das Schwert stellt keine Fragen und beantwortet keine. Alle Menschen verstehen das Schwert, aber ihre Ohren sind jene der Esel, die Worten gegenüber taub sind."

Taliph seufzte, hob die Hände und ließ sie anmutig in der Geste ironischer Zwecklosigkeit sinken. „Ich fürchte, dann mußt du mich verachten, Temudschin. Ich glaube nämlich an das Wort. Ich glaube, daß es eines Tages das Schwert besiegen wird. Ich glaube an Sanftmut und Philosophie. Ich glaube an die Schönheit."

Er brach ab, denn Temudschin war in schallendes Gelächter ausgebrochen und hieb sich in überquellender Heiterkeit auf die Schenkel. „Mich hast du beschuldigt, meine Mitmenschen zu hassen, Herr!" ächzte er. „Du mußt dir diesen Vorwurf schon selbst machen!"

Taliph erbleichte. In frostiger Beleidigung zog er die Lippe hoch. Dann aber wurde er plötzlich tiefrot, weil er in seinem Innersten immer aufrichtig zu sich selbst war. Er begann zu lächeln. Schließlich lachte er laut heraus. Seine Augen glitzerten und sein schlanker Körper erbebte unter dem mächtigen Gelächter, das sich gegen ihn selbst richtete. Und die Dame lachte mit, daß es wie silberne Glöckchen klang, obwohl sie nichts begriffen hatte.

Schließlich sagte Taliph völlig erschöpft: „Ich fürchte, ich bin dir nicht gewachsen, Temudschin." Seine Stimme klang unbeschwert und munter. „Du bist entwaffnend schlau. Außerdem habe ich dich im Verdacht, ein Poet zu sein, wie sehr du dich auch dagegen verwahren magst."

Temudschin schmeichelte die Anerkennung dieses gebildeten Städters und er war bereit, sich liebenswürdig zu zeigen. „Nein, ich bin kein Dichter, Herr. Aber ich liebe die Dichtung. Würdest du mir die Ehre erweisen, mir eines deiner Gedichte zu rezitieren?"

Nun war es an Taliph, geschmeichelt zu sein. Er hatte den ganzen Vormittag damit verbracht, ein Gedicht zu schreiben, das nur leise an Omar Khayyam erinnerte. Jetzt streckte er seine lange beringte Hand aus und nahm vom Tisch neben ihm ein zusammengerolltes Manuskript.

„Es ist bloß ein Fragment in der Art der Rubaiyat, Temudschin", sagte er mit geringschätzigem Seufzen. „Der Ausdruck der

344

Langeweile, Müdigkeit und Resignation. Es ist mir höchst unangenehm, dich damit zu belasten, aber du hast einen unverbildeten Geschmack und kannst mir vielleicht sagen, was daran nicht gut ist."

Die Dame wußte, was von ihr erwartet wurde. Deshalb hob sie ein kleines Saiteninstrument vom Tisch und ließ ihre weißen Finger zart darüber gleiten. Dadurch entstand ein sehnsüchtiger, wehmütig tremulierender Klang, der gleich einem Seufzen in der warmen, parfümierten Luft zu erzittern schien. Taliph lehnte sich in seine Kissen zurück und begann, leise und gefühlvoll zu rezitieren:

> O labt mit dem Wein mich des versickernden Lebens,
> wascht damit mein Fleisch, dem die Seele entschwebt,
> und legt mich, bekränzt mit atmenden Reben
> in den Schatten, der sich vom Berge erhebt.
>
> Weh mir! Die Götter, die so lang ich verehrt,
> keltern meine Seele in güldnem Pokal.
> Sie haben sich von mir abgekehrt,
> nun schmeckt meine Weisheit der Menge schal.

Die Akkorde verhauchten in wehmütiger Stille. Taliphs Stimme senkte sich voll melodischer Bekümmerung. Es dauerte lange, ehe er den Blick zu Temudschin erhob, um sein Urteil zu erwarten. Betroffen und ärgerlich entdeckte er, daß Temudschin ganz unverhohlen grinste. Dann flammte seine Empörung zu eiskalter Wut auf, als Temudschin in schamlosem Spott zu applaudieren begann.

„Ich habe diese Verse schon immer geliebt!" rief er aus. „Allerdings will mir scheinen, daß sie etwas anders lauten. Soll ich sie für dich wiederholen, Herr?"

Taliphs Gesicht wurde bläulichweiß wie Kumyß. Seine Lippen wurden bleifarben.

Unverändert grinsend nickte Temudschin der Dame zu, die herzhafter und munterer in die Saiten griff. Kerzengerade saß der junge Mongole da und begann:

Speist mich mit der Traube des erlöschenden Lebens,
netzt damit den Toten, den die Pulse fliehn,
und legt mich im Kranze üppiger Reben
in freundlichen Hain, durch den Menschen ziehn.

Fürwahr, Ideale, die so lang ich verehrt,
sie zerrten den Ruhm mir in seichtes Gefild,
haben mir Achtung und Ansehn zerstört.
Nun bin ich den Menschen ein Spottgebild.

Taliph war überrascht. Die Unterlippe sank ihm herab, was ihm einen unintelligenten Ausdruck verlieh. Er war alt genug, um nicht so leicht aus der Fassung zu geraten, aber jetzt war er wirklich verdutzt. Er vermeinte zu träumen. Es konnte einfach nicht wahr sein, daß dieser des Lesens unkundige Wilde tatsächlich die Verse des ungemein sublimen und dekadenten persischen Dichters Omar Khayyam rezitierte. Dieser Barbar in seinem groben Wollmantel, den Rentierstiefeln, mit dem braungebrannten Gesicht und den smaragdgrünen Augen, seinem blendenden Raubtiergebiß, seiner Ausdünstung und der animalischen Männlichkeit! Das war ein verrückter Alptraum, aus dem er nach Luft ringend und lachend erwachen mußte. Er konnte Temudschin nur aus hervorquellenden Augen anstarren. Seine kostbare Aufmachung wirkte leicht lächerlich, seine feinen, weißen Hände lagen schlaff neben ihm.

Temudschin genoß seinen Triumph ganz offensichtlich. Er blinzelte der Dame spöttisch zu und sie erwiderte sein Zwinkern unverzüglich und entzückt.

Taliph murmelte erstickt und zwang sich, zu lächeln. Temudschin grinste ihn ohne Bosheit an.

„Du mußt wissen, Herr", sagte er in einem Ton, der Taliph unerträglich war, „daß mein Onkel Kurelen in der Dichtkunst und Philosophie bestens bewandert ist und einen unerschöpflichen Vorrat an Versen hat, die er immer wieder rezitiert. Omar Khayyam zählt zu seinen ganz speziellen Lieblingen. Ich habe ihn oft die ganze Rubaiyat zitieren hören und kenne sie beinahe auswendig. Aber ich beglückwünsche dich: man muß schon ein sehr geschultes Ohr haben, um sie in deinen Versen zu entdecken. Und ich muß gestehen, du hast das Original noch verbessert."

Diese letzte Bemerkung fand Taliph am unverzeihlichsten. Innerlich schäumte er. Seine bemalten Nägel preßten sich in seine weichen Handflächen. Sein Lächeln glich dem eines giftigen Reptils. Kein anderer hätte gewagt, ihn derart zu beleidigen. Dann zwang er sich aber schließlich doch, dünn und schnarrend aufzulachen.

„Ich fürchte, ich bin dir nicht gewachsen, Temudschin!" rief er aus und tat, als wischte er sich die Lachtränen aus den Augen. Blinzelnd sah er ihn an. „Und ich fürchte auch, daß ich dich unterschätzt habe. Nimm meine Entschuldigung entgegen."

Temudschin lachte leise, aber Spott und Belustigung, die zuvor aus seinen Augen gefunkelt hatten, waren erloschen. Mittlerweile hatte er begriffen, daß er sich einen Todfeind geschaffen hatte, der vor nichts zurückschrecken würde, um ihn zu vernichten.

Anfangs war er betroffen. Er schalt sich einen Narren, der schon längst gelernt haben sollte, daß nur die Dummen sich unnötig Feinde machen, oder Mächtige, die über jede Gefahr erhaben sind. Ein weiser Mann jedoch, hatte Kurelen ihm oft auseinandergesetzt, bemüht sich, Freunde zu gewinnen, und sei es nur, um sie zu einem späteren Zeitpunkt um so schamloser zu verraten. Hier hatte er sich eine überflüssige Feindschaft eingebrockt, wo er eine Freundschaft hätte gestalten können, aus der ihm kein großer Widerstand erwachsen wäre. Dann aber erfaßte ihn die Verachtung. Vor einem ehrlichen Feind hätte ich zumindest Respekt, dachte er. Was habe ich aber von diesem verweichlichten Städter zu fürchten, dessen Hals ich mit der gleichen Leichtigkeit umdrehen könnte wie den eines Lammes?

Sein breitflächiges Gesicht wurde hochmütig und kalt.

Bald darauf verabschiedete er sich unvermittelt, ohne seinen Gastgeber um Erlaubnis zu bitten. Wieder drückte Taliph seine Freude über die Anwesenheit Temudschins im Palast aus und versprach, daß sie sich noch oft und ausführlich miteinander unterhalten würden. Aber die Stimmung der letzten Augenblicke ihres Beisammenseins war vergiftet, und Taliph war noch immer blaß ob seiner erlittenen Demütigung.

Kaum hatte Temudschin sich entfernt, da begab Taliph sich zu seinem Vater, der eben von seinem Nachmittagsschlummer erwacht war.

„Mein Vater", sagte Taliph mit dem Ausdruck aufrichtigen Bedauerns, „ich habe mit deinem barbarischen Vasallen gesprochen. Im Augenblick habe ich dir nur dieses zu sagen: er ist eine gefährliche Bestie und muß sterben. Aber nicht sofort. Wir müssen die geeignete Stunde abwarten."

XVI

Chepe Noyon erkannte auf den ersten Blick, daß sein Herr bedrückt war, denn er runzelte die Stirn und antwortete schroff auf alle Fragen.

„Ich habe einen Narren aus mir gemacht", sagte er nach geraumer Zeit zu Chepe Noyon. Und dann erzählte er ihm, was sich zwischen ihm und Taliph zugetragen hatte. Chepe Noyon hörte mit spöttischer Miene und halbem Lächeln zu. Kasar, dem in seiner Einfalt jede Durchtriebenheit zu hoch war, erfaßte nur, daß Taliph seinen angebeteten Bruder verärgert hatte und rief aus, daß er auf der Stelle hingehen und dem blutleeren Jüngling Manieren beibringen wollte. Dieses Säbelrasseln stellte Temudschins gute Laune wieder her und er hänselte Kasar, bis der arme Bursche überhaupt nichts mehr begriff und den Tränen nahe war.

„Aber im Ernst, Herr", sagte Chepe Noyon, der sich bei Temudschin größere Freiheiten erlauben durfte als alle anderen, weil er ihn besser verstand, „du warst höchst undiplomatisch." Er hüstelte verlegen. „Ich gestehe, daß ich nicht weiß, was uns hierher geführt hat, aber was immer du planst, ist durch dein Verlangen, Taliph lächerlich zu machen, gefährdet worden. Kurelen hat uns einmal gesagt, daß man einen Menschen berauben, betrügen, ihm jede Schlechtigkeit antun und trotzdem irgendwann einmal sein Verzeihen und vielleicht sogar seine Freundschaft erringen kann. Aber wenn man ihn demütigt und verlacht, vergibt er nie und bleibt für alle Zeiten unversöhnlich."

Temudschin runzelte die Stirn. Plötzlich fiel ihm ein, daß Taliph der Bruder Azaras und der Sohn Ung Khans war. Er hatte seinen Plänen bestimmt keinen guten Dienst erwiesen. Seine Wut über sein ungeschicktes Benehmen steigerte sich, aber er rief:

„Ich konnte der Versuchung einfach nicht widerstehen! Aber was habe ich von einem Mann zu fürchten, der schlechte Gedichte schreibt, die er obendrein noch stiehlt?"

Chepe Noyon zuckte die Achseln. „Hätte er gute und nicht gestohlene Gedichte verfaßt und du hättest ihn verspottet, dann hätte er dir verziehen, denn er hätte in dir nichts weiter als einen unbelesenen Barbaren gesehen und nicht mehr von dir erwartet. Deshalb hast du sehr viel von ihm zu fürchten."

„Oh, du bist ein altes Weib!" sagte Temudschin verächtlich. Chepe Noyon war nicht gekränkt. Er zuckte nur nochmals die Schultern, gähnte, lehnte sich auf seine Kissen zurück und schloß selig die Augen. Temudschin sah ihn wütend an, begann rastlos auf und ab zu laufen und leise vor sich hin zu fluchen. Kasar beobachtete ihn aus demütigen, diensteifrigen Augen. Er war bereit, zum Schutze seines Bruders den Kampf mit dem ganzen Palast aufzunehmen.

Ein Eunuch trat ein und verkündete, daß der mächtige Ung Khan seinen edlen Pflegesohn bitten ließ, am gemeinsamen Abendessen teilzunehmen. Über dem Arm des hochnäsigen Eunuchen hing ein Gewand aus weicher, weißer Seide, ein Gürtel aus getriebenem Silber, eine Halskette und Armreifen aus schwerem Silber mit Türkisen und Sandalen aus feinstem Leder. Dieses Gewand, bemerkte er mit hoher, weibischer Stimme, hätte der Khan persönlich für seinen Gast ausgewählt. Während Temudschin unter schnaufendem Gelächter die kostbaren Gewänder musterte und schwor, er würde sie niemals tragen, kamen Diener ins Gemach und teilten ihm mit, daß sein Bad vorbereitet sei.

„Offenbar sagt ihnen unser Geruch nicht zu", bemerkte Chepe Noyon, betastete neiderfüllt die Seide und klirrte mit der Halskette und den Armreifen.

„Nie ziehe ich das an!" wiederholte Temudschin. Und dann biß er sich auf die Lippen. Eine Ahnung verriet ihm, daß Azara am Mahl teilnehmen würde, wenn auch der Glaube der Moslems die Anwesenheit von Frauen verbot. Mit plötzlich erwachtem Interesse sah er sich das Gewand an und schleuderte es verächtlich von sich. „Vielleicht allerdings wäre es unhöflich, wenn ich die Geschenke meines Pflegevaters zurückweise."

„Sollen wir dich nicht begleiten, Herr?" fragte Kasar bestürzt.

Hoheitsvoll sagte der Eunuche: „Die Einladung gilt nur für den hohen Herrn Temudschin."

Temudschin folgte seinem Diener ins Badezimmer nach. Dieser Raum bestand aus schmucklosem Marmor, in den ein Becken mit warmem, parfümiertem Wasser eingelassen war. Temudschin warf seinen braunen Mantel und die derbe Wäsche aus Wolle ab, zerrte sich die Stiefel von den Beinen und weigerte sich, die Hilfe der Bediensteten anzunehmen. Nackt stand er vor ihnen und sie waren von seiner milchweißen Haut betroffen, die vor der Sonne der Wüste geschützt gewesen war. Als heidnische Verehrer körperlicher Vollkommenheit standen sie in erstauntem Schweigen und glotzten seinen schlanken, schönen Körper an, der hart wie eine Statue war. Seine Muskeln spannten sich in seidigem Glanz. Nur Kehle, Gesicht und Arme waren braungebrannt. Er löste sich den Zopf und das Haar hing ihm glänzend wie rohes Gold auf die Schultern. Er war anzusehen wie ein junger Gott. Mit einem Satz sprang er ins Wasser und planschte ungestüm, denn er war sich der Bewunderung der Sklaven sehr wohl bewußt, wenn er auch tat, als bemerkte er sie gar nicht. Als er aus dem Becken trat und die Wassertropfen glitzernd wie Quecksilber an seiner Haut perlten, rieben sie ihn mit weichen Leinentüchern trocken und salbten ihn mit duftenden Ölen und brachten ihm sein neues Gewand.

Ehe sie ihn jedoch ankleideten, schabten sie ihm die roten Bartstoppeln an Wangen und Kinn ab. Erfrischt und mit glatter Haut ging er aus ihrer Behandlung hervor. Sie kämmten und bürsteten sein Haar, bis es glänzte, und schlugen ihm vor, es nicht wieder zu flechten. Das hielt er zwar für unmännlich, aber sie beteuerten ihm, daß die vornehmsten Herren aus Bokhara, Bagdad und Samarkand es offen trugen, und so ließ er sich rasch überreden. Er blickte in den Silberspiegel, der ihm vors Gesicht gehalten wurde, und gestand sich ein, daß seine wallenden Locken ihm eine gewisse Unwiderstehlichkeit verliehen.

Er stelzte ein wenig großspurig vor Chepe Noyon und Kasar hin und die starrten ihn ungläubig und mit offenem Mund an. Die weiche Seidenrobe schmiegte sich zärtlich an seinen Körper. Um seine schmale Mitte wand sich der türkisbesetzte Silbergürtel. An seinem braunen Hals hing die schwere Kette und die schimmernden Reifen prangten an seinen nackten, braunen Armen. Unter seinem Gewand lugten die Sandalen hervor. Sein rotes Haar ringelte sich kunstvoll auf seinen Schultern und schimmerte wie die untergehende Sonne. Außerdem wandelte er in einer Wolke von Wohlgeruch.

Endlich fand Kasar seine Stimme wieder und er jammerte: „Sie haben ein Weib aus meinem Herrn gemacht!"

Chepe Noyon jedoch umkreiste den errötenden jungen Mann ehrerbietig und bewunderte ihn von allen Seiten. „Das hätte ich nicht für möglich gehalten!" murmelte er tief beeindruckt und zog hörbar schnüffelnd die Luft ein. „Rosen aus einem taufeuchten Garten! Ah, ich bin für dieses Leben!"

Temudschin kam sich lächerlich vor und blickte drohend um sich. Aber das war nicht ernst gemeint. Er war ungemein stolz auf sich und mußte ständig daran denken, daß ihm jetzt keine Frau mehr widerstehen konnte. Seine Finger glitten über die eingelegten Türkise seines Gürtels und er lächelte.

„Du wirst jeden Edelmann in den Schatten stellen!" rief Chepe Noyon aus. „Aber bestimmt wird der Khan keiner seiner Frauen gestatten, dich zu sehen!"

Temudschin plusterte sich selbstsicher auf, während Kasar ihn aus großen, verzweifelten Augen stumm anstarrte. Er war überzeugt, daß sein Herr verloren war. Temudschin fand das sehr erheiternd. Er machte eine eindeutige obszöne Geste.

„Keine Angst, Kasar. Ich versichere dir, daß ich nach wie vor ein Mann bin."

Chepe Noyon wieherte brüllend. Selbst die Diener lächelten. Kasar jedoch hob dreist den Saum von Temudschins Robe hoch, und als er die nackten Beine sah, begann er so herzzerreißend zu jammern, daß Temudschin sich auf einen Diwan warf und sich vor Lachen nicht mehr halten konnte, bis er und Chepe Noyon kreischend und prustend zu Boden rollten.

Temudschin lachte noch, als er hinter dem Eunuchen durch die gewundenen Gänge in die Gemächer Ung Khans ging. Die wachehabenden Eunuchen im Gang bewunderten ihn mit ihren Blicken, mißbilligten aber seine ungezwungene Heiterkeit mit strengen Mienen. Sein Führer schob schwere Seidenvorhänge zur Seite und er trat in das hohe, weiße Gemach seines Pflegevaters ein.

Nach Sonnenuntergang war der Abend rasch kalt geworden. Rauchende Kohlenbecken standen in jeder der vier Ecken des Raumes. Die Lampen aus Kristall und Silber waren angezündet worden und schimmerten auf vielen Tischen. Besonders niedrige Diwane waren halbkreisförmig in die Mitte des Zimmers geschoben worden und darauf saßen Ung Khan, Taliph samt Lieblingsfrau, der Dame aus der purpurroten Sänfte, und Azara sowie ein alter Mann, der mit einer einfachen weißen und rosafarbenen Robe bekleidet war. Vor ihnen standen niedrige Tische mit blütenweißen Tischdecken und persischen Porzellantellern, chinesischen Silberschüsseln, goldenen Bechern und Schalen voll ausgesuchten Früchten, wie Datteln, Feigen, Birnen und Äpfeln.

Der rote Vorhang rauschte hinter Temudschin nieder und er stand wie eine weiße Statue und ernst geworden vor ihnen. Sein Blick hatte rasch alle umfangen. Jetzt aber sah er einzig Azara, die keinen Schleier trug und in Silber gekleidet war. Er bemerkte sofort, daß ihr Antlitz weiß und kalt und dünn wie Marmor war und unter ihren Augen violette Schatten lagen. Sie war die einzige, die ihn nicht ansah, sondern den Kopf leicht abgewandt hatte.

Ung Khan musterte Temudschin in lächelnder Überraschung. „Ah! Mein Sohn, willkommen im Hause deines Vaters!" Er streckte ihm die klauenartige Hand entgegen. Temudschin trat vor, ergriff die Hand, kniete nieder und berührte die Füße des Khans mit der Stirn.

„Ich hätte dich nicht wieder gekannt", sagte Ung Khan bewundernd. „Wie sehr weiße Seide und Parfums einen Mann doch verändern können. Steh auf, daß mein Blick sich an dir laben kann."

Temudschin erhob sich. Und jetzt hob Azara langsam den Kopf und sah ihn an und er sah sie an. Sie lächelte nicht. Ihre schwarzen Augen weiteten sich. Ihre Lippen waren blaß, frostig und trocken wie ein Blatt. Sie betrachteten einander hingerissen und kummervoll, als trennte sie eine ungeheure Entfernung. Temudschin dachte bei sich: Nie wurde mir bewußt, wie sehr ich sie liebe! In der ganzen Welt gibt es keine andere für mich. Aber welcher Kummer hat ihre Augen so verdunkelt und ihre Lippen erbleichen lassen?

Ung Khan deutete auf einen Platz an seiner Seite und Temudschin setzte sich. Jetzt erst widmete er sich auch den anderen Anwesenden. Taliph war ein Bildnis gezierter persischer Eleganz. Er trug einen kurzen, bestickten Rock aus roter Seide, der knapp paßte, einen hohen Kragen hatte und mit Juwelen besetzt war und ihm nur bis ans Knie reichte. Unter diesem Rock ragten elegante Hosen aus blaßgelber Seide hervor, die in schmalen roten Lederstiefeln endeten. Auf seinem Kopf ruhte ein hoher geschlungener Turban aus gelber Seide, in dem eine weiße Feder steckte. Das funkelnde Licht der vielen Ringe an seinen Fingern blendete den Betrachter. Unter dem Turban, der ihm ausgezeichnet paßte, war sein dunkles, schlankes Gesicht verschlagener und empfindsamer als je zuvor. Er lächelte Temudschin in heiterer Kameradschaftlichkeit zu und hob in schweigendem Toast den Becher vor ihm hoch.

Neben ihm saß seine Dame. Mit Rücksicht auf sein Gewand war auch sie in gelbe Seide gekleidet und trug einen losen roten Schal über dem Haar. Sie war unverschleiert und ihr kleines, weißes Gesicht mit den vollen, schmollenden Lippen und den dunklen Augen war ungemein reizvoll. Sie bedachte Temudschin mit einem koketten, dreisten Lächeln und warf den Kopf zurück. Er erwiderte ihr Lächeln, da sie ein köstliches Geheimnis teilten, das sie unter günstigeren und intimeren Voraussetzungen erörtern wollten.

Kahlköpfig, klein und abgezehrt, war Ung Khan in Blau und Weiß gekleidet und hatte einen weißen Turban um den Kopf gebunden. Sein altes, verschrumpftes Gesicht lächelte leutselig, seine Augen strahlten Temudschin in väterlicher Zärtlichkeit an und seine Stimme klang süß. Und doch war er dem jungen Mann nie bösartiger erschienen.

Dann fesselte der alte Mann in der weißen und rosafarbenen Robe Temudschins Aufmerksamkeit, und er gestand sich verblüfft, daß er nie zuvor ein so schönes und sanftes Gesicht gesehen hatte, das trotz seiner Falten und Müdigkeit von Güte erfüllt war. Die Haut war gelb wie uraltes Elfenbein und der nackte Schädel völlig kahl. Die Augen jedoch schienen von innen her zu leuchten und waren milde, friedlich, voll Weisheit und grenzenlosem Verstehen. Der Mann war offensichtlich Chinese, denn er benahm sich ungemein still und war von unerschütterlicher Ruhe. Er wirkte wie eine Buddhastatue aus Elfenbein, die in nachsichtigem Schweigen Jahrhunderte an sich vorbeiziehen hatte sehen. Er trug keinerlei Schmuck. Rechts von ihm saß Azara.

Ung Khan wandte sich an ihn und sagte: „Das ist einer meiner meistversprechenden Vasallen, Herr, ein junger Mann von Entschlossenheit und Tapferkeit. Er ist es, der unsere Karawanenwege durch das von ihm eroberte Gebiet sicher gemacht hat. Ich schulde ihm viel."

Liebevoll legte er Temudschin die Hand auf die Schulter und sagte mit ehrerbietiger Stimme:

„Mein Sohn, dies ist ein Prinz aus Kathai, dessen Sohn ich nur im Glauben bin. Er ist Chin T'ian, der Bruder des Chin Kaisers und der nestorianische Bischof von Kathai. Es ist eine unaussprechlich große Ehre für mich, daß er an meiner armseligen Gastfreundschaft teilnimmt, während ich das Wohlergehen meiner christlichen Untertanen mit ihm bespreche. Er ist auch einer meiner vornehmsten Ehrengäste bei der Vermählung meiner Tochter."

Respektvoll neigte er den Kopf bis auf die Brust. Der Bischof lächelte Temudschin gütig an, und das Lächeln schien wie Lichtstrahlen über sein gelbes Gesicht zu laufen. Aber er sagte nichts. Temudschin starrte ihn unverhohlen an und sein Herz pochte schneller wie in merkwürdiger Gefühlserregung. Da er diese Erregung nicht zu deuten wußte, konnte er nicht entscheiden, ob er verärgert oder erfreut war.

Nach einigen Minuten wurde er sich verlegen seines unverwandten Starrens bewußt und wandte den Blick ab. Dabei wurde sein Auge von einem plötzlichen Lichtstrahl geblendet. Streng und großartig hing an einer sonst leeren Wand das mit Edelsteinen besetzte goldene Kreuz, das er in Ung Khans Zelt gesehen hatte. Darunter stand ein Tisch mit einer großen Lampe, die aussah wie ein Mond. Diese Beleuchtung wirkte irgendwie prahlerisch und

Temudschin betrachtete sie verständnislos. Halbmonde und Sterne waren verdächtigerweise nirgends im Raum zu sehen.

Er sagte: „In meinem Volk befinden sich viele Christen."

Der Bischof antwortete mit einer Stimme, die sanft und leise wie Musik war. „Und du mengst dich nicht in ihren Glauben ein, mein Sohn?"

Temudschin runzelte die Stirn. „Weshalb sollte ich?" fragte er. „Ich verlange von keinem Menschen mehr, als daß er in erster Linie und vor allen anderen Menschen und Göttern mir dient."

Das Gesicht des Bischofs veränderte sich unmerklich und umwölkte sich ein wenig. Seine ernsten, liebevollen Augen hefteten sich auf Temudschins Gesicht.

„Der Mensch muß in erster Linie Gott dienen, und wenn er es aus gläubigem, ehrlichem Herzen tut, wird er ganz von selbst zum verläßlichen Diener seiner Mitmenschen."

Das fand Temudschin reichlich dunkel. Während er diese Antwort noch überlegte, sprach der Bischof neuerlich:

„Befindet sich in deinem Volk auch ein christlicher Priester?"

„Nein, ich glaube nicht. Meine Christen sind nicht besonders fromm. Sie nehmen an den Opfern teil, obwohl man mir gesagt hat, daß sie in ihren Augen ein Greuel sind. Falls das zutrifft, verbergen sie ihren Widerwillen äußerst geschickt." Er lachte und Taliph und seine Dame stimmten mit ein. Ung Khan aber spielte den Ernsten und schürzte die Lippen. Azara jedoch, die niemanden außer Temudschin zu sehen vermochte, schien seine Worte gar nicht vernommen, sondern einzig seine Stimme gehört zu haben.

Temudschin fiel plötzlich ein, daß dieser Bischof ein vornehmer Prinz aus einem vornehmen Haus in einem großen Reich war und hörte zu lachen auf. Großes Erstaunen bemächtigte sich seiner. Es wunderte ihn, daß ein solcher Mann so bescheiden und still zwischen Menschen wie Ung Khan, Taliph, ihm und den beiden Frauen saß. Schon regten sich Zweifel in ihm, ob der Bischof auch wahrhaftig ein Prinz sei. Er faßte ihn scharf ins Auge. Der Bischof war der einzige der Männer, der nicht lächelte. Er schien bedrückenden Gedanken nachzuhängen, sagte aber nichts.

In seiner Verwirrung bedeutete es eine Erleichterung für Temudschin, sich wieder ganz auf Azara zu konzentrieren. Und wieder sahen sie einander lange und bedeutungsvoll über einen Raum an, der so unendlich wie die Ewigkeit und doch nicht weiter entfernt als das nahe Pochen ihrer Herzen war. Azaras blasses Gesicht wurde noch weißer. Ihre Lippen öffneten sich wie in kindlichem Schmerz; ihre Nasenflügel weiteten sich unter den beschleunigten Atemzügen und ihre Augen wurden im stummen, verzweifelten Flehen um Hilfe groß. Einmal zuckten ihre Hände auf, als wollten sie sich ihm entgegenstrecken, und ihre Lippen bebten, als bräche ein Schrei zwischen ihnen hervor. Ihr Betragen war jetzt weder würdig noch von jungfräulicher Bescheidenheit, weder kokett noch schüchtern, wie er es von ihrem letzten Zusammentreffen in Erinnerung hatte. Jetzt war sie nichts weiter als eine gequälte, verzweifelte Frau, die ihren Liebsten anrief und darauf vertraute, daß er sie nicht enttäuschen oder verraten würde. Sie rief ihn offen und flehentlich und ohne Scham.

Temudschins Antlitz verdunkelte sich, seine Nasenflügel spreizten sich. Der Ruf ging ihm durch Leib und Seele und er verstand ihn. Jetzt begriff er, weshalb sie so bleich und abgemagert war und ihre großen Augen so kummervoll blickten. Er senkte seinen Blick in ihren, beantwortete ihren Ruf, versprach ihr, sie zu retten und beteuerte ihr, daß seine Liebe ihr Schwert und ihr Schild sei und sich nichts zwischen ihre beiden Herzen drängen könnte. Und während er ihr diese stumme Botschaft zusandte, erfüllte ihn ekstatische Freude. Dennoch blieb ein Teil seines Denkens unberührt und sagte ihm, daß er nie zuvor einer Frau solche Gefühle entgegengebracht hatte. Er war erstaunt. Wenngleich er das zarte Pochen in den violetten Adern an Azaras Hals, die schimmernde Durchsichtigkeit ihrer jungen Schultern und das märchenhaft hellglänzende Haar und das Licht in ihren großen, schwarzen Augen sah, verspürte er keinerlei Begierde in seinem Körper, kein brennendes Verlangen nach ihr. Nur große, leidenschaftliche Zärtlichkeit und tiefe Liebe erfüllten ihn. Und dann wußte er, daß er in seinem ganzen Leben noch nie eine Frau außer dieser geliebt hatte, und mit dieser Gewißheit kam eine andere: daß er nie wieder so lieben würde.

Seine Augen flackerten unter seinen Gedanken und Azara sah sie. Ihre rastlosen Hände wurden still und lagen in ihrem silbernen Schoß. Zart wie Morgenrot stieg die Farbe in ihre weißen Lippen. Die Pein in ihren Augen verebbte. Sie lächelte, und Temudschin hörte, wie sie leise die Luft einsog. Sie sah ihn jetzt an, wie eine Frau einen Gott betrachten mag und ihr Herz spiegelte sich in ihrem Gesicht.

Nur die Dame aus der Sänfte hatte diese tiefe, leidenschaftliche Verständigung zwischen dem Barbaren aus der Wüste und der schönen Schwester ihres Gemahls verfolgt. Anfangs hatte wütende Eifersucht in ihren Augen aufgezuckt. Dann aber begann sie hinterlistig zu lächeln und betrachtete hinter ihren schwarzen Wimpern nachdenklich ihren Schwiegervater und dann ihren Mann. Ihr Lächeln vertiefte sich. Es war, als würde sie im nächsten Augenblick laut auflachen. Die Bosheit glitzerte in ihren Augen wie das Funkeln eines Schwertes. Spott zuckte über ihre Züge wie das Sonnenlicht auf dem Wasser.

Inzwischen hatten die Diener das Festmahl aufgetragen: zartes Lammfleisch in sämigen, würzigen Soßen; weißes Geflügel, das in sahnegebundenem Saft schwamm, und Brot, zart und weiß wie Milch. Dazu Berge von Feigen und Datteln, Waben voll Honig, Kuchen mit Mandeln und dicken, türkischen Marmeladen, Schüsseln mit köstlichen Früchten, Krüge voll gewürzten Weines und starkem, bitterem türkischen Schnaps. Temudschin, der an zähes, geschmortes Schaf- und Pferdefleisch, an gekochte Hirse und den sauren Kumyß seines Volkes gewöhnt war, aß heißhungrig, obwohl er geringschätzig fand, daß das Reitervolk aus Wüste und Einöde bei derart verfeinertem Gaumenkitzel, der einzig für Frauen, Dichter und Eunuchen geeignet war, niemals kampffähig bleiben würde.

Wie gewöhnlich trank er zu viel. Ihm war, als könnte der kühle Wein das wilde Feuer löschen, das drohte, aus seinem Körper hervorzuschlagen und die Luft anzuzünden. Er hörte das ungestüme Pochen des eigenen Herzens, den singenden Pulsschlag in Schläfe und Kehle. Aber der Wein kühlte ihn nicht ab, er befeuerte ihn nur noch stärker. Die Luft begann in berauschendem Licht zu schwimmen, die wie ein Heiligenschein um Azaras Kopf flimmerte und ihre Augen mit Glanz erfüllte. Wieder verspürte er die vertraute, zu Kopf steigende Überzeugung, daß er die ganze

Welt in seiner Faust umschlossen hielt, von größerem Wuchs war als die höchsten Sterne und die Geheimnisse von Himmel und Erde sich ihm offenbarten. Er war unschlagbar, allmächtig und in Schrecken und Macht gekleidet.

Diese fürchterliche Sicherheit schien von seinem Körper auszuströmen, aus seinen Augen hervorzuschlagen. Taliph hatte in seinem glattzüngigen Haß beschlossen, ihn zu demütigen und vor seinen Frauen und seinem Vater als prahlsüchtigen, unwissenden Barbaren bloßzustellen, der wie ein giftiger Wurm mit dem Absatz zertreten werden mußte. Wenn aber auch das bösartige Lächeln nicht aus seinem Gesicht wich, erfaßte ihn tiefes Entsetzen, als ob er sich durch die Wirrnisse eines bedrückenden Alptraumes kämpfe. Dieser junge Mongole, der in seiner geborgten Eleganz auf dem Diwan saß, strahlte einen Glanz und eine Drohung aus, die selbst den neiderfüllten Augen eines tödlichen Hasses sichtbar wurden.

Fassungslos ließ Taliph den Blick zu den anderen wandern. Er bemerkte, daß sein Vater Temudschin mit den zusammengekniffenen Augen zermürbter Grübelei betrachtete, daß der Bischof ihn in fasziniertem Versunkenheit ansah und seine eigene Dame in unverhüllter Lüsternheit auf ihn starrte, während Azara ihn wie eine Frau, die von der Großartigkeit eines Gottes gelähmt ist, mit den Augen verschlang.

Der junge koraitische Edelmann schüttelte den Kopf, als wollte er damit seine Augen von Spinnweben befreien, die ihm die Sicht raubten. Er sagte zu sich: Ich bin verzaubert worden. Ich träume. Dieser Mann ist eine glutäugige Schlange, ein hungernder Wolf aus der Wüste, ungebildet, ungeschliffen und stinkend, ein leerer Wirbelwind, der keine Spuren hinterlassen wird.

Sein kühles Herz empörte sich dagegen, daß er, der Sohn des mächtigen Ung Khan, diesem Barbaren die Ehre erwies, auch nur einen flüchtigen Gedanken an ihn zu verschwenden.

Und doch, als Temudschin ihm mit gewinnender Freundlichkeit zulächelte, daß seine Zähne und seine grünen Augen im Licht der rosigen Lampen leuchteten, verspürte Taliph, daß sich rasch und erstaunlich eine Antwort in ihm regte und ein hypnotischer Schauer durch seine Adern rieselte. Er dachte: er ist ein Zauberer, der die Seele der Menschen in seinen Händen gefangenhält. Für den Bruchteil einer Sekunde bedauerte er es zutiefst, diesen Mann zu hassen. Im nächsten Augenblick aber erheiterte er sich darüber, daß er diese magnetische Anziehungskraft verspüren konnte.

Temudschin fuhr fort, zu trinken und sich vollzustopfen. Er nahm sich ernsthaft vor, nicht zu vergessen, sich vor dem Schlafengehen den Finger tief in die Kehle zu stecken, sonst würde ihm am nächsten Tag übel sein. Seine Gedanken schwammen in bunten, flirrenden Kreisen, die seinen entzündeten Augen sichtbar waren, durch den Raum. Blau, purpur, gleißend wie der Mond und golden wogten sie konzentrisch um Azaras Kopf und das Haupt des Bischofs. Schließlich sah er niemand mehr außer diese beiden.

Plötzlich war ihm, als leuchtete das Gesicht des Bischofs sanft und schimmernd wie der mitternächtliche Mond und erfüllte den Raum mit glänzender Helligkeit. Obgleich der Bischof stumm blieb, war es Temudschin, als hätte er gesprochen und die warme Luft des Zimmers sei vom Klang gedämpfter Glocken erfüllt. Er stellte seinen Becher nieder und starrte den alten Mann lange Zeit unverwandt an.

Ung Khan hatte sich mit leiser, honigsüßer Stimme mit seinem Sohn unterhalten. Er befand sich in der Mitte eines langen komplizierten Satzes, als Temudschins laute Stimme brutal wie ein Schwert durch Ung Khans Worte schnitt.

„Herr", sagte er zu dem Bischof, „du bist nicht wie andere Menschen. Auf deinem Gesicht leuchtet ein Strahl wie von der Sonne."

Der Bischof lächelte. In seinen Augen glomm zärtliche Liebe. Ung Khan war beleidigt. Taliph jedoch lachte leise und spöttisch über diese Ungezogenheit, und seine Dame, die jetzt jeden im Gemach, einschließlich Temudschin, haßte, stimmte in sein Lachen ein.

„Nein, mein Sohn", sagte der Bischof sanft. „Ich bin nichts weiter als ein gewöhnlicher Sterblicher. Wenn auf meinem Gesicht ein Strahl liegt, dann kommt er aus meinem Herzen. Vor Gott gibt es weder erlauchte, prächtige Prinzen noch zerlumpte Bettler voll Schwielen. Es gibt nur Menschen."

Er wandte sich an die neben ihm sitzende Azara und berührte ihre Wange mit der Hand.

„Glaubst du mir das, meine Tochter?"

Sie lächelte ihm zu und ihr Antlitz glühte im Licht ergebener Liebe. Sie neigte den Kopf.

Temudschin sah starr vor sich hin. Trotz seiner ungemeinen Erregung und der Nebelschwaden des genossenen Weines konnte er immer noch denken. Jetzt wurden ihm viele Zusammenhänge klar. Er verstand, weshalb die beiden Frauen keine Schleier trugen und gemeinsam mit den Männern an der Tafel saßen. Für diesen sonderbaren Priester zählten Frauen ebensoviel wie Männer, und alle Menschen waren gleich. Es gab nichts als eine Menschheit schlechthin ohne Unterschied. Und dann verstand er auch, weshalb die muselmanischen Gesandten des Kalifen von Bokhara nicht an dem Mahl teilnahmen.

Er war verwundert und betroffen. Er kniff die Augen zusammen, weil er glaubte, einen phantastischen Ausspruch vernommen zu haben, auf den Gelächter folgen mußte. Aber niemand lachte. Ung Khan hatte demütig den Kopf gesenkt. Taliph betrachtete angelegentlich seine gefalteten Hände. Auch die Dame aus der Sänfte hatte in kleidsamer Bescheidenheit den Kopf geneigt. Azara jedoch blickte den Bischof vertrauensvoll an, wie ein Kind seinen Vater.

Dann brach Temudschin in lautes, verächtliches Gelächter aus. Er schüttelte seinen rothaarigen Kopf vor dem Bischof.

„Deine Worte sind eigenartig, Herr, und klingen höchst sonderbar im Munde eines Prinzen."

Der Bischof lächelte ihm zu. „Nein, Temudschin, ich bin kein Prinz."

Aha! dachte Temudschin verärgert und höhnisch. Dann war dieser Mann also kein Prinz, sondern nur ein bettelnder Priester, um nichts besser als sein eigener Schamane Kokchu! Seine Wut richtete sich gegen Ung Khan, der ihm den Schimpf angetan hatte, neben einem Bettler Platz zu nehmen. Vielleicht hatte der alte Khan gedacht, diese Gesellschaft sei für einen Vasallen gut genug! Sein Vasall! Temudschin ballte die Fäuste. Sein Gesicht lief vor Zorn dunkelrot an und aus seinen Augen sprühten rote Funken. Sein Vasall! Der Tag würde kommen, an dem der Khan sich vor ihm verneigen und seine Füße küssen würde!

Ung Khan wandte sich seinem Pflegesohn liebevoll zu. „Temudschin", sagte er mit schmeichlerischer Stimme, „das verstehst du nicht. Wir Christen machen keinen Unterschied zwischen den Menschen. Der Prinz hält sich für den geringsten seiner Untertanen und nichts weiter als einen Sterblichen vor Gott. Unser geliebter Bischof ist der Bruder des Chin Kaisers, und doch findet er, daß er nicht mehr gilt als der bescheidenste Sklave, der durch die Hallen des Palastes seines königlichen Bruders geht. Ein großer General wiegt in den Augen des Herrn oft geringer als der gemeinste Soldat. Groß ist nur der Bescheidene und Demütige, der gütig und tugendhaft ist."

Ungläubig glotzte Temudschin ihn an. Er schüttelte wie betäubt den Kopf. Dann sagte er wieder laut und ablehnend: „Das ist Wahnsinn! Ich habe mich verhört!"

Der Bischof lehnte sich zu ihm und legte ihm die verrunzelte alte Hand aufs Knie. „Ich will es dir erklären, mein Sohn.

Ich sehe, daß du weißt, wer und was wir Christen sind. Du schüttelst den Kopf. Heißt das, daß dir wohl bekannt ist, daß wir uns Christen nennen, aber nicht weißt, weshalb wir es tun? Ich will es dir sagen.

Vor vielen Jahrhunderten, genau genommen zwölf, lebte ein kleines Volk, und einem bescheidenen Paar wurde ein Sohn geboren. Aber er war nicht wie die übrigen Menschen. Gott hat ihn auf Erden gesandt, um durch ihn seine Botschaft der Liebe, Barmherzigkeit und Gnade zu verkünden. Er kam nicht blind und unwissend zu uns, sondern Engel haben ihn geleitet, und er wußte wohl, wer er war und weshalb er gekommen ist. Er lebte nur kurze Zeit und wurde kaum älter als du. In diesen wenigen Jahren jedoch breitete er ein Kreuz des Lichtes über das dunkle Antlitz der Erde, und seit damals ist nichts mehr so, wie es vor seinem Erscheinen war. Denn er hat sein Blut geopfert und die Welt aus der Schwärze des Todes erlöst und die Menschen aus der Gruft ins Licht des ewigen Tages gehoben.

Er hat zu allen Menschen gesagt: ihr seid meine Brüder, meine Kinder, Fleisch von meinem Fleisch und Herz von meinem Herzen. Ich bin euer und ihr seid mein. Ich habe euch den Weg gewiesen. Folgt mir und ihr werdet nicht sterben, nein, selbst wenn die Welt untergeht und die Sterne des Himmels verbleichen und in Vergessenheit sinken."

Temudschin lauschte mit offenem Mund. Der volle Becher in seiner Hand kippte und floß über. Er hatte die Augenbrauen zusammengezogen und tiefe Ungläubigkeit und Verwirrung sprach aus seinen Zügen.

Als der Bischof geendet hatte, rief er aus: „Das ist eine verrückte Geschichte! Wenn wirklich ein großer Geist auf diese Welt gekommen wäre, dann hätten sicherlich alle davon gewußt und es gäbe nur eine einzige Religion, eine Anbetung und einen Frieden."

Betrübt schüttelte der Bischof das Haupt. „Nein, Gott hat es anders gewollt. Auf diese Art wäre nämlich der freie Wille vernichtet worden, mit dem jeder Mensch geboren wird. Jeder muß selbst seinen Weg zum Kreuz des Lichtes finden und sich selbst mühsam suchend durch die Schluchten und Finsternis der Welt tasten, und einzig sein Glaube, seine Liebe und seine Hoffnung leiten ihn. Jeder muß seine Pilgerfahrt allein auf sich nehmen, denn keiner kann seine Seele für ihn retten."

Temudschin lachte spöttisch. „Das ist eine verrückte Geschichte! Und nur Verrückte glauben daran. Diese Geschichte muß um Mitternacht und in der Dunkelheit erzählt werden, denn im hellen Tageslicht klingt sie lächerlich und wird von allen irdischen Dingen widerlegt."

„Nein", entgegnete der Bischof beinahe flüsternd und sah ihn mit leuchtenden Augen an, „es sind die irdischen Dinge, die dadurch widerlegt werden. Alle weltlichen Einrichtungen, die Grausamkeit, die Gewalttätigkeit, der Tod, der Haß, die Qual, die Unwissenheit und die Blindheit, der Wahnwitz des Zwistes zwischen Mensch und Mensch — all das wird von der Botschaft, daß der Herr zu uns kommt, widerlegt und fortgefegt."

Temudschin sagte sich, daß er den Worten eines Besessenen lauschte und diese Worte der Grund waren, daß die Erde unter seinen Füßen wankte und verzerrt und verblendet aussah.

Plötzlich sagte er: „Das ist die Geschichte eines Sklaven!"

Der Bischof neigte das Haupt. „Die Geschichte eines Sklaven, der ein König war", berichtigte er und seine Stimme zitterte.

Temudschin sah ihn wie verzaubert an. Die Geschichte eines Sklaven, der ein König war! Die Haltung des Bischofs, das gesenkte Haupt, seine demütig gefalteten Hände, seine Sanftheit und Ergebenheit erinnerten an den armseligsten aller Sklaven. Und doch hätte er ein König sein können. Das Blut der mächtigsten Könige der Welt floß in seinen Adern. Wieder schüttelte der junge Mongole in völliger Verständnislosigkeit den Kopf.

Mit lauter Stimme wandte er ein: „Wenn jeder Mensch daran glaubte, dann gäbe es keine Könige, keine Generäle, keine Herrscher, keine Krieger und keine Eroberungen!"

Der Bischof hob den Kopf und lächelte Temudschin an, und ihm war, als sei das Gemach von Licht durchflutet.

„Wie wahr!" sagte er still, „dann gäbe es nichts dergleichen."

Jähzornige Ungeduld stieg in Temudschin hoch.

„Dein Glaube würde den Männern das Mark aus den Knochen saugen und die Welt zu einem rührseligen Sklavenhaus erniedrigen! Er würde sie ihrer größten Freude berauben, des Kriegs und des Ruhmes! Er würde der Männlichkeit den Bart aus dem Gesicht reißen und die Rauheit ihrer Stimme zerstören, daß die Männer an Spinnrädern säßen und hinter dem Pflug hergingen und die Mauern der befestigten Städte verfallen würden! Was würde in einer derartigen Versammlung von Eunuchen an Freude, Triumph und Mut überbleiben?"

Der Bischof sah ihn an und vermochte nicht, den Blick von ihm zu wenden, denn Temudschins Gesicht war voll Glut und Kraft, voll wilder Pracht und Gewalttätigkeit. Die Luft um ihn vibrierte; selbst die Wände erbebten unter seiner Stimme. Auch die anderen sahen ihn an, und plötzlich fühlte Taliph, daß seine eigenen Glieder schlaff und schwach, sein Körper verweichlicht und seine Lenden kraftlos waren. Und Ung Khan dachte mit ohnmächtigem, ätzendem Haß: Ich bin ein alter Mann. Verflucht sei ich und verflucht sei er! Aber die Dame aus der Sänfte atmete schwer und wollüstig, und Azara sah Temudschin erschrocken an, als hätte der goldene Gott begonnen, Blitze zu versprühen und mit Donnerstimme zu sprechen.

Traurig fragte der Bischof:

„Mein Sohn, woran glaubst du?"

Temudschin lachte im Bewußtsein unbändiger Kraft laut und verächtlich auf. Er hob die geballte Faust hoch.

„An mich und meine Fähigkeiten! Ich glaube an Gewalt und Kraft, an Macht und Unterwerfung! An die Dummheit der Menschen, an ihren Haß und ihre Gier und ihre Unfähigkeit zu denken! Ich glaube, daß sie geschaffen wurden, um von Männern wie mir unterworfen zu werden, und sie dabei wollüstige Selbstaufgabe und Bewunderung für ihren Unterdrücker empfinden! Nur der Starke vermag andere Menschen zu führen. Nur wer mit dem Schwert umzugehen versteht, ist der Bewunderung würdig. Die Menschen verdienen einen Gott, aber es muß ein Gott der Macht sein und keiner, der wimmernd wie ein neugeborenes Lamm umhergeht."

Der Bischof erbleichte. Sein Gesicht verfiel und er sagte gequält:

„Und du hast keine Achtung vor der Seele des Menschen?"

„Welcher Seele?" brüllte Temudschin. „Ich achte den kräftigen Körper eines Mannes, seinen Arm und seine Furchtlosigkeit. Darüber hinaus gibt es nichts."

Da fragte der Bischof in wachsendem Schmerz:

„Was wünschest du dir, mein Sohn?"

Temudschin lächelte und sein Lächeln war fürchterlich.

„Die Welt!"

Bei diesen Worten hielt Taliph sich die Hand vor den Mund und lächelte dahinter verstohlen. Ung Khan seufzte, senkte den Kopf wie der alte Vater eines eigensinnigen Sohnes, der Zurechtweisung verdiente. Die Dame aus der Sänfte lachte leise. Azara aber sah Temudschin an und ihr ganzes Herz lag nackt in ihren Augen und wieder hatte sie nur seine Stimme gehört.

Auch der Bischof sah ihn kummervoll und bestürzt an. Er stand vor einer grauenvollen Vision, deren Anblick kein Mensch ertragen konnte. Ein Beben überlief ihn und er schloß die Augen. Ohne sie zu öffnen, sagte er:

„Und sie wird dir gehören! Ich habe ein Gesicht gehabt, das mich zu Boden wirft und vor dem ich zu Gott aufschrie: ‚Warum hast du das gewollt? Weshalb suchst du deine Kinder so grausam heim?' Ich sehe die verwüstete Erde vor mir. Ich sehe die Mauern der Städte einstürzen und die Städte selbst in Flammen aufgehen. Die ganze Welt versinkt in einem Meer von Klagen, Verzweiflung und Zerstörung und ungeheure dunkle Horden trampeln über sie hinweg. Und hinter diesen Horden kommen neue, endlos und ewig. An den Hufen ihrer Pferde klebt der Tod und ihre Schwerter sind wie Flammen. Sie tauchen am Rande der Welt auf. Jahrhunderte haben sie ausgespien und sie reiten in alle Ewigkeit, bis auch der letzte Mann qualvoll verdirbt und sich nie wieder erhebt!"

Er hob die Hände und rief mit entsetzter, gepeinigter Stimme: „Warum hast du so Fürchterliches getan, o Herr? Warum hast du diese Ungeheuer aus dem Schoß der Dunkelheit geschaffen und sie auf die schöne, hilflose Erde geschleudert? Weshalb hast du sie über unsere Herzen hinwegstürmen lassen?"

Nur seine Stimme erfüllte den Raum. Die Diener in den Wandelgängen sahen den alten Mann an und waren unfähig, sich zu bewegen. Und Taliph starrte den Bischof wie einen Verrückten an, und Ung Khan lächelte blaß und giftig und schüttelte sich in stummem Hohngelächter. Temudschin aber maß den Bischof mit finsteren Blicken, biß sich auf die Lippe und fühlte sich zum besten gehalten und erwartete, daß der alte Mann in spöttisches Lachen ausbrechen würde, in das sie alle einfallen konnten.

Dann ließ der alte Bischof langsam die Hände sinken. Sein totenbleiches Antlitz wurde grau vor Erschöpfung und Qual. Der Kopf sank ihm auf die Brust und er schien zu lauschen.

Wieder hob er zu sprechen an. Seine Stimme klang leise und schwach, aber langsam gewann sie an Kraft.

„Ich höre deine Stimme, o du Lamm Gottes! Ganz leise höre ich sie! Aber sie wird lauter, und siehe! jetzt vernehme ich deine Worte! Denn du sagst, daß die Welt dein ist bis in alle Ewigkeit, selbst wenn blutrünstige Tiger sich aus den Jahrhunderten erheben, um zu zerfleischen und zu töten und ihre Spuren in den Seelen der Menschen einzugraben! Du sagst, daß die Erde bis ans Ende der Zeit immer dein sein wird. Ewig und immerdar. Du sagst, daß sie nicht siegen werden!"

Seine Worte schwollen an wie Posaunenklang. Er hob die Arme, er schien einer schrecklichen Stimme zu lauschen, die aus dem Chaos von Raum und Zeit ertönte.

Er machte kehrt, und ehe sich noch jemand zu regen vermochte, hatte er das Gemach gleich einem Geist aus einer anderen Welt verlassen. Starr sahen sie ihm aus ungläubigen Augen nach.

Der Vorhang schloß sich hinter ihm. Dann erst sahen sie einander an. Taliph begann zu lächeln. Dann lachte er laut und wies mit einem zarten Finger auf Temudschin.

„Was hast du unserem heiligen Christenprinz angetan, Temudschin! Du blutrünstiger Tiger! Im Augenblick allerdings klebt nur Bratensaft an deinem Kinn und dein Blick ist der eines Idioten!"

Seine Dame begann zu lachen. Ung Khan lächelte bösartig und schüttelte den Kopf. Azara jedoch lächelte nicht. Der Kopf war ihr auf die Brust gesunken. Dann stand sie auf, und auch die Frau ihres Bruders erhob sich wütend. Azara wandte sich ab. Sie verließ das Gemach, und die Dame war gezwungen, ihr zu folgen. Die Männer sahen sie gehen. Und nachdem sie verschwunden waren, lachte Taliph abermals aus vollem Halse.

Temudschin sah finster um sich. Er spürte, daß man ihn irgendwie zum Narren gemacht hatte, und er dürstete nach Vergeltung. Als er jedoch sah, daß Taliph nicht boshaft, sondern nur voll unbeschwerter Heiterkeit war, und Ung Khan verzeihend lächelte, verflog seine Wut.

Er begann zu lachen; erst säuerlich und schließlich vergnügt und anerkennend.

XVII

Als er jedoch in seine Gemächer zurückkehrte und seine Kameraden im gesunden Schlafe der Steppenbewohner antraf, war er nicht mehr fröhlich.

„Ein elender Priester hat mich beleidigt!" sagte er laut. Er ließ den Vorhang sinken, der das Schlafzimmer Chepe Noyons und Kasars verbarg, und begab sich in sein eigenes Schlafgemach. Er setzte sich auf sein Bett, stützte die Hände auf die Knie, legte das Kinn hinein und starrte düster vor sich hin. Der genossene Wein summte wie tausend Mücken in seinen Ohren, aber er war nicht hochgemut wie sonst, wenn er zuviel getrunken hatte.

Dann vergaß er den Bischof. Er vermochte nur an Azara zu denken, und plötzlich spannte sich sein ganzer Körper in qualvoller Sehnsucht nach ihr. Unfähig, länger stillzusitzen, stand er auf und lief mit raschen, fiebrigen Schritten durch den Raum. Er konnte sich selbst nicht verstehen. Schon oft hatte er eine Frau ungestüm begehrt, aber nie mit diesem qualvollen Gefühl des Schreckens und der düsteren Vorahnungen, der Zärtlichkeit und Liebe. Ihr vor Angst und Leid bleiches Gesicht stand vor ihm. Er konnte es sehen, obwohl er die Augen schloß und krampfhaft die Fäuste ballte. „Woran kranke ich?" fragte er sich laut und beinahe erschrocken. „Schließlich ist sie nichts weiter als eine schöne Frau!" Aber wieder wußte er, daß keine andere Frau ihm soviel bedeuten konnte wie Azara. Sie schien Fleisch von seinem Fleisch zu sein, ein Teil seines Atems und seines Herzens. Er wußte, daß sie an ihn dachte, und ihre Gedanken schienen ins Gemach zu dringen und sich wie lebendige Strömungen mit seinen zu verbinden.

In den Palast war er gekommen. Aber er war Azara nicht näher als zuvor. Die Braut des Kalifen von Bokhara wurde wie der kostbarste Schatz bewacht, um ihrem Herrn als ein makelloses Juwel übergeben zu werden. Mit wütendem Stöhnen erkannte er, daß er nicht wußte, was er beginnen sollte. Aber er mußte sie sehen, und wenn er jede einzelne Palastwache niederschlagen mußte.

Er zwang sich zum Sitzen. „Das ist Wahnsinn", stöhnte er. Wenn er versuchte, sie zu sehen, mit Gewalt an ihren Wächtern vorbeizugelangen, würde er sich Ung Khan und den mächtigen Kalifen zu Todfeinden machen. Dann gab es keinen Platz auf der Erde, wo er sich vor ihnen verbergen konnte, und er setzte sein Volk der Vernichtung aus. Alles, was er unter einem gigantischen Aufwand an Blut, Tod, Entschlossenheit und Qual gewonnen hatte, wäre verloren.

Dennoch vermochte er nur an den Preis zu denken, ohne dessen Last wirklich zu fühlen. In seiner gewaltigen Anstrengung, die Teilnahmslosigkeit seines Denkens zu durchstoßen, faßte er sich an den Kopf und fuhr sich mit unruhigen Fingern durch das dichte, rote Haar. Er rollte den Kopf hin und her. Er schwitzte. Er keuchte. Noch immer aber zählte nichts außer Azara. Sie war es wert, daß er ihr die ganze Welt opferte.

Sonderbar, aber auch daran vermochte er nicht vorbehaltlos zu glauben. Allerdings versank alles neben der verzehrenden Leidenschaft und seinem stürmischen Verlangen nach ihr, das ihn jetzt schüttelte. Seine Gedanken drängten wie beschwingte Boten des Feuers zu ihr. Sein Leib erbebte und war in kalten Schweiß gebadet. Er rief sich ins Gedächtnis, daß er immer getan hatte, wonach ihn gelüstete, und es später verstanden hatte, keinen Preis dafür zu bezahlen.

Kurelen hatte einmal gesagt: „Beiße mehr ab, als du verdauen kannst, und dann verdaue es." Plötzlich lachte er leise auf, aber es klang wie ein Stöhnen.

Selbst wenn es ihm durch ein Wunder gelang, sie schließlich doch zu sehen, was konnte er tun, nachdem er seine Leidenschaft im kühlen Gewässer flüchtig gestillt hatte? Wie konnte er sie vor den Armen und dem Harem des alten Kalifen retten?

„Daran will ich zur Zeit nicht denken", sagte er laut. Er stand auf und riß sich das weiße Seidengewand, das Ung Khan ihm geschenkt hatte, vom Leibe. Mit angewidertem Gesicht schleuderte er es von sich. Dann zog er einen losen Kittel aus rot-weiß gestreiftem Leinen an, denn mehr Garderobe hatte er nicht mitgebracht. Er streifte seine Stiefel aus Rentierleder über, steckte den Dolch in den Gürtel und griff nach seinem Säbel. Vorsichtig befühlte er die Klinge. In dem im Raum herrschenden Gemisch aus Mondlicht und Lampenlicht schimmerte die breite, krumme Schneide wie ein fahler Blitz. Er warf sich den Mantel über die Schultern und zog sich die Kapuze über den Kopf. Aus ihren dunklen Tiefen glitzerten seine Augen wie die eines wilden, hungrigen Tieres.

Dann blieb er reglos wie ein Bildwerk stehen und all seine Sinne konzentrierten sich auf ein schwaches Geräusch. Wieder vernahm er es, jenes leise Schlurfen gedämpfter Schritte. Er schob den Vorhang beiseite. Ein riesiger Eunuch stand vor ihm. Sobald er den jungen Mongolen erblickte, verneigte er sich tief und legte den Finger an die Lippen.

„Kommt mit mir, Herr", flüsterte er.

Temudschin sah ihn durchdringend an. „Wer schickt dich? Wohin bringst du mich?"- fragte er mit leiser, gebieterischer Stimme.

Aber der Eunuche verneigte sich nur nochmals und wisperte: „Kommt mit mir."

Temudschin zauderte und biß sich auf die Lippen. Er starrte den Eunuchen finster an. Soweit man jedoch in dem schwachen Licht ausnehmen konnte, machte der ein freundliches, wenn auch etwas verschrecktes Gesicht. Immer wieder sah er scheu über die Schulter. Temudschin tastete nach seinem Dolch im Gürtel. Er hob den Säbel vom Bett und umklammerte ihn fest.

Sein Herz klopfte ungestüm. Hatte Azara nach ihm geschickt? Eine andere Erklärung gab es nicht. Plötzlich sang jeder Puls in ihm und jede Ader bebte in wilder Freude. Dennoch glaubte er nicht an sein Glück. Sie würde so etwas nicht tun, so sehr sie sich auch nach ihm sehnen mochte. Diese Haltung paßte nicht zu ihr.

„Gehen wir", sagte er unvermittelt. Der Eunuch erstickte die Flamme in der Lampe. Jetzt erfüllte nur das blasse Mondlicht die Räume. Temudschin hörte die tiefen Atemzüge seiner schlafenden Kameraden.

Er folgte dem Eunuchen in den langen, dunklen Gang hinaus. Niemand war zu sehen. Dieser Teil des Palastes war verlassen und lag im Schlummer. Aber am anderen Ende des Korridors stützte ein Eunuch sich dösend und mit vornübergefallenem Kopf auf seinen langen Säbel. Wieder legte Temudschins Führer ängstlich den Finger an die Lippen und schlich auf Zehenspitzen voraus. Er schob einen schweren roten Vorhang beiseite und Temudschin stand in einem winzigen Privathof mit riesigen Blumenvasen. Das Mondlicht überflutete das Geviert und der warme Nachwind trocknete den Schweiß auf Temudschins Gesicht. Der Duft tausender Blumen schwebte in der Luft und er hörte das melodische, schläfrige Plätschern von Brunnen. Hinter dem Hof lag still und dunkel der Garten, wenn auch immer wieder das gespenstische Licht der Glühwürmchen im Gras aufleuchtete.

Die Kapuze tief in die Stirn gezogen, den blanken Säbel in der Hand, so folgte er dem Eunuchen. Sie glitten wie Schatten über das Gras. Jetzt bogen sie um eine Mauer und der breite Schein gelben Lampenlichts züngelte weit in die Dunkelheit hinein. Ung

Khan und sein Sohn hatten sich zu einer späten Festlichkeit zu den Gesandten des Kalifen von Bokhara gesellt. Temudschin vernahm das Klingeln von Instrumenten, den heiteren gedämpften Klang von Zimbeln, das aufreizende Gelächter der Tänzerinnen und das heisere, wilde Johlen der Männer. Jäh stieg heiße Erbitterung in ihm auf, weil man ihn nicht zu diesem Fest geladen hatte. Der Barbar aus der Steppe war keine passende Gesellschaft für die eleganten Männer aus Bokhara, die verweichlichten Herren aus der großen Stadt. Er knirschte mit den Zähnen, hielt an und starrte in den gelben Lichtstrahl.

Er fühlte, wie er am Mantel gezupft wurde. Erschrocken bedeutete der Eunuch ihm, weiterzugehen. Er schüttelte die Hand des Mannes ab und sein Herz klopfte wild vor Zorn. Wieder zupfte der Eunuch ihn und flüsterte: „Wir müssen gehen, Herr! Wenn die Wachen uns hier finden, durchbohren sie uns auf der Stelle."

Mit einem letzten drohenden Blick auf das Licht folgte Temudschin seinem Führer. Der Eunuch näherte sich dem Ende der niedrigen Mauer und hob warnend die Hand. Bewaffnete Soldaten mit Fackeln marschierten vor dem Palasttor auf und ab. Wenn sie aneinander vorbeikamen, riefen sie sich zu und gingen weiter. Der Eunuch lugte um die Mauer und beobachtete die Wachen scharf. Auch Temudschin hielt Ausschau. „Nur vier", flüsterte er, „die kann ich selbst überfallen!"

Entsetzt schüttelte der Eunuch den Kopf. „Nein, Herr, wartet! Wir müssen warten. Es gibt keinen anderen Weg."

Aus dem Palast drangen plötzlich besonders lautes Lachen, Gesang und Musik. Die großen Messingtore öffneten sich und mehrere Herren traten in die kühle Nacht, um sich zu erfrischen. Einer von ihnen rief die Soldaten zu sich und ließ in seiner Hand Münzen klimpern. Ein Soldat rannte zu ihm und seine Fackel schüttete rotes Licht in die Finsternis. Der Edelmann jedoch warf mit verächtlichem Lachen die Münzen in die Luft, wo sie glitzernd im Fackellicht aufblitzten. Der rote Schein fiel auf sein dunkles, edel geschnittenes Gesicht und seinen edelsteinbesetzten Turban, den kostbaren Gürtel und die beringten Hände. Jetzt versuchten die anderen Soldaten unter Gelächter, die Münzen abzufangen, ehe sie zu Boden fielen.

Es war ein günstiger Augenblick, und der Eunuch winkte Temudschin zu. Nur wenige Schritte von den brüllenden Soldaten und den lachenden Gästen entfernt, flohen sie durch den Schatten und gelangten in den Schutz eines dichten Gewirrs raunender Bäume. Dort blieben sie keuchend und lauschend stehen. Die Soldaten hatten sie nicht bemerkt. Wohlgelaunt nahmen sie ihre Patrouille mit den brennenden Fackeln wieder auf, und die Tore schlossen sich hinter den persischen Gästen. Die Nachtluft umfing sie schwer und warm. Temudschin stieg der schwüle Geruch von Rosen in die Nase.

Jetzt wanden sie sich zwischen den Bäumen durch und gelangten in den Garten, in dem die Brunnen plätscherten. Eine Nachtigall begann plötzlich süß zu schlagen und erfüllte die Nacht mit silberhellen, sehnsuchtsvollen Tönen. Eine zweite stimmte in ihren Gesang ein. Der Mond rollte wie ein silbernes Rad über die Baumwipfel und verstreute silberne Lichtschäfte.

Temudschin fühlte frische, dunkle Kühle auf seinem Gesicht. Sie drangen in eine Grotte ein, in der Wasser tropfte. Die Düfte von Bäumen und Blumen waren übermächtig. Hier herrschten Stille, Feuchtigkeit und völlige Finsternis. Er vermochte kaum seinen Führer zu sehen, obwohl der nur einen Schritt vor ihm ging.

Der Eunuch hielt an. „Weiter gehe ich nicht, Herr“, flüsterte er. „Aber ich werde hier auf Euch warten. Geht zehn Schritte weiter und dann bleibt stehen.“

Wieder zögerte Temudschin. War das eine Falle? Aber weshalb sollte Ung Khan dieses Versteckspiel nötig haben? Es gab einfachere Arten, jemanden zu ermorden. Fest umklammerte er seinen Säbel, ging langsam an dem Eunuchen vorbei und zählte zehn Schritte ab. Dann blieb er stehen. Er konnte nichts als undurchdringliche Finsternis sehen und nichts als das Seufzen schwerer Bäume und den Gesang der Nachtigallen hören, die tausend sehnsüchtige Lieder in die Nacht schickten.

Er fühlte eine Berührung an seinem Arm. Sie war sanft, wie ein herabfallendes Blatt. Er zuckte zusammen, tastete sich vor und bekam einen Arm zu fassen. Aber der Arm war weich und mit einem seidenen Schleier bedeckt, und er wußte, daß er eine Frau festhielt. Heftig zog er sie an sich und umschlang sie mit beiden

Armen. „Azara!" flüsterte er. Sein Körper schwoll an, als hätte sein Blut zu kochen begonnen und die Adern könnten es nicht länger halten.

Er vernahm leises Lachen, fühlte verschleierte Lippen auf seinem Mund. Es war ein lüsternes Lachen. Er spürte, wie sich eine feste, volle Brust an ihn drückte und begehrliche Glieder sich an seine Schenkel schmiegten. Duftend und schwül stieg ihm der Geruch eines Frauenkörpers in die Nase. Aber er wußte jetzt, daß es nicht Azara war, sondern die Dame aus der Sänfte.

Sein Herz klopfte zum Zerspringen. Derb stieß er sie beiseite. Seine Augen hatten sich an die Dunkelheit gewöhnt und vereinzelte bleiche Strahlen des Mondes kämpften sich durch den dichten Schatten. Er sah die Verschleierte vor sich und hörte leises, gurrendes Lachen. Die Gestalt kam neuerlich auf ihn zu. Sie stand auf den Zehenspitzen und drückte ihre Lippen an sein Ohr.

„Keine Angst, Herr! Ich bin eine tugendhafte Gemahlin, aber die Versuchung, dich zu umarmen, war zu groß für mich. Ah, deine Lippen sind wie Feuer! Aber genug jetzt. Ich bin gekommen, um dich zu deiner Liebsten zu führen, die dich erwartet."

Sein Herz pochte wild und ein blutroter Schleier senkte sich über seine Sinne. Er fühlte, daß sie seinen Arm ergriff, war aber einen Augenblick lang unfähig, auch nur einen Schritt zu tun. Dennoch war sein Verstand klar und scharf wie Eis. Er legte die Hand um die Kehle der Dame. Aufseufzend holte sie Atem, zitterte und preßte ihr warmes, nachgiebiges Fleisch an seine harten Finger. Aber sie schlossen sich nicht begehrlich um ihre Kehle, sondern bloß um eine Halskette, an die er sich erinnert hatte. Es war eine goldene Kette mit Perlen. Kräftig riß er daran. Es gab einen leisen, reißenden Laut und die Kette lag in seiner Hand. Sie schrie erstickt auf und rückte von ihm ab. Er aber packte sie plötzlich an den Haaren. Eine weiche Strähne ringelte sich um seine Finger. Er hob seinen Säbel und trennte die Strähne vom Kopf. Sie sah das Aufleuchten der Klinge im Mondschein und stieß einen unterdrückten Schrei aus.

Er lächelte grimmig, riß sie wieder in seine Arme und drückte den Mund brutal auf ihre Lippen, teils, um ihren Schrei zu ersticken, und teils, weil er wußte, daß sie höchst reizvoll war und ihn trotz ihrer Tugendhaftigkeit begehrte. Gelöst und still lag sie in seinen Armen und erwiderte leidenschaftlich seine Küsse. Sie legte ihre weichen Handflächen an seine Wangen, um ihn dicht an sich zu drücken. Seine Hand schloß sich um ihre Brust und hielt sie fest. Sie keuchte leise. Ihr Atem war heiß und duftend. Sie schien in seinen Armen beinahe die Besinnung zu verlieren und stöhnte fast unhörbar. Und wieder sangen Temudschins Pulse und seine Sinne kreisten in einer silbernen Wolke.

Nach langer Zeit aber stieß er sie schließlich von sich. Seine Zähne blitzten im Dunkel.

„Und jetzt habe ich deine Kette und eine Locke deines Haares zum Andenken", flüsterte er hänselnd. „Eine süße Erinnerung. Ich werde sie ewig hochhalten und an die köstlichen Augenblicke denken, die ich mit dir getändelt habe! Aber sie sollen mir auch als Pfand dienen, damit du kein doppeltes Spiel mit mir treiben kannst, meine Holde."

Er vernahm ihren fliegenden Atem. Er wußte, daß sie wütend war. Leise lachte er. „Wenn ich nicht eine Frau so grenzenlos liebte, daß mein Blut bei einer anderen kalt bliebe, würde ich bei dir verweilen", sagte er. „Aber wer weiß? Vielleicht morgen nacht an der gleichen Stelle?"

Jetzt begann sie beinahe lautlos zu lachen. „Ich habe dich nicht für mich hierhergeholt, Temudschin, sondern um dich zu Azara zu führen, die sich nach dir verzehrt. Sagte ich dir nicht bereits, daß ich eine tugendhafte Gemahlin bin? Aber wer kann sagen, ob ich morgen nicht hier sein werde?" Mit leiserer Stimme setzte sie hinzu: „Folge mir."

Aber wieder packte er sie am Arm. „Warum tust du das?"

Sie kicherte verderbt.

„Weil ich Ung Khan und meinen Mann hasse, der mich wie einen Hund behandelt, diese Schlange! Und weil ich auch Azara hasse! Ich werde mich in Zukunft daran erinnern, wie du das Juwel, das dem großen Kalifen von Bokhara vorbehalten war, besudelt hast, und mich in Vermutungen darüber ergehen, ob Azaras Sohn nicht die Frucht deiner Lenden ist!"

„Bist du Christin?" Allmählich begann Temudschin zu begreifen.

„Ja, eine tugendsame Christin, Herr." Und sie lachte neuerlich kalt und bösartig.

Temudschin schwieg. In jähem Abscheu krampfte sich sein Magen zusammen. Diese Weiber! Schlau wie die Schlangen, grausam wie der Tod und kaltherzig wie der Stein! Ihm, der seinen Bruder eigenhändig getötet hatte, ekelte vor diesem Betrug, dieser lüsternen Verderbtheit. Dann mußte er selbst über seine Gedankengänge lachen.

Die Dame entfernte sich. Unklar sah er sie winken. Vorsichtig folgte er ihr. Er vermochte sie im bleichen Licht kaum auszunehmen, und ihre Bewegungen waren schemenhaft. Sie tauchte aus dem Dickicht auf. Vor ihnen erhob sich schimmernd eine lange, weiße Treppe im Mondlicht. Sie stiegen empor und gelangten zu einem schmalen, unbewachten Säulengang. Sie betraten ein schwach erhelltes Gemach, das Schlafzimmer einer Dame. Weit und breit niemand. Es war offenkundig, daß sie die Dienerschaft fortgeschickt hatte. Sie blickte ihn an, und jetzt sah er sie deutlich. Ihre Lippen lachten ihm durch den Schleier entgegen und ihre dunklen Augen funkelten verführerisch. Flüchtig dachte er: ‚Meine Liebe zu Azara wird mich ins Verderben führen. Vielleicht könnte ich mein Verlangen in diesem goldenen Kelch stillen und nicht länger nach einer Frau lechzen, die ich nicht zu berühren wage?'

Sie las seine Gedanken in seinen funkelnden Augen und dem geröteten Gesicht, aber sie schüttelte schalkhaft den Kopf und hob warnend einen zarten Finger. „Nicht heute!" hauchte sie. „Aber wer weiß, was die morgige Nacht bringen mag?"

Sie hob den Vorhang hoch und führte ihn durch eine Reihe leerer, reich ausgestatteter, beleuchteter Gemächer. Dann standen sie vor einer Bronzetür, die kunstvoll ziseliert war. Geräuschlos öffnete sie und bedeutete ihm, über die Schwelle zu treten.

Er blieb stehen, sah sie an, dann riß er sie in seine Arme und bedeckte ihren Mund mit seinen Lippen. Sie wehrte sich ein wenig, dann sank sie gegen ihn. Kurz darauf aber stieß sie ihn weg und lachte ihn aus ihren fröhlichen, schönen Augen an.

„Spar dir deine Leidenschaft für Azara", sagte sie spöttisch, „oder ich komme um meine Rache."

„Morgen nacht?" drängte er und war überzeugt, daß er sie besitzen mußte.

Sie nickte. Ihre Zähne schimmerten durch ihren Schleier. „Morgen nacht, mein Gebieter, mein Panther!" Dann setzte sie hinzu: „Du mußt keine Störung befürchten. Ich habe meine Maßnahmen getroffen."

Sie schob ihn über die Schwelle, dann schloß sie die Tür hinter ihm. Er stand in einem kleinen, schmalen Gang, an dessen Ende sich ein blau-goldener Vorhang in einer schwachen Brise blähte. Jetzt vergaß er die Dame aus der Sänfte, Taliphs Gemahlin. Hinter dem Vorhang erwartete ihn Azara, und wieder pochte sein Herz dröhnend und es gab auf der ganzen Welt keinen Menschen außer ihr. Rasch schritt er den Korridor entlang und riß den Vorhang beiseite.

Er hatte erwartet, daß Azara mit ausgestreckten Armen dastehen und ihn mit sehnsüchtigem Lächeln erwarten würde. Statt dessen aber stand er nur in ihrem Schlafzimmer, das einzig vom Mondlicht erhellt wurde. Es war ein geräumiges Gemach, und der Fußboden war mit dichten Teppichen bedeckt. Ein zarter, betörender Duft erfüllte die warme, halbdunkle Luft. Im ersten Augenblick konnte er nichts sehen. Dann nahmen die Gegenstände im Raum langsam Gestalt an. An einer der Wände stand Azaras Diwan, auf dem sie lag und schlummerte.

XVIII

Er glaubte, daß das plötzliche Dröhnen seines Herzens gleich einem Paukenwirbel im ganzen Palast widerhallen und auf der Stelle bewaffnete brüllende Wachen mit Fackeln herbeirufen müßte. Im nächsten Augenblick würde er umzingelt, überwältigt und ermordet sein. Sein Atem ging hörbar und er zitterte.

Aber alles blieb still. Das Dröhnen war nur in ihm. Das Mondlicht strömte ins Gemach und trug den dunklen, duftenden Nachtwind und den Gesang der Nachtigallen mit sich. Er wußte, daß jenseits der Türen die Wachen patrouillierten, denn er konnte das leise Schlurfen ihrer Sandalen vernehmen. Das Schloß des Schreines wurde scharf bewacht, aber seine Angeln waren von einer verräterischen, rachedurstigen Frau zerbrochen worden.

Er wußte, daß er sich völlig geräuschlos bewegen mußte. Am ganzen Körper zitternd, näherte er sich lautlos Azaras Lager. Dort blieb er stehen und sah auf sie hinab.

Sie schlief wie ein Kind, hatte die Wange in die Hand geschmiegt und das Märchenhaar fiel ihr wie ein schimmernder Mantel über Schultern und Brust. Der Mond badete sie in einem bleichen Licht. Sie lag in einem Kreis traumhaften Leuchtens und atmete leise und regelmäßig. Er sah die Bogen ihrer gelben Wimpern, die zärtlich und unschuldig auf den Wangen ruhten; sah, wie sich ihre reinen, jugendlichen Brüste hoben und senkten, gewahrte die sanfte Rundung ihrer Hüften und Schenkel unter der leichten Goldbrokatdecke. Aber er sah auch, wie blaß sie war und welche Spuren das Leid auf ihrem sanften, schönen Gesicht hinterlassen hatte.

Da stand er, starrte sie an, und ihm war, als umfaßte sein Blick die ganze Welt. All sein Leben und seine Wünsche kreisten um dieses schlafende Mädchen. Sein hitziges Blut kühlte ab und unendliche Wehmut und leidenschaftliche Zärtlichkeit erfüllten ihn. Er hätte neben ihr niederknien und ihr leise die Hand küssen mögen, die über die Kante ihres Diwans hing. Er wollte sein Gesicht in ihrem Haar vergraben und alles bis auf seine Liebe zu ihr vergessen. Dann müßten sich die Qual und das Fieber in seinem Herzen legen, und süße Zufriedenheit würde darin einziehen.

Er sank neben ihr auf die Knie, ohne sie zu berühren. Nur seine Augen tranken sich an ihrer Nähe satt. Er wußte, daß nicht sie nach ihm geschickt hatte. Sie schlief und vertraute darauf, daß er ihr helfen würde, wenn sie auch nicht wußte, wie. Seine von der Liebe geschärfte Ahnung verriet ihm, daß sie seit vielen Nächten zum ersten Male so ruhig in der tröstlichen Gewißheit schlummerte, daß er unter dem gleichen Dache wie sie weilte.

Soll ich gehen? fragte er sich. Ohne sie zu stören, sie zu erschrecken? Er tastete nach seiner Brust. Die Halskette aus Gold, die er ihr mitgebracht hatte, lag in seiner Hand. Er konnte sie auf ihr Kissen legen und am Morgen würde sie wissen, daß er hier gewesen war und ihr sein Wort gegeben hatte. Aber was konnte er ihr versprechen? Was konnte er tun?

Tiefe Verzweiflung schlug über ihm zusammen. In den Unterkünften außerhalb des Palastes warteten seine Krieger. Er konnte sie herbeirufen. Aber die Soldaten im Palast und in der Stadt würden sie überwältigen. Er konnte Azara wecken, sie aus dem Haus ihres Vaters entführen und fort von diesem verfluchten Ort in die Wüste und die Berge reiten. Aber was dann? Die Rache würde sich an seine Fersen heften. Er durfte es nicht tun!

Der junge Mongole, der bisher noch nie wirklich verzweifelt und machtlos gewesen war, kniete zitternd und ob seiner eigenen Hilflosigkeit erbittert, dort, biß sich auf die Lippen und ballte die Fäuste. Und Azara schlummerte weiter und lächelte vertrauensvoll.

Er sagte sich: Ich bin gekommen, um sie zu besitzen, um meine Lust an ihr zu stillen und sie dann dem Schicksal zu überlassen, das ihr Vater für sie bestimmt hatte. Ich wollte nur einen einzigen Tag bleiben, um dann befriedigt fortzureiten, ohne länger an sie zu denken. Aber jetzt ist mir das unmöglich. Ich wünsche es mir nicht. Denn ich werde sie niemals vergessen, wohin mein Weg mich auch führen mag und wie alt ich auch werden soll. Ohne sie wird mein Leben zur Qual werden. Tiefes Staunen erfaßte ihn.

Er schreckte aus seiner Verzweiflung auf, denn Azara bewegte sich. Sie seufzte schwer. Ihre Hände regten sich. Dann lächelte sie neuerlich. Er neigte sich über sie. Sein Atem streifte ihre Wange. Und ohne einen Laut, als hätte sie gar nicht geschlafen, schlug sie die Augen auf und blickte ihn voll an.

Rasch hob er die Hand, als wollte er sie ihr über den Mund legen, damit sie nicht überrascht aufschreien sollte. Aber sie schrie nicht. Sie rührte sich auch nicht. Nur ihre Augen wurden groß, aber nicht aus Überraschung. Es war, als glaubte sie, ein Traum hätte sich verwirklicht. Ein Lächeln voll unendlicher Freude, Gelöstheit und Liebe erschien auf ihrem Antlitz. Tränen schossen ihr in die Augen und liefen ihr rasch über die Wangen. Dann wandte sie sich ihm zu wie ein Kind, das Schmerzen gelitten hat, und streckte ihm die Arme entgegen.

Er zögerte, unfähig, sich zu bewegen. So rasch er sonst lüstern forderte, vermochte er dieses Mädchen nicht zu berühren, das ihn so unschuldig und vertrauensvoll in unerweckter Leidenschaft ansah. Tiefe Scham senkte sich über ihn. Er fühlte, daß es ein Sakrileg wäre, sie anzutasten, eine Lästerung, für die die Geister ihn in den Staub treten würden. Er konnte sie nur ansehen, und seine hungrige, sehnsüchtige Seele spiegelte sich in seinen Augen.

„Ich habe gewußt, daß du kommst", sagte sie. In aufquellender Freude wiederholte sie: „Ich habe gewußt, daß du kommst!"

Da vergrub er plötzlich sein Gesicht an ihrer Brust und hielt sie fest, als wollte er sie niemehr loslassen. Er hörte das rasche Pochen ihres Herzens, das ängstlich und jubelnd zugleich klopfte. Ihr Körper war weich wie Samt und duftete. Er fühlte ihre Hände zu seinem Kopf emporzucken und dann lagen sie still wie Vögel, die ausruhten. Er hörte sie murmeln und seufzen, und da wußte er, daß sie weinte.

„Ich werde dich niemals verlassen, Geliebte", sagte er. „Ich bin gekommen und lasse dich nie mehr allein."

Draußen im warmen, schimmernden Mondlicht, das vom Duft der Rosen durchtränkt war, stieg jubelnd, mit einem unerträglich süßen Klang der Ekstase, das Lied der Nachtigallen empor.

XIX

Zum ersten Male erfuhr der junge Mongole, was es bedeutete, ohnmächtig zu sein. Besonders unerträglich wurde dieser Zustand dadurch, daß er ihm von Menschen aufgezwungen wurde, die er verabscheute.

Er schwankte zwischen Verzweiflung und Wut. Die Nacht mit Azara hatte sein Verlangen und seine Liebe nur noch gesteigert. Er hatte ihr versprochen, sie nie zu verlassen. Bei anderen Frauen hatte er sich aus seinem Versprechen kein Gewissen gemacht. Jetzt aber meinte er es ernst. Wenn er an ihre Unschuld, Schönheit und ihren sanften Charakter dachte, schnellte er trotz Übermüdung vom Lager auf und rannte in ohnmächtiger Wut auf und ab, ballte die Fäuste und rollte den Kopf von einer Seite zur anderen. Die abenteuerlichsten Pläne zuckten durch sein Gehirn, aber seine Vernunft verwarf sie alle mit hochmütiger Verachtung. Wenn er bloß Zeit hätte! Dann könnte er das Schicksal überlisten, seine Macht vergrößern und kühn das Mädchen von dem Vater verlangen, ohne abgewiesen zu werden. Aber er hatte keine Zeit. In nicht ganz sieben Tagen sollte Azara die Gemahlin des Kalifen sein, der bereits unterwegs war.

Was konnte er tun? Er wußte es nicht. Mit ihr fliehen? Aber selbst wenn es ihm gelang, die Stadt zu verlassen, wären seine Tage mit ihr gezählt. Dann wären ihm völlige Vernichtung und der Tod gewiß und nicht nur ihm und Azara, sondern auch seinem gesamten Volk. Selbst seine leidenschaftliche Liebe war nicht stärker als sein nüchtern abwägender Verstand, der sich nie verblenden ließ. Der Preis für ein so kurzes Glück war zu hoch.

Sein Denken drehte sich im Kreise und kehrte unweigerlich immer wieder an den Ausgangspunkt zurück. Aber seine Qual gönnte ihm kein Erlahmen.

Als Cepe Noyon und Kasar ausgeruht erwachten und die Dämmerung rosig am östlichen Horizont aufzog, wanderte Temudschin noch immer in seinem Gemach auf und ab, und Licht und Schatten fielen abwechselnd auf sein verhärmtes Gesicht. Chepe Noyon war überrascht.

„Wie, Herr! Du bist so früh aufgestanden?"

Temudschin sah ihn in düsterem Schweigen an und nahm seine rastlose Wanderung wieder auf. Da er aber am Ende seiner Beherrschung angelangt war, brach er in unzusammenhängendes Gestammel aus. Chepe Noyon hörte ihm zu; anfangs nachsichtig, dann mit wachsendem Entsetzen. Der strahlende Edelstein für die Krone des Kalifen war befleckt worden! Temudschin hatte das unverzeihliche Verbrechen begangen, die Lilie gebrochen und den Quell besudelt zu haben. Chepe Noyon sprang auf und rief hastig:

„Wir müssen unverzüglich aufbrechen, Herr, und zu den ewigen Geistern beten, daß wir die Stadt hinter uns haben, ehe die Wahrheit entdeckt ist!"

Temudschin starrte ihn verbittert an. Chepe Noyon kleidete sich an und umgürtete sich mit seinem Schwert. Das fröhliche Gesicht des jungen Statthalters war gespannt und entschlossen, wie es das selbst im Kampf nie gewesen war.

„Höre, Chepe Noyon! Wir gehen nicht fort von hier. Noch nie sind meine Pläne durchkreuzt worden und ich lasse sie mir auch jetzt nicht vereiteln!"

Chepe Noyon war fassungslos. Stammelnd fragte er:

„Herr, das ist doch nicht dein Ernst? Was willst du tun?"

Temudschin schüttelte in hilflosem Zorn den Kopf. „Ich weiß es nicht. Ich weiß nicht, weshalb ich mich dir anvertraut habe, denn du hast mir nichts zu bieten. Eines aber ist mir klar: Ich werde dieses Mädchen nicht verlassen!"

Völlig vor den Kopf geschlagen, setzte sich Chepe Noyon und starrte ihn aus großen Augen an.

Kasar, der das Gespräch mit offenem Mund mitangehört hatte, blickte ratlos von einem zum anderen. Sein träger Verstand brauchte lange, ehe er begriff, was er gehört hatte. Als er es jedoch erfaßte, stieß er einen unbeherrschten Schrei aus.

Temudschin betrachtete die beiden geringschätzig.

„Da sitzt ihr und glotzt mich an und wißt mir nichts zu raten als die Flucht! So flieht! Ich bleibe."

Chepe Noyon hatte sich etwas gefaßt und erwiderte sanft: „Herr, du weißt, daß wir dich nicht verlassen können, selbst wenn wir es wünschen sollten. Das Mädchen ist schön, aber das sind tausende andere auch. Und in der augenlosen Nacht sind alle Frauen gleich. Das weißt du. Zu viel Verantwortung lastet auf deinen Schultern, als daß du um eines Weibes willen deinen Untergang heraufbeschwören solltest."

Plötzlich brach es aus dem für gewöhnlich so fröhlichen, spottlustigen Jüngling hervor:

„Verflucht sei das Weibsstück! Es hat meinen Herrn verzaubert!"

Temudschin legte die Hand an seine schmerzende Stirn. „Du hast recht", sagte er gequält, „sie hat mich verzaubert. Ich habe mein Herz verloren."

„Aber ich habe dir einen anderen Vorschlag zu machen, Herr: Im Bett des Weibes findet die Leidenschaft des Mannes Heilung. Genieße sie nach Herzenslust, und wenn der Augenblick gekommen ist, dann verlasse und vergiß sie."

Temudschin runzelte die Brauen. „Ich werde sie nie vergessen. Ich liebe sie."

Chepe Noyon unterdrückte ein Lächeln. Mit ungeheurer Erleichterung bemerkte er, daß Temudschin seinen Rat erwog.

Jetzt aber platzte der getreue Kasar heftig hervor: „Herr, wenn du diese Frau haben willst, dann werde ich sie dir mit meinen eigenen Händen holen und einer ganzen Garnison trotzen!"

Temudschin lachte müde, aber die unerträgliche Spannung wich aus seinem Gesicht. Er legte seinem Bruder die Hand auf die Schulter.

„Das glaube ich dir aufs Wort, Kasar! Aber so einfach ist die Sache nicht." Er sah Chepe Noyon an. „Du hast weise gesprochen. Ich werde sie alle sieben Nächte hindurch besuchen. Vielleicht wird dann der Bann von mir weichen. Wenn nicht, werde ich zumindest einen Teil meiner Selbstbeherrschung zurückgewonnen haben. Im Augenblick vermag ich überhaupt keinen klaren Gedanken zu fassen."

Er badete, kämmte sein rotes Haar und beteiligte sich an dem Frühstück, das ihm und seinen Begleitern gebracht wurde. Seine Züge hatten sich erhellt, aber er grübelte.

Dann fiel ihm der Bischof ein. Der skeptische Mongole, der die Priester mit ihren Finten so gerne belächelte, fragte sich allen Ernstes, ob dieser alte Mann mit dem innerlichen Strahlen nicht vielleicht doch imstande sei, Wunder zu wirken. Vor allem aber war er der Bruder des mächtigsten Kaisers der Welt, der über tausend befestigte Städte und zahllose Legionen an Kavallerie und Soldaten herrschte. Wer war Ung Khan im Vergleich zu diesem Mann? Ein winziger Häuptling, ein Wurm! Temudschin schrie vor Begeisterung plötzlich laut auf.

Er klatschte in die Hände. Sofort erschien ein Diener. Gebieterisch befahl Temudschin ihm, unverzüglich zum Bischof zu laufen und ihn zu bitten, ihm so bald wie möglich eine Audienz zu gewähren. Chepe Noyon hörte sich diesen merkwürdigen Befehl mit hochgezogenen Augenbrauen an, sagte aber nichts.

Der Diener kam zurück und verkündete beeindruckt, daß der Bischof den hohen Herrn sofort zu empfangen bereit sei.

Temudschins Laune schnellte himmelhoch. Ohne ein Wort an

Chepe Noyon folgte er seinem Führer in die schmucklosen, schlichten Gemächer des Bischofs. Der alte Mann lag auf seinem Diwan und ein Diener massierte ihm die müden, verkrümmten Füße. Er begrüßte Temudschin mit liebevollem Lächeln und war offenbar weder erstaunt noch neugierig, weshalb dieser ihn besuchte. Temudschin verneigte sich so tief vor ihm wie vor einem mächtigen Prinzen und setzte sich dann neben den alten Chinesen auf den Fußboden.

Er hatte sich sein Vorgehen bereits zurechtgelegt. Mit offenem Lächeln, das den Bischof nicht zu täuschen vermochte, sagte er:

„Du wirst dich fragen, weshalb ich zu dir komme, Herr, aber ich wollte mich entschuldigen, falls ich dir gestern die Stirn geboten habe, und dich um Nachsicht bitten."

„Ich habe dir nichts zu verzeihen", antwortete der alte Priester leutselig. Er legte eine Pause ein. Die Augen unter den vorspringenden Brauen wurden durchdringend und er betrachtete Temudschin in besorgtem Ernst. In seinem Herzen tobte der Zweifel. Männer wie Temudschin waren von Gott gesandte Heimsuchungen. Und wenn es ihm gelänge, das schreckliche Herz dieses Wilden zu erweichen? Aber hieße das nicht, dem Willen Gottes entgegenzuwirken?

Er wußte, daß dem Gottesfürchtigen immer Zeichen zuteil wurden, deshalb wartete und betete er um ein Zeichen.

Temudschins Selbstvertrauen schwoll an. Er hatte einen vielversprechenden Anfang gemacht. Während er jedoch das gelbe Gesicht des alten Mannes erforschte, zauderte er. Er konnte diesen tiefen, ernsten Blick nicht begreifen. So maß ein Mann einen Abgrund, dessen Boden nicht abzusehen war. Der leidenschaftliche Kummer war ihm unverständlich.

Er versteckte seine Gedanken unter der Maske schlichter Offenheit.

„Ich wende mich an dich um Hilfe, Herr", sagte er, denn er hatte den Priester richtig beurteilt.

„Um Hilfe?" Der Kummer hob sich aus den Augen des Bischofs und sein Blick war voll gütiger Bereitschaft. „Glaube mir, mein Sohn, daß ich dir helfen werde, so gut es in meinen schwachen Kräften steht."

Temudschin schüttelte den Kopf. „Es sind keine schwachen Kräfte, Herr. Und ich will sie beschwören. Gegen Ung Khan, der mein Feind ist und der deine."

Zuerst sah der Priester überrascht aus, dann bekümmert.

„Ich denke nicht, daß er mein Feind oder deiner ist, mein Sohn", sagte er leise. „Aber selbst wenn er es wäre, kann uns kein Unheil treffen, das nicht Gottes Wille ist."

Temudschin beugte sich zu ihm und sagte rasch: „Du kennst die Tochter Ung Khans, Azara. Sie hat mir erzählt, daß du sie im geheimen getauft hast. Sie hat mir außerdem gestanden, daß sie über ihre bevorstehende Vermählung mit dem Muselman, dem Kalifen von Bokhara, verzweifelt ist, der viele Frauen und Konkubinen unterhält. Sie hat mich gebeten, ihr zu helfen."

Der Bischof stieß einen halblauten Mitleidsruf aus, dann schwieg er. Intuitiv heftete er den Blick auf Temudschin und wußte alles, was er wissen mußte.

Mit unverändert leiser Stimme sagte er: „Sie hat auch mich um Hilfe gebeten. Ich kann ihr nichts als Fügsamkeit, Demut und Gehorsam gegenüber ihrem Vater empfehlen. Ich habe ihr gesagt, daß das Leben kurz und schmerzlich ist, aber gleich einer bösen Nacht vergeht, nach der die Sonne aufgeht. Was sich in der Nacht zuträgt, ist nur ein schmerzhafter Traum, auf den das glückliche Erwachen folgt."

Erstaunt starrte Temudschin den Priester an. Der Ausdruck offener, jugendlicher Zutraulichkeit verschwand, als hätte eine achtlose Hand ihn fortgewischt. Jetzt blickte das hemmungslose Gesicht des Barbaren wild, wütend und voll schwarzer Verständnislosigkeit hervor.

„Du willst dieses Mädchen zu einem unglücklichen Leben verurteilen?" rief er.

„Aber das Unglück ist kurz, mein Sohn", erwiderte der Bischof mit leisem Seufzer. „Und ein geringer Preis für die Pracht des Sonnenaufganges."

Temudschin ertrug diese Narrheit nicht länger, sprang auf und begann im Gemach auf und ab zu laufen, wobei er sich bemühte, seine Wut zu meistern. Die Adern am Hals traten ihm dick hervor. Einige Augenblicke lang glaubte er, zu ersticken. Der

Bischof beobachtete ihn und der Kummer kehrte in seine Augen zurück und mit ihm tiefes Mitleid.

Schließlich blieb Temudschin neben ihm stehen. Seine Stimme klang heiser und belegt:

„Du bist ein Christ, und Ung Khan ist es zeitweise ebenfalls. Kannst du ihm nicht gütlich zureden?"

Wieder seufzte der alte Mann. „Das habe ich bereits versucht. Aber er hat mir erwidert, daß auch er machtlos ist. Er wagt es nicht, den Kalifen von Bokhara zu erzürnen. Tut er das, dann bringt er Unheil über sein Volk."

„Das ist Lüge! Er hat das Mädchen dem Kalifen vorgeführt wie eine Sklavin. Und er muß ihr eine reiche Mitgift geben. Azara hat mir erzählt, daß sie ihn erst vor kurzem angefleht hat, und er ihr den Tod androhte, falls sie nochmals davon zu sprechen wagt."

Der Bischof blieb still. Sein Gesicht war totenbleich geworden. Er faltete die Hände und rang sie.

Temudschin hob die geballte Faust und wies damit auf den alten Mann:

„Dein Gott ist ein armseliger Gott, wenn er dieses hilflose Mädchen nicht zu erretten vermag!"

Der Bischof jedoch versetzte mit unendlichem Mitleid: „Du liebst Azara."

„Und sie liebt mich", erwiderte Temudschin. „Ich werde sie nicht ihrem Schicksal überlassen."

Der Bischof blickte ihn an und bewunderte die Gewalt der Liebe, die selbst diesen schrecklichen Barbaren mit den lodernd grünen Augen in ihren Bann zwang. Wahrlich, so dachte er, die Liebe versetzt Menschen und Welten in Bewegung und die Wälle der Finsternis stürzen vor ihrer lieblichen Stimme ein.

Temudschin fuhr fort: „Nie zuvor habe ich mich ohnmächtig gefühlt. Jetzt tu ich es. Deshalb bin ich gezwungen, mich an dich zu wenden. Sie verehrt dich. Du wagst es nicht, sie zu enttäuschen."

„Was kann ich tun?" fragte der Bischof und hob hilflos die Hände.

Plötzlich faßte Temudschin neuen Mut. Er lächelte.

„Viel, Herr. Ich werde Azara mit mir von hier fortnehmen. Es wird ein Tumult entstehen. Ung Khan wird mich verfolgen lassen, um sich zu rächen. Dann kannst du ihm sagen, daß er nicht die Hand gegen uns heben darf, sonst rufst du die Macht deines Bruders, des Kaisers, zu Hilfe."

Der Bischof lauschte ihm entsetzt.

Aber Temudschin war noch nicht zu Ende. „Gestern abend hast du prophezeit, daß die Welt mir gehören wird. Aber ich brauche Zeit. Dein Bruder, der Kaiser, wird dir ein williges Ohr leihen, wenn du ihm sagst, was du mir verkündet hast. Er wird einen mächtigen Verbündeten wie mich zu schätzen wissen, denn sein Reich zerfällt und ist ohne die Hilfe einer starken Hand dem Untergang geweiht. Wie du selbst weißt, ist es jetzt schon in Gefahr. Aber sage ihm, was du mir gesagt hast, und neuer Mut wird ihn beflügeln."

Der Bischof vermochte noch immer nicht zu sprechen.

Temudschin lachte begeistert auf. „Man nennt mich einen Barbaren. Oh, ich weiß, wie die Städter über die Horden und Clans der Wüste sprechen. Aber ich sage dir jetzt, daß aus der Wildnis eine neue, stärkere, glutvollere und mächtigere Zivilisation entstehen wird, die mächtiger, organisierter und unschlagbarer als jede sein wird, die jemals im Bett der Dekadenz von den schwachen Lenden der Städter gezeugt wurde. Nichts als Krankheiten sind deiner Zivilisation entsprungen, nichts als Degeneration und Ausschweifung und Gier, Männer wie Eunuchen und Frauen wie Dirnen. Deine Philosophie ist nichts weiter als das Gejammer der Machtlosigkeit, und deine Religion ist nur das Wimmern der Sklaven. In euren Akademien wird das Dogma der Entsagung gepredigt. Ihr erzeugt Kunstgegenstände, was an sich schon schandbar und unmännlich ist. Eure Gesellschaft ist krank.

Wir aber sind stark und lebendig. Wir werden siegen. Denn ihr in den Städten starrt auf euer modriges Grab, während wir an euren Toren rütteln.

Sag das deinem Bruder, Herr, und er wird auf dich hören. Denn er ist weiser als du."

Der Bischof sprach noch immer nichts. Temudschin wartete. Er sah, wie sich die Falten in dem gelben Gesicht vertieften. Der alte

Mann war vor seinen Augen gealtert, als sei er eben aus einem beklemmenden Traum erwacht, von dem er wußte, daß er eine Prophezeiung war.

Dann hob der Bischof die Augen und Temudschin bemerkte erstaunt, wie gefaßt und ruhig sie waren.

„Mein Sohn, ich vermag dir nicht zu helfen. Und selbst wenn ich es könnte, ich täte es nicht." Er legte sich zurück und drehte das Gesicht zur Wand. „Laß mich allein", sagte er.

Temudschin sah auf den schmalen Rücken, die gebeugten Schultern, und in plötzlich aufkeimendem Jähzorn erkannte er, daß der Körper dieses alten Mannes eine Mauer war, die er nicht zu erklettern vermochte, eine Festung, die er nicht erstürmen, und ein Fluß, den er nicht durchschwimmen konnte. Die Kraft der ganzen Welt war in diesem schwachen, todgeweihten Fleisch versammelt, und vor ihr war er völlig machtlos.

Mißglückt, dachte er. Aber ein Fehlschlag erfüllte ihn nie mit Verzweiflung, sondern nur mit Wut und noch grimmigerer Zielstrebigkeit. Er war wie starker Wein, der seine Vitalität anspornte.

Er verließ die Gemächer, aber statt entmutigt zu sein, brannte die Entschlossenheit zäher als zuvor in ihm.

XX

Mürrisch kehrte er in seine prächtigen Gemächer zurück, aber Chepe Noyon und Kasar waren nicht dort. Ein Sklave meldete ihm, daß sie sich mit den Frauen, die ihr Gastgeber ihnen großmütig zur Verfügung gestellt hatte, im Garten ergötzten. Temudschin stand im offenen Säulengang und betrachtete finster und blicklos das frische Grün und die Blumen im Garten. Er sah nichts als Azara. Sein Herz war eine große, glühende Kohle.

Er gestand sich ein, daß es keine Hoffnung gab. Aber er glaubte nicht daran. In seinem ganzen Leben sollte er sich nie geschlagen geben. Aber er kochte vor Wut. Er biß sich auf die Lippen, starrte den blauen, strahlenden Himmel an und dachte an die bösen Götter seiner Ahnen, die im Mongke Tengri, dem ewigen blauen Him-

mel wohnten. Er dachte an die Legenden der schwarzen, frost-
starren Götter, die im Kanun Kotan, dem Lande des ewigen Eises,
hausten. In einer Mischung aus Zorn und Hohn rief er ihre Hilfe
an. Er verlangte nach ihren bösen, geheimnisvollen Kräften. Tief
sog er die Luft ein und hatte dabei das Gefühl, dadurch die Kraft
der Götter seines Volkes einzuatmen.

Alles war ruhig, friedlich und unverdächtig. Und doch wußte
er plötzlich, daß die Gemächer durchstöbert und Chepe Noyon
und Kasar fortgelockt worden waren, damit die Suche gründlich
ausfallen konnte. Seine scharfe animalische Witterung spürte den
feinen Geruch des Feindes. Er lächelte finster, denn er wußte, wonach hier gesucht worden war. Er legte die Hand gegen die Brust
und fühlte in den Falten seines Gewandes die schwarze Locke und
die Halskette von Taliphs Lieblingsfrau. Solange er diese Talis-
mane besaß, wagte sie nicht, ihn zu verraten. Aber er brauchte ein
sicheres Versteck. Die Diener der Dame mochten ihn in einem der
Wandelgänge überfallen und gewaltsam visitieren, oder man
konnte ihm ein Schlafpulver mischen und ihn im Schlummer berauben. Noch heute nacht würde er seine Pfänder Azara geben,
und sie würde sie in ihrem eigenen Schlafgemach verbergen.

Der Gedanke an Azara traf ihn wie ein scharfer Hieb, der sich
aus Verzweiflung, Sehnsucht und Liebe zusammensetzte. Reglos
stand er da und hielt dem Ansturm seines Schmerzes stand. Er
versuchte, sich selbst Vernunft zuzureden. Sie war nichts weiter
als eine Frau. Kurelen hatte ihm gesagt, daß die Chinesen die
Frauen als die größte Gefahr der Welt und eine ewige Bedrohung
des Friedens von Mensch und Reich ansahen. Man sagte, wer das
Antlitz einer Frau zu lange betrachtet, verlöre seine Männlichkeit
und würde zum schwachen Sklaven in Seide und zu ihrer Dienerin.
Auch die Mongolen verachteten die Frauen, obwohl sie mit aus-
geprägterer Sinnlichkeit nach ihnen verlangten als andere Völker.
Wertvoll an den Frauen war nur ihre Eigenschaft, Söhne zu gebären, zu dienen, zu weben und Filz herzustellen. Mit einem
Schlag sah er Azara vor sich, wie sie die Stuten molk, und dieses Bild war grotesk. Er lachte kurz und laut auf. Nicht einmal
für diese geringen häuslichen Pflichten eignete sie sich. Wenn sie
Söhne gebar, dann würden es die Herren der Städte sein, die in

ihren Gärten saßen, den Reflex der Sonne auf ihren lächerlichen, künstlichen Teichen betrachteten, der Musik lauschten und sich an den schamlosen Verrenkungen der Tänzerinnen ergötzten. Der Haß und die Verachtung des Wüstenbewohners für jene, die in Städten hausten, Blüten und Blätter auf Seide malten und sich in kläglichen Philosophien der Machtlosigkeit und Verderbheit ergingen, erfüllte ihn. „Die Hut-und-Gürtel-Männer" waren keine Männer, sondern entartete Weiber in Männerkleidern.

Er dachte an die Worte seines Vaters, daß ein Mann eine Frau genießen, aber nie sie lieben sollte. Lieben konnte er sein Pferd, seinen Säbel, seine Armbrust, seine Söhne und seine Freunde. Diese Liebe vertiefte seine Kraft noch. Liebte er jedoch eine Frau, dann war er verloren. Seine Kraft versickerte wie Wasser. Er war mit Ketten aus glänzendem Haar gefesselt und hatte nicht einmal den Willen, sie zu brechen.

Das alles hielt er sich vor und machte seiner Empörung über seine eigene Verrücktheit laut murmelnd Luft. Er lief im Gemach auf und ab. Seine katzengrünen Augen flackerten, und er stampfte mit den Füßen, die in Lederstiefeln steckten. Er haßte sich ob seiner Schwäche, ob seiner Abhängigkeit von einer Frau, die ihm den Tod und seinem Volk die Vernichtung bringen mußte. Er war ein Verräter.

Dennoch flammte die große, brennende Kohle nur heller in ihm hoch und glühte um so stärker. Je heftiger er sich gegen Azara wehrte, desto süßer und deutlicher wurde ihr Bild in seinen Gedanken. Hilfloses, wütendes Staunen erfaßte ihn. Jetzt nämlich stieg verschwommen die Erkenntnis in ihm auf, daß ein Mann mehr als bloße Begierde für eine Frau empfinden konnte, und dieses Gefühl war sieghafter als ein Heer und mächtiger als die Götter selbst. Es war ein unlösbares Rätsel. Und doch war es der Lebensquell der ganzen Welt, jene Leidenschaft, vor der alle anderen verblaßten.

„Ich bin verzaubert worden", dachte er und wußte, daß er nicht die Macht besaß, den verzehrenden Durst seines Herzens zu stillen.

Er setzte sich und überlegte mißmutig. Er mußte Azara haben. Ohne sie gab es nichts, was er sich wünschte.

Sobald seine Entscheidung gefallen war, fühlte er sich stark und war belustigt. Die alten Männer irrten: ein Liebender war doppelt so stark wie jeder andere und kannte keine Furcht. Er würde Azara zu seinem Volk bringen und sie würde seine Söhne tragen. Sie würde lernen, die Herden zu melken und als seine Lieblingsfrau links neben ihm sitzen. Bortei und seine Mutter würden ihr dienen. Er wollte ihre Truhen mit Schätzen füllen und ihren schönen Leib mit den edelsten Pelzen und den weichsten Seiden bedecken. Um ihren weißen Hals sollten Ketten aus Edelsteinen hängen. Seine Söhne sollten sein Schwertadel sein. Die ganze Welt sollte sich vor ihnen verneigen. Er würde sie zu Königen über viele Völker machen. Diese Perserin, die eine Christin war, sollte die Göttin der Mongolen werden und ihrem Schoß würde eine Rasse der Krieger und Khane entspringen. Er wollte sie bewachen wie ein kostbares Juwel.

Er vertraute seinem Schicksal. Die Geister, die ihn liebten, würden ihm einen Ausweg weisen. Vielleicht schwoll in Azaras Leib bereits der Same seines ersten Sohnes. Ihre Mutter war eine Prinzessin aus vornehmem Volke, ihr Vater ein mächtiger Khan. Sie war für ihn ausersehen und seine Bestimmung würde ihn nicht verraten oder necken.

Der Vorhang wurde beiseite geschoben und Taliph lächelte ihm verbindlich zu. Er trug einen kurzen Rock aus goldener Seide, rote Seidenhosen und silberne Stiefel, und auf seinem Turban wippten Federn. Temudschin sah ihn finster an, dann verflog sein Ärger, denn er entdeckte in Taliphs Lächeln eine verblüffende Ähnlichkeit mit Azara, deren Lächeln strahlend war.

„Ich begrüße dich, Herr", sagte Taliph mit belustigter Miene. „Es ist Sonnenuntergang. Ich dachte, du könntest vielleicht den Wunsch haben, mich durch die Stadt zu begleiten. Ich liebe die Stadt bei Sonnenuntergang mehr als zu jeder anderen Stunde."

Temudschin schmeichelte sein Kommen. Er war dem Bruder Azaras gewogen und betrachtete ihn gleichzeitig voll hochmütiger Verachtung, weil er von seiner Lieblingsfrau betrogen wurde. Kurelen hatte ihm einmal gesagt, daß jenes Wohlwollen das beste sei, in das sich heimliche Überlegenheit mengt. Er war bereit, sich verbindlich zu zeigen.

Er begleitete Taliph in den Hof, wo zwei riesige weiße Kamele inmitten einer Schar von Dienern in purpurnen und blauen Gewändern warteten. Im Westen färbte der Himmel sich dunkelrot. Die Luft war mild, duftete nach Jasmin und Rosen und summte vom Gewirr geschäftiger Stimmen. Ihr Duft aber war der Odem der Stadt, der aus dem Gestank der Fäulnis und dem Geruch süßer Verderbtheit bestand, stellte Temudschin fest.

Majestätisch stelzten sie durch die schmalen Gäßchen und schaukelten langsam und würdevoll von einer Seite zur anderen. Kleine rote Markisen mit goldenen Fransen schirmten sie vor der heißen Abendsonne ab. Rund um sie sprangen die Kameltreiber mit ihren Stecken und stießen schrille Schreie aus, um den Weg freizumachen.

Gefesselt sah Temudschin sich die niederen weißen Häuser mit den flachen Dächern und die weißen Mauern an, hinter denen sich Gärten verbargen, von denen nichts außer hohen Palmwedeln zu sehen war. Die Sonne tupfte orangerote Flecken auf die Mauern. Jetzt gelangten sie in die Straßen der reicheren Bürger. Hier waren die Häuser nach dem ausladenden persischen Vorbild gebaut. Schwarz-braune hohe, kunstvoll geschnitzte Säulen, bewachte Portale aus Bronze und schimmerndem Messing. Die Mauern waren niedrig, um dem Vorbeikommenden einen Blick auf die großartigen grünen Gärten und die blauen künstlichen Teiche zu gestatten. Die großen, mit Gitterwerk versehenen Fenster aber waren alle gegen die Straße verschlossen. Mit blanken Schwertern standen die dunkelhäutigen Wachen mit ihrem Turbanschmuck vor jedem Tor. Immer schwerer wurde der Blütenduft, immer lauter das Rascheln der Palmwedel im Winde, der heftig aus dem Westen blies.

Unweit des Westtores der Stadt lag der große Bazar, dem Wind und der sengenden Sonne preisgegeben. Temudschins feine Nase witterte den beklemmenden Dunst schon lange, ehe sein scharfes Auge den Bazar sah oder sein Ohr den Lärm vernahm. Der üble Hauch breitete sich über die süßen Düfte der Gärten, an denen er vorbeikam, den frischen Geruch der Brunnen und Grotten. Aber er erregte ihn, weil er würzig und kräftig und vital war.

Der Bazar dehnte sich über ein weites Gelände aus und enttäuschte ihn nicht. Er hatte schon viel von den Bazaren der Städte gehört, ohne daß er sie sich hätte vorstellen können. Der Lärm war ohrenbetäubend, obwohl sie sich erst den Ausläufern näherten. Das letzte Sonnenlicht lag glühend auf den Straßen. Als hätten die Menschen erfaßt, daß die Religion am geschäftigen, geräuschvollen Leben teilhaben müßte, umgaben Moscheen mit goldenen Kuppeln, Minaretten und den schlanken Türmchen der Muezzins, die kleinen, plumpen, schmucklosen Synagogen der Juden, die sonderbar pagodenförmigen Tempel der Buddhisten und die unauffälligen Kirchlein der nestorianischen Christen den bunten, von krabbelnden Gestalten erfüllten Bazar, der sich hinter diesen dicht zusammengedrängten Gotteshäusern ausdehnte. Goldene Staubwolken hingen über dem übelriechenden Ladenviertel, in dem sich ungestüme, lärmende Menschenmassen beim Klang von Zimbeln, Gelächter und Stimmengewirr vorwärtsschoben.

Den Boden bildete festgestampfter Lehm, den Tausende Füße glattgetreten hatten. Der Bazar sah wie eine eigene kleine Stadt aus, durch die sich enge Gäßchen wanden, die von offenen Buden emsiger Handwerker und schreiender Händler gesäumt wurden. Dazwischen drängten sich die hohen, marktschreierischen Gebäude billiger, bunter Bordelle, die Sklavenmärkte, Pferde- und Kamelboxen, offene Läden, in denen Teppiche, Schmuck, Geflügel, Obst, Seidenschals und Kleidung, Musikinstrumente, Süßigkeiten, Weine, Waffen, Spiele, Sandalen, Ledergürtel, Turbane, Fächer und tausend andere Waren zum Verkauf angeboten wurden. Das Getöse war ohrenbetäubend, der Gestank überwältigend. In dicken, schwarzen Wolken surrten die Fliegen über den ausgestellten Datteln, Feigen, Trauben und anderen Delikatessen. Die Händler trugen gewaltige Turbane. Ihre dunklen Gesichter schimmerten schweißnaß, ihre habgierigen Augen musterten funkelnd die Menschenmenge. Mit untergeschlagenen Beinen saßen sie in den Eingängen ihrer winzigen Läden oder neben ihren offenen Buden, redeten die Vorbeikommenden an, lockten sie zu sich oder beschimpften sie und lachten grölend über eine Bemerkung eines Nachbarn oder eines jungen Mannes oder eines dreisten Mädchens. Da und dort schlenderte ein junger Mann am Rande der Menge und pries mit lauter Stimme prächtig gefärbte Vögel an, die er sich mit Bindfäden auf die Schultern, die Arme und sogar an den Kopf gebunden hatte. Die Vögel kreischten, hoben ihre roten, blauen, weißen und gelben Flügel und schlugen damit in die Gesichter unvorsichtiger Fußgänger. Keck unverschleierte oder nur höchst sparsam verschleierte Mädchen streckten ihre Körbe mit Blumen und Datteln aus und versuchten, mit schlüpfrigen Reden Käufer anzulocken. Auch Schlangenbeschwörer, Zauberer und sogar einen heulenden Derwisch gab es.

Da waren unauffällige, ziemlich hochmütige Läden, in denen dem Kunstkenner persische, türkische und chinesische Handschriften angeboten wurden. Die Besitzer dieser Läden saßen nicht im Freien, sondern warteten wie belesene Spinnen inmitten ihrer emsig kopierenden Schreiber. Auch die Parfumläden waren zurückhaltend und nobel, aber aus ihren niedrigen, dunklen Gewölben drang der heiße, betörende Duft ihrer kostbaren Essenzen.

Dieses Nobelviertel war jedoch ziemlich leer. Die Käufer beschränkten sich auf die lärmenderen Straßen, in denen sich auf Tribünen Sklavinnen mit nacktem Oberkörper zur aufreizenden Musik von Flöten, Zimbeln und Pauken verrenkten, die Arme ausstreckten, mit den gesalbten Leibern wackelten und ihr langes, schwarzes Haar flattern ließen. Die Händler sprachen verhalten, aber eindringlich auf die Vorbeikommenden ein und versprachen für eine kleine Summe ungeahnte Freuden innerhalb der mit Vorhängen abgeteilten Buden. Ab und zu schlugen sie selbst auf kleine Zimbeln und warfen den tanzenden Mädchen gut gespielte begehrliche Blicke zu. Auch Marionettenbühnen gab es, vor denen sich lachende Männer und Burschen drängten und die Späße der Puppen mit Begeisterung verfolgten. Viele Interessenten zog auch der Sklavenmarkt an. Hier versicherten die dunkelhäutigen türkischen Besitzer mit den hohen Turbanen, daß die hübschen Mädchen garantiert noch unberührt seien und enthüllten von Zeit zu Zeit die Reize ihrer menschlichen Ware, aber nur eben so viel, daß der Appetit des zukünftigen Käufers angeregt wurde. Die Mädchen waren sehr jung, meist kaum mehr als Kinder, und zutiefst erschrocken. Sie waren bei Überfällen geraubt worden, und man fand die sonderbarsten Gesichter unter ihnen, hell oder golden, mit dunklen Locken oder blondem Haar, braunen, grauen, grünen oder blauen Augen, manch zart geschnittenes Gesicht verriet deutlich die ägyptische Abstammung, auch wenn die Haut schwarz wie Ebenholz schimmerte.

Temudschin jedoch fand das lärmende Gedränge an sich der Beobachtung wert. Ein buntes Rassengewirr ergoß sich schwitzend und stoßend durch die Straßen. Hier waren hochgewachsene, stinkende, wilde Afghanen mit Schnurrbart und hohem Turban; dort buddhistische Mönche mit den Gebetsmühlen in den Händen, in roten und gelben Roben und den breitkrempigen Hüten, die dunkle Schatten über ihre kühlen, elfenbeinfarbenen Gesichter gossen; da waren schlaue Juden mit strengen Lippen und glühenden Augen. Sie trugen ihre Gebetsschriften und blickten listig oder ablehnend um sich; da waren auf Besuch gekommene Wüstenbewohner, hoheitsvolle Chinesen, Tibetaner, Hindus, Koraiten, Uighuren, Merkiten, Türken und selbst große, blauäugige Männer aus den kalten Einöden. Auch elegant gekleidete, gelangweilte Perser mengten sich unter das Mischvolk, dem sie sich sichtlich überlegen fühlten. Ganz Asien traf hier seinen Nachbarn und verachtete ihn und besonders seinen Glauben. In einem bestimmten Viertel wurden Schweine geschlachtet und verkauft, aber dieser Teil lag weitab von dem Gelände, das Moslems und Juden bevölkerten. Temudschin fand das bunte Treiben ungemein fesselnd, die Menschen interessierten ihn brennend und die fremden Gesichter erregten ihn. Selbst der entsetzliche Gestank und der Staub gefielen ihm. Als er an den Pferdeboxen vorbeikam, bestand er darauf, anzuhalten und abzusteigen. Der Verkäufer verstand seine Sprache nicht, aber das hinderte weder ihn noch Temudschin, sich in einen hitzigen Wortwechsel und verächtliche Ausrufe zu verwickeln, als Temudschin fachmännisch die Tiere untersuchte. Die Auseinandersetzung mußte heftiger ausgefallen sein als gewöhnlich, denn sofort sammelte sich eine Menschenmenge an, die genußvoll obszöne Ratschläge erteilte, während Taliph auf seinem Kamel saß und vergnügt zusah. Schließlich drängte Temudschin sich verächtlich durch den Menschenauflauf und bestieg wieder sein Kamel. „Nicht einmal für den Kochtopf geeignet", entschied er geringschätzig und ritt in einem Schwall von Flüchen und Verwünschungen des Händlers davon.

Bei den Kamelboxen blieb er erneut stehen und sah sich jedes Tier kritisch an. „Mottenzerfressen", lautete sein Urteil. Er bestand darauf, vor einem Weinladen anzuhalten, den er betrat, obwohl Taliph sich weigerte, ihn zu begleiten. Er trank große Mengen Weins und Reisschnaps und mußte zu Taliph kommen und ihn bitten, für ihn zu bezahlen, da er keine Münzen bei sich hatte. Ihm auf den Fersen folgte argwöhnisch der Besitzer, fing geschickt das ihm von Taliph zugeworfene Geld auf und verneigte sich nachher bis auf den Boden hinter den hoheitsvollen weißen Kamelen.

Plötzlich setzte lautes Schreien und das Durcheinander eines Zankes ein. Irgendein junger Spaßvogel hatte ein Schwein erstanden und zerrte das quietschende Tier durch die Straßen, in denen die Buden einiger Moslems und Juden standen. Das war ein Sakrileg. Brüllend stürzten sich die jüngeren Juden und Moslems aus ihren Buden auf den jungen Mann, der bald entzückte Verbündete fand. Die meisten von ihnen waren Christen und Buddhisten. Der Kampf war zu einer religiösen und rassischen Auseinandersetzung ausgeartet und wurde jetzt mit Begeisterung und einem erfrischenden Mangel an Unterschiedslosigkeit ausgetragen. Mit Knüppeln bewaffnete Polizisten tauchten auf und verteilten ihre Hiebe mit demokratischer Unparteilichkeit. Das Schwein war inzwischen diskret von jemandem gestohlen worden, der keinerlei Einwendungen gegen Schweinefleisch erhob. Innerhalb von Minuten hatten die Händler sich in ihre Buden zurückgezogen und ihre Ausruferei wieder aufgenommen. Die Kämpfenden hatten ihre Hüte und Turbane auf den Köpfen zurechtgeschoben, und die Menge zerstreute sich. Der Friede war wieder hergestellt und alle waren glücklich.

Sie gelangten auf einen offenen Platz, wo drei graue, riesige, ernsthafte und sichtlich phlegmatische Elefanten unter den Befehlen ihrer Treiber schwerfällige Kunststücke vollführten. Horden von Kindern sahen begeistert zu. Ihre Eltern warfen den Abrichtern nachsichtig Münzen zu, die in der Luft abgefangen wurden, ohne daß der Zirkus einen Augenblick unterbrochen wurde. Die Elefanten zeigten mit philosophischer Unbeteiligtheit ihre Künste. Ihre kleinen Augen waren gelangweilt und spöttisch. Auf ihren großen Schädeln lagen Käppchen mit kleinen Glöckchen. Es waren Elefantenweibchen, die sich höchst überlegen gebärdeten. Temudschin fand sie ungemein lustig. Von Gelächter geschüttelt, schaukelte er auf seinem Hochsitz hin und her. Es waren aber nicht ihre würdevollen Kunststückchen, die er so erheiternd fand. Sie erinnerten ihn an dicke, alte Weiber.

Hinter den dichtgedrängten Kuppeln, Minaretten, Palmen und weißen Flachdächern der Stadt loderte der westliche Himmel blutrot. Die Sonne war ein ungeheurer Feuerball, der langsam versank. Temudschin hatte für Bortei eine silberne Halskette und Armreifen gekauft, einen Wollumhang für seine Mutter und eine chinesische Handschrift für Kurelen. Alles aus Taliphs großzügig geöffneter Börse. „Firlefanz", bezeichnete Temudschin seine Geschenke geringschätzig, aber er beobachtete argwöhnisch den Diener, der sie trug.

Das Getöse der Zimbeln, das Schrillen der Flöten und der Lärm des Marktes begannen, ihn zu ermüden. Aber an den sonderbaren fremden Gesichtern hatte er sich noch nicht satt gesehen.

Als sie wieder im Palaste Ung Khans anlangten, fragte Taliph, was ihn beim Anblick dieses Schmelztiegels der Welt am tiefsten beeindruckt hatte.

Temudschin überlegte kurz, dann antwortete er:

„Die Gesichtslosigkeit der Menschen."

Taliph war überrascht und erwartete eine nähere Erklärung.

„Im Ödland", fuhr Temudschin fort, „hat jeder Mensch seine Seele. Sie blickt aus seinen Augen und spricht deutlich aus seiner Stimme. Er hat ein eigenes Gesicht. In den Städten jedoch redet jeder mit der Stimme seines Nachbarn und sieht durch dessen Augen. Es wohnt keine Kraft in ihm. Er ist kein Soldat."

„Vielleicht verachten die Städter den Soldaten", wandte Taliph ein.

Temudschin zuckte die Achseln. „Aber nur, weil sie ihn beneiden. Einzig der Soldat kennt das Leben in seiner Fülle und Anregung. Der Städter ist auf ausgefallene Vergnügungen und Laster angewiesen, um sein farbloses Leben erträglich zu gestalten. Seine Seele ist anonym und niedrig, und er teilt sie mit jedem seiner Nachbarn."

Und dann prägte er einen Satz, der Taliph lange Zeit zu denken gab:

„Städte müßten leicht zu erobern sein, denn kein Städter besitzt wahre Werte, die einer Verteidigung würdig wären."

Aber er war bereits abgelenkt. Denn heute nacht sollte er Azara wiedersehen.

XXI

Der gleißende weiße Mond drang durch das Gitterwerk der Fenster und lag in kleinen Kreisen, Halbmonden, Sternen und Rhomben auf dem Boden. Sie glitzerten fahl wie aus eigener Kraft. Die kühle Nachtbrise drang ein und trug den frischen Duft der Blumen und Brunnen mit sich. Jenseits der versperrten Türen schritten die Wachen auf und ab. Im Raum selbst aber herrschte ekstatische Stille.

Azara hatte ihren Kopf auf Temudschins Brust gebettet. Er hielt ihre Hände an sein Herz gedrückt und seine Lippen an ihr Haar. Sie sprachen nicht, nicht einmal im Flüsterton. Sie fühlten, daß sie in völliger Wunschlosigkeit in einer Festung des Friedens und der Seligkeit ruhten. Für sie gab es kein Morgen. Nichts galt als diese Nacht, die in sich abgeschlossen als ein grenzenloser Taumel, unbedroht und ohne Leid aus dem Ablauf der Zeit herausgehoben war. Jenseits dieser Nacht lag räuberisch und todbringend die Welt. Sie vergaßen sie. Sie fühlten nichts als die Gegenwart des anderen.

Und dann, als der Mond absank, begann die Wirklichkeit ganz langsam in Temudschins Denken vorzustoßen. Es war, als hätte er eine Pforte seines Verstandes geöffnet und schwertumgürteten Männern den Eintritt gestattet. Er mußte sich mit ihnen auseinandersetzen. Der morgige Tag stand an der Schwelle und gebot Flucht oder Angriff.

Er bewegte sich. Aber Azara schlummerte. Er konnte die sanfte Kurve ihrer Wange, die Wimpern an ihren geschlossenen Lidern sehen. Seine Hand berührte ihr Haar. Sie seufzte. In dem sanft schimmernden Licht leuchteten ihre Brüste wie Perlen. Ihrem Körper entstieg ein warmer, zarter Duft.

Plötzlich krampfte sich sein Herz in wildem Schmerz zusammen. Er dachte: Vielleicht wäre es besser, jetzt aufzustehen und sie für immer zu verlassen. Ich kann ihr nichts als Leid und Pein bringen. Ich bin wie ein schwarzer Schatten über ihr Leben gefallen. Soll ich auch wie ein Schatten entschwinden und die freundlichere Sonne wieder auf sie scheinen lassen?

Aber er wußte, daß es für sie keine freundliche Sonne mehr geben konnte. Sie war zu jung und hatte zu rückhaltlos geliebt. Wäre ihr Gefühl weniger tief gewesen, hätte sie sich erholen können. Er hatte sein eigenes Ich zurückgestellt; die fordernde Wildheit des Barbaren war vom Engel der selbstlosen Liebe im Bann gehalten worden. Wohin mein Weg mich führen mag, er muß auch ihr Weg sein, dachte er.

Azara rührte sich, seufzte, lächelte im Schlaf und erwachte. Sie blickte zu ihm auf. Unaussprechliches Entzücken huschte wie ein Lichtstrahl über ihr schönes Antlitz. Sie schlang ihre Arme um seinen Hals und lag an seinem Herzen. Ihm war, als öffnete sich dieses Herz, um sie mit leidenschaftlicher Zärtlichkeit zu empfangen.

„Mein Lieb", flüsterte er, „es dämmert beinahe schon. Ich muß dich verlassen. Aber schenk mir einen Augenblick Gehör. Du weißt, daß wir in schrecklicher Gefahr schweben. Heute nacht komme ich dich wieder besuchen. Aber wenn ich im Morgengrauen aufbreche, dann nur mit dir. Gemeinsam werden wir in die Steppen fliehen und mein Volk wird dich als seine Königin begrüßen."

Sie lauschte. Ihre Augen hingen in tiefem Ernst an seinem dunklen Gesicht. Das Leuchten war aus ihrem Antlitz geschwunden. Dann erhob sie sich, saß an der Kante des Lagers und sah mit solch durchdringender, kummervoller Hingabe auf ihn hinab, daß er betroffen war. Das helle, schimmernde Haar fiel ihr über Schultern und Brust.

„Meine Krieger werden bereit sein", fuhr er fort. „Wir besitzen die schnellsten Pferde der Welt. Ehe der Palast erwacht und du vermißt wirst, sind wir schon meilenweit fort."

Der Kummer ließ ihr Gesicht erbleichen. Dann hauchte sie: „Wir haben noch fünf Nächte vor uns, Temudschin. Wir wollen sie auskosten bis zur Neige."

Er runzelte die Brauen und stützte sich auf den Ellbogen.

„Und dann?"

Sie schwieg still. Der Kopf sank ihr auf die Brust.

Empörung flackerte in ihm auf. „Und dann wirst du die Gemahlin des Kalifen werden."

„Nein", murmelte sie, „ich werde nie einem anderen Mann als dir gehören."

„Heißt das, daß du nach fünf Nächten mit mir kommen willst?"

Sie hob den Kopf und lächelte ihn mit schmerzlicher Hingabe an.

„Merk dir eines, mein Gebieter: Ob im Leben oder im Tod, ich werde immer bei dir sein."

Ein Frösteln überlief sie. Sie zog sich das dichte Haar wie einen Mantel um den Leib. Aber das Lächeln stand unverändert und traurig in ihrem Gesicht.

Er überlegte ihre Worte. Aus einem unerklärlichen Grund rann ihm ein kalter Schauer über den Rücken. Er sah sie forschend an, als wollte er ihre Gedanken lesen.

Da begann sie wieder murmelnd zu sprechen:

„Temudschin, ich kann dir nur den Tod oder die Folter bringen. Mein Vater würde aus Angst vor dem Kalifen nicht wagen, mir zu verzeihen. Er würde mich aufspüren, einerlei, wo du mich und dich verstecken magst. Ich bange nicht um mich. Meine Sorge gilt nur dir. Wenn du mich liebst, dann wirst du nach diesen fünf Nächten fortreiten und nie mehr wiederkehren und versuchen, mich zu vergessen."

Während ihrer Worte ließ die Wut sein Gesicht allmählich schwarz anlaufen. Heftig packte er sie am Handgelenk.

„Bist du eine Dirne? Bist du meiner schon müde?"

Sie gab keine Antwort, sondern sah ihn nur in grenzenlosem Schmerz an, daß er sich schämte. Aber er gab ihr Handgelenk nicht frei.

Weinend sagte sie: „Wenn ich über dich und dein Volk Verderben heraufbeschwöre, dann hat die ganze Welt nicht mehr die geringste Freude für mich."

Nach kurzem Überlegen sagte er: „Ich kann dich nicht aufgeben. Entweder du fliehst mit mir zu meinem Volk und hoffst auf ein gütiges Geschick, oder ich bleibe hier. Ich werde vor deinen Vater treten und verlangen, daß er dich mir zur Frau gibt, weil du keine passende Braut für den Kalifen bist."

Sie schlug sich die schlanken Hände vors Gesicht, und Tränen quollen zwischen ihren Fingern hervor. Er stand auf, kleidete sich an und betrachtete sie düster. Eben, als er gehen wollte, zog sie die Hände fort und lächelte ihn mit weißen Lippen an.

„Ich habe es dir bereits gesagt, Temudschin: wo du bist, werde auch ich in aller Ewigkeit sein." Sie streckte ihm die Arme entgegen und er preßte sie ungestüm an sich und vergrub sein Gesicht an ihrer Schulter. Sie hielt ihn, wie eine Mutter ihren Sohn hält: bekümmert und voll schmerzlicher Zärtlichkeit.

„Du wirst vor meinem Vater kein Wort über mich verlieren, Temudschin?" fragte sie.

„Kein Wort", murmelte er mit dem Mund an ihrem Körper.

„Schwörst du es mir? Schwörst du, bei allem was dir heilig ist?"

Selbst in seiner tiefen Leidenschaft war er von dem drängenden Ernst ihrer Worte betroffen.

„Ich schwöre", antwortete er. Er lächelte. „Ich schwöre bei mir selbst, denn ich bin der einzige, der mir heilig ist."

Sie sah ihn an, als wollte sie seine Seele ergründen und sie sich für immer einprägen.

Er griff nach einer Strähne ihres Haares und drückte sie an seine Lippen. Mit wehmütigem Lächeln sah sie ihm zu.

„Nimm dir eine meiner Locken, Temudschin", sagte sie schwach. „Nimm sie als Glücksbringer und als Erinnerung an mich."

„Ich vergesse dich auch ohne Glücksbringer nicht, Azara. Aber wenn du es wünschest, nehme ich mir eine Locke."

Er schnitt eine lange Strähne ab. Sie ringelte sich um seine Finger, als liebte sie ihn. Das Haar war warm und so weich und schimmernd wie Seide.

Wieder hielt sie ihm Arme und Lippen entgegen. Er drückte sie an sich, und ihm war, als verschmölze ihr Leib mit seinem und würde zu einem Teil seines Körpers. Er konnte ihre salzigen Tränen schmecken, aber sie hörte nicht auf zu lächeln.

Hellrotes Feuer durchzog den östlichen Horizont. Er mußte fort. Langsam und inbrünstig küßte er ihre Hände, und sie ließ die Augen nicht von ihm und schien kaum zu atmen. Als er aus dem Gemach ging, sah sie ihm bis zuletzt nach, als wollte sie jede Einzelheit in sich aufsaugen.

Er war sehr glücklich, als er in seinen eigenen Gemächern eintraf. Chepe Noyon und Kasar wachten eben auf. Sie waren erleichtert, ihn wieder zu sehen, sagten aber nichts. Nachdem er sie herzlich begrüßt hatte, legte er sich nieder und schlief augenblicklich ein.

„Was können wir tun?" fragte der einfältige Kasar verzweifelt.

„Ich weiß es nicht", erwiderte Chepe Noyon und schüttelte den Kopf. „Aber ich glaube, daß keine Macht im Himmel oder auf Erden Temudschin zu schaden vermag. Die Götter sind seine Schutzherren, und er ist das Werkzeug in ihren Händen."

„Glaubst du das wirklich?" fragte der abergläubische Kasar und betrachtete seinen schlafenden Bruder scheu.

Chepe Noyon lächelte. „Ich glaube an keine Geister, aber es gibt Männer, die zu großen Taten auserkoren sind. Unser Herr ist einer von ihnen."

XXII

Im Schlaf hatte Temudschin einen sonderbaren und schrecklichen Traum.

Er träumte, daß er schlafend auf diesem Diwan lag und eine Berührung an der Schulter fühlte. Er träumte, daß er aufwachte und Azara im strahlenden Sonnenlicht neben ihm stand. Aber sie war weiß und kalt wie Eis, auch wenn sie ihn mit unsäglicher Liebe anlächelte. Er war maßlos erschrocken und dachte: welcher Wahnwitz, daß sie in diese Gemächer zu mir gekommen ist.

Sie neigte sich über ihn und küßte ihn auf den Mund. Ein kalter Schauer überlief ihn, denn ihre Lippen waren starr und eisig.

Er stieß einen Schrei aus und versuchte, sie in die Arme zu schließen. Sie aber schüttelte den Kopf und wich lächelnd zurück. Die Tränen strömten ihr übers Gesicht.

Ohne den Blick von ihm zu wenden, ging sie dann rücklings zum Eingang, sie hob die Vorhänge und sah ihn bis zur letzten Sekunde an. Ihre Lippen bewegten sich, aber er konnte nichts hören. Der Vorhang fiel schwer hinter ihr zu und sie war verschwunden.

Eine eiserne Lähmung hielt seinen Körper gefangen. Er kämpfte dagegen an. Er fühlte, wie ihm der Schweiß in die Augen troff. Endlich gelang es ihm, seine Unbeweglichkeit abzuschütteln. Er sprang auf. Kräftiger Sonnenschein fiel durch das Gitterwerk der Fenster ins Gemach, aber er wärmte ihn nicht. Er zitterte am ganzen Körper. Er lief über die Schwelle in den Gang hinaus und rief aus Leibeskräften nach Azara. Er kam an den wachehaltenden Eunuchen mit den nackten Leibern und gezückten Schwertern vorbei, aber sie schienen ihn weder zu sehen noch zu hören. Er rannte in den Garten hinaus, dessen bunte Blumen im Sonnenschein leuchteten, und sah das Funkeln der Teiche und Brunnen. Eine Gruppe junger Mädchen kicherte und amüsierte sich. Er sprach sie an und fragte sie, ob sie Azara gesehen hätten. Aber sie gaben ihm keine Antwort. Sie nahmen so wenig Notiz von ihm, als ob er ein Schatten wäre.

Er hastete laut rufend durch den Garten. Durch einen Hain nikkender, klatschender Palmen sah er schließlich Azara, die wie ein Sonnenstrahl dahinrannte. Er verfolgte sie, aber er konnte sie nicht einholen. Seine Beine gaben unter ihm nach und sein Körper war schwach. Er flehte sie an, auf ihn zu warten. Aber sie blickte sich nicht um.

Plötzlich gewahrte er eine hohe, glatte, weiße Mauer vor Azara. Er entsann sich nicht, sie schon früher gesehen zu haben. In die Mauer war ein riesiges goldenes, kunstvoll zieliertes Tor eingelassen. Diesem Tor näherte sich Azara. Es ging auf wie von unsichtbaren Händen geöffnet, und sie stand an der Schwelle. Jetzt drehte sie sich um und sah auf Temudschin zurück. Ihr Angesicht war das einer Toten, aber sie lächelte ihm zu. Und jetzt vernahm er auch ihre Stimme wie ein schwaches Echo.

„Kehre um, Temudschin. Du kannst hier nicht eintreten. Kehre um, mein Geliebter."

Sie drückte die Hände an die Lippen und warf ihm einen Kuß zu. Dann neigte sie das Haupt, überschritt die Schwelle und das Tor schloß sich lautlos hinter ihr.

Keuchend und laut schluchzend erreichte er das Tor. Die Sonne fiel in goldenen Wellen darauf. Er hämmerte dagegen, bettelte, rief, brüllte. Aber es öffnete sich nicht.

„Azara!" rief er. „Ich bin es! Komm zurück zu mir!"

Dann erst wurde er sich der tiefen, leuchtenden Stille rundum bewußt. Er sah niemanden. Der Garten war leer. Erde und Himmel waren leer und leuchteten warm und friedvoll. Verzweifelt blickte er um sich. Nicht einmal das Zwitschern eines Vogels oder eine menschliche Stimme war zu vernehmen. Links von ihm erhob sich anmutig und still der Palast und schimmerte im grellen Licht.

Die Verlassenheit blutete wie eine Wunde in seinem Herzen. Ihm war, als wollte das Leben aus seinem Körper weichen. Er sank auf die Erde neben dem Tor, und Dunkelheit fiel über seine Augen.

Plötzlich erwachte er zitternd und laut schluchzend. Niemand war in seiner Nähe. Er lag allein in seinem Gemach. Warme, sonnenhelle Luft bewegte die Vorhänge in den Torbogen, und er hörte das ferne, emsige Raunen des Palastlebens.

Er richtete sich auf und versuchte, gegen das Zittern anzukämpfen und die gräßliche Übelkeit zu überwinden. Er kleidete sich an. Seine Arme waren kalt und gefühllos, und plötzlich mußte er sich höchst unfein übergeben.

Sobald der Anfall vorbei war, legte er sich schwach wie ein Kind wieder auf den Diwan. Völlige Verlassenheit und Verzweiflung schlugen über ihm zusammen. Es dauerte lange, ehe er sich aus der Düsternis seiner Gefühle aufraffen konnte. Schließlich dachte er: Das war ein Zeichen. Wir dürfen nicht warten. Noch heute nacht müssen wir fliehen.

Die Vorhänge wurden auseinandergeschoben, und Chepe Noyon und Kasar traten mit jungenhaftem Gelächter ein. Als sie jedoch Temudschins Antlitz erblickten, schwiegen sie erschrocken still.

Er befahl sofort mit heiserer, schwacher Stimme:

„Sorgt dafür, daß unsere Krieger heute um Mitternacht aufbruchsbereit sind."

Unendliche Erleichterung zeichnete sich auf den Mienen der jungen Männer ab.

„Wird geschehen, Herr", sagte Chepe Noyon. Er warf Kasar einen Blick zu und nickte.

Temudschin setzte sich auf und legte die Hände an seine schmerzende Stirn. „Azara kommt mit uns", sagte er.

Chepe Noyon erbleichte. Er preßte die Lippen zusammen. Kasar stieß einen unterdrückten Schrei aus und blieb dann still.

„Wird geschehen", wiederholte Chepe Noyon. Er holte tief Luft, ohne wieder auszuatmen. Seine Hand tastete nach dem Knauf seines Schwertes.

Sie wußten jetzt, was sie erwartete. Aller Wahrscheinlichkeit nach der Tod, wenn nicht sofort, dann in nächster Zukunft. Aber sie konnten nichts tun als gehorchen. Temudschin war ihr Khan. Sein Wort war ihr Gesetz. Verhärmte Reife und Entschlossenheit senkten sich über Kasars hundetreues Gesicht.

Keiner der beiden versuchte, Temudschin von seinem Vorhaben abzubringen.

Temudschin war in finsteres Brüten versunken. Er vermochte die Speisen, die ihm die Diener vorsetzten, nicht anzurühren. Er war fiebrig. Chepe Noyon schlug ihm einen Spaziergang im Garten vor, aber er schüttelte den Kopf. Seine sonnengebräunte Haut war bleich und feucht. Das rote Haar stand ihm wie eine Löwenmähne ums Haupt. Er sah wie ein von einer entsetzlichen Vorahnung Besessener aus.

Chepe Noyon war ein feinfühliger Mensch und versuchte, ihn mit munteren Gesprächen abzulenken, aber Kasar brachte kein Wort hervor. Temudschin hörte Chepe Noyon zu, aber in Wirklichkeit kreiste seine Aufmerksamkeit um jedes der schläfrigen Geräusche des Palastes. Mitten in Chepe Noyons Worten hob er plötzlich ruckartig die Hand.

„Horch!" rief er. „Hast du nicht eine Frau aufschreien hören?"

Chepe Noyon lauschte, dann schüttelte er den Kopf. „Nein, es war nichts." Dann horchte er wieder und angestrengter. Das schläfrige Summen des Palastes war verstummt, als hätten sich kalte Hände auf zahllose Münder gelegt. Drückende Stille war über alles Leben gefallen. Kein einziger Laut ließ sich vernehmen. Selbst die Vögel, der Wind und die Bäume schienen verstummt zu sein.

Temudschin sprang auf die Beine. Wie ein plötzlich aufgeschrecktes wildes Tier stand er vor seinen Gefährten, aber er sah sie nicht an. Er starrte lauschend vor sich hin, hielt den Kopf geneigt und zitterte sichtbar am ganzen Körper. Von seiner Haltung angesteckt, horchten auch sie, und ihre Herzen klopften angstvoll.

Plötzlich erbebte der Palast wie unter dem Anprall einer Sturmbö, und von allen Wänden widerhallten Schmerzensschreie und Klagerufe. Es war, als weinte der Wind durch jeden Gang, pochte an jede Tür, rüttelte an jeder Säule und jeder Wand. Wild schwoll es zu einem erschreckenden, ohrenbetäubenden Crescendo an.

Temudschins Gesicht sah aus wie versteinert. Schlaff hingen seine Arme herab. Chepe Noyon aber rannte in die Halle hinaus. Sie ging von Eunuchen und Frauen und Sklaven beiderlei Geschlechts über, die blindlings hin und her hasteten. Er bekam eine Frau am Arm zu fassen und sah in ihr entsetztes Gesicht. Ihr Mund stand offen und stieß pausenlos Schreie aus. Er schüttelte sie, aber sie starrte ihn weiterhin an, ohne zu sehen, und kreischte. Er versetzte ihr eine schallende Ohrfeige und verlangte die Ursache des Geschreis zu wissen.

Da brach sie in Tränen aus und sah ihn erst jetzt. „Die Prinzessin Azara!" jammerte sie. „Man hat sie in ihrem Gemach gefunden. Mit ihrem eigenen Gürtel erhängt!"

Das Entsetzen verwandelte Chepe Noyon zu Marmor. Er gab die Frau frei und stand wie ein schlanker Baum in der Flut inmitten der vorbeistürmenden Scharen. Sein einziger Gedanke war: Sind sie über Temudschin unterrichtet? Und: Wir müssen sofort fliehen.

Er machte kehrt, kämpfte sich durch die weinenden, jammernden Menschen und kehrte in seine Gemächer zurück. Dort traf er Temudschin noch immer wie versteinert an. Er rührte sich nicht und atmete nicht. In dem gespenstischen Gesicht führten nur seine grünen Augen ein fürchterliches Leben. Da begriff Chepe Noyon, daß Temudschin es schon gehört hatte und alles wußte.

Er sprach sehr ruhig, und seine feste Stimme klang völlig tonlos:

„Sie hat es um meinetwillen getan. Sie hat sich für mich geopfert."

Aber er weinte weder, noch schluchzte er auf. Er sah aus wie ein Mann, für den das letzte Rätsel gelöst war.

XXIII

Der Palast versank in der schwarzen Teilnahmslosigkeit des Kummers, Schreckens und der Verzweiflung. Wieder hatte die Stille sich seiner bemächtigt, aber es war eine kopflose Stille. Die Diener bewegten sich stumm wie verstörte Schatten. Selbst die Eunuchen, die alle Frauen haßten, hatten Azara geliebt. Sie stützten sich auf ihre Schwerter, ließen die Köpfe hängen und weinten lautlos.

Es hieß, Ung Khan hätte einen Zusammenbruch erlitten und läge bewußtlos in seinem Gemach. Nur sein Sohn Taliph weilte bei ihm. Andere Besucher ließen die Ärzte nicht ein. Sie wollten es nicht einmal einem muselmanischen oder christlichen Priester gestatten, den Khan zu sehen. Er lag steif wie ein Toter auf seinem Diwan und sein altes, verschrumpftes Gesicht war dunkelrot angelaufen und aufgedunsen. Die Gesandten des Kalifen tuschelten hinter verschlossenen Türen und schüttelten bedenklich die Köpfe. Auch die Gesandten der Sultane flüsterten. Es herrschte ein gedämpftes Kommen und Gehen. Statuen wurden mit schwarzen Tüchern verhängt. Im Palastbereich krochen schwarze Schatten, denn man hatte die Sonne ausgeschlossen.

In ihrem eigenen Schlafgemach lag Azara. Sie lächelte blaß und gelöst in ihrem letzten Schlaf. Nur die verängstigte, schluchzende Gemahlin Taliphs war bei ihr. Sie hatte Azara einen silbernen Schal um den Hals gewunden, der die gräßlichen Spuren des Todes verdeckte. Die Hände waren über ihrer Brust gefaltet, das lange

Haar wallte ihr über Schultern und Körper. Sie war sonderbar lebendig und schien in dem verdunkelten Gemach ein goldenes Leuchten auszustrahlen. Hinter den Türen flüsterten und zitterten die Gemahlinnen Ung Khans und Taliphs. Sie hatten Gesichter und Häupter mit schwarzen Tüchern verhüllt. Sie tuschelten, daß Azara verrückt geworden war, daß sie lieber gestorben war, als den alten muselmanischen Kalifen zu heiraten. Die Augen dieser Frauen, die Azara seit jeher gehaßt hatten, glitzerten gehässig und erregt.

In den Gängen stauten sich reglose Menschengruppen, die entweder schwiegen oder miteinander flüsterten.

Chepe Noyon konnte Temudschin, der die Befehle für den Aufbruch in der gleichen Nacht erteilte, nur bewundern. Sein Gesicht war grau und ausdruckslos. Seine Augen waren wie grüne, leblose Steinsplitter. Er sprach nicht von Azara. Chepe Noyon war ungemein erleichtert. Der realistische und zielstrebige Temudschin würde jetzt keine Energien mehr an dieses Totenhaus verschwenden. Er würde seine Gefühle auf ein Mindestmaß beschränken, das keine Gefahr mehr bedeutete. Was ihn hierhergeholt hatte, war verschwunden. Er konnte aufbrechen. Er war ein weiser Mann. Chepe Noyon wußte, daß er nie wieder Azaras Name von Temudschins Lippen hören würde. Sie war wie ein unseliger Traum, wie der Schatten des Todes über einer Unzahl von Menschen verschwunden.

Chepe Noyon dachte: Wenn es Götter gibt, dann danke ich ihnen für den Tod dieses Mädchens. Dies ist nur ein weiterer Beweis, daß sie an Temudschins Geschick Anteil nehmen.

Der zynische junge Mann war plötzlich beeindruckt und abergläubisch. Aber er war auch fröhlich. Er fürchtete den Tod nicht, aber er sehnte ihn auch nicht herbei. Lieber war es ihm, zu leben. Und jetzt war ihm das gestattet.

Keiner bemerkte ihren mitternächtlichen Aufbruch, denn alle waren vollauf mit dem tragischen Tod Azaras und dem ernsten Zustand Ung Khans beschäftigt. Ihre Abwesenheit würde erst nach Tagen auffallen. Dann würden sie vergessen sein. Sie waren nichts weiter als stinkende Wilde aus der Steppe, mit eingefetteten Gesichtern, leicht gebogenen Reiterbeinen, und mit absonderlichen

Gewändern angetan. Chepe Noyon sah sich, wie die Städter ihn sahen, und war aus ganzem Herzen dankbar.

Sie verließen die Stadt und wurden nur flüchtig von den Torwachen angehalten. Der Mond zerteilte sich in bleiche Schwaden, und Erde und Himmel schwammen in nebelhaften Wolken. Die Krieger ritten hinter ihrem Herrn her. Der Hufklang ihrer Pferde war der einzige Laut in der tiefen Stille. Temudschin gab seinem Hengst die Sporen. Die anderen paßten sich seinem beschleunigten Tempo an. Rund um sie dehnte sich die dunkle Ebene reglos unter dem Mond.

Chepe Noyon ritt knapp hinter Temudschin. Er konnte sein Gesicht deutlich sehen. Es war grau und schimmerte doch wie Stahl. Seine Augen blickten starr geradeaus. Woran denkt er? fragte Chepe Noyon sich. An Azara, für die er alles aufs Spiel setzen wollte, selbst jene, die ihn liebten und ihm dienten? Aber Chepe Noyon wies sich selbst zurecht. Kein Mann konnte mit einem solchen Gesicht seiner verstorbenen Geliebten gedenken. In diesem Antlitz war keine Verzweiflung, kein Schmerz. Es war das Gesicht eines raubgierigen Falken, der seine Beute mit sonderbar menschlicher Regung haßte.

Jetzt waren sie in der schwarzen, endlosen Einöde angelangt. Der Mond trat klarer hervor. Die Luft war bitter kalt und reglos wie der Tod. Sie saßen ab und bereiteten sich auf die Übernachtung vor. Chepe Noyon sah, daß Temudschin nicht die Absicht hatte, Befehle zu erteilen, deshalb erließ er selbst die Kommandos. Es sollten keine Feuer angezündet werden. Sie würden ihr getrocknetes Fleisch essen, das sie unter den Sätteln ihrer Pferde mit sich geführt hatten, damit es durch die Wärme der Tiere weich wurde. Sie sollten Wasser trinken. Jeder sprach und bewegte sich so vorsichtig, als erwarte er Feinde.

Temudschin aß nichts. Er saß mit seinem Bruder und Chepe Noyon abseits von den anderen. Die Hände hingen ihm zwischen den Knien hinab. Er schien in tiefe Wehmut versunken zu sein. Aber bestimmt war es keine Trauer. Dazu war das Gefühl zu streng, zu bedrohlich.

Die Männer hüllten sich in ihre Mäntel und streckten sich neben ihren Pferden zum Schlafen aus. Temudschin legte sich an

Chepe Noyons Seite nieder. Der war angenehm müde, aber noch immer bedrückte ihn eine unklare Angst.

Dann sagte Temudschin, als spräche er laut zu sich, und seine Stimme klang still und tief:

„Ich werde mich rächen."

Chepe Noyon schrak auf. Rächen? An wem? In wachsender Unruhe schlug er sich mit dieser Frage herum. Aber der Schlaf holte ihn aus dem unlösbaren Rätsel.

Später wachte er ruckartig auf und wußte, daß er längere Zeit geschlafen haben mußte. Der Mond war verschwunden. Jetzt herrschte tiefe Finsternis. Chepe Noyon jedoch setzte sich angestrengt lauschend auf und spannte alle Sinne, um besser zu hören. Er konnte nichts sehen, aber er wußte, daß keiner sich bewegte, nicht einmal Temudschin, der in seinen Mantel gehüllt neben ihm lag.

Er entschied, daß er das Geräusch, das ihn geweckt hatte, geträumt haben mußte. Es hatte geklungen wie das völlig gebrochene, trockene und erstickte Weinen eines Mannes.

XXIV

Jeden Morgen und Abend suchte Jamuga den Horizont ab und hoffte verzweifelt, den heimkehrenden Temudschin zu sichten. Mit jedem weiteren Tag wuchs seine Unruhe. Nacht um Nacht tröstete er sich selbst damit, daß Temudschin klug und scharfsinnig sei, und jeden Morgen kehrte seine alte gönnerhafte Unterschätzung seines Blutsbruders zurück und er war überzeugt, daß der Untergang bereits irgendwo hinter dem Horizont, den er so ungeduldig anstarrte, sprungbereit auf der Lauer lag.

Seine Stellung machte ihn nicht sehr glücklich, denn er war nicht dumm. Er durchschaute, daß er nicht nur vorübergehend der Khan war, sondern selbst während seiner Regentschaft eine nicht ernst genommene Rolle spielte. Die eigentliche Herrschaft über den Stamm lag in den Händen des schweigsamen schönen Subodai. Zwar holte dieser häufig und mit großer Ehrerbietung seinen Rat ein, aber das war eine reine Formsache. Wie meistens fühlte er sich hilflos von einer Strömung getrieben, die ein anderer bestimmte. Für einen Mann seiner kühlen, versteckten Eitelkeit war das unerträglich. Die blasse, strenge Falte zwischen seinen Brauen vertiefte sich. Er zeigte sich in Nebensächlichkeiten kleinlich und launenhaft, um seiner Umwelt zu beweisen, daß er und nicht Subodai der Khan sei. Er machte sich der Sprunghaftigkeit und Starrköpfigkeit schuldig. Aber nicht einmal das machte ihm Freude. Unter dem ihm gezollten Respekt ahnte er versteckte Verachtung und fühlte, wie sein blutleerer Hochmut insgeheim belächelt wurde. Hätte Temudschin diese versteckte Ablehnung gespürt, er hätte die Leute erzürnt zur Rede gestellt und ihnen ehrliche Achtung und Angst abgerungen. Jamuga jedoch war gleichzeitig zu stolz, zu schüchtern und zu ichbefangen, um eine offene Aussprache zu wagen, deren Ausgang zu seinen Gunsten er bezweifelte.

Er hatte zu viele Hemmungen, um grausam zu sein, besaß aber auch keine echte Wärme und Herzlichkeit, und daher blieb ihm die Zuneigung an Stelle der Achtung versagt. Entweder setzten seine Mitmenschen ihn in Verlegenheit oder sie beunruhigten ihn. Hätte man ihm brutale Gewalt zugetraut, dann hätte er mit seiner Unnahbarkeit Angst oder sogar Verehrung eingeheimst. Aber kalt, unsicher, voll unklaren erkennbaren Hochmuts, stolz und eitel, fehlte es ihm an Kraft und Tüchtigkeit, und daher stieß er überall auf Mißachtung. Als die Tage verstrichen, konnte der strenge, aber gemäßigte Subodai das Volk nur noch durch ungeheure Willenskraft und leise Warnungen dazu bewegen, Jamugas Worte zu befolgen und ihn zumindest in dem Glauben zu belassen, daß er der Herrscher sei. Das entdeckte der feinfühlige Jamuga bald, und dünner, giftiger Haß gegen Subodai, der sich ohne sichtbare Anstrengung überall durchzusetzen verstand, züngelte in ihm auf. Nachts vergoß er bittere Tränen und konnte nicht schlafen.

Einmal unterlief ihm ein schwerer Fehler, der in späteren Jahren schreckliche Früchte für ihn tragen sollte.

Er hatte sich vorgenommen, während seiner Regentschaft viele „Ungerechtigkeiten" zu beseitigen, um Temudschin bei dessen Rückkehr an Hand dieser Beispiele einige Irrtümer seiner Verwaltung klarzumachen.

Jeder Statthalter durfte uneingeschränkt über Leben und Tod jener Stammesangehörigen bestimmen, die seiner Rechtssprechung unterstanden. Der Statthalter fällte sämtliche Entscheidungen, sprach in allen Streitfragen Recht und bestrafte jene, die gegen das Gesetz verstoßen hatten. War ein Mann zum Tode verurteilt worden, so konnte niemand gegen das Urteil des Statthalters Berufung einlegen.

Zufällig wanderte Jamuga einmal bei Sonnenuntergang düsteren Sinns durch die Zeltstadt, um seinen gewohnten Aussichtspunkt zu beziehen, von dem aus er den abendlichen Horizont nach Temudschin absuchte. Dieser Platz lag weit von seiner eigenen Jurte entfernt. Dieser Teil des Lagers unterstand einem strengen Mann mittleren Alters. Er hieß Agoti, und Jamuga kannte ihn flüchtig und fand ihn wegen seiner starren Schwerfälligkeit höchst unangenehm. Zu tief in seine eigenen trüben Gedanken verstrickt, hörte er anfangs gar nicht, daß aus einer großen Jurte das Wehklagen und Schluchzen von Frauen und Kindern drang. Schließlich aber fiel es ihm doch auf. Er war eher empfindlich als mitleidig, und der kreischende Lärm störte ihn, deshalb wollte er der Sache auf den Grund gehen. Er fand in der Jurte an die zwanzig junge Frauen, zwei ältere und zwei Greisinnen und zumindest zwölf Kinder vor. Sie hockten zusammengedrängt in der raucherfüllten, dumpfen Jurte und hatten sich Tücher über die Köpfe gezogen. Alle weinten und jammerten gemeinsam und schaukelten hin und her.

Jamugas leise Stimme vermochte anfangs die Mauer der Trauer nicht zu durchbrechen, aber schließlich bemerkte ein Junge ihn und machte seine Mutter auf den Khan aufmerksam. Bei seinem Anblick schrie sie laut auf, warf sich vor ihm auf den Boden, kroch vor seine Füße, küßte sie, benetzte sie mit ihren Tränen und flehte um Gnade. In Sekundenschnelle schlossen sich sämtliche andere Frauen ihrem Beispiel an, und Jamuga fand sich in einem Alptraum von markerschütternden Schreien und flehentlichen Bitten. Vor der Jurte sammelte sich ein kleiner Menschenauflauf an, der sich in Vermutungen erging.

Endlich gelang es Jamuga, festzustellen, daß ihr Herr, Chutagi, zum Tode verurteilt worden war. Keiner schien den Grund für diese Strafe zu kennen, aber der Mann sollte auf Befehl Agotis um Mitternacht erdrosselt werden. Einzig der große Khan Jamuga Sechen konnte ihn retten. Sie knieten vor ihm, warfen sich zu Boden, klammerten sich weinend an sein Gewand. Das schwache Licht fiel auf ihre verhärmten, tränennassen Gesichter, das wirre Haar. Eine der älteren Frauen war die Mutter Chutagis und eine andere seine Großmutter. Alle anderen waren seine Frauen, Töchter und Söhne.

Jamuga sah sie an. Sein bleiches Gesicht verzerrte sich, und er preßte die Lippen zusammen. Zornbebend dachte er an Agoti. Schließlich gelang es ihm, sich vor den Zugriffen der Frauen zu retten. Er versprach ihnen, mit Agoti zu sprechen und in Erfahrung zu bringen, welches Verbrechen Chutagi begangen hatte und was sich für ihn tun ließ.

Sein Herz klopfte schmerzhaft, und eine ungewohnte, grimmige Erregung loderte in ihm, als er zu seiner Jurte zurückging. Er wußte nicht, weshalb er die Sache so ernst nahm. Daß die Stammesgesetze unverletzlich waren, wußte er, und es war ihm klar, daß Chutagi schwer gegen eines dieser Gesetze verstoßen hatte. Er konnte sich nicht erklären, weshalb er einzugreifen wünschte. Er versuchte, seine Gefühle nicht näher zu untersuchen und nicht daran zu denken, was er tun würde. Aber er schien Temudschins Gesicht vor sich zu sehen, und sein dünner, giftiger Haß schlug sich ihm auf den Magen. Er begann, am ganzen Körper zu zittern, seine Eingeweide verkrampften sich. Trotzdem empfand er nicht das geringste Mitleid für den Verurteilten und nicht einmal für die Frauen.

Am Eingang seiner Jurte hielt er an. Dem befremdlichen Impuls folgend, begab er sich dann in Temudschins Jurte. Dort angelangt, befahl er einem Diener, Agoti sofort vor ihn zu bringen. Dann betrat er Temudschins Jurte und nahm auf dessen leerem Diwan Platz. Schwer atmend, blickte er um sich. Seine Handflächen waren feucht, er bebte und sein Mund war trocken. Jetzt begriff er zum Teil seine Erregung. Es war Wut, die ihn umklammert hielt, aber eine ungewisse Wut, wie er sie noch nie erlebt hatte. Hinter ihm hing die Flagge mit den neun Jakschwänzen und darunter einer von Temudschins Säbeln. Er griff nach diesem Säbel und legte ihn quer über seine Knie. Dann wartete er, und sein Atem ging mühsam und pfeifend.

Viele hatten ihn die Jurte betreten sehen und standen nun heftig tuschelnd draußen. Bald gesellten sich andere zu ihnen. Innerhalb von wenigen Minuten hatten sich beinahe fünfhundert Mann um Temudschins Jurte zusammengerottet. Jamuga Sechen hatte den Wohnsitz ihres Herrn betreten, saß auf dessen Diwan und hielt Temudschins Säbel!

Als der herbeigerufene Agoti sich der Jurte näherte, zog er einen dichten Menschenschwarm hinter sich her. Alle wußten, daß sich eine Ungeheuerlichkeit anbahnte. Agoti aber schritt unerschrocken aus und starrte gleichgültig, ja sogar verächtlich vor sich hin. Ab und zu spie er aus und maß die Männer, die zurückzuckten und die Augen niederschlugen, mit verächtlichen Blicken.

Bei Temudschins Jurte angelangt, sagte er mit lauter Stimme: „Nun denn!" Und er lächelte in finsterem Grimm. Dann betrat er das Zelt und verneigte sich tief und spöttisch vor Jamuga Sechen. Schweigend wartete er darauf, daß Jamuga das Wort ergreifen möge.

Jamugas weißes Gesicht glänzte schweißnaß. Seine hellblauen Augen glitzerten vor Aufregung. Aber seine Stimme klang gefaßt.

„Agoti, ich höre, daß du einen gewissen Chutagi zum Tode verurteilt hast. Warum wurde ich nicht davon unterrichtet?" So ruhig seine Stimme klang, drang sie doch bis an die scharfen Ohren der nächststehenden Mongolen, und die Worte wurden rasch weitergegeben.

Agoti maß Jamuga mit seinen Blicken. Dann quoll sein Gesicht auf. Er vermochte nicht, die Mißachtung und Arroganz in seinem Tonfall zu unterdrücken, als er antwortete:

„Herr, ich bin Statthalter. Ich habe niemand Meldung zu machen, nicht einmal unserem Gebieter Temudschin, wenn ich über mir unterstehendes Volk ein Urteil fälle. So hat er es bestimmt."

Jamugas würgende Erregung steigerte sich bis an den Rand der Weißglut. Für Augenblicke wurde ihm schwarz vor den Augen. Der Haß schnürte ihm die Kehle zu, aber gleich seiner Wut war auch dieser Haß ziellos und unpersönlich.

Mit leiser, erstickter Stimme sagte er:

„Du hast vergessen, daß bis zur Rückkehr unseres Herrschers ich der Khan bin. Ich sage dir jetzt, wie ich es auch den anderen sagen werde, daß ich bis dahin das letzte Wort zu sprechen habe. Triffst du in Zukunft so schwerwiegende Entscheidungen ohne meine Zustimmung, wirst du das gleiche Schicksal wie der Verurteilte erleiden."

Über die tuschelnden Scharen vor dem Zelt senkte sich fassungsloses Schweigen. Agoti starrte Jamuga wie einen Verrückten an. Aber er war nicht unintelligent und fing sich rasch ab. Würdevoll entgegnete er:

„Habe ich das so zu verstehen, daß du, Jamuga Sechen, die Gesetze, die unser mächtiger Gebieter Temudschin für uns alle erlassen hat, abänderst?"

Eine kurze Überlegung hätte Jamuga vor seinem schwersten Mißgriff bewahren können. Aber er überlegte nicht. Sein Herz pochte wie in Todesangst. Zum erstenmal in seinem Leben wünschte er zu töten. Seine Finger umklammerten den Säbelknauf, bis sie ganz weiß wurden. Selbst der sture Agoti war von seiner Miene betroffen und tat nach seinen kühnen Worten einen Schritt zurück.

Dann erwiderte Jamuga: „So hast du es zu verstehen."

Dieser Satz wurde draußen wiederholt, und die Lauschenden glotzten entsetzt und freudig erregt, trotz ihrer Verachtung für Jamuga.

Agoti lächelte spöttisch, und um seinen Hohn zu verbergen, verneigte er sich neuerlich.

Jamuga fuhr fort, und seine erstickte Stimme wollte ihm kaum gehorchen: „Was gestern noch Gesetz war, muß es heute und morgen nicht mehr sein. Was hat dieser Mann verbrochen?"

Agoti berichtete mit gespielter Ehrfurcht: „Herr, er hat Verrat begangen."

„Verrat!" Ein bleicher, rätselhafter Schatten glitt über Jamugas Gesicht.

„Ja, Herr. Man hat ihn in den letzten Tagen wiederholt behaupten hören, daß unser mächtiger Khan uns leichtsinnig im Stich gelassen, unseren Aufbruch zu den Winterweiden verzögert und uns so zum Opfer seiner Verantwortungslosigkeit gemacht

413

hat." Agoti sprach langsam, als kostete er jedes Wort aus. Er heftete seine klaren Augen auf Jamuga. „Er hat weiters gesagt, als wäre dies nicht schon des Verbrechens genug, das Volk sollte einen neuen Khan wählen, der den Befehl erteilt, unverzüglich dieses gefährdete Lager zu verlassen."

Jamuga hörte ihm zu. Er feuchtete seine trockenen Lippen an. Unverwandt sah er auf Agoti, seine Augen blickten starr wie die eines Blinden. Ganz langsam ließ er schließlich das Haupt sinken und schien in tiefes Grübeln zu verfallen.

Als er wieder sprach, klang seine Stimme wie die eines Schlafwandlers.

„Ist es denn Verrat, wenn ein freier Mann furchtlos seine Meinung äußert?" Er sah jählings auf, und wieder flammte sein Gesicht. „Nein, das ist es nicht! Dieser Mann ist kein Sklave. Er trägt keine Ketten und wurde nicht gekauft. Es ist von Unheil, wenn man nicht sagen darf, was das Gewissen einem befiehlt. Gib ihn sofort frei."

Der sarkastische, schwerfällige Agoti wurde fahl wie altes Wachs. Er schnappte nach Luft und sah Jamuga ungläubig an. Die Stimme verweigerte ihm den Dienst, und der Schweiß trat ihm auf die Stirn, als er versuchte zu sprechen. Draußen begann das Volk plötzlich zu murmeln, und seine Stimme erhob sich wie der Wind.

Als Jamuga sah, daß Agoti wie angewurzelt und mit geweiteten Nasenflügeln vor ihm stand, packte ihn sinnlose Wut. Seine Stimme wurde schrill und hysterisch wie die eines Weibes, als er ihn anherrschte:

„Bist du schwachsinnig? Oder taub? Du hast gehört, was ich befohlen habe. Laß Chutagi sofort frei, oder du wirst es bitter zu büßen haben!"

Agotis Spott und Belustigung waren verflogen. Er war in seinen Grundfesten erschüttert und vermochte sich nicht zurechtzufinden. Wie betäubt, verharrte er regungslos an seinem Platz. Ich habe nicht richtig gehört, schien er sich immer wieder und wieder vorzusagen.

Jamuga sah sich wütend um. Kalte Schweißtropfen perlten über sein blasses Gesicht. Sein Blick fiel auf eine Jakpeitsche, die neben seiner Hand lag, und er griff danach. Er schwang sie durch die Luft und ließ sie mit aller Kraft auf Agotis Gesicht niedersausen. Die Peitsche zischte wie eine Schlange, und nachdem sie getroffen hatte, schwoll ein roter Striemen auf Agotis Antlitz auf.

„Geh jetzt!" keuchte Jamuga heiser. „Und schick Chutagi zu mir."

Agoti hatte nicht mit der Wimper gezuckt und war keinen Schritt zurückgewichen, als die Peitsche ihn getroffen hatte. Er stand vor Jamuga und schien an Körpergröße gewonnen zu haben. Strenge Würde umgab ihn, und er sah Jamuga stolz und unerschrocken an.

„Du bist der Khan", sagte er still. Im nächsten Augenblick aber vergaß er sein Amt als Statthalter und stand nur mit unversöhnlich funkelnden Augen als ein Mann vor dem anderen. Er neigte grüßend den Kopf, drehte sich auf dem Absatz und verließ die Jurte.

Allein geblieben, erfüllten Jamugas stoßweise Atemzüge die Jurte. Sein unruhiger Blick fiel auf die Peitsche in seiner Hand. Er stieß einen leisen Schrei aus und schleuderte sie angeekelt fort. Sofort aber kniff er die Lippen zusammen und ballte die schmalen Hände. Sein Atem ging regelmäßig, der dröhnende Pulsschlag an den Schläfen beruhigte sich. Er hörte keinen Laut von dem Menschenauflauf vor dem Zelt und nahm an, daß die Menge sich zerstreut hatte. Er wußte nicht, daß sie von dem eben Gehörten völlig entsetzt und gebannt war.

Die Eingangsklappe öffnete sich, und Agoti trat in Begleitung Chutagis ein. Chutagi bewegte sich wie eine Hypnose. Er glotzte Jamuga verständnislos an. Immer wieder kniff er die Augen zusammen und fuhr sich mit der Zungenspitze über die trockenen Lippen. Er war hochgewachsen, braungebrannt und hager und hatte stämmige, gedrungene Beine. Seine Miene war keck und leicht unverschämt, und die Augen quollen ihm angriffslustig hervor. Jamuga musterte ihn schweigend. Hier hatte er einen tapferen, willensstarken Mann vor sich, der selbst angesichts des Todes nicht mit seiner Meinung zurückhielt und sich nicht einmal vor Temudschin, vor dem das Volk zitterte, einschüchtern ließ.

Endlich jemand, der Temudschin nicht vergötterte, dachte Jamuga, und trotz des in seinem Denken herrschenden Tumults war er sich einer beißenden Genugtuung bewußt. Mit einer schroffen Handbewegung schickte er Agoti fort. „Geh", sagte er.

Agoti zögerte. Die Peitsche hatte seine Unterlippe aufgerissen, daß sie verschwollen war, und er blutete, und das Kinn war gebrochen und verfärbt. Dann salutierte er und zog sich zurück.

Jamuga und Chutagi betrachteten einander stumm. Chutagi hatte keine Angst. Die Haltung seiner Schultern verriet Hochmut. Jamuga war enttäuscht. Das war kein intelligenter Anführer, der mit Würde und Verstand aussprach, was er dachte. Seinem Wesen nach war er nichts weiter als ein ständig unzufriedener Knirps und ein Querulant, der zu stänkern versuchte. Jamuga nahm das jedoch nur unklar zur Kenntnis. Seine Enttäuschung entsprang dem Umstand, daß Chutagi nicht glücklich, dankbar und ehrerbietig aussah. Er starrte Jamuga in dummer Dreistigkeit an, und angesichts dieser völligen Respektlosigkeit stieg in Jamuga neuerlich der Zorn hoch. Er hatte erwartet, daß Chutagi vor ihm niederknien und seine Macht und Gnade anerkennen würde.

Kurz sagte Jamuga: „Mir ist zu Ohren gekommen, daß du unehrerbietig von unserem Khan Temudschin gesprochen hast. Ich beklage deine Dummheit und deinen Mangel an Einsicht. Wir können es uns im Augenblick nicht leisten, Zwist in unsere Reihen zu säen, wie immer deine Ansicht auch aussehen mag. Trotzdem hast du aufrecht wie ein freier Mann gesprochen. Ein offenes Wort darf niemals ein Todesurteil nach sich ziehen. Geh, du bist frei, aber hüte in Zukunft deine Zunge."

Chutagi glotzte ihn mit unbewegter Miene an. Sein Gesicht wurde bloß um eine Spur frecher. Dann war zu Jamugas Erstaunen dieser Ausdruck verschwunden, und an seiner Stelle standen Unsicherheit und Ratlosigkeit.

„Ich bin frei, Herr? Nach meinem Verrat bin ich ein freier Mann?"

Jamugas dünne Wut erhob sich neuerlich wie eine Dolchspitze.

„Du Narr! Hast du nicht gehört, was ich sagte?"

Chutagi schwieg. Er sah nun weder tapfer noch störrisch aus, sondern versank in tiefes Nachdenken. Dann verzog sich sein Gesicht, und ungläubig mußte Jamuga erkennen, daß er knapp daran war, in Tränen auszubrechen.

„Aber, Herr, ich habe das Volk zum Aufstand angestiftet. Ich habe mich des Ungehorsams und Verrats schuldig gemacht. Ich muß sterben. Ich habe das oberste Gesetz meines Volkes gebrochen. Ich verdiene Bestrafung."

Jetzt war es an Jamuga, sein Gegenüber wie ein Verrückter anzustarren. Mühsam rang er nach Atem und wagte geraume Zeit nicht zu sprechen, um nicht in wilde Beschimpfungen auszubrechen und den Mann niederzuschlagen. Seine Arme zuckten ziellos hoch. Dann brüllte er:

„Du Idiot! Geh mir aus den Augen!"

Nun war Chutagi völlig ratlos und hatte jeden Halt verloren. Er benahm sich wie ein Mensch, vor dessen Augen sich die Erde auftut und der erleben muß, daß die Welt sich in einen fürchterlichen Angsttraum verwandelt, durch den er verschreckt und richtungslos taumelt, nachdem alle althergebrachten Grundsätze verschwunden sind. Dann torkelte er blinzelnd nach hinten. Beinahe wäre er aus der Jurte gestürzt.

Jamuga ächzte immer wieder und wieder: „Oh, diese Tiere! Diese Tiere!"

Er vergrub das Antlitz in den Händen. Ihm war totenübel und er rülpste trocken.

Die Lauscher vor dem Zelt sahen einander stumm an. Das Gesicht eines jeden Mannes war das getreue Spiegelbild von Chutagis bestürzter, angsterfüllter Miene, die sich beim Anblick einer plötzlich nicht mehr verläßlichen, sicheren und geordneten Welt anspannt. Dann verschwanden sie einzeln still in ihren Jurten. Bald lag über der gesamten Zeltstadt atemloses Schweigen, als trauerte sie. Die Lagerfeuer erloschen, die Frauen liefen zusammen und tuschelten. Viele zogen ihre Kinder an sich, als wollten sie sie beschützen.

Nachdem Jamuga sich etwas erholt hatte, sagte er sich: Das ist Temudschins Fehler. Er hat seinem Volk das Rückgrat gebrochen und es zu Narren und Tieren erniedrigt.

XXV

Jamuga ruhte auf seinem Lager, aber er konnte nicht schlafen. Die gesamte Zeltstadt schien in Schlummer gesunken zu sein. Aber der Schein trog. Keine Nacht hatte die Menschen so hellwach angetroffen. Die wildesten Gerüchte waren in Umlauf. Temudschin sei ermordet worden; Jamuga sei an seiner Stelle zum Khan ernannt worden; Temudschin lebte und kam in Kürze zurück; bei seiner Rückkehr würde er selbst seinen Blutsbruder töten. Morgen würde Jamuga den Befehl zum Aufbruch ins Winterlager erteilen; morgen würde er gar nichts tun. Vielleicht beging er Selbstmord, wenn er endlich wieder bei Verstand war. Jeder aber wußte, daß etwas Gräßliches und Ungeheuerliches geschehen war. Und nie war das Lager so rastlos, so angstvoll und so aufrührerisch gewesen.

Der empfindsame Jamuga spürte die Gerüchte und die Verzagtheit. Aber er tappte in niederschmetternder Ratlosigkeit. Je mehr er sich zu verstehen bemühte, desto verschwommener wurde alles. Was hatte er getan? Doch nur einen Mann befreit, der ohne triftigen Grund sinnlos zum Tode verurteilt worden war! Er hatte sich gegen ein beschämendes Gesetz empört, das Temudschin erlassen hatte. Zeitweise ließ ihn messerscharfe Erregung in der Dunkelheit lächeln; er hatte sich diesem Gesetz erfolgreich widersetzt, hatte sich nicht hirnlos geduckt, sondern den Verstand walten lassen. Temudschin mußte das doch sicher anerkennen.

Beim Gedanken an Temudschin fühlte Jamuga, wie sich sein Herz verkrampfte. Aber nicht die Angst war es, die ihm den Atem abschnürte, eher ein Gemisch aus Unsicherheit, Wut, Verachtung und Kummer. Und dazu kam noch etwas, das er gar nicht näher untersuchen wollte.

Er gewahrte den schwachen Schein einer Fackel. Jemand zerrte an der Eingangsklappe der Jurte. Er stand auf und öffnete sie. Kurelen stand in seinem schwarzen Umhang vor ihm. Der verwachsene Alte lächelte ihm begütigend zu, übergab die Fackel einem Krieger, der vor der Jurte Wache hielt, und trat ein.

„Ich dachte, du könntest schlafen. Verzeih mir, falls ich dich geweckt habe", sagte Kurelen. Seine Worte waren sanft und sein

Lächeln väterlich. Seine scharfen Augen aber erforschten Jamugas farbloses, schmales Gesicht mit größter Aufmerksamkeit.

„Ich habe nicht geschlafen", erwiderte Jamuga bitter. Er war verdrossen, denn er konnte sich den Grund für Kurelens Besuch denken. Der alte Mann setzte sich auf Jamugas zerknülltes Lager. Er legte die Fingerspitzen gegeneinander und lächelte Jamuga wieder an. „Ach", sagte er nachdenklich. Er hatte es offenbar nicht eilig anzufangen. Jamuga weigerte sich störrisch, sich in die Verteidigung drängen zu lassen, und wartete in verbissenem Schweigen.

Kurelen fuhr mit seiner unbarmherzigen Musterung des jungen Mannes fort. Dabei lächelte er ständig vor sich hin. Einmal deckte er sich die gekrümmte, dunkle Hand über den Mund, um sein Lächeln zu verbergen. Endlich sagte er:

„Deine Barmherzigkeit und deine Gefühle sind lobenswert, Jamuga. Nicht so deine Besonnenheit."

Jamuga sah ihn mit beleidigtem Stolz und mißtrauischer Verachtung an.

„Meine Besonnenheit! Sind die Menschen denn Holzscheite oder getrocknete Kuhfladen, die ein dummer kleiner Vorgesetzter nach Gutdünken ins Feuer schleudern darf?"

Kurelen zuckte die Achseln. „Ich möchte mich nicht über die inneren Werte irgendeines menschlichen Wesens ergehen. Ich weiß nicht, ob einer von uns wirklich wertvoll ist. Im Lichte der Ewigkeit bestimmt nicht." Er hob die Hand. „Bitte laß mich sprechen, Jamuga.

Ich kenne diesen Chutagi nicht, und er interessiert mich auch nicht. Ich habe gehört, daß er dumm geredet hat. Aber nicht dümmer, als du gehandelt hast. Allerdings haben wir Gesetze, die seine Art der Dummheit bestrafen. Nein, ich will über die Berechtigung dieser Gesetze gar nicht streiten. Tatsache ist, daß sie bestehen. Du hast sie abgeändert und damit eine ungeheure Dummheit begangen. Das Volk weiß das. Du hast dich gegen das Volk vergangen. Jetzt wissen die Menschen nicht, woran sie sich halten sollen. Du hast sie mit Schrecken erfüllt."

„Wieso denn?" unterbrach Jamuga ihn hitzig. Er stand auf, als hätte er sich verbrannt. Mit unausgeglichenen Schritten lief er durch die Jurte, und über sein Gesicht legte sich ein roter Schimmer. „Weshalb sollten sie sich fürchten? Weil ich barmherzig und gerecht und vernünftig war?"

Wieder zuckte Kurelen die Achseln und breitete die Hände aus.

„Weil du ein Gesetz verletzt hast, und wenn ein Khan das tut, richtet er Verwirrung bei seinen Untertanen an. Er raubt ihnen die Sicherheit und überantwortet sie der Anarchie." Und dann sah er ein, daß es keinen Zweck hatte und daß Jamuga nicht begreifen konnte und nie begreifen würde.

Jamuga betrachtete ihn mit tiefem Abscheu. „Und ich habe dich für einen gerechten, denkenden Menschen gehalten, der barmherzig zu sein versteht!" rief er aus.

„Und doch", erwiderte Kurelen mild, „spreche ich einer unvermittelten, heftigen Änderung eines Gesetzes nicht das Wort, wenn das Volk nicht vorher entsprechend darauf vorbereitet und zu dieser Änderung erzogen wurde. Es sind Kinder. Man muß ihnen alles sehr langsam beibringen. Sie sind unfähig, weitausholenden Gedankengängen zu folgen, dafür kann ihr dumpfer Verstand manchmal einfache, ständig wiederholte Tatsachen verläßlich und zufriedenstellend aufnehmen."

„Das verstehe ich nicht!" rief Jamuga leidenschaftlich.

„Das merke ich. Mehr als das, Jamuga: ich fürchte, du wirst es nie verstehen. Du wirst deine Mitmenschen niemals erfassen. Du beurteilst sie nach dir. Das ist gefährlich!"

Jamuga schwieg. Tränen der Ohnmacht und Verzweiflung stiegen ihm in die Augen.

Kurelen neigte sich zu ihm und legte ihm väterlich die Hand auf den Arm.

„Du hast Mut, aber du bist ein Träumer, Jamuga Sechen. In dieser Welt ist kein Platz für Träume. Wir müssen uns mit den Tatsachen abfinden."

„Was soll ich tun?" fragte Jamuga verzagt.

„Erteile morgen Agoti den Befehl, Chutagi wieder einzusperren. Verkünde dem Volk, daß du zu der Einsicht gelangt bist, mit der Entscheidung auf Temudschins Rückkehr warten zu wollen, weil die Angelegenheit zu schwerwiegend ist, als daß du die Verantwortung für sie übernehmen könntest. Jamuga", drang er in ihn, „du hast kein Recht, unserem Volk das anzutun, sonst wird das fürchterliche Folgen nach sich ziehen."

Jamuga schüttelte ungestüm Kurelens Hand ab. „Du redest wie ein Narr, Kurelen! Ich denke gar nicht daran, etwas Derartiges zu tun! Ich werde mich nicht so erniedrigen —"

„Vor Temudschin?" fragte Kurelen listig.

Kränkung und Wut färbten Jamugas Gesicht dunkelrot.

„Vor dem Volk! Ich ziehe nicht zurück. Ich entschuldige mich nicht. Ich habe getan, was ich für richtig befunden habe." Er starrte Kurelen herausfordernd an. „Begreifst du denn nicht? Dieser Chutagi ist ein Mensch, kein Tier! Man kann ihn nicht aus der Welt räumen wie ein Tier, das darauf wartet, geschlachtet zu werden."

Kurelen zog die Brauen hoch. „Ich wiederhole, daß ich nicht die Absicht habe, den Wert des Menschen zu diskutieren. Ich weiß, daß dein Tun böse Folgen haben wird. Glaube mir, ich rate dir gut!"

„Du rätst mir, mich zu ducken und einen Mitmenschen zu vernichten!"

Kurelen stand auf. „Ich sehe, es ist hoffnungslos. Du wirst es nie begreifen." Er setzte ab und sah Jamuga sinnend an. Seine eingesunkenen, verwelkten Züge erfuhren eine sonderbare Verwandlung. Bedauern und Kummer zuckten kurz in seinen Augen auf. Für einen Augenblick legte er die Hand auf Jamugas Schulter.

„Jamuga, ein weiser König muß vor allem lernen, niemals die Autorität zu untergraben und in den Köpfen des Volkes niemals einen Zweifel an der Unantastbarkeit eines Gesetzes zu erwecken. Tut er das, dann wird die von ihm ausgehende Zersetzung ihn selbst verschlingen. Autorität und Gesetz sind die Grundlagen der menschlichen Gesellschaft. Ihre Abschaffung stößt die Welt in die Finsternis zurück."

Jamuga machte eine Gebärde verletzter Mißachtung.

„Müssen Gesetze unabänderlich sein? Muß ein Thronerbe die Gesetze seines verstorbenen Vorgängers übernehmen? Darf er nicht neue Gesetze erlassen, die der Gegenwart besser entsprechen? Wir können nicht ständig im Schatten der Hand der Toten leben!"

Kurelen lächelte undurchsichtig.

„Aber Temudschin ist nicht tot, Jamuga."

Er hängte sich seinen Mantel um.

„Trotzdem, Jamuga, finde ich deine Barmherzigkeit lobenswert, wenn ich dir auch nicht recht gebe." Er fügte hinzu: „Ich bin jetzt ein alter Mann."

Er ging und ließ Jamuga in seinem wütenden Elend allein.

Aber er blieb nicht lange allein. Wieder schlug jemand die Klappe seiner Jurte auseinander, und diesmal war es Subodai, der ernst, schön und mit sanftem Lächeln Eintritt begehrte. Sein Benehmen besänftigte Jamuga, denn es war ehrerbietig und ruhig. Trotzdem argwöhnte Jamuga, was Subodai zu ihm geführt hatte.

„Gestatte mir, zu sprechen, Herr", sagte er.

Jamuga nickte knapp und wappnete sich. Er war eifersüchtig auf Subodai, vermochte aber diesen schönen, sanften Jüngling mit den strahlenden, aufrichtigen Augen nicht ernstlich zu hassen.

Subodai zauderte ganz kurz. Sein Charakter war klar wie Wasser, und er war unfähig, verschlagen, servil oder furchtsam zu sein.

„Verzeih mir, Herr, wenn meine Sorge mich zu einem offenen Wort bewegt. Selbst wenn du mich dafür zu strafen wünschest, könnte ich nicht schweigen. Du hast sehr betrüblich gehandelt."

Jetzt zeigte er erst seine ganze Besorgnis. Jamuga wartete, biß sich auf die Lippen und runzelte die Stirn.

„Du hast das Volk gelehrt, den Gehorsam zu mißachten, Jamuga Sechen."

Jamuga stöhnte erbittert auf. „Gehorsam! Knechtische Unterwerfung unter unmenschliche Gesetze! Sind die Leute denn nicht imstande zu erkennen, wenn ein Gesetz nichts taugt?"

Subodai preßte kurz die Lippen aufeinander. „Darüber kann ich mit dir nicht streiten, Herr. Ich weiß bloß, daß der Gehorsam erzwungen werden muß. Ich stelle keine Fragen, und das Volk muß begreifen, daß es ebenfalls keine Fragen zu stellen hat. Disziplin, Gehorsam und Ergebenheit sind die Grundmauern jedes Stammes und jedes Volkes. Nur um die Erhaltung dieser Grundsätze geht es mir."

Erschöpft setzte Jamuga sich nieder und heftete die müden

Augen auf Subodais intelligentes Gesicht. Plötzlich aber erkannte er, daß genau diese Intelligenz sein Widersacher war. Er sah, daß sich ein intelligenter Mann mit voller Absicht der Einsicht verschließen konnte und damit ungemein gefährlicher war als ein Dummer. Hilflosigkeit überspülte ihn wie eine schwere Woge.

„Du hast das Volk gelehrt, den Gehorsam zu mißachten", wiederholte Subodai. „Ziehst du deinen Befehl nicht zurück, dann kann ich dir nicht versprechen, die Eintracht bis zur Rückkehr unseres Herrschers zu erhalten."

Jamuga senkte das Haupt und dachte angestrengt nach. Subodai wartete. Dann sprach Jamuga gedehnt und schwer, als dächte er laut:

„Angenommen, Temudschin kommt nicht zurück. In diesem Fall wäre ich der Khan, bis ein anderer gewählt ist. Ich würde dann viele von Temudschins Gesetzen ändern, die ich für grausam und kurzsichtig halte. Wird das zum Zerfall unseres Volkes führen?"

Subodai wandte sanft ein: „Aber unser Herr ist noch am Leben, und das Volk weiß es. Du hast seine Gesetze des Gehorsams und der Autorität verhöhnt, aber ich kann nicht mit dir streiten. Ich kenne nichts als den Gehorsam."

Jamuga rief aus: „Vermagst du denn nicht selbst zu denken, Subodai?"

„Ich kenne nichts als Gehorsam", wiederholte Subodai ernst. „Nur durch ihn ist ein Volk lebensfähig."

„Falls Temudschin dir befehlen sollte, eine Torheit zu begehen, sinnlos zu zerstören, dir das Leben zu nehmen, unser Volk in den sicheren Tod zu führen — würdest du gehorchen?"

„Ja", antwortete Subodai schlicht.

„O Gott!" stöhnte Jamuga. Gequält rieb er sich die Stirn. „Wir sind eine Generation von Narren!"

Subodai sagte nichts.

Jamuga stand auf und lief auf und ab. Sein Gesicht wurde immer spitzer und hagerer. Schließlich blieb er vor Subodai stehen und sagte mit verlöschender Stimme:

„Ich kann nicht widerrufen. Das ist mein letztes Wort."

Subodai salutierte. „Wie du befiehlst, Herr", sagte er ruhig.

Sobald Jamuga allein war, sagte er laut: „Ich habe das Richtige getan! Dessen bin ich ganz sicher!"

Er legte sich nieder und versuchte zu schlafen, aber es hatte keinen Zweck. Temudschin drängte sich in seine Gedanken. Was würde er tun? Was sagen?

Er war schon so an Besucher gewöhnt, daß es ihn gar nicht überraschte, als ein weiterer Gast eintrat. Diesmal war es Houlun, und mit ihr kamen mehrere Statthalter mit ernsten Mienen. Abgehärmt, grauhaarig, aber großartig, eine gebieterische, erhabene Matriarchin, so stand die alte Frau vor ihm und hob ohne Einleitung zu sprechen an:

„Jamuga Sechen, du hast eine entsetzliche Torheit begangen. Ich bin hier, um dich zu bitten, deinen Befehl augenblicklich zu widerrufen."

Während des Sprechens sah sie ihn mit ihren leidenschaftlichen grauen Augen voll zorniger Verachtung an.

Aus irgendeinem Grund reizte Jamuga ihr Anblick. Die Nasenflügel blähten sich in seinem bleichen, eingefallenen Gesicht. Er erwiderte ihren Blick und sagte:

„Ich widerrufe nicht."

Sie lächelte finster.

„Ist dir klar, daß du den Verrat an meinem Sohn begünstigst?"

Jamugas Herz gefror. Er sah ihr in die Augen und versuchte, ein Zittern zu unterdrücken.

„Ich habe keinerlei Verrat begangen, das weißt du genau, Houlun. Ich habe bloß nach bestem Wissen gehandelt. Habe ich etwas Falsches getan, so soll Temudschin darüber entscheiden. Aber ich glaube nicht, daß ich unrichtig geurteilt habe."

Sie musterte ihn schweigend, dann sagte sie hellsichtig:

„Wenn du widerrufen könntest, ohne dich damit zum Narren zu machen, du würdest es tun. Aber deine Eitelkeit ist größer als dein Verstand, und deine Eifersucht auf meinen Sohn übersteigt selbst noch deine Eitelkeit. Wenn du eines seiner Gesetze brichst, hast du das Gefühl, über ihn zu triumphieren und genießt die lächerliche Freude, dich im Augenblick für stärker zu halten als er. Aber selbst du mußt doch begreifen, daß die persönliche Genugtuung eines einzelnen im Vergleich zur Eintracht und Redlichkeit des ganzen Volkes nichts wiegt!"

Jamuga lauschte ihren Worten, und sengende Flammen verzehrten sein Herz. Er wurde dunkelrot. Seine Lippen zitterten, und die Stimme erstarb ihm in der Kehle. Sein innerer Kampf war offensichtlich, und Houlun beobachtete ihn mit grimmigem Vergnügen.

Endlich vermochte er zu sagen: "Bis zu Temudschins Rückkehr bin ich Khan. Geh in deine Jurte, Houlun, und verlasse sie nicht, ehe ich dir die Erlaubnis dazu erteile."

Sie lächelte finster. "Verhängst du über Temudschins Mutter den Arrest? Oh, Jamuga, du bist ein größerer Narr, als selbst ich angenommen habe."

Sie neigte den Kopf vor den Statthaltern, die hinter ihr die Jurte verließen. Sie ging würdevoll und stolz. Draußen hörte er sie dann laut auflachen.

Jamugas Zorn goß sich wie Gift in seine Adern. Unglücklich rannte er auf und ab und sprach halblaut vor sich hin. Von Zeit zu Zeit schrie er laut auf, warf sich auf sein Lager und preßte den Kopf in die Hände. Aber der eiserne Ring seiner dünkelhaften Starrköpfigkeit wich nicht von ihm. Gegen Morgen fiel er in unruhigen, von Angstträumen heimgesuchten Schlummer.

Er träumte, daß Temudschin lächelnd auf ihn zukam und ihm die Hände in Freundschaft entgegenstreckte. Er hörte Temudschin sagen: "Das ist mein Blutsbruder. Er hat getan, was ich selbst angeordnet hätte."

Jamuga empfand beinahe unerträgliche Erleichterung. Er ergriff Temudschins Hand und spürte etwas Hartes darin. Er zuckte zurück und sah, daß in der Hand ein Dolch lag, dessen Spitze gegen sein Herz gerichtet war. Temudschin lächelte noch immer, aber er hielt ihm unbarmherzig den Dolch entgegen, und jetzt war sein Lächeln fürchterlich geworden.

Mit einem lauten Schrei schreckte Jamuga auf. Draußen dämmerte der Morgen grau herauf. Wieder machte sich jemand mit der Eingangsklappe seiner Jurte zu schaffen. Völlig zerrüttet und schlapp schrie Jamuga unwillkürlich auf.

Subodai trat ein, und mit ihm kam Agoti. Beide Männer waren sehr bleich und atmeten hörbar. Jamuga sah, daß etwas Schreckliches geschehen war. Er setzte sich in seinem Bett auf und stützte sich auf seinen zitternden Arm. In grenzenlosem Grauen starrte er sie an.

Subodai salutierte. „Herr", sagte er todernst. „Agoti hat mir eben gesagt, daß Chutagi sich mit dem Gürtel seiner ersten Frau in seiner Jurte erhängt hat."

Jamuga fehlten die Worte. Er konnte die weit aufgerissenen Augen nicht von Subodais blassem, ruhigem Gesicht reißen.

Agoti sprach ehrerbietig, aber mit dem Unterton heimlichen Triumphes:

„Er hat der Frau gesagt, daß er wegen des Verrats an unserem Herrscher sterben muß."

Subodai bemerkte Jamugas tiefe Qual und empfand Mitleid.

„Es ist besser so, Jamuga Sechen", sagte er begütigend. „Wir werden dem Volk verkünden, daß er sich auf deinen Befehl das Leben genommen hat."

„Nein", schrie Jamuga auf. „Das dulde ich nicht!"

Die beiden Männer salutierten wortlos und gingen.

Jamuga warf sich mit dem Gesicht auf sein Lager und stöhnte. Er wälzte sich hin und her. Die entsetzlichsten Vorstellungen bestürmten ihn. Er übergab sich. Schmerz flammte in seinem Körper hoch und er dachte: Ich sterbe. Jämmerlich lechzte er nach dem Tod.

Nach einer Weile jedoch lag er reglos mit geschlossenen Augen da.

Er dachte: Ich habe richtig gehandelt. Ich habe das einzig Mögliche getan.

XXVI

Als wollte das Schicksal Jamuga zeigen, daß es bisher nur mit ihm gespielt hatte, schien es jetzt allen Ernstes daranzugehen, ihn zu quälen.

Mit Ausnahme von Kurelen schlug jeder einen weiten Bogen um ihn. Keiner nahm sich die Mühe, respektvoll vor ihm zu salutieren. Wäre er unsichtbar gewesen, hätte man ihn nicht geflissentlicher übergehen können. Anfangs war er verärgert und schließlich bestürzt. Sein Einfluß und jede Disziplin waren dahin. Das Volk war unruhig und zerfahren. Es murrte ganz unverhohlen und suchte den Horizont mit aufsässigen Blicken ab. Die Leute erörterten laut die zunehmende Kälte und die immer dicker werdende Eisdecke, die am Morgen auf dem Fluß lag. Die Frauen, die immer geschwätziger und dreister als die Männer waren, übten völlig furchtlos Kritik an Temudschin. Temudschins Frauen beklagten sich bei Bortei mit den Worten: „Unser Gebieter macht sich nichts mehr aus uns. Es heißt, daß er hinter einer Perserin her ist und selbst dich, seine erste Gemahlin und Mutter seines Sohnes, vergessen hat."

Bortei betrachtete ihr lebhaftes Kind und knirschte mit den Zähnen. Wenn sie nur sicher gewesen wäre, überlegte sie düster, dann hätte sie Temudschin niemals ziehen lassen. Oder er wäre von selbst geblieben, gaukelte sie sich vor. Heiß brannten Eifersucht und Haß in ihrem Blut. War die Perserin hübscher als sie? Sie ließ die kleinen Finger durch ihr langes, schwarzes Haar mit den bronzefarbenen Lichtern gleiten und betrachtete sich kritisch in ihrem silbernen Spiegel. Unwillkürlich lächelte sie eitel, als sie feststellte, daß sie schöner als je zuvor war. Ihre grauen Augen schimmerten; ihre kleine Nase war kurz und edel, und ihr Mund sah aus wie eine dunkle Rose. Die alten Sänger priesen sie oft in ihren Liedern und behaupteten, daß keine Frau die schöne Bortei zu übertreffen vermochte. Sie glaubte ihnen. Wie hatte Temudschin dann betört werden können?

Sie legte den Spiegel weg, runzelte die Brauen und dachte nach. Dann begann sie langsam und wollüstig zu lächeln. Sie kämmte sich das Haar und legte sich wieder nieder. Ihr Lächeln vertiefte sich, als sie die Rundungen ihrer Brust, Hüften und Schenkel betrachtete. Sie dachte nicht mehr an Temudschin.

Jamuga wurde stündlich klarer, daß völlige Disziplinlosigkeit die Zeltstadt bedrohte. Er beobachtete Subodai, der still, mit ernstem, wachsamem Gesicht nach dem Rechten sah. Wenn der schöne junge Paladin auftauchte, salutierte das Volk, denn es fürchtete ihn. Sobald er aber den Rücken drehte, murrte es doppelt laut. Schlaflosigkeit hinterließ ihre Spuren in seinem Gesicht. Er wagte nicht zu schlafen. Traf er jedoch Jamuga, dann richtete er weder den Blick noch ein Wort an ihn. Wenn möglich, benahm er sich ihm gegenüber noch ehrerbietiger als bisher. Er hielt die ständige Verbindung mit den Statthaltern aufrecht. Anfangs neigte er dazu, strenge Befehle und Strafen zu verkünden, aber bald sah er ein, daß er damit nur offene Empörung auslösen konnte. Täglich befahl er den Statthaltern, verlauten zu lassen, daß Temudschin bald erscheinen würde und die koraitische Stadt bereits verlassen hätte. Einmal verbreitete er die Nachricht, daß Temudschin seinen Pflegevater hoch erfreut hätte und sich mit einem neuen Schwarm von Kriegern und großen Reichtümern auf dem Heimweg befände. Der Name des mächtigen Ung Khan brachte das Volk vorübergehend zur Besinnung. Es wurde unsicher. Wenn es rebellierte oder sich weiter unzufrieden zeigte, hatte es wahrscheinlich den Zorn Ung Khans zu fürchten.

Trotzdem war die Lage äußerst kritisch. Und keiner wußte das besser als der verschlagene alte Schamane Kokchu. Subodai konnte es nicht mit Sicherheit behaupten, aber er hatte den alten Zauberer im Verdacht, der Urheber der allgemeinen Unzufriedenheit zu sein. Deshalb suchte er ihn eines Abends auf, als die Zeltstadt schon im Schlummer lag.

Kokchu empfand keine ausgeprägte Abneigung gegen Subodai. Ja er bewunderte ihn sogar, wie er jede Form der Schönheit bewunderte. Und wie viele schlechte Menschen schätzte er die Tugend, wenn er sie auch verhöhnte. Subodai war sowohl schön als auch tugendhaft und hatte nur eine einzige Gemahlin, die er aus ganzem Herzen liebte. Kokchu begrüßte ihn also hocherfreut, lud ihn ein, sich neben ihn zu setzen, und entließ seine Frauen und seinen jungen Schamanen. Der Besuch überraschte ihn nicht. Genaugenommen hatte er mit einem Besuch gerechnet. Allerdings hatte er Jamuga und nicht Subodai erwartet.

Subodai nahm Platz. Er lächelte ruhig, aber strahlend, trank den köstlichen Wein, der ihm angeboten wurde, und nahm am Abendessen teil. Kokchu war in schelmischer, freundlicher Laune.

„Ich habe mir heute die Reitertruppe angesehen, Subodai. Du bist wahrhaftig ein Genie und ein äußerst tapferer Mann. Was würde Temudschin in diesen Tagen ohne dich tun?"

Subodai neigte vor dieser Schmeichelei ernsthaft den Kopf. „Ich tue wenig genug", antwortete er. „Kokchu, ich komme um Rat zu dir. Das Volk murrt. Du bist der oberste Schamane, und es verehrt dich. Ich bitte dich, den Leuten zu befehlen, ihre Stänkereien einzustellen, oder sie müßten sich auf strenge Strafen gefaßt machen. Sie üben Verrat."

Kokchu warf die Arme hoch und rollte die Augen himmelwärts. „Genau das sagte ich den Leuten bereits! Aber du darfst nicht übersehen, mein Sohn, daß sie Anlaß zum Klagen haben. Der Winter ist beinahe schon da. Wir sollten uns längst auf den Winterweiden befinden. Das Volk hat Angst. Ist es sein Fehler, daß Temudschin sich von ihm abgewandt hat?"

Subodai sah ihm fest in die Augen. „Du weißt, daß unser Gebieter das nicht getan hat, Kokchu", sagte er kalt. „Er wurde zur Vermählung von Ung Khans Tochter eingeladen. Eine Absage hätte ernste Folgen nach sich ziehen können. Er mußte sich hinbegeben."

Kokchu grinste und zog die Schultern hoch. „Es heißt, es ist die Frau, die Temudschin angezogen hat, und nicht die Vermählung. Mir ist zu Ohren gekommen, daß er sie rauben und hierher bringen und so den Zorn und die Rache Ung Khans auf uns laden will."

Subodai nagte an seiner Unterlippe. „Das ist Lüge. Ich weiß nicht, woher solche Gerüchte stammen, aber sie sind unwahr. Er wird ohne sie heimkehren."

„Woher weißt du das?" fragte Kokchu mit schmeichlerischem Lächeln.

Subodai stand auf. „Ich weiß es eben", antwortete er mit ruhiger, bestimmter Stimme. Kokchu musterte ihn scharf, aber Subodai hielt seinem Blick stand. Da sog Kokchu die Lippen ein und runzelte die Stirn. Vielleicht wußte Subodai es wirklich. In diesem Fall würde es höchst ungemütlich für jene werden, die dem Volk aufrührerische Dinge zuflüsterten. Kokchus Wange zuckte, aber er zwang sich, verbindlich zu lächeln.

„Ich will tun, was ich kann", sagte er und seufzte. „Aber es wird eine schwere Aufgabe sein. Aber wie gesagt, ich werde mein Bestes tun."

„Ich danke dir", sagte Subodai gemessen und ohne zu lächeln. „Und wenn unser Herr zurückkehrt, werde ich ihm von deiner großen Treue berichten."

Kurelen war über das, was er hörte und sah, zutiefst beunruhigt. Boshaft teilte er Jamuga seine Besorgnisse mit. Er sagte: „Ich kann nur wiederholen, Jamuga, daß du entweder zu früh oder zu spät geboren wurdest. Auf jeden Fall hast du eine ungeheure Torheit begangen."

Aber Jamugas eigene Unruhe hatte ihn unerhört reizbar gemacht, und er herrschte Kurelen derartig heftig an, daß der alte Mann ihn von nun an ungeschoren ließ.

Um diese Zeit schlug ihn das Schicksal ein zweites Mal.

Er konnte nicht schlafen. Er hörte die verstärkten Wachen in der finsteren Nacht patrouillieren, hörte Subodais Stimme, der sie anrief und mit ihnen beratschlagte. Auch die Schildwachen waren verdoppelt worden und saßen reglos im Schein des mitternächtlichen Mondes zu Pferd, waren in Decken und dicke Mäntel eingehüllt und hielten die Lanzen oder Säbel kampfbereit in den Händen. Jamuga aber klammerte sich starr an seine Überzeugung, richtig gehandelt zu haben. Sooft er jedoch Subodais abgezehrtes Gesicht sah und bemerkte, daß sein sanftes Lächeln trotzdem niemals von ihm wich, erfaßte ihn das Schuldgefühl. Nicht ob seines eigenen Vorgehens, sondern dafür, daß Subodai unter dessen Folgen zu leiden hatte.

Seine Schlaflosigkeit wurde zur regelrechten Qual. Eines Nachts stand er verzweifelt auf. Subodai war in der Dunkelheit eben vorbeigekommen. Jamuga hatte seine Stimme gehört. Er beschloß, zu dem jungen Paladin zu gehen, mit ihm zu plaudern und in dessen unerschütterlicher Tugend und Furchtlosigkeit Trost zu suchen.

Im Licht des verbleichenden Mondes folgte er Subodais Schatten. Ruhig und gelassen schritt Subodai in anmutiger Würde aus. Angst und Schlaflosigkeit hatten Jamuga derartig geschwächt, daß er ihn nicht einholen konnte. Subodai machte seine nächtlichen Runden. Er näherte sich dem Viertel, in dem Temudschins verlassene Jurte mit den Wachen stand. Als Subodai dort anlangte, sprach der Wachtposten ihn an. Subodai neigte den Kopf und lauschte dem Mann aufmerksam. Er schien überrascht zu sein. Dann nickte er und betrat die Jurte. Der Wachtposten entfernte sich offensichtlich auf Befehl von seinem Posten.

Jamuga seufzte und beschleunigte seine Schritte. Er wußte, daß er Subodai allein antreffen würde und sich offen mit ihm aussprechen konnte. Mühsam legte er die letzten Schritte zurück und griff nach der Eingangsklappe, um sie zurückzuschlagen. Und dann blieb er mit ausgestreckter Hand und vibrierenden Nerven stehen, denn er sah düsteres Lampenlicht im Zelt und hörte hastiges Flüstern.

War Temudschin zurückgekehrt? Sein Herz klopfte ungestüm, und dann trieb ihm die unsägliche Erleichterung den Schweiß auf die Stirn. Angespannt horchend, senkte er den Kopf.

Aber er hörte nicht Temudschin, sondern Subodai.

„Hier bin ich", sagte der junge Paladin. „Was wünschest du von mir, Bortei?"

Jamuga vernahm Borteis kehliges Gelächter.

„Ich fürchte mich, Subodai. Ich habe niemanden, bei dem ich Trost und Sicherheit suchen könnte. Die Mutter meines Gemahls darf über Befehl Jamugas, dieses Narren, ihre Jurte nicht verlassen und keine Besuche empfangen. Ich bin nur eine Frau und Mutter und schwach an Seele und Tapferkeit. Verzeih mir, daß ich dich bemüht habe."

Es folgte kurzes Schweigen. Verwirrende Gedanken zuckten durch Jamugas Kopf, daß er beinahe das Gleichgewicht verloren hätte.

Dann erhob sich langsam und ernsthaft Subodais Stimme: „Du hast mir keine Mühe gemacht, Bortei. Befiehl, und ich werde alles, was in meinen Kräften steht, für die Gemahlin meines Khans tun."

Wieder brach Bortei in ihr gurrendes Gelächter aus. Dann seufzte sie hörbar.

„Ich kenne deine Ergebenheit, Subodai. Setz dich zu mir und halte meine Hand. Du bist ein Bruder unseres Gebieters, und dein Anblick und deine Berührung schenken mir neue Kraft."

Jamuga kniete vor der Jurte nieder. Mit schweißnasser Hand lüftete er die Eingangsklappe einen Spalt breit und spähte ins Innere. Er sah, daß Bortei in einem weißen, kunstvoll bestickten Wollgewand auf ihrem Lager saß. Um ihren Hals hingen Ketten aus Türkisen und Gold und an ihren Handgelenken klingelten die Armreifen. Das schwarze Haar fiel ihr schwer über die Schultern, und das trübe Licht der Lampe warf rosige Schatten auf ihr Gesicht, daß ihre schwarzen Augen unergründlich glänzten und ihre Lippen wie sonnenwarme, rote Blüten aussahen.

Groß, schlank und stumm stand Subodai vor ihr. In seinen blauen Augen fing sich das Licht, und sie schimmerten lebhaft wie der Himmel. Er traf keine Anstalten, sich neben sie zu setzen. Sein Gesicht war auffallend blaß.

„Ich darf nicht verweilen", sagte er ruhig, „sondern muß meine Runden wieder aufnehmen. Aber sag mir rasch, was ich für dich tun kann, Bortei."

Ihre Miene veränderte sich. Stumm sah sie ihn an. Ihre Brust hob und senkte sich unter ihren hastig gewordenen Atemzügen. Ihre Augen wanderten von seinen Lippen körperabwärts über seinen langen, bestickten Rock und die Wollhose, die er zum Schutz gegen die Kälte locker an den Knöcheln zusammengebunden hatte. Plötzlich stieg ihr die Röte in die Wangen, ihre feuchten Lippen öffneten sich, und ihre Augen schwammen in schwüler Mattigkeit. Sie ließ seinen Blick nicht los und erhob sich. Sie lächelte verführerisch, legte ihm beide Hände auf die Schultern und warf den Kopf zurück. Ihre weiße Kehle schimmerte im Lampenlicht. Er blickte auf ihr Gesicht mit dem feuchten, halb geöffneten, lächelnden Mund hinab und rührte sich nicht. Aber er sah nicht überrascht aus.

Sie begann begehrlich zu flüstern und drängte ihr Gesicht enger an seines, daß ihr heißer Atem seine Lippen streifte.

„Subodai, mein Gemahl hat mich verlassen. Du weißt es. Bald wird das Volk sich erheben und dich zu seinem Khan wählen. Subodai, ich habe dich immer geliebt. Du wirst mich zu deiner Frau machen. Aber ich kann nicht warten. Nimm mich noch heute nacht, Subodai! Nimm mich!"

Noch immer rührte er sich nicht, sein Gesicht war beherrscht und verschlossen wie das eines steinernen Standbildes. Sie betrachtete ihn genau. Ihre Brust hob sich schwer. Der Ausschnitt ihres Gewandes stand offen und jetzt fiel es auseinander und gab schamlos ihre Brust frei. Sie lachte leise und siegessicher. Ihre Hände glitten von seinen Schultern und tasteten sich unter seinen Rock. Sie packte ihn um die Mitte. Dann lehnte sie sich an ihn und drückte ihren Kopf an seine Brust. Ihr Körper schmiegte sich an seinen, ihre Schenkel preßten sich an ihn. Die Augen hielt sie in wollüstiger Erregung halb geschlossen, und sie lächelte.

Lange Zeit standen sie wie ineinander verschmolzen da. Draußen in der Dunkelheit begann es Jamuga heftig zu schütteln. Ihm war todübel. Alles verschwamm vor seinen Augen, und er glaubte zu sterben. Als er die Augen wieder aufschlug, dachte er, aus einer Ohnmacht erwacht zu sein. Ein Blick in die Jurte aber belehrte ihn, daß nur wenige Sekunden verstrichen waren. Mann und Frau standen noch immer reglos beisammen.

Dann machte Subodai sich sanft, aber energisch frei. Bortei versuchte, sich an ihn zu klammern, aber seine Hände duldeten keinen Widerstand. Er schien sie ohne Gewaltanwendung von sich zu stoßen, aber er brauchte dazu doch mehr Kraft, als es den Anschein hatte, denn als er sich gänzlich von ihr befreit hatte, taumelte sie und fiel rücklings auf ihr Lager. Keuchend, mit wirrem Haar und offenen Lippen, zwischen denen ihre Zähne hervorschimmerten, saß sie dort.

Subodai lächelte mit weißen Lippen und verneigte sich vor ihr. „Ist das alles, was du von mir willst, Bortei?" fragte er mit leiser, spöttischer Stimme.

Wütend musterte sie ihn und regte sich nicht. Wieder verneigte er sich. „In diesem Fall muß ich ablehnen. Du wirst es mir morgen verzeihen, das weiß ich. Aber erspare mir deine Dankbarkeit."

Er wandte sich ab. Starr lag das sonderbare Lächeln über seinen Zügen. Er trat einen Schritt von ihr zurück. Sie ließ ihn nicht aus den Augen. Dann stieß sie einen schrillen, hemmungslosen

Schrei aus. Sie warf sich auf die Knie und riß sich das Gewand von Schultern und Brust. Ihre Brüste waren wie Zwillingsmonde und schimmerten weiß. Sie umklammerte seine Knie und legte ihre Wange leidenschaftlich dagegen.

„Das kannst du mir nicht antun! Ich lasse dich nicht gehen, Subodai! Ich liebe dich! Ich kann ohne dich nicht leben!"

Er entwand sich ihrem Griff. Sein Gesicht war feucht vor Schweiß und Entsetzen. Er schloß die Augen, um ihre Nacktheit nicht zu sehen. Sie hing wie eine Schlange an ihm und begann, tief und kehlig zu lachen.

Plötzlich hörten sie einen erstickten Schrei und das Geräusch eines Eintretenden. Subodai stand aufrecht mit loderndem Blick da und atmete schwer. Bortei aber war vor Schreck wie gelähmt und rührte sich nicht. Ihre Arme hielten den jungen Paladin noch immer umklammert. Über ihre Schulter blickte sie zu Jamuga hin, dessen Gesicht furchterregend in seiner Empörung, Wut und Abscheu aussah.

„Du elende Dirne!" schrie er. „Du Schandweib!"

Jetzt sanken Borteis Arme von Subodais Knien. Sie hockte mit offenem Haar und nackter Brust vor Jamuga. Vor Angst und Scham glotzte sie stumpfsinnig vor sich hin.

Bebend wandte Jamuga sich an Subodai. „Laß uns allein!" befahl er. In diesem Augenblick war er ein überzeugender Khan und nicht mehr hochfahrend, schüchtern und abweisend. Der totenblasse Subodai neigte das Haupt. Er zögerte. Nach einem langen, tiefen Blick in Jamugas aufgerissene Augen verließ er schließlich ohne Hast, aber in der ihm eigenen flinken Art die Jurte.

Unbändige Wut überfiel Jamuga, sobald er allein mit Bortei war. Sein Blick suchte Temudschins Peitsche. Er beugte sich vor und ergriff sie. Bortei verfolgte jede seiner Bewegungen, ohne fähig zu sein, sich zu erheben. Sie sah, wie Jamuga die Peitsche hob, und zuckte zusammen. Ihr Mund öffnete sich in einem lautlosen Schrei. Sie hörte die Peitsche pfeifend durch die Luft sausen und spürte, wie sie ihr brennend die nackten Schultern und die Brust zerschnitt. Sie ließ sich zu Boden fallen und versuchte, sich mit den Armen zu schützen. Aber die Peitsche kannte keine Gnade. Wieder und wieder sauste sie auf sie hinab, zerfetzte ihr Fleisch und hinterließ purpurne Striemen auf ihrer weißen Haut. Dennoch war weder von ihr noch von Jamuga ein Ton zu hören, einzig das wahnwitzige Zuschlagen und Surren der Peitsche.

Dann hatte er genug. Sie lag keuchend und reglos auf dem Boden und hatte den Kopf in den Armen vergraben. Jamuga warf die Peitsche von sich.

„Metze!" zischte er leise, mehr nicht.

Er verließ sie und stolperte blicklos durch die Nacht. Als er an einer geschützten Stelle ankam, stürzte er nieder und stöhnte in unerträglicher Qual auf.

Bortei begann in ihrer Jurte zu schluchzen. Sie wand sich in ihrem Schmerz. Sie setzte sich auf, schob sich das Haar aus dem Gesicht. Wild starrte sie um sich. Dabei fiel ihr Blick auf die Peitsche, an der sich ausgerissene Haare verwickelt hatten. Plötzlich verzerrte sich ihr Gesicht in Wut und Haß. Mühsam, mit hängendem Kopf, stand sie auf. Ihr Atem ging pfeifend. Taumelnd betrachtete sie im Stehen ihre Schrammen. Sie sah übel aus.

Die Arme hingen ihr schlaff herab. Dann lächelte sie unheilvoll.

Jamuga wußte es noch nicht, aber er hatte sein eigenes Todesurteil unterschrieben. Es würde eine Weile dauern, aber die Zeit würde reifen.

Subodai entdeckte Jamuga, als der Morgen bereits heraufdämmerte. Er lag gebrochen im Schatten seiner Jurte. Er hatte nicht mehr die Kraft aufgebracht, bis ins Innere zu gelangen. Ohne ein Wort zu sprechen, half der junge Paladin ihm ins Zelt und bettete ihn auf sein Lager. Er schenkte einen Becher Wein ein und zwang Jamuga zu trinken.

„Was sollen wir tun?" fragte er, als Jamuga langsam wieder zu Kräften zu gelangen schien.

Jamuga schüttelte das Haupt und sagte verbissen: „Nichts. Das Weib wird niemals wagen, etwas zu sagen. Und wir müssen schweigen."

Dann begann er unvermittelt zu weinen wie eine Frau.

XXVII

Kurz nach Tagesanbruch schlief der völlig erschöpfte Jamuga ein. Er träumte nichts, dazu war sein Zusammenbruch zu vollständig. So kam es, daß Subodai ihn mehrmals rufen mußte, ehe er erwachte. Er setzte sich auf. Das warme Sonnenlicht fiel in die Jurte.

Subodais blasses Gesicht glänzte vor Freude. „Unser Gebieter ist zurückgekehrt!" rief er. „Unsere Späher haben ihn im Osten gesichtet!"

Jamuga stand auf. Er taumelte und wäre beinahe gefallen. Subodai half ihm, seinen Rock anzuziehen und seinen Gürtel umzuschnallen. Die Hände des jungen Paladin waren sicher und ruhig, und er lächelte. Gemeinsam traten sie ins Freie.

Das Lager befand sich in freudiger Erregung. Alles war vergessen. Einzig Temudschins Rückkehr zählte. Die Menschen drängten sich in den schmalen Durchgängen zwischen den Jurten. Die Hunde kläfften wie besessen. Die Frauen begannen zu singen, die Sänger stimmten ihre Fiedeln, und die Jungen schlugen die Trommeln. In Begleitung seines jungen Priesters kam Kokchu aus seiner Jurte. Er war prächtig gekleidet. Mit zynischem Lächeln stand Kurelen neben ihm. Nur Houlun und Bortei waren nicht zu sehen. Schließlich aber erschien Bortei doch festlich gekleidet und gelassen. Selbst in seiner Wut hatte Jamuga daran gedacht, ihr Gesicht zu schonen, und es war unverletzt geblieben. Sie hielt ihr in ein weißes Pelzgewand gehülltes Kind in den Armen.

Am östlichen Horizont zeichnete sich eine rasch näher kommende Staubwolke ab. Die Sonne verfing sich darin, und die Wolke sah wie ein goldener Heiligenschein aus flüssigem Licht aus. Man vernahm das leise Getrappel von Pferdehufen.

„Der Gebieter ist zurückgekehrt!" sangen Barden und Frauen im Chor. „Wie die Sonne des Firmaments kommt er auf unser Volk zu. Er hat uns das Licht seiner Gunst und die Pracht seines Lächelns geschenkt! Was haben wir in der Dunkelheit gefürchtet? Wovor sind wir erzittert? Wir wissen es nicht mehr; wir haben es vergessen! Der Gebieter ist zurückgekehrt!"

Der gelbe Fluß flimmerte in der Sonne. Eine Kette grauer Gänse querte den Himmel. Die Herden waren unruhig, und die Pferde wieherten.

Das Volk strömte ins Freie, um seinen Khan zu begrüßen. Die Krieger hielten ihre Lanzen und saßen mit ernsten Gesichtern unbeweglich auf ihren Pferden. Die Kinder kreischten.

Das schlichte Volk hatte wirklich alles vergessen. Nur einige wenige hatten ein besseres Gedächtnis. Kurelen, Subodai, die Statthalter, Bortei und Kokchu warteten und hielten Ausschau. Kam Temudschin in Begleitung der Perserin? Die Furcht rieselte ihnen eiskalt über den Rücken. Wenn ja, dann war diese Freude nur eine Atempause vor den Schrecken und der ewigen Flucht vor der Vergeltung.

Durch den goldenen Staub konnten sie nun die galoppierenden Reiter, die funkelnden Lanzenspitzen und die wehenden Fahnen ausnehmen. Aber keine Frau befand sich unter den Reitern. Sie kamen allein angeritten.

Kurelen holte tief und dankbar Atem. Er wandte sich an den blaßlippigen Jamuga, der neben ihm stand. „Unsere Befürchtungen waren grundlos", sagte er leise.

Jamuga aber antwortete nicht. Seine Augen starrten geradeaus.

Temudschin und seine Krieger wurden mit lauten Jubelrufen begrüßt, die von dem braunen Ödland vielfach verstärkt zurückgeworfen wurden. Die ganze Erde schien sich zu freuen. Das Volk umschwärmte die Heimkehrer; Frauen griffen nach den Zügeln und blickten mit tränennassen, verzückten Gesichtern zu den Reitern empor. Lachend stiegen die Krieger ab und umarmten ihre Frauen und Kinder. Die Luft erbebte im Stimmengewirr und der ungeheuren Aufregung. Die Sänger brüllten lauter, und die Trommeln wirbelten wie verrückt.

Staubbedeckt und ohne ein Lächeln stieg Temudschin vom Pferd. Kurelen und die Statthalter, Jamuga, Subodai und Kokchu gingen auf ihn zu und drängten sich durch die erregte Menge. Kurelen sah Temudschin an und dachte: Er ist gealtert. Das Fleisch ist von seinen Knochen verschwunden. Er ist ein Mann, der Höllenqualen erlitten hat und sich nie mehr von seinen Narben erholen wird. Aber er lächelte seinem Neffen zu und umarmte ihn.

„Willkommen, Neffe. Nie war ich glücklicher als jetzt."

Bortei kam näher. Sie lächelte träge und legte die Hand auf Temudschins Arm. Er blickte auf sie hinab, als sähe er sie nicht. Seine Lippen zuckten. Dann nahm er die Begrüßung seiner Statthalter und Paladine entgegen. Er machte einen gedankenverlorenen Eindruck, und wenngleich er immer wieder nickend die Grüße erwiderte, hörte er kaum etwas davon. Ehe Kokchu seine kunstvoll gedrechselte Ansprache beendet hatte, drängte Temudschin sich schon zu seiner Jurte durch. Chepe Noyon und Kasar blieben zurück.

Kurelen zerrte Chepe Noyon am Ärmel. Die anderen scharten sich scheu um sie und bildeten eine kleine Insel der Verschwörung inmitten der bunten fröhlichen Menge.

„Wie", flüsterte Kurelen. „Keine Frau?"

Chepe Noyon schüttelte den Kopf. Rasch sah er Temudschins verschwindendem Rücken nach. Der junge Würdenträger lächelte nicht.

„Keine Frau", erwiderte er knapp.

Der einfältige Kasar aber war nicht so wortkarg. Die allgemeine Erregung hatte ihn angesteckt, und er war froh, wieder daheim zu sein.

„Sie hat sich das Leben genommen", sagte er laut und offen. „Sie hat sich für unseren Gebieter geopfert."

„Pst!" sagte Chepe Noyon streng. „Pst!" riefen die anderen und sahen sich erschreckt um. Die Umstehenden witterten eine interessante Neuigkeit und starrten sie erwartungsvoll und neugierig an.

Chepe Noyon sagte mit lauter, gleichmütiger Stimme:

„Ung Khan hat uns keine Frauen geschenkt. Aber er hat unsere Hände mit Schätzen gefüllt. Genügt das etwa nicht?"

Die Leute lachten stolz. Sie vergaßen die kleine Schar, die mit gezwungenem Lächeln beisammen stand.

„Komm mit mir", sagte Kurelen. Subodai, Chepe Noyon, Jamuga und Kasar folgten ihm. Sie sprachen nicht, ehe sie Kurelens Jurte betreten und sich gesetzt hatten und seinen köstlichen Wein tranken.

„Und jetzt erzählt", forderte Kurelen sie auf.

Mit knappen Worten berichtete Chepe Noyon, wobei Kasar

aufgeregt die fehlenden Einzelheiten ergänzte. Als er geendet hatte, versanken alle in Schweigen. Kurelen war tief gerührt und maßlos erleichtert. Er schüttelte den Kopf.

„Deinen Worten entnehme ich, daß sie eine schöne und kluge Frau gewesen sein muß. Aber sag mir eines, Chepe Noyon: ist Temudschin untröstlich?"

„Er hat seit ihrem Tod ihren Namen nicht einmal erwähnt."

Kurelen seufzte tief auf. „Oh, das ist schlimm. Seine Augen zeugen von Schlaflosigkeit. Er ist im Innersten getroffen. Ich glaube kaum, daß er es jemals ganz überwinden wird."

„Die Welt ist voll von schönen Frauen", wandte Chepe Noyon ein.

Wieder schüttelte Kurelen das Haupt und sagte wie zu sich selbst:

„Im Leben eines jeden Mannes kommt der Zeitpunkt, in dem es nur eine einzige Frau gibt. Temudschin hat diese eine gekannt. Er wird viele andere besitzen, aber keine wird ihren Platz einnehmen. Mein Herz weint mit ihm."

Chepe Noyon hielt das für pure Gefühlsduselei, zuckte die Achseln und zog die Augenbrauen hoch.

„Ihr Haar war wie die Morgensonne", berichtete Kasar in tiefer Bewunderung. „Ihr Gesicht war wie eine Blume im Frühling, wenn die Wüste blüht. Ich habe sie nur ein einziges Mal gesehen und erkannt, daß sie ein Traum gegenüber allen anderen Frauen war."

„Oh, du bist ein schwatzhafter, ungebildeter Bock", sagte Kurelen geistesabwesend. „Aber sag, Chepe Noyon: wer weiß außer dir und Kasar noch davon?"

„Niemand. Die Krieger wissen bloß, daß Azara tot ist und die Vermählung nicht stattgefunden hat."

Kurelen betrachtete Kasar strenge, und der junge Mann duckte sich wie ein Kind.

„Kasar, du Schwätzer, du hältst den Mund! Erzähle niemandem davon!"

Obwohl Jamuga in eigene Sorgen verstrickt war, empfand er tiefe Trauer und großes Mitgefühl. Jetzt, da Azara keine Gefahr mehr darstellte, vermochte er das Hinscheiden von so viel Schönheit und Liebe zu bedauern und trauerte beinahe wie Temudschin darum. Er wollte zu Temudschin gehen, aber er entsann sich, daß Temudschin mit niemandem gesprochen hatte, sondern wie ein zu Tode getroffenes Tier in seine Jurte gegangen war. Und dann kam ihm seine eigene kritische, unselige Lage wieder zu Bewußtsein und verdrängte alle anderen Gedanken.

Bortei verbreitete die Nachricht, daß der junge Khan von dem Ritt völlig erschöpft sei und zu schlafen wünsche. Selbst ihr hatte er den Zutritt zu seiner Jurte verweigert. Ein doppelter Wachtposten wurde vor seinem Zelt aufgestellt, um ungeduldige Besucher abzuwehren. Aber Temudschin schlief nicht. Er hatte sich nicht einmal niedergelegt. Die Posten hörten im Inneren der Jurte stundenlang seine hastigen, stolpernden Schritte. Sie vernahmen seine Seufzer, seine unterdrückten, abgerissenen Ausrufe. Sie tauschten stumpfe Blicke, aber sie sagten nichts.

Gegen Sonnenuntergang verlangte er zu essen, aber er nahm sein Mahl allein in seiner Jurte ein. Als die Sonne schließlich wie eine rote Scheibe am Horizont stand, ließ er Subodai und seinen Schwertadel zur Meldung holen. Sie trafen ihn bleich, ermüdet, aber gefaßt an. Seine fiebrigen Augen funkelten grün im Lampenlicht. Er bemerkte Jamugas Fehlen und erkundigte sich nach dem Grund. Es war Subodai, der offen und unbewegt antwortete:

„Vieles hat sich zugetragen, Herr. Und Jamuga hat mich ersucht, daß ich selbst es dir berichten soll."

Temudschin sah Subodai über den Rand seines Bechers erstaunt an.

„Was gibt es? Und warum ist Jamuga so feige?"

Subodai zögerte. „Jamuga ist nicht feige. Vielleicht wäre sonst manches anders gekommen."

Temudschin brummte und stellte seinen Pokal nieder. „So sprich", gebot er.

Jamuga saß allein in seiner Jurte und wartete. Die Sonne versank, und die Dunkelheit zog mit flimmernden Sternen herauf. Der Mond ging leuchtend auf. Der pausenlose Wind trug das Geheul ferner Wölfe herbei. Die Lagerfeuer loderten, dann sanken sie zu glosenden Resten zusammen. Über die Zeltstadt senkte sich die Stille.

Jamugas Herz pochte jetzt in kalter Angst und Verzweiflung. Er wartete noch immer. Die Stunden verstrichen unheilkündend. Er wußte nicht, was er fürchtete, aber er war starr vor Angst. Jetzt war er überzeugt, daß Temudschin ihm niemals verzeihen würde und die Qual der heutigen Nacht nur der Auftakt zu schlimmeren Qualen war.

Jemand zerrte an der Eingangsklappe der Jurte. Jamuga zuckte zusammen und sein Gesicht war plötzlich schweißnaß. Subodai stand lächelnd vor ihm.

„Unser Gebieter bittet dich in seine Jurte, Jamuga Sechen." Da er Jamugas Pein gewahrte, legte er ihm die Hand auf die Schulter. „Fasse dich, Jamuga. Es ist nicht ganz so schlimm."

XXVIII

Jamuga traf Temudschin mit dreien oder vieren seiner Würdenträger und Chepe Noyon an. Sie saßen schweigend da und jedes Auge heftete sich bei seinem Eintritt auf den unseligen jungen Mann. Temudschins eingesunkene, fiebrige Augen schienen ihn durchbohren zu wollen. Er lächelte nicht. Jamuga glaubte, ihn noch nie so grimmig, so unbarmherzig wie in dieser Stunde gesehen zu haben.

Temudschin forderte ihn nicht auf, sich zu setzen. Also stand Jamuga wartend vor ihm. Angst und Hoffnungslosigkeit waren verflogen. Er machte sich auf das Furchtbarste gefaßt. Vor ihm saß weder sein Blutsbruder noch sein Freund. Hier drohte ein unerbittliches Ungeheuer, das keine Gnade kannte. Seine Lippen waren grau wie Stein und sein Antlitz fürchterlich. Jamuga erwartete sein Todesurteil, und angesichts seines Endes war jede Unsicherheit von ihm abgefallen.

Er zwang sich zum Sprechen. „Ich weiß nicht, ob man es dir berichtet hat, Temudschin, aber ich habe angeordnet, daß Houlun ob ihrer vorlauten Zunge ihre Jurte nicht verlassen darf."

Seine lächerlichen Worte entsetzten ihn, und er fragte sich, ob es tatsächlich seine Stimme gewesen war, die sie gesagt hatten. Und dann bemerkte er zu seinem unbeschreiblichen Staunen, daß Temudschin zu lächeln begonnen hatte, als sei er gegen seinen Willen erheitert. Das Lächeln verdunkelte sein Antlitz eher, statt es zu erhellen, aber es war ein richtiges Lächeln, und Jamuga begriff mit dem feinen Einfühlungsvermögen des sensiblen Menschen, daß es Temudschins erstes Lächeln seit vielen Tagen war. Die anderen waren überrascht und sahen einander verstohlen an. Dann breitete sich auch über ihre Gesichter ein grenzenlos erleichtertes Lächeln. Die Spannung war gebrochen. Chepe Noyon kicherte sogar.

„Es scheint, Jamuga Sechen, daß du der Beherztere von uns beiden bist", sagte Temudschin mit finsterer Heiterkeit. „Ich hätte das niemals gewagt. Ich beglückwünsche dich zu deinem Mut."

Völlig fassungslos starrte Jamuga ihn in betretenem Schweigen an. Er verstand Temudschins Belustigung nicht. Und dann hörte er Temudschins hartes, bitteres Gelächter, das sich zögernd von seinen Lippen löste und wie ein Quell durch eine starre Felsschicht sprang. Er vernahm das Lachen der anderen, sah, wie Subodai ihm aufmunternd zunickte, und ahnte dessen Erleichterung. Verdutzt sah er Temudschin an, ohne die Ursache der allgemeinen Heiterkeit zu begreifen.

Temudschins gequälte Züge hatten sich gelockert, als er zu lachen aufhörte. Selbst als sein Gesicht wieder streng wurde, war es bedeutend weniger finster als zuvor.

„Jamuga Sechen, es ist nicht meine Art, jemanden zu verurteilen, ohne ihm Gelegenheit zu geben, sich zu verteidigen." Er setzte ab. Sein Blick tauchte unerbittlich in Jamugas Augen, und dessen Herz sank neuerlich, denn Temudschin hatte ihn nicht Blutsbruder genannt. „Sprich. Was hast du vorzubringen?"

Jamuga seufzte. Seine farblosen Lippen öffneten sich. „Nur so viel, Temudschin, daß ich glaube, nicht unrecht gehandelt zu haben. Ich würde auch heute nicht anders entscheiden."

Die anderen wechselten beklommene Blicke, und Subodai war über diese ruhigen, unerschrockenen Worte seines Freundes sichtlich bestürzt.

„So", sagte Temudschin nachdenklich. Er hielt seinen Becher hin und Chepe Noyon schenkte ihm ein. Langsam trank er, ohne den Blick von Jamuga zu wenden. Wieder seufzte Jamuga, als wollte ihm das Herz zerspringen. Er sah von Temudschin fort und bemerkte jetzt erst den humorlosen, sturen Agoti, der sich sichtlich an seinem Sieg weidete. Ich bin verloren, dachte er.

Temudschin stellte seinen Becher ab und leckte sich die Lippen. Seine Mundwinkel zuckten leicht. Langsam ließ er den Blick über seine Statthalter schweifen.

„Ich weiß, ihr alle habt euch eure Meinung darüber gebildet, ob Jamuga Sechen einsichtsvoll gehandelt hat oder nicht", sagte er gleichmütig. „Aber ich bin froh, daß ihr ihm gehorchtet. Hättet ihr es nicht getan, dann wäre euch mein Zorn sicher gewesen."

Hilfloses Staunen bemächtigte sich ihrer. Sie blinzelten einander verständnislos zu. Nur Chepe Noyon und Subodai lächelten, und Chepe Noyon zwinkerte dem anderen zu. Temudschin entging nichts von all dem, und wieder zuckte es in seinen Mundwinkeln.

„Und nun geht, alle, und nehmt nochmals meinen Dank für euren Gehorsam und eure Ergebenheit."

In der tiefen Stille, die auf diese Worte folgte, erhoben sie sich, salutierten und entfernten sich. Keiner sah Jamuga an, mit Ausnahme Subodais, dessen Lächeln wohlwollend und ermunternd war.

Mit seinem Blutsbruder allein geblieben, erschien abermals jenes harte, widerwillige Lächeln auf Temudschins Antlitz. Er griff nach einem zweiten Becher und schenkte ihn voll. „Setz dich neben mich und trinke", gebot er.

Jamugas zitternde Beine gaben unter ihm nach. Er nahm Platz und hielt den Becher mit Fingern, die ihm kaum gehorchten. Er hob ihn an die Lippen, aber er brachte keinen Schluck hinunter. Und Temudschin beobachtete ihn aus grünen, starren Augen.

Mit gleichmütiger, belustigter Stimme sagte er: „Du weißt natürlich, daß du ein Narr bist, Jamuga?"

„Weshalb hast du so zu ihnen gesprochen?" flüsterte Jamuga, noch immer ungläubig.

Temudschin zuckte die Achseln. „Hätte ich etwa zugeben sollen, daß der Mann, den ich zu meinem Stellvertreter ernannt habe, ein Narr und seiner Aufgabe nicht gewachsen ist?" Er grunzte belustigt. „Was würden sie dann von meinem unfehlbaren Urteil denken?"

Spitze, kraftlose Wut regte sich in Jamugas müdem Herzen.

„Tu mit mir, was du willst, Temudschin, aber verhöhne mich nicht. Ich habe genug gelitten."

Temudschin sah ihn neugierig an. Er schien erst recht belustigt zu sein. „Das glaube ich dir gerne", sagte er. Und dann lachte er wieder laut heraus. „Trink deinen Wein. Trink schon, ich befehle es!"

Jamuga zwang sich zu trinken, verschluckte sich aber dabei. Der Wein floß ihm wie Feuer durch die Adern.

„Nein", sagte Temudschin sinnend, „es wäre völlig verkehrt gewesen, das einzugestehen. Damit hätte ich meine Autorität untergraben, und das ist ein Fehler, den ein Herrscher sich nicht leisten kann."

In der einsamen Stille betrachtete er Jamuga so ausführlich, als könnte er seine Neugier und sein kaltes Staunen über ihn niemals stillen.

„Du bist ein Narr, Jamuga", sagte er schließlich, aber seine Worte waren nicht beleidigend, sondern es klang sogar ein leiser Schimmer von Zuneigung durch. „Begreifst du nicht, was du getan hast? Weißt du denn nicht, daß wir ständig von Feinden umgeben sind, die nichts sehnlicher wünschen, als uns zu vernichten, und daß Gehorsam und unerbittliche Disziplin unseren einzigen Schutzwall bilden und unsere Stärke ausschließlich in der Einigkeit liegt? Schwäche und Zwietracht sind stets das Angriffssignal für stärkere Feinde. Ist dir das nicht bekannt?"

Jamuga seufzte. „Ich kann nicht einsehen, daß für Kraft und Einigkeit die Grausamkeit nötig ist, Temudschin. Weshalb verbietet man im Namen der Eintracht die Barmherzigkeit?"

Temudschin lächelte ihm zu wie einem törichten Kind. „Gnade ist ein Luxus der Starken. So stark sind wir noch nicht."

In einer Gebärde des restlosen Zusammenbruchs sank Jamugas Kopf auf seine Brust. Sein Flüstern aber klang unbeirrt: „Ich glaube, daß ich das Richtige getan habe, selbst wenn Dummköpfe es bestreiten. Das Unrecht liegt nicht in meinem Handeln, sondern in deinem bisherigen Verhalten. Du hast aus deinem Volk Tiere und unreife Kinder gemacht."

Er erwartete, daß ihn nun Temudschins voller Zorn treffen würde, aber einzig tiefe Stille folgte auf seine ersterbenden Worte.

Er blickte auf. Temudschin sah ihn lächelnd an und sein Gesicht drückte Zärtlichkeit und gleichzeitig Belustigung aus.

„Ich sehe, daß du es nie begreifen wirst, Jamuga. Aber du bist mein Blutsbruder. Ich muß dir viel verzeihen, wenngleich es mir nie gelingen wird, dich eines Besseren zu belehren. Einzig dir will ich eingestehen, daß es Narrheit von mir war, dich zu meinem Stellvertreter zu machen."

Jamuga lauschte in tiefem Staunen. Dann mußte er also nicht sterben und auch nicht mit einer Strafe rechnen. Ungläubige Verwunderung war von seinem müden Gesicht abzulesen.

Temudschin stützte den Arm auf Jamugas Schulter und sah ihm in die Augen. „Du bist mein Blutsbruder", wiederholte er. „Zweimal hast du mir das Leben gerettet." Und er lächelte.

Als Jamuga allein war, empfand er zuerst einmal beinahe hysterische Erleichterung und Freude. Erst als er auf seinem Lager ruhte, wurde sein Herz wieder kalt.

Er hat mir nicht wirklich verziehen, dachte er. Aber weshalb hat er mich geschont?

Und er wußte, daß sein Verhältnis zu Temudschin niemals mehr so werden konnte wie früher. Und ihm schien, daß er nie zuvor Temudschin, der sich seinen Blutsbruder nannte, in seiner vollen Fürchterlichkeit durchschaut hatte.

XXIX

Bald darauf hatten sie den Marsch zu den winterlichen Weidegründen aufgenommen. Der Zug bewegte sich rasch vorwärts, denn mit jeder Stunde wurde der Wind schneidender und die Luft kälter. Schnee und Sand peitschten ihnen ins Gesicht. Frauen und Kinder kauerten sich in den Wagen zusammen und suchten sich mit Decken vor der Kälte zu schützen. Temudschin ritt an der Spitze seines Volkes. Er trug seinen Stab aus Elfenbein, das Symbol des Generals oder Führers. Rund um ihn ritten seine Würdenträger, die Paladine Subodai, Chepe Noyon, Kasar, Jamuga Sechen, Arghun, der Lautenschläger, Muhuli und Bayan und Soo, kampferprobte Generale von großer Tapferkeit, und Bortei, die beinahe so gut wie Kasar, den sie verabscheute, mit der Armbrust umzugehen verstand. Es gab noch viele weitere, aber diese waren seine Günstlinge.

Unterwegs stießen Hunderte anderer Männer mit ihren Familien zu ihnen. Es waren ehemals feindliche Nomadenstämme, die jetzt furchtsam und bewundernd zu diesem jungen Jakka-Mongolen aufblickten, der Targoutai und seinen Bruder und viele andere ehemalige Khane besiegt hatte. Ohne Rücksicht darauf, daß manche dieser Clans nur geringe Lebensmittelvorräte bei sich hatten, ja teilweise sogar hungerten und obendrein schlecht bewaffnet waren, hieß Temudschin sie, den Vorhaltungen seines Schwertadels und seiner Statthalter zum Trotz, herzlich willkommen. Er sagte: „Ich messe die Macht nicht an Schätzen und Gold und nicht an der verschlagenen Taktik der Städter, sondern an der Anhängerzahl. Treu ergebene Krieger sind schlagkräftiger als die Söldner, die mit dem Gold der Städte gekauft wurden, und stärker als die Große Mauer von Kathai."

Er sah die neuen Mitglieder seines Stammes an und sagte: „Ein Anführer muß Erfolge haben, wenn er die Ergebenheit verdienen soll. Nur Narren und Träumer schließen sich aussichtslosen Fällen und schwachen Generalen an. Am Ende ist es immer jener, der sein Volk ernährt und es mit Weideland versorgt, der die Liebe seiner Untertanen verdient."

„So einfach ist das nicht", widersprach Jamuga.

„Sondern?" fragte Temudschin.

Aber Jamuga vermochte ihm keine Antwort zu geben, obwohl er störrisch den Mund verkniff.

Einmal fragte Jamuga Kurelen, ob es einen Weg gäbe, Temudschin sein Mitgefühl über den Tod Azaras beweisen zu können. Kurelen lächelte bloß und erkundigte sich, ob Temudschin sich den unheilbaren Schmerz anmerken ließe. Jamuga mußte zugeben, daß dem nicht so war. „Vielleicht hast du nur zu viel Phantasie", sagte Kurelen.

Jamuga kam sich enttäuscht und irgendwie geprellt vor, denn als die Tage verstrichen, hob sich die Finsternis von Temudschins Antlitz, und er ging seinen Aufgaben mit der gewohnten Zielsicherheit und Durchschlagskraft nach. Seine kräftige Stimme war flink und knapp wie immer. Er lächelte wie früher kurz und spöttisch. Vielleicht lachte er weniger, aber er hatte nie zu anhaltendem Gelächter geneigt, und nur ein sehr feines Ohr vermochte hier einen Unterschied zu entdecken. Jamuga war über diese Gefühlskälte verärgert, und wenn er sich auch sagte, daß Temudschin den Frauen niemals menschliche Werte beigemessen hatte, so hätte er doch zumindest auf irgendeine Art zu erkennen geben müssen, daß er des Mädchens gedachte, das seinethalben aus dem Leben geschieden war.

Manchmal ritten sie an dem mit spärlichem Gras bewachsenen Ufer des gelben Flusses, und Temudschin wandte den Kopf, um das kalte Glitzern der Sonne auf dem Wasser zu betrachten. Jamuga dachte: Erinnert er sich an Azaras Haar? Und wenn ab und zu der Himmel im Westen in allen Schattierungen von Rot erstrahlte, fragte er sich: denkt er an ihren Mund? Falls Temudschin aber von Erinnerungen heimgesucht wurde, so verriet sein ruhiges, unbewegliches Gesicht nicht das geringste davon. Leidenschaftslos wie immer betrachtete er Fluß und Himmel.

Einzig Bortei und die anderen Frauen argwöhnten beunruhigt, was Jamuga jetzt bezweifelte. Seit Temudschins Rückkehr nämlich hatte er Nacht um Nacht allein in seiner Jurte verbracht, obwohl er früher niemals auf weibliche Gesellschaft verzichten hatte können.

Hinter Temudschin rumpelte unbeirrbar seine Stadt auf Rädern, und seine Tausende und aber Tausende Krieger ritten ihm nach. Anschließend folgten die Herden mit den brüllenden Antreibern. Nachts flackerten unerschrocken die Lagerfeuer auf, denn mittlerweile gab es nur wenige, die gewagt hätten, Temudschin anzugreifen. Hie und da begegneten sie Karawanen. Die meisten standen unter Temudschins Schutz und er hielt lange genug an, um die Händler zu begrüßen und seinen Tribut an Geld, Juwelen, Wollstoffen, Pferden oder Sklaven entgegenzunehmen. Er legte sich eine Truppe munterer, geschminkter Tänzerinnen zu, und nachts tanzten sie im Freien, denn die Luft wurde nun täglich milder. Obwohl er es sichtlich genoß, den Tänzerinnen zuzusehen, und er sie ganz unverhüllt bewunderte, schlief er doch nach wie vor allein. Seine anderen Frauen gaben zu, daß dies zumindest ein gewisser Trost war, obwohl sie untereinander ausführlich klatschten und sich beschwerten.

Den Quell seiner tiefsten Belustigung bildete in jenen Tagen Kasars ständig zunehmende Überheblichkeit. Andere fanden sie weniger erheiternd, aber Temudschin verwöhnte seinen Bruder und ermunterte ihn, seinen Hochmut zur Schau zu stellen. Dem einfältigen und nicht eben scharfsinnigen Kasar war nämlich plötzlich aufgegangen, daß er der Bruder eines mächtigen Khans war und zu dessen Schwertadel gehörte. Die übrigen Günstlinge und Würdenträger waren ob seiner kindischen Anmaßung verärgert, besonders, wenn er tat, als zählte er zu den engsten Vertrauten Temudschins und ab und zu geheimnisvoll mit dem Kopf nickte. „Oh", flocht er gerne in ein Gespräch ein, „ich weiß Dinge, von denen du nichts ahnst. Mein Gebieter ist zu mir so offen wie zu sich selbst."

Sie glaubten ihm im Grunde nicht, aber sie waren gekränkt. Einige von ihnen hänselten ihn, und ein oder zwei Verwegene forderten ihn gar zu einem Ringkampf auf. Da er aber ungemein kräftig und nicht zu wählerisch in seinen Kampfmethoden war, ließen sie bald von ihm ab. Er prahlte, er stolzierte einher wie ein Gockel, er brüstete sich und nickte mit vielsagendem Lächeln, bis sie ihn aus ganzem Herzen haßten. Manche fragten sich, ob an seinen Behauptungen überhaupt etwas Wahres sei, und fühlten sich verletzt und vor den Kopf gestoßen.

„Ach, laßt ihn in Frieden", lachte Chepe Noyon. „Er ist nichts weiter als ein Ochse und hat keinen Verstand. Gewiß wird unser Gebieter ihn in keiner Angelegenheit zu Rate ziehen, die folgenschwerer als die Flugbahn eines Pfeiles ist."

Sie gaben zu, daß sie ihm nicht glaubten, aber sie wünschten sich, ihn tüchtig zu verprügeln. Jamuga beschwerte sich voll Verachtung, genau wie Borchu und Bayan und zwei oder drei andere es taten, aber Temudschin lachte nur. Es erheiterte ihn, wenn Kasar sich in die Brust warf und vor den Frauen den Helden spielte. Überfielen sie eine Karawane, die nicht unter ihrem Schutze stand, dann verkündete Temudschin mit ernster Miene, daß Kasar als erster aus der Beute wählen durfte. Damit wollte er Kasar bloß zu neuen lächerlichen Beweisen seiner Selbstgefälligkeit treiben, aber an den anderen nagte wortlose Wut.

Houlun war zutiefst darüber empört, daß Temudschin Jamuga für ihren Arrest nicht bestraft oder getadelt hatte, und machte aus ihrer Feindschaft gegenüber Jamuga kein Hehl mehr und zog über Temudschin her, selbst wenn er sich im Kreise seiner Würdenträger befand.

„Dein Bruder Kasar ist ein Narr", sagte sie wütend. „Torheit aber ist wie ein verwachsenes Glied und sollte bei anderen nur Verachtung und Mitleid erwecken. Du hingegen unterstützt seine Narrheit, als sei sie eine edle Eigenschaft, die ihn über seine Mitmenschen erhebt."

„Er erheitert mich", erwiderte Temudschin in seltener Friedfertigkeit. „Und zur Zeit finde ich es angenehm, mich erheitern zu lassen. Vielleicht werde ich schon morgen nicht mehr lachen, also laß es mich heute abend tun." Und er hieß Kasar an seiner Rechten Platz nehmen, was er nie zuvor getan hatte.

In jenen Tagen war er von weibischer, aufreizender Mutwilligkeit und schien still in sich hineinzulachen, wenn er die abweisenden Gesichter der anderen sah.

Nicht alle Tage verliefen friedlich. Während ihres langen Marsches stießen sie auf feindliche Clans, die sie angriffen oder von ihnen angegriffen wurden. Temudschin aber gelang es regelmäßig, die feindlichen Stämme mit spielerischer Leichtigkeit zu unterwerfen. Ehe der Winter zu Ende war, folgten dem jungen Khan einhunderttausend Jurten und unzählige Herden. Bevor der Frühling richtig ins Land gezogen war, hatte er Bortei zu sich geholt, und als die Sommerwanderung begann, sonnte sie sich in der stolzen Gewißheit, ein Kind zu erwarten.

Wieder einmal rollte der endlose Zug hinter Temudschin gen Norden. Sein Traum vom Bündnis der Nomadenstämme hatte begonnen, feste Gestalt anzunehmen. Die Alten hatten ihn gewarnt, daß er einer Illusion nachliefe. Er hatte ihnen gesagt: „Ein wahrer König ist, wer eine unerfüllbare Aufgabe übernimmt und sie bewältigt."

Das Volk betete ihn an. Man nannte ihn den Habicht des Himmels, den Falken des ewig blauen Firmaments, den Bezwinger aller

Menschen. Sein fürchterlicher Mut, seine ungezügelte Wildheit, seine Schläue und seine Unwiderstehlichkeit blendeten seine Untergebenen. Sie wußten, daß er in der ganzen Gobi gefürchtet wurde, und trugen stolz den Kopf hoch, dem Lager eines solchen Khans anzugehören.

„Ich werde meine Herrschaft über all meine Nachbarn erstrekken", sagte er vor seinem Schwertadel. „Ich werde aus der Gobi ein einziges Reich machen. Und dann — — —"

„Und dann?" fragte Chepe Noyon.

Aber Temudschin lächelte nur und sah gen Osten. Viele bemerkten, daß bei diesen Anlässen der Haß wie ein kaltes Licht in seinem Gesicht flimmerte.

Drittes Buch

I

„Sobald wir die Einigkeit erzielt haben, dürfen wir uns den Frieden leisten", sagte Temudschin. „Ist nämlich ein Volk einig, dann kann es oft seinen Willen schwächeren Völkern ohne Krieg und durch bloße Einschüchterung aufzwingen."

Er kannte mittlerweile die lähmende psychologische Wirkung der Angst. Seine Spitzel mengten sich unter schwächere und häufig auch stärkere Stämme und streuten dort das Gerücht aus, daß Temudschin, der Khan der Jakka-Mongolen, über übernatürliche, geheimnisvolle und unbezwingliche Kräfte verfüge. Die Nomadenvölker der Gobi waren grimmige, tapfere Krieger. Nie schreckten sie davor zurück, anzugreifen oder sich erbittert zu verteidigen, notfalls auch gegen einen zahlenmäßig überlegenen Feind. Vor einem Mann jedoch, dem der Himmel selbst beizustehen schien, so daß auch der aufopferndste Mut nichts nützte, fühlten sie sich hilflos. Wie giftige Schwaden kroch ihnen die Überzeugung, verloren zu sein, ins Blut und verlangsamte ihren Herzschlag. Selbst wenn die Spione entdeckt und hingerichtet wurden, schwelten ihre Einflüsterungen noch schemenhaft bei den einzelnen Stämmen weiter.

„Temudschin ist nicht euer Feind", lauteten die Gerüchte. „Er liebt euch alle wie ein Vater. Sein einziger Wunsch besteht darin, euch zu Königen unter weniger vornehmen Menschen zu machen. Unterwerft euch seinem Banner der neun Jakschwänze, und er wird euch zu Siegen, Reichtümern und Schätzen, zu unzähligen schönen Frauen und vielen Herden führen."

„Ergebt ihr euch jedoch nicht", so lautete eine andere, heimlich geflüsterte Botschaft, „dann wird er mit unvorstellbaren Schrekken über euch herfallen, denn dann seid ihr für ihn Verräter und Feinde. Wehrt euch gegen ihn, und der Tod ist euch gewiß, denn über sein Gebot zucken die Blitze vom Himmel nieder und die rächenden Fluten erheben sich, wenn er es will."

Die abergläubischen Stämme hörten zu und runzelten die dunklen, gebräunten Gesichter. „Der Himmel selbst wünscht ein Bündnis der einzelnen Völker der Gobi", sagten die Spione. „Die Götter haben das vornehme und unwiderstehliche Geschlecht des Ödlandes für eine große Aufgabe ausersehen. Die Kaiserreiche gehen ihrem Verfall entgegen; ihre Männer sind Eunuchen mit dicken, kraftlosen Armen. Gott hat uns berufen, dieses schmarotzende Geschlecht zu vernichten, das die Bewohner der Steppe zu Armut, Hunger und Mühsal verurteilt hat. Der Reichtum und die Schätze dieser Stadtreiche sind uns verwehrt worden, und der Hunger heftet sich in den langen Wintern an unsere Fersen. Nur wir sind gut und kräftig, gesund und männlich. Wir sind dazu berufen, die Erde vom Gestank und den Eiterbeulen der aufgeschwemmten Städte zu befreien und die verschnittenen Händler von ihren warmen Kissen und ihren Gelagen zu vertreiben."

Aber Temudschin hatte die Intelligenz der Nomadenstämme unterschätzt, denen ihre Freiheit mehr bedeutete als Feste, Frauen und Pferde. Manch unerschrockener Khan und Häuptling sprach von der menschenunwürdigen Versklavung, in der die von Temudschin unterworfenen Stämme lebten. „Man sagt, daß er Menschen wie Tiere behandelt und ihnen seinen Willen aufzwingt, ohne sie um ihre Meinung zu befragen. ‚Geh‘, sagt er, und sie müssen widerspruchslos gehorchen."

Die Späher lachten spöttisch. „Das ist ein vorübergehender Zustand. Ein Bündnis sämtlicher Bewohner der Gobi ist sein erstes Ziel. Um es noch zu unseren Lebzeiten zu erreichen, darf er nicht zimperlich sein. Er muß Richter und General, Herrscher und Anführer sein, dem sich jeder kritiklos beugt. Er hat keine Zeit zu verlieren. Wenn jeder einzelne etwas anderes anstrebt, bedeutet das gefährliche Verzögerung und eine Entmachtung des Volkes. Eine Zeitlang müssen die Menschen ‚jawohl‘, sagen, um siegen zu können. Sobald sie aber gesiegt haben, wird ihnen ihre Freiheit zurückgegeben und sie werden die Beherrscher der Erde sein."

„Ich will wissen, wofür ich kämpfe oder gar sterbe", murrten die älteren Häuptlinge, die zu stolz waren, um sich zu beugen, und eine zu hohe Meinung von ihrer eigenen Urteilskraft hegten. „Ich verlange, daß man meinen Rat einholt. Ich will wissen, wohin ich die Menschen führen soll, die mir vertrauen."

Wieder lachten die Spione geringschätzig. „Langes Gerede bringt Schwäche mit sich. Wenn die Leute über einen Angriff streiten, bricht der Feind ein und wirft sie inmitten ihres weibischen Geschwätzes nieder. Aber auch Temudschin selbst ist nur ein Werkzeug in den Händen des Schicksals. Auch er dient. Wer seid ihr, daß ihr es wagt, den Göttern die Stirn zu bieten?"

Trotzdem aber widerstanden viele den Überredungskünsten, unter ihnen die störrischen Merkiten und die Uiguren, die kräftige, stolze Menschen waren und wohl dem Stamme dienten, aber ihre persönliche Freiheit und das Recht auf eigene Entscheidung eifersüchtig verteidigten. Andere aber liehen den Spionen ein williges Ohr, nagten an ihren Lippen und überlegten, daß der Verlust der eigenen Entscheidungsgewalt ein geringer Preis für Ruhm und Eroberung, ein Idol und die Erfüllung göttlicher Wünsche war. Als romantische Heldenverehrer lauschten sie begierig den Geschichten über den rothaarigen jungen Khan, der mit seinem eigenen Schwert fünfzig Mann niedergemetzelt hatte und ohne eine einzige Schramme aus dem Handstreich hervorgegangen war. Außerdem war er der Pflegesohn des mächtigen Ung Khan, und Gerüchte besagten, daß Priester Johannes ihn mehr liebte als seinen leiblichen Sohn Taliph, und Temudschin zu seinem Alleinerben einsetzen würde. Die Legende, die sich um seine Geburt rankte, machte die Runde. Viele der Spione waren Schamanen, und sie raunten von den schrecklichen Zeichen anläßlich seiner Geburt und den Geistern, die seiner Mutter bei der Niederkunft beigestanden hatten.

Das Getuschel eilte über das weite Gelände der Gobi, über die graugrünen Steppen, über die trägen, gelben Flüsse, über die zakkigen Berge und den leblosen Sand. Die Menschen an den Lagerfeuern sprachen ängstlich davon und warfen scheue Blicke zum Himmel.

Und jetzt wurden auch die jüngeren Männer, die Burschen und Knaben von Rastlosigkeit ergriffen. Ihre Herzen sehnten sich nach Temudschin, der für sie zum Symbol des unsterblichen, strahlenden, sieghaften Jünglings geworden war, dessen Kraft niemand zu widerstehen vermochte. „Die Graubärte sitzen an den Feuern", sagten sie geringschätzig, „und sind es zufrieden, ihr Schaffleisch in Kräuterbrühen zu tunken und Hirse zu kauen. In ihnen ist die Flamme der Abenteuerlust erloschen. Sie sprechen von der Freiheit, als wäre sie ein Vergnügen und nicht die Aufforderung zu Hunger, Kälte und Gefahr."

Die Alten drohten ihnen mit verrunzelten Fäusten und kreischten:

„Sind wir Menschen oder ein Stück Vieh? Wir haben unsere Freiheit und Unabhängigkeit, für die unsere Vorfahren gestorben sind, und ihr jungen Narren wollt sie für eine Handvoll Gold und das Vergnügen des Mordens hingeben! Habt ihr denn gar keinen Stolz, daß ihr unbedingt vor diesem Mann die Köpfe bis zur Erde neigen und ihn bitten wollt, seinen Fuß darauf zu setzen?"

Aber die Jungen wußten, daß nur die Alten Freiheit und Unabhängigkeit schätzten. Die Jugend verlangt nach einer festen Hand und dem Vorrecht, kommandiert und zurechtgewiesen, geführt und ausgepeitscht zu werden. Und die Alten wußten, daß die Reife ihren Stolz und ihre Männlichkeit liebt und es als Vorrecht betrachtet, jedem Menschen ins Auge sehen und sagen zu können: ich bin dir ebenbürtig und du bist nicht mehr als ich.

Für dieses Vorrecht empfanden die Jungen in späteren Jahren nur mehr Verachtung.

Die Alten sprachen von den Ruhmestaten ihres Stammes und sagten voll Abscheu, daß Temudschin ein Jakka-Mongole sei, die armselige Mörder und Diebe gewesen waren. Die Jungen aber kannten keinen Stammesstolz und fanden Temudschins Bestrebungen, alle Völker der Steppen und Ödländer zu vereinigen, bewundernswert.

„Einmal ist er vor uns geflohen", erinnerten sich die Alten unter den Merkiten kichernd. „Er hat uns seine Frauen und Kinder überlassen und ist in die Wüste gerannt, und dort haben wir auf ihn Jagd gemacht."

„Ihr denkt nur ans Töten", sagten die Alten, „wir aber denken nur an den Frieden." Und sie beklagten sich untereinander darüber, daß die Jugend nicht strenger erzogen und nicht schon den Kindern der gebührende Respekt vor dem Alter eingebläut worden war. „Zu unserer Zeit waren unsere Väter unsere Götter", sagten sie. „Wir haben sie verehrt und uns vor ihnen verneigt. Weh über uns, daß wir ein Geschlecht dreister Lügner und Verächter jeder Autorität gezeugt haben."

Durch die ganze Gobi rannte tuschelnd und verurteilend, überredend und verheißend der Geist der Unrast auf roten Füßen. Und wo er seine leise Stimme erhob, entstanden Hader und Verwirrung, und wütende Stimmen erhoben sich. Lange noch ehe die Horden der Jakka-Mongolen auftauchten, hatten die Stämme untereinander zu streiten begonnen, und die Ordnung machte allgemeiner Unsicherheit Platz. Viele Stämme legten ihre Waffen nieder und leisteten den Treueeid, ohne daß ein einziger Tropfen Blut vergossen wurde.

„Säe Zwietracht zwischen den Menschen, und sie sind ohne einen einzigen Schwerthieb dein", sagte Temudschin.

Trotzdem aber blieben noch viele Völker übrig, die bedeutend mächtiger als Temudschins Anhänger waren und ihn im Bewußtsein der eigenen Kraft verspotteten. „Soll er die Schwächlinge überrennen", sagte er. „Uns wird er nie bezwingen."

Sie hörten sich die Geschichten über Temudschin an, lachten und widmeten sich ihren eigenen Aufgaben. Sie witzelten über Temudschins Grundsatz, daß es unter allen Volksstämmen ein Herrenvolk geben müßte. „Wie?" riefen sie aus, „glaubt er denn, daß seine Mongolen uns überlegen sind? Meint er wirklich, daß sie dazu auserkoren wurden, als Könige über andere Menschen zu herrschen?"

Zu den mächtigsten Völkern der Gobi zählten die Koraiten und Tataren, und in ihren stolzen, kühnen Augen war Temudschin nichts weiter als ein herumschleichender armseliger Häuptling, der unter einer Wahnvorstellung litt. Sie lachten über ihn und vergaßen ihn und ließen ihn schwache Völker besiegen. Ja sie gaben sogar anerkennend zu, daß er für einen gewissen Preis die Karawanenwege sicher gemacht hatte. Dafür, so sagten sie, schuldeten sie ihm bis zu einem Grade Dankbarkeit.

II

Tief in den unfruchtbaren Landstrichen, den ausgedehnten Ebenen und Steppen der Gobi war Temudschin unermüdlich am Werke, die kleinen Völker und Stämme, die er in seine Reihen aufgenommen hatte, zu einem Ganzen zu schweißen. Ihm bedeutete es nichts, daß die mächtigen Koraiten und Tataren ihn verlachten und vergaßen. „Laßt sie doch", sagte er, wenn seine Spione ihm davon berichteten. „Gelächter und Vergeßlichkeit sind meine Verbündeten. Aber eines Tages werden sie nicht mehr lachen und nie wieder vergessen."

Mittlerweile zollten ihm immer mehr Händler Tribut für seinen Schutz ihrer Karawanen. Die Chinesen zahlten ihm gigantische Beträge und übermittelten ihm kostbare Schätze für seinen Geleitschutz. „Zumindest herrscht im Herzen der furchterregenden Gobi jetzt eine gewisse Ordnung", sagten sie. „Dieser Mann hat reißende Bestien zu Menschen gemacht, und uns ist es einerlei, wie er das erreicht hat. Er hat System in einen Dschungel gebracht."

Zum überwiegenden Teil jedoch hatten die Mächtigen und Reichen, die ein gesichertes Leben führten, nie von ihm gehört. Hinter der Großen Mauer von Kathai, die weniger zu dem Zweck errichtet worden war, die Invasion der Barbaren abzuhalten, als die eigene Kultur am Verströmen zu hindern, lief das Treiben des riesigen Reiches in den gewohnten Bahnen, und keiner kannte einen jungen Mongolenkhan und seinen winzigen Bund in den abseits gelegenen Wüstenstrichen, von denen sie nur von ungefähr und mit leisem Schauder gehört hatten.

Temudschin war tatsächlich nur ein kleiner, grimmiger Häuptling irgendwo in weiter Ferne, der sich mit seinen nichtigen Wünschen, seinen ameisengleichen Kunstgriffen befaßte. Bedeutend stärker fühlten die Chinesen die mächtigen Tataren, die gleich trotzigen, aber noch harmlosen Wogen gegen die Große Mauer brandeten. „Ihre Weiber werfen wie die Hasen", beklagte sich ein Edelmann aus Kathai. „Eines Tages werden wir sie einzig um ihrer Kopfzahl willen zur Kenntnis nehmen müssen."

Aber die anderen lachten. „Die Wilden sind nur mit Bogen bewaffnet. Diese Tataren sind nichts weiter als tolpatschige Bären. Unsere Reiterpatrouillen aber stehen auf unserer Mauer, und unsere Tore werden von den besten Soldaten der Welt bewacht."

So schlummerte und träumte die Zivilisation, und die Tataren murrten und zankten unweit der Mauer oder fielen in riesigen Scharen plündernd im umliegenden Land ein. Und hie und da sahen sich ihre vornehmen, kultivierten Herren, die Chinesen, höchst gelangweilt gezwungen, einen kleinen Feldzug gegen diese Barbaren zu unternehmen, um die eigene Stärke und die Unzulänglichkeit der Tataren zu beweisen, wie etwa ein Vater lässig einen seiner vielen, lästigen Söhne bestraft.

Die Tataren jedoch ließen sich diese Strafaktionen mit immer geringerem Respekt bieten und schlugen sogar höchst unerschrocken zurück. Und schließlich beschlossen die Chinesen verärgert, ein für allemal ernstlich gegen die Tataren vorzugehen, um diese stinkenden Wilden unzweideutig in die Schranken zu weisen.

Die Geschichte, die seit tausend Jahren in Asien gegähnt hatte, rekelte sich auf ihrem staubbedeckten Diwan und öffnete die Augen. Und als sie es tat, schlug ein bedrohlicher Laut an ihre Ohren — das tiefe, unterirdische Grollen der Barbaren vor den Toren der Zivilisation. Die Geschichte seufzte, setzte sich auf, schüttelte den Staub aus den Seiten einer brüchigen Handschrift und las wieder einmal die uralte Mär. Und dann griff sie nach ihrer Feder, feuchtete sie an und wartete. „Es ist eine uralte Überlieferung", sagte sie, und ihre alten Knochen bewegten sich müde, denn sie hatte gemeint, sie könnte in alle Ewigkeit so weiter schlafen.

„Wie soll diesmal der Name des Molochs lauten?" überlegte sie. „Wo wird er sich wieder erheben? Im Osten, im Westen, im Norden, im Süden? Tausende Male ist er erstanden und hat gesiegt, um am Ende besiegt zu werden. Aber immer kehrt er wieder, und die alte Kunde wird stets aufs neue niedergeschrieben."

Sie gähnte faul und fragte sich, wann endlich der Moloch ein für allemal vernichtet werden würde und sie in ewigen Schlaf sinken durfte.

Zu jenen, die Temudschin, den kleinen Feuerbrand aus Wüste und Steppe, nicht verlachten, zählte Ung Khan, der seine eigenen Spitzel hatte.

„Die Menschen begehen einen schweren Fehler, wenn sie die Prahlereien eines Mannes vernehmen und behaupten, daß ein Großsprecher niemals handeln wird, weil er eben bloß prahlt", sagte er zu seinem Sohn Taliph. „Das ist eine gefährliche Kurzsichtigkeit. Alle tatkräftigen Männer reden zuerst. Ich fürchte die Redner."

„Aber denke nicht soviel an diesen Temudschin", sagte Taliph. „Ich gestehe, daß auch ich mich früher mit ihm beschäftigt habe. Jetzt aber ist er wieder zu seiner richtigen Dimension zusammengeschrumpft: ein ehrgeiziger kleiner Rebell inmitten von Tausenden Meilen Ödlandes. Soll er seine kleinen Triumphe unter den anderen Ameisen feiern. Du denke heute lieber an die Tataren."

Aber eine merkwürdige Starrköpfigkeit zwang die Gedanken des alten Khans immer wieder zu Temudschin zurück.

„Die Geschichte besingt immer nur das Heute", bemerkte er.

Taliph wurde ungeduldig. „Falls das stimmt, dann hat sie begonnen, von den Tataren zu singen."

Trotzdem aber dachte Ung Khan unverändert an Temudschin und konnte ihn nicht aus seinem Denken verbannen. „Ich hätte ihn damals töten sollen, als ich die Gelegenheit dazu hatte", sagte er. „Wer weiß? Vielleicht wären mir die Menschen dafür dankbar gewesen."

Taliph hielt seinen Vater für senil. Ihm erschien es lächerlich, auch nur einen einzigen Gedanken an einen winzigen Wurm wie Temudschin zu verschwenden, der sicherlich keine Bedrohung des mächtigen Volkes der Koraiten darstellte. Eine einzige koraitische Division konnte ihn über Nacht vernichten, ohne daß selbst in der Gobi die geringste Spur von ihm zurückblieb. Sein Vater war eben tatsächlich schon vergreist. Er hatte sich seit dem Tode Azaras nicht mehr erholt, dieses unverzeihlich dummen Dinges, das ihrem Vater so sehr ans Herz gewachsen war. Monatelang hatte der alte Mann pausenlos gejammert: „Weshalb hat sie es getan? War ich etwa ein grausamer Vater? Habe ich sie unterdrückt und verachtet? Nein, ich habe sie geliebt. Sie war die Freude meines

Herzens, der Funke meiner alten Augen. Ich hatte sie einem vornehmen Prinzen aus dem Volke ihrer Mutter versprochen, und sie hätte eine Königin sein können. Weshalb hat mein bezauberndes Kind diese unselige Tat begangen?"

Taliph fand diese Untröstlichkeit unpassend, denn schließlich war Azara eben doch nur eine Frau gewesen. Es war geschmacklos, daß ein Mann billigem Mädchenfleisch derart nachtrauerte, so schön es auch gewesen war. Selbst unbedingt die Ursache ihres Selbstmordes ergründen zu wollen, war unter der Würde eines Mannes. Jeder vernünftige Mensch wußte, daß Frauen unberechenbare Kühe waren, und nur Dummköpfe versuchten, die Gründe ihrer blinden Narreteien ausloten zu wollen.

Immerhin war Taliph froh, daß sein Vater begonnen hatte, von etwas anderem als Azara zu sprechen. Das endlose Gejammer hatte ihn abgestoßen. Deshalb redete Taliph nun von den Tataren, die mit ihrem gewaltigen Menschenmaterial eine echte Bedrohung für den Frieden der Städte darstellten.

„Man muß ihnen wieder einmal den Herrn zeigen", sagte er.

Aber Ung Khan sprach nur von Temudschin. „Ich hätte ihn töten sollen", wiederholte er.

„Du vergeudest zu viel Zeit an einen der geringsten Vasallen, mein Vater."

Mit eingesunkenen, fiebrigen Augen starrte Ung Khan gedankenvoll vor sich hin.

„Er ist ein feuriger Schatten in der schwarzen Dämmerung der Zukunft", murmelte er. „Heute nacht habe ich geträumt, daß er aus dem düsteren Zwielicht angeritten kam, und er und sein Pferd reichten von der Erde bis zum Himmel. Ich konnte mich nicht mehr an seinen Namen erinnern, und jemand hat mir zugeflüstert, daß er unsterblich sei und viele Namen gehabt hätte und noch viele weitere haben würde."

Taliph irrte, wenn er seinen Vater für senil hielt. Nie zuvor war der alte Mann so genau über alle Geschehnisse unterrichtet gewesen. Er lauschte aufmerksam den Berichten seiner Legionen von Spitzeln, die sich in ganz Asien umhertrieben. Und seine sonderbare Vorahnung ließ ihn allen Meldungen über Temudschin mit besonderer Wachsamkeit lauschen. Er wußte sogar, daß Temudschin mittlerweile einen zweiten Sohn hatte und ein dritter unterwegs war. Drei Söhne also. „Die Brut des Drachens", sagte er laut, und erschrak über seine unbeabsichtigten Worte.

Er kannte die Namen von Temudschins Schwertadel: da war sein Halbbruder Belgutei; sein Bruder Kasar und dann Subodai, Chepe Noyon und Jamuga Sechen. Für ihn waren das nicht die Namen von Ameisen, auch wenn sein Verstand ihn vor Übertreibungen warnte. Sie waren die Namen von Heimsuchungen.

Und dann erhielt er eines Tages eine Vorladung eines berühmten chinesischen Generals, an dessen Hof innerhalb der Großen Mauer er erscheinen sollte.

III

Ung Khan war eng mit dem General befreundet, der dem respektgebietenden Chin Reich angehörte, das keine besondere Vorliebe für das Sung Reich, das Königreich Hia und das Reich des Schwarzen Kathais hegte. Diese verschiedenen chinesischen Reiche waren aufeinander eifersüchtig, obwohl sie sich einer mehr oder minder kultivierten Duldung und höflicher Beziehungen befleißigten. Gemeinsam war ihnen allen die Liebe zur eigenen Kultur und die Verachtung für jene, die sie die namenlosen Horden jenseits der Großen Mauer nannten. Aber der Haß gloste in ihrem Garten wie eine hellrote Blume, die nur darauf wartete, sich in der Korruption der überfüllten Städte zu schrecklicher Blüte zu entfalten.

Der General war leicht verdrossen. „Wir sind nachlässig gewesen", sagte er. „Es ist an der Zeit, den Barbaren wieder einen Denkzettel zu erteilen. Ich wende mich an dich, Ung Khan, damit du die tüchtigsten deiner Vasallen zusammenrufst und uns gegen die Tataren unterstützt." Er gähnte. „Höchst langweilig", ergänzte er.

Insgeheim hielt er Ung Khan selbst für einen nur oberflächlich zivilisierten Barbaren, trotz seiner koraitischen Städte und seines persischen Palastes. Er hatte eine Militärakademie absolviert, in der er gelernt hatte, daß ein kultivierter Mensch seine barbarischen Verbündeten dazu benützt, andere Barbaren zu unterwerfen. Das erleichterte dem Kulturträger das Leben ungemein, und wenn die Barbaren sich bekämpften, konnten die vornehmen Herren sich wieder ihren eigenen Interessen zuwenden und sich in der erfreulichen Gewißheit wiegen, daß die anderen einander erschlugen, und so selbst dafür sorgten, daß sie keine ernste Gefahr für ihre Meister wurden. Eine simple Überlegung, mit der alle zufrieden waren.

„Und was habe ich davon?" fragte Ung Khan.

Der General sah ihn groß an, war aber höflich genug, ihn nicht lange anzustarren. Er war bedeutend jünger als der Khan der Koraiten und fragte sich flüchtig, was der alte Mann eigentlich noch wünschen mochte, der mit seinem Totenschädel und den zitternden Händen eindeutig bereits am Rande des Grabes stand.

Er lächelte leutselig. „Wir werden dir den chinesischen Titel eines Wang oder Prinzen verleihen, lieber alter Freund", antwortete er. „Und die freie Auswahl der von dir eroberten Beute. Auch die ungeteilte Beute, falls du deine Vasallen zu dieser Lösung bewegen kannst."

„Das genügt nicht", sagte Ung Khan. „Ich will einen Palast und ein Dauereinkommen innerhalb der Großen Mauer haben."

Der General zog sachte die Augenbrauen hoch. „Aber weshalb, mein Freund?"

Störrisch erwiderte Ung Khan: „Dies ist meine Bedingung."

Da bemerkte der General, daß sich tief in den eingesunkenen verschlagenen Augen der bleiche Schatten der Angst duckte. Angst wovor? Seine eigenen koraitischen Städte waren doch sicher ausreichend befestigt und bewacht?

Ung Khan wiederholte mit tonloser, aber beharrlicher Stimme: „Ein Haus innerhalb der Großen Mauer."

Der General zuckte die Achseln und runzelte unwillkürlich die Stirn. Er wußte, daß der Kaiser es höchst ungern sah, wenn irgendein Fremder sich in seinem Reich ansiedelte. Fremde ziehen andere Fremde nach sich, hatte er gesagt, und sind regelmäßig Feinde. Diesmal allerdings — es war unvergleichlich besser, die koraitischen Barbaren anstelle der Chinesen sterben zu lassen.

„Nun gut", sagte er herzlich, „das sollst du haben. Und ich möchte dich schon heute willkommen heißen."

Wieder daheim, murmelte Ung Khan vor sich hin: „Wang. Wang Khan. Ein Prinz aus Kathai! Und ein Haus hinter der Mauer! Der prächtigen Mauer! Der unbesiegbaren Mauer!"

Zum ersten Mal nach endlosen, sorgenbeladenen Monaten schlief er tief und traumlos.

Am Tage der Geburt seines dritten Sohnes, Ogotai, erhielt Temudschin Ung Khans Einladung. Er hatte jetzt drei Söhne: Juchi, den Anrüchigen, Chutagi und Ogotai. Er machte keinerlei Unterschied zwischen Juchi und den beiden kleineren Kindern. Es waren die Söhne Borteis, die er liebte und verstand. Seine Söhne erfüllten ihn mit Freude. Sie waren alle dunkel, kräftig und grauäugig wie Bortei. Besonders glücklich war er über Ogotai, der sein rotes Haar geerbt hatte. In einem der seltenen Augenblicke von Herzlichkeit sagte Houlun ihrem Sohn, daß Ogotai genauso aussah wie Temudschin bei seiner Geburt.

Diese Augenblicke wurden aber immer rarer, denn Houlun brachte es nicht über sich, ohne Spott, Verachtung oder Zorn zu Temudschin zu sprechen. Sie und Kurelen waren die einzigen, die sich nicht vor ihm fürchteten. Aus ihrer Abneigung gegen Bortei machte sie kein Hehl, und da sie noch immer die Herrin der Jurten war, gestaltete sie Borteis Leben zeitweise höchst unerfreulich, hielt ihr vor, daß sie von Kinderpflege nicht mehr verstünde als die jüngste Sklavin, daß sie eitel, dumm und gierig, kurz, nicht die passende Gemahlin eines Khans der Jakka-Mongolen sei. Der Haß zwischen den beiden Frauen wurde unerbittlich, und Houlun warf der Jüngeren insgeheim vor, daß ihr Einfluß auf ihren Sohn dahinschmolz. Sie wußte genau, daß ein Mann immer auf die Frau hörte, mit der er das Bett teilte, und sie hatte den begründeten Verdacht, daß Bortei abfällig und mit hochnäsiger Erheiterung von der Mutter ihres Gemahls sprach. Der verletzte Stolz und die Einsamkeit schärften also die Zunge der alten Frau, und selbst wenn ihre Worte wütend klangen, waren ihre Augen voll gekränkter Wehmut.

Sie selbst brachte Jamuga Sechen keine Liebe entgegen, denn sie hielt ihn für einen Narren und sagte das auch ganz offen. Aber sie schloß sich nicht den boshaften Gerüchten an, daß er unzuverlässig sei, obwohl sie selbst das ab und zu behauptete. Ihr klarer, kühler Verstand sagte ihr, daß Jamuga kein Verräter sei, sondern bloß unter einem überempfindlichen Gewissen litt, wie es ihr bei keinem anderen Menschen jemals untergekommen war. Da sie aber scharfsinnig und schlau war, verstand sie seine Skrupel, wenn sie sich auch darüber lustig machte. Sie wußte auch, wie fanatisch Jamuga Temudschin liebte und ebenso wie er unter seinem unerwiderten Gefühl litt. Jamuga fand in dieser vereinsamten Mutter seines Blutsbruders eine unerwartete Verbündete, und obwohl er von Natur aus kalt und mißtrauisch war, entwickelte er allmählich eine scheue Dankbarkeit ihr gegenüber. Er wußte, daß dieses Bündnis in ihrem Mißtrauen und Haß gegen Bortei wurzelte, erkannte aber auch, daß es echt war. Ab und zu unterhielten sie sich mit wachsamen Worten, die trotz ihrer Knappheit immer bedeutungsvoll und besorgt waren.

„Jamuga Sechen", sagte sie eines Tages, „sei auf der Hut. Du hast eine höchst gefährliche Feindin in Bortei, der Gemahlin meines Sohnes. Sie wird nicht eher ruhen, bis sie dich ruiniert hat."

„Das weiß ich", erwiderte er leise. Insgeheim aber maß er Bortei trotz ihrer drei Söhne keine große Macht zu.

„Was ich Temudschin tagsüber sage, wird nachts zunichte gemacht", bemerkte sie.

„Temudschin glaubt nur das, was er gerne glaubt", antwortete Jamuga bekümmert. Trotzdem aber fürchtete er nichts für seine eigene Beziehung zu Temudschin, denn der junge Khan bewies ihm in diesen Tagen nichts als Wohlwollen.

„Ich gebe dir einen Rat, Jamuga: hüte deine Zunge. Was immer Temudschin tut, du darfst ihm keinen Widerstand leisten. Wenn du ihm nicht mit Worten recht geben kannst, dann tu es mit deinem Schweigen."

Das aber war Jamuga unmöglich. Seine innere Unrast zwang ihn zu bitteren Bemerkungen. Hätte er geschwiegen, dann hätte er auch nicht den leisesten Frieden gefunden. Er spie Proteste aus, wie ein Vulkan Feuer und Dampf ausspeit, um nicht auf der Stelle zu explodieren und sich selbst in die Luft zu sprengen. Die vor langer Zeit von Kurelen erhaltenen Manuskripte hatten seine verwirrten strengen Grundsätze verhärtet, und er wußte, daß das Leben ein geringer Preis war, wenn es galt, damit den Seelenfrieden zu erwirken.

Und jetzt war eine väterliche und herzliche Einladung des alten Koraiten Ung Khan an Temudschin erfolgt, in der es hieß, daß er seinen Pflegesohn in einem Krieg gegen die Tataren benötigte, die das geruhsame Leben des Chin Reichs gefährdeten. Temudschin reagierte sofort mit seiner gewohnten Impulsivität. Er berief sämtliche Priester zu sich, die rot und gelb gekleideten Lamas, die beiden nestorianischen Priester, die drei Moslems und seinen eigenen Schamanen. Sie sollten noch am gleichen Abend zu ihren Gläubigen sprechen und ihnen verkünden, daß der Khan sie um einer noblen Sache willen in den Krieg führte, und sie auf den Sieg oder den Tod vorbereiten.

Temudschin war jeder Religion gegenüber äußerst tolerant, und in seinen Augen war jede Eifersüchtelei zwischen den einzelnen Glaubensgruppen, aus denen sich sein Volk zusammensetzte, ein unentschuldbares Verbrechen. Einmal hatte ein Moslem eine heftige Auseinandersetzung mit einem Christen gehabt, und beide hatten ihre Schwerter gezogen und versucht, einander mit unerhörtem Schwung abzuschlachten. Da hatte Temudschin einen Knüppel ergriffen, war trotz der blitzenden Stahlklingen zwischen die beiden getreten und hatte die Kampfhähne bewußtlos geschlagen. Der Moslem war sogar am nächsten Tage seinen Verletzungen erlegen.

„In einem einträchtigen Volk darf es keinerlei Religionskämpfe geben", sagte er. „Wer um seiner Götter willen streitet, wird schleunigst zu ihnen befördert werden und kann dort seinen Zwist beilegen lassen." Er setzte hinzu: „Ein Führer, der Glaubenszwiste in seinem Volk entfacht oder sie duldet, ist kein echter Führer, sondern ein streitsüchtiges, dummes Weib, das dem Tod geweiht ist."

Jamuga hätte diese Toleranz gutgeheißen, wenn er nicht gewußt hätte, daß Temudschin keine echte Duldsamkeit kannte, und er nichts weiter als die Eintracht zwischen vielen verschiedenen Völkern erreichen wollte, die nun seinen Stamm bildeten. Stritten sie über ihre religiösen Glaubenssätze, so werteten sie damit seine Oberhoheit und ihre eigene Untertanentreue ab. Das ließ er keinesfalls zu, und deshalb sah sein Gesetz den Tod oder eine andere schwere Strafe für derlei Vergehen vor.

„Dient den Göttern in euren Seelen", sagte er, „aber dient zuerst mir mit euren Waffen. Wer behauptet, daß sein Gott der einzig wahre ist und damit Uneinigkeit anstiftet, hat mir einen unverzeihlichen Schaden zugefügt."

Wenn also die Muselmanen bei Sonnenuntergang zum Gebet niederknieten, befahl er den Christen, seinen eigenen Leuten und den Buddhisten, ebenfalls hinzuknien. „Gemeinsame Gebete schaden niemals", sagte er, befahl jedoch, daß die Moslems ihre herkömmliche Anrufung: „Es gibt keinen Gott außer Allah, und Mohammed ist sein Prophet!" nur flüsterten, damit die anderen sie nicht hören konnten. Begannen die Christen, ihre Messe zu zelebrieren, dann hieß er die Muselmanen daneben zu stehen, ehrfürchtig zuzusehen und zu sagen: „Es gibt nur einen einzigen Gott, und er hört auf viele Namen, wie eine Frau auf die verschiedenen Kosenamen ihres Mannes hört und doch unverändert dieselbe Frau bleibt."

Wenn die Buddhisten ihre Gebetsmühlen drehten und dazu psalmodierten, so sagte er zu den Andersgläubigen: „Seht, wie wunderbar Gott ist, daß er die Sprache aller Menschen versteht!"

Am strengsten jedoch verfuhr er mit den Priestern, denn von ihnen wußte er, daß sie die Keime der Erbitterung und Zwietracht in sich trugen. „Lehrt eure Gläubigen, daß Gott der Vater aller Menschen ist", verlangte er, „und daß jener, der behauptet, Gott sei nur sein Vater und nicht der Vater anderer, ein Lügner ist."

Er tötete eigenhändig einen Priester, der ihm nicht gehorchte.

„Behalte deine Ansichten für dich", sagte er, „und sprich nur einen einzigen Grundsatz laut aus: den absoluten Gehorsam gegenüber dem Khan, der die vernehmbare Stimme Gottes ist."

Als kluger Mann belohnte er die Priester reichlich, denn er wußte, daß ein dicker Priester ein guter Lakai ist. Er behandelte sämtliche Priester mit klarer Unparteilichkeit und schlichtete jeden Streit zwischen ihnen gerecht und logisch.

Das Ergebnis war, daß die Priester ihm gehorchten und ihn liebten. In der Nacht vor dem Aufbruch der Krieger zu dieser gewaltigen Schlacht waren die Priester emsig damit beschäftigt, zu beten, die Geister zu beschwören und ihre Schäfchen zu beraten.

Jamuga vermochte trotz Houluns und Kurelens eindringlichem Rat nicht den Mund zu halten. Als er von dem Feldzug erfuhr, begab er sich wutbebend zu Temudschin.

„Es geht hier um einen fremden Krieg, Temudschin", schrie er, „der nichts mit uns zu tun hat, die wir im Herzen der Gobi leben. Welchen Grund haben wir, die Tataren zu bekämpfen?"

„Sie haben meinen Vater ermordet", sagte Temudschin mit leisem, spöttischem Lächeln.

Jamuga betrachtete ihn schweigend und verächtlich, und Temudschin grinste.

„Krieg macht die Männer stark. Ich muß mein Volk abhärten."

„Wofür? Weitere Kriege?" fragte Jamuga zornig.

„Ja, du hast den Kern getroffen. Für weitere Kriege."

Jamuga schnappte nach Luft. „Ich wehre mich nicht gegen notwendige Kriege. Die Tataren aber stellen keine Existenzbedrohung für uns dar, und einige ihrer Stämme leben in unmittelbarer Nachbarschaft friedlich neben uns. Zwei deiner Frauen sind Tatarinnen. Vorige Woche war ein Tatarenkhan dein Gast. Weshalb willst du unser Volk jetzt auf Wunsch der Chinesen und Ung Khans meilenweit von hier fortschicken, damit es die Tataren tötet? Ung Khan wird seinen Vorteil daraus ziehen. Aber welcher Nutzen kann dir daraus erwachsen? Sind unsere Krieger denn gedungene Söldner?"

Temudschin musterte ihn mit undurchdringlichem Blick.

„Jeder Krieg ist die Geschichte einer Vergeltung", sagte er schließlich.

Jamuga stammelte fassungslos: „Aber diese Rache steht nicht dir zu."

Temudschin zuckte die Achseln. Seine Augen funkelten. „Woher weißt du das?" fragte er. „Geh, Jamuga, du ermüdest mich. Du siehst nur das Heute. Ich aber denke an morgen."

„Morgen!"

„Glaubst du, ich plane nur für die Gegenwart? Ich sehe die Zukunft. Jeder Krieg rückt mich ihr näher."

Jamuga aber war gereizt. Er empfand diesen Feldzug als grausam und fand es beschämend, daß Temudschin sein Volk in einen Krieg führen sollte, an dem andere profitierten. Wieder einmal unterschätzte er seinen Blutsbruder, denn er sah von allen Dingen immer nur die schlichte Oberfläche.

„Wer sein Geburtsrecht einmal verschachert hat, hat es für alle Zeiten verloren", sagte er.

„Das ist so schlimm nicht, wenn der Preis hoch genug ist", entgegnete Temudschin lächelnd. Dann erlosch sein Lächeln. „Ich weiß wirklich nicht, weshalb ich mir deine Vorwürfe und dein Geschwätz gefallen lasse, Jamuga Sechen. Kein anderer würde wagen, so mit mir zu sprechen. Ich habe dir befohlen: Geh! Du ermüdest mich."

Aber nicht einmal jetzt vermochte Jamuga sich eine Widerrede zu versagen. Verbittert sagte er:

„Wäre dein Volk heute noch so frei wie früher, ehe du es zu Sklaven erniedrigt hast, du würdest nicht wagen, ihm diesen Kampf zuzumuten. Ein freier Mann kämpft vornehme Kriege, nachdem er sich entschlossen hat, das zu verteidigen, was ihm wertvoll ist. In diesem Krieg jedoch verteidigen wir nichts als die Gewinne anderer."

Temudschin antwortete nicht, aber er betrachtete Jamuga mit einem nachdenklichen, sonderbaren Blick, und sein Lächeln war finster und grausam.

Jamugas Streit mit Temudschin war bald das allgemeine Gesprächsthema im Lager. In der gleichen Nacht sagte Bortei, als sie in Temudschins Armen lag:

„Ich habe dir gesagt, mein Gebieter, daß er ein Verräter ist. Er mischt sich unters Volk und wiegelt es auf."

Aber Temudschin lachte bloß. „Das glaube ich nicht, Bortei. Die Leute verlachen ihn. Und er ist eines Verrates gar nicht fähig."

Aber Bortei ließ nicht locker. „Eine abweichende Meinung ist immer gefährlich", wandte sie ein. „Das Volk weiß, daß dein Blutsbruder mit dir gestritten hat und fragt sich jetzt, ob dieser Streit nicht berechtigt gewesen ist. Solange dieser Mann lebt, wird seine eigenwillige Meinung Zweifel erwecken." Sie begann zu weinen. „Deine Liebe zu ihm macht dich blind und bringt uns alle in Gefahr. Bei so vielen Menschen muß es unzählige geben, die nicht deiner Meinung sind, aber sich jeden lauten Wortes enthalten. Dieser Mann aber verleiht ihren Ansichten, die sich nicht mit deinen decken, eine gefährliche Stimme."

In Gedanken gab Temudschin ihr recht, aber er gebot ihr schroff, den Mund zu halten. Er verfolgte seine eigenen Pläne. Und er konnte nicht vergessen, daß Jamuga ihm zweimal das Leben gerettet hatte und ihm tiefe, leidenschaftliche Liebe und eine Ergebenheit entgegenbrachte, die der Seele entsprang und keine Furcht kannte.

Bortei aber mußte noch eine Bemerkung anbringen: „In jedem Volk gibt es Verräter, und so ergeben dir Jamuga auch sein mag, so ist er doch recht einfältig und kann sich zum Werkzeug ehrgeiziger, skrupelloser Männer verwandeln."

Und wieder pflichtete Temudschin ihr insgeheim bei, aber er schlug sie auf den Mund und warf sie aus seinem Bett.

IV

Der störrische Jamuga setzte zu einer letzten, verzweifelten Anstrengung an: er suchte Kurelen auf, ohne selbst genau zu wissen, weshalb er das tat. Er hatte nur die dumpfe Überzeugung, daß Kurelen ihn zumindest verstehen würde. Der hörte ihn nachdenklich an, dann sagte er:

„Jamuga Sechen, ist es dir in den Sinn gekommen, daß Temudschin vielleicht nichts anderes tut, als ein Entgegenkommen zu erwidern? Ung Khan hat großzügig und ohne zu überlegen auf seinen Hilferuf reagiert. Temudschin ist sein Vasall und Ung Khan hat jetzt bloß von Temudschin die Einhaltung des Paktes und die gleiche Unterstützung verlangt, die er ihm seinerzeit erwiesen hat."

„Das war etwas anderes, Kurelen. Damals war Temudschins Hilferuf verzweifelt, und die Existenz eines Volkes stand auf dem Spiel. Es ging um Leben oder Tod. In diesem Kampf Ung Khans und seiner chinesischen Meister gegen die Tataren ist keine dringende Notwendigkeit gegeben. Ung Khan wird reichlich dafür entlohnt werden, daß er hilft, ein hungriges Nomadenvolk zu vernichten, dessen einziges Verbrechen darin besteht, daß es nicht genügend zu essen hat. Er wird Temudschin großmütig einen Knochen zuwerfen, aber Temudschins Krieger werden leer ausgehen. Ihnen bleibt nichts als die Erinnerung an das Elend eines Zerstörungskrieges, an den Tod, an die Erschöpfung und Sinnlosigkeit eines Streites, der sie nichts angeht."

„Und du meinst, daß dieser Krieg ein solches Unglück für sie sein wird?" Kurelen trat aus der Jurte und betrachtete das lärmende Zusammenströmen der Krieger. Jamuga stand neben ihm. Sie hörten die wilden Begeisterungsschreie, das glückliche Lachen, die munteren Zänkereien. Pferde trommelten mit den Hufen, bäumten sich auf und wieherten. Das Durcheinander war gigantisch. Das Gesicht jedes Reiters und jedes Kriegers leuchtete begeistert unter der Schicht aus Fett und Staub. Viele schwangen probeweise ihre Lassos, bekamen den Hals oder Körper eines Freundes zu fassen und zerrten ihn unter schallendem Gelächter vom Pferd. Viele Unberittene führten Scharmützel aus, und das Geklirr des Eisens mengte sich in das allgemeine Getöse. Das bunte, brodelnde, quicklebendige Bild verwirrte die Augen der Betrachter.

„Ich habe sie seit langem nicht mehr so gut gelaunt gesehen", bemerkte Kurelen. „Sie sind trunken vor Freude und außer sich vor Erwartung."

„Weil sie sich an den Träumen von ruhmreichen Siegen berauscht haben und von den Prophezeiungen der listigen Priester verführt worden sind."

Kurelen wandte den Blick nicht von den Kriegern. „Wer weiß", sagte er nachdenklich. „Ich lebe genügend lange, um zu wissen, daß nichts so unkompliziert ist, wie es uns der Intellektuelle gerne weismachen würde. Ich glaube, daß die Liebe zum Krieg nicht in den raffinierten Lügen eines Königs oder Priesters beheimatet ist, sondern in der menschlichen Natur selbst. Blutlose Stubenhocker mögen das bestreiten, aber es ist nun einmal so."

„Du glaubst, daß die Menschen Blut, Tod, Folter und Haß dem Frieden, der Sicherheit und Freundschaft vorziehen würden?" fragte Jamuga ungläubig.

Kurelen nickte langsam. „Ja, denn Friede und Sicherheit sind langweilig. Sie fordern, daß sich die Kraft gleich einem angeketteten Tier hinter sicher befestigten Mauern selbst verschlingt. Eisen, Blut und Tod des Kriegers jedoch sprechen die Abenteuerlust und den Hang zum Heldentum an und sind die Antwort auf das rätselhafte Verlangen des Menschen nach Aufopferung und Selbstverleugnung. Daher fühlt der Mensch sich im Frieden weniger beschützt als im Krieg, der ihn zum Teil eines gewaltigen Zwecks macht und ihm gestattet, einer Sache zu dienen, die größer ist als er selbst."

Er lächelte über Jamugas bleiches, ablehnendes Gesicht.

„Wenn es jemals Frieden geben sollte, dann wird die größte Schwierigkeit darin liegen, ihn nicht farblos, eintönig und starr zu gestalten, daß die aufrührerische, tatendurstige Seele der Menschen sich dagegen auflehnen muß, sondern so aufregend und abenteuerlich, daß er den vollen opferbereiten Einsatz des Menschen erfordert. Und ein derart bewegtes Ziel läßt sich nicht in Büchern oder Weltanschauungen finden, Jamuga, denn die sind trockener Staub auf toten Gesichtern."

Er lachte. „Unsere Bildung läßt den Menschen zusammenschrumpfen. Der Krieg bringt sie zur Entfaltung. Wir sind es, die sterben, nicht sie. Wir diskutieren und sie leben!"

Aber Jamuga schwieg. Er betrachtete etwas anderes mit wehmütiger Aufmerksamkeit. Dann sagte er plötzlich:

„Sieh dir die Gesichter der Frauen an. Die sind nicht freudig erregt, sondern niedergeschlagen und angsterfüllt."

Kurelen sah zu den Frauen hin. Und dann antwortete er leise: „Es ist ein Zeichen unserer Dekadenz, Jamuga Sechen, daß wir Frauen überhaupt Beachtung schenken."

Jamuga vergaß jede Vorsicht und ging zu Subodai, Chepe Noyon und Belgutei. Sie standen mit dem einfältigen Kasar abseits, um noch ein letztes Mal taktische Probleme zu erörtern. Belgutei begrüßte ihn mit einem Lächeln, sagte aber neiderfüllt: „Du darfst dich glücklich preisen, Jamuga, denn du begleitest unseren Gebieter in diesen Kampf. Ich habe den Befehl erhalten, hier zu bleiben, und Kurelen wird während Temudschins Abwesenheit dessen Platz einnehmen."

Das war neu für Jamuga, der angenommen hatte, daß er hierbleiben sollte. Dunkle Röte stieg in seine farblosen Wangen, und er biß sich auf die Lippen. Seine Wut ließ ihn die letzten Reste der Vorsicht vergessen. Hätte er ungestört überlegt, dann hätte er mit jedem einzelnen unter vier Augen gesprochen, aber jetzt sprudelte er gereizt und unbedenklich hervor:

„Was haltet ihr von diesem Feldzug? Seid ihr Menschen oder gedankenloses Vieh? Wißt ihr denn nicht, daß wir einen Krieg auskämpfen, der nicht der unsere ist, sondern nur die Habgier eines alten Mannes befriedigen soll?"

Erstaunt starrten sie ihn an. Und dann senkte jeder einzelne langsam den Blick, nachdem er rasch zu seinem Nachbarn hingesehen hatte. Keiner antwortete Jamuga. Einzig Kasar sah Jamuga mit hämischen Augen und boshaftem Grinsen an.

„Subodai", wandte Jamuga sich verzweifelt an den jungen Paladin. „Hast du denn gar nichts zu sagen?"

Subodai blickte mit kaltem, ernstem Gesicht auf und erwiderte ruhig: „Der Wille meines Gebieters ist auch mein Wille. Ich lebe einzig, um ihm zu dienen. Das sagte ich dir bereits, Jamuga Sechen."

Chepe Noyon lächelte und fragte neugierig und obenhin: „Was erwartest du denn von uns? Daß wir unserem Khan widersprechen und uns weigern, mit ihm zu ziehen?"

Belgutei lachte. Er mochte Jamuga gerne und erkannte, daß die Situation nicht ungefährlich war. Flüchtig blickte er zu Kasar hin, dessen wilde Eifersucht auf Temudschins Blutsbruder ihm bekannt war. Deshalb versuchte er, Jamugas Worte als Witz abzutun.

„Offensichtlich sieht Jamuga uns nicht gern. Er möchte uns alle ins Unglück stürzen und dadurch der oberste Ratgeber unseres Herrn werden, dessen bester Freund er bereits ist."

Subodai und Chepe Noyon begriffen ihn sofort. Sie sahen auf Kasar und tauschten bedeutungsvolle Blicke untereinander. „Ach!" lachte Chepe Noyon, „ich weiß schon, Jamuga! Du bist bloß eifersüchtig auf uns. Aber wir nehmen an diesem Feldzug genauso teil wie du."

Jamuga schwieg. Er fühlte die unterirdische Strömung. Ratlos blickte er von einem zum anderen und entfernte sich schließlich beleidigt und zutiefst unglücklich.

Kasar ließ keinerlei Bemerkung fallen, was Chepe Noyon höchst verdächtig fand. Sie sahen ihm nach, als er fortging. Mit zusammengekniffenen Augen sagte Belgutei: „Ich mißtraue Kasar trotz seiner Einfalt. Dumme sind immer gefährlich, denn sie beschränken sich auf einen einzigen Gedanken und handeln stur danach wie ein Muli. Und wir alle wissen, daß er auf Jamuga krankhaft eifersüchtig ist. Was meint ihr, wohin er jetzt geht?"

Chepe Noyon zuckte die Achseln. „Mein Lebensgrundsatz heißt: ich will mir über nichts den Kopf zerbrechen, das mich nichts angeht."

„Jamuga ist ein Narr", sagte Subodai beklommen.

Kasar schlenderte ziellos dahin. Sobald er aber dem Blickfeld der anderen entrückt war, begann er zu eilen. Er ging in Temudschins Jurte und traf ihn dabei an, wie er Bortei ein letztes Mal umarmte. Kasars ursprüngliche Verehrung für Bortei hatte sich in Anbetung verwandelt. Sie konnte mit ihm tun, was ihr paßte. Jetzt lächelte sie ihm huldvoll zu. Kasar war über ihre Anwesenheit hocherfreut, da er wußte, wie sehr sie Jamuga verabscheute.

Mit eifriger Stimme sagte er zu seinem Bruder: „Herr, ich komme eben von Subodai, Chepe Noyon und Belgutei. Wir haben die Aufstellung unserer Truppen erörtert. Während wir sprachen, ist dein Blutsbruder Jamuga Sechen hitzig und aufgeregt zu uns gekommen, hat uns gedrängt, dir den Gehorsam zu verweigern, und gesagt, daß dieser lächerliche Krieg uns nichts angeht und wir ihn nur ausfechten müssen, damit dein edler Pflegevater Ung Khan daran profitiert."

Temudschin starrte ihn ungläubig an. Bortei aber klatschte begeistert in die Hände.

„Habe ich dir nicht gesagt, daß dieser Mann ein Verräter ist, mein Gemahl? Aber hast du auf mich gehört? Nein, du hast mich geschlagen und fortgeschickt. Jetzt hörst du es aus dem Mund deines eigenen Bruders." Sie sah Kasar kurz aus glitzernden Augen an.

„Das kann ich nicht glauben!" rief Temudschin. Das Blut schoß ihm zu Kopf, und sein Gesicht wurde dunkelrot. Seine Züge waren wutverzerrt. „Aber falls es stimmen sollte, was haben die anderen darauf gesagt?"

„Sie haben ihn ausgelacht", gab Kasar zu.

Temudschin biß die Zähne zusammen. „Sie haben durchschaut, daß er ein Narr ist."

„Aber Narren sind gefährlich", mahnte Bortei.

„Diesmal ist er zu weit gegangen", murmelte Temudschin. Er legte die Hand auf den Knauf seines Schwertes und atmete laut und mühsam.

Jemand zerrte an der Eingangsklappe des Zeltes, und Kurelen trat ein. Er lächelte, aber ein hurtiger Blick belehrte ihn, daß hier etwas Wichtiges vor sich ging. Er hatte Temudschin bitten wollen, Jamuga zurückzulassen, und wollte sein Ansuchen damit begründen, daß er den jungen Mann brauchen könnte. Einzig das Mitleid hatte ihn zu diesem Schritt getrieben. Jetzt aber erstarb ihm das Wort auf der Zunge, und er fühlte die wutgeladene Spannung in der Jurte.

„Was ist geschehen?" fragte er rasch.

„Ich habe eben gehört, daß Jamuga Sechen ein Verräter ist und versucht, meine Würdenträger mit der Behauptung unsicher zu machen, daß dieser Krieg uns nichts angeht", erwiderte Temudschin mit hochrotem Gesicht. „Jetzt werde ich ihn mit meiner eigenen Hand töten."

Oh, dieser Narr! dachte Kurelen. Sein durchbohrender Blick heftete sich nicht auf Temudschin, sondern auf Kasar, der sehr verlegen aussah. Kasar hatte in seiner beschränkten Eifersucht nicht mehr erreichen wollen, als Jamuga um Temudschins Freundschaft zu bringen. Seinen Tod hatte er keinesfalls gewünscht. Jetzt malte sich der Schreck in seinen Hundeaugen.

Kurelen setzte sich nachlässig nieder. Er lächelte. Jetzt bedurfte es all seiner Geschicklichkeit, um Temudschins Zorn von Jamuga abzuwenden.

„Du weißt doch, wie Jamuga redet, Temudschin. Und du weißt, daß er kein Verräter ist. Er hat bloß eine vorwitzige Zunge und viele verrückte Ideen."

Temudschins Lippen zuckten und seine Augen begannen zu glühen.

„Nun, dann werde ich Subodai, Chepe Noyon und Belgutei zu mir bitten, und sie sollen mir selbst sagen, was geschehen ist, damit ich Jamuga nicht unrecht tue."

Kurelen seufzte, als ginge ihm dieses kindische Verhalten in einer derart ernsten Stunde auf die Nerven. „Das kann ich dir selbst sagen, Temudschin: Jamuga war nämlich auch bei mir. Du weißt, was für ein kniffliges Gewissen ihn plagt. Er hat mich gefragt, ob ich diesen Krieg für gerechtfertigt halte. Männer wie er wollen immer nur in edlen Kriegen kämpfen. Sie reden sich gern ein, selbstherrlich zu entscheiden, was sie tun. Das schenkt ihnen das Gefühl der Unabhängigkeit. Deshalb habe ich ihm gesagt, daß alles, was du entscheidest, edel ist."

Temudschin versuchte, seine grimmige Maske beizubehalten, aber unwillkürlich begann er zu lächeln. Bortei war außer sich vor Wut. Sie musterte Kurelen mit gehässigen Blicken.

„Wir alle wissen, Kurelen, wie sehr dir Jamuga Sechen ans Herz gewachsen ist", sagte sie spöttisch. „Immer nimmst du ihn in Schutz, selbst unserem Gebieter gegenüber."

Kurelen hatte die Hand sinnend an den Mund gelegt und blickte darüber hinweg Bortei an. „Hast du einen persönlichen Grund, Jamuga nicht zu mögen, Bortei?" fragte er unschuldig. „Hat er dir eine unverzeihliche Kränkung zugefügt? Wenn ja, weshalb lassen wir ihn nicht vor uns treten, damit wir ihn fragen können, welchen Hader es zwischen uns gibt?"

Bortei erbleichte. Ihr Herzschlag drohte auszusetzen. Sie starrte Kurelen mit dem haßerfüllten Blick eines in die Enge getriebenen Tieres an. Und dann wurde ihr entsetzt klar, daß Kurelen auf geheimnisvolle Art von dem Vorfall wußte, der sich zwischen ihr und Jamuga zugetragen hatte. Ihre Lippen trockneten in jäher Furcht aus.

„Gar nichts ist zwischen uns gewesen", stammelte sie zitternd.

Kurelen betrachtete sie mit unbarmherziger Nachdenklichkeit.

„Bortei", sagte er schließlich ruhig, „du bist eine kluge Frau. Ich habe dich immer bewundert und an dich wie an eine Tochter gedacht, weil ich wußte, wie vernünftig du bist. Wenn du wirklich annimmst, daß Jamuga ein Verräter ist, dann muß dir ein Geheimnis über ihn bekannt sein, und ich werde darauf bestehen, daß man ihn dir gegenüberstellt, damit du deine Anklage gegen ihn vorbringen kannst."

Außer Bortei hatte niemand die Drohung aus seiner freundlichen Stimme herausgehört.

„Unbedingt", sagte Temudschin. „Lasse ihn herholen. Bortei hat mich oft vor ihm gewarnt, und sie wird ihm ihre Vorbehalte selbst offen ins Gesicht sagen."

Bortei war weiß geworden. Ihre geweiteten Augen funkelten vor Angst. Sie schluckte und befeuchtete sich die trockenen Lippen. Stammelnd und abgehackt stieß sie hervor:

„Vielleicht sind wir voreilig gewesen. Vielleicht ist er doch kein Verräter —"

Jetzt mengte sich Kasar gekränkt ein: „Aber ich habe ihn selbst gehört!"

Sehr von der Wirkung seiner Worte an Bortei befriedigt, wandte Kurelen sich an seinen jüngeren Neffen. „Kasar, ich habe stets deine Intelligenz bewundert. Du bist genügend scharfsinnig, um zu wissen, daß Jamuga kein Verräter ist. Wenn du darauf bestehst, ihn hierher zu befehlen, dann werde ich einsehen müssen, daß ich mich in dir geirrt habe."

„Aber ich habe gehört, wie er den anderen diese Dinge gesagt hat", wandte Kasar ein, und die Verlegenheit färbte seine Wangen rot.

„Und hast natürlich längst durchschaut, daß Jamuga nichts weiter als ein Narr ist", drang Kurelen weiter in ihn, als betrachte er sein Gegenüber als ebenbürtig und überlegen.

Kasar schwieg einen Augenblick still. Er war ungemein geschmeichelt, denn er hatte immer geglaubt, daß Kurelen ihn für dumm hielt. Dann versuchte er, sich die Eitelkeit nicht anmerken zu lassen, und sagte:

„Du hast recht, Kurelen. Ich habe in Jamuga stets einen Narren gesehen. Er schwätzt eben gerne."

Während dieser Unterhaltung hatte Temudschin aufmerksam den Blick von einem zum anderen wandern lassen. Es war ihm nicht entgangen, daß vieles unausgesprochen geblieben war.

„Offenbar ist jetzt allgemein festgestellt worden, daß Jamuga ein Narr und kein Verräter ist", meinte er spöttisch. „Ich werde mir allerdings die anderen kommen lassen und sie fragen, was Jamuga gesagt hat."

Kurelen zuckte die Achseln und seufzte wie bei der Äußerung eines starrköpfigen Kindes.

„Fällt dir nicht auf, Temudschin, daß der Augenblick vor dem Aufbruch in den Kampf nicht glücklich gewählt ist, um die Frage über einen möglichen Verräter im Lager anzuschneiden? Eine Anklage auf Verrat wird das Volk nachdenklich stimmen. Und Jamuga hat hier viele Freunde."

Er stand auf und legte Temudschin die Hand auf die Schulter. „Geh in dich und befrage dein Herz, Temudschin, ob dein Blutsbruder wohl an dir Verrat begehen würde."

Temudschin runzelte finster die Stirn, aber erwiderte nichts.

Kurelen lächelte. „Siehst du, du kannst mir nicht antworten. Aber ich werde selbst mit Jamuga sprechen und ihm nahelegen, den Mund zu halten. Wie alle denkenden Menschen redet er zu viel. Aber laß ihn an deiner Seite reiten. Vielleicht wird er dir wieder das Leben retten. Du weißt, daß er jederzeit für dich sterben würde."

Und so geschah es, daß Jamuga zu seiner größten Überraschung berufen wurde, ganz allein an Temudschins Seite zu reiten. Als er diesen Befehl vernahm, konnte er kein Wort herausbringen, denn er befürchtete, in Tränen auszubrechen.

Trotz des bangen Flüsterns seines Gewissens wurden seine Zweifel und Vorbehalte von seiner Liebe übertönt.

Kurelen allerdings wußte, daß Temudschin nichts vergessen hatte. Er hoffte, daß Jamuga sich neuerlich auszeichnen würde. Eine schicksalhafte Vorahnung sagte ihm nämlich, daß der junge Paladin in höchster Gefahr schwebte und ihn jetzt nur mehr ein Wunder retten konnte.

V

Jamuga fragte sich, welche Erinnerungen Temudschin wohl im Palaste Ung Khans bestürmten. Sah er auf den Gängen und in den Gärten Azara? Dachte er im Mondlicht an sie? Er sollte es nie erfahren. Verständnislos betrachtete er Temudschins Gesicht und sah nichts anderes als gleichgültige Gelassenheit darin. Einmal machte er auf den Blick auf den langgestreckten Garten im Mondlicht aufmerksam und sagte zu Jamuga: „Eines Nachts träumte ich, daß hier eine hohe, weiße Wand stünde, die bis an den Himmel reichte. In die Mauer war ein goldenes Tor eingelassen. Ich versuchte, es gewaltsam zu öffnen, aber es gelang mir nicht."

„Das war ein Omen", sagte Jamuga, der den Rest des Traumes nicht kannte. „Es bedeutet, daß es Pforten gibt, die kein Mensch zu öffnen vermag, und Mauern, die für Sterbliche unüberwindlich sind."

Temudschin blickte ihn lange und verträumt an. Dann lächelte er, und Jamuga bemerkte erstaunt Schmerz und Spott in diesem Lächeln.

„Vermutlich hast du recht", erwiderte der junge Khan und entfernte sich. Jamuga sah ihn ruhelos auf und ab gehen, als suchte er etwas.

Eines Nachts wurde Jamuga von einem unerklärlichen Geräusch geweckt, das wie ein Seufzen oder ein ersticktes Stöhnen klang. Als er sich jedoch aufsetzte und lauschte, hörte er nichts. Temudschin schlief friedlich neben ihm, und die blassen Strahlen des Mondes spielten auf seinem stillen Antlitz.

Ung Khan und Temudschin hatten einander mit größter Herzlichkeit begrüßt. Temudschin war überrascht, den Khan so gealtert zu sehen. Er war zusammengeschrumpft, und sein Gesicht sah wie eine vertrocknete Nuß aus, durch die unzählige haardünne Fältchen liefen. Aber nach wie vor funkelten Habgier und Verschlagenheit aus seinen unersättlichen Augen, und seine Stimme klang einschmeichelnd wie immer.

Keiner von ihnen erwähnte Azara, denn ihr Name war ihnen unerträglich. Sie sprachen ausschließlich von dem bevorstehenden

Kampf, und Ung Khan drückte seine Befriedigung über die Stärke und den guten Zustand von Temudschins Kriegern aus. „Wir werden diese Tatarenhunde bald besiegt haben", sagte er. Er lächelte seinen Pflegesohn an und war erstaunt, daß dieser sein Lächeln nicht erwiderte.

„Die Tataren sind keine Hunde", sagte Temudschin verträumt. „Sie stellen für die Prinzen Kathais bloß eine Belästigung dar. Man hat dich dazu bewogen, den Prinzen beizustehen. Du wirst deine Belohnung dafür empfangen. Ich verlange nichts weiter als die Gefangenen, ihre Frauen, ihre Kinder, ihre Pferde, ihre Herden und ihre Jurten." Nach diesen Worten war er nicht bereit, mehr zu sagen. Der freundliche, verbindliche Taliph stand vor einem Rätsel. Ung Khan jedoch, dessen bösartige alte Augen glitzerten, begriff Temudschin nur zu gut.

Zu Ehren Ye Liu Chutsais, des kathaischen Prinzen und Generals, war ein gewaltiges Fest vorbereitet worden, bei dem es zügellos und ausschweifend zuging. Ung Khan fand eine strahlende Feier für einen derart illustren Gast nur angemessen und hoffte, daß der General unter den gebotenen Genüssen einige finden würde, die ihm zusagten. Der Vater Ye Liu Chutsais war ein Anhänger Taos gewesen, und er selbst hielt sich ebenfalls an die schmucklose Einfachheit seiner Religion, obwohl er als kultivierter Herr zurückhaltende Elegance zu schätzen wußte. Ung Khans Fest und Palast fand er barbarisch und widerlich. Aber da ein wohlerzogener Mann, wie man oft sagt, sich nie von Religion oder Geschmack zu einer Unhöflichkeit verleiten läßt, tat er, als sei er von dieser Orgie aus Frauen und Farben, Wein und Gelächter und vulgärer Üppigkeit hingerissen.

Am meisten interessierte ihn Temudschin, und er sah ihn mit unverhülltem Staunen und großer Bewunderung an. Bisher hatte er noch nie rotes Haar und meergrüne Augen gesehen und fand sie faszinierend. Außerdem fesselten ihn Temudschins Persönlichkeit, sein Gesicht und sein Benehmen. Kurz nach ihrer ersten Begegnung sagte er: „In Kathai gibt es eine immergrüne Pflanze namens Mon Nin Ching, die nur alle zehntausend Jahre einmal blüht und damit die Ankunft eines mächtigen Königs oder großen geistigen Führers oder manchmal auch einer entsetzlichen Seuche ankündigt. Wir glauben, daß der Himmel uns durch dieses Gewächs ein Zeichen gibt. Heute morgen haben zwei meiner Immergrün zu blühen begonnen, und jetzt am Abend treffe ich dich."

Dabei lächelte er sanft, als fände er selbst seine Worte erheiternd, und ergötzte sich mit Temudschin über einen köstlichen Scherz. Temudschin erwiderte sein Lächeln. Ung Khan aber sagte nichts. Hurtig wanderte sein Blick von einem Gesicht zum anderen, wie der einer Ratte, die in einer verhaßten und hassenden Welt alles hört und sieht.

Ye Liu Chutsai war ein gut aussehender Mann mittleren Alters, mit einer tiefen, klangvollen Stimme, die an eine gedämpfte Zimbel erinnerte. Seine Haut war gelblich wie Elfenbein, und seine Augen schimmerten wie die eines geistig und körperlich äußerst regsamen Menschen. Durch seinen langen Bart, der ihm bis über die Körpermitte hing, leuchteten seine Lippen voll und rot und neigten zu spöttischem oder anerkennendem Lächeln. Seine Fingernägel waren lang, schmal, gebogen und poliert, und an seinen Fingern funkelten edelsteinbesetzte Ringe. Er war in lange, weiße Gewänder gekleidet, die er nur ablegte, wenn er in den Kampf zog. Er war der erste Herr, den Temudschin bisher gesehen hatte. Zwischen den beiden Männern, dem Wilden und dem Edelmann, entstand ein warmes Gefühl echter Freundschaft.

Temudschin wollte mehr über die Geschichte der immergrünen Pflanze erfahren. Plötzlich lachte der Chinese leise auf.

„Heute früh habe ich die Blüte dem alten Vetter meiner Mutter gezeigt, der sich irgendeiner barbarischen Religion oder Philosophie verschrieben hat. Er ist ein alter und weiser Mann, obwohl er sich vom Glauben seiner Vorfahren abgewandt hat. Kaum sah er die Blüte, wurde er auffallend blaß und sagte: ‚Das Aufblühen zeigt, daß der uralte Moloch aus der Finsternis der Vergangenheit ins blutige Licht der Gegenwart rückt.'

Er glaubt, daß alles Unheil, das über die Menschen hereinbricht, unsterblich ist, und der Moloch wohl getötet werden mag, aber in künftigen Generationen wieder aufersteht, um die Menschen für ihre bösen Taten und ihre Gottlosigkeit zu strafen."

Er betrachtete Temudschin aus heiteren, funkelnden Augen und lachte herzlich, aber ohne Bosheit.

„Und als ich ihm von deinem Besuch erzählte, da weinte er und sagte: ‚Der Moloch hat sich wieder erhoben! Ich habe es von allem Anbeginn an gewußt!‘ Du siehst also, Temudschin, daß mein alter Vetter dich schon früher einmal kennengelernt hat."

Temudschin sah gebannt vor sich hin. Und dann überflutete ihn die Erkenntnis. Er war verlegen, und stürmische Gedanken schossen durch seinen Kopf.

„Dein Neffe, der große Herr, schmeichelt mir", sagte er.

Auch Ung Khan lachte, aber er kaute an seiner eingesunkenen Unterlippe und sah nur Temudschin.

Ye Liu Chutsai fand seinen Witz ungemein lustig. Er konnte in diesem jungen Mongolen mit seinen übelriechenden, derben Wollgewändern und seiner geharzten Lederrüstung nichts Bedrohliches sehen. Er würde diesen Witz vor seiner Mutter wiederholen, die seit dem Tode ihres Gemahls nur mehr selten lachte.

Ung Khan sagte boshaft zu dem chinesischen General, ohne den Blick von Temudschin zu wenden: „Vielleicht war dein Vetter zu leichtgläubig, Herr, wie es viele alte Leute sind. Du mußt nämlich wissen, daß Temudschin einmal vor ihm bekannt hat, daß es ihn nach dem Besitz der ganzen Welt gelüstet."

Wieder lachte Ye Liu Chutsai gutmütig. Er betrachtete Temudschin aus belustigten Augen. „Nein!" rief er aus. „Wozu denn?"

Verletzt sagte Temudschin: „Wünschest du dir etwa nicht Siege und Ruhm, Herr?"

In tiefer Überraschung zog Ye Liu Chutsai die Augenbrauen hoch. „Ich? Ganz bestimmt nicht! Weshalb sollte ich?"

„Dein Volk ist dekadent", stellte Temudschin fest.

Der General amüsierte sich königlich. „Was nennst du Dekadenz? Kultur? Die Pflege der schönen Künste, der Musik, des gehobenen Lebensstils, des Friedens, der Philosophie und der Bücher und aller Dinge, die den Menschen vom Tier unterscheiden? Mir will scheinen, ich habe diese fadenscheinige Theorie schon früher einmal gehört."

„Aber all diese Dinge saugen den Menschen die Kraft und die Männlichkeit aus", antwortete Temudschin.

Ye Liu Chutsai betrachtete ihn wie ein Lehrer ein unbelehrbares, aber liebenswertes Kind.

„Glaubst du, daß nur der männlich ist, der nach Dünger riecht und raubt und mordet? Muß ein Gebildeter denn schwach sein? Hebt die Fähigkeit, mit der Schreibfeder umzugehen, die Fähigkeit auf, ein Schwert zu handhaben? Ich bin nicht deiner Meinung." Er war unsäglich erheitert.

Jamuga hatte aus geringer Entfernung aufmerksam zugehört und neigte sich jetzt gespannt näher. Mit uneingestandener Genugtuung sah er, wie die Röte Temudschins hartes, hochmütiges Gesicht färbte.

Temudschin sagte: „Angenommen, der große goldene Kaiser würde überfallen und zahllose Angreifer hätten nichts zu verlieren als ihr Leben, das sie nicht hoch bewerten. Wäre dein Volk imstande, diesem Ansturm zu widerstehen, wenn es in den Gärten hockt und dem Geklirr silberner Glöckchen an den Gelenken der Frauen lauscht?"

Ye Liu Chutsai betrachtete ihn nachdenklich und mit leisem Lächeln. „Du bist sehr schlau, mein junger Freund. Ich unterschätze dich keinesfalls. Und du meinst nicht, daß Gärten und Frieden und Silberglöckchen Dinge sind, für die es sich zu kämpfen lohnt?"

„Nein, denn durch zu vieles Denken beginnen die Menschen, ihr Leben zu schätzen, und sind dann der Meinung, daß kein Preis zu hoch ist, um das Leben zu bewahren. Mein Volk aber, und ähnliche Völker aus Steppe und Wüste, haben wenig Achtung vor dem Leben. Wenn ein Mann das Leben liebt, selbst wenn es ihn zu einem Sklavendasein verurteilt, und ein anderer es nur liebt, weil er es im Kampf verlieren kann, dann ist die Frage schon entschieden, welcher der beiden den Sieg davontragen wird."

Ye Liu Chutsai schürzte die Lippen und überlegte Temudschins Worte. „Wenn ich dich recht verstehe, kann deiner Meinung nach letzten Endes nur jener Mann gewinnen, der bereit ist, alles zu opfern. Vielleicht hast du recht. Aber ich glaube, daß sich für den Fall, daß Kathai bedroht werden sollte, genügend Männer finden würden, die den Tod der Sklaverei vorzögen. Unter uns gibt es genug, die unsere Kultur höher schätzen als das Leben."

„Tust du das auch?" fragte Temudschin rasch.

Ye Liu Chutsai lächelte und erwiderte achselzuckend. „Sterbe ich, dann hört die Kultur auf, für mich zu existieren."

Bei dieser Sophisterei mußte er selbst unwillkürlich auflachen. Temudschin jedoch, der ihn verstand, war über das Gelächter nicht böse. Sie betrachteten einander mit großem Behagen. Jamuga war erstaunt und enttäuscht. Es war ihm unbegreiflich, daß dieser vornehme, kultivierte Herr und der ungehobelte, ungebildete kleine Khan aus der Wildnis solche Freundschaft füreinander empfanden.

Ung Khan erzählte Ye Liu Chutsai, daß Temudschin als Entschädigung für den bevorstehenden Kampf nichts weiter als die gefangenen Tataren und ihre Habseligkeiten verlangte. Er erwähnte diese Bedingung mit sanftem Spott, denn Eifersucht und Verachtung machten ihn wütend. Ye Liu Chutsai jedoch wirkte weder verächtlich noch belustigt. Er sah Temudschin bloß mit freundlicher Überraschung an.

Später forderte er Temudschin zu einem gemeinsamen Spaziergang durch den Garten auf. Dabei erzählte er dem jungen Mongolen viel von der Geschichte, der Großartigkeit und der Kultur seines eigenen Volkes. Er breitete das riesige Reich, das von Tradition, Kultur, Dichtkunst und Musik, Philosophie und Bildung regiert wurde, vor Temudschin aus. Wie in einer unendlichen Ebene sah er silberne Flüsse und mächtige Städte, in denen die Männer über Buddha und Lao-tse diskutierten und eine Strophe goldener Worte für wertvoller hielten als das Einstreifen erbeuteter Schätze. Er vernahm Stimmen, die sich nicht in Wut oder Rachegelüsten erhoben, sondern in langen Erörterungen über die Bedeutung einer unklaren philosophischen Phrase. Er sah Tempel und hörte Zimbeln und die anspruchsvollen Gespräche der Priester. Er erfuhr, daß die Dichter tiefere Ehrerbietung ernteten als die Prinzen, und der Familienstolz größer war als der Besitzstolz. „Bei uns hört man keine Schlachtlieder mehr", sagte Ye Liu Chutsai lächelnd. „Für uns ist ein Soldat niedriger als ein Tier, und wir hören angewidert von seinen Taten. Wenn wir uns, selten genug, zu Kampfhandlungen gezwungen sehen, so bringen wir sie schleunigst hinter uns und halten uns dabei die Nasen zu. Wir ziehen die Betrachtung der Natur und der Schönheit unseres Landes vor. Darin nämlich birgt sich kein Wahnsinn. Der Wahnsinn lebt nur in der Vorstellung kranker Menschen. Wir lieben Epigramme, denn sie sind unsere Rache an den vielen Unerträglichkeiten des Lebens. Wir sind gleichzeitig von verzweifelter und gelassener Trauer und das fröhlichste aller Völker. Wir wissen, daß der Mensch von Natur aus böse ist, und da wir gut erzogen sind, verdecken wir diese Schlechtigkeit mit Blumen, denn wir atmen lieber Düfte als üble Gerüche ein."

„Trotzdem", warf Temudschin ihm hämisch vor, „seid ihr für das unbarmherzige Feilschen eurer Händler und den großen Reichtum eurer Kaufleute bekannt."

Ye Liu Chutsai lachte und gab zu: „Das stimmt. Jenseits der Klänge unserer Teehäuser klimpern die Kaufleute mit ihren Münzen. Aber das sind keine Edelleute. Ich spreche nur von meinem eigenen Kreis."

Mit großer Offenheit und der zynischen Duldung allen Übels erzählte er Temudschin naserümpfend von der Bestechlichkeit der Regierungsbeamten, von dem Klassenhaß hinter der Großen Mauer, von drückenden Steuern und der Bitterkeit zwischen den Anhängern Buddhas und Konfuzius', von dem Elend des kleinen Mannes, von Enttäuschung und Verzagtheit unter den Intellektuellen, von betrunkenen Adeligen und faulen, dummen Prinzen, von Bürokraten und Demokraten im unaufhörlichen Wortkrieg, von Bankrotten und der Hoffnungslosigkeit der Armen. „Aber keiner dieser Leute läßt sich als vornehmer Mann bezeichnen", setzte er hinzu und verzog dabei spöttisch das Gesicht, als verbitterten ihn seine eigenen Worte.

„Bei so viel Haß und Unsicherheit kann es im Falle eines Krieges oder Überfalls keine Einigkeit geben", bemerkte Temudschin, als dächte er laut.

„Aber die Chinesen haben ein heiteres, unbeschwertes und leidenschaftliches Naturell. Mehr als alles andere hassen sie die Sklaverei."

„Ihr habt euch weit von der Natur entfernt", sagte Temudschin. „Deshalb seid ihr reif für die Vernichtung."

Der Prinz fand Temudschin erfrischend wie einen kräftigen Windstoß. Er wollte nun etwas über Temudschins Leben und das seines Volkes erfahren und hörte ihm mit größtem Interesse zu, obwohl er sich eines heimlichen Schauderns nicht erwehren konnte.

„Was macht ihr in eurer Freizeit, wenn ihr nicht eben die Herden hütet oder jemand umbringt oder streitet?"

„Dann schlafen wir", antwortete Temudschin und lachte.

Bei dieser Antwort schüttelte der andere nur stumm den Kopf und lächelte.

Temudschin war von der Geschicklichkeit und Flinkheit der Soldaten Kathais überrascht, die Seite an Seite mit seinen eigenen Kriegern und jenen Ung Khans kämpften. Er sah, daß sie nicht davor zurückschreckten zu töten, aber sie taten es, als sei es eine bittere Notwendigkeit, die ihnen keine Freude bereitete. Außerdem wehrten sie sich heftig und zogen sich zurück, statt bis zum Tod zu kämpfen.

Es waren seine eigenen Leute und die Koraiten, die sich mit wildem Jauchzen in den Kampf stürzten und ohne Bedenken und Wehklagen starben. Er bewahrte alles, was er aus seinem Gespräch mit dem Chinesen gelernt hatte, in seinem Gedächtnis und vergaß es nie wieder. Er lernte, daß Höflichkeit und Intelligenz sich nur armselig gegen Tollkühnheit und Wildheit zu verteidigen verstanden. Ein vornehmer Herr zumindest war der Kriegsmaschinerie nicht gewachsen. Er besaß eine zu stark entwickelte Phantasie. Selbst wenn er in die Enge getrieben war, konnte man ihn ansehen, daß er mehr als den Tod das scharfe Eindringen des Stahls in seine Eingeweide fürchtete und ihm beim Anblick seines eigenen Blutes übel wurde.

Die grimmigen Tataren kämpften mit der primitiven Grausamkeit wilder Tiere. Sie wurden aber von ihrem zahlenmäßig überlegenen Gegner rasch niedergeworfen. Selbst im Sterben richteten sie sich noch auf die Knie auf und hieben um sich. Das konnte Temudschin begreifen und achten.

Die Tataren wurden von der Mauer zurückgetrieben und flohen in wilder Flucht vor ihren Verfolgern. Ihre Jurten und ihre Frauen und Kinder ließen sie zurück. Menschen und Habseligkeiten wurden von Temudschin beschlagnahmt. Die Männer wurden inzwischen von seinen Kriegern verfolgt und gefangengenommen. In der gleichen Nacht sprach er inmitten eines unvorstellbaren

Durcheinanders zu den Tataren und forderte sie auf, sich seinem Volke anzuschließen.

Sie blickten zu ihm auf und erkannten in ihm einen der ihren. Sie haßten die Bewohner Kathais und die Koraiten leidenschaftlich, von denen sie sich verraten fühlten. Aber sie sahen Temudschin an und liebten ihn. Sie knieten vor ihm nieder und boten ihm den Treueeid an.

Ung Khan war entzückt. Er prahlte vor Ye Liu Chutsai mit seinen Siegen. Er erhielt den Titel eines Wang, der ihm versprochen worden war, und einen großen Anteil der Beute. Temudschin verlangte nur die Männer mit ihren Familien, ihren Herden und ihren Jurten. Unauffällig suchte er sich zwei der schönsten Tatarinnen aus und machte sie zu seinen Gemahlinnen. Jetzt hatten sie das Gefühl, daß er ihr Verbündeter war und ihre Feinde genauso haßte, wie sie selbst es taten.

„Geduld", riet er ihnen. „Geduld. Wir werden uns rächen."

Ye Liu Chutsai bedauerte, daß Temudschin sich jetzt von ihm trennen mußte.

„Sei nicht bekümmert", sagte Temudschin mit merkwürdigem Lächeln. „Wir werden einander wieder begegnen."

Ye Liu Chutsai ließ es sich nicht nehmen, ihm eine Kette aus Perlen und Opalen für Bortei und viele Bambuskoffer mit Tee und Gewürzen und viele Ballen Seide mitzugeben. Sie schieden mit dem Ausdruck gegenseitiger Zuneigung und vielen Versprechungen.

Temudschin trat die lange Heimreise an. Hinter ihm holperte die vielköpfige neue Stadt seiner Vasallen. Die Tataren ritten neben seinen eigenen Kriegern und teilten mit ihnen Decken und Lebensmittel.

Jamuga mochte die Tataren nicht. Er mißtraute ihnen. Nachts, zwischen den einzelnen Kämpfen hatte er sich mit mehreren Offizieren aus Kathai unterhalten und gespürt, hier unter seinesgleichen zu sein. Als er mit Temudschin heimritt, blieb er zurück, weil er das Gefühl hatte, daß sein Blutsbruder sich ihm nun völlig entfremdet hatte und alle Liebe zwischen ihnen gestorben sei.

„Ich werde fortgehen", dachte er niedergeschlagen. „Sicher wird der Stamm meiner Mutter mich aufnehmen. Bei Temudschin ist kein Platz mehr für mich."

VI

Während des langen Rittes zurück zur Gobi sprach Temudschin nicht mit Jamuga und der nicht mit ihm. Bis auf eine einzige Ausnahme.

Mongolen und Tataren waren eines Tages bei Einbruch der Dämmerung in ein Gebiet gelangt, das Jamuga bekannt war. Dort standen niedrige terrakottafarbene Berge, in die der Wind gespenstische, phantastische Formen geschnitten hatte. Sie ritten in ein enges, gewundenes Tal hinab, in dessen rötlicher, trockener Sohle einmal ein Fluß geflossen war. Jetzt ging die Sonne unter, und die Erde schwamm in unirdischen Schattierungen von Violett, Gelb, Bronze und Purpurrot, in die die Berge im letzten blutigen Licht ihre Gipfel reckten. Die Stille der leeren, reglosen Wildnis senkte sich über die Welt. Selbst die Reiter machten keinen Lärm, als sie talabwärts ritten und sich an den rötlichen Bergen, die wie säulengetragene Tempel und abgeflachte Vulkane aussahen, vorbeiwanden.

Und dann wurde plötzlich in der Ferne der See der Verdammten sichtbar. Zwischen den Ufern aus bleichen Schatten schimmerte er purpurn und violett auf. Reglos und geheimnisvoll wie ein Traum, der durch die Wüste schwimmt, lag er da. Viele der Reiter hatten ihn noch nie gesehen, und sie stießen erstickte Schreie aus, weil sie glaubten, ein natürliches Binnenmeer vor sich zu haben, das ihnen Kühle und Rast verhieß. Aber die Täuschung währte nur einen Augenblick, und dann erkannten ihre wachsamen Sinne die Bedrohung und das unirdische Schweigen, und sie waren bestürzt. Die Sonne war untergegangen, und die Erde drehte sich verlassen in einem Angsttraum nebelhafter Farben und Lautlosigkeit. In der Ferne dehnte sich der See in die Unendlichkeit, und der Himmel über ihnen verlor sich in verbleichendem Feuer.

Temudschin stand mit seinem Pferd etwas vor den anderen, hielt die Lanze in der Hand und sah den See an. Lange wandte er nicht den Blick davon, und das gespenstische Licht von Erde und Himmel lag auf seinem Antlitz und in seinen Augen. Er hörte, daß jemand zu ihm geritten kam, und nach kurzer Zeit wandte er den Kopf und sah den anderen an. Es war Jamuga, der blaß und schweigend den See anstarrte. Hinter ihnen warteten die unzähligen Krieger unsicher und mit gespannten, dunklen Gesichtern.

Da hob Jamuga zu sprechen an und wies auf den See: „Der See der Verdammten! Der See jener, die um ihrer eigenen Eitelkeit willen andere unterjochen und vernichten! Furchteinflößend wie das Trugbild vor uns ist der Traum des Tyrannen von der Macht, und der Traum wird in Sinnlosigkeit, Täuschung und Tod enden."

Temudschin sah ihn mit undurchdringlicher Miene an. Dann begann er ganz langsam zu lächeln, daß sich Jamugas Haare sträubten. Dann blickte Temudschin über die Schulter auf seine Untertanen und sagte mit unbeschwerter Stimme:

„Was wir vor uns erblicken, ist nur eine Sinnestäuschung. Und doch wollen wir auf sie zureiten und sehen, was dann geschieht."

Die Männer lachten erleichtert auf. Temudschin spornte sein Pferd an und stürmte mit heiserem Gebrüll auf den See zu. Die anderen folgten ihm lärmend und schreiend und schwenkten ihre Speere und Lanzen, als verfolgten sie einen Feind. Und wenige Minuten später schloß auch Jamuga sich ihnen an.

Sichtbar und geheimnisvoll lag der See vor ihnen, aber als sie sich ihm auf donnernden Hufen näherten, zog er sich zurück, und die Entfernung zwischen ihnen und dem Spiegelbild verringerte sich nie. Der Boden unter ihnen war aus weißem, sprödem Gestein, das rund um sie in dicken Staubwolken aufstob und sich qualvoll auf Lungen und Augen legte. Ständig zurückweichend, unverändert beklemmend und unirdisch aber lag der See in der Wüste.

Die Dunkelheit fiel schnell ein, und plötzlich war der See verschwunden, und es gab nichts mehr als endlose Meilen voll violetter Schatten, die wie Wellen den Boden füllten. Der Himmel hatte die Farbe eines Amethysts. Und jetzt erhob sich grimmig und brutal der Wind und brauste wie grollender Donner über die leere Fläche. Die Berge hatte die Finsternis verschluckt. Nichts gab es mehr als den purpurnen Sturm und die unendliche Einsamkeit einer toten Gegend.

Lachend und prustend zügelte Temudschin sein Pferd, und die anderen taten es ihm gleich. Er sah sie an, und sie sahen ihn an.

Und dann schweifte sein Blick über sie hinweg zu Jamuga, der langsam mit kummervollem Gesicht als letzter angeritten kam.

„Auf!" sagte Temudschin und wendete sein Pferd. „Wir müssen bald unser Nachtlager aufschlagen."

Hinter den westlichen Bergketten erhob sich der Mond, und bald überflutete sein milchiger Glanz Erde und Himmel. Der Sturm hatte noch zugenommen. Sie mußten im Schatten einer sonnenbleichen Wand früher ihr Lager aufschlagen, als sie gedacht hatten.

Jamuga und Temudschin aber schliefen in jener Nacht getrennt, wie sie es nie zuvor getan hatten, und wechselten für den Rest der Reise kein einziges Wort mehr miteinander.

VII

Jamuga mochte den jungen Juchi, den Anrüchigen, nicht, denn mit seinen mürrischen grauen Augen und dem trotzigen roten Mund ähnelte er Bortei stark. Außerdem war er hochmütig und unduldsam, herrisch und reizbar. Trotz seiner ungeklärten Abstammung schien er Temudschins Liebling zu sein, denn er war furchtlos und hübsch und bestand schon als kleines Kind darauf, wilde Pferde zu reiten und ihnen mit grausamen Hieben seinen Willen aufzuzwingen.

Der einsame Jamuga, der tief unglücklich seine Flucht erwog, ohne aber lange diesem Plan nachzuhängen, liebte dafür die drei jüngeren Kinder seines ihm so fremd gewordenen Blutsbruders um so mehr. Es waren dies Chutagi, Ogotai und der kleine Tuli, der noch ein Säugling war und in den Armen seiner Mutter lag. Diese vier Knaben waren Borteis Söhne. Temudschins Kinder seiner anderen Gemahlinnen, schöner Turkmeninnen, Naimaninnen, Merkiten und Uiguren, wurden von ihrem Vater mit liebevoller Gleichgültigkeit und Nachsicht behandelt. Borteis Kinder jedoch waren sein größter Stolz. Er liebte ihre grauen oder grünblauen Augen. Besonders Tuli war ihm ans Herz gewachsen, denn er hatte schimmernd rotgoldenes Haar und ein reizendes Lachen.

Der einsame Jamuga brachte Chutagi und Ogoti die Kunst bei, einen Ziegenbock zu reiten und sich mit den kräftigen kleinen Fingern in der schmutzigen Wolle festzuhalten. Wenn er den kleinen Jungen dabei zusah, wie sie nebeneinander auf den bockenden Tieren saßen und vor Begeisterung jauchzten, dann lächelte er traurig und dachte an jene Tage, in denen er und Temudschin ebenso geritten waren und einander in rückhaltlosem Verstehen zugelacht hatten. Jamuga war es auch, der die Knaben kurze, sonderbare Lieder lehrte. Er gab ihnen auch Unterricht im Boxen und Ringen und Speerwerfen. Manchmal war er erstaunt, daß seine alte Feindin Bortei ihren Kindern gestattete, so viel Zeit mit ihm zu verbringen. Er wußte nicht, daß dies über Temudschins Geheiß geschah.

Manchmal trug er Tuli auf den Schultern, und die beiden größeren Knaben geleiteten ihn zu Fuß, wenn er sie zum Wasser führte und ihnen zeigte, wie man schwamm. Immer noch ledig und kinderlos, erfüllte ihn die Berührung dieser Kinder und die Zuneigung, die sich in ihren jungen Gesichtern spiegelte, mit schmerzlicher Freude und Sehnsucht. Er erzählte ihnen Geschichten und erteilte ihnen weise Ratschläge, für die sie noch zu jung waren. Chutagi und Ogoti hörten ihm ehrerbietig zu, denn der blasse Herr war der Blutsbruder ihres Vaters, aber sie verstanden ihn kaum. Tuli prustete in Jamugas Armen, stach ihm die kurzen Finger in Augen und Mund und quietschte vor Seligkeit, wenn Jamuga ihn behutsam biß oder ihn gefährlich anknurrte.

Kurelen sah diesen Spielen mit spöttischem Kummer zu. Einmal sagte er zu Jamuga: „Du bist kein sehr junger Mann mehr. Weshalb heiratest du nicht und setzt selbst Söhne in die Welt?"

Da erwiderte Jamuga bekümmert: „Ich kann weder heiraten noch Kinder zeugen, denn ich bin nur ein feiger Sklave. Wenn ich entkomme und frei bin, dann werde ich Frieden haben und eine Frau und Kinder."

Diese Worte überbrachte Kurelen Temudschin. Er wußte, daß die beiden Männer einander seit langem schweigend auswichen, daß Jamuga niemals zu den Ratssitzungen der Tarkhanen, der Orkhonen und der Truppenbefehlshaber eingeladen oder zu Feiern gebeten wurde. Daran nicht genug, blieb er während Überfällen und Scharmützeln daheim und verbarg sich. Er war in Vergessenheit geraten. Nur Kurelen sah seinen Kummer und gewahrte den Ausdruck, der sich auf seinem Gesicht abzeichnete, so oft er Temudschin aus der Ferne beobachtete. Einzig Kurelen vermutete, daß Jamuga trotz seiner Geduld nicht demütig war, und fürchtete den Zeitpunkt, wenn diese Geduld reißen und Jamuga hervortreten würde.

Deshalb sagte Kurelen eines Tages zu Temudschin: „Du warst grausam und unbarmherzig zu Jamuga, weil er dich niemals angelogen noch dir um eines persönlichen Vorteils willen geschmeichelt oder sich vor dir verneigt hat. Ich kann mir nicht vorstellen, daß du ihn haßt, auch wenn ich deine Unversöhnlichkeit kenne. Laß ihn ziehen."

Temudschin hörte ihn mit finsterem, abgewandtem Gesicht an. Dann sagte er: „Ziehen? Wohin kann er sich wenden?"

„Laß ihn zum Volk seiner Mutter zurückkehren, den Naimanen. Unter deinem Banner befindet sich ein mächtiger unterworfener Naimanenstamm, der dir treu ergeben ist. Mach ihn zum Statthalter und Befehlshaber dieses Stammes."

„Damit er den Verrat an mir predigt?" brummte Temudschin.

„Das wird er nie tun. Dieser Stamm ist ruhig und besteht hauptsächlich aus Hirten und Schäfern, die friedfertig und leicht lenkbar sind. Er wird sich bei ihnen weit mehr daheim fühlen als bei dir. Gönne ihm den Frieden. Sein einziges Verbrechen gegen dich besteht darin, daß er dich liebt wie kein anderer."

„Aber er ist solch ein Narr!" rief Temudschin ungeduldig. Sein Gesicht war tiefdunkelrot, als litte er unter geheimnisvollen Schmerzen und tiefer Unsicherheit.

„Das ist er nicht, Temudschin. Er hat nur Ideale, die deinen eigenen zuwiderlaufen. Diese Ideale werden bei den Naimanen keinen Schaden anrichten. Laß ihn ziehen. Du weißt, wie tapfer er ist. Wenn du ihn brauchst, wird er deinem Befehl mit selbstloser Freude nachkommen."

Temudschin versprach nichts. Geraume Zeit verstrich, und Kurelen nahm an, er hätte das Gespräch vergessen.

Inzwischen hatten sich Hunderte anderer Stämme Temudschins Fahne angeschlossen. Nun war mit Ausnahme Ung Khans keiner mehr stärker oder einflußreicher. Dank seiner Macht und seines Schutzes wurden die Karawanenwege stark frequentiert, und sein eigener Reichtum wuchs. Sein Name hatte Zauberklang in Wildnis und Wüste. Jede Karawane brachte schmeichlerische, liebevolle Botschaften von Ung Khan. Er ließ sich diese Briefe vorlesen, dann riß er sie fluchend an sich, spie sie an und schleuderte sie in die Flammen. Dabei bemerkte seine Umgebung, daß sein Gesicht dämonisch wurde und er wie ein Besessener aussah. Er richtete den Blick nach dem Osten, und seine Lippen bewegten sich in stummen Verwünschungen.

Jamuga war mittlerweile still und unbarmherzig aller Macht entkleidet worden. Er lebte allein in seiner Jurte, und nur eine alte Verwandte seiner Mutter bediente ihn. Er war überzeugt, daß er in völlige Vergessenheit gesunken sei, und täglich wuchsen seine Verzweiflung und Hoffnungslosigkeit. Obwohl er noch jung war, zeigten sich frühzeitig ergraute Strähnen in seinem hellen Haar, und zwei tiefe Falten hatten sich neben seinem geduldigen, strengen Mund eingegraben.

Eines Tages wurde er plötzlich vor Temudschin gerufen. Bebend und unsicher begab er sich in die Jurte seines Blutsbruders. Sein Herz klopfte angsterfüllt, aber sein Benehmen war gefaßt. Temudschin war allein, rekelte sich auf seinem Lager und trank heißen Tee. Als Jamuga vor ihm erschien, bedachte Temudschin ihn mit einem derart liebevollen, freundlichen Blick, daß Jamuga in seiner Fassungslosigkeit unfähig war, sich zu bewegen. Temudschin forderte ihn mit einer Handbewegung auf, sich neben ihn zu setzen, und Jamuga gehorchte stumm. Seine Unterlippe bebte.

Temudschin trank schmatzend und füllte für Jamuga einen dampfenden Becher voll. „Eine scheußliche Brühe, aber höchst anregend", sagte er lachend. Seine graugrünen Augen wurden weicher und schimmerten in mildem Blau. Sein rotes Kopfhaar schien vor Lebenskraft zu sprühen.

Jamuga trank. Die heiße Flüssigkeit verbrannte ihm die Kehle. Er vermochte kaum, sein Zittern zu unterdrücken. Temudschin beobachtete ihn mit freundschaftlichem Lächeln.

„Du brauchst eine Familie und Ansehen, Jamuga", sagte er.

„Ich brauche gar nichts", stammelte Jamuga leise und mühsam.

Tränen stiegen ihm in die Augen. Er ballte die Fäuste, um seiner Erregung Herr zu werden.

Temudschin neigte sich zu ihm und legte ihm in altvertrauter Geste den Arm auf die Schulter. Er sah Jamuga forschend ins Gesicht. Was er entdeckte, schien ihn zu belustigen, aber sein Lächeln war ohne Bosheit und eher von Mitleid erfüllt.

„Du hast mich verlassen, Jamuga", sagte er heiter.

Es war, als hätten sie sich erst vor einem Tag in bester Freundschaft getrennt. Jamuga aber in seiner starren Redlichkeit und tiefen Kränkung konnte sich nicht so rasch umstellen. Er blieb still, neigte den Kopf und starrte traurig und mit verkniffenen Lippen vor sich hin.

Nach kurzer Zeit zog Temudschin seinen Arm zurück. Ein befangenes Schweigen stellte sich zwischen sie. Unglücklich erkannte Jamuga, daß er nachgeben, Temudschin in alter Offenheit ansehen und sich mit der Stimmung seines Blutsbruders abfinden sollte. Aber das überstieg seine Kraft. Er verstand nicht zu heucheln.

Wieder begann Temudschin zu sprechen, und diesmal klang sein Ton gewollt unbefangen und etwas gekünstelt. „Ich sage dir, du brauchst eine Familie, eine oder auch mehrere Frauen. Ist denn keine unter den vielen Weibern, die dich reizt?"

„Nein", murmelte Jamuga. Wieder spürte er die Last der Tränen in seinen Augen.

„Dabei liebst du Kinder."

Jamuga schwieg.

Temudschin begann zu essen. Sein offensichtliches Wohlbehagen war etwas zu dick aufgetragen. Um die Wahrheit zu sagen, er war ziemlich verlegen und ein bißchen beschämt.

„Ich habe mir verschiedenes durch den Kopf gehen lassen, Jamuga, und bin zu dem Entschluß gekommen, dich bei einem der Naimanenstämme zu meinem Statthalter zu ernennen. Es sind ruhige, friedfertige Menschen, Hirten und Schäfer."

Erstaunt hob Jamuga den Kopf. Jetzt begann sein Herz heftig zu pochen. Sein blasses Gesicht färbte sich lebhaft. Er starrte Temudschin an, der tat, als sei er völlig damit beschäftigt, das Fleisch von einem kleinen Knochen zu lösen.

„Ja", sagte Temudschin kopfnickend, „ich glaube, du wärst ein ausgezeichneter Befehlshaber. Und es geht um die Sippe deiner Mutter. Der jetzige Statthalter ist ein alter Mann und schon recht vergreist. Ich weiß, daß ich mich auf deine Klugheit und deinen Takt verlassen kann." Jetzt sah er Jamuga mit strahlendem Lächeln an. „Was meinst du?"

„Ich kann nur gehorchen. Und dir danken", erwiderte Jamuga mit bebenden Lippen. Das Blut hatte seine Wangen tiefrot gefärbt. Er war wie ein zum Tode Verurteilter, der begnadigt wurde.

„Gut!" rief Temudschin ungestüm. „Ich habe gewußt, du würdest mir widerspruchslos gehorchen." Er legte eine kurze Pause ein. „Jamuga, ich habe nie vergessen, daß du mein Blutsbruder bist."

Jamuga konnte ihn nur wortlos mit glänzenden Augen ansehen.

Temudschin ertrug diesen Blick nicht. Tiefe Beschämung erfaßte ihn und er wandte den Kopf ab. So viel unausgesprochene Liebe, diese Demut und dieses Glück waren ihm zuviel. Das Herz krampfte sich ihm zusammen.

„Morgen sollst du dir deine Pferde aussuchen und hundert von dir gewählte Männer werden mit dir zu den Naimanen ziehen." Er zögerte. Dann griff er nach einem Hocker, auf dem eine Messingschatulle stand. Er öffnete sie und entnahm ihr einen schweren, goldenen Ring mit einem dunkelroten Stein. Diesen Ring steckte er Jamuga an den Finger und lächelte ihm in die Augen.

„Ich werde dich nie vergessen, Jamuga. Dies ist mein Geschenk für dich. Trage ihn bis zu deinem Lebensende und vererbe ihn deinem Erstgeborenen. Der Ring ist ein Talisman. Wann immer du mich brauchen solltest, schicke ihn mir durch einen Boten zu, und ich werde bei dir sein."

Jamuga betrachtete den Ring. Er versuchte zu sprechen. Und dann brach er zu seiner größten Beschämung in Tränen aus.

Am nächsten Tag schwirrte die Zeltstadt von der aufregenden Neuigkeit. Bortei war wütend. Sie warf Temudschin vor, die Macht in die Hände eines Verräters zu legen. Houlun jedoch verteidigte trotz der Demütigung, die ihr Jamuga vor langer Zeit zugefügt hatte, ihren Sohn nachdrücklich. Kurelen war entzückt.

Temudschin veranstaltete zu Jamugas Ehren ein großartiges Fest. Und Jamuga saß zu seiner Rechten und trug Temudschins Ring am Finger. Sein Gesicht war totenblaß vor Glück und völlig entspannt.

Es war das letzte Mal, daß sie so nebeneinander sitzen und einander liebevoll ansehen sollten. Jahre später dachte Temudschin an diese Augenblicke zurück, und die Erinnerung verursachte ihm die bittersten Schmerzen.

VIII

Der von Natur aus mißtrauische und vorsichtige Jamuga erwartete bis zuletzt nicht zuviel von den Naimanen, über die er nun regieren sollte. Jene, die von Temudschins Volk aufgesaugt worden waren, hatten sich nicht durch Sanftmut oder geringere Grausamkeit von ihrem neuen Herrn unterschieden. Alle Nomadenstämme waren einander ohne Rücksicht auf ihre Abstammung in Wesen und Aussehen auffallend ähnlich. Ihre realistische Einstellung sagte ihnen unmißverständlich, daß es nur zwei Dinge gab, für die zu kämpfen dafürstand: Weideplätze und Nahrungsmittel. Darauf war ihr Leben ausgerichtet.

Nach einem langen Ritt gelangte Jamuga zum Naimanenlager, und vom ersten Augenblick an erfüllte ihn ungläubige Freude. In diesem Lager sprach nichts von Streitsucht und Aggression. Das Lager befand sich in einem warmen, sanften Tal, das von den nackten, weißen Felsen hoher, unfruchtbarer Berge gegen eisige Winde und beißende Kälte abgeschirmt wurde. Durch dieses ebene, grüne Tal plätscherte ein ruhiger Fluß, an dessen Ufern die Naimanen bescheidene Hirse-, Korn- und Weizenfelder angepflanzt hatten. In milden Wintern verließen sie oft ihre Siedlung gar nicht, sondern blieben das ganze Jahr am gleichen Ort. Die Nomaden betrieben kaum jemals Ackerbau, und das war vielleicht die eigentliche Ursache für ihre grimmige Rastlosigkeit und den physischen und geistigen Hunger. Durch die Feldarbeit jedoch war dieser Stamm weniger blutdürstig und rauh geworden. Sie mußten ihre Felder bewachen und bestellen, und neigten daher weniger zu Jagd- und Raubzügen. Der Ackerbau war der erste Schritt zur Zivilisation, und schon zeichnete sich eine gewisse ruhige Friedfertigkeit auf ihren sonnengebräunten Gesichtern ab.

Der Pflug, dachte Jamuga mit neu erwachten Lebensgeistern, ist die Waffe der Zivilisierten gegen die Unzivilisierten, der erste Stein in der Mauer, die sich gegen die Barbarei erhebt. Ein Mann, der die Erde pflügte, empfand keinen Wunsch, sie mit Leichen zu übersäen. Der erste Schritt zum Chaos war auch die riesige, gepflasterte Stadt, die den Menschen der Erde entfremdete und ihn mit dem rastlosen, raubgierigen Geist der Nomaden erfüllte. Zwischen der Barbarei des Stadtpöbels und jener der Wüstenhorden bestand kein Unterschied. Wildheit und Brutalität entsprangen der Heimatlosigkeit, die sich in den Straßen der Stadt genauso breitmachte wie in der Wildnis. Der wurzellose Städter und der wilde Wüstenbewohner waren Blutsbrüder, die nichts als ihr elendes Leben zu verlieren und alles durch Mord, Grausamkeit und Raubgier zu gewinnen hatten.

Der Friede kommt aus der Erde, hatte Jamuga gelesen, ohne die Worte verstanden zu haben. Jetzt aber, da er auf die gelben Ähren blickte, die wie ein goldenes Meer im Winde wogten, begriff er. Der Mensch, der sein Korn selbst säte, war ein Mann des Friedens; der Heimatlose hingegen, der haßerfüllt sein Schwert schärfte, war der Feind aller übrigen Menschen. Krieg und Unterdrückung würden an jenem Tag überholt sein, an dem jeder Mann ein Stück Grund sein eigen nennen durfte. Wer konnte den Sonnenaufgang über seinen eigenen Feldern beobachten und zusehen, wie Regen und Schnee den Boden fruchtbar machten und die dunklen Spuren der eigenen Scholle an den Händen tragen, und dann noch den Wunsch empfinden, aufzubrechen und andere zu unterjochen und zu vernichten?

Unweit dieses einen Tales lag ein zweites in einer langen Kette von Tälern, und dort hauste ein Uigurenstamm, den Jamuga kannte und für seine Tüchtigkeit und sein Verantwortungsgefühl achtete. Vermutlich war dieser Stamm der erste, der seßhaft und sehr kultiviert wurde. Selbst jene, die Städte errichteten und bewohnten, vergaßen nicht ihre Verbindung zum Boden. Zwischen dem Stamm der Naimanen und der Uiguren herrschte die beste Nachbarschaft. Sie heirateten untereinander und begingen gemeinsam ihre Feste. Unterschiedslos wurden die verschiedensten Glaubensbekenntnisse von ihnen geduldet.

Anfangs wurde Jamuga mit Zurückhaltung empfangen, denn alle kannten die Unbarmherzigkeit Temudschins, ihres Lehensherrn. Sie hatten Jamugas Ankunft mit Bangen erwartet, weil sie dachten, Temudschin würde ihnen einen Statthalter seines eigenen Schlages schicken, der ihr auf Landwirtschaft ausgerichtetes Leben verachten und sie zum Kriegertum zurückzwingen würde. Sie raunten sich zu, daß er sofort die Feindschaft gegen die Uiguren in ihnen anfachen würde, die ein so stolzes, unabhängiges Leben führten und es haßten, irgend jemandem Tribut zu zollen. Dieses Gerücht hatte bewirkt, daß die Uiguren sich schon seit einigen Wochen traurig und vorsichtig zurückgezogen hatten und ihre Freunde, die Naimanen, darüber sehr betrübt waren.

Als die alten Männer jedoch Jamuga erblickten und sein sanftes, zögerndes Benehmen, seine blauen Augen und sein Lächeln sahen, schlugen ihre Herzen in freudiger Erregung höher. Hier war jemand, den sie verstehen konnten und der sie verstehen würde. „Unser Gebieter Temudschin ist ein weiser Regent!" sagten sie voll Dankbarkeit.

Am zweiten Abend nach seiner Ankunft schlug der alte Mann, der bisher den Platz des Statthalters eingenommen hatte, in schlichter Offenheit vor, daß Jamuga seine Enkelin Yesi heiraten und dadurch ein echter Naimane werden sollte.

„Ich habe kein Verlangen danach, zu heiraten", erwiderte Jamuga schroff. „Es gibt Männer, die ledig bleiben und nur ihren eigenen Gedanken und ihrer Pflicht leben."

Der alte Mann spreizte in sanfter Geringschätzung die Hände. „Aber wie kann ein Mann den Menschen dienen, wenn er nicht Söhne zeugt, die ebenfalls seinem Volk dienen können?"

„Du meinst, die Temudschin dienen", versetzte Jamuga bitter.

Der Alte seufzte. „Das ist der Wille Gottes. Wir müssen unserem Gebieter nicht nur in Korn, Pferden und Herden Tribut zollen, sondern auch in Form von Soldaten. Aber der Friede ist ein kostbares Gut, und kein Preis ist zu hoch, ihn zu erhalten."

Er drängte Jamuga, sich Yesi, die in sämtlichen weiblichen Pflichten bewandert und eine sanfte Christin war, die ihren Platz kannte, zumindest anzusehen. Anfangs schlug Jamuga dieses Ansinnen ab, denn er dachte an Bortei und daran, daß die Frauen im besten Fall zumindest eine Gefahr für den Mann darstellten. Später aber überlegte er es sich anders. Vielleicht hatte der Alte recht. Vielleicht wäre es bequem, eine Frau zu haben, um die er sich tagsüber nicht zu kümmern brauchte. Sie würde ihm Kinder schenken und sein Lagerfeuer und die Jurte hüten. Plötzlich wurde er sich seiner ungeheuren Einsamkeit bewußt. Eine Frau wurde zum warmen Feuer inmitten von Fremden. Wenn er ehrlich wünschte, diesem Volk anzugehören, dann mußte er eine seiner Töchter heiraten.

Er sandte nach Yesi und ihrem Großvater. Der Alte leistete der Aufforderung sofort fröhlich Folge und führte seine Enkelin an der Hand. Jamuga sah, daß sie groß war und bescheiden den Kopf gesenkt hielt, der mit einem gestreiften Schal bedeckt war. Leise zitternd stand sie mit verhülltem Haupt vor ihm.

Sanfte Zärtlichkeit erfaßte Jamuga. Er streckte die Hand aus und entfernte den Schal des Mädchens. Lange betrachtete er ihr errötendes Gesicht. Und dann wußte er, daß er nie wieder einsam und heimatlos, ohne Freund und ohne Liebe sein würde.

Mann und Frau betrachteten einander in tiefem Schweigen. Das Mädchen hatte ein anmutiges Gesicht, dem man die Aufrichtigkeit, Unschuld und Furchtlosigkeit ansah. Ihr Mund war blaßrosa, sie hatte eine gerade Nase und die blauesten Augen, die er je gesehen hatte. Aus ihren Augen blickten Mut, Sanftheit und Bescheidenheit und eine unerschütterliche Intelligenz. Ihr glattes, hellbraunes, seidenweiches Haar hing ihr in schimmernden Zöpfen bis an die Knie und verlieh ihr das Aussehen stolzer Demut und edler Abstammung. Sie war schlank, und ihre Gestalt in dem Gewand aus derber weißer Wolle war auffallend schön. Sie hatte sich eine bunt gestreifte Seidenschleife um die schmale Mitte geschlungen und ein silbernes Kreuz hing zwischen ihren Brüsten.

Jamugas Herz weitete sich in einem Gefühl ungeahnten Entzückens. Einen Augenblick lang dachte er, daß sie Azara ähnelte, die Temudschin so verzaubert und verändert hatte.

Er streckte ihr die Hand entgegen und sagte: „Komm." Sie zögerte. Das Blut schoß ihr in die Wangen. Ihre Augen füllten sich mit Tränen. Dann lächelte sie, reichte ihm die Hand und senkte den Kopf, damit er ihr Gesicht nicht sehen sollte. Er fühlte, wie ihre Hand bebte und sich dann zutraulich in seine schmiegte.

Es gab eine großartige Hochzeitsfeier. Die Uiguren kamen, sangen mit rauhen Stimmen und stampften in ihren derben Lederstiefeln einen unbeholfenen Tanz. Die Naimanen waren selig. Die Lagerfeuer brannten bis zum Morgengrauen, und es gab mehr Wein, als getrunken werden konnte. Die alten Männer sangen Balladen, die nicht von kriegerischen Taten handelten, sondern von Sonne und Erde, Weizen und Regen, Frieden und Liebe.

Yesi saß neben ihrem Gemahl und nahm mit ihm die Huldigung ihres Volkes entgegen. Und Jamuga hörte und sah sich alles lächelnd an, hielt Yesis Hand und dachte, daß er endlich heimgekehrt sei und niemals wieder unter Rastlosigkeit, Einsamkeit und Kummer leiden würde.

Als er in der gleichen Nacht neben Yesi schlief, hatte er einen sonderbaren Traum, der ihm beim Erwachen als Omen erschien, nicht nur für die Gegenwart, sondern für die kommenden Tage, die noch ungeboren waren.

Er glaubte, am weißen, kristallenen Ufer des Sees der Verdammten zu stehen. Die alte, schmerzliche Bedrückung hatte ihn wieder befallen, und er fühlte wie früher die Ahnung des bevorstehenden Todes und völliger Hoffnungslosigkeit. Der Himmel war blutrot und von gelben Feuerstreifen durchzogen. Der See lag schweigend in seiner beängstigenden Rätselhaftigkeit purpurner Schatten da. Und dann hörte er plötzlich von weitem einen unklaren Schrei und sah eine dichte Menschenschar, die sich dem See näherte. Aber die Männer waren nicht mit Schwertern bewaffnet. Ihre Pferde gingen vor ihnen her und zogen die Pflüge. Und sie führten diese Pferde und Pflüge über den unheimlichen See und sangen und jubelten einander glückselig zu. Die drückende Stille der feuerroten Luft war gebrochen, und das Echo schwebte wie weiße Tauben darin. Und dann hob sich hinter den Pflügen der Weizen, Woge um Woge, unaufhaltsam und golden, und er schoß mit einem Geräusch in die Höhe, das laut wie der Wind raschelte. Der blutige Himmel verglühte. Es war Sonnenuntergang, und der Himmel färbte sich in tiefem Schattenblau und war voll Friede und Verheißung. Und die Männer pflügten weiter, bis die ganze Erde wie ein einziges Weizenfeld wogte und der See verschwunden war. Dann ließen die Pflüger ihre Geräte ruhen und sahen sich an, was sie geleistet hatten. Und ihre Gesichter waren vom Frieden des fruchtbaren Bodens erfüllt.

Jamuga seufzte im Traum. Ihm war, als strömte die heiße Angst aus ihm und verlöre sich in der fruchtbaren Stille. Jemand sprach zu ihm, aber er vermochte den Sprecher nicht zu sehen.

„Die Erde ist des Herrn", sagte der Unsichtbare. „Immer und in alle Ewigkeit ist die Erde des Herrn."

IX

Mit undurchdringlichem Gesicht ließ Temudschin sich den Brief seines Blutsbruders vorlesen. Kurelen besorgte das für ihn und aus allen Worten hörte Temudschin frohe Gelassenheit.

„Heuer kann ich dir nur vierzig junge Männer schicken, denn der Winter war streng und die Ernte knapp. In diesem Frühjahr werden wir weitere fruchtbar gemachte Flächen bestellen, und da der Fluß aus seinen Ufern getreten ist und das Land bewässert hat, hoffen wir, mehr Weizen als je zuvor zu ernten. Da die letzte Ernte so spärlich ausgefallen ist, kann ich dir leider nicht die gewohnte Menge Getreide schicken. Ich sende dir alles, was ich an Getreide und Männern entbehren kann, denn unser Volk ist auf jede Hand angewiesen, um eine reiche Ernte zu erzielen."

Temudschin sah sich die vierzig jungen Naimanen an. Sie waren kräftig und hübsch, hatten Schwielen an den Händen und sonnenverbrannte, liebenswürdige Gesichter. Ihre militärische Ausrüstung war armselig und vernachlässigt. Temudschin runzelte die Stirn. Jamuga hatte gesagt, daß diese Männer ledig seien. Sie hatten keine Frauen oder Kinder oder Jurten mitgebracht. Allerdings waren die Pferde, auf denen sie ritten, und die Hengste und Stuten, die sie als Tribut gebracht hatten, wohlgenährt, besonders groß und gut gepflegt.

„Das sind keine Soldaten", sagte er mißbilligend. „Es sind nichts weiter als Hirten und Bauern." Mit boshaftem Unterton setzte er hinzu: „Wie sollen Männer die Kriegskunst erlernen, die den Boden bestellt haben?"

„Trotzdem", wandte Kurelen ein, „braucht man Leute, die aufbauen, genauso wie solche, die vernichten."

Er las den Brief zu Ende und machte dabei einen hocherfreuten Eindruck.

„Ich bitte dich, als meinen Blutsbruder, dich mit mir über die Geburt meiner ersten Kinder zu freuen. Es sind Zwillinge, ein Sohn und eine Tochter, Yuzjani und Khati. Die alten Männer nennen sie die Sonne und den Mond, was natürlich maßlos übertrieben ist. Trotzdem bitte ich dich, die Voreingenommenheit eines Vaters zu verzeihen, wenn ich dir sage, daß der Knabe wirklich so kräftig und das Mädchen genauso schön ist, wie diese Gestirne. Ich weiß nicht, welches der Kinder ich mehr liebe. Das Mädchen hat schon heute die Schönheit seiner Mutter, meiner geliebten Yesi, und zeigt bereits die Durchtriebenheit ihres Geschlechts. Sie kann mit mir tun, was sie will. Der Knabe soll Buddhist sein, wie Yesis Großvater, und das Mädchen Christin. Es war ein erhebender Anblick, Buddhisten und Christen ihre Messen im Namen meiner Kinder zelebrieren zu sehen. Meine Frau und ich erkennen dankbar, daß Gott uns seinen Segen erteilt hat, und es gibt nichts mehr, was wir uns noch wünschen könnten."

Kurelen sah zu Temudschins finsterem Gesicht mit dem verschlossenen, brütenden Ausdruck auf. Er entdeckte darin Verachtung und Neid und kalte Unbefriedigtheit.

„Jamuga hat nie nach der Welt verlangt", sagte er zu seinem Neffen.

Temudschin lachte verächtlich auf. „Wer wenig fordert, gibt sich mit leeren Händen zufrieden", erwiderte er. „Eine Frau, Kinder, Herden und Weizen! Was hat er doch für eine enge Seele!"

Kurelen zuckte die Achseln und schwieg. Aber er war beunruhigt, denn er sah, daß Temudschin von wilder Unrast geplagt wurde, und fürchtete für Jamuga, der den Mißgriff begangen hatte, vor den Augen eines Mannes glücklich zu sein, der selbst vom Glück gemieden wurde.

Schließlich sagte der alte Mann: „Du hast recht, Temudschin. Jamugas kleines Leben würde dir niemals zusagen. Du bist ein vom Schicksal Auserkorener, der die Erde besiegen muß und sich nicht mit der armseligen Bestellung des Bodens abgeben kann." Sein Mund verzog sich spöttisch, als er das sagte, und er musterte Temudschin forschend.

Aber aus irgendeinem Grund sah Temudschin nicht aus, als hätten Kurelens Worte ihn besänftigt. Er entfernte sich, warf zürnende Blicke um sich, und selbst seine Krieger und Offiziere zuckten befangen vor ihm zurück. Er ließ sich seinen Lieblingsschimmel bringen und ritt dann wütend in die Einöde hinaus. Er preschte einen niedrigen, grauen Hügel hinan, der mit Tamarisken und verdorrten Dornensträuchern bewachsen war, und ritt auf der anderen Seite wieder hinab. Dort drüben war er allein in einem erstarrten Meer ähnlicher grauer Hügel, die sich leblos unter einem Himmel von stumpfem Silber erhoben. Hier peitschte ihm der Wind Staub und Sand ins Gesicht. Es gab kein Geräusch außer dem des Windes und des ungeduldigen Schnaubens seines Pferdes. Vornübergebeugt saß er reglos im Sattel und starrte düster in die Ferne, eine in einen Mantel gehüllte abweisende Statue, und seine Gedanken waren so leblos und finster wie die Einöde und der Himmel.

Er war hierhergekommen, um seine unruhigen Gedanken zu sieben. Als er jedoch auf seinem Pferd saß, nahm sein Denken die Farbe dieser erstorbenen Welt, dieses leeren, staubigen Raumes an. Der Sturm ächzte rund um ihn, und plötzlich war ihm, als trüge der Wind eine Unzahl verschollener Stimmen mit sich, die verzweifelt Zeugnis von dem ablegten, was einmal in dieser Welt gelebt hatte, die für immer verschwunden war.

Kurelen hatte ihm vor langer Zeit die Sage dieser Einöde erzählt, in der es hieß, daß sich hier einstmals ein mächtiges Reich mit prunkvollen Städten ausgebreitet hatte, die in buntem, bewegtem Leben funkelten und ungeduldig mit tausend Dynastien brodelten. Hier hatte es Tempel und Marktplätze, Akademien und endlose Häuser, Gärten, Teiche und Terrassen gegeben. Hier hatten sich Mauern mit Bronzetoren erhoben, und das Stimmengewirr der Karawanen und des Handels, der Geldwechsler und Kaufleute aus Hunderten von Städten hatte die Luft erfüllt. Wohin waren sie verschwunden? Diese Welt hatte sich wie eine bemalte Handschrift entrollt und war im Staub versunken.

Kurelen hatte gesagt, daß dies das unvermeidliche Schicksal sämtlicher Reiche sei — Staub, heulender Wind und abbröckelnde Leere. Die Siegesfahnen waren geknickt und hinweggefegt worden. Die Säulenhallen der Sieger hatten sich in Steinhaufen verwandelt, über die sich die Vergangenheit gesenkt hatte. Könige waren durch Straßen geritten, die jetzt im Sand vergraben waren, und Sand hatte sich eingenistet, wo ihre Generale in einem Wald aus Lanzen gestanden hatten. Tyrannen und Unterdrückte lagen jetzt Seite an Seite im Grabe des Nichtseins, und Erde füllte ihre Münder. Liebende und Hassende waren gleichermaßen versunken, ohne eine Spur zu hinterlassen. Unzählige hatten hier geweint und gejubelt und nichts war von ihnen zurückgeblieben als der Wind und der alles umspannende Tod.

Ein schrecklicher Blitz durchzuckte Temudschin, und er sagte mit rauher Stimme:

„Was wiegt es dann, was ich tue, was ich anstrebe und erreiche? Vielleicht gewinne ich die Welt, und morgen wird nichts mehr davon übrig sein als Wüste und Stille und der ächzende Wind. Was treibt mich voran? Die Rachsucht? Aber Kurelen hat mir gesagt, daß ein Mensch, den es nach Rache dürstet und der sie auch nimmt, dennoch unterliegt. Neid? Aber so sieht das Ende des Neides aus — diese Öde und die graue, sandbedeckte Leere! Macht? Aber sicher ist das Ende der Macht das Nichts!

So endet denn alles im Tod. Was zählt dann anders als das Heute? Und selbst das Heute ist verloren, wenn es nicht von der Liebe erhellt wird."

Er vernahm seine eigenen Worte und war entsetzt. Das Gefühl gräßlicher Sinnlosigkeit und Leere übermannte ihn. Er schmeckte den trockenen Sand im Mund, und ihm war, als kostete er ihn mit den Lippen seiner Seele. Sein Herz pochte schmerzhaft, und sein Blick verschwamm.

„Azara!" rief er gepeinigt auf. „Wenn du nur bei mir geblieben wärst, wenn wir beisammen sein könnten, dann wäre jeder Tag ein Tag des Lebens und nicht des Todes gewesen! Jede Stunde wäre voll Tiefe gewesen und jede Nacht voll Bedeutung. So aber bleibt mir nichts!"

Er senkte den Kopf. Die Zügel entglitten seinen Händen. Der Hengst fühlte seine Gedanken und begann zu zittern. Der Himmel verfinsterte sich, und die Hügel verloren sich in grauen Schatten. Bleiches, unheimliches Licht überflutete die abweisende Gegend, in der sich kein einziges Lebewesen abzeichnete, und die Welt wurde zu einem Traum, der noch vom Chaos befangen war. Und inmitten dieses Traumes toter Jahrhunderte standen Roß und Mann.

Weshalb setze ich mein Leben fort? dachte Temudschin. Was hat mir die Welt noch zu bieten? Weshalb sind mir nicht Frieden und Liebe vergönnt, wie geringere Menschen sie genießen?

Er hob den Kopf und blickte um sich. Er fühlte das Pochen seines warmen Herzens in diesem alles umfassenden Tod. Er dachte an das, was er bereits getan hatte, und was er noch tun mußte, auch wenn er nicht wußte weshalb. Plötzlich bemächtigte sich seiner eine ungeheure Müdigkeit.

Warum muß ich das alles tun? Ich weiß es nicht. Ich weiß nur, daß eine treibende Kraft in mir wohnt, die so rätselhaft wie das Mondlicht ist, so unwiderstehlich wie der Sturm, so wild wie die Wüste, so grausam wie der Wolf und so schrecklich wie Leben und Tod. Mich verzehrt ein grauenhafter Hunger und das Gefühl grenzenloser Macht.

Aber schließlich bin ich doch nichts weiter als ein Blatt im Winde, eine Feder auf dem Fluß. Ich werde vorangetrieben und weiß nicht wohin. Ich weiß nur, daß ich nicht anders kann.

Ich bin kein Mensch, sondern nichts als Gewalttätigkeit und Chaos. Ich bin ein Teil des weltweiten Umsturzes. Menschen wie ich sind die Geschwister von Vulkan und Woge, von Erdbeben und Sturm. Ich bin Teil des rastlosen Geschicks der Erde und habe so wenig Entscheidungsfreiheit wie jeder andere Teil und bin genauso ausgeliefert.

Wenn ich die niedergerissenen, geschwärzten Mauern der Städte hinter mir lasse und mein Weg von meinen Opfern gesäumt wird, dann kann ich nur eines in Wahrheit sagen: daß meine Seele nicht minder zerrissen und erschüttert ist. Ich bin mein erstes Opfer.

X

Ein Sklave kam auf Jamuga zugeeilt.

„Herr, eine Karawane ist im Anzug und sie trägt die Fahne mit den neun Jakschwänzen!"

Jamugas Herz wurde erst beklommen, dann froh. „Temudschin!" sagte er laut. Sein Atem ging schnell. Er wußte nicht, weshalb ihn gleichzeitig Bangigkeit und Freude erfaßten. Er wollte seine Besucher begrüßen und nahm seine Frau mit.

Der Besuch jedoch, der in Begleitung eines Trupps Krieger und Sklaven kam, war nicht Temudschin. Als Jamuga das erkannte, wurde er sich zuerst schmerzlicher Enttäuschung und gleich darauf eindeutiger Erleichterung bewußt. Der Besucher war Kurelen, der so dicht in Pelze eingemummt war, daß er wie ein alter, trauriger Bär aussah. Bei Jamugas Anblick winkte und rief er.

Jamuga half ihm beim Absteigen, dann umarmte er ihn. „Wie froh bin ich, dich wieder zu sehen!" rief er aus. Er hatte den alten Verwachsenen nie besonders geliebt, aber jetzt leuchtete sein Gesicht in ungeheuchelter Zuneigung auf.

Kurelen spuckte aus. „Mein Mund ist trocken wie ein eingeschrumpfter Schlauch!" sagte er, „und meine alten Knochen klappern. Laß dich ansehen, Jamuga! Du bist nicht um einen Tag älter geworden. So wirkt sich die Zufriedenheit aus. Und eine gute Frau", ergänzte er herzlich, als er Yesi sah, die ihn mit bescheidenem, unschuldigem Lächeln betrachtete.

Sie verneigte sich vor ihm. „Der Freund meines Gemahls ist mir teuer wie ein Vater", antwortete sie mit melodischer Stimme und küßte die dunkle, verkrümmte Hand.

Kurelen war gerührt. Um seine Ergriffenheit zu bemänteln, sah er sich um. Überall blickten ihm lächelnde, zufriedene Gesichter entgegen. Dann führte Jamuga ihn in seine Jurte und ließ Wein und Essen auftragen. Kurelen aß mit unverändertem Appetit und lobte das gute Brot und das Schaffleisch.

„Wir pflanzen unser Korn selbst", erklärte Jamuga stolz.

Plötzlich fiel das Schweigen über sie. Endlich erkundigte Jamuga sich schüchtern: „Und wie geht es Temudschin?"

Kurelen lachte. „Er hat einen ganzen Schwarm von Kindern. Wie ich sehe, hast du nur eine einzige Frau, Temudschin aber unterhält einen Harem. Seine kleinen Töchter sind sehr schön, und wenn er auch von Borteis Söhnen das größte Aufhebens macht, habe ich ihn doch im Verdacht, daß er die Mädchen mehr liebt. Er redet bereits davon, seine ältesten Töchter mit Prinzen aus Kathai zu vermählen. Sein Ehrgeiz kennt keine Grenzen!"

Jamuga hätte brennend gern gewußt, ob Temudschin jemals von ihm sprach. Statt dessen sagte er: „Aber ist er glücklich? Und wohlauf?"

Kurelen zuckte die Schultern. „Manchmal klagt er über seine Leber, aber ich glaube, er ißt einfach zu viel und liebt den Wein zu sehr. Aber das liegt in der Familie. Glücklich? Das glaube ich nicht. Wie kann ein Mensch glücklich sein, den ein Feuer verzehrt? Manchmal sieht er völlig verzweifelt aus, als suchte er Hilfe. Ich frage mich oft, ob diese Perserin, die Tochter Ung Khans, keine zu tiefe Wunde in seinem Herzen hinterlassen hat. Und doch erwähnt er sie niemals."

Jamuga sagte mit einer Spur seiner alten Bitterkeit: „Temudschin hat nie geliebt."

Kurelen zog zweifelnd eine Braue hoch. „Da bin ich nicht deiner Meinung. Dich hat er geliebt, Jamuga. Ich glaube, er liebt dich immer noch."

Jamuga blickte ihn unwillkürlich erwartungsvoll an, aber er sagte: „Das kann ich nicht glauben." Kummer verdunkelte sein Gesicht, und er wandte die Augen ab.

Kurelen legte ihm die Hand auf den Arm. „Du warst schon immer mißtrauisch und ein kalter Zweifler. Trotzdem schien Temudschin erfreut gewesen zu ein, als ich ihn um die Erlaubnis bat, dich zu besuchen. Und in meinen Taschen sind Geschenke für dich und deine Gemahlin."

Er ließ sich seine Taschen in die Jurte bringen und öffnete sie wie ein gönnerhafter Pascha. Yesi, die sie beim Essen bedient hatte, blieb in der Nähe stehen. Sie hatte vergessen, daß sie noch einen Teller in der Hand hielt, und sah mit jugendlicher Neugier zu. Kurelen zog einen prächtigen chinesischen Dolch mit goldenem, türkisbesetztem Griff für Jamuga hervor. Weiters hatte er ein Paar Rentierstiefel mitgebracht, die weich und geschmeidig wie Seide und kunstvoll bestickt waren. Das schönste Geschenk aber bildeten mehrere chinesische Handschriften mit Gedichten und philosophischen Abhandlungen, die einer unglücklichen Karawane geraubt worden waren. Für Yesi gab es gelbe und rote Seide, einen Schal aus feinster rosaroter Wolle, eine Silberkette mit Opalen, Armreifen aus geschnitzter, grüner Jade und eine silberne Phiole mit Rosenöl. Für die Kinder hatte Kurelen Mäntel aus weißem Wolfspelz und klingelnde Silberglöckchen gebracht.

Jamuga war über diese reichen Gaben so gerührt, daß ihm die Worte fehlten, aber Yesi griff mit Entzücken danach. Jamuga sah ihr mit traurigem, liebevollem Lächeln zu. Sie drückte den Pelz an ihr Gesicht, schob sich die Reifen über die Arme. Dann wandte sie sich an ihren Gemahl, und ihre Blicke bettelten um seine Bewunderung. Wieder aber verfinsterten sich seine Züge.

„Hat er mir keine Nachricht geschickt?" fragte er.

Das hatte Temudschin nicht getan, aber das hinderte Kurelen nicht an einer Notlüge. „Natürlich. Ich soll dir ausrichten, daß er sehr mit den jungen Männern zufrieden ist, die du ihm gesandt hast."

Jetzt war Jamugas Interesse wach. „Sind sie glücklich, meine jungen Untertanen?"

Kurelen konnte wahrheitsgetreu antworten, obwohl er wußte, daß diese Antwort Jamuga nicht entzücken würde: „Sie scheinen sehr — begeistert zu sein und entwickeln sich rasch zu ausgezeichneten Soldaten. Temudschin hat sichtlich überrascht bemerkt, daß sie sich leicht an den Kampf gewöhnen."

Jamuga seufzte. „Das hatte ich befürchtet."

„Weißt du noch, Jamuga, daß ich dir sagte, der Krieg liege in der Natur des Menschen?"

„Aber nicht hier!" rief Jamuga leidenschaftlich. „Hier sind sie zufrieden!"

Kurelen nickte ernsthaft. „Das glaube ich dir. Aber vielleicht hast du hier etwas, das Temudschin fehlt. Das ist der Grund meines Kommens: Ich wollte selbst sehen, worin dein Geheimnis besteht."

Jamuga betrachtete ihn mit bleichem Argwohn. „Bist du sicher, daß Temudschin dich nicht hierhergeschickt hat, um mich zu bespitzeln?" Sofort bedauerte er seine Worte, Kurelen aber war nicht beleidigt.

„Nein, du Zweifler. Meine eigene Neugier hat mich getrieben." Er setzte seine Mahlzeit fort. „Temudschin hat viel erreicht. Sein Traum vom Bündnis aller Stämme steht knapp vor der Verwirklichung. Deshalb befürchte ich die Feindschaft Ung Khans, des alten gebeteleiernden Geiers. Es sollte mich nicht überraschen, wenn in Kürze der offene Krieg zwischen den beiden erklärt würde. Aber nein: Offenheit ist in keiner Form Ung Khans Art. Ich habe den Verdacht, daß wir bald auf Verrat stoßen werden."

„Auch mir ist es wohlergangen", erwiderte Jamuga. „Viele der umliegenden Clans haben sich mir angeschlossen. Es sind friedfertige, aufgeschlossene Menschen, die mit unserem Leben zufrieden sind."

Wieder nickte Kurelen. Jetzt konnte er aufrichtig sagen: „Temudschin ist sehr mit dir zufrieden. Du hast in diesem Land gute Arbeit geleistet. Jetzt aber darfst du mir dein Geheimnis verraten."

Es war die Zeit des Sonnenunterganges. Der alte und der junge Mann ritten durch die Zeltstadt auf den Fluß und die Weiden und die Weizenfelder zu. Kurelen sah sich aufmerksam um. Das Volk sah sanft, aber selbstbewußt aus. Die Leute hatte gelassene Gesichter und freundliche Augen. Jeder war beschäftigt, und es herrschte emsiges, aber geruhsames Kommen und Gehen. Die Herden wurden von den Weiden heimgetrieben. Die Frauen gingen mit den Eimern hinaus, und ihnen folgten die Kinder nach. Die Lagerfeuer züngelten empor. Kurelen vernahm den Gesang der jungen Mädchen, das Gelächter der Burschen. Er fühlte die Atmosphäre des friedlichen Tagewerks. Wenn die Leute Jamuga grüßten, dann geschah es mit einem Gemisch aus Stolz und Liebe und jener Achtung, die man aus ehrlichem Herzen zollt. Es war eindeutig, daß sie sich gern vor ihrem Khan verneigten und keine Servilität oder Furcht kannten. Jamuga erwiderte ihre Grüße mit ernster Würde. Hie und da rief er einen Mann oder ein Kind beim Namen oder blieb stehen, um ein paar Worte zu wechseln.

Kurelen bemerkte beeindruckt, daß nirgends aufsässige, gewalttätige Gesichter zu sehen oder schrille, wütende Stimmen und erboste Schreie zu hören waren. Die Kinder wurden nicht mit Hieben zum Schweigen gebracht, und die Frauen warfen ihren Männern keine finsteren Blicke nach. Selbst die Hunde trotteten spielerisch dahin und bellten gutmütig. Ein Mann streichelte den Hals seines Ochsen; eine Frau lehnte an der Flanke einer Stute und redete zärtlich auf sie ein. Andere Frauen klatschten am Lagerfeuer, alt und jung in ungestörter Eintracht.

Das ist ein anderes Volk, dachte Kurelen ungläubig. Das ist eine Rasse, die mir noch nie untergekommen ist. Und er staunte.

Sie gelangten an den Fluß. Die Sonne war hinter den purpurnen Bergrücken in der Ferne versunken. Das Wasser war safrangelb, und die niedrigen, violetten Hügel spiegelten sich darin. Der Osten hatte bereits die Farbe kühler, unnahbarer Hyazinthen. Der Westen aber war lebhaft rot, und Feuerzungen loderten darin auf. Im goldenen, weiten Zenit zitterte die Sichel des zunehmenden Mondes. Neben ihnen längs des Flusses wiegte sich sanft das gelbe Getreide. Über allem stand fruchtbar der Friede und die sanfte Verträumtheit der Ewigkeit.

Jamuga ließ den Blick zum safrangelben Fluß, dann zu den Bergen und schließlich zum Himmel schweifen. Sein Gesicht leuchtete im strahlend goldenen Licht. In seinen Augen schimmerte die Wunschlosigkeit. Er schien Kurelen vergessen zu haben und war in Gedanken versunken, die genauso großartig und gelassen wie die Landschaft waren. Hinter ihm erstreckte sich die Stadt der schwarzen Zelte, die von den roten Lagerfeuern durchzogen war.

Kurelen saß schweigend auf seinem Pferd und atmete den ungestörten Frieden ein. Er sah Jamuga an, der so aufrecht und gerade auf seiner schlanken, grauen Stute saß, und dachte, daß dies ein neuer Jamuga voll Würde und stillem Glanze sei. Ein plötzliches Gefühl der Einsamkeit und Sehnsucht überfiel den alten Krüppel, und mit einem Schlag fühlte er sich klein, dunkel und gemein wie ein Reptil aus einer anderen und grausamen Welt, die sich heimlich auf einem Planeten einschlich, der im blauen, unbewegten Himmel schwamm.

„Worin besteht dein Geheimnis, Jamuga?" fragte er, und seine Stimme klang unerwartet mild.

Jamuga antwortete nicht gleich. Dann aber wandte er lächelnd den Kopf, und in seinen Augen spiegelte sich das Strahlen des Himmels.

„Ich habe kein Geheimnis", erwiderte er. „Friede, Gerechtigkeit, Gnade und Vernunft sind einfache Dinge. Hier sind sie keine Theorie. Wir leben sie jeden Tag.

Bei uns hat jeder Mensch seine Würde. Keiner ist Sklave, sondern ein Mensch, der Achtung verdient. Ist er tugendhaft, tapfer und gütig, dann wird er geehrt. Habgier ist ein Verbrechen, das schwer bestraft wird. Verrat, Grausamkeit und Egoismus sind die Feinde jeder menschlichen Gesellschaft. Gewalttätigkeit ist eine unverzeihliche Sünde, die am ganzen Volk begangen und mit Verbannung bestraft wird.

Kein Mann arbeitet dauernd, sondern nur lange genug, um seine eigenen Herden zu hüten, sein eigenes Grundstück zu bestellen. Bei uns herrscht die Fröhlichkeit, und wir haben viele Unterhaltungen: Rennen, Wettkämpfe in Kraft und Geschicklichkeit, Konkurrenzen im Bogenschießen. Wir wetteifern darum, wer die besten Pferde, die besten Schafe und das beste Rindvieh züchtet. Jeder Mann kann lesen, und die Märchenerzähler haben viel zu tun. Wenn ein Mann nicht hat, was er braucht, beeilt sich sein Nachbar, ihm auszuhelfen. Wir kennen keinen Rang außer dem der Tugend, des Könnens und der Pflicht. Wir mögen einander. Und doch sind wir nicht schwach. Unsere Würde, unsere Gesundheit und das Wissen, daß einer für den anderen wichtig ist, schenken uns Kraft."

Er lächelte freudig erregt.

„Hier betone ich die Wichtigkeit der Beziehung von Mensch zu Mensch und zwischen dem Menschen und dem Boden. Die Priester erklären den Leuten, daß der Mensch eine Bestimmung hat, die bei Gott und in der Zukunft liegt. Was das Leben uns bescheren wird, ist ein Geheimnis, an dem wir teilhaben. Wir sind eins mit der Vergangenheit, aber auch mit dem Morgen, und wer könnte behaupten, daß das Morgen nicht auch uns gehören wird? Das Leben ist ein Fluß, der vom Gestern ins Heute und in die unabsehbare Zukunft strömt, und wir sind dieser Fluß des Lebens, in dem sich die Berge und der Himmel mit der heutigen Sonne spiegeln, der sich jedoch nicht ändert und ewig ist. Unser Volk fühlt, daß ihm die Zukunft ebenso gehört wie die blutwarme Gegenwart. Wir erleben ein Abenteuer, aber es ist ein Abenteuer in Gott und im Wesen der Menschen und der Erde. Unsere geheimnisvolle Freude ist so unendlich wie die Zeit und der Himmel. Wenn wir sterben, sagen wir zu den Zurückbleibenden: ‚Auf morgen!‘ Und wir wissen, daß dieses Morgen kommt, und kennen keinen Schmerz.“

Er schwieg. Mit völlig verändertem Gesicht sah er Kurelen an, und dieser wußte, daß Jamuga nicht ihn, sondern ein Bild jenseits der Erde sah.

„Wir haben eine Vision“, sagte er. „Eine Vision Gottes, ohne den der Mensch zugrunde gehen muß, ohne eine Spur zu hinterlassen.“

Kurelen vermochte nicht zu sprechen. Er sagte sich vor, daß er verrückte Worte aus dem Mund eines Irren vernommen hatte. Eine Vision Gottes! Welche Abwegigkeit! Eine Enthüllung der Ewigkeit, in der sich alles bis auf Gott und den Menschen wandelte, die ewig und untrennbar waren! Man konnte das nicht verstehen. Es war eine Verletzung der unbarmherzigen, blutigen Wirklichkeit, die in einem rauhen Heute fußte.

Und doch vermochte der alte Krüppel nicht zu sprechen. Er sah plötzlich mit blendender Klarheit, was dieses Bewußtsein Gottes, dieses Bewußtsein seiner Gegenwart bedeuten konnte. Lange Zeit verharrte er in dieser Erkenntnis, und ihm war, als lösten sich sein Körper und seine Seele darin auf, und er wurde sich seiner Seligkeit und seines Friedens bewußt, der ihn beinahe auslöschte. Sein Ich war verschwunden, und er schwamm in einem Element, das von der Verzückung erhellt war, in dem es keine Furcht gab und der Mensch ins Unendliche wuchs und die Ewigkeit durchschaute.

Er schüttelte den Kopf und schloß die Augen. Als er sie wieder öffnete, hatte er das Gefühl, aus mächtigen, strahlenden Höhen in einen finsteren Abgrund gestürzt zu sein, in dem der

Schrecken hauste und obszöne Gestalten sich lüstern regten. Spuren dieser Dunkelheit waren über Jamugas Gesicht geglitten.

„Jetzt verstehe ich", sagte er leise, „weshalb meine jungen Männer bei Temudschin so leicht zu Krieg und Gewalttätigkeit neigen. Sie haben ihre Vision verloren und vergessen, welches Abenteuer das Leben ist."

Als Kurelen zurückkehrte und Temudschin sich nach Jamuga erkundigte, hätte er am liebsten gesagt: „Ich komme aus einer anderen Welt, und was ich dort sah, läßt mir unsere Welt haltlos und abstoßend, mißgünstig und kleinlich erscheinen."

Statt dessen aber antwortete er, um Jamuga nicht zu schaden: „Es geht ihm gut und er erzieht sein Volk zur Liebe und Ergebenheit zu dir."

Er bangte nicht länger um Jamuga, denn er wußte, daß der gegen Unglück gefeit war. Oder zumindest hoffte er das.

XI

Kurelen, Chepe Noyon und Subodai waren die Lehrer von Temudschins Söhnen. Die Kinder mußten sich all das überlieferte Wissen aneignen, das diese drei Männer erworben hatten. Sie mußten die fremden Schriftzüge Kathais schreiben lernen und viel über die goldenen Kaiser Kathais, die Söhne des Himmels, lesen.

Juchi war Kurelens Schüler. Er war ein launenhaftes, widerspenstiges Kind mit verdrossenen Augen und tiefer, kehliger Stimme, die er selten hören ließ. Kurelen liebte ihn nicht besonders, aber er unterrichtete ihn, so gut er konnte, und hatte oft Anlaß, stolz auf ihn zu sein. Juchi lernte leicht und besaß einen unerbittlich logischen Verstand. Von frühester Kindheit an haßte er seinen Vater Temudschin und war auf jedes kleinste Vorrecht seiner Brüder bitter eifersüchtig. Er war sowohl Borteis als auch Kasars Liebling.

Temudschin verließ sein Lager häufig. Der König zu Pferde ritt durch seine ausgedehnten neuen Gebiete, hielt kurz an, um mit seinen Tarkhanen zu sprechen und Befehle zu erteilen. Seinem scharfen Blick entging nichts, und überall begegnete ihm Ordnung, was ihn mit tiefer Genugtuung erfüllte. Persönliche Freiheit gab es längst keine mehr. An ihrer Stelle stand sklavischer, widerspruchsloser, blitzschneller Gehorsam. Aber dafür gab es Disziplin und Treue, und die wünschte er. Da er von Natur aus wild, unergründlich, grausam und heftig war, blickten die einzelnen Clans, der neue Bund der Gobi, in abergläubischer Angst und Ehrfurcht zu ihm auf.

Seine mächtige Erscheinung beherrschte das Ödland, und sein Schatten reichte bis zu den Untertanen Ung Khans. Zwischen ihm und Ung Khan herrschte redseliger Friede, und ständig tauschten die beiden liebevolle Briefe und Geschenke untereinander aus. Ung Khan aber ließ den Blick über Steppe und Wüste schweifen und wußte, wo sein Feind hauste. Die beiden Völker standen einander zu beiden Seiten gigantischer Landstriche wie zwei kampfbereite Armeen gegenüber.

Ung Khan berief all seine Söhne und auch seinen Lieblingssohn Taliph zu sich. Er musterte sie lange Zeit forschend, schürzte seine alten, verrunzelten Lippen und kniff die eingefallenen Augen zusammen.

„Was sollen wir mit Temudschin, dem grünäugigen Hund von einem Mongolen, anfangen?" fragte er.

„Ihm den Krieg erklären und ihn unverzüglich vernichten!" rief einer seiner Söhne.

„Augenblicklich seinen Gehorsam und seine Unterwerfung verlangen", schlug ein anderer vor.

Die übrigen schrien laut und verächtlich durcheinander. Wer war dieser ungebildete Köter, der sich plötzlich zu einer Bedrohung entwickelt hatte?

Taliph aber schnitt eine Grimasse und sagte: „Wir haben ihn zu mächtig werden lassen. Weil die Kaufleute und Handelsherren ihre Gewinne lieben, haben wir ihn ermutigt, ihn wortreich bewundert, ihn wohlhabend gemacht und ihn seine Ziele verfolgen lassen. Nun ist aus dem Hund, der uns diente und den wir herablassend bewunderten und hätschelten, ein Wolf geworden, der uns die Zähne zeigt. Es ist unser eigener Fehler."

Ung Khan ließ sich von niemandem außer von Taliph beraten.

„Was sollen wir tun?" fragte er.

Taliph überlegte. „Ihm offen den Krieg zu erklären, wäre un-klug. Wir müssen ihn unterminieren, seinen Einfluß zerstören. Oder ihn zumindest beschränken. Man muß ihm unverzüglich zei-gen, daß er weit genug gegangen ist. Wie wäre es mit einer ver-hüllten Drohung?"

Ung Khan schnaufte. „Drohungen! Hast du ihn denn verges-sen, Taliph? Bestien wie ihn spornen Drohungen nur an."

Taliph spreizte anmutig die Hände. „Dann untergrabe seine Macht. Schicke Geheimboten in seine Clans. Suche die Mitarbeit seiner Tarkhane und Statthalter zu gewinnen. Das ist eine lang-wierige Aufgabe. Dennoch ist Verrat bedeutend vorteilhafter als ein offener Krieg, der uns —" und er legte eine bedeutsame Pause ein, „keinerlei Vorteil bringen mag.

Die Merkiten hassen ihn, obwohl viele Stämme ihres Volkes unter seinem Banner dienen. Auch die Naimanen hassen ihn, wenngleich er auch viele von ihnen seinen eigenen Scharen einver-leibt hat. Die Taijuten werden mit Freuden nach einer Möglichkeit greifen, ihn zu verraten. Die Tataren haben ihn nie geliebt. Schicke ihnen allen deine Boten.

Ich selbst biete dir meine Dienste an. Ich werde die intelligente-ren unter den Tarkhanen aufsuchen. Schicke meine Brüder zu den weniger klugen. Unser Vorhaben wird lange dauern und schwierig sein. Aber es ist der beste Weg."

Dann fügte er hinzu: „Säe Unzufriedenheit und Mißtrauen in seine Clans. Auf diese Weise werden wir die Einheit aushöhlen, die er aufgebaut hat. Und wenn sie erst nicht mehr besteht, ist er nichts weiter als ein hilfloser Flüchtling."

Ung Khans Gesicht verwandelte sich zu einer Maske des ewig Bösen. „Welchen Genuß würde es mir bedeuten, ihn in Ketten vor mich schleifen zu lassen!" Er überlegte. „Wir stehen vor einer gefährlichen und schwierigen Aufgabe, die uns Klugheit und Scharfsinn abverlangen wird. Was waren wir doch für Narren! Wir haben ihn gedungen, damit er uns vor jeder Bedrohung be-wahrt, und jetzt müssen wir uns selbst vor der wachsenden Gefahr seiner Existenz schützen. Du hast ganz recht, Taliph. Ich werde deinen Rat befolgen."

Ein zweiter Gedanke beunruhigte ihn. „Auch in unserem Volk gibt es Leute, die ihn bewundern und lieben. Bin ich erst tot, dann wird das Erbe meiner Söhne in alle Winde zerstreut werden, wenn er nicht bezwungen ist. Wir müssen handeln. Dieser Hund muß sterben."

Taliph konnte den trüben Gedanken seines Vaters eine gute Nachricht entgegenhalten. „Östlich des Baikalsees greift das Volk bereits gegen sein westliches Bündnis zu den Waffen. Schicke unverzüglich Boten zu ihnen. Sie werden sofort unsere Partei gegen ihn ergreifen. Bisher waren sie stets unsere Feinde, jetzt aber bietet sich die Gelegenheit dazu, sie zu unseren Verbündeten zu machen. Ha! Je besser ich es überlege, desto einfacher erscheint es mir! Ich fürchte, wir haben unserem mongolischen Bruder zu große Bedeutung beigemessen."

So beugte Ung Khan sich dem Rat seines klugen Sohnes. Unerkannt ritten die Boten zu den unbesiegten Stämmen der Merkiten, Tataren, Naimanen, Taijuten und anderen aus. Nirgends fiel es ihnen schwer, zu überzeugen. Bei den einzelnen Clans des Bundes allerdings war die Aufgabe nicht mehr so einfach, denn die dienten Temudschin mit fanatischer Ergebenheit. Die Kundschafter mußten ungemein vorsichtig sein, laut die Treue und Ergebenheit der Stämme bewundern und sich als Besucher ausgeben, die nichts weiter als mit eigenen Augen sehen wollten, was bisher geschehen war.

Trotzdem gelang es ihnen bei vielen Stämmen, Mißtrauen, Zweifel und Bedenken zu erwecken.

Das Volk östlich des Baikalsees vernahm ihre Botschaft nur zu gerne, und es dauerte nicht lange, da hatten sie sich zu Verbündeten Ung Khans erklärt.

Die Naimanen, die das kultivierteste Volk der Gobi waren, überließ Ung Khan seinem Sohne Taliph.

Taliph war von Spitzeln bestens über Jamuga Sechen unterrichtet. Und Jamuga war einer der ersten Tarkhane, die er aufsuchte.

XII

Als die reiche, prächtige Karawane beim Lager der Naimanen haltmachte, erkannte Jamuga seinen vornehmen Besucher nicht sogleich. Er hatte Taliph nur ein einziges Mal gesehen, und das lag bereits viele Jahre zurück. Aber er hatte den verbindlichen, höflichen Prinzen in bester Erinnerung behalten.

Er entschuldigte sich wegen der schmucklosen Einfachheit seines Lagers, aber Taliph winkte mit eleganter Hand ab.

„Ich versichere dir, Jamuga Sechen, daß ich in meinem Inneren ein schlichter Mensch bin. Du lächelst, aber es ist, wie ich dir sagte."

Seine guten Manieren, sein zuvorkommendes Lächeln, seine aristokratischen Gebärden gewannen Jamuga für sich, der nur wenig Erfahrung mit Edelleuten hatte. Taliph bewunderte Jamugas Schätze und war tatsächlich über Jamugas guten Geschmack erstaunt. Er erkannte, daß Jamuga Kultur und Unterscheidungsvermögen besaß. Vor allem aber erfaßte er, daß Jamuga ehrlich und durchsichtig wie Wasser und ohne Arglist oder Verschlagenheit war. Das ermutigte ihn ungemein. Keiner läßt sich leichter betrügen als ein ehrlicher Mensch.

„Ich kenne die Steppen nur wenig aus eigener Erfahrung", bekannte er offen. „Um so angenehmer bin ich überrascht, unter den Barbaren auf einen derart kultivierten Mann zu stoßen." Er wählte seine Worte schlau, da er wußte, daß ein solches Lob wie Honig und schwerer Wein durch Jamugas Kehle floß, den er für eitel und eingebildet hielt, wie es die meisten scheuen, schweigsamen Menschen sind, und wußte, daß solchen Leuten nichts besser behagte, als von jenen, die sie insgeheim beneideten und bewunderten, als ihresgleichen behandelt zu werden.

Er erzählte seinem Gastgeber, daß er sich auf dem Weg nach Bokhara befände. Jamuga war von der demokratischen Haltung eines so mächtigen Prinzen entzückt. Seine Eitelkeit war geschmeichelt. Taliph benahm sich ohne den geringsten Hochmut. Er lachte und plauderte, als stünde Jamuga ihm in Abstammung und Position um nichts nach. Jamuga, der sofort überall verborgene Herablassung witterte, fand nichts, was seinen Argwohn erregen konnte. Das Herz ging ihm auf. Er sprach angeregt und erfreut und fühlte, daß ein altes, starres Schloß von seinen Lippen gefallen war. Und wie die meisten Menschen seines Schlages redete er nun, da seine Hemmung beseitigt war, bedeutend mehr, als es ein besserer Menschenkenner getan hätte.

In der Nacht nach Taliphs Ankunft saßen sie schmausend an Jamugas Lagerfeuer. Yesi staunte über Jamugas häufiges offenes Lachen. Sie sah auch, daß ihr Mann, der sich nicht viel aus Wein machte, reichlich trank. Ohne einen Grund dafür nennen zu können, war sie ängstlich. Die unschuldige, unerfahrene Frau ahnte eine unklare Gefahr.

Scheu blieb sie in Jamugas Nähe und fürchtete, daß er in ihrer Abwesenheit eine Indiskretion begehen könnte, obgleich sie nicht wußte, was er eigentlich verraten sollte. Aber sie traute Taliph nicht, und etwas protestierte in ihrem ruhigen Herzen, wenn sein Blick sie streifte, als hielte er sie für einen Hund oder ein anderes Tier, aber keinesfalls für ein menschliches Wesen. Wenn sie ihn bediente, betrachtete er sie ungeduldig und schickte sie dann mit einem Wink fort. Ihre Anwesenheit machte ihn nervös. Seine Haltung verriet unmißverständlich, daß er in ihr eine Sklavin sah, die weniger Bedeutung als eine Fliege hatte.

Ihr schlanker Leib rundete sich wieder unter der Last eines ungeborenes Kindes, und ihr Gesicht war blaß vor Anstrengung und Müdigkeit. Dennoch saß sie entschlossen im spärlich beleuchteten Hintergrund. Ihre Augen glühten fiebrig im Feuerschein, und ihre schlanken Hände umklammerten fest die Knie. Sie horchte angespannt zu und feuchtete die Lippen an, denen eine namenlose Angst die Farbe geraubt hatte.

Sie vermochte den Blick nicht von Taliph mit dem schmalen, vornehmen Gesicht, den schlauen Augen und dem heiteren Lächeln zu wenden. Er trug einen roten Fez, der ihm ein verschlagenes Aussehen verlieh. Seine Bluse war aus feinster weißer Seide, und um den Hals hing ihm eine goldene Kette. Seine Hose war purpurrot und in seinem Gürtel steckte ein juwelenbesetzter Dolch. Er war stark parfumiert und führte ab und zu ein duftendes Taschentuch an seine lange, dünne Nase. Bewegte er die Füße, dann fing sich das Licht in seinen edelsteinbesetzten Stiefeln aus weichem rotem Leder. Der neben ihm sitzende Jamuga sah in seinem blau-weiß gestreiften Wollrock und der Hose, die er in derbe Stiefel aus Wildleder geschoben hatte, schlicht und elementar wie die Erde selbst aus. Er trug keinerlei Schmuck, und seine Hände verrieten die Landarbeit. Aber sein Haupt erhob sich stolz und erhaben und seine Augen schimmerten im Feuerschein blau wie Hyazinthen.

Nichts konnte huldvoller und vertraulicher als Taliphs Verständnis sein, als er Jamuga zuhörte, der ihm vom Frieden und der Beschaulichkeit seines Lebens und dem freundlichen Gehaben seines Volkes erzählte. Yesi aber sah, wie die schwarzen Augen des Türken in spöttischer Belustigung funkelten, auch wenn er noch so aufmerksam lächelte und den Kopf senkte. Manchmal musterte er Jamuga für einen flüchtigen Augenblick mit dem ungläubigen Grinsen eines Menschen, der einen Verrückten vor sich hat.

Nachdem Jamuga geendet hatte, schwieg Taliph lange still. Er schien in tiefes Nachdenken versunken zu sein. Ein Ausdruck schmerzlichen Bedauerns erfüllte sein Gesicht.

„Jamuga Sechen", sagte er schließlich mit bekümmerter Stimme, „viele haben gleich dir geträumt, und ihr Traum ist in Blut und Finsternis versunken. Genau wie es deiner tun muß."

„Was meinst du damit?" fragte Jamuga verschreckt.

Taliph seufzte und sah Jamuga sichtlich überrascht an. „Weißt du es denn nicht? Ein Krieg, wie die Gobi ihn noch nie erlebt hat, steht knapp vor seinem Ausbruch. Das habe ich zumindest sagen hören. Es heißt, daß das Volk östlich des Baikalsees Angst vor Temudschins steigender Macht und dem neuen Bund der Gobi hat, und ihn binnen kurzem angreifen wird oder daß sein eigener Ehrgeiz ihn dazu treiben wird, den ersten Schlag zu führen. Jedenfalls wird es zu einer fürchterlichen Auseinandersetzung kommen. Dann wird Temudschin von all seinen Tarkhanen verlangen, daß sie sich an seinem Kampf beteiligen und ihm nicht nur sich selbst, sondern auch all ihre männlichen Untertanen zur Verfügung stellen."

Er zuckte bedauernd die Achseln. „In dem allgemeinen Schrekken und Machtkampf wird der Traum vom friedlichen Leben in diesem Tal zugrunde gehen. Denn Clan wird sich gegen Clan erheben, Bruder gegen Bruder und Volk gegen Volk. Ödland und Steppe werden vom Kampfgetümmel widerhallen. Unzählige werden fallen und die Gewaltherrschaft wird über die Gobi dahinbrausen. Vielleicht wird Temudschin siegen. Aber wem nützt ein Sieg, wenn die Menschen tot sind? Und falls er siegt, wird das nur sein Verlangen nach neuen Gemetzeln, neuen Opfern, neuer Macht anregen."

Jamuga saß bleich und reglos wie eine Statue da und hörte seinen Gast an. Er wußte, daß Taliph die Wahrheit sprach, und wußte auch, daß er in seinem Innersten genau das erwartet hatte. Wie ein drohender Sturm hatte dieser Krieg am Horizont seines ruhigen, strahlenden Lebens gelauert. Jetzt stand er unmittelbar bevor. Er erbleichte noch mehr. Seine Augen waren erloschen wie die eines Toten.

Er dachte an die Tausenden seines zufriedenen, glücklichen Volkes, die brüderlich nebeneinander lebten. Er dachte an ihre Frauen und Kinder, an die frisch bestellten Kornfelder und die Herden und die grünen Weiden. Und dann befiel ihn eine gräßliche Erschütterung, die sein Herz wie mit eisernen Händen umklammerte. Der Schweiß brach auf seinem weißen Gesicht aus.

Gequält schrie er auf: „Einerlei, worum es geht, ich werde mein Volk nicht opfern! Ich habe mit niemandem Streit! Ich werde niemanden unterstützen, nein, nicht einmal Temudschin, wenn es darum geht, zu zerstören, zu plündern und zu verwüsten! Er jagt einem Wahngebilde nach, und dafür wird mein Volk nicht sterben!"

Er sprang auf, warf wild die Arme empor, und seine weit aufgerissenen Augen glühten.

„Immer schon hat dieser Wahnwitz, dieser Durst nach grenzenloser Macht ihn beherrscht! Haß und Gier treiben ihn voran. Er braucht Opfer, um sie zu befriedigen. Nie hat er geliebt oder gedient und nie sich nach Frieden und Güte gesehnt. In seinem Herzen brennt ein Feuer, das die ganze Welt in Flammen setzen und mit Tod erfüllen wird.

Er steht für alles, was Elend und Tod bedeutet, er ist eine Seuche der Seele und eine Hungersnot des Geistes. Er haßt jeden Menschen und jedes Lebewesen. Sein Glück besteht darin, die Hilflosen zu zermalmen, ihnen ihre Herden und Schätze zu entreißen und das Schluchzen ihrer Frauen zu hören. Der Terror ist sein Schwert und der Irrwitz sein Roß!"

Er begann haltlos und trocken zu schluchzen. Im Hintergrund schlug Yesi sich die Hände vor den Mund, um ihre eigenen Tränen zu unterdrücken.

„Warum hat Gott diesen Moloch erstehen lassen, um die Erde ins Unglück zu stoßen? Warum wird er nicht zerschmettert und vom Erdboden gefegt?"

Taliph hörte sich Jamugas Ausbruch an und war mit dem Ergebnis seiner Worte sehr zufrieden. Aber er machte ein ernstes Gesicht und wandte den Kopf ab.

„Ich weiß es nicht", sagte er gramerfüllt.

Jamuga stand in bebendem Schweigen und sah sich mit aufgerissenen Augen um, als fürchte er sich vor unsichtbaren Feinden. Dann begann er abermals mit der leisen, zitternden Stimme eines Mannes zu sprechen, dessen Seele bis ins Tiefste verletzt worden war:

„Ich habe einzig dem Frieden und Glück, der Liebe und Zufriedenheit gelebt. Mein Volk verlangt nichts weiter als das Brot, das es ißt, und die Frauen und Kinder in den Jurten. Was hat es getan, um derart heimgesucht zu werden?"

Er setzte ab und sprach dann leidenschaftlich weiter:

„Sie sollen nicht für diesen Besessenen sterben! Sie sollen ihm nicht bei seinem Vernichtungswerk helfen! Ich werde sie weit von hier fortführen —!"

Hier fiel der listige Taliph ihm schmeichelnd ins Wort:

„Aber oft müssen die Menschen für Frieden und Sicherheit kämpfen. Würdest du zögern, dich jenen anzuschließen, die das Volk vor Temudschins Schwert retten möchten?"

Jamuga rang nach Worten. Er atmete schwer. Seine fiebrigen Augen aber hefteten sich auf Taliphs Gesicht.

Taliph fuhr sanft fort: „Gibt es denn nicht auch Schlachten, die es wert sind, ausgetragen zu werden?"

Jamugas Mund bebte. Er sah aus, als hätte der Schlag ihn gestreift.

Taliph sagte: „Seinem Vorstoß muß ein Riegel vorgeschoben

werden. Es heißt, jetzt oder nie. Die Geschichte der Tyrannen ist jene der Kleinmütigen, die sich ihnen nicht entgegenstellen."

Jamuga sprach mit leiser, versagender Stimme:

„Ich werde mein Volk fortführen. Aber wenn wir angegriffen werden, dann werden wir kämpfen."

„Allein? Warum verbündest du dich nicht mit jenen, die Temudschin zum Kampf herausfordern? Nur sie bieten dir Sicherheit. Was vermagst du allein gegen ihn auszurichten?"

„Ich sagte bereits, wir werden fliehen. Wir werden nur kämpfen, wenn man uns angreift."

Taliph schob verächtlich die Lippen vor. „Eine sinnlose Geste, die nur Opfer fordert. Er wird euch alle innerhalb einer Stunde dem Erdboden gleichmachen."

Da wandte Jamugas Wut sich einem anderen Ziele zu, und er rief anklagend:

„Ihr seid es, die dieses Geschick über die Völker Asiens heraufbeschworen habt! Ihr habt ihn ermutigt, unterstützt, ihm geholfen, weil eure Selbstsucht euch dazu getrieben hat. Ihr habt ihm gestattet, zu rauben und zu plündern und habt euch die Beute mit ihm geteilt und wart zufrieden, wenn ihr nur euren Anteil abbekommen habt und er eure Karawanen und Reichtümer beschützt hat! So oft er schwächere Völker überrannt und unterworfen hat, habt ihr bloß die Schultern gezuckt und ihm nicht Einhalt geboten, weil ihr glaubtet, je mehr Völker er ausrottet und unterjocht, desto sicherer werdet ihr sein.

‚Er ist unser Freund, der Hüter unserer Interessen', habt ihr gesagt. Und jetzt ist er dank eurer Hilfe mächtig geworden. Der Hund, der eure Pforten bewachte, bedroht jetzt euer eigenes Haus. Wie deutlich ist mir jetzt alles! Er hat den Schatten seines Hasses und Machthungers auf eure Städte geworfen; er steht vor euren Mauern!

Ihr seid die Schuldigen! Ihr habt den Käfig aufgeschlossen und das Ungeheuer auf die Welt losgelassen!"

Von Miene und Worten Jamugas beunruhigt, war Taliph unwillkürlich aufgestanden. Er sah Jamuga fest in die funkelnden Augen und preßte die Lippen zusammen. Dann sagte er leise und brutal:

„Und was, wenn du recht hast? Sollen wir ihm gestatten, seine Macht weiter zu verstärken, selbst wenn wir in unserer Kurzsichtigkeit ihn dabei unterstützt haben? Für Vorwürfe ist es zu spät. Die Stunde der Entscheidung ist gekommen. Selbst wenn wir die Dummheit begangen haben, mußt auch du dich heute am Kampf beteiligen."

Jamuga ließ den Kopf auf die Brust sinken und stöhnte laut.

„Aber mein armes Volk trifft keine Schuld!"

Taliph legte ihm mit trauriger, tröstlicher Geste den Arm um die Schulter.

„Aber die Schuldlosen haben ihre Unschuld, die sie aufrichtet. Es ist zu spät für Selbstanklagen. Wir haben uns der Dummheit schuldig gemacht. Du mußt uns jetzt helfen, diese Dummheit gutzumachen und den Frieden der Welt wieder herzustellen und zu erhalten. Wir müssen unsere Gier und Kurzsichtigkeit und unsere Selbstgefälligkeit mit unserem eigenen Blut fortwaschen. Und wir verlangen das Blut der Schuldlosen in diesem allgemeinen Opfergang."

Nüchtern ergänzte er: „Wenn wir nicht kämpfen, werden wir überrannt werden, Schuldige und Unschuldige ohne Unterschied. Wir sind es, die diese Gefahr heraufbeschworen haben. Du siehst, wie offen ich mit dir spreche. Aber die Gefahr bedroht dich heute ebenso wie uns. An dir ist es, zu entscheiden, ob du dich uns anschließen willst, um ihm zu trotzen und ihn zu unterdrücken, oder dich an seine Seite zu stellen und ihn dabei zu unterstützen, das Ende der Welt herbeizuführen."

Er fuhr fort: „Ein Narr öffnet dem Tiger den Käfig. Der Tiger rennt los und verschlingt alles. Er wird in seiner gewonnenen Freiheit die Weisen wie die Dummen reißen. Ist es dann richtig, wenn die Weisen sagen: ‚Dieser Tiger geht uns nichts an, wir haben ihn nicht losgelassen?' Tatsache ist, daß der Tiger entsprungen ist und in deine Städte ebenso wie in unsere einfallen wird. Deine Weisheit wird seine Wildheit nicht besänftigen."

Jamuga erwiderte nichts. Nach kurzem Schweigen sagte Taliph: „Hilf uns, den Tiger zu vernichten."

Jamugas Züge verwelkten in der Flamme seiner Qual. Aber er sah Taliph offen in die Augen.

„Ich werde euch dabei helfen", sagte er.

Taliph lächelte und streckte ihm die Hand entgegen. „Du bist so tapfer, wie du weise bist."

Jamuga sah Taliphs Hand an. Ihn schauderte und er schlug sie aus.

„Deine Hand ist so schuldbeladen wie seine! Ich will sie nicht."

Plötzlich schien ein fürchterlicher, rätselhafter Kummer ihn zu verzehren, den Taliph nicht begreifen konnte.

XIII

Nach Naturell und Herkunft selbst Nomade, war Ung Khan oder Wang Khan, wie er jetzt hieß, sich der sonderbaren und unheimlichen Art, in der sich die geheimsten Gerüchte wie der Wind über Steppe und Wüste verbreiteten, wohl bewußt.

Er wußte, daß es nicht lange dauern würde, ehe Temudschin von seinen verräterischen Umtrieben erfuhr. Deshalb arbeiteten seine Kundschafter und Boten mit fieberhafter Hast. Und es währte nicht lange, da wußte Ung Khan, daß Temudschin die Situation durchschaut hatte und wußte, daß die Völker östlich des Baikalsees bereit waren, zusammen mit den Koraiten und den übrigen unbesiegten Völkern der Gobi zuzuschlagen, um ihn zu vernichten.

Ung Khan wartete hämisch und gespannt ab. Würde Temudschin als erster zuschlagen und Zuflucht zu einem raschen Angriff nehmen, der die Völker, die noch nicht an den totalen Krieg gewöhnt waren, demoralisierte? Oder würde er den ersten Schritt seiner Feinde abwarten?

Dann erhielt Ung Khan eines Tages ein Schreiben seines Pflegesohnes. Es wurde ihm von drei dunkelhäutigen, gedrungenen Kriegern mit den scharfen Augen von Falken überbracht.

„An dem Tag, an dem Dein eigener Bruder Dich mit Mordabsichten verfolgte, o mein Pflegevater, ist mein eigener Vater Dir beigesprungen und hat Dir Zuflucht und Schutz gewährt. Und wurdest Du darauf nicht sein Blutsbruder und hast Du nicht mit ihm unter der gleichen Decke geschlafen und ihm und seinen Kindern ewige Freundschaft geschworen?

Hast Du mir nicht beim heiligen schwarzen Fluß geschworen, daß Du niemals ein böses Gerücht über mich, Deinen Pflegesohn, glauben würdest, sondern daß wir uns jederzeit zusammensetzen und jedes Mißverständnis zwischen uns aufklären würden?

Bin ich nicht eines der Räder Deiner Kibitka? Und ist es nicht nur der Törichte, der mit dem Werkzeug streitet, das sein Haus stützt und es aus der Gefahr fortträgt?

Es heißt, daß Du mich eines grenzenlosen Ehrgeizes verdächtigst. Es stimmt, daß ich vor langer Zeit vor Dir prahlte, aber ich dachte, Du hörtest mich zärtlich an, wie ein Vater den Worten seines Lieblingssohnes lauscht und weiß, daß Jugend dazu neigt, den Mund zu voll zu nehmen. Aber gab ich Dir jemals Anlaß zu dem Argwohn, daß es mich nach Deiner Macht gelüstet und daß ich mich des Erbes Deiner Söhne bemächtigen möchte? Bin ich nicht über Deine Aufforderung mit all meinen Kriegern zu Dir geeilt und wollte nichts anderes, als Dir dienen?

Habe ich nicht den Straßen und Deinen Karawanen Sicherheit geschenkt und Deine Truhen mit Schätzen gefüllt? Und habe ich mehr verlangt, als Deine Liebe und Hilfe und eine bloße Handvoll Münzen?

Und jetzt höre ich, daß Du mir zürnst und das Volk gegen mich aufwiegelst und daß Du mich vernichten willst. Warum lodert Deine Wut wie Flammen gegen mich auf? Warum hat sich Dein Herz verdunkelt und gegen Deinen Sohn gestellt?

In tiefem Kummer versunken sitze ich in meiner Jurte.

Ich habe nur die eine Hoffnung, daß Du mir eine Botschaft schicken wirst, daß alles, was ich von Spitzeln und Ränken, von Verrat und vom Haß vernommen habe, Lüge ist, und daß Deine Liebe zu mir unerschütterlich und voll Vertrauen ist."

Ung Khan vermochte kaum seinen Augen zu trauen. Er kreischte und kicherte in schadenfroher Begeisterung.

Dann las er weiter:

„Mit Deiner Hilfe bin ich stark und mächtig geworden. Meine Krieger stehen wie Riesen in Wüste und Steppe. Ihr Hufklang erschallt wie Donner, und die Erde verdunkelt sich unter ihrem

Schatten, so zahlreich sind sie. Wo immer ihre Scharen auftauchen, verneigen sich unzählige vor ihnen und erkennen ihre Unbezwinglichkeit an. Sie sind ergeben, furchtlos und grimmig und bereit, für mich zu sterben.

Sie leben einzig, um mir zu dienen, diese vielen Tausende mächtigen Männer. Und ich lebe nur, um Dir zu dienen und die Ordnung aufrechtzuerhalten, die für Dein Wohlergehen nötig ist."

Wang Khan quietschte wie ein aufgeregter Affe. „Der Hund zittert in seinen eigenen Exkrementen! Er duckt sich winselnd vor mir! Nie habe ich einen so feigen, sklavischen Brief gelesen! Das ist mehr, als ich zu erhoffen wagte. Wir haben ihn in der Hand!"

Einer seiner Söhne namens Seng-Kung rief empört aus: „Wie wagt dieses Schwein, dich, meinen Vater, ‚Vater‘ zu nennen! Das ist eine Beleidigung, die sich nur mit seinem Blut reinwaschen läßt!"

Aber Taliph las den Brief noch einmal durch. Als er ihn beendet hatte, ließ er ihn in seinen Fingern hin und her rollen und kniff die Augen zusammen.

„Freue dich nicht zu früh, mein Vater. Ich habe in diesem Brief vieles gelesen, was dir offenbar entgangen ist. Zum Beispiel habe ich eine Drohung herausgelesen. Eine höchst gefährliche Drohung. Das ist nicht der Brief eines Feiglings, sondern eines sehr ernst zu nehmenden unerbittlichen Feindes."

Wang Khan starrte ihn ungläubig an, und der Mund blieb ihm offen. Seine anderen Söhne zischten verächtlich und geringschätzig.

„Drohungen!" schrie der alte Mann. „Du bist von Sinnen, Taliph."

Taliph schüttelte den Kopf und lächelte schmallippig. „Nein, ich lese nur das, was gelesen werden sollte. Er hat dir die Schlagkraft, die große Zahl und den Blutdurst seiner Krieger aufgezählt. Mit anderen Worten sagte er: ‚Ich bin mächtig. Ich besitze die besten Krieger Asiens, die für mich zu sterben bereit sind. Ich habe ein Heer geschaffen, dem niemand zu widerstehen vermag. Greifst du mich an, dann schlage ich zurück, und du bist es, der verlieren wird, nicht ich!‘ "

„Gib mir den Brief!" rief Wang Khan und riß ihn aus der Hand seines Sohnes. Er las ihn durch, und sein Gesicht verzerrte sich in tausend Falten wie bei einem Affen.

„Er sagt weiter", fuhr Taliph kühl fort, „daß du ihn eiligst deines Wohlwollens versichern mußt, weil er sonst die Geduld verlieren und dir einen Denkzettel verabreichen wird. Mit anderen Worten, er fordert die Zusicherung deiner Friedfertigkeit und die Beendigung der Intrigen gegen ihn. Ein höchst bedrohlicher Brief! Er gefällt mir gar nicht."

Wang Khan schleuderte den Brief von sich, daß er zu Boden fiel. Mit dem giftigen Haß des Alters trampelte er darauf herum und spuckte ihn an. Dann hob er die Faust und schüttelte sie in der Luft.

„Er wagt es, mir, Ung Khan, Wang Khan, zu drohen? Ich werde es dem Hund zeigen! Wir müssen augenblicklich zuschlagen! Jede Verzögerung bedeutet eine weitere Gefährdung durch diesen Wahnsinnigen!"

Sein gealtertes Gesicht verzerrte sich plötzlich in seiner alten Angst. Die Haut umspannte knapp den kahlen Schädel, daß er wie ein Totenkopf aussah. Er überließ sich hemmungslos seiner uralten Furcht, seinem krankhaften Aberglauben und seinen Angstträumen. Er rang die Hände. Seine tiefliegenden Augen liefen flink wie die eines von Wölfen bedrohten Wiesels hin und her. Dann leuchteten sie bösartig auf.

„Wo sind seine Boten? Ergreift sie. Schlagt ihnen die Köpfe ab und schickt sie Temudschin! Das wird meine Antwort auf diesen Liebesbrief sein!"

Er begann, trocken und wie ein Irrer zu kichern.

Taliph betrachtete seinen Vater mit ernstem Gesicht.

„Bist du dir klar, daß du damit den offenen, unbarmherzigen Krieg erklärst?"

Der alte Mann nickte grimmig. Er grinste.

„Jawohl! Allah, wie habe ich auf diesen Tag gewartet!"

Seine Söhne entfernten sich, um die Befehle zu erteilen.

In sich versunken saß er in seinen Kissen und der Kopf steckte tief zwischen seinen knochigen Schultern. Abwechselnd kicherte und zitterte er. Seine Augen irrlichterten wild von einer Seite zur anderen. Er war die personifizierte zeitlose Verderbtheit, die alles Böse und alle Gewalttätigkeit plante.

Dann hielt er still, blickte starr vor sich hin und zwinkerte langsam mit den steinernen Lidern.

„Ich habe ein Haus hinter der Mauer!" murmelte er.

XIV

In ihrer schrankenlosen Angst richtete Yesi das Wort an ihren Gemahl.

„Dieser Mann, der Türke, ist schlecht", sagte sie. „Er spricht klug, einsichtsvoll und edelmütig. Aber die Worte kommen ihm nicht vom Herzen. Er begehrt deine Hilfe, weil er sich fürchtet, und nicht, weil ihm am Wohlergehen der Menschen liegt."

Jamuga, der seit Tagen bleich und zurückhaltend gewesen war, mußte die Richtigkeit der Worte seiner Frau bejahen. Er sah in ihre klaren blauen Augen, aus denen ihm die Unschuld und die Angst um ihn entgegenblickten, und die Liebe zu ihr wurde ihm fast unerträglich.

„Du sprichst die Wahrheit, Geliebte", antwortete er sanft. „Trotzdem sind seine Worte richtig, auch wenn seine Seele keine Güte kennt. Der Tiger ist entsprungen: wir müssen ihn einfangen oder töten."

Leise erwiderte Yesi: „Der Tiger ist dein Blutsbruder."

Tiefe Qual zuckte über Jamugas hageres Gesicht. „Ich weiß!" rief er aus und rang die Hände. „Ich weiß es! Aber er ist auch ein Tiger."

„Er war sehr gut zu dir, mein Gebieter."

„Das weiß ich! Und doch ist er ein Ungeheuer." Flehentlich ergriff er die Hand seiner Frau. „Yesi, mein Herz, willst du, daß ich mich seinem Vernichtungsmarsch gegen die Welt anschließe?"

In ihrer grenzenlosen Angst drückte sie sich plötzlich fest an ihn. „Nein, mein Gebieter! Ich muß gestehen, daß ich einzig an dich denke: wenn Temudschin von deinen Worten erfährt, wird er dich auf der Stelle töten."

Zärtlich schloß er sie in die Arme. Seine Miene war bekümmert und finster. „Das weiß ich. Ich kann nur zwischen zwei Möglichkeiten wählen: entweder schließe ich mich dem Räuber an, oder ich helfe, ihm in den Arm zu fallen. Du weißt, wie ich mich entscheiden muß. Alles andere müssen wir vergessen." Er seufzte. „Oh, daß ich dich nie gekannt und du mir niemals meine Kinder geboren hättest! Jetzt wird mir die Angst um dich das Herz zerreißen, wenn ich unterliege."

Sie sah, wie sehr er litt, und empfand nichts als den Wunsch, ihm zu helfen. In hingebungsvoller Liebe lächelte sie ihn an: „Du wirst gewiß nicht unterliegen! Gott thront immer noch im Himmel, und er wird es bestimmt nicht zulassen, daß Güte und Friede von der Erde verschwinden. Du wirst siegen, mein Geliebter. Du wirst über das Böse triumphieren."

Er nickte. „Darauf muß ich vertrauen."

Er bestieg sein Pferd und ritt zu einer Lichtung am Fluß. Dabei wurde er sich wieder der alten, schmerzlichen Einsamkeit und bitteren Sehnsucht bewußt. Jahrelang hatte er sich beim Reiten vorgestellt, daß Temudschin neben ihm sei und zu ihm spräche, wie sie in ihrer Jugend gemeinsam geritten waren und einander immer mit Hilfe eines Wortes und manchmal schon allein mit einer Berührung oder einem Blick verstanden hatten. Diese Jahre seiner einsamen Ritte waren nicht leer gewesen, denn er konnte im Geiste mit seinem Blutsbruder reden, und sämtliche alten Mißverständnisse waren verflogen und einzig Liebe und Freundschaft waren geblieben. Zufrieden und entspannt wie einer, der sich mit einem geliebten Bruder unterhalten hatte, den er bestimmt am nächsten Tage wiedersehen würde, so war er von diesen Ausflügen zurückgekehrt.

Heute aber ritt er wahrlich allein, und kein schemenhafter Begleiter war neben ihm. Und er wußte, daß er in seinem ganzen Leben noch nie so allein und einsam gewesen war. Seine Seele blutete wie unter einer großen Wunde. Trauernd erkannte er, daß etwas gestorben war, und daß er von nun ab unaussprechlich allein bleiben mußte.

Jetzt begehrte er nicht länger gegen Temudschin auf. Die verschwommenen Züge des Molochs waren versunken und nur das

Gesicht seines Blutsbrüders war jung, heiter, heftig, ungestüm und großmütig zurückgeblieben. Er dachte an Temudschin wie an einen Verstorbenen. Das Geschöpf, das nun an seinem Platz stand, war ein Feind. Nicht nur sein eigener, sondern auch der Temudschins.

Sein Herz pochte qualvoll. Seine Augen starrten blicklos auf den grünen, plätschernden Fluß und das goldene Korn.

O Temudschin! rief er stumm, wo bist du? Warum hast du mich allein und einsam zurückgelassen, daß ich dich nie mehr sehen noch deine Stimme vernehmen soll? Nie wieder werden wir unter der gleichen Decke in sternklarer Nacht schlafen! Nie wieder wirst du mir zulächeln und mich Freund nennen! Du bist gestorben. Die Welt ist so leer wie ein zerbrochener Becher. Sie ist eine Wüste, in der nichts wächst.

Und dann war er ruhig und überlegte nur, was er zu tun hatte. Eine Vorahnung verriet ihm, daß der Tod ihm bevorstand und alles, was er erreicht hatte, in Trümmer sinken mußte.

Mit plötzlich erwachter Kraft und Tapferkeit dachte er: Und doch wird das, was uns mit Hoffnung, Friede und Liebe erfüllt, nicht vergehen. Nein, wenn auch Finsternis und Verderben über uns kommen werden, bleiben die ewigen Werte bestehen. Es liegt in der Natur der Welt, daß es, wenngleich der Sturm anhebt und den Wald vernichtet, und wenn der Vulkan seine Lava über die Weingärten ergießt, und wenn der Winter die Weiden verbrennt, einen Frühling der Erde und der Seele gibt und alles wieder erstehen und blühen wird.

Dies soll meine Überzeugung sein. Dies muß die Überzeugung aller Menschen sein.

Sonst müssen die Erde und alle Völker auf ewig sterben und Gott selbst wie ein Schatten verwehen.

XV

„Und jetzt", sagte Temudschin ruhig und sah auf die blutigen Häupter seiner Boten, „ist die Zeit angebrochen."

Viele seiner Untergebenen meinten, daß er von der Zeit der

Vergeltung spräche. Aber er wußte, daß die Zeit herangerückt war, in der sich sein Schicksal erfüllen mußte.

Durch einen merkwürdigen Zufall war ihm Jamugas Abfall nicht zugetragen worden. Hätte er das Gerücht vernommen, er hätte es nicht geglaubt. So tief war die Überzeugung in ihm verwurzelt, daß Jamuga ihn niemals verraten würde. So widersinnig es klang, glaubte eher er als Jamuga an die Heiligkeit eines Freundeseides, der niemals verletzt werden durfte. Er hätte bedeutend leichter angenommen, daß er selbst sich untreu geworden war, als daß Jamuga es sein könnte.

Es stimmte, daß Jamuga ihn oft gereizt, beleidigt und beschimpft hatte. Es stimmte, daß er ihn dafür verbannt und verlacht und mit unverhohlener Verachtung von ihm gesprochen hatte. Trotzdem aber glaubte er felsenfest an seine Treue. Selbst jetzt noch war er davon überzeugt, keinen wahren Freund außer Jamuga zu haben.

Die Jahre ihres Zwistes waren vergessen. Gleich Jamuga ritt er mit einem Schatten an seiner Seite dahin. Nie hatte er Jamuga mehr geliebt, als in diesen finsteren, bedrohlichen Tagen der bevorstehenden Auseinandersetzung. Er sprach offen mit diesem Schatten und vernahm keinerlei Widerspruch oder Kritik von ihm. Er war mit dem Schatten Jamugas bedeutend ehrlicher, als er es mit ihm selbst je gewesen war.

Es gibt Leute, die behaupten, daß alles so sein muß, wie es ist, sagte er zu seinem unsichtbaren Begleiter. Aber wenn die Räder stillstehen, kommt der Karren nicht vom Fleck. Manche behaupten, daß der Wandel nichts als ein anderes Gesicht der gleichen Wesenheit sei. Aber das Gesicht zumindest ist neu. Der Mensch kann nicht reglos verharren und für alle Zeiten den Mond anstarren. Er muß sich bewegen, und sei es nur im Kreise. Sonst stocken sein Herz und sein Blut. Man sagt, es gibt kein Morgen. Vielleicht stimmt das für die Ewigkeit. Für den lebendigen Menschen aber gibt es immer ein Morgen.

Auf jeden kühnen, weitblickenden Mann wartet das Morgen. Und das Morgen gehört mir. Die Reiche Kathais sind im Sumpf des Gestern versunken. Das goldene Reich zerfällt zu Staub. Jeder Tag beruft einen einzigen Mann. Heute gilt der Ruf mir.

Die Stunde der Auseinandersetzung ist da. Und ich weiß in meinem Herzen, daß ich siegen werde.

Wilde Begeisterung erfüllte ihn. Er lachte laut auf, wenn er mit Jamugas Schatten durch leere Gegenden ritt. Er ballte die Faust und blickte hochmütig zum bleichen Himmel empor.

Die Menschen werden von mir sagen: Hier war der größte aller Krieger, aller Herrscher. Hier stand er, dessen gigantisches Heer über Steppe und Wüste ausschwärmte, daß die Menschen angsterfüllt davor die Augen niederschlugen. Über die niedrige namenlose Menge der Jahrhunderte werden Kopf und Schultern Temudschins emporragen wie ein Gipfel über die eintönige Ebene, den das Licht der Unsterblichkeit erhellt!

Und der Schatten Jamugas antwortete: Ich habe stets an dich geglaubt.

Kurelen allerdings ließ sich nicht leicht überzeugen. Er war verstört und sagte: „Vielleicht ist mein Alter daran schuld. Aber ich glaube, daß du deinem sicheren Untergang entgegengehst. Ung Khan ist immer noch der mächtigste aller Nomadenkhane und hat unbezwingliche Freunde unter den Prinzen und Politikern Kathais. Wer bist du, ihn herauszufordern? Ein ungewaschener Häuptling der Steppe. Ein junger, ungebildeter Mann, der die Kraft seiner reifen Gegner nicht kennt. Versöhne dich, ehe es zu spät ist. Hülle dich in Schweigen. Und vielleicht wird Ung Khan dich vergessen."

Temudschin hörte ihn in ungläubiger Wut an. „Einmal, mein Onkel, hast du gesagt, daß ich dazu berufen bin, das Geschick der Menschheit zu entscheiden."

Kurelen zuckte die Achseln. „Damals wollte ich nichts weiter als einen vollen Kochtopf, und um ihn sicherzustellen, habe ich mich der Schmeichelei bedient." Er setzte hinzu: „Aber was kannst du tun? Ung Khan ist dir zwanzigfach überlegen. Du hast viel erreicht. Opfere es nicht durch eine sinnlose Geste. Sieh dich an, aber betrachte dich ohne Selbsttäuschung, und du wirst wissen, daß ich dir gut rate."

Auch Houlun war entsetzt. „Du willst Ung Khan angreifen? Mein Sohn, du bist völlig verrückt. Er wird dich zermalmen und ausgelöscht haben, ehe noch der erste Schnee fällt!"

In bitterer Bestürzung setzte sie hinzu: „Du bist ein Fuchs, der sich mit einem Tiger auf einen Kampf einläßt. Ich gebe zu, daß er dich unverzeihlich behandelt und deine friedfertigen Boten ermordet hat. Ich gebe zu, daß dies der äußere Anlaß deiner Empörung ist. Aber ich kenne die wahren Zusammenhänge. Ich weiß, daß deine wachsende Überheblichkeit deinen Pflegevater verärgert hat. Deine Prahlsucht und Skrupellosigkeit haben ihn am dauernden Frieden der Gobi zweifeln lassen. Ich kann dir nur eines raten: Schreibe ihm auf der Stelle und gestehe, daß du dich töricht benommen hast. Bitte ihn um Verzeihung und versprich ihm, daß du ihm weiter als gehorsamer Untertan dienen wirst."

Temudschin ließ den Blick lange und langsam über seine ungeheuer große Zeltstadt schweifen und lächelte finster. Er sah sich die Herden und die vielen Menschen an und sagte: „Ich habe das alles geschaffen. Ich habe Ordnung erzwungen, wo bisher nur Räuber und Diebe hausten. Ich habe die Scharmützel zwischen den Clans beendet und die Fehden beigelegt. Ich habe strenge Disziplin eingeführt und Hunderten wehrlosen Stämmen Kraft verliehen. Ich habe den Karawanen die Sicherheit verbürgt und meinen eigenen Reichtum vergrößert. All das habe ich allein bewerkstelligt. Und jetzt ist Ung Khan neidig und voll Angst." Plötzlich erhob sich seine Stimme in wildem Grimm: „Denn er weiß, daß ich sein Feind bin! Daß es zwischen uns zu einem Kampf um die Oberherrschaft der Gobi kommen muß! Ich habe das immer gewußt. Ich habe den Frieden bewahrt, bis ich stark genug war, ihn anzugreifen. Jetzt bin ich stark. Jetzt müssen wir um die Vorherrschaft kämpfen. Und ich sage dir, daß nicht ich es sein werde, der besiegt wird. Das Schicksal und die Geister stehen auf meiner Seite. Das hat man schon früher behauptet. Heute weiß ich, daß es stimmt."

Der alte Kokchu war krank vor Angst. Als jedoch Temudschin ihn aufsuchte und er sein Gesicht sah, verbarg er seine Gedanken. Er wußte, was Temudschin von ihm erwartete, und als erfahrener Priester sagte er:

„Herr, seit vielen Nächten habe ich Gesichter. Gestern um Mitternacht erschien ein neuer Stern am Himmel. Er wurde immer heller und größer. Er funkelte. Er hatte die Farbe einer Feuersbrunst, und der schwarze Himmel zitterte wie Schatten rund um

Glut. Und alle anderen Sterne verblaßten neben ihm. Und ich wußte, daß dieser Stern den Namen Temudschins, des mächtigen Kriegsherrn, trug."

Temudschin hörte Kokchu mit mürrischem Lächeln zu. Als der Priester geendet hatte, sagte er: „Sorge dafür, daß viele Leute das erfahren. Spare dir deine Prophezeiungen für sie."

Trotzdem fühlte er sich sonderbar beflügelt, auch wenn er in sich hineinkicherte. In der gleichen Nacht blinzelte er verstohlen zum Himmel empor. Und zu seiner Überraschung sah er das rote Glühen des neuen Sterns. Vielleicht ist es wahr, dachte er. Ehe er jedoch Kokchu gestattete, darüber zu sprechen, wartete er mehrere Nächte ab, um zu sehen, ob der Stern unverändert an seinem Platz blieb und nicht etwa nur ein Meteor war, der die Weissagung Lügen strafen und so sein Volk beunruhigen könnte. Der Stern erschien jede Nacht an der gleichen Stelle, und abergläubische Freude und Ehrfurcht erfaßte das Volk.

Bortei hatte keine Angst. Sie war begeistert und rief Temudschin zu: „Habe ich dir nicht immer gesagt, mein Gebieter, daß du der mächtigste Kriegsherr aller Zeiten bist und kein Mensch dich zu überragen vermag?"

Chepe Noyon glaubte nicht an Weissagungen und war insgeheim überzeugt, daß der bevorstehende Krieg den völligen Ruin bedeuten mußte. Er zuckte bloß lächelnd die Achseln und schickte sich in jede Lage mit dem Gleichmut des wahren Fatalisten. Aber er sagte zu Temudschin: „Nur du bist imstande, das Ende vorauszusehen und uns zu führen."

Subodai sagte schlicht: „Wir leben nur, um dir zu gehorchen, Herr. Wo du hingehst, dorthin gehen auch wir. Und wir werden als würdige Krieger deiner Fahne an deiner Seite kämpfen. Wir sind deine entfesselten Stürme, deine Paladine. Wir kennen keinen Willen als den deinen."

Kasar sah seinen Bruder bloß mit einem Blick an, in dem sein ganzes Herz lag, und stützte die Hand auf sein Schwert. Belgutei, sein Stiefbruder, war besorgt. Und dann dachte er bei sich, daß Ung Khan, wenn er Temudschin erst vernichtet hatte, vielleicht ihn zum tributpflichtigen Herrscher über die überlebenden Mongolen ernennen würde. Diese Vorstellung spornte ihn ungemein an, so daß er der bevorstehenden Auseinandersetzung mit Begeisterung entgegensah.

Temudschin war also zufrieden. Er ging Kurelen und Houlun geflissentlich aus dem Weg, die er alte Krähen nannte, die nur vom Unheil krächzten. Er schickte Boten auf schnellen Pferden aus, um die verschiedenen Tarkhane zu sich zu berufen, ihnen Weisungen zu erteilen und ihre Krieger zu mobilisieren. Als er den Boten an Jamuga Sechen abgesandt hatte, begann sein Herz freudig zu klopfen.

Morgen, dachte er, werde ich Jamuga sehen!

Zum ersten Male erkannte er dabei, wie einsam er gewesen und wie ihm die Zunge eingerostet war. Jetzt stauten sich seine Gedanken und Worte hinter diesem Wall des Schweigens und warteten darauf, hervorströmen zu dürfen. Er wartete auf Jamuga wie ein Bräutigam auf die Braut und dachte an die nun der Vergangenheit angehörige Leere und Einsamkeit.

Dem Boten an Jamuga hatte er reiche Geschenke für Yesi und die Kinder und einen liebevollen Brief mitgegeben, aus dem die Vorfreude auf das Wiedersehen sprach.

Als Jamuga die Gaben und den Brief erhielt, brach er in Tränen aus.

XVI

Atemlose Erregung hatte sich der Clans des Bundes der westlichen Gobi bemächtigt, und es herrschte fieberhafte Tätigkeit.

Die mongolischen Tarkhane und die Statthalter kamen mit tiefgefurchten, dunklen Gesichtern. Sie hatten die Körper in lange Wollmäntel gehüllt, die mit bemaltem Leder gegürtet waren, und ihre Pelzkappen und hohen Spitzhüte beschatteten ihre funkelnden Augen. Durch Temudschins Lager erschollen unverständliche, heisere Rufe. Die Frauen standen pausenlos an ihren Töpfen und kochten. Im allgemeinen Durcheinander der Vorbereitung kamen und gingen die Boten. Die fettesten Hammel wurden geschlachtet, und die Düfte des brutzelnden Fleisches und der Gewürze hingen in der stauberfüllten Luft.

Es war eine ungeheure Versammlung, eine der bedeutsamsten in der Geschichte der Welt. Jede Stunde kam brüllend ein neuer Häuptling inmitten seiner Offiziere und Generale angeritten, deren Lanzen in der Sonne glitzerten. Die Kinder lugten neugierig aus den Jurten auf den nicht endenwollenden Strom der Neuankömmlinge. Die Hunde kläfften aufgeregt. Kamele stießen in dem allgemeinen Lärm schrille Schreie aus. Allerorts herrschte ein ständiges Kommen und Gehen, Boten brachten Nachrichten und wurden mit Botschaften fortgesandt. Die hübschesten Mädchen kokettierten aus der sicheren Zuflucht der Jurten ihrer Eltern mit den fremden, jungen Offizieren, die taten, als bemerkten sie sie gar nicht. Frauen zankten ihre Kinder aus und schossen ungeduldig hin und her, weil sie für das überwältigende Fest rüsteten. Sie trugen Schläuche voll Wein und warfen getrockneten Mist in die hohen, sengenden Feuer.

Jeder Häuptling begab sich sofort nach seiner Ankunft in Temudschins Jurte, um ihm die Reverenz zu erweisen und den Untertaneneid zu erneuern. Temudschin saß auf seinem königlichen Schimmelfell, und seine Flagge hing über seinem Haupt. Jeder Häuptling kniete vor oder bei ihm nieder und wartete dort das Eintreffen der anderen ab.

Bei jedem Neuankömmling sah Temudschin erwartungsvoll auf, aber kaum gewahrte er das Gesicht des Besuchers, zuckte leise die finstere Enttäuschung über seine Augen. Seit dem Morgengrauen saß er schon in seiner Jurte. Jetzt war beinahe die Zeit des Sonnenunterganges angebrochen, und Jamuga war noch nicht erschienen.

Er betrachtete die sonnenverbrannten, strengen Gesichter rundum. Er sah, wie sich die scharfen Falkenaugen auf ihn hefteten. Manche Augen waren grau, denn sie gehörten Angehörigen seines eigenen Volkes, den Bourchikounen. Manche der Khane waren von Temudschins Waffen noch nicht besiegt worden. Dennoch waren sie über seinen Aufruf zu ihm geeilt, um ihm die Waffenbrüderschaft zu schwören und ihre Feindschaft gegen Ung Khan, den koraitischen Türken zu erklären.

Die heiseren Stimmen dieser Männer erfüllten die heiße, beklemmend luftarme Kuppel der riesigen Jurte. Ihre Körper rochen scharf und atemberaubend. Das Sonnenlicht, das sich durch die Eingangsklappen den Weg ins düstere Innere bahnte, ließ die grausamen, wilden Augen aufleuchten und ihre sonnengebräunten Gesichter metallisch schimmern. Sie tranken Wein mit Temudschin und sahen sich mit ungezähmter Wildheit um. Immer mehr und mehr kamen, bis die Jurte bis an die Wände vollgedrängt war und die verbrauchte Luft sich schwer auf die Lungen legte.

Die Sonne versank. Jetzt kamen hintereinander die Nachzügler. Das Getöse im Lager ließ die sich abkühlende Luft erzittern. Und so oft ein Schatten den Eingang verdunkelte, brach Temudschin mitten im Satz ab und blickte mit angehaltenem Atem auf.

Aber Jamuga kam noch immer nicht.

Jetzt leuchtete die Luft im roten Widerschein des Feuers, und ein Diener zündete die Lampen in der Jurte an. Dadurch wurde die Hitze noch erdrückender und die Ausdünstung stärker. Temudschin atmete schwer. Auf seinem Antlitz glitzerte der Schweiß, und seine unmittelbare Umgebung bemerkte, daß seine grünen Augen im stickigen Halbdunkel glühten wie die eines Tigers. Und sie sahen, wie bleich er war.

Sie wurden unruhig. Temudschin hatte nur beiläufig über unbedeutende Dinge gesprochen, obwohl schon viele Stunden verstrichen waren. Sie tauschten ungeduldige, verstohlene Blicke miteinander. Weshalb sprach er nicht von dem, was ihnen allen am Herzen lag? Sie tranken, um ihre ungezügelte Ungeduld zu verbergen, und schließlich wanderten auch ihre Blicke zu der leeren Eingangsklappe, obwohl sie nicht wußten, was sie eigentlich erwarteten. Sie wurden hungrig und sogen geräuschvoll die eindringenden Düfte des schmorenden Fleisches ein. Aber sie wagten nicht, sich zu erheben und zurückzuziehen, ehe er die Erlaubnis dazu erteilte.

Endlich zeigte sich ein Schatten im Eingang, und Temudschin sah in leidenschaftlicher Erwartung auf. Aber es war nur ein verschreckter Bote mit einem Brief Jamuga Sechens. Temudschin riß ihm den Brief aus der Hand, und seine Finger bebten. Grimmig blickte er um sich, und seine Lippen öffneten sich. Dann stand er auf, befahl ihnen, sich nicht von der Stelle zu rühren, und verließ schnell die Jurte.

Mit ausholenden Schritten eilte er in das kühle Zwielicht, durch das die Lagerfeuer zuckten. Blicklos drängte er sich durch die Menschenscharen. Er ging zu Kurelens Jurte. Der Alte schlummerte auf seinem Lager. Die ergraute Chassa saß neben ihm und war völlig darin versunken, ihm Kühlung zuzufächeln.

„Wach auf!" schrie Temudschin mit sonderbar erstickter Stimme. Er schleuderte den Brief seinem Onkel zu. „Lies mir das unverzüglich vor!"

Blinzelnd und ächzend richtete Kurelen sich auf. Er blickte Temudschin an und wollte schon etwas sagen. Als er jedoch des Gesichts seines Neffen ansichtig wurde, brachte er kein Wort hervor. Er hob den Brief auf und bemerkte, daß er von Jamuga war. Sofort stockte sein Herzschlag.

Langsam begann er zu lesen.

„Ich begrüße meinen Blutsbruder und wünsche ihm all die Gesundheit und das Glück, das ein ehrliches Herz zu bieten hat."

Er setzte ab.

„Lies!" brüllte Temudschin.

Niemals hatte Kurelen ein solches Gesicht und solche Augen gesehen. Zum erstenmal erbebte er vor seinem Neffen.

„Ich habe den Aufruf meines Blutsbruders erhalten und ihn mit tiefer Betrübnis gelesen. Dann habe ich diesen Brief geschrieben, obwohl ich wußte, welchen Zorn er auslösen wird, aber ich habe nicht gewagt, etwas anderes zu schreiben.

Denn ich kann nichts anderes schreiben und Dich nur um Dein Verzeihen, Deine Barmherzigkeit und Dein Verständnis anflehen.

Du hast mich zu einer Versammlung der Khane berufen, um mir die Pläne des blutigen Eroberungskrieges vorzulegen, den Du schon vor langer Zeit beschlossen hast. Aber ich kann nicht kommen. Ich werde nicht kommen. Und ich kann Dir auch weder die Unterstützung meines Volkes noch meine eigene versprechen. Täte ich es, so hieße es, alles zu verleugnen, woran ich glaube und was ich schätze.

Statt dessen kann ich Dich unter Gebeten und Tränen nur beschwören, nochmals mit Dir zu Rate zu gehen, ehe du die Völker
der Gobi in Tod und Vernichtung stürzest. Ich bitte Dich zu bedenken, daß Du Ung Khan nicht besiegen kannst, und die Schlacht
mit Hungersnot, Elend und Flucht enden muß. Meine Liebe zu
Dir fleht dich an, innezuhalten, ehe es zu spät ist. Wenn du sterben solltest, dann hielte die Welt keinerlei Freude mehr für mich.

Ich kann nicht glauben, daß der geplante Krieg gerecht ist. Seit
Deiner frühesten Jugend hast du von Eroberung gesprochen. Ich
weiß, daß dieser befohlene Krieg nichts weiter als der Ausdruck
Deines Machthungers ist. Bestimmt kannst Du doch nicht glauben,
daß Du das Recht hast, Tausende Männer ins Unheil zu stürzen
und ihr Leben zu vernichten, nur um Deiner eigenen Eitelkeit und
Gier Genüge zu tun. Gewiß glaubst Du nicht, daß es erstrebenswerter ist, zu siegen, als den Frieden zu bewahren, und die Auseinandersetzung wichtiger ist als die Beschaulichkeit.

Deshalb kann ich nicht kommen. Und wieder beschwöre ich
Dich, mir zu verzeihen und flehe Dich an, daran zu denken, daß
nicht der Verrat es ist, der mir meine Worte eingegeben hat, sondern die Liebe und die Besorgnis. Meinem Blutsbruder schwöre ich
wie immer die Treue bis an den Tod. Auf Temudschin, den Mörder
und Kriegshetzer hingegen, richte ich mein Schwert."

Langsam rollte Kurelen das Manuskript wieder ein. Sein Herz
klopfte in unerträglichem Schmerz. Er wagte kaum, Temudschin
anzusehen.

Der aber stand in schrecklichem Schweigen vor ihm. Er schien
nicht einmal zu atmen. Nicht ein Finger regte sich. Seine Lippen
preßten sich wie Steine aufeinander. Nur seine lodernden Augen
lebten.

Kurelen befeuchtete seine bebenden, welken Lippen. „Temudschin", stammelte er, „das ist nicht der Brief eines Verräters. Es
ist die Botschaft eines Mannes, der dich mehr als das Leben liebt,
mehr als alles andere."

Ein unbeschreiblicher Ausdruck erschien auf Temudschins Gesicht. Dann drehte er sich ruckartig um und verließ stumm die
Jurte.

XVII

In vorbildlicher Gelassenheit kehrte Temudschin in seine große Jurte zurück und nahm wieder seinen Platz auf dem weißen Pferdefell ein. Wenngleich er auffallend bleich und sein Gesicht starr und angespannt war, so verriet er weder mit Gebärden noch mit der Stimme seine innere Erregung.

Er begann ruhig, aber mit volltönender Stimme zu sprechen, die die ganze Jurte erfüllte und alle Zuhörer in ihren Bann schlug:

„Ich habe euch oft gesagt, daß das Land zwischen den drei Flüssen einen Herrn braucht. Ihr habt in Anarchie, in sinnlosen Scharmützeln und rastlosem Umherschweifen gelebt. Daher habt ihr keine Sicherheit, keinen Reichtum, keine ständigen Weiden gekannt, bis ich zu euch gekommen bin und euch das Ziel der Einigkeit und Macht gesteckt habe. Wir Khane haben wie Brüder gelebt, die jeder für sich regieren und einander um Rat fragen. Wir sind ein Bund, der aus vielen Stämmen und kleinen Völkern besteht."

Er sah sie schweigend an. Sie reckten die Köpfe, um deutlicher zu hören, und das Lampenlicht ließ sie wie Bronzestatuen aussehen.

„Ihr wißt, wie wohl es uns ergangen ist, seit ihr euch mir anvertraut habt. Ihr wißt, wie kräftig wir sind. Zum erstenmal seit Generationen kennen die Menschen, die sich mir angeschlossen haben, keinen Hunger, keine Willkür und keine Gewalttätigkeit. Wir haben Ordnung und Disziplin und Selbstbeherrschung gelernt und haben die selbstherrlichen Unruhestifter unter uns zum Schweigen gebracht.

Die Welt hat uns bewundert. Aber jeder, der Bewunderung auslöst, erntet auch Haß, Eifersucht und Angst. Mächtige Herrscher warten nun darauf, uns zu vernichten."

Die Khane sahen einander bedeutsam und ernst an. Manche von ihnen wußten, weshalb sie vorgeladen worden waren, und ihre Gesichter verdunkelten sich in trotziger Ratlosigkeit. Keiner sprach ein Wort, und doch schien ein tiefes Murmeln durch die Jurte zu brausen.

Dann richteten sie die Blicke wieder gespannt auf Temudschin, dessen Augen in grimmiger Erregung funkelten.

„Man hat mich verraten, und durch diesen Verrat droht euch und euren Völkern der Tod."

Er legte eine kurze Pause ein, ehe er fortfuhr: „Mein Pflegevater Ung Khan, der zum Spaß auch Wang Khan genannt wird, weil er sich so verächtlich vor dem Volk des Goldenen Reiches erniedrigt, hat das Freundschaftsgelöbnis mit meinem Vater und seinen Eid der väterlichen Huld mir gegenüber gebrochen. Er hat gesehen, daß wir mächtig und ehrfurchtsgebietend geworden sind. Er hat bemerkt, daß wir nicht länger Sklaven unter der Peitsche der Elemente und mächtigerer Menschen sind. Deshalb hat er sich in den Kopf gesetzt, daß wir eine Bedrohung für ihn und seine Gewinngier darstellen. Er will uns wieder zu hungernden Horden machen, die von seinem Überfluß abhängen und, von Hunger und Schwäche gezwungen, ihm dienen, sooft es ihm beliebt."

Die meisten Khane liefen zornesrot an. Auf ihre Gesichter war seine eigene maßlose Erregung übergesprungen. Aber einige wenige sahen beklommen aus. Sie schlugen die Augen nieder, machten sich an ihren Kleidern oder den Ringen an ihren Fingern zu schaffen. Die meisten Anwesenden brüllten rauh auf, aber eine Minderheit blieb stumm und harrte verschreckt der Fortsetzung der Rede.

„Wir werden diese Schmach, diese Versklavung, diese Drohung nicht dulden!" rief einer der Khane, der Temudschin verehrte. Seine Begleiter murmelten wütend ihre Zustimmung. Andere aber schwiegen still und sahen einander verstohlen an. Unter ihnen befand sich Temudschins eigenes Volk, die grauäugigen Bourchikounen, die wie alle Verwandten dem Sohn aus ihrem eigenen Fleisch und Blut den Erfolg und Reichtum nicht gönnten. Viele von ihnen waren gewaltsam von Temudschin unterworfen und mit Drohungen dazu gezwungen worden, sich dem Bündnis anzuschließen. Wäre er ein Fremder gewesen, hätten sie ihm wohl kaum Feindschaft entgegengebracht. Da er jedoch ihrem eigenen Volke entsprungen war, haßten sie ihn insgeheim und fühlten sich gedemütigt und entehrt.

Temudschins funkelnde Augen erfaßten ein Gesicht nach dem anderen, und er sah diese beginnende Auflehnung wohl. Er wählte einen kräftigen Mann unter den Unzufriedenen aus und fixierte ihn mit durchdringendem Blick.

„Borchu! Dein Vater war der Vetter meines Vaters! Du bist mit mir verwandt. Was hast du zu sagen?"

Borchu, ein hagerer, schwarzhaariger Mann mittleren Alters, der keine Furcht kannte, hob die Augen zu Temudschins Gesicht und sagte im Ton vernünftiger Überlegung:

„Was können wir durch Widerstand oder Angriff gewinnen? Ung Khan ist der Mächtigste unter den Koraiten. Seine Heerscharen sind bedeutend zahlreicher als wir alle zusammen. Du hast gesagt, daß Ung Khan uns zürnt. Aber du weißt genau, daß nur ein Wunder bewirken könnte, daß wir uns erfolgreich gegen ihn behaupten. Und ich", fügte er trocken und mit einem vielsagenden Lächeln für seine Begleiter hinzu, „glaube nicht an Wunder."

Atemlose Stille setzte ein. Die Abtrünnigkeit der Bourchikounen stempelte sie zu einem abgesonderten, feindlichen Lager, das von den anderen wütende, vorwurfsvolle Blicke erntete.

„Das ist Feigheit!" schrie schließlich ein Khan.

Borchu wandte dem Sprecher langsam den eindringlichen Blick zu. „Feigheit?" fragte er sanft. Er traf Anstalten, sich zu erheben. Seine Hand lag auf dem Schwertknauf. „Wer spricht hier von Feigheit?"

Der Khan war ein junger, leicht entflammbarer Mann. „Ich!" rief er, und seine Liebe zu Temudschin färbte seine Wangen rot. „Und Verrat! Wer immer anderer Ansicht ist als unser Gebieter, ist ein Verräter!"

Der saure Schweiß der Erregung war deutlich in der Jurte zu riechen. Jeder bewegte sich und murmelte. Jeder Nasenflügel weitete sich, als röche er Blut. Jedes Auge blitzte kampflustig auf. Sekundenlang schien es, als sollte es zu einem Handgemenge kommen.

Dann lachte Temudschin laut und schallend, und der Klang war wie kaltes Wasser, das in die grimmigen Gesichter schlug.

„Was seid ihr doch für Narren, in dieser Stunde schrecklichster Gefahr untereinander zu zanken! Ich habe euch zu mir gebeten, damit wir beratschlagen und planen können, aber nicht, damit ihr eure kleinlichen Meinungsverschiedenheiten unter meinen Augen austragt! Ich werde sprechen. Ich werde die Anklage auf Verrat oder Feigheit erheben!" Sein unbarmherziger, hypnotischer Blick zwang sie in seinen Bann. „Aber soviel ich sehe, befindet sich hier weder ein Verräter noch ein Feigling. Es sei denn, er bezichtigt sich selbst."

Er wartete ab. Die Bourchikounen waren noch immer empört und beleidigt. Vor seinem zwingenden Blick jedoch versanken sie in Schweigen und wandten die Augen ab. Sie haßten Temudschin erbitterter als je, aber aus unerklärlichen Gründen wagten sie nicht, zu murren oder seinen Blick zu erwidern.

Jeder Mann gab hörbar seufzend nach. Die Kluft zwischen den beiden Lagern aber blieb bestehen.

Temudschin ergriff wieder das Wort. „Sprich unverzagt, Borchu. Ich möchte deine Meinung hören."

Borchu zögerte. Nachdem er aber aus den Blicken seiner Stammesbrüder neuen Mut geschöpft hatte, hob er kühn und gelassen zu reden an:

„Es ist meine aufrichtige Meinung, daß wir aus einem offenen Kampf mit Ung Khan nichts zu gewinnen haben. Alles, was wir unter deiner weisen Führung errungen haben", und wieder wurden Gesicht und Stimme spöttisch, „werden wir verlieren. Wer sind wir, daß wir es wagen dürfen, Ung Khan herauszufordern? Er ist uns zahlenmäßig unendlich überlegen. Wir haben keine militärischen Stützpunkte außer unseren eigenen Stämmen. Und Ung Khan verfügt nicht nur über das Übergewicht seiner vielköpfigen, bezahlten Heerscharen, sondern er weiß auch die Unterstützung der türkischen Städte hinter sich. Und vielleicht sogar die schrecklichen Reiche Kathais." Er legte eine wirkungsvolle Pause ein. „Wir sind eine Handvoll Männer, die eine ganze Welt herausfordern", setzte er düster hinzu. „Ein Mückenschwarm, der einem Falkenzug trotzen will!"

Wieder erhob sich lautes, bedrohliches Gemurmel aus Temudschins Lager, und viele Hände tasteten nach den Säbeln. Temudschin aber forderte mit erhobener Hand Schweigen. Er sah niemanden außer Borchu.

„Und", sagte er mit einer Stimme, in der spöttische Hochachtung mitschwang, „was willst du angesichts dieser Bedrohung tun?"

Borchu zuckte die Achseln und ließ den Blick hilfesuchend zu seinen Stammesgenossen schweifen.

„Ich empfehle, daß wir uns augenblicklich der Oberhoheit Ung Khans unterwerfen, unsere Treueide zu ihm als unserem Kha-Khan erneuern, ihm den Gehorsam geloben und ihm versichern, daß wir keinerlei Bedrohung für ihn darstellen, und nichts weiter als seine Diener sind."

Jetzt machte sich offene Empörung in Temudschins Lager bemerkbar und viele sprangen auf. Wieder aber brachte er sie mit einer Geste und einem Blick zum Schweigen.

Borchu fuhr fort. Das Vertrauen zu seiner eigenen Vernunft verlieh ihm Kraft. „Jeder klar überlegende Mensch wird begreifen, daß dies die beste Lösung ist. Ein Krieg würde uns vernichten. Im Frieden wird unsere Macht sich verstärken. Wir haben alles, was wir uns wünschen. Sollen wir es mit einer einzigen, tollkühnen, dummen Geste verlieren? Ein Treueid kostet nichts, ein gezogenes Schwert jedoch ist das Zeichen für unsere völlige Vernichtung."

Nachdem er geendet hatte, senkte sich plötzlich beklommenes Schweigen über die Anwesenden. Temudschin saß reglos auf seinem Pferdefell und schien zu überlegen. Sein Antlitz war ruhig, sein Benehmen gelassen. Er schien jedes von Borchus Worten abzuwägen, und sein Lager starrte ihn atemlos an und erwartete sein Urteil.

Endlich wandte er sich seinem eigenen Lager zu und sagte:

„Was ist eure Meinung?"

Sie brachen in wütendes Geschrei aus: „Wir wollen kämpfen! Und wir vertrauen dir, unserem Herrscher, die Führung und folgen dir, wohin du willst."

„Ja! Ja!" brüllten seine Anhänger.

Es entstand ein wildes Getümmel. Männer sprangen auf und zückten hingerissen ihre Säbel. Sie lachten kurz und erregt, umringten Temudschin, knieten vor ihm nieder und berührten seine Füße mit ihren Stirnen. Sie waren wie besessen. In allesumfassender Kameradschaftlichkeit schlangen sie die Arme umeinander. Ihre Augen glitzerten.

Borchus Lager aber verhielt sich schweigend und ablehnend.

Lächelnd nahm Temudschin die Schwüre und Bereitschaft seiner

Anhänger entgegen. Dann erhob er sich, wandte das Gesicht allen zu und hob ruhegebietend die Hand. Mit leiser, eindringlicher Stimme begann er zu sprechen und heftete seinen durchbohrenden Blick auf jeden einzelnen:

„Anläßlich meiner Geburt wurde prophezeit, daß ich der Kaiser aller Völker des Ödlandes, der Wüste und der Steppe sein werde. Die Priester verkündeten, daß der ewige blaue Himmel mir das Schicksal jener überantwortet hat, die in Filzjurten leben. Es wurde bestimmt, daß ich sie sieghaft anführen und als Herren ganz Hochasiens einsetzen soll, daß die Reiche der Menschen, wo immer sie auch leben mögen, sich mir und meinem Volk unterwerfen werden und ich der mächtigste aller Herrscher und aller Zeiten und der vollkommene Kriegsherr sein werde."

Er setzte ab. Seine Verwandten blinzelten einander in heimlicher Belustigung über seine Prahlsucht zu. Aber sie waren unentschlossen. Dieser junge Mongole, der großgewachsen und schlank vor ihnen stand, sah so schicksalhaft und ehrfurchtgebietend aus. Sein Körper reckte sich trotz seiner Reglosigkeit zitternd und bebend wie eine aufrechte Flamme empor.

„Daran glaube ich!" rief er mit mächtiger Stimme. „Ich glaube, daß keiner mir zu widerstehen vermag! Mein Leben ist der Beweis dieser Prophezeiungen! Ich war ein verstoßener, flüchtiger Bettler, und jetzt regiere ich über alle, die zwischen den drei Flüssen wohnen!

Wer wagt es, sich gegen die Prophezeiungen aufzulehnen? Wer, den Himmel zu verhöhnen?

Und jetzt schwöre ich euch, daß wir, wenngleich man uns herausfordert und andere uns zu vernichten trachten, die Niederlassungen unserer Ahnen, die Bräuche unserer Völker, die Ländereien unserer Väter behalten und dazu noch die Weltreiche gewinnen werden!"

Seine flammende Begeisterung steckte seine Anhänger an. Sie stöhnten, lachten und weinten. Sie packten einander, warfen den Nachbarn die Arme um die Schultern. Aus überquellenden Augen starrten sie Temudschin an und brüllten ihre Verachtung für ihre Widersacher heraus.

Und die von Zweifeln erfaßten, angsterfüllten Bourchikounen

waren wie gelähmt. Sie netzten sich die stummen, leblosen Lippen. Sie atmeten schwer.

Temudschin hob den Arm. Jedermann war von diesem fürchterlich prächtigen Gesicht gebannt, in dem die Augen wie Kohlen glühten.

„Wir werden die Herren der Welt sein, meine Paladine, meine Fahnenträger! Wo unsere Scharen reiten, werden sie unterwerfen! Wohin immer wir unsere Füße setzen, werden die Historiker und Dichter für kommende Generationen von unseren Siegen berichten! Wir können nicht verlieren! Wir werden siegen! Die Welt ist unser!"

Die Bourchikounen waren vernünftige, intelligente Menschen, deshalb lauschten sie ihm ungläubig und verstört. Ihr Verstand sagte ihnen, daß sie die Worte eines armseligen, heimatlosen Narren vernahmen, der vom Wahnsinn gezeichnet war. Sie fühlten, daß ihre gefestigte Welt von einem Wirbelsturm der Unwirklichkeit und tödlichen Tollheit erfaßt wurde, in der sich sämtliche Wertbegriffe durch übernatürliches Entsetzen veränderten.

Und doch erbebten ihre Herzen. Gebaren und Aussehen dieses Abenteurers, dieses vom Wahnsinn verblendeten Kreischers irrer Worte zwang ihre Logik zum Schweigen. Gegen ihren Willen wurden ihre Seelen von dem entfesselten Derwischtanz seiner Visionen erfaßt. Und wenn er die Wahrheit spricht? fragten sie sich ratlos. Vielleicht ist er wirklich allwissend? Vielleicht steht die Welt tatsächlich kopf und er kann dieses unglaubliche Wunder zuwege bringen? Vielleicht besitzt der Wahnsinn tiefere Gültigkeit als die Vernunft, und Tatsachen wiegen weniger als Weissagungen?

Zutiefst in ihrem Innersten wankend geworden, starrten sie ihn an. Sie bissen sich auf die Lippen. Sie keuchten hörbar. Schweiß bedeckte ihre Gesichter. Und Temudschin nahm all das mit spöttischem Lächeln zur Kenntnis und wartete ab.

Langsam und wie unter hypnotischem Zwang stand Borchu dann auf, ohne seine starren Blicke von Temudschin zu wenden. Leise schwankend stand er vor dem jungen Mongolen. Und dann, während sich ein lauter Aufschrei von den Lippen der anderen löste, kniete er vor Temudschin nieder und berührte wie ein in einem sinnlosen, aber zwingenden Traum Befangener Temudschins Füße mit seiner Stirn. Und in dieser Stellung verharrte er wie ein Schlafender oder Toter.

Den anderen erstarben die Worte im Munde. Sie blieben angewurzelt stehen, wie sie waren, mit erhobener Hand oder geöffnetem Mund, und die Grauenhaftigkeit dessen, was sie sahen, überwältigte sie. Und die Bourchikounen starrten ihren Führer an, als sähen sie etwas Ungeheuerliches und Unglaubliches, und atembeklemmendes Entsetzen bemächtigte sich ihrer. Und doch konnten sie sich dem irren Bann, der Massenhysterie nicht entziehen. Nach und nach erhoben sie sich in tiefem Schweigen, knieten vor Temudschin hin, beugten tief die Rücken und berührten seine Füße mit ihren Stirnen.

Der Wahnsinn sprang wie ein Funke auf jeden einzelnen über. Die Jurte erbebte unter dem gewaltigen Brüllen und dem Getöse trampelnder Füße. Die Lampen ruckten auf den Tischen. Die Filzwände erzitterten. Jeder wollte Temudschin berühren, um seiner geheimnisvollen Kraft teilhaftig zu werden und sich von seiner Unbezwinglichkeit anstecken zu lassen. Und er stand mit leisem Lächeln unter ihnen, sah sie mit seinen hemmungslosen, grünen Augen an, überließ sich ihren Berührungen, ihren Umarmungen und ihren gebrüllten Gehorsams- und Treueschwüren.

Zum Zeichen seiner Oberhoheit nahm er den Stab des Herrschers an. Er hatte in rasender Erregung gehofft, zu ihrem Kha-Khan, dem Herrscher aller Menschen ernannt zu werden. Aber die Fürsten der Wüste wachten noch immer eifersüchtig über ihre eigene Macht und Unabhängigkeit. Trotzdem war er zufrieden. Alles andere würde später kommen, sobald er gesiegt hatte. Er kannte den unbeugsamen Stolz jedes kleinen Khans und war einsichtsvoll genug, zu erkennen, daß der Zeitpunkt noch nicht reif war, diesen Stolz zu brechen.

Als eine gewisse Ordnung wieder hergestellt war, nahm er zwischen ihnen Platz und unterbreitete ihnen seine Pläne.

„Uns steht nur ein einziger Weg offen. Unsere Stärke ist der Blitzkrieg, die Überrumpelung, unsere unerhörte Beweglichkeit. Wir müssen unerwartet und mit aller Kraft zuschlagen, denn damit demoralisieren wir unsere Feinde. Verwegenheit und Kühnheit sind unsere Verbündeten. Wir müssen alles auf einige wenige niederschmetternde Schwerthiebe setzen, die wir mit aller Kraft führen.

Wir müssen unsere Gegner in ihren eigenen Provinzen angreifen. Dort haben wir nichts zu verlieren, sie aber werden in ihren Kampfhandlungen gehemmt sein, denn sie befinden sich inmitten ihres Eigentums und werden sich vor der Unbarmherzigkeit fürchten, die die Vernichtung ihrer Schätze bedeuten würde. Menschen, die in ihren eigenen Mauern kämpfen, sind bereits halb besiegt. Wir haben nichts zu verlieren und können mit jeder Fiber unserer Körper kämpfen.

Sobald die Menschen ihren Besitz in Trümmer sinken sehen, ergreift sie die Panik, und ihre Arme werden schwach. Städte fallen leichter als Schlachtfelder. Wir müssen mit der Demoralisierung rechnen. Außerdem sind unsere Widersacher überfüttert und dekadent. Uns aber hat ein entbehrungsreiches Leben abgehärtet. Ihnen wird mehr daran liegen, die Unversehrtheit ihrer Schätze zu wahren, als einen verlustreichen Sieg zu erringen.

Ich wiederhole nochmals: Wir haben nichts zu verlieren und alles zu gewinnen. Und da wir nur von dem einzigen Gedanken beseelt sind, zu siegen, werden wir gewinnen."

Und dann unterbreitete er ihnen mit unendlicher Umsicht all seine erstaunlichen Pläne, die er in Gedanken schon längst umrissen hatte. Sie hörten ihn betroffen und bewundernd an, und wieder erfaßte sie wilde Erregung. Schon fühlten sie sich als Sieger. Es fiel ihnen schwer, sich zu beherrschen. Temudschin aber war kalt wie Eis und unerbittlich wie der Tod. Er empfand nicht die leiseste Erregung. Dazu war seine Selbstsicherheit zu groß.

In jener Jurte in dem leeren, grenzenlosen Ödland wurde das Geschick der ganzen Welt entschieden, und die Geschichte stand abwartend daneben, hob die Feder und begann zu schreiben. Sie war selbst davon beeindruckt, daß es in der Hand dieser Barbaren lag, das Los von Millionen Menschen zu entscheiden, und rief sich ins Gedächtnis, daß es immer nur die gleiche alte Mär, die gleiche blutige Wiederholung war.

Viel später erst, als der Mond über den erschöpften, aber immer noch ekstatischen Männern zu verbleichen begann, sprach Temudschin von Jamuga. Und seine Khane lauschten entsetzt dem Be-

548

richt des Verrates, den der eigene Blutsbruder an ihrem Herrn begangen hatte, und hörten seinen ruhigen, unbewegten Worten zu.

„Wenn sich in einem Heer ein verräterischer General oder Offizier befindet, ist das gesamte Heer gefährdet. Jamuga Sechen hat nicht nur mich, sondern auch euch und das gesamte Volk verraten. Er ist unsere Gefahr, unser schwacher Punkt, unser Feind. Und deshalb muß er sterben. Unser erster Angriff muß ihm gelten. Es wird ein rasch errungener Sieg sein, denn er wird niemand haben, der ihm hilft. Auch hier wieder müssen wir uns auf das Überraschungsmoment und unsere Schnelligkeit verlassen. Sobald er vernichtet ist, können wir unseren Feldzug fortsetzen."

Viele erinnerten sich noch an die Geschichte der innigen Freundschaft zwischen den beiden Männern und ihrer leidenschaftlichen Zuneigung, und sie hörten jetzt neugierig zu.

Wenn sie aber das geringste Anzeichen von Kummer oder Bedauern auf Temudschins Gesicht erwartet hatten, wurden sie enttäuscht. Denn sie sahen keine Erregung, keine Qual in diesem Antlitz. Er sprach von Jamuga wie von einem Hund, der ihn angefallen hatte.

Und dann erfaßten sie, daß dieser Feldzug gegen Jamuga mehr zu bedeuten hatte als die Vernichtung eines Verräters.

Es sollte eine dunkle, unersättliche Rache erfüllt, eine Übertretung in Blut getilgt werden, und für Temudschin konnte daraus keine Freude, sondern einzig Pein erwachsen.

XVIII

Borteis Schadenfreude war grenzenlos, als sie von Jamugas Verrat erfuhr.

„Mein Gebieter!" rief sie Temudschin lachend zu, daß die beiden Reihen ihrer weißen Zähne wie die einer Wölfin glitzerten. „Habe ich es dir nicht gesagt! Aber du wolltest nicht auf mich hören. Du hast gedacht, ich hegte eine heimliche Feindschaft gegen deinen geliebten Blutsbruder. Ich sei eine Närrin, hast du gesagt! Aber sieh! Nicht ich war es, der es an Einsicht gebrach!"

Der Haß gegen Jamuga flackerte wie bleiches Feuer in ihren Augen. Die Aussicht, sich an diesem Mann rächen zu können, machte sie verrückt, wie der Anblick von Blut ein wildes Tier reizt. Sie war außer sich vor Entzücken.

„Wirst du ihn hierherschaffen, damit du ihn hier bestrafen kannst?" bat sie nachdrücklich. Sie stellte sich vor, wie Jamuga in siedendes Öl geworfen und von wilden Pferden in Stücke gerissen wurde, und ihr Gesicht glühte, und ihre Nasenflügel weiteten sich.

Temudschin sah sie an, ohne etwas zu sagen. Seine undurchdringliche Miene gewährte ihr keinerlei Antwort. Etwas in seinem Blick aber beschämte sie flüchtig.

In diesem Augenblick betraten Kurelen und Houlun Temudschins Jurte. Temudschin musterte seine Rüstung mit peinlicher Genauigkeit. Kurelen bemerkte, daß er geistesabwesend war. Er vernahm die letzten Worte Borteis, und Temudschins Benehmen ließ einen kleinen Hoffnungsfunken in ihm aufzucken. Auch seine Schwester hatte Bortei vernommen. Die gebieterische, alternde Frau warf der Gemahlin ihres Sohnes einen abscheuerfüllten Blick zu und sagte:

„Schick das Weib fort, Temudschin. Wir haben mit dir zu reden."

Bortei wurde bei dieser Beleidigung von wilder Wut erfaßt. Sie wandte sich Houlun und Kurelen zu, und der nackte Haß, der seit Jahren heimlich in ihr geglüht hatte, stand ihr ins Gesicht geschrieben.

„Wenn Jamuga Sechen an unserem Gebieter Verrat begangen hat und bestraft wird, dann sollt auch ihr beiden bestraft werden! Denn immer habt ihr gesagt, er sei kein Verräter, und stets habt ihr ihn vor dem gerechten Zorn beschützt."

Houlun sah sie mit eisiger Würde an. „Ich sage nach wie vor, daß er kein Verräter ist. Geh jetzt, Weib. Ich befehle es dir."

Aber Bortei sah Temudschin mit triumphierendem Lächeln an.

Da tat er, als hätte er erst jetzt die Gegenwart der beiden bemerkt.

„Ah", sagte er sinnend und legte sein Schwert nieder. Er lächelte sogar ein wenig, und Kurelen sah mit frischer Hoffnung, wie angespannt sein Gesicht trotz seiner Ruhe war, und wie fieb-rig seine Augen glänzten. Er wandte sich seiner Gemahlin zu und sagte gutmütig: „Laß uns allein, Bortei."

Sie war fassungslos und empört. Mit ausgestrecktem Finger wies sie auf den alten Mann und die Frau. „Aber diese beiden sind Verräter, mein Gebieter! Sie kommen, um Gnade für einen Verräter zu erbitten!"

Kurelen lächelte müde. Houlun aber maß Bortei mit wilder Verachtung und schwieg.

Temudschin legte seiner Frau die Hand auf die Schulter und ver-setzte ihr einen derben Stoß. „Laß uns allein, Bortei", wieder-holte er.

Sie brach in wütende, enttäuschte Tränen aus. Flehentlich sah sie Temudschin an, aber etwas in seinem Gesicht brachte sie zum Schweigen. Sie verließ die Jurte, aber schleuderte im Vorbeigehen Houlun noch einen gehässigen, siegessicheren Blick zu.

Dieser Blick belustigte Houlun, und ihre starren Züge entspann-ten sich in flüchtigem Lächeln. Dann kehrte ihr strenger Ausdruck wieder und sie betrachtete ihren Sohn wie eine hochmütige Prieste-rin, die im Begriff steht, die vernichtenden Worte zu sprechen.

„Du willst deinen Blutsbruder ermorden?" fragte sie brutal.

Temudschin sah sie nachdenklich an, und sein Mund verzog sich feindselig.

„Einmal hat er dich ob deiner losen Zunge verhaftet", sagte er. Plötzlich lachte er kurz und laut auf und kehrte ihr den Rücken.

Houlun errötete, aber sie sagte unbeirrt: „Du willst ihn ermor-den?"

Temudschin sah sie lässig über die Schulter an. „Subodai und einige seiner Krieger sollen ihn festnehmen. Sie werden ihn hier-herbringen."

„Du gehst nicht selbst?" fragte Kurelen überrascht.

„Nein. Täte ich es, dann würde ich dem Verräter damit zu große Bedeutung beimessen. Er wird hier als unwichtiger Schädling vor Gericht gestellt werden."

Erleichterung stieg in Kurelen auf. Als Temudschin das bemerkte, lächelte er böse und sagte:

„Er ist nie mein Freund gewesen. Er hat den heiligsten Eid verletzt, den Menschen schwören können. Trotzdem werde ich Barmherzigkeit üben." Er setzte ab, und das böse Lächeln vertiefte sich. „Er darf selbst wählen, ob er durch das Feuer oder durch den Strang sterben will."

Die beiden alten Leute erblaßten, bis sie gespenstisch aussahen. Houlun brach in Tränen aus, die nicht der Schwäche, sondern stolzer Verzweiflung und Bitterkeit entsprangen.

„Ich habe nichts anderes von dir erwartet", sagte sie leise.

Kurelen jedoch erkannte, daß Beleidigungen Temudschin nicht rühren konnten. Er näherte sich seinem Neffen und legte seine Hand auf den starren, abweisenden Arm. Sanft sagte er:

„Temudschin, dein Herz sagt dir, daß Jamuga kein Verräter ist. Zweimal hat er dir das Leben gerettet. Ihr beiden habt unter einer Decke geschlafen. Er war dein einziger Freund. Wenn sein unerbittliches Gewissen ihn dazu trieb, Kritik an dir zu üben, dann geschah es, weil er ein ehrenhafter, aber engstirniger Mensch ist. Er kennt keinen Kompromiß. Er wollte, daß du dem hohen Ideal gleichen solltest, das er von dir entworfen hat, und dem jede Kleinlichkeit, Grausamkeit oder Brutalität fremd war. Wenn er sich von dir ein falsches Bild gemacht hat, dann ist seine Urteilskraft zu tadeln, nicht aber seine Treue."

Temudschin hörte ihn an. Seine Augen hefteten sich unergründlich auf das Gesicht seines Onkels. Ruhig hob er zu sprechen an:

„Wir leben in einer gefährlichen Zeit, Onkel. Ich schulde dir keinerlei Erklärung, aber ich will sie dir geben. Wegen der Gefahr, in der wir alle schweben, darf kein Verräter und keiner, der aufrührerische Worte gebraucht, am Leben bleiben. Sonst werden unsere Reihen geschwächt. Das Entsetzen muß jedem mit dem Verrat Tändelnden ins Herz gegraben werden, das sind wir unserer Einigkeit und Schlagkraft schuldig." Er setzte kurz ab und sagte mit milderer Stimme: „Ich hege keine persönliche Feindschaft gegen Jamuga. Allein die Notwendigkeit bestimmt mein Handeln."

Kurelen schwieg. Lange Zeit versuchte er, Temudschins Antlitz zu erforschen. Dann sagte er beinahe mitleidig:

„Du bist zutiefst verwundet. Es ist die persönliche Rache, die du suchst, weil du dich verletzt fühlst und deine Liebe für Jamuga zum Spott wurde. Oh, mein Neffe, habe Erbarmen mit diesem unseligen Mann! Bringe ihn hieher und halte ihn kurze Zeit wegen seiner Unbesonnenheit gefangen. Tust du es nicht, sondern ermordest du ihn, wirst du niemals wieder Frieden finden, nicht einmal, wenn du die ganze Welt erobern solltest."

Ein brutaler, unerbittlicher Blick verlieh Temudschins Augen das Aussehen glänzender blaugrauer Steine. Dann lächelte er seinen Onkel mitleidig an.

„Ich sagte es bereits, daß ich es nicht wage, ihn zu schonen. Nachgiebigkeit würde nur zu weiterem Verrat ermutigen."

Houlun hatte schwer atmend zugehört. Jetzt vermochte sie sich nicht länger zurückzuhalten und schrie gellend: „Du bist ein Heuchler! Der Mord bedeutet dir Vergnügen! Du hast deinen Bruder Bektor ermordet, und jetzt wirst du Jamuga ermorden! Du bist kein Mensch, sondern ein Untier!"

Temudschin beachtete sie nicht. Ruhig sagte er zu seinem Onkel: „Begreifst du? Ich muß es tun."

Kurelen dachte verzweifelt nach. Dann fragte er: „Und Jamugas Volk?"

Ohne jede Gefühlsbewegung erwiderte Temudschin: „Ich habe Subodai den Befehl erteilt, daß kein einziger Mann, ob jung oder alt, verschont bleiben darf. Das gleiche gilt für jedes Kind, das größer als ein Karrenrad ist, und für jede alte Frau. Die jungen Frauen und die kleinen Kinder sollen zusammen mit Jamuga hiehergebracht werden."

Kurelen starrte ihn ungläubig an. Tödliche Übelkeit befiel ihn. Er stammelte: „Aber das ist doch sonst nicht deine Gewohnheit. Früher hast du ein besiegtes Volk in deinen Clan aufgenommen —"

Temudschin schüttelte den Kopf. „Nicht dieses. Sie sind durchwegs Verräter. Außerdem sind sie verweichlicht. Ich kann sie nicht in unseren Reihen dulden, damit sie die Zuneigung meiner Leute ins Wanken bringen und unser Vorgehen behindern."

Momentan wurde es schwarz vor Kurelens Augen. Wie aus weiter Ferne vernahm er Houluns wilde Schreie, Vorwürfe und Beschimpfungen. Mühsam zwang er sich zu klarem Bewußtsein und fühlte, daß er im Begriff war, ohnmächtig zu werden.

„Das kannst du nicht tun", hauchte er.

Temudschin zuckte die Achseln, nahm wieder seinen Säbel auf

und ließ den Finger behutsam über dessen glitzernde Klinge laufen. Dann sah er seinen Onkel mit mildem Blick an und sagte:

„Bitte, laß mich allein. Ich habe viel zu überlegen, und ich bin müde."

Da wußte Kurelen, daß alles verloren war, und begann, mit halblauter, nachdenklicher Stimme zu sprechen:

„Deine Schuld ist auch die meine. Ich habe dich von deiner Kindheit an gelehrt, die Sanftheit spöttisch zu verachten und habe leichtfertig über menschliche Ehre gelacht, die verpflichtet. Ich habe behauptet, daß der Zweck jedes Mittel heiligt, und Besonnenheit Schwäche und die Unbarmherzigkeit das Merkmal des Starken ist. Ich war ein Narr. Weil ich kraftlos war, habe ich die Gewalt skrupelloser Männer bewundert. Weil mein Arm schwach war, habe ich verächtlich über die Wehrlosen gesprochen und die Brutalität verehrt. Der anfällige, kranke Mann, der verfallene Eunuch ist immer der Verfechter rücksichtsloser Grausamkeit. Er ist es, der Tyrannen und Mörder ins Leben ruft. Der lendenschwache Mann singt am lautesten von der Manneskraft, und der Feigling ist es, der dem Unbarmherzigen das Schwert in die Hand drückt."

Temudschin lauschte der langsamen, monotonen Stimme. Seine Mundwinkel zuckten, und er lächelte, als sei er grenzenlos belustigt.

Kurelen hob die eingesunkenen Augen zu Temudschins Antlitz, und es glühte ein Funken wie jäh entfachtes Feuer in ihnen.

„Ich wollte mich an der Welt rächen, die mir Kraft und Männlichkeit versagte. Nun haben sich meine Rachegelüste erfüllt. Und deshalb muß Jamuga Sechen sterben."

Er zitterte heftig. Dann warf er sich unvermittelt auf die Knie und umschlang mit seinen verkrümmten Armen flehend Temudschins Beine.

„Temudschin! Nie habe ich dich um etwas gebeten. Ich bitte dich jetzt: schenke mir Jamugas Leben!"

Temudschin sah überrascht auf ihn hinab. Er sah den verzerrten Körper des alten Krüppels zu seinen Füßen, das dunkle, entstellte Gesicht mit der langen, schnabelartigen Nase und den flügelförmigen Augenbrauen. Vor allem aber sah er zu seinem maßlosen Erstaunen, daß Kurelen Tränen in den Augen hatte. Auch Houlun betrachtete ihren Bruder, und während sie es tat, fühlte sie, daß ihr

Herz sich in einen Strom Blut verwandelte, der langsam aus ihrem Körper sickerte.

Vielleicht war Temudschin gerührt. Jedenfalls klang seine Stimme beinahe sanft, als er sagte: „Kurelen, bitte mich um etwas anderes, und es soll dir gehören."

Kurelen umklammerte die Knie seines Neffen nur um so heftiger. „Nein!" schrie er. „Ich will nichts als das. Und ich gebe dich nicht frei, ehe du es mir versprochen hast."

Temudschin packte ihn und zerrte ihn vom Boden. Der Jähzorn hatte sein Gesicht dunkel gefärbt. „Du Narr!" schrie er und schüttelte den alten Mann roh. „Hebe dich hinweg! Ich habe meine Zeit daran verschwendet, mir deine Torheiten anzuhören! Hebe dich hinweg, damit ich mich nicht an dir vergehe!"

Er stieß Kurelen von sich. Der alte Krüppel taumelte, streckte die Arme aus und ruderte mit grotesken Schwimmbewegungen durch die Luft, um sein Gleichgewicht zu finden. Seine Miene nahm den lächerlichen Ausdruck tiefster Konzentration an. Houlun versuchte ihn zu greifen, ihn zu stützen, aber die eigene Schwungkraft entriß ihn ihren Händen und schleuderte ihn zu Boden. Er drehte sich ein letztes Mal im Kreise und fiel plötzlich nach hinten. Dabei schlug sein Hinterkopf an die Kante einer Teakholztruhe, und der Aufprall riß ihm den Kopf ruckartig auf die Brust. Und dann lag er reglos und verrenkt wie ein Bündel Kleider da, und seine fürchterlich nach oben verdrehten Augen starrten Temudschin an.

Nach langer, lähmender Stille, in der Houlun und ihr Sohn wie erstarrt auf Kurelen blickten, brach Houlun in schrille, durchdringende Schreie aus. Sie warf sich neben ihren Bruder und hob seinen Kopf hoch. Blut floß über ihre Hände. Schlagartig verstummten ihre Schreie. Sie sah in die toten, weit aufgerissenen Augen. Dann schrie sie neuerlich auf. Sie drückte das Haupt ihres Bruders an ihre Brust, und ihr Körper wurde naß von seinem Blut. Sie griff nach seinen Händen, drückte sie an ihre Lippen und küßte sie in leidenschaftlicher Hingabe. Sie küßte sein Haar, seine Wange, seine erkaltenden Lippen. Ihr langes, grauschwarzes Haar fiel über ihn und verbarg mitleidig seinen grauenhaften Anblick und seine Augen. Sie schien den Verstand verloren zu haben. Sie schloß ihn wie ein kleines Kind in die Arme, stöhnte, schaukelte kniend hin und her und brach in die sonderbarsten Klagen aus:

„Mein Liebling! Mein Herzallerliebster! Wen habe ich denn außer dir geliebt? Du, der du Teil meines Fleisches und meiner Seele gewesen bist? Nur dich, mein Geliebter, nur dich! Sprich mit mir: sag mir wieder, daß du mich liebst, mein Bruder, mein Geliebter, mein Einziger!"

Temudschin stand wie eine Bildsäule, betrachtete die grauenhafte Szene, vernahm die Worte seiner außer Rand und Band geratenen Mutter, lauschte ihren Schreien. Ihr leidenschaftlicher Singsang gellte ihm in den Ohren. Sie war eine Frau, der man den Geliebten erschlagen hatte, eine Mutter, die hemmungslos den Tod ihres Sohnes beklagte. Sie war die fleischgewordene Verzweiflung, das Sinnbild all jener, die je geliebt hatten und beraubt worden waren. Temudschin schloß krampfhaft die Augen. Die wehklagende, leiderfüllte, irre Stimme stach in sein Hirn. Es war mehr, als er ertragen konnte.

Er trat ins kalte, blaue Tageslicht hinaus. Seine Beine wurden kraftlos wie Wasser. Sein Kopf drehte sich, und sein Blick wurde trübe. Das Herz pochte ihm schmerzhaft in der Brust.

Er fand den Weg zu Kokchus Jurte.

Rasch und stockend sagte er:

„Mein Onkel Kurelen war in meiner Jurte und hat einen Schwächeanfall erlitten. Dabei ist er gestürzt und hat sich den Hinterkopf eingeschlagen. Geh du zu ihm und zu meiner Mutter, die dich braucht."

Kokchu war auf seinem Diwan gelegen und hatte sich von seiner jungen Lieblingstänzerin fächeln lassen. Langsam erhob er sich. Er starrte Temudschin an, sah das düstere, blau unterlaufene Gesicht, die wilden Augen. Er sah, daß der Khan zitterte und ein Tropfen Blut auf seiner zerbissenen Unterlippe stand.

„Ich gehe", sagte er mit seidenweichem Mitgefühl und griff nach seiner kleinen Silberdose mit den Amuletten. Noch immer aber vermochte er den neugierigen Blick nicht von Temudschins Antlitz zu lösen.

Und dann durchschaute der schlaue Priester plötzlich alles. Ein hämisches Licht wetterleuchtete über sein Gesicht. Aber er neigte den Kopf in geheuchelter Ergebenheit und Trauer und ging, um Temudschins Befehl zu erfüllen.

In Temudschins Jurte lag Houlun bewußtlos quer über den Körper ihres Bruders hingestreckt, und ihr Gewand war von seinem Blut durchtränkt. Als er versuchte, ihre Arme zu lösen, waren sie starr wie Stein. Man trug sie in ihre Jurte und überließ sie der Obhut ihrer Dienerinnen.

Als sie um Mitternacht wieder das Bewußtsein erlangte, erkannten die Dienerinnen entsetzt, daß sie den Verstand verloren hatte. Sie tobte, brüllte, lachte unaufhörlich, und raufte mit ihren Dienerinnen, die versuchten, sie mit Gewalt auf ihr Lager zu drücken. Die ganze Nacht hindurch hallte die Zeltstadt von ihren Schreien wider, und die Frauen erschauerten und drückten ängstlich ihre Kinder an sich.

Bei Anbruch der Morgendämmerung übermannte die Erschöpfung sie, und sie schien zu schlafen. Als ihre Dienerinnen jedoch erleichtert und müde die Pelzdecke über sie ziehen wollten, entdeckten sie, daß sie tot war.

XIX

Jamuga berief alle Männer seines Clans, ob alt oder jung, zu sich. Er sah sie mit bleicher, bekümmerter Liebe an, und da erkannten sie, daß ihn tiefe Sorgen quälten. Sie erwiderten seinen Blick und versuchten, ihm mit ihren entschlossenen Mienen neuen Mut einzuflößen.

Er berichtete ihnen von Temudschins Befehl und seiner eigenen Antwort. Dann wartete er und sah sie in ängstlichem Flehen an. Sorge, Furcht, Tapferkeit, Verwirrung und Mißtrauen glitten über ihre Gesichter. Sie murmelten untereinander. Und Jamuga wartete noch immer und rang ganz offen die Hände.

Dann machte sich ein alter Mann zum Sprachrohr der anderen: „Herr, du hast das einzige getan, was zu tun war, und dein Volk ehrt und liebt dich dafür."

Jamuga lächelte. Tränen stiegen ihm in die Augen.

„Ich danke euch allen", sagte er demütig. Ihr Lächeln war Balsam für ihn. Sie umdrängten ihn wie eine lebendige Mauer und berührten ihn schüchtern und linkisch, um ihre eigene aufrechte Gesinnung auf ihn überströmen zu lassen.

Dann hob er abermals zu sprechen an, und diesmal klang wachsende Wehmut aus seinen Worten:

„Einmal hat mir jemand gesagt, daß es mehr braucht, als ein bloßes angewidertes Zusammenzucken des Bauches, um die Welt zu retten. Ich glaubte ihm nicht. Ich dachte, daß ein Volk, das den Frieden will und liebt, auch schon ausreichend gesichert ist. Ich dachte, wenn ein Volk nur gut ist, in Brüderlichkeit lebt und keinen Hader sucht, dann kann es auch von keiner Schlechtigkeit bedroht sein und es bedarf nicht der Waffen und der Kriegskunst. Wenn ein Volk seine Nachbarn mit Wohlwollen betrachtet und sie gerecht, ehrenhaft und barmherzig behandelt, dann können seine Nachbarn es niemals angreifen, sondern müssen es in Frieden lassen. Wer keinen Krieg und keine Eroberung sucht, sondern zufrieden lebt, der war meiner Meinung nach ein unbedrohter Mensch. Er brauchte sich nur seinem eigenen Haushalt und seinen eigenen Herden zu widmen, um begehrliche Blicke abzuwehren, und wenn er sich auf seine eigenen Angelegenheiten beschränkte, so würde seine Umgebung ihn vergessen."

Er seufzte traurig auf. „Ich habe mich geirrt, meine Brüder. Ich sehe jetzt, daß man den Frieden genauso entschlossen verteidigen muß wie jeden anderen Schatz. Tyrannen kann man nur mit einem Heer begegnen, das kräftiger als ihr eigenes ist. Um vor Angriffen sicher zu sein, muß man zuerst Sorge tragen, so mächtig zu werden, daß keiner den Angriff wagt. Manchmal ist es nötig, daß die Menschen ihr Leben im Kampfe lassen, um den Frieden der Welt zu sichern. Für Gerechtigkeit, Freiheit und Beschaulichkeit müssen die Menschen manchmal zu den Waffen greifen und ihr Leben für die Sicherheit ihrer Kinder opfern.

In meinen weltfremden Träumen habe ich das nicht erkannt. Allein der ehrliche Wunsch nach dem Frieden müßte genügen, dachte ich. Durch meine irrige Annahme habe ich euch alle in schwere Gefahr gebracht. Ich habe euch wehrlos dem Feind ausgeliefert. Ich habe den Frieden zerstört, weil ich das Schwert haßte.

Ich habe über eure Frauen und Kinder den möglichen Tod und die Sklaverei heraufbeschworen. Ich bin euer wahrer Feind, ich der an euch schuldig Gewordene."

Aufgerichtet stand er vor ihnen und weinte.

„Ich habe euch der Möglichkeit beraubt, euer Heim und eure Weiden zu verteidigen. Ich habe eure Herzen mit Sanftmut erfüllt und euch das militärische Wissen vorenthalten. Deshalb sind wir wie ein fetter Wurm, der hilflos den Schnabel des Geiers erwartet."

Der alte Mann, der vorher schon der Wortführer gewesen war, kniete vor Jamuga nieder und hob die Hände hoch.

„Wie dem auch sei, Herr, sind wir bereit, jetzt für den Frieden zu kämpfen."

Jamuga legte ihm die Hand auf die Schulter.

„Nein", sagte er gramerfüllt, „dazu ist es zu spät. Womit wollt ihr kämpfen? Mit euren nackten Händen, die einzig an den Pflug gewöhnt sind? Wollt ihr den Schwertern der rachedürstigen Feinde sinnlos eure ungeschützte Brust entgegenhalten? Meint ihr, daß eure Tapferkeit genügt, um euch vor den geschulten, grausamen Horden des anrückenden Feindes zu schützen? Selbst wenn ein Mann mutig wie ein Tiger und furchtlos wie ein Falke ist, wird ihm das nichts nützen, wenn er keine Waffen besitzt."

Er sah sie an und rief aus: „Ich werde euch nicht opfern! Ich werde nicht zusehen, daß man euch wie wehrloses Vieh niedermetzelt! Ich werde euch nicht zu einer Schlacht auffordern, die nur in eurem Tod enden kann!

Wir können uns nicht verteidigen, deshalb bleibt uns keine andere Wahl, als uns zu ergeben. Für alles andere ist es zu spät. Heute, so berichten meine Kundschafter mir, hat Temudschin eine vielköpfige mordgierige Horde ausgeschickt, uns zu vernichten. Wehren wir uns mit unseren bloßen Händen, dann sind wir verloren. Ergeben wir uns aber, dann werden sie euch verschonen, denn immer ist es Temudschins oberstes Ziel, die Besiegten seinen eigenen Reihen einzuverleiben, um sie damit zu verstärken. Wir können nichts tun, als uns ergeben."

Er hob die Stimme und rief quälend: „Übergabe ist eine bittere Notwendigkeit für jene, die sich nicht verteidigen können, und Sklaverei stets das Geschick jenes Mannes, der den Frieden nicht hoch genug geschätzt hat, um ihn mit Waffengewalt zu verteidigen!"

Die Männer hörten seine Worte und erbleichten. Sie vermochten nicht zu sprechen. Ängstlich blickten sie zum Horizont, an dem die brandschatzenden Horden Temudschins auftauchen mußten.

Dann ergriff der alte Sprecher noch einmal das Wort:

„Und was wird aus dir, Herr?"

Jamuga lächelte müde. „Ich werde noch heute Temudschins Heer entgegenreiten. Ich werde mich ergeben, ehe seine Krieger hier eintreffen. Dann werdet ihr alle am Leben bleiben und kein einziger sinnloser Schwertstreich wird geführt werden."

Der alte Mann fragte: „Und welche Sicherheit haben wir, daß sie uns verschonen werden?"

Bei dieser Frage brachen die andern in laute Zustimmung aus.

„Wenn man uns diese Zusicherung nicht gibt, dann werden wir uns auch nicht ergeben. Wir werden kämpfen, und sei es nur mit unseren bloßen Händen!"

Jamuga war zutiefst erschrocken. Er kannte Temudschin und war sich darüber klar, daß er keinerlei Gnade von einem Mann zu erwarten hatte, der Widerstand oder Rebellion niemals verzieh. Wenn das aber sein Volk erfuhr, dann würde es für ihn sterben und bis auf den letzten Mann niedergemacht werden. Deshalb antwortete er mit dem schwachen Versuch zu lächeln:

„Ich bin Temudschins Blutsbruder. Er hat großen Respekt vor Eiden. Vielleicht wird er mich bestrafen, aber das ist auch alles. Das schwöre ich euch." Er setzte ab und ergänzte dann: „Wenn ich ihnen entgegenreite, werden sie ihren Vergeltungszug vielleicht nicht einmal fortsetzen. Schließlich bin ich es, der Temudschin Widerstand geboten hat, und nicht ihr. Ich werde mit den Offizieren in Temudschins Lager zurückkehren, um dort meine Strafe zu empfangen. So lange", damit wandte er sich dem alten Mann zu, „wirst du meinen Platz hier übernehmen. Kehre ich nicht zurück, was unwahrscheinlich ist, dann vollziehe meine Gesetze gerecht und barmherzig und tue nichts, was ich nicht täte. Bis auf eine einzige Ausnahme: unterweise die jungen Männer in der Kriegsführung. Schmelzt eure Pflugscharen zu Schwertern um. Bereitet euch darauf vor zu verteidigen, was euch lieb ist."

Er begab sich in die Jurte seiner Gemahlin. Dort kniete er vor ihr nieder und küßte ihre Hände. „Verzeih mir, Geliebte", sagte er, „daß ich nicht imstande bin, dich zu verteidigen."

Sie kniete sich neben ihn und küßte ihn auf Stirn und Mund. Er wagte nicht, ihr von dem anrückenden Feind zu erzählen, und daß er den Kriegern entgegenreiten und sich ihnen ergeben wollte. Aber er ließ seine Kinder zu sich rufen und küßte sie inbrünstig. Tiefe Reue verzehrte ihn.

Dann ging er, verlangte nach seinem Pferd und ritt rasch und unauffällig fort.

Er erreichte den Kamm eines niedrigen Hügels und blickte auf das zurück, was er vermutlich für immer verließ. Er sah den goldenen Fluß, den wogenden Weizen und das friedliche Zeltdorf. In der Ferne grasten gemächlich die Herden. Er sah, wie Männer und Frauen unbedroht ihrer Betätigung nachgingen.

„Mein Beitrag ist gering", sagte er laut, und jetzt lag ein Freudenschimmer auf seinem Gesicht. „Es ist wenig genug, wenn ich mein Leben für sie hingebe. Wenn ich das tun kann, habe ich vielleicht doch nicht vergebens gelebt."

XX

Jamuga ritt in die Richtung, aus der er die feindlichen Heerscharen erwartete. Er ritt ohne Hast, und seine Haltung strahlte den kalten Frieden eines Toten aus. Denn er hatte allem entsagt, sogar dem Leben selbst.

Die mächtige, unfruchtbare Wüste verstärkte seine Ruhe und sein Gefühl, sich bereits von der Welt der Lebenden getrennt zu haben. In bedrückender Einsamkeit und Reglosigkeit erhoben sich rund um ihn sandfarbene, brüchige Bergwände, Felsen, Simse, Hochebenen und gigantische Sockel, auf denen riesige Statuen hätten stehen können. In träumerischer Meditation dachte er, daß vielleicht vor urdenklicher Zeit tatsächlich Riesen in diesem Gebiet gehaust hatten und diese tempelförmigen Berge mit den verschwommenen Umrissen zerfallener Säulen sehr wohl ihre Wohnstätten gewesen sein mochten. Über ihm erstreckte sich der Himmel in blassem Silber; unter den Füßen seines Pferdes war die Erde zerfurcht und uneben und bestand aus einem Gemisch aus Staub, Sand und trockener, verbleichter Erde. Nichts wuchs hier bis auf Dornen und Tamariskensträucher, an denen weißliche Ablagerungen hafteten. Kein warmblütiges Lebewesen lief oder bewegte sich hier außer Jamuga, der wie ein langsam dahinkriechendes Insekt durch die grenzenlosen Schutzwälle einer toten Welt ritt. Er vernahm nicht einen Laut. Selbst der Wind schwieg. Er zog durch die tiefe Stille eines Grabes.

Am zweiten Tage gegen Sonnenuntergang vermeinte er, eine dünne Kette näherkommender Reiter auszunehmen. Er hielt sein Pferd an. Die bleichen Hügel schimmerten rosig, und der Himmel glänzte in tiefem Blau. Jamuga wartete. Die Kapuze lag auf seinen Schultern. Er wartete ohne Angst oder Verzweiflung, verfolgte die Bewegung der fernen Horde mit seinen ruhigen, blauen Augen, und das feurige Licht des Sonnenunterganges meißelte scharf seine Züge heraus.

Es dauerte ziemlich lange, ehe er überzeugt war, daß es sich tatsächlich um den Feind handelte, den er erwartete. Da gab er seinem Pferd die Sporen und ritt ihm entgegen. Er vernahm den leisen Ton der Hörner und wußte, daß er gesichtet worden war. Er sah, wie sich das Banner der neun Jakschwänze im Winde blähte. Als er sich jetzt den Kriegern näherte, war er über deren große Zahl erstaunt, lächelte müde vor sich hin und dachte an sein unbewaffnetes Volk. Ob Temudschin mitkam? Führte er dieses Regiment an?

Ein Reiter löste sich, um ihm entgegenzukommen, und er erkannte, daß es Subodai war. Der Mongole brachte sein Pferd zum Stehen und wartete auf Jamuga. Er sah prächtig auf seinem Roß aus, auch wenn er nicht mehr sehr jung war. Seine Schönheit war zeitlos und unzerstörbar, denn sie wurzelte in Edelmut, Würde und Stolz, in Tugend und Standhaftigkeit. Scharf und gespannt hob er sich vom roten Firmament ab und blickte Jamuga entgegen.

Bei seinem Anblick hob sich Jamugas Herz in einer Welle von Glück. Subodai war weder wild noch grausam, weder rachsüchtig noch haßerfüllt. Es war ein gutes Zeichen, daß er gekommen war!

Er ritt auf Subodai zu, hob grüßend die Hand, und Subodai erwiderte ernst den Gruß. Sie betrachteten einander in der tiefen Stille von Angesicht zu Angesicht. Dann streckte Jamuga seinem alten Freund die Hand entgegen, und Subodai ergriff sie, ohne auch nur einen Augenblick zu zögern.

„Ich grüße dich, Subodai!" sagte Jamuga.

„Ich grüße dich, Jamuga Sechen", erwiderte Subodai. Seine Stimme war leise bis an den Rand der Unhörbarkeit. Und erst jetzt fiel Jamuga die Leichenblässe und der gequälte Blick Subodais auf.

„Ich bin gekommen, um mich Temudschin zu ergeben und mit dir zu ihm zurückzukehren", sagte Jamuga.

Subodai schwieg. Dann blickte er zum Himmel empor. „Es ist Abend", sagte er. „Wir werden hier unser Nachtlager aufschlagen."

Einer seiner Offiziere kam nähergeritten, um Subodais Befehle entgegenzunehmen. Jamuga betrachtete neugierig das mächtige Heer, das gekommen war, um einen wehrlosen Mann festzunehmen. Er sah die dunklen, drohenden Gesichter der Krieger und bemerkte, daß sie den Blick abwendeten, wenn er sie ansah.

Jamugas Nasenflügel weiteten sich, und das Herz begann einen haltlosen Galopp in seiner Brust. Ein Sturmwind der Angst und bösen Vorahnung fegte über ihn hinweg. Er wandte sich Subodai zu und sah, daß er anscheinend ganz darin versunken war, seinem Pferd das Sattelzeug abzunehmen. Nicht eine Stimme wurde laut, als die Krieger das Nachtlager aufschlugen.

Jähe Angst bemächtigte sich Jamugas. Er vermochte kaum zu atmen. Er näherte sich Subodai und sagte:

„Warum hier unser Lager aufschlagen? Wir haben noch ein bis zwei Stunden Tageslicht vor uns, und der Rückweg ist nicht beschwerlich."

Subodai sah ihn lange an und seine Züge wurden weich.

„Meine Leute sind müde. Ich halte es für das beste zu schlafen, ehe wir weiterreiten."

Ihre Blicke tauchten ineinander. Subodais Blässe vertiefte sich noch, und einen Augenblick hatte Jamuga das unglaubliche Gefühl, daß Tränen in Subodais Augen standen. Aber das war ausgeschlossen; es war nichts weiter als das Spiegelbild des brennenden Sonnenunterganges.

Subodai legte Jamuga die Hand sanft auf die Schulter. „Du

wirst mit mir essen, Jamuga, und wir werden im gleichen Zelt schlafen. Ich habe dir viel zu sagen."

Jamuga schöpfte neue Hoffnung, und sein unklarer, wortloser Schreck lichtete sich. Tiefe Ruhe erfaßte ihn. Subodai war sein Freund, und er vertraute ihm vollständig.

Keiner der beiden Männer konnte viel essen, als ihnen das Mahl vorgesetzt wurde. Aber Subodai trank, und Jamuga folgte seinem Beispiel. Die bittere Kälte der Wüstennacht umgab sie, aber das Lagerfeuer war warm, und jenseits des Feuerscheins lagen die dunklen Umrisse der in ihre Mäntel gehüllten schlafenden Krieger, und dahinter standen die angepflockten Pferde. Von allen Menschen und Tieren waren Jamuga und Subodai die einzigen, die nicht schliefen, mit Ausnahme der Wachen, die in der Finsternis nicht zu sehen waren.

Der Wein und die Gegenwart seines Freundes machten Jamuga gesprächiger, als er es für gewöhnlich war. Er erzählte Subodai von seinem Volk, seiner Frau und seinen Kindern. Während er sprach, wurde er zu jemandem, der vor einem Richter für all das bat, was ihm teuer war. Subodai hielt den Weinbecher in der Hand und hatte lauschend den Kopf gesenkt, daß Jamuga nur einen Teil seines schönen Gesichts sehen konnte.

„Ich glaube, eine Lebensart gefunden zu haben, die echt und schön ist", sagte Jamuga. „Ich habe meinem Volk Frieden und Zufriedenheit gegeben. Es ist harmlos, treu und großzügig. Es verlangt von seinen Nachbarn nichts als Freundschaft. Ich bedaure, daß du meine Leute nicht sehen wirst, Subodai."

Der bewegte sich. „Hast du etwas gesagt?" fragte Jamuga und neigte sich näher, um das Gesicht des anderen zu sehen.

Subodai hob seinen Becher und trank. Dann blickte er Jamuga ernst und freundlich an. „Ich sagte nichts, Jamuga."

Jamuga fuhr fort, von seinem Volk zu berichten, und Subodai hörte ihm zu. Zeitweise brach Jamugas Stimme unter innerer Erregung, und unwillkürlich rang er die Hände. Seine Stimme war der einzige Laut unter dem Mond, und es schien, als lauschte ihm die ganze Erde.

Nach einer Weile hörte er zu sprechen auf. Er war unbeschreiblich müde, aber wieder erfüllte ihn tiefe Ruhe, denn die Schilderung dessen, was er liebte, durchdrang ihn neuerlich mit dem süßen Bewußtsein seines Opfers.

Subodai sagte noch immer nichts. Und nach kurzer Pause erkundigte Jamuga sich nach seinem früheren Volk. Er hatte bisher noch nicht nach Temudschin gefragt, und Subodai hatte nicht vom Khan gesprochen.

Subodai schienen Jamugas Fragen eine unendliche Erleichterung zu bedeuten. Er sagte: „Leider ist vor wenigen Tagen Kurelen gestorben und kurz darauf Houlun."

Jamuga war tief betroffen. Und dann sagte er schlicht von seinem alten Blutsbruder: „Temudschins Herz wird schwer sein, denn Kurelen war wie ein Vater zu ihm, und trotz vieler Streitigkeiten liebte er seine Mutter."

Er wartete ungeduldig darauf, daß Subodai von Temudschin erzählen sollte. Er begriff selbst nicht, weshalb sein Puls zu jagen begonnen hatte, als erwarte er den Namen eines Menschen, der ihm unsagbar teuer war.

Aber Subodai sagte nichts. Seine Miene war unergründlich. Jamuga konnte sich diesen Ausdruck nicht erklären. Beinahe gegen seinen Willen sprach er wieder von Temudschin. „Er ist doch gesund, nicht wahr?"

„Er ist gesund", erwiderte Subodai beinahe unhörbar.

Dann senkte sich wieder das Schweigen auf sie. Das Lagerfeuer war herabgebrannt. Das Mondlicht schwamm wie geisterhaftes Wasser über der düsteren Gegend. Die Luft wurde kälter, und ein oder zwei Pferde in der Nähe wieherten ängstlich auf. Und die beiden Männer saßen Seite an Seite, waren in wehmütiges Nachdenken versunken, und das hellrote Licht des Feuers lag in den Falten ihrer Mäntel und auf ihren Gesichtern.

Auf unerklärliche Art wußte Jamuga jetzt, daß sich in Subodai ein entsetzlicher Kampf abspielte, etwas, das einer Erschütterung seines ganzen Seins gleichkam. Weder mit einem Blick noch einer Bewegung verriet Subodai sich, aber Jamuga ahnte diesen Kampf. Seine Seele sprang zitternd auf, als sähe sie einen unbarmherzigen Feind. Seine Muskeln wurden starr wie Eisen; er hätte sich um nichts in der Welt bewegen können. Eiskalter Schweiß brach ihm aus, und er hatte einen bitteren Geschmack im Munde.

Und Subodai, der mit gebeugtem, abgewandtem Kopf neben ihm saß, sah aus, als ob er schliefe.

Mehrmals versuchte Jamuga zu sprechen, aber jedes Mal erstarb ihm die Stimme in der Kehle. Schließlich sagte er schwach und durch spröde, eiskalte Lippen: „Subodai, du hast mir etwas verschwiegen!"

Subodai seufzte. Er schien in seinem Mantel einzuschrumpfen. Dann hob er den Kopf und sah Jamuga mit dem Ausdruck grenzenloser Verzweiflung an.

„Du hast recht, Jamuga. Ich habe dir nicht alles gesagt."

Jamuga ballte die Fäuste, daß sich seine Nägel ins Fleisch gruben, aber er sagte gefaßt: „Ich bin kein Weib. Sage mir, was du mir zu sagen hast." Die Fahlheit des Todes breitete sich auf seinem Gesicht aus.

Subodai erwiderte sanft: „Ich bin gekommen, um dich gefangenzunehmen, Jamuga, und dich unverletzt bei Temudschin abzuliefern, wo dich deine Bestrafung erwartet."

Jamuga nickte. Er hatte das Gefühl, ersticken zu müssen. „Das weiß ich!" rief er. „Aber was sonst noch?"

Subodai benetzte seine bebenden Lippen. „Dieses, Jamuga: ich habe den Befehl, all deine Untertanen zu töten, und nur die jungen Frauen und die Kinder, die nicht größer als ein Karrenrad sind, zu verschonen und mit mir zurückzuführen."

Jamugas Gesicht verfiel zusehends, daß es aussah wie das eines Toten. Dann stieß er plötzlich einen grauenhaften Schrei aus wie ein zu Tode getroffenes Tier. Bei diesem Laut wachten die Pferde auf und wieherten entsetzt, und mehrere Männer stützten sich auf die Ellbogen, blinzelten und tasteten nach ihren Waffen.

Jamuga packte Subodai am Arm und schüttelte ihn heftig.

„Das lügst du! Nicht einmal Temudschin wäre einer solchen Untat fähig! Du lügst, Subodai!"

Subodai betrachtete die Hand auf seinem Arm und legte nach einem Augenblick seine eigene darauf. Er spürte ihren totenähnlichen Schweiß, die angespannten Sehnen, die sich wie in letzter Zuckung strafften.

„Jamuga, ich lüge nicht", sagte er in mitleidigem Ton. „Ich wollte zu Gott, es wäre eine Lüge."

Jamuga neigte den Kopf und brach in lautes Schluchzen aus, das grauenhaft anzuhören war. Subodai legte den Arm um ihn. Mitleid und Schmerz durchbohrten ihn wie ein Messer. Er hatte ihm keinen Trost zu bieten und vermochte nur, seinen Freund stumm zu umarmen.

Plötzlich schüttelte Jamuga mit ungestümer Bewegung den Arm ab. Wieder gruben sich seine Finger in Subodais Fleisch.

„Aber du bist doch kein Ungeheuer, Subodai! Du kannst doch diese wehrlosen Menschen nicht kaltblütig ermorden!"

Subodai seufzte. „Ich habe meine Befehle. Ich muß gehorchen. Ich muß immer gehorchen."

„Aber nicht, wenn es um ein Verbrechen geht!" schrie Jamuga und klammerte sich in maßloser Erregung an seinen Freund und rüttelte ihn. „Du kannst Temudschin sagen, daß du zur Niederlassung meines Volkes gekommen bist und entdecken mußtest, daß meine Leute geflohen sind und keinerlei Spur hinterlassen haben!"

Subodai fühlte, wie sich ihm Jamugas Hände gleich Eisenklammern ins Fleisch krallten. Aber er konnte Jamuga nur in unendlicher Qual ansehen.

„Ich habe meine Befehle, Jamuga, und du weißt, daß ich immer nur lebte, um zu gehorchen."

Jamuga starrte ihn an. Der Wahnsinn glühte in seinen Augen. Dann hob er die Hand und schlug Subodai mit aller Kraft ins Gesicht. Wieder und immer wieder schlug er zu. Und Subodai rührte sich nicht. Er blickte Jamuga nur traurig und verstehend an, obwohl seine Wange dunkelrot anlief und Blut aus seinen Mundwinkeln floß. Schließlich packte er Jamugas Hand beim Gelenk und hielt sie fest.

„Jamuga", sagte er unglücklich, „du weißt, daß dir das nichts nützt."

Verzweifelt brach Jamuga zusammen und weinte. Das Haupt sank ihm auf die Brust. Subodai gab seine Hand frei und hörte sich das steinerweichende Schluchzen an. Die widerstreitendsten Gefühle huschten über sein zerschlagenes, blutendes Gesicht. Immer wieder seufzte er tief auf. Einmal hob er die Hand, wischte sich das Blut von seinen Lippen und starrte seine rotgefärbten Handrücken verständnislos an.

Dann war Jamuga still. Die Verzweiflung hatte ihn verstummen lassen. Reglos, mit herabgesunkenem Kopf, saß er da. Vorsichtig blickte Subodai sich um. Er zögerte. Dann legte er die Lippen an Jamugas Ohr und flüsterte:

„Hör mich an, Jamuga. Du hast gesagt, dein Volk ist unbewaffnet. Er erwartet uns nicht. Man wird es abschlachten wie die Lämmer. Ich gestatte dir, deinen Leuten noch heute nacht einen Boten zu schicken, der sie vor unserem Anrücken warnt, und sie eindringlich bittet, sich auf ihre Verteidigung vorzubereiten. Dann werden sie zumindest wie Männer fallen, die für sich und ihre Familien kämpfen."

Jamuga hob den Kopf. Mit ersterbenden Augen sah er Subodai an.

„Sie haben kaum Waffen", sagte er mit gebrochener Stimme.

„Trotzdem werden sie mit dem wenigen kämpfen, das sie besitzen." Nach kurzer Pause sagte er müde: „Das ist alles, was ich dir anbieten kann. Für mich ist es auch kein Vergnügen, unbewaffnete Menschen zu töten."

Er stand auf, trat zu einem Schlafenden, versetzte ihm mit ungewohnter Brutalität einen Stoß, hieß ihn aufstehen und sein Pferd satteln. Dann kehrte er zu Jamuga zurück und nahm wieder neben ihm Platz. Er öffnete seine Reisetasche und entnahm ihr ein derbes Stück Pergament und eine Feder. Beides legte er auf Jamugas Knie. Jamuga starrte das Schreibzeug blicklos an und rührte keinen Finger.

„Ich habe nur eine Bitte, Jamuga", sagte Subodai ernst, „und die lautet: Wenn wir uns dem Lager deines Volkes nähern, wirst du nicht versuchen, deinen Leuten zu helfen, denn ich habe den Befehl, dich unversehrt zu Temudschin zu bringen. Du mußt mir dein Wort geben, sonst ziehe ich mein Angebot zurück."

Jamuga griff mit starren Fingern nach der Feder. Jedes Leben war aus seinem Gesicht gewichen. „Ich gebe dir mein Wort", sagte er und begann zu schreiben. Die Schriftzeichen waren unbeholfen und zittrig.

Er beschwor sein Volk, sich bis zum letzten Tropfen Blut zu verteidigen, da der mörderische Feind heranrücke.

„Ich weiß, Ihr habt wenig Waffen, um Euch zu wehren, aber

568

ich flehe Euch an, wie Männer für alles, was uns teuer ist, zu kämpfen. Das ist alles, was ich für Euch zu tun vermag. Und ich beschwöre Euch, mir meine Schuld an Eurer Tragödie zu verzeihen. Auf Knien beschwöre ich Euch, meiner nicht in Bitterkeit zu gedenken, sondern in dem Bewußtsein, daß ich Schmerz und Tod mit Euch teile."

Er hob die Feder. Beinahe wäre sie seinen Fingern entglitten, aber er war sichtlich noch nicht zu Ende.

Wieder begann er zu schreiben, und jetzt zitterte seine Hand derart, daß die Schriftzeichen kaum leserlich waren:

„An Yesi, meine Gemahlin: Meine einzig Geliebte, verzeihe mir Dein Geschick. Ich weiß, daß die Frauen und Kinder unseres Volkes als Sklaven in Temudschins Lager gebracht werden sollen. Und ich bitte Dich aus ganzem Herzen, dies nicht mit Dir und meinen Kindern geschehen zu lassen. Wir werden uns wiedersehen, Geliebte. Deine christliche Religion hat Dich das gelehrt. Jenseits dieser Finsternis werde ich Dich und meine Kinder wieder umarmen. Bis morgen, meine innigst geliebte Frau."

Er übergab Subodai das Pergament, der es ohne zu zaudern las.

Der des Lesens unkundige Krieger stellte sich nun zur Befehlsentgegennahme. Subodai reichte ihm den Brief, heftete den Blick auf ihn und sagte leise und deutlich:

„Dies ist eine Botschaft des Tarkhans Jamuga Sechen, in der er sein Volk aufruft, sich widerstandslos zu ergeben. Übergib diese Nachricht den alten Männern, die lesen können."

Der Krieger salutierte, schnellte auf dem Absatz herum und entfernte sich. In der tiefen Stille vernahmen sie den Hufschlag seines Pferdes, das in der Nacht entschwand.

XXI

Sein tiefes Mitleid bewog Subodai, Jamuga nicht zu gestatten, ihn und seine Krieger in das Lager der Naimanen zu begleiten. Er wußte, daß der Anblick dessen, was sich dort abspielen würde, dem Unseligen das Herz brechen mußte.

Deshalb ließ er Jamuga mit einem kleinen Trupp Kriegern zurück, um auf seine Wiederkehr zu warten.

Jamuga hatte aufgehört zu weinen. Er lauschte Subodais letzten, mitfühlenden Worten, aber verriet mit keinem Zeichen, daß er sie gehört hatte. Er machte bereits den Eindruck eines Toten. Die unerschütterliche Ruhe der Hoffnungslosigkeit hatte sich über ihn gesenkt. Subodai nahm an, daß seine Seele gestorben sei und nur das schwache Fleisch in den letzten Zuckungen der bewußtlosen Auflösung übrig war. Seine Augen waren glasig, sein Atem ging langsam und unregelmäßig. Er saß inmitten einer Gruppe von Kriegern, hatte den Blick starr auf den Boden gerichtet und ließ die Hände schlaff zwischen den Knien hinabhängen.

Subodai erteilte den Befehl, Jamuga jede Annehmlichkeit angedeihen zu lassen, die er wünschte. Er wußte, während er schweren Herzens davonritt, daß Jamuga nichts mehr essen und auch nie wieder ausruhen würde.

Die zurückbleibenden Krieger waren ärgerlich und beklagten sich mit aufsässigen Blicken auf Jamuga untereinander darüber, daß sie nicht an der Hatz teilnehmen durften, auf die sie sich schon so gefreut hatten. Sie befürchteten, nur die Überreste der Beute und die häßlichsten Weiber zu bekommen. Schließlich aber beruhigte sein Aussehen sie doch. Als ob wir einen Toten bewachten, murmelten sie. Einige tuschelten, daß sein Geist entschwunden sei und vielleicht ein fremder, böser Geist von seinem Körper Besitz ergreifen würde. Deshalb betrachteten sie ihn aus furchtsamen Augen.

Der Tag verstrich. Die unruhigen Krieger jagten in der unmittelbaren Umgebung auf Wild. Sie boten Jamuga Speise und Trank an, aber er blickte sie an, ohne sie wahrzunehmen. Stunde um Stunde wälzte sich vorbei, und er saß reglos, mit starrem, verglastem Blick und hängender Unterlippe. Sein Brustkorb hob sich kaum unter seinem Atem. Die Krieger ergötzten sich rund um ihn an Glücksspielen, lachten und sangen heiser. Aber er hörte sie nicht, und schließlich verstummten auch sie in abergläubischer Angst.

Die Nacht zog herauf. Die Krieger schliefen. Nur ein einziger hielt bei Jamuga Wache. Aber der rührte sich noch immer nicht. Unverändert hockte er da, als wäre er in sitzender Stellung gestorben.

Er legte sich nicht nieder. Er sprach kein einziges Wort und seufzte nicht einmal. Als der Morgen dämmerte, warf er sein strahlendes Licht auf Jamugas kaltes, eingefallenes Gesicht, das wie das Antlitz eines Toten wirkte.

Die Krieger staunten, daß er noch lebte. Ein oder zwei der weniger Blutdürstigen wurden sogar von ungewohntem Mitleid gestreift. Noch nie waren sie Zeugen so tiefer Verzweiflung geworden. Sie hofften, daß er zu jammern oder zu weinen beginnen würde. Dann hätten sie sich etwas erleichtert gefühlt.

Der Tag verging und wieder wurde es Nacht, und Jamuga wartete noch immer starr wie ein Bildwerk. Niemand konnte ahnen, ob er wachte, schlief oder bewußtlos war. Bei Einsetzen des Morgengrauens waren jene, die ihn bedauert hatten, bitter enttäuscht, daß er noch immer lebte.

Jetzt bereiteten sie sich auf die Rückkehr ihres Generals und ihrer Kampfgenossen vor. Ein oder zwei erkletterten eine Bodenwelle und spähten nach Osten. Über ihrem erregten Rätselraten vergaßen sie Jamuga, ihre Angst und ihr widerwilliges Bedauern. Wieder beschwerten sie sich, daß sie nicht mitkommen hatten dürfen und hänselten sich gegenseitig mit der Vorhersage, daß sie bloß die alten Vetteln und die schäbigen Reste der Beute bekommen würden. Sie ergingen sich in Mutmaßungen über die Schönheit der Naimanerinnen und machten derbe, obszöne Witze. Ein Mann jammerte, daß all seine Frauen aussähen wie Eselinnen. Er hatte gehofft, ein oder zwei hübsche Mädchen von den Naimanen zu ergattern.

„Bestimmt wirst du noch eine Eselin bekommen", verspotteten ihn seine Kameraden.

Um sich die Zeit zu vertreiben, hielten sie Ringkämpfe und Säbelgefechte ab. Ihre Stimmen hatten bereits den gehässigen Ton echter Streitsucht angenommen. Ihre Unruhe wuchs, und ihre Angst vor Jamuga schwand. Laut verhöhnten sie ihn und weideten sich an dem ihm bevorstehenden Geschick.

„Wenn seine Frau schön ist, wird sie mit unserem Gebieter schlafen und diesen bleichen Schatten vergessen", sagte der eine. „Sie wird ihm Söhne gebären und keine Ziegen."

Aber noch immer hörte und sah Jamuga nichts. Das bellende

Gelächter rührte ihn nicht. Stündlich verfiel sein Gesicht mehr, und immer stärker ähnelte er einem Toten.

Und dann, bei Sonnenuntergang des dritten Tages, brach ein Späher in begeistertes Geschrei aus. Die Krieger kehrten zurück. Der Posten berichtete, daß hinter ihnen eine große Anzahl von Jurten rumpelte, daß viele Pferde und eine umfangreiche Herde mitkam. Seine Kameraden liefen ihnen entgegen. Sie brüllten und polterten vor Begeisterung.

Sie vernahmen Jamugas schwachen, spitzen Schrei nicht, bemerkten nicht, daß er sich taumelnd erhob und schwer gegen die Flanke des weißen Felsens lehnte, der sie vor dem unausgesetzten Wind beschützt hatte. Sein gespenstisches, hageres Gesicht zuckte, seine ausgetrockneten Lippen bebten. Heiser schnappte er nach Luft; seine abgezehrten Finger faßten nach dem brüchigen Stein, und er schwankte.

Subodai ritt an der Spitze der breiten Kette siegreicher Krieger, Karren, Herden und Pferde. Er hielt den Kopf gesenkt und schien in schmerzlicher Betäubung dahinzureiten. Aus den Karren hinter ihm klang unaufhörliches Wimmern und Schluchzen.

Sobald er sich der Bodenwelle näherte, blickte er auf und sah Jamuga. Er biß sich auf die Lippen und gab seinem Pferd die Sporen. Angelangt, sprang er ab und rannte nach vorn. Die Krieger stürmten ihm brüllend entgegen, um sich unter die Rückkehrenden zu mengen. In dem Durcheinander näherte Subodai sich Jamuga, sah ihn rasch und bedauernd an und legte ihm den Arm um die Schultern.

Jamuga holte tief und schluchzend Atem. Verzweifelt klammerte er sich an seinen Freund und rief gebrochen: „Meine Frau? Meine Kinder?"

Subodai schloß die Augen. Er konnte den Anblick dieses Gesichts nicht ertragen.

„Tröste dich", sagte er behutsam. „Sie sind nicht hier."

Jamuga taumelte gegen ihn. Sein Körper erzitterte unter heftigem Schluchzen. Aus seiner Brust löste sich ein tiefes Stöhnen, als bräche ihm das Herz. Subodais Arm schlang sich fest um ihn, und sein schönes Antlitz wurde finster und ingrimmig wie in fürchterlichem Zorn.

„Du bist krank", sagte er mitfühlend. „Komm, du mußt dich in einer der Jurten niederlegen."

Jamuga schüttelte den Kopf. Seine Erschöpfung vertiefte sich, daß Subodai das Gewicht seines Körpers abstützen mußte.

„Dann wirst du neben mir reiten."

Er wollte, daß Jamuga an der Spitze des Zuges ritt, damit er möglichst wenig von dem ständigen Wehklagen der Gefangenen hören sollte. Jamuga verstand ihn, und wieder schüttelte er den Kopf.

„Ich reite zum Schluß", murmelte er schwach. „Ich habe dieses Elend verschuldet. Meine Ohren müssen sich mit den Schreien jener füllen, denen ich so entsetzliches Unrecht angetan habe."

Subodai fürchtete, daß Jamuga die Ankunft in Temudschins Lager gar nicht mehr erleben würde. Er setzte Jamuga seine eigene Trinkflasche mit Wein an die Lippen. Mechanisch schluckte Jamuga. Aber sein schmerzerfüllter Blick schweifte über Subodai hinweg und nahm nichts als den Karrenzug und das entsetzliche Wehklagen zur Kenntnis.

Halb trug, halb zerrte Subodai den Taumelnden zu einem Pferd und half ihm beim Aufsitzen. Der Worte nicht mächtig, saß Jamuga in stummer Qual vornübergebeugt auf dem Pferd. Subodai sprang auf seinen Hengst und ergriff die Zügel von Jamugas Roß. Er war in tiefster Besorgnis und wußte, daß er Jamuga um jeden Preis aus seiner Teilnahmslosigkeit reißen mußte.

„Dein Volk ist in tapferem Kampf gefallen", sagte er. „Es hat sich so meisterhaft verteidigt, daß ich eine stattliche Zahl meiner besten Leute verloren habe."

Jamuga sah ihn an. „Das ist mir kein Trost", sagte er schwach.

Die riesige Karawane setzte sich in Bewegung.

In seinem Sattel zusammengekauert, hörte und bemerkte Jamuga nichts als das Wimmern der Frauen und Kinder, die in den Karren mitgeführt wurden.

Und Subodai ritt neben ihm, hielt die Zügel seines Pferdes und sah bitter und todernst vor sich hin.

„Ich lebe nur, um zu gehorchen, nur um zu gehorchen", wiederholte er sich selbst in hypnotischer Litanei, als versuchte er, das Tosen der ihn bestürmenden Gedanken zu übertönen.

XXII

Im Morgengrauen rannte ein Offizier zu Temudschins Jurte. „Subodai rückt an!"

Temudschin hatte geschlafen. Nun war er schlagartig wach. Er knöpfte seinen Rock zu und zog sich die Stiefel an. Hutlos trat er ins klare Morgenlicht, und das rote Haar fiel ihm wie eine feurige Löwenmähne auf die Schultern. Längs eines purpurroten Berges war die Karawane deutlich zu erkennen. Temudschin beschattete seine Augen und betrachtete die Karawane lange Zeit. Dann kehrte er in seine Jurte zurück und setzte sich auf sein Lager.

Er bewegte sich nicht und starrte blicklos vor sich hin.

Eine dunkelrote dicke Ader pulsierte heftig wie eine schlanke, zuckende Schlange an seiner Stirn.

Nach langer Zeit wurde die Eingangsklappe der Jurte zurückgeschlagen, und Subodai trat blaß und ruhig ein. Er salutierte und stand hölzern vor seinem Khan.

„Ich bin zurückgekehrt", meldete er still. „Ich habe die Naimanen besiegt und deine Befehle ausgeführt. Ich habe Jamuga Sechen als Gefangenen mitgebracht."

„Du hast dich wacker gehalten", erwiderte Temudschin mechanisch nach langer Pause. Dann versank er wieder in Schweigen und sah Subodai an.

Subodai sagte: „Jamuga Sechen liegt im Sterben. Ich habe ihn in meine Jurte tragen lassen, damit er die so bitter benötigte Ruhe hat. Aber er wird nicht schlafen."

Temudschin stand auf und kehrte Subodai den Rücken zu.

„Laß ihn ausruhen", murmelte er. „Aber zu Mittag bring ihn zu mir."

Subodai salutierte und ging auf die Eingangsklappe zu. Er hatte sie schon erreicht, als er Temudschins Ruf vernahm. Langsam wandte er sich um. Temudschin heftete wortlos seinen durchdringenden Blick auf ihn. Sein Antlitz wirkte ganz fremd.

„Herr?" sagte Subodai gefaßt.

Temudschin aber starrte ihn nur an, und sein Ausdruck wurde immer befremdlicher. Dann machte er eine jähe Bewegung.

„Nichts. Es ist klar, daß du müde bist, Subodai. Ruhe eine Zeitlang, ehe du Jamuga zu mir bringst."

Subodai ging. Auf seiner Stirn standen kleine, kalte Schweißperlen. Und wieder nahm er seine Litanei auf: „Ich muß gehorchen!"

Er begab sich in seine Jurte. Das Lager befand sich in wilder, sieghafter Erregung. Viele Krieger aus weit abliegenden Clans waren während Subodais Abwesenheit eingetroffen. Die Stadt wimmelte von Fremden. Er aber zwängte sich durch die Menge, ohne sie zu beachten. Als er seine Jurte betrat, lag Jamuga entkräftet auf seinem Diwan, und eine von Subodais Frauen wusch ihm Gesicht und Hände. Jamuga ließ sich alles gefallen. Er schien sich seiner Umgebung oder der Frauen gar nicht bewußt zu sein. Als jedoch Subodai neben ihm stand, kehrte Leben in seine sterbenden Augen zurück. Er lächelte schwach und streckte seinem Freund die Hand entgegen. Subodai ergriff die unsichere Hand und hielt sie kräftig umschlossen.

„Das Ende der Reise ist in Sicht", sagte er und versuchte zu lächeln. „Sei tapfer. Du warst immer ein unerschrockener Mann."

Jamuga versuchte zu sprechen, aber die letzten Kräfte hatten ihn verlassen. In Subodai regte sich plötzlich die Hoffnung, daß Jamugas schwacher Lebensfunke noch vor der letzten Prüfung erlöschen könnte.

„Nicht du bist es, den ich bedaure", sagte er.

Jamuga schloß die Augen. Schlaf oder Bewußtlosigkeit hielten ihn umfangen. Subodai wußte es nicht. Nach langer Zeit gab er sachte Jamugas Hand frei und legte sie nieder. Entspannt und geöffnet wie die eines Toten lag sie da. Subodai blieb neben dem Diwan stehen und seufzte immer wieder tief auf.

Jemand betrat die Jurte. Es war Chepe Noyon, der wißbegierig gekommen war. Sobald er jedoch Jamuga erblickte, schwieg er still, und ein sonderbares Flackern zuckte in seinen sonst so kalten Augen.

Schließlich flüsterte er Subodai zu. „Das tut mir leid. Du hättest ihm den Todesstoß versetzen sollen."

Subodai wandte sein heroisches Haupt und antwortete: „Ich konnte nur gehorchen."

Trotz seines Bedauerns lächelte Chepe Noyon ihm mit spöttischem Staunen zu. „Bist du denn ein Narr?" fragte er. „Ich habe mir diese Frage selbst oft gestellt, aber bis heute weiß ich nicht die Antwort darauf."

Subodai schwieg. Er stand neben Jamugas Lager und blickte auf ihn hinab.

Noch jemand kam näher. Es war Kasar, begierig und ungeschlacht. „Ha!" schnaufte er bei Jamugas Anblick. „So hast du also den Verräter sicher vor seinen Richter gebracht, Subodai! Ich hoffe nur, daß seine Strafe der Schwere seines Verbrechens entspricht." Haß und Eifersucht, die ihn ein Leben lang geplagt hatten, spiegelten sich auf seinem einfältigen, breiten Gesicht, als er Jamuga ansah. Tiefe Befriedigung erfüllte ihn. Er schnaufte vor Schadenfreude.

Chepe Noyon wollte schon mit seiner gewohnten spöttelnden Verachtung antworten, als er plötzlich erstaunt und mit offenem Mund anhalten mußte. Denn eine unerwartete Verwandlung war mit Subodai geschehen. All seine Ruhe, seine bildhafte Reglosigkeit waren dahin. Seine blauen Augen loderten wie Blitze, und die Zähne glänzten zwischen seinen Lippen. Er sah aus, als wollte er sich auf Kasar stürzen. Er packte den stämmigen kleinen Mann an der Kehle und schüttelte ihn heftig. Seine Daumen preßten sich in seinen Hals, und er stieß heisere, kehlige Laute aus. Kasar versuchte sich freizukämpfen. Die Augen wurden ihm groß und glotzten entsetzt. Seine Lippen schwollen auf. Seine Hände zerrten an den würgenden Fingern an seinem Halse. Er taumelte. Subodai zwang ihn in die Knie und umklammerte seine Kehle noch fester. Kasar ließ den Kopf von einer Seite zur anderen pendeln. Sein Gesicht wurde violett, die schwarze Zunge rutschte ihm zwischen den Lippen hervor, und er keuchte erstickt wie ein Tier. Die Augäpfel wurden sichtbar und seine Brust wölbte sich in der verzweifelten Anstrengung, einen einzigen, lebensrettenden Atemzug tun zu dürfen.

Chepe Noyon sah unbeteiligt zu. Er grinste hämisch, und seine Nasenflügel wurden breit. Er kniff die Augen zusammen, um im

Halbdunkel der Jurte besser zu sehen. Dann sagte er in leichtem Plauderton:

„Ich würde ihn nicht töten, Subodai, obwohl es mir schwerfällt, dir diesen Rat zu erteilen. Temudschin wäre damit gar nicht einverstanden."

Subodai aber schien jenseits der Überlegung zu stehen. Sein schönes Gesicht hatte sich in grauenhafter Wut dunkel gefärbt. Er schien unter einem entsetzlichen Zwang zu stehen. Die tierischen Laute sprudelten weiter aus seiner Kehle. Er beugte sich über Kasar. Seine Daumen staken tief im Fleisch seines Opfers. Er schüttelte Kasar hin und her und drückte ihn nach hinten. Eine dünne Spur blutigen Schaumes erschien auf Kasars rasch schwarz werdenden Lippen. Die Pupillen seiner Augen waren nicht mehr zu sehen und nur die Augäpfel quollen grünlichweiß und blutunterlaufen hervor.

Chepe Noyon packte ihn bei den Armen. „Ich mag dich zu gern, um deiner Hinrichtung beizuwohnen", sagte er kühl. Dann faßte er Subodai mit eisernem Griff um die Kehle, aber es war, als hielte er einen Mann in Trance fest. Subodai bemerkte ihn gar nicht. Er lachte tief und irr. Da bückte Chepe Noyon sich einfach und schlug seine Zähne in Subodais Hände. Immer tiefer drangen sie in die Sehnen Subodais ein. Er ließ nicht locker, ehe er fühlte, daß Subodais Hände Kasar freiließen. Etwas Schweres kollerte gegen ihn, und er wußte, daß es der Körper von Temudschins Bruder war. Lächelnd blickte er dann auf und wischte sich Subodais Blut von den Lippen. Kasar lag zuckend auf dem Boden und griff nach seiner mißhandelten Kehle.

Er schluchzte und schnappte nach Luft und holte tief und qualvoll mit pfeifendem Seufzen Atem.

Subodai aber war zu Füßen des bewußtlosen Jamuga auf dem Diwan zusammengesunken. Er hatte sich die blutenden Hände vors Gesicht geschlagen und gab keinen Ton von sich.

Chepe Noyon ergriff Kasar geschickt bei den Armen und stellte den Halbtoten auf die Beine. „Du bist ein Hund", sagte er freundlich. „Aber du kannst von Glück sagen, daß du einem Hundeschicksal entronnen bist."

Er betrachtete Kasars violettes Gesicht mit Vergnügen. Dann

zerrte er ihn zur Eingangsklappe der Jurte und warf ihn kühl hinaus.

„Ich habe ihn nie gemocht", bemerkte er und begann, in sich hineinzulachen.

Subodai aber schien genauso bewußtlos zu sein wie Jamuga.

XXIII

Zu Mittag weckte Subodai Jamuga. Das war keine leichte Aufgabe, denn der Unglückliche war in tiefe Betäubung versunken. Subodai aber rieb ihm die Hände, hielt ihm Wein an die blassen Lippen, und schließlich erwachte er. Mühsam kehrte er aus seiner Betäubung zurück wie aus dem Tod.

„Unser Herr hat befohlen, daß du jetzt vor ihm erscheinst", sagte Subodai. Er half Jamuga in seinen Rock und die Stiefel. Jamuga schien noch immer nicht voll bei Bewußtsein zu sein. Subodai glaubte schon, er hätte ihn nicht gehört, aber nach kurzer Zeit antwortete er leise:

„Das hätte er mir erlassen können."

Subodai schwieg, aber sein Lächeln war liebevoll und ermutigend. Er legte den Arm um Jamuga und half dem Taumelnden aus der Jurte. Draußen war blendender Sonnenschein, und die gelbe und rötliche Landschaft schimmerte in Strömen von Licht.

Subodai sagte schlicht: „Verzeih mir."

Jamuga runzelte in schmerzlichem Bemühen, sich zu konzentrieren, die Stirn und starrte Subodai verständnislos an. Dann sagte er ergeben: „Kein Mensch kann anders handeln, als es ihm angeboren ist." Und er drückte schwach Subodais Hand.

Er sah sich um, zwinkerte im grellen Licht und begriff zum erstenmal, was geschah. Tausende Krieger waren eingetroffen und rüsteten sich für den Feldzug gegen Ung Khan. Das Lager dröhnte im Gewirr der Vorbereitungen. In den schmalen Durchgängen zwischen den Jurten drängten sich fremde, bewaffnete Männer mit grimmigen, dunklen Gesichtern. Subodai war erleichtert. Jamuga würde den Weg zu Temudschins Jurte relativ unbemerkt zurück-

legen. Er versuchte, Jamuga ein wenig anzutreiben, aber Jamugas unsichere Schritte gestatteten das nicht. Dann zog Subodai ihm rück-
sichtsvoll die Kapuze übers Gesicht, damit die Mongolen ihn nicht
erkennen sollten, die schon wieder den Überfall auf die unseligen
Naimanen vergessen hatten und sich begeistert auf die gewaltigere
Schlacht vorbereiteten.

Jamuga blieb stehen. Er schob die Kapuze zurück und sagte
flehentlich: „Subodai, laß mich einen Augenblick anhalten, damit
ich mich von den Frauen meines Volkes verabschieden kann."

Bekümmert erwiderte Subodai: „Das ist mir verboten."

Jamuga seufzte. Er neigte den Kopf, und die Kapuze rutschte ihm
übers Gesicht. Gleich einem Traumwandler ließ er sich von seinem
Freund führen. Wieder restlos in seinen Schmerz versunken, wurde
er sich seiner eigenen Schritte kaum bewußt.

Subodai hatte ihn angehalten. Er schob ihm die Kapuze aus der
Stirn und blickte sich mit rotgeränderten Augen um. Er stand
vor Temudschins riesiger Jurte, und hier war alles still, bis auf die
beiden erstarrten Wächter zu beiden Seiten.

„Weiter darf ich nicht mit dir gehen, Jamuga", sagte Subodai.
Er zögerte, dann rang er sich ein Lächeln ab. „Vor allem warst du
immer für deinen Mut berühmt."

Trotz seiner Qualen lächelte Jamuga ironisch. „Selbst die geringsten Tiere haben Mut. Menschen sollten mehr als das haben", sagte
er mit seiner brüchig gewordenen Stimme.

Subodai schob die Eingangsklappe zur Seite, und Jamuga bückte
sich und trat ein. Er bewegte sich mit neuer Kraft und Fassung.

Temudschin saß in der Mitte der schwach erleuchteten Jurte auf
seinem weißen Pferdefell, hatte die Arme über der Brust verschränkt und den Kopf gesenkt. Er schien unter dem Einfluß einer
Droge zu stehen, denn er bewegte sich nicht und sah nicht auf, als
Jamuga eintrat. Und Jamuga stand vor ihm. Er hatte sich hoch
aufgerichtet, und sein edles Heldentum schimmerte aus seinem weißen, verfallenen Gesicht. Minuten verstrichen, und keiner der beiden Männer bewegte sich oder sprach. Jamugas Verzückung vertiefte sich, bis ein bleiches, geheimnisvolles Licht von ihm auszustrahlen schien.

Dann hob Temudschin ganz langsam die Augen, und sie waren

nicht mehr grün, sondern wolkengrau. Er heftete sie auf Jamuga und betrachtete ihn sonderbar unbeteiligt. Und Jamuga sah diesen Mann an, der ihm so bitteres Unrecht angetan und ihn gebrochen hatte, und langsam kehrte das Leben mit seinem ätzenden Grimm in seinen Körper zurück.

Keiner sprach. In dieser tiefen Stille war sich jeder nur der Gegenwart des anderen bewußt. Einmal hatten sie einander mehr als alles andere geliebt, die gleiche Decke geteilt und den heiligen Eid der Blutsbrüderschaft geschworen. Zwischen ihnen stand mehr als nur der Zufall von Blut oder Schicksal. Es herrschte völliges Verstehen, ein Band des Geistes, das niemals gebrochen werden konnte, nicht einmal jetzt.

Dann hob Temudschin zu sprechen an, und seine Lippen teilten sich kaum, um seine wie aus weiter Ferne klingende Stimme entschlüpfen zu lassen: „Jamuga Sechen, du hast dich des Verrats an mir schuldig gemacht."

Jamuga bewegte sich, und seine eigene Stimme antwortete Temudschin klar, bitter und qualvoll:

„Falls das Verrat ist, dann würde ich ihn wieder und immer wieder bis ans Ende der Welt begehen!"

Das Herz schien ihm die Brust mit einem unerträglichen, geheimnisvollen und nicht zu begreifenden Schmerz zu zerreißen. All das, was er bisher gelitten hatte, war nichts im Vergleich zu diesem Schmerz, der unfaßbar war.

Und wieder sahen sie einander in dieser drückenden Stille an.

Dann bemerkte Jamuga zum erstenmal, daß eine Veränderung mit seinem Blutsbruder vor sich gegangen war. Temudschin war hagerer, düsterer und rätselhafter denn je. Ein unbekanntes Leid hatte seinem Gesicht Starrheit und seinen Augen einen Ernst ohne jede Wildheit verliehen. Etwas peinigte ihn unmenschlich. Seine grauen Lippen waren zerbissen und verzerrt. Und Temudschin sah alle Spuren des Leidens in Jamugas Gesicht und die weiße Verzückung des bevorstehenden Todes in seinen Augen.

Dann vernahm Jamuga von diesem schrecklichen Menschen sonderbare Worte:

„Ich hätte dich um unseres alten Eides willen verschont."

Jamugas Lippen teilten sich in einem tiefen, zitternden Seufzer.

Der Schmerz in seinem Herzen vertiefte sich, aber er vermochte nicht zu sprechen.

Temudschin sah von ihm fort, und sein düsterer Ernst trat deutlicher hervor.

„Aber du bist zu meinem Feind geworden, und ich habe gelernt, daß ich keinem Feind das Leben lassen darf. Ich wage es nicht, ihn leben zu lassen, wenn ich nicht zugrunde gehen will."

„Ich war niemals dein Feind", erwiderte Jamuga mit schwacher, klarer Stimme. „Das weißt du im Grunde deines Herzens. Als wir Blutsbrüder wurden, verschmolzen unsere Herzen, und wir haben uns mit Worten vereint, die nur der Tod und vielleicht nicht einmal der löschen kann. Selten war ich der gleichen Meinung wie du, und wir haben oft gestritten und einander Vorhaltungen gemacht, aber du kennst meine Loyalität und Liebe, und daß ich für dich tausend Tode gestorben wäre und tausend Wunden ertragen hätte."

Seine Stimme brach. Tränen liefen ihm übers Gesicht. Temudschin bewegte sich wie unter Schmerzen. Er bedeckte die Augen mit der Hand, um den Anblick Jamugas auszuschließen.

„Trotzdem", murmelte er, „bist du immer deinen eigenen Weg gegangen, und ich habe ein tödliches Unrecht von dem Mann erlitten, von dem ich es am wenigsten erwartet habe. Du hast unseren Eid verletzt, du hast dich, von deiner eigenen Torheit berauscht, von mir gewendet."

„Ich habe mich nie von dir gewendet", sagte Jamuga gebrochen. „Aber du hast mir einen Befehl erteilt, den ich nicht ausführen konnte. Du hast mich in den Staub getreten und alles, was ich je geliebt habe, ermordet, und trotzdem würde ich wieder genauso handeln, solange noch ein Funken Leben in mir ist."

Temudschin ließ die Hand sinken und sah Jamuga voll an. Schon schien er leidenschaftlich antworten zu wollen, und dann vermochte er nur zu schweigen. Der Reflex des Sonnenlichtes drang durch die Eingangsklappe und erfüllte die Jurte mit kräuselnden Wellen erstickten Glanzes. Sie plätscherten über Jamugas tragisches Antlitz und seine standhaften, heroischen Augen. Temudschin wandte nicht den Blick von ihm, und der Ausdruck tiefer Traurigkeit breitete sich über seine Züge.

„Jamuga, du hast viel Leid erfahren, aber ich weiß, daß du kein

Verräter bist. Deine Eitelkeit und deine engstirnige Tugend haben dich irregeleitet. Du hast nie gelernt, Kompromisse zu schließen. Jeder Kompromiß wäre einer Vernichtung deines ureigensten Ichs gleichgekommen, und die kann nur der Tod allein bewirken."

Er setzte ab und fuhr dann mit wehmütigem Tonfall fort: „Weil du gelitten hast und um unseres alten Schwures willen biete ich dir jetzt nicht den Tod, sondern den Frieden an."

Jamuga lächelte grimmig. „Friede!" murmelte er. „Welchen Frieden gibt es noch für mich? Hinter mir liegen Finsternis und Verderben und alles, das ich geliebt habe. Mein Leben ist Wasser, das im Sande versickert ist. Es ist vergossenes, verschwundenes Blut. Vor mir erstreckt sich die Zukunft wie ein Grab, ohne Hoffnung, oder Freude oder Vergessen, von keiner Vision erhellt und einzig mit den Schatten jener bevölkert, die ich verloren habe. Ich würde wie ein Gespenst unter den Lebenden wandeln, ein für alle Zeiten Heimatloser und Verzweifelter." Er seufzte gequält auf.

„Wie kann ich in einer Welt leben, wie du sie gestaltest? In jener Welt ist kein Platz für mich. Ihre Betrachtung ist mir unerträglich, ihr Anblick zu grauenhaft für meine Augen. Ich sterbe lieber, um sie hinter mir zu lassen und in ewiger Finsternis zu vergessen."

Temudschin hörte ihn an, und etwas von seiner alten Unversöhnlichkeit kehrte wieder in sein Gesicht zurück. Aber er sagte nichts.

Und jetzt schien eine plötzliche übernatürliche Leidenschaft, die geheimnisvoll und gräßlich war, Jamuga zu erfassen. Er schien zu wachsen. Das lodernde Licht erhellte seine sterbenden Augen. Mit zitterndem Finger wies er auf Temudschin, der unwillkürlich zurückschreckte:

„Aber die Welt, die du erschaffen wirst, wird in einem roten Nebel verwehen, und die Welt, die andere gleich dir gestalten wollen, wird ebenfalls vorüberziehen, und es wird keine Spur von dir zurückbleiben! Denn dein Weg ist der Weg des Todes, und alles Lebendige muß sich von dir abwenden. Am Ende wird der Tyrann vom Gewicht seiner Opfer erdrückt. Die Städte, die er geschleift hat, werden wieder erstehen. Das Korn, das er niedergebrannt hat, wird frisch gesät werden, und der von ihm vergiftete Quell wird wieder in alter Reinheit fließen. Wo er seine Flaggen aufgepflanzt hat, werden frische Weiden in Frieden grünen, und wo seine Horden geritten sind, wird das Gras wachsen und ihre Spuren verlöschen.

Ich habe einen Traum geträumt und eine Erscheinung gehabt, und sie sind das wahre Leben. Sie sind wie das Wachstum des Waldes und der lebendige Fluß. Tausende Male wirst du die Erde heimsuchen und Tausende Male wirst du vergessen werden und die Menschheit wird überleben, um den Boden zu bebauen und ihre Wohnstätten zu errichten. Denn das Gute ist unvergänglich, aber alles, was du tust, wird wie Sand durch deine Finger rinnen und wieder in der Wüste versinken."

Die kräftige, fanatische Stimme erstarb, aber der sonderbare Glanz umhüllte ihn auch jetzt noch. Und wieder erfüllte lange Stille die Jurte.

Dann erhob Temudschin sich. Er stand vor Jamuga, und dann streckte er die Hand aus und legte sie seinem Blutsbruder auf die Schulter. „Friede sei mit dir", sagte er mild.

Er zog seinen Dolch aus dem Gürtel und drückte ihn in Jamugas eiskalte Hand. Lang sah er ihm in die Augen und sein Blick war nicht grimmig, sondern nur voll Kummer und Müdigkeit. Dann wandte er sich ab, ging aus der Jurte und ließ Jamuga allein.

XXIV

Temudschins Spione berichteten ihm, daß Ung Khan, oder auch Wang Khan, mit seinem Sohn Sen-Kung und ein mächtiges Aufgebot koraitischer Krieger die langen Abhänge des Baikalsees herabschwärmten und sich ihm näherten. Er wußte, daß Ung Khan das Volk östlich des Baikalsees aufgewiegelt hatte und sie bereit waren, anzugreifen und hinter Ung Khan anmarschierten, um ihm beizustehen.

Temudschin erkannte, daß, sobald Ung Khan besiegt war, Zügellosigkeit und Panik sich im eigenen Volk des alten Koraiten verbreiten würden, um auf die Stämme östlich des Baikalsees und all die anderen unbesiegten Stämme der Merkiten, Naimanen,

Uiguren und Onguten überzuspringen. Das oberste Gebot war daher, Ung Khan zu besiegen und zu töten.

Er berief seine Khane zu einer Beratung zusammen. Anschließend wurde Ung Khan ein Brief übersandt, der angeblich von dem verschreckten Kasar, Temudschins Bruder, verfaßt worden war.

„Mein Bruder Temudschin, der Khan, ist von einer geheimnisvollen Krankheit befallen worden, und unser Volk hat mich berufen, seinen Platz einzunehmen. Ich habe darauf eine Beratung einberufen, und die Khane haben mich davon überzeugt, daß jeder Widerstand gegen Dich unseren Untergang bedeuten würde. Außerdem bin ich sicher, daß nichts Gutes aus einem Zwist zwischen den Jakka-Mongolen und dem Volk des Pflegevaters meines Bruders erwachsen könnte, und daß es meine Pflicht ist, Dir in Temudschins Namen den Ausdruck seiner Reue und sein Versprechen kindlichen Gehorsams anzubieten."

Der mißtrauische Sen-Kung witterte eine Falle in diesem Schreiben, aber Ung Khan, der sich Temudschins jetzt nur mehr so erinnerte, wie er ihn zuletzt gesehen hatte, nämlich als kleinen Edelmann, dessen Existenz von der Großmut der Städte abhing, schwelgte in Begeisterung. „Ich kenne diesen Hund!" rief er. „Immer auf seinen Vorteil bedacht, immer verschlagen, ohne je etwas zu über- oder zu unterschätzen. Überlege doch, Sen-Kung: was ist er im Vergleich zu uns? Ein schäbiger Vagabund, ein erbärmlicher Häuptling der Steppe, ein Bandit und Räuber. Dabei ist er von scharfem Verstand. Er hat mittlerweile eingesehen, daß er es nicht wagen darf, uns Widerstand zu leisten."

In der gleichen Nacht kamen mehrere Reiter atemlos in Ung Khans Lager geritten und erklärten, sie seien abtrünnig gewordene Khane des Bundes des Westens. Sie hätten sich von Temudschin losgesagt, behaupteten sie in zorniger Verachtung. Seine Angeberei hätte sie angewidert. Er hatte den Stolz und die Unabhängigkeit der Mitglieder des Bundes durch seinen Hochmut und die angemaßte absolute Autorität verletzt. Außerdem setzte er sie jetzt einer entsetzlichen Gefahr aus, die ihre Stämme nicht heil überstehen konnten. Sie fanden sich nicht länger damit ab. Sie hätten keinerlei Streit mit dem mächtigen Wang Khan und stellten sich daher unter seinen Befehl.

„Schicke einen Boten mit der Nachricht zu Temudschin, daß die klare Überlegung in uns die Oberhand gewonnen hat und daß wir, falls er dich angreift, an deiner Seite gegen ihn kämpfen werden."

Der durch den mißtrauischen Sen-Kung leicht argwöhnisch gewordene Ung Khan hörte den Männern aufmerksam zu. Dann war er erfreut und beruhigt. Er kannte den unbeugsamen, flammenden Stolz der Edelleute der Steppe und wußte, wie sie sich gegen Temudschins Oberherrschaft wehren würden. Sie waren dafür bekannt, wie eifersüchtig sie auf ihre Selbständigkeit bedacht waren. Trotzdem sagte er vorsichtig:

„Ist euch eine Erkrankung Temudschins bekannt? Mir ist die Nachricht zugegangen, daß er darniederliegt."

Sie schüttelten die Köpfe und einer gab verlegen zu, daß sie Temudschin schon vor mehreren Abenden verlassen hatten und nichts von einer angeblichen Krankheit wußten.

Die letzten Spuren von Ung Khans Mißtrauen zerstoben. Wären diese Khane unlauter und über Temudschins Geheiß hier gewesen, dann hätten sie von seiner sogenannten Krankheit gewußt und hätten sich lang und breit darüber ausgelassen. Ihre Unkenntnis sprach für ihre Glaubwürdigkeit.

„Wo stehen eure Stämme?" fragte der alte Koraite.

„Sie warten gleich hinter den Bergen im Osten."

„Dann ruft sie zusammen."

Die Khane zauderten. „Wir müssen Gewißheit haben, daß du die Absicht hast, uns im Wort zu bleiben", erwiderten sie.

Ung Khan lachte. „Das verspreche ich euch. Morgen abend werde ich euch allen ein Fest bereiten."

Er behandelte die Verräter, die das ganze Lager durchstreiften und alles genauest beobachteten, äußerst herzlich. Vielleicht wäre sein Argwohn neuerlich erwacht, wenn sie Temudschin weiterhin wortreich und beharrlich beschimpft hätten, aber sie schwiegen. Als Sen-Kung sie ob ihres früheren vorbehaltlosen Vertrauens zu Temudschin neckte, riefen zwei oder drei heftig, er sei ein großartiger Krieger und sie würden die neue Verbundenheit mit Wang Khan bereuen, falls Temudschin noch weiter verspottet würde. Damit wurden selbst Sen-Kungs Befürchtungen zerstreut.

Ung Khan schrieb Temudschin einen Brief, in dem er ihn spöttisch wegen seiner Erkrankung bedauerte und ihm von dem Überlaufen seiner Khane berichtete.

„Es ist Dir nicht gelungen, diese Männer von Deiner Macht zu überzeugen, o mein beherzter Pflegesohn! Sie haben Dich verlassen wie die Wiesel, sind mit dem Geheul kranker Hunde von Deiner Spur abgewichen. Auf diese Art haben sie ihre Weisheit bewiesen. Ihre Einsicht ist aber nicht die Deine. Ich fordere Dich daher auf, mich demütig um Bestrafung zu bitten und mir zu geloben, daß Du Deinen törichten und ruhmlosen Bund auflöst. Kommst Du meinem Befehl nicht innerhalb von drei Tagen nach, werde ich den Angriff kommandieren, und weder Du noch ein Angehöriger Deines Volkes wird verschont bleiben."

Genau diese Nachricht hatte Temudschin ungeduldig erwartet. Jetzt berief er die restlichen Khane zusammen.

„Unsere Brüder sind im Lager Ung Khans eingetroffen, und ich habe sein Schreiben erhalten. Jetzt warten wir weitere Nachrichten ab."

Innerhalb weniger Stunden langte eine Botschaft seiner Khane ein.

„Wir beschwören Dich, Temudschin, dem hochherzigen Angebot des großen Ung Khan nachzukommen und Dich ihm auszuliefern, ehe der Mond der dritten Nacht heraufgezogen ist. Wir werden an seiner Seite stehen, um mit ihm das Gelöbnis über die Auflösung des Bundes entgegenzunehmen. Verrenne Dich nicht in den Wahnwitz, ihm Widerstand leisten zu wollen. Wir haben nur viertausend Krieger zu unserer sofortigen Verfügung, und er hat sechstausend. Außerdem sind seine Krieger erfahrene Bogenschützen, verstehen gewandt mit dem Säbel umzugehen und brauchen keinen starken Kavallerieschutz. Vor ihrem unbeugsamen Kampfwillen wird unsere Kavallerie machtlos sein. Wir flehen Dich deshalb an, ihm sofort die Nachricht Deiner Kapitulation zu übersenden."

Temudschin ließ sich den Brief vorlesen und brüllte laut vor Begeisterung auf. „Wunderbar!" schrie er. „Dann haben sie also sechstausend Krieger, von denen etwa die Hälfte beritten ist! Schreibe, Subodai." Und er diktierte eine Antwort, die angeblich vom verschreckten Kasar stammte.

„Mein Bruder, der Khan Temudschin, liegt noch immer in tiefer

Bewußtlosigkeit, aber ich bin ermächtigt, Dir, o mächtiger Wang Khan, den Untertaneneid zu schwören und Dir unseren demütigen Gehorsam anzubieten. Ich werde am Morgen des vierten Tages mit Temudschins Schwert bei Dir eintreffen."

Dieser Nachricht legte er Temudschins Lieblingsschmuck bei, einen breiten Goldring mit einem einzigen, schimmernden blauen Stein.

Ung Khan las den Brief den verräterischen Khanen vor. Aber sie riefen verächtlich: „Das ist eine Lüge. Wäre Temudschin krank, dann hätten wir davon gewußt. Er fürchtet sich bloß und flüchtet sich in den Vorwand der Erkrankung, um der restlosen Demütigung zu entgehen."

Ein Schreiben wurde an Kasar auf den Weg gebracht, mit dem die Übergabe gnädig angenommen und er informiert wurde, daß Ung Khan ihn bei seiner Ankunft ehrenvoll empfangen würde.

Mittlerweile studierten die Khane die Position des Lagers ihres Gastgebers und machten ihre Pläne.

Ung Khan führte ein luxuriöses Leben, selbst wenn er sich auf einem Feldzug befand. Sein Zelt war mit Goldbrokat ausgehängt. Seine Offiziere waren in freundlichen Jurten untergebracht, die voll Schätzen, wie Pokale und Schüsseln aus ziseliertem Silber, und dicken Teppichen waren. Die Pferde waren mit Seide behängt und mit weichem, rotem Leder gesattelt. Die Schwertgriffe der Offiziere waren mit Gold und Edelsteinen verziert. Im Lager befanden sich viele Mädchen, die entweder sangen oder tanzten und alle die hübschen Gesichter stark geschminkt hatten. Flötenspieler und Geiger gestalteten die Nächte angenehm. Die Khane sahen sich alles an, betrachteten die Schätze neiderfüllt und entschieden, was Temudschin bei dessen Eintreffen die größte Freude bereiten würde.

In der dritten Nacht, als der Mond voll war, fand noch eine Feier statt, und die Khane taten, als tränken sie bis zur völligen Besinnungslosigkeit. Sie mußten in ihre Jurten getragen werden. Hinter den Jurten setzte sich das Singen, Tanzen und Feiern fort. Sobald sie überzeugt waren, daß sie nicht länger beobachtet wurden, versammelten sie sich an einem vorher bestimmten Ort und warteten. Der Khan mit den schärfsten Augen kroch wie ein Schatten auf eine Erderhebung zu und spähte nach dem Süden, von wo die Mongolen kommen mußten. Die anderen hockten bewaffnet und wachsam in der Dunkelheit und wagten nicht einmal zu flüstern. Unweit von ihnen marschierten langsam und gähnend die Wachtposten und lauschten mißgünstig der Musik und dem Gelächter. Die nur sehr teilweise zivilisierten Koraiten waren nicht besonders diszipliniert, und die Wachen traten von Zeit zu Zeit zusammen, um sich gelangweilt zu unterhalten.

Das Mondlicht überflutete die Gegend mit ihren Nadelbäumen und Pappeln, den Ebenen und Bergen, dem Fluß und den Felsbrocken mit weißem, geheimnisvollem Glanz. Jetzt aber verdämmerte der Mond. Zu ihrer Genugtuung stellten die Mongolen außerdem fest, daß der Himmel sich bewölkte, der Mond hinter diese Wolken rollte und sein Licht unsicher kam und ging.

Plötzlich kroch der Mongolen-Wachtposten die Bodenwelle bäuchlings hinab, bis er unten bei seinen Kameraden angelangt war. Jedem einzelnen legte er die Lippen ans Ohr und flüsterte beinahe lautlos:

„Unser Gebieter ist im Anmarsch. In Stundenfrist wird er hier sein."

Sie warteten mit angehaltenem Atem, und ihre Falkenaugen wichen nicht von den gähnenden koraitischen Nachtwachen, die ihren faulen Trott wieder am Rande eines höher gelegenen Stücks Boden aufgenommen hatten und sich wie Schatten vor dem marmorierten Himmel bewegten.

Dann lief ein kaum vernehmbares Signal durch die Reihen der Mongolen. Sie wagten nicht, noch länger zu warten. Selbst die Wachen mußten bald das gespenstische Aufrücken des Feindes bemerken. Auf lautlosen Sohlen sprangen sie daher auf. Jeder rannte auf einen im voraus ausgesuchten Wachtposten zu und warf sich auf ihn. Sie stießen ihre kurzen Dolche bis ans Heft in jeden arglosen Rücken, und mit kaum hörbarem Seufzen sanken die Wachen auf die Knie und dann aufs Gesicht. Es dauerte nur Sekunden, sie ihrer Turbane zu berauben, die sich die Mongolen nun selbst aufsetzten. Dann hüllten sie sich in die Mäntel der Wachen, unter denen sie das gezogene Schwert bereithielten, nahmen die Plätze der Toten ein und patrouillierten schweigend auf und ab.

Sen-Kung, in dem der wachsame Instinkt des Nomaden trotz

seiner Kultur ausgezeichnet entwickelt war, wurde plötzlich unruhig. Er saß neben seinem Vater, trank und sah den Tanzmädchen zu. Dann hielt er es nicht länger aus und sagte:

„Vater, irgend etwas hat meine Seele in Unrast versetzt, und ich wittere Gefahr. Gestatte mir, mich einen Augenblick zu entfernen, damit ich mit den Wachen spreche."

Ung Khan war eben in die raffinierten, obszönen Verrenkungen seiner Lieblingstänzerin versunken und nickte gleichmütig. Sen-Kung erhob sich und begann, den langen Abhang zu erklimmen, auf dessen Kamm die Wachtposten standen. Er sah sie hölzern auf und ab patrouillieren und aufmerksam den Horizont absuchen. Und doch gab er sich noch nicht zufrieden.

Er näherte sich einem Posten, der bis an die Nasenspitze in seinen Mantel gehüllt war.

„Alles in Ordung?" fragte er knapp.

Der Mann nickte. Als die anderen Wachtposten Stimmen vernahmen, blickten sie über die Schultern zurück und erstarrten. Ihre Augen glitzerten im fahlen Mondlicht. Die anrückenden Mongolen waren jetzt deutlich zu erkennen. Gleich körperlosen Geistern zu Pferde näherten sie sich dem Lager und waren vom Platz der Posten aus klar sichtbar.

Sen-Kung sog durch die breiten Nasenflügel tief die Luft ein. Er blickte um sich und wollte schon zum nächsten Posten gehen. Dann wanderte sein Blick zufällig nach Süden, und er sah den Feind, denn der Mond war plötzlich hinter einer Wolke hervorgerollt und zeigte die Reiterscharen scharf wie bei Tageslicht.

Sen-Kung zuckte heftig zusammen. Seine mühsamen Atemzüge waren deutlich in der Stille zu vernehmen. Dann riß er mit flinker Gebärde dem nächststehenden Posten den Mantel fort und sah unverhüllt das Gesicht eines der Khane. Das Gesicht starrte ihn drohend und feindselig an, und jetzt kamen die übrigen Wachen eilig mit gesenkten Schwertern auf ihn zugelaufen.

Der unselige Koraite sah die angeblichen Posten an und wußte, daß sein Schicksal besiegelt war. Sein letzter Gedanke aber galt seinem Volk. Er öffnete den Mund zu einem gellenden, verzweifelten Schrei. Im gleichen Augenblick stieß ihm schon der neben ihm stehende Posten das Schwert tief in die Gedärme und hielt ihm den

Mund zu. Selbst im Todeskampf aber rang der Koraite darum, seinen Leuten eine Warnung zuzurufen. Wie ein Wolf schlug er die Zähne in die Hand, die über seinen Lippen lag, und obwohl er ein Sterbender war, dem das Blut aus dem Leib sprudelte, hatte er immer noch die Kraft von drei Männern. In Sekunden mußte er frei sein. Er konnte die Beine der anderen sehen, die ihn umstanden. Er riß die fremde Hand von seinem Mund, zog das Knie an und stieß es in den Leib des Postens, der sich über ihn neigte.

Eben, als er seinen Warnschrei ausstoßen wollte, trat ihm ein anderer Mongole mehrmals mit voller Kraft gegen die Stirn. Der Körper des Sterbenden bäumte sich auf, die Arme tasteten ziellos in die Luft. Ein Stiefel trat ihm energisch ins Gesicht, und der Absatz drückte ihm die Augen ein. Endlich lag er still und bewegte sich nicht mehr.

Die Mongolen sahen einander schwer atmend mit grimmigem Lächeln an. Jetzt ließen sie ihre Mäntel fallen, ohne Rücksicht darauf, ob sie bemerkt wurden oder nicht, und schritten gemeinsam den Abhang zum Lager hinab, denn Temudschin und seine Krieger waren beinahe schon da.

Die Mongolen gaben sich nicht mehr die Mühe, jedes Geräusch zu vermeiden. Sie gaben ihren Pferden die Sporen und stürmten unter Hufgedonner und begeistertem Gebrüll auf das Lager zu.

Der etwas eingedöst gewesene Ung Khan wurde plötzlich vom entsetzten Gekreisch der Mädchen und dem Brüllen seiner Krieger geweckt. Mühsam rappelte er sich auf die Beine und stützte sich am geduckten Körper eines der Weiber ab. Er blickte über die Ebene hinab und sah die Mongolen und die Fahne, die sich im Mondlicht blähte. Entsetzt starrte er um sich und schrie kraftlos auf. Mit erstickter Stimme berief er seine Offiziere, die sich erhoben und im Feuerschein blinzelten.

Sofort bemächtigte sich des Lagers heillose Unordnung. Panik griff um sich. Die Krieger rannten wie blind durcheinander und griffen nach den von der Panik angesteckten Pferden, die an ihnen vorbeipreschten. Die Frauen drängten sich zusammen und erfüllten die Nacht mit ihrem Jammern. Menschen und Tiere rannten durch die Lagerfeuer, daß die roten Funken stoben. Die Offiziere versuchten, die Ordnung wiederherzustellen und die Soldaten zu formieren. Sie schnallten sich die Gürtel zu, die sie im Zuge des üppigen Mahls gelockert hatten, und teilten unter den ratlosen Kriegern brutale Fußtritte aus. Inzwischen liefen Temudschins Khane durch das Lager, machten sich die allgemeine Kopflosigkeit und den Lärm zunutze, um blitzschnell mit ihren Schwertern zuzustoßen und zu morden. Einige von ihnen ließen sich dabei sogar genügend Zeit, um eine Silberschüssel oder einen Pokal an sich zu reißen und ihn geschickt im Gewand zu verbergen. Reiterlose Pferde bäumten sich hoch empor und galoppierten im Kreise, während ihre Besitzer vergebens nach den Zügeln zu fassen versuchten.

In wilder Angst hetzte Ung Khan in seine kostbare Jurte und versuchte, unter die Körper von zwei Mädchen zu schlüpfen, die sich ins Zelt geflüchtet hatten. So sollte Temudschin ihn Sekunden später finden.

So überrumpelt und verstreut die Koraiten auch waren, zeigten sie sich doch tapfer und entschlossen. Die Mongolen brandeten wie eine unbezwingliche Woge ins Lager, hieben ohne Unterschied mit ihren Krummsäbeln nach rechts und links und sprengten auf ihren gewandten Pferden wie rachedurstige Schemen mit den grauenhaften Gesichtern erregter Besessener zwischen den Jurten hindurch. Ihr Weg war von Toten gesäumt. Die unvorbereiteten Koraiten versuchten vergebens, sie abzuwehren. Das Stöhnen und Schreien der Verwundeten und Sterbenden vertiefte das unbeschreibliche Durcheinander. Männer krümmten sich zu Tode getroffen vornüber und versuchten mit den bloßen Händen, ihre blutenden Wunden zu bedecken. Der Mond blickte auf die schwarze, zuckende Verwirrung, die Flucht und die Panik und die mordenden Mongolen hinab, die auf ihren Pferden hin und her ritten. Einige Koraiten wollten den Abhang erklettern und sich so dem Gemetzel entziehen. Jeder einzelne von ihnen aber wurde verfolgt, unbarmherzig niedergestochen und seines Schwertes beraubt.

In unwahrscheinlich kurzer Zeit waren die Koraiten völlig demoralisiert. Trotzdem ging das Gemetzel weiter, bis nicht einer mehr lebte und die weite, weiße Ebene mit den Bergen toter Menschen und Pferde übersät war.

Temudschin sprang schließlich von seinem Pferd. Lachend und blutverschmiert scharten seine Khane sich um ihn. Er beglückwünschte sie und schlug ihnen anerkennend auf Schultern und Rücken. Dabei ging die ganze Zeit über das Jammern und Schluchzen der verängstigten Mädchen weiter.

„Ihr habt euch ausgezeichnet geschlagen", sagte Temudschin, und seine grünen Augen und das Raubtiergebiß funkelten im Mondlicht. „Ich habe kaum ein Viertel meiner Krieger verloren, aber ohne eure Hilfe hätte ich niemals siegen können."

Subodai kam mit Chepe Noyon angeritten und meldete Temudschin, daß die Koraiten völlig aufgerieben seien. Temudschin nickte und wischte sich das blutnasse Schwert an seinen Stiefeln blank. Dann runzelte er die Stirn.

„Bringt die Weiber zum Schweigen", befahl er. Er blickte um sich. „Aber wo sind mein Pflegevater und sein Sohn?"

Alle schrien durcheinander, daß der alte Koraite verschwunden und sein Sohn tot sei. Wütend stampfte Temudschin auf.

„Ich muß ihn haben. Mit ihm rechne ich persönlich ab. Wenn einer von euch ihn getötet haben sollte, soll er es mir bitter büßen, denn ich habe ausdrücklich befohlen, daß er mir vorbehalten werden muß."

Sie begannen, unter den Toten zu suchen, schoben Arme und Mäntel beiseite, um in weiße, starre Gesichter zu blicken. Dann fiel Temudschins Blick auf das Zelt aus Goldbrokat, und er schritt darauf zu und steckte den Kopf durch die Eingangsklappe.

Hier bot sich ihm ein ungemein lächerliches Bild. Drei Mädchen saßen auf dem bäuchlings daliegenden alten Prinzen und bemühten sich krampfhaft, ihn mit ihren Beinen und ihrem Haar zu verdecken. Sie sahen Temudschin mit den weit aufgerissenen Augen gehetzter Tiere an, ließen nicht von ihren hohen Klagetönen ab, rangen die Hände und bejammerten laut den Tod ihres Gebieters.

Temudschin brach in schallendes Gelächter aus, und die anderen kamen, wahllos aufgegriffene Beutestücke in den Händen haltend, angerannt. Unfähig, vor Lachen zu sprechen, zeigte Temudschin auf die Mädchen. Dann schleuderte er sie beiseite wie Hunde und trat sie während ihres Sturzes in den Leib. Er packte Ung Khan beim Nacken und zerrte ihn ins Mondlicht hinaus.

Der alte Mann war außer sich. Er fiel auf die Knie und umklammerte Temudschins Beine.

„Ich beschwöre dich, verschone deinen alten Vater, mein Sohn!" jammerte er. „Ich beschwöre dich, an deinen alten Treueeid zu denken! Töte mich nicht! Ich bin alt, und die Last vieler Jahre liegt auf mir. Meine Tage sind gezählt, und meine Sorgen sind zahlreich wie die Fliegenschwärme. Wenn du mich jemals geliebt hast, dann verschone mich und schicke mich fort."

Temudschin sah seine Offiziere und Krieger an und grinste.

„Hört euch das Blöken dieser alten Ziege genau an! Gestern noch hat er seinen Sieg ausposaunt und konnte sich des Prahlens und der Drohungen gegen mich nicht genug tun! Heute kriecht er vor mir und bettelt mich an, sein erbärmliches Leben zu verschonen und ihn zurück zu seinen Lämmern zu schicken!"

Die anderen brüllten in heiserem Gelächter. Temudschin neigte sich über den winselnden alten Mann und versetzte ihm eine schallende Ohrfeige. Ung Khan fiel aufs Gesicht. In seiner grenzenlosen Todesangst blieb er demütig so liegen, ohne aufzuhören, um Gnade zu betteln. Er versuchte, Temudschins Füße zu küssen und stammelte dabei seine schluchzenden Bitten. Mit breitem Grinsen betrachtete Temudschin den alten Mann. Sein Gesicht war finster und tückisch.

„Mir ist die Geschichte zu Ohren gekommen", sagte er. „Ich habe erfahren, daß du deinen Sohn Taliph zu meinem Blutsbruder Jamuga geschickt hast, damit er ihn zur Abtrünnigkeit verführen sollte. Jamuga hat seinen Verrat mit dem Leben bezahlt. Jetzt aber will ich ihn rächen."

Wieder packte er den Alten beim Nacken, zog ihn hoch, hielt ihn fest in der Hand und ließ ihn in der Luft baumeln wie ein beim Kragen gefaßtes Kaninchen. Die golden schimmernden Stiefel hingen schlaff zu Boden. Aber Ung sah Temudschin feige an und hielt die Hände in stummer, verächtlicher Bettelei gefaltet. Seine Haltung und sein Aussehen reizten die Mongolen neuerlich zu brüllendem Lachen.

Temudschin spielte mit ihm und schlenkerte ihn hin und her wie einen Sack Kleider. Speichel floß von den flennenden Lippen des Alten, und er verdrehte die Augen. „Schone mich! Schone mich!" wimmerte er. „Jesus! Allah!"

Da hielt Temudschin Ung Khan ein wenig von sich ab und

durchbohrte ihm bedächtig den Leib mit dem Schwert. Immer wieder stieß er die Waffe durch den Bauch des Alten, bis er tot war. Dann ließ Temudschin das Schwert fallen, das schwarz und naß vom Blut im Mondlicht lag. Er schleuderte die Leiche von sich und trat ihr ins Gesicht.

„Ich habe mich gerächt", sagte er. Aber er sah längst nicht mehr Ung Khan vor sich, sondern Jamuga und Azara.

Die Plünderung ging systematisch vor sich. Als das Morgengrauen heraufzog, traten die Mongolen den Heimritt an. Die eroberten Schätze lagen in ihren Sätteln, und die weinenden Tanzmädchen ritten hinter ihnen.

Als Taliph erfuhr, was sich zugetragen hatte, floh er in den neuen Palast seines Vaters hinter der Großen Mauer.

XXV

Es geschah im Jahre des Leoparden, daß Temudschin Ung Khan besiegte und ihn ermordete und damit, wie er dachte, Azara und Jamuga gerächt hatte.

Aber die Schlacht war damit noch nicht gewonnen.

Jetzt machte er sich daran, den Rest der Koraiten mit unbarmherzigem Fanatismus zu unterwerfen. Niemals gestattete er ihnen eine Ruhepause, sondern verfolgte sie bis in ihre eigene Festung, die Stadt Karakorum in der Wüste. Die Koraiten waren tapfere Krieger und verachteten den „Nomadenbettler", aber all ihre Tapferkeit und Verachtung vermochte seinen blitzartigen Angriffen, der beinahe übernatürlichen Unermüdlichkeit des Feindes nicht zu trotzen. Und jetzt genügte schon die Nachricht, daß der rothaarige Mongole mit seiner Goldenen Horde im Anmarsch war, um wilde Panik unter den stolzen Koraiten auszulösen. Denn man munkelte, daß die Geister an seiner Seite ritten, daß keiner ihm zu widerstehen vermochte und seine erschlagenen Krieger sich wieder unversehrt erhoben. Temudschins Feinde wurden mehr vom eigenen Aberglauben und von der Angst in die Knie gezwungen als von seinen Horden und unbarmherzigen Kriegern. Unter den muselmanischen Koraiten erhob sich das Gerücht, daß Gott die Menschen mit einem unentrinnbaren Feind heimgesucht hätte.

Die Priester in den Moscheen riefen: „Wir haben gesündigt und Gott und seinen Propheten vergessen! Deshalb bestraft und vernichtet er uns jetzt!"

Und die Priester der Christen riefen aus: „Dies ist die Weissagung vom entfesselten Satan und dem Ende der Welt. Vor der Geißel Gottes sind wir Menschen ohnmächtig."

Die gnadenlosen Horden preschten wie Donnerschlag einher. Ihnen voran ritt ein Geisterheer, das mit übernatürlichen Kräften ausgestattet war. Es hieß, Temudschin sei allgegenwärtig. Zur gleichen Stunde fiel er an hundert verschiedenen, weit voneinander entfernten Orten über die unbesiegten Merkiten, Koraiten, Uiguren und Naimanen her. Die Menschen raunten sich zu, daß er auf einer Sturmbö angeritten komme. Zügellose Angst und Demoralisierung überschwemmte die Gobi. Zum Schluß waren es nicht mehr Temudschins Horden, die den Feind überwältigten, sondern es war allein sein furchterregender, geheimnisumwitterter Name.

Gegen Menschen kann man ankämpfen, lautete das verängstigte Getuschel, aber wie soll ein armseliger Mensch dem Willen Gottes trotzen?

Ein Volk ums andere fiel und ergab sich und sah seiner Ausrottung entgegen. Aber wieder ließ Temudschin große Weisheit walten. So oft ein Volk sich ihm ergab, sagte er: „Ihr seid Helden, denn ihr habt wie die Teufel gekämpft, wie es treuen Männern zukommt. Ich brauche euch. Kommt zu mir, verbindet euch mit meinem Volke und dient mir. Vor langer Zeit waren die Jakka-Mongolen ein Stamm. Jetzt sind wir eine Nation, und ihr könnt ein Teil von ihr werden, ihren Ruhm und ihre Siege mit ihr teilen und unbesiegbar wie der Schatten Gottes mit uns reiten."

Von seiner Macht, seiner Kraft, seiner Großzügigkeit und schon allein seinem Aussehen wie hypnotisiert, lehnte es kein einziger Stamm ab, sich seinem Volk anzugliedern. Und sie taten es mit Begeisterung, denn der geheimnisvolle Zauber hatte auch sie erfaßt, und sie waren bereit, für ihn zu sterben. Sie hoben die Augen zu ihm empor wie zu einer Gottheit. Der Mörder der Steppe schien tatsächlich mit dem Blitz des Himmels ausgerüstet zu sein. Schließlich streckten andere Völkerstämme kampflos die Waffen und drängten sich um die Fahne der neun Jakschwänze.

Auch in diesen Tagen seines berauschenden Triumphes bewies Temudschin seine tiefe Einsicht, denn er stellte an die Spitze eines jeden besiegten Volkes einen Herrscher aus ihren eigenen Reihen, dem sie vertrauten und dem er vertrauen durfte. Auf diese Weise führte er jeden unterworfenen Stamm zu Ruhe und Ordnung zurück und konnte sich in neue Eroberungen stürzen. Mit jedem Sieg schwoll seine Macht weiter an. Nie gönnte er sich Ruhe. Zu seinen Paladinen sagte er: „Der Erfolg einer Schlacht liegt darin, daß man sie zu Ende führt und das Ergebnis sicherstellt. Gebt niemals eine Stellung auf, ehe ihr überzeugt davon seid, daß sie euch für alle Zeiten gehört."

Stadt um Stadt fiel in seine Hände, oft ohne auch nur den Versuch eines Widerstandes zu machen. Bei kampfloser Übergabe durften die Krieger plündern, nicht aber die Einwohner behelligen oder sie gänzlich enteignen. Temudschin brauchte in erster Linie Untertanen. Durch seine Großzügigkeit verwandelte er verschreckte Feinde in leidenschaftliche Freunde.

Innerhalb von drei Jahren eroberten seine Horden die Täler und Städte der Osttürkei, die Städte, Weiden, Ländereien und Flüsse der Taijuten, Naimanen, Uiguren und Merkiten. Längs der zuckenden Flanke der Großen Mauer von Kathai ritten seine Krieger und durchbohrten längs der niedrigen, sonnenbleichen Gebirgskette im Norden wie lebende Rammpfähle die alten Städte Khoten und Bischbalik, preschten wie der Wirbelwind dahin, ließen völlige Unterwerfung und Demoralisierung hinter sich und pflanzten ihre Standarten in den Palästen von Sultanen und Prinzen, in Moscheen, Tempeln und Kirchen auf.

Die wunderbarsten Fabeln wurden von seinen grauen Augen und seinem roten Haar, seinem strahlenden Lächeln, seiner Großmut, seiner Tapferkeit und Unbezwinglichkeit erzählt. Durchtrieben wie immer, machte er zuerst Regierende und Priester zu seinen Untertanen und Freunden und überließ ihnen den Rest.

Er wußte, daß neben einem vielköpfigen Heer der Aberglaube und Schrecken Macht bedeuteten. Er versuchte, Unterwerfung mit Versprechen zu erzielen, die er immer hielt. Hatte er damit keinen

Erfolg, dann kannte er kein Erbarmen. Die Männer wurden erschlagen, die Frauen versklavt, die Kinder von den Mongolinnen adoptiert und Weiden und Städte den Eroberern zugeteilt.

Er hatte eine geheimnisvolle Begabung dafür, das Richtige zu tun, und beging niemals einen Fehler. Dadurch häuften sich die Erzählungen von seinen übernatürlichen Kräften, und oft brauchte er nur auf einen Landstrich oder eine Stadt zuzureiten, damit ihm die dort Regierenden schon entgegeneilten und ihm völlige Unterwerfung anboten.

Schon längst ordneten sich nicht nur Nomadenhorden seinem Reich unter. Reiche Kaufleute, Händler und Adelige unterwarfen sich ihm, und selbst Philosophen und Lehrer von Hochschulen schlossen sich ihm voll Verehrung an. Selbst die Bildung wappnete sich nicht gegen seine Macht. Jene, die ihre Schüler über Menschenwürde aufgeklärt und ihnen das Wissen von Generationen vermittelt hatten, waren oft die ersten, die von „der Hand Gottes und dem Ruhme Temudschins" faselten. Er ergänzte sein Gefolge mit Gelehrten, Astrologen, Wissenschaftlern und Ärzten, die ihn in ihren Sänften begleiteten und mit ihm ums Lagerfeuer saßen, wenn Rat gehalten wurde. Zu seinen Günstlingen zählte ein Arzt, der sich um sein Wohlergehen kümmerte. Chepe Noyon und Subodai lächelten insgeheim und sprachen von der sonderbaren Ähnlichkeit dieses Arztes mit dem toten Kurelen.

Die uralten Fehden der Gobi wurden von den Hufen von Temudschins Horden niedergetrampelt. Die alte Unabhängigkeit und Freiheit des Nomaden waren dahin. Die Völker der Gobi wurden zu einem Feudalsystem verschmolzen, in dem nur ein einziges Gesetz herrschte, nämlich der Wille Temudschins.

Gelehrte aus Kathai hatten behauptet, die Freiheit sei das höchste und liebste Gut der Menschen. Diese Behauptung entpuppte sich als schmähliche Lüge, denn Temudschin wußte, daß der Mensch mehr noch als die Freiheit die Peitsche und das Schwert liebte, mehr als einen selbst gewählten Anführer den Tyrannen bewunderte, der ihm jede Denkfähigkeit absprach und ihm befahl, statt sich mit ihm zu beraten. Er wußte, daß die völlige Unterwerfung den Männern die gleiche Wollust gewährte, wie die Frauen sie heimlich bei den Vergewaltigungen empfanden. Die Verneigung vor dem Stärkeren bedeutete ihnen tiefste Befriedigung. Und je mehr Menschen er besiegte und ihre hündische Bewunderung bemerkte, desto größer wurden sein Haß und seine Verachtung für alle Menschen.

Er dachte bei sich: „Es sind seelenlose Tiere. Wären sie es nicht, würden sie den Tod und endlose Mühsal dieser Speichelleckerei vorziehen." Aber diese Einsicht behielt er für sich. Statt dessen sagte er den Besiegten, daß sie Helden seien und er sie nur unterworfen hatte, um ihre eigene Kraft zu stärken und sie als Herrenmenschen über die Welt regieren zu lassen. Immer tiefer verachtete und haßte er die Priester, die mit ihren Überredungskünsten die Menschen dazu brachten, ihre Freiheit und Unabhängigkeit aufzugeben. Ob es sich um Buddhisten, Christen, Schamanen, Muselmanen, um Anhänger Konfuzius' und Taos handelte, er konnte sich darauf verlassen, daß die Priester ihm die Menschen gebunden und hilflos zuspielten. Deshalb war er bis an sein Lebensende davon überzeugt, daß die Priester die Feinde aller Menschen seien, und achtete sorgsam darauf, sich vor ihnen wie vor Schlangen zu hüten.

Jetzt war er der Herr der Gobi. Aber noch war er nicht zufrieden. Er berief einen Rat der Khane, denn er wußte, daß nun die Zeit reif war, ihm die am heißesten ersehnte Ehre zuteil werden zu lassen.

XXVI

Die Khane kamen. Es waren so viele, daß sie allein schon eine Horde bildeten. Sie näherten sich ihm wie die Priester einer Gottheit. Es war eine gewaltige Versammlung, dieser Rat der Wüste.

Zu diesem Zeitpunkt war die Mongolenhorde kein loses Bündnis mehr. Vielmehr besaß sie ein starres Organisationszentrum, das in Einheiten von je zehntausend Mann unterteilt war, denen ein Mongolenoffizier vorstand. Es war eine rein militärische Organisation, in der der Krieger die höchste Autorität besaß. Von dieser Organisation, an deren Spitze Temudschin regierte, gingen sämtliche Befehle und Gesetze des Reichs der Gobi aus. Die Mongolen waren das Herrenvolk, das die Vorrangstellung über alle anderen Stämme und Rassen innehatte.

Trotzdem aber hielten die Völker der Gobi an ihren Bräuchen und Überlieferungen fest. Temudschin war klug genug, das einzusehen. Er wollte als Kaiser der Gobi anerkannt werden, aber er wußte, daß er in dem Augenblick, in dem er sich selbst diesen Titel verlieh, gegen das alte, eifersüchtig gehütete Recht der Khane verstieß, selbst den Führer zu wählen. Diese Tradition wagte er nicht zu verletzen. Sie mußten ihn ganz formell ernennen.

Die Versammlung der Khane war das bedeutendste und glanzvollste Ereignis in der Geschichte Asiens. Inmitten von Ödland, Bergen und Wüste kamen sie strahlend und hochmütig angeritten und kannten sehr wohl den Grund dieser Zusammenkunft. Sie gebärdeten sich wie Unabhängige und kamen in Begleitung von Sklaven und prunkvoll gerüsteten Kriegern. Sie errichteten ihre Jurten rund um die Ratsfeuer. Die Zelte waren mit Gold- und Silberbrokat behängt und bargen reiche Schätze und viele anmutige Tänzerinnen. Die Khane waren längst keine armseligen Häuptlinge mehr. Temudschin hatte sie in arrogante, prunkvoll gekleidete Könige verwandelt, die mit ihrem Gefolge angeritten kamen.

In jener Nacht wurde die Gobi Zeuge eines großartigen Festes. Die erbeuteten Schätze aus tausenden Städten verliehen der Szene zusätzlichen Reichtum. Juwelen glitzerten im roten Licht der Lagerfeuer. Frauen und alte Sänger musizierten, und junge Mädchen tanzten. Und Temudschin saß inmitten dieses Prunkes auf seinem weißen Pferdefell. Er trug einen weißen Wollrock mit einem Silbergürtel. Sein rotes Haar loderte wie Feuer.

Die Khane wußten, weshalb sie herzitiert worden waren, und was sie zu tun hatten. Aber sie spielten die Ahnungslosen. Sie taten, als hielten sie die Zusammenkunft nur für ein von ihrem Anführer für sie veranstaltetes Fest, mit dem er ihre Siege feiern wollte. Sie tranken ausgiebig, sie lachten und brüllten. Sie aßen, bis sie nicht mehr konnten, und dann sahen sie den Tänzerinnen zu und lauschten den Sängern, und ihre dunklen Gesichter glänzten vor Fett und Übersättigung.

Um Mitternacht entstand plötzlich ehrfürchtige Stille. Die Khane saßen in ihren seidenen, goldenen Gewändern wie bronzene

Standbilder mit gespannten, reglosen Gesichtern. Jedes Auge sah Temudschin aufmerksam an.

Er ließ den Blick von einem zum anderen schweifen und zog jedes Auge, jeden Gedanken und jede Seele in seinen Bann. Dann erhob er sich. Groß und breit stand er in ihrer Mitte, und seine grünen Augen funkelten im Feuerschein. Ruhig und kraftvoll begann er zu sprechen:

„Der Tag ist herangerückt, an dem wir einen Kaiser, einen Gebieter über alle Menschen nominieren müssen. Unsere Macht ist groß. Unsere Siege blenden das Herz und das Denken der Menschheit. Dennoch müssen wir einen Herrscher erwählen, der die höchste Autorität hat und der Born aller Gesetze ist. Denn wir haben noch größere Aufgaben, noch umfassendere Eroberungen vor uns. Die Welt erstreckt sich von Sonnenaufgang bis Sonnenuntergang. Um sie in ihrer ganzen Weite zu erfassen, brauchen wir einen Herrn, eine entscheidende Stimme, der alle Khane Untertanentreue und Gehorsam anbieten müssen. Wir sind eine Nation. Die Nation braucht einen Kaiser."

Die Khane lauschten ihm in ernstem Schweigen. Nachdem Temudschin geendet hatte und wartend zwischen ihnen stand, taten sie, als überlegten sie die folgenschwere Entscheidung. Sie blickten ihre Brüder an, als erwarteten sie von ihnen einen oder mehrere Namen. Aber sie kannten den Namen, sie hatten ihn seit jeher gekannt. Einzig ihr Stolz zwang sie, einen nicht vorhandenen Zweifel vorzutäuschen.

Dann stand ein Khan auf und erwies Temudschin die Reverenz, indem er sich vor ihm niederkniete.

„Meine Wahl lautet, daß unser Herr Temudschin unser Kaiser sein soll."

Die Anwesenden brachen in wüstes Rufen aus und taten, als beratschlagten sie untereinander. Und Temudschin wartete beobachtend und mit finsterem Lächeln ab. Als rasch entschlossener skrupelloser Mensch erfüllte dieses Spiegelgefecht ihn mit maßloser Verachtung, aber noch immer wagte er nicht, das uralte Gesetz zu brechen.

Dann stand ein Khan nach dem anderen auf, kniete vor ihm nieder und erkannte ihn als Kaiser an. Sie klammerten sich an sein derbes Gewand; sie schluchzten, sie legten ihm ihre Schwerter zu Füßen. Ein ungestümer Schrei brach aus ihren Kehlen, ein jauchzender Beifall, der wie das Gebrüll wilder Tiere klang.

Temudschin tat, als sei er völlig überwältigt und fassungslos. Er neigte das Haupt. Seine Augen, in denen Tränen standen, wanderten von Antlitz zu Antlitz. Seine Brust hob sich schwer. Er mimte den der Worte nicht Mächtigen. Den Khanen behagte das sehr, denn sie liebten Umschweife und Zeremonie und Respekt vor der Tradition. Ihre Liebe und Bewunderung ergoß sich wie Wein aus goldenen Pokalen über ihn.

Kokchu hatte in seiner Jurte gewartet. Der oberste Schamane kannte seine Rolle bereits. Jetzt trat er in den Kreis der Lagerfeuer. Sein junger Schamane begleitete ihn. Kokchu trug einen goldenen Reif, der aus der Plünderung einer reichen Stadt stammte, in Händen. Als Temudschin diesen Reif erblickte, heuchelte er erschrecktes Zurückzucken, als sei er völlig überwältigt und seiner Gefühle nicht mehr Herr. Die Hände der Khane griffen nach ihm und zwangen ihn auf die Knie.

So kniete er vor Kokchu, der bunt wie ein Regenbogen gekleidet war und dessen dicke, alte Hände von Juwelen funkelten. Kokchu hob ernst den Reif hoch und schien die unergründlichen Geister des ewigen blauen Himmels um Rat zu fragen. Seine Lippen bewegten sich, seine Augen wurden groß. Er zitterte, und Tränen liefen ihm übers Gesicht. Temudschin kniete mit gebeugtem Kopf vor ihm, und jetzt schwiegen selbst die ungestümen Khane still.

Dann senkte Kokchu den Blick und betrachtete den knienden Mongolen. Seine Lippen bebten. Mit der erstickten Stimme übermenschlicher Gemütsbewegung rief er aus:

„Die Geister und die Könige der Erde haben gesprochen. Und es wurde bestimmt, daß Temudschin, der Sohn des Jesukai, zum Kaiser aller Menschen, zum Dschingis Kha Khan, dem allgewaltigen Herrscher, dem Reiter des Himmels ernannt werden soll."

Und langsam und mit kunstvoller Gebärde drückte er den goldenen Reif auf Temudschins rotes Haar.

XXVII

„Ich stehe erst am Anfang", sagte Temudschin zu sich. Er saß allein auf seinem Pferd und erwartete den Morgen.

Hinter ihm schliefen die erschöpften Khane in ihren prunkvollen Jurten. Er war völlig allein. Selbst die Pferde und alle anderen Tiere schlummerten in tiefer Reglosigkeit.

Sein Blick wanderte nach dem Osten. Dort erstrahlte der Himmel in bleichem, pulsierendem Silber, aber schon lief an den niedrigeren Rändern das schwache Feuer des Morgenrotes. Die Wüste lag in geheimnisvollem Violett. Die schroffen, gezackten Berge in der Ferne waren noch nachtschwarz, aber schon flammten ihre Gipfel gold und purpurn auf. Der nimmermüde Wind plätscherte wie Wasser über die Welt und blies Temudschin ins Gesicht.

Das gewohnte Lächeln seines finsteren Spotts war verschwunden. Das rote Haar lag auf seinen Schultern. In seinen Augen waren unergründlich tiefe Schatten, und seine Miene war starr und ernst. Die Hände lagen am Hals seines weißen Hengstes, der unbeweglich wie eine Marmorstatue stand. Einzig die schneeweiße Mähne flatterte im Wind.

Temudschin blickte nach Osten, wo die Reiche Kathais lagen. Dann sah er nach dem Westen, in dem sich die Provinzen und Königreiche der Moslems erstreckten, und dahinter nach Europa, das im Nebel des Unbekannten schwamm und das er erobern sollte. Er betrachtete die ganze Welt. Plötzlich erfaßte ihn eine beängstigende Hochstimmung, und seine Seele schien sich zu dehnen, bis sie so groß war wie die Ewigkeit selbst. Er hob die geballte Faust und hielt sie starr in die Luft. Die Nasenflügel seines braunen Gesichts weiteten sich. Seine Augen funkelten wie im Widerschein eines Brandes, und der Schatten eines geheimnisvollen Feuers breitete sich über sein Gesicht. Sein Anblick war grauenhaft und unheimlich. Asien mit seinen unermeßlichen Ausdehnungen schlief noch im Westen, Osten, Norden und Süden. Sein Beherrscher und Zerstörer, sein Erbauer und Vernichter jedoch stand allein mit hocherhobener Faust und entsetzlichem Antlitz, und einzig Gott und der Tod standen ihm gegenüber. „Ich stehe erst am Anfang", sagte er noch einmal.

Plötzlich wurde er sich einer gräßlichen Gegenwart, eines immer wachen Auges, eines unheimlichen Beobachtetwerdens bewußt. Einen Augenblick setzte sein Herzschlag aus, und seine Hand sank. Dann hob er die Augen und blickte auf die immer heller werdende Unendlichkeit des Firmaments, und sein ganzes Sein wurde von Siegesgewißheit und Trotz, von Ungestüm und wilder Freude erfaßt.

„Die Welt ist mein" schrie er, und seine Stimme zerschnitt die Stille wie ein Trompetenstoß. „Ich, Dschingis Khan, bin die Welt!"

Nur die Stille Gottes antwortete ihm. Die Sonne erhob sich am zerklüfteten Horizont. Sie fiel mit blutigem Schein auf Gesicht und Gestalt Dschingis Khans. Und plötzlich schien sich rund um ihn eine Geisterhorde zu scharen. Es waren die Schatten der Vergangenheit und der Zukunft, die Schatten aller Feinde der Menschheit.

Stumm und ingrimmig, unsichtbar und doch sehend umstanden sie ihn.

Und die Augen Gottes sahen alles, und die Stille Gottes verschluckte das Universum, und der Geist Gottes schien sich unbezwinglich und in ewiger Sieghaftigkeit über die Erde zu ergießen.

INHALT

Internationale Bestsellerautoren bei Heyne

HANS H. KIRST

C. C. BERGIUS

TAYLOR CALDWELL

HEINZ G. KONSALIK

MARIE LOUISE FISCHER

UTTA DANELLA

WILHELM HEYNE VERLAG – 8 MÜNCHEN 2

Heyne-Lexika

die aktuellen und umfassenden Nachschlagewerke

Das Lexikon der Abkürzungen

Heyne-Lexika

Mit Hilfe dieses neuen Lexikons sind Abkürzungen jetzt kein Problem mehr. 4421/DM 3,80

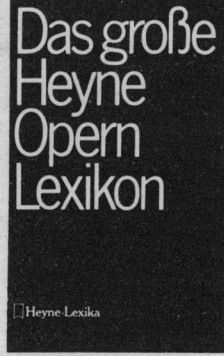

Das große Heyne Opern Lexikon

Heyne-Lexika

Ein Nachschlagewerk für den Opernfreund – informativ, verständlich, übersichtlich. 4422/DM 7,80

Das große Lexikon der Antike

Heyne-Lexika

5000 Stichworte aus Geschichte und Kultur, Kunst und Mythologie, Wissenschaft und Brauchtum. 4423/DM 7,80

Begriffe der modernen Kunst

Ein Lexikon für Interessenten und Sammler

Heyne-Lexika

Alle Begriffe, Namen, Fakten und Daten der modernen Kunst, die sowohl für den Laien als auch für den Kenner wichtig sind. 4431/DM 4,80

Nutzen Sie den Heyne-Informationsdienst

Denn bei Heyne weiß man: Leser wollen informiert sein. Und das ist nicht einfach bei einem Programm, das jeden Monat fast 30 neue Taschenbücher bringt, die in der ganzen Welt gelesen werden. Füllen Sie einfach den untenstehenden Coupon aus. (Bitte in Blockschrift.) Ausschneiden, auf Postkarte kleben oder in Briefumschlag stecken. Und tun Sie das noch heute!*) Dann haben Sie in wenigen Tagen das neueste, ausführliche Gesamtverzeichnis der Heyne-Taschenbücher, wie Tausende treuer Freunde der Heyne-Taschenbücher. Kostenlos und unverbindlich, versteht sich.

*) Es genügt auch, wenn Sie auf eine Postkarte das Stichwort »Information« schreiben.